Soman Chainani

Ilustrações: Iacopo Bruno

Tradução: Carol Christo

2ª reimpressão

Copyright © 2021 Soman Chainani (texto)
Copyright © 2021 Iacopo Bruno (ilustrações)

Esta edição foi publicada mediante acordo com a HarperCollins Children's Books, uma divisão da HarperCollins Publishers.

Título original: *The School for Good and Evil (5): A Crystal of Time*

Todos os direitos reservados pela Editora Gutenberg. Nenhuma parte desta publicação poderá ser reproduzida, seja por meios mecânicos, eletrônicos, seja via cópia xerográfica, sem a autorização prévia da Editora.

EDITORA RESPONSÁVEL
Flavia Lago

ILUSTRAÇÕES
Iacopo Bruno

PREPARAÇÃO DE TEXTO
Bia Nunes de Sousa

CAPA
Alberto Bittencourt

REVISÃO
Helô Beraldo

DIAGRAMAÇÃO
Larissa Carvalho Mazzoni

**Dados Internacionais de Catalogação na Publicação (CIP)
Câmara Brasileira do Livro, SP, Brasil**

Chainani, Soman

A escola do bem e do mal : O cristal do tempo / Soman Chainani ; [ilustrações Iacopo Bruno ; tradução Carol Christo]. -- 1. ed.; 2. reimp. -- São Paulo : Gutenberg, 2022. -- (A escola do bem e do mal ; v. 5)

Título original: *The School for Good and Evil (#5) : A Crystal of Time*
ISBN 978-65-86553-49-9

1. Ficção - Literatura infantojuvenil 2. Literatura infantojuvenil I. Bruno, Iacopo. II. Título III. Série.

21-55564 CDD-028.5

Índices para catálogo sistemático:

1. Ficção : Literatura infantojuvenil 028.5
2. Ficção : Literatura juvenil 028.5

Maria Alice Ferreira - Bibliotecária - CRB-8/7964

A **GUTENBERG** É UMA EDITORA DO **GRUPO AUTÊNTICA**

São Paulo
Av. Paulista, 2.073, Conjunto Nacional
Horsa I . Sala 309 . Cerqueira César
01311-940 . São Paulo . SP
Tel.: (55 11) 3034 4468

Belo Horizonte
Rua Carlos Turner, 420
Silveira . 31140-520
Belo Horizonte . MG
Tel.: (55 31) 3465 4500

www.editoragutenberg.com.br
SAC: atendimentoleitor@grupoautentica.com.br

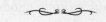
Para Uma e Kaveen

Na Floresta Primitiva
Há duas torres erguidas
Na Escola do Bem e do Mal,
A Pureza e a Malícia.
Quem nelas ingressar
Não tem como escapar
Se um Conto de Fadas
Não vivenciar.

AGORA

1

AGATHA

A Dama e a Cobra

Quando o novo rei de Camelot resolve matar seu verdadeiro amor, sequestrar sua melhor amiga e te caçar como um animal, é melhor que você tenha um plano.

Mas Agatha não tinha um plano.

Ela não tinha aliados.

Não tinha um lugar para se esconder.

Então, ela fugiu.

Correu para tão longe de Camelot quanto foi capaz, sem direção ou destino, rasgando pela Floresta Sem Fim, o vestido agarrando-se a urtigas e galhos enquanto o sol nascia e se punha.

Ela correu enquanto a bolsa, com a bola de cristal da Reitora, balançava e batia nas suas costelas. Correu enquanto cartazes de "Procura-se", com seu rosto estampado, começavam a aparecer nas árvores, um aviso de que a notícia viajava mais rápido do que suas pernas podiam carregá-la e de que não havia mais nenhum lugar seguro para ela.

No segundo dia, seus pés estavam cheios de bolhas; os músculos latejavam, tinha se alimentado apenas com frutinhas, maçãs e cogumelos que apanhava pelo caminho. Ela parecia andar em círculos: as margens fumegantes do rio Mahadeva, as fronteiras de Gillikin, e depois de volta a Mahadeva no amanhecer pálido. Ela não

conseguia pensar em um plano ou em um abrigo. Não conseguia pensar no agora. Seus pensamentos estavam no passado: *Tedros acorrentado... condenado à morte... seus amigos presos... Merlin arrastado inconsciente... um vilão do Mal com a coroa de Tedros...*

Ela lutou contra um ataque de névoa rosa, procurando o caminho. Não era Gillikin o reino com o nevoeiro cor-de-rosa? Yuba, o Gnomo, não tinha ensinado isso na escola? Mas havia saído de Gillikin fazia horas. Como poderia ter voltado lá? Ela precisava prestar atenção, precisava pensar *no futuro* e não no passado, mas agora tudo o que conseguia ver eram nuvens de névoa cor-de-rosa tomando a forma da Cobra... aquele garoto mascarado, coberto de escamas, que tinha certeza de que estava morto, o mesmo garoto que ela havia acabado de ver.

Vivo.

Quando afastou os pensamentos, o nevoeiro tinha desaparecido e já era noite. De alguma forma tinha chegado à Floresta dos Stymphs sem encontrar vestígios de uma trilha. A tempestade começou, lançando raios através das árvores. Ela se abrigou debaixo de um cogumelo gigante coberto de vegetação.

Para onde deveria ir? Quem poderia ajudá-la quando todos em quem confiava estavam trancados em uma masmorra? Ela sempre confiou na sua intuição, na sua capacidade de pensar em um plano de última hora. Mas como poderia pensar em um plano quando nem sequer sabia contra quem estava lutando?

Eu vi a Cobra morta.

Mas depois ele já não estava...

E Rhian ainda estava no palco...

Então Rhian não pode ser a Cobra.

A Cobra é outra pessoa.

Eles estão trabalhando juntos.

O Leão e a Cobra.

Ela se lembrou de Sophie, que, ingênua, tinha aceitado o anel de Rhian, pensando que se casaria com o cavaleiro de Tedros. Sophie, que acreditava ter encontrado o amor – o amor *verdadeiro*, que enxergava o lado bom dela, apenas para ser tomada como refém por um vilão muito mais maligno do que ela mesma.

Ao menos Rhian não faria mal à Sophie. Ainda não. Ele precisava dela.

Para quê, Agatha não sabia.

Mas Rhian faria mal a Tedros.

Tedros, que tinha ouvido Agatha dizer à Sophie, na noite anterior, que ele havia sido um fracasso como rei. Tedros, que agora duvidava que sua própria princesa acreditasse nele. Tedros, que tinha perdido sua coroa, seu reino, seu povo e estava preso nas mãos de um inimigo que, ainda ontem, ele tinha abraçado como um irmão. Um inimigo que agora afirmava *ser* seu irmão.

O estômago de Agatha se contorceu. Ela precisava abraçar Tedros e dizer que o amava. Que ela nunca mais duvidaria dele. Que trocaria sua vida pela dele, se pudesse.

Vou te salvar, pensou Agatha, desesperada. *Mesmo que eu não tenha um plano e ninguém do meu lado.*

Até lá, Tedros teria que se manter forte, independentemente do que Rhian e seus homens fizessem com ele. Tedros teria que encontrar uma forma de se manter vivo.

Se ele já não estivesse morto.

Agatha começou a correr novamente, iluminada pelos raios enquanto atravessava o final da Floresta dos Stymphs e, em seguida, as praias assombradas de Akgul, com cinzas em vez de areia. A bola de cristal de Dovey pesava, batendo no mesmo hematoma uma e outra vez. Ela precisava descansar, não dormia há dias, mas sua mente parecia um turbilhão.

Rhian retirou a Excalibur da pedra.

É por isso que ele é o rei.

Agatha correu mais depressa.

Mas como?

A Dama do Lago disse à Sophie que a Cobra era o rei. Mas a Excalibur achou que Rhian era o rei.

E Arthur disse a Tedros que Tedros era o rei.

Algo está errado.

Magicamente errado.

Agatha prendeu a respiração, perdida em um labirinto de pensamentos. Ela precisava de ajuda. Precisava de *respostas*.

O calor abafado transformou-se em vento forte e depois em neve, a floresta abriu-se em uma faixa de tundra. Em sua insone confusão mental, ela se perguntava se teria corrido por meses e estações do ano.

Mas agora conseguia ver a sombra de um castelo a distância, pináculos atravessando as nuvens baixas.

Camelot?

Depois de tudo isso, em vez de encontrar alguém que pudesse ajudá-la, será que tinha corrido de volta para o perigo? Teria desperdiçado todo esse tempo?

Com lágrimas nos olhos, ela recuou e voltou a correr.

Mas Agatha já não conseguia mais.

Suas pernas cederam e ela caiu na neve macia, o vestido preto espalhou-se à sua volta como as asas de um morcego. O sono veio forte e rápido como um martelo.

Agatha sonhou com uma torre inclinada que ia até às nuvens, construída com mil gaiolas de ouro. Preso em cada uma das gaiolas estava um amigo ou alguém que ela amava: Merlin, Guinevere, Lancelot, Professora Dovey, Hester, Anadil, Dot, Kiko, Hort, sua mãe, Stefan, Professor Sader, Lady Lesso e outros. Todas as gaiolas ficavam batendo umas nas outras. As gaiolas de Sophie e Tedros estavam no topo, prontas para cair primeiro. Enquanto a torre tremia e balançava, Agatha se atirava contra ela para evitar que caísse, seu corpo esquelético e desengonçado era a única coisa que impedia seus amigos de morrerem. Mas assim que segurou a altíssima coluna com as mãos, uma sombra emergiu no topo da gaiola mais alta.

Metade Leão. Metade Cobra.

Uma a uma, a sombra atirava as gaiolas do alto da torre.

Agatha acordou de supetão, suada, apesar da neve. Ao levantar a cabeça, viu que a tempestade tinha passado, o castelo agora estava claro sob o sol da manhã.

Em frente a ela, dois portões de ferro abriam e fechavam contra as rochas, a entrada para uma fortaleza branca que se elevava sobre um calmo lago cinza.

O coração de Agatha bateu mais forte.

Não era Camelot.

Era *Avalon*.

No seu íntimo, algo a tinha guiado até ali.

Para a única pessoa que poderia ter respostas.

No seu íntimo, tinha um plano desde o início.

"Olá?", Agatha gritou para as águas calmas.

Nada aconteceu.

"Dama do Lago?", ela tentou novamente.

Nem sequer uma ondulação na água.

Nervosismo vibrava em seu peito. Houve um tempo em que a Dama do Lago tinha sido a maior aliada do Bem. Foi por isso que a alma de Agatha a tinha trazido até ali. Para conseguir ajuda.

Mas Chaddick também fora pedir ajuda para a Dama do Lago.

E acabou morto.

Agatha olhou para a escadaria em ziguezague que subia em direção ao círculo de torres brancas. Na última vez que tinha vindo a essas margens, estava com Sophie, à procura do corpo de Chaddick. Marcas escuras de sangue ainda manchavam a neve onde tinham encontrado o cavaleiro de Tedros, exibindo uma mensagem de escárnio da Cobra.

Agatha nunca tinha visto o rosto da Cobra. Mas a Dama do Lago sim, quando o beijou.

Um beijo que sugara os poderes da Dama e traído o Rei Tedros.

Um beijo que havia ajudado a Cobra a colocar um traidor no trono de Tedros.

Porque era isso que Rhian era. Um traidor imundo, que fingira ser o cavaleiro de Tedros quando na verdade era aliado da Cobra.

Agatha se voltou para a água. A Dama do Lago tinha protegido aquela Cobra. E não apenas protegido: tinha se *apaixonado* por ele e perdido seus poderes por causa disso. Tinha jogado fora uma vida inteira de dedicação. Agatha se sentiu enjoada. A Dama do Lago devia ser imune aos encantos do Mal. E agora não podiam mais confiar nela.

Agatha engoliu em seco.

Eu não devia estar aqui, pensou.

Mas não havia mais ninguém a quem recorrer. Tinha que tentar.

"Sou eu, Agatha!", gritou. "Amiga de Merlin. Ele precisa da sua ajuda!"

Sua voz ecoou por toda a costa.

E então, o lago estremeceu.

Agatha inclinou-se para a frente. Não viu nada, exceto o próprio reflexo na superfície prateada.

Mas depois seu rosto na água começou a mudar.

Pouco a pouco, o reflexo de Agatha se transformou no de uma bruxa velha, com tufos de cabelos brancos agarrados a uma cabeça calva, a pele manchada e maçãs do rosto flácidas. A bruxa pairava sob o lago como um troll debaixo de uma ponte, olhando para Agatha com olhos frios. Sua voz atravessou a água, grave e distorcida.

"Fizemos um *acordo*. Eu *respondi* à pergunta de Merlin", a Dama do Lago disse, furiosa. "Deixei que ele fizesse uma pergunta – *uma* pergunta – e em troca ele nunca mais voltaria. E agora ele tenta burlar o nosso acordo, enviando *você*? Vá embora. Não é bem-vinda aqui."

"Ele não me mandou aqui!", Agatha retrucou. "Merlin está preso! Camelot tem um novo rei, chamado Rhian – ele prendeu Tedros, Merlin, Professora Dovey e todos os nossos amigos nas masmorras. E Merlin está ferido! Ele vai morrer se eu não o salvar! Tedros também morrerá! O filho de Arthur. O *verdadeiro* rei."

Não houve surpresa nem horror, nem sequer compaixão na expressão da Dama. Não havia... nada.

"Não me ouviu? Você tem que nos ajudar!", Agatha implorou. "Você jurou proteger o rei..."

"E eu o protegi", retorquiu a Dama. "Eu disse a você na última vez em que esteve aqui. O garoto com a máscara verde tinha o sangue de Arthur nas veias. E não apenas o sangue do filho de Arthur. O sangue do filho *mais velho* de Arthur. Conseguia sentir o cheiro quando ainda tinha meus poderes. Conheço o sangue do Único e Verdadeiro Rei." Ela fez uma pausa, seu rosto ficou nebuloso. "Ele também tinha poderes, esse garoto. Fortes poderes. Ele sentiu meu segredo: que acabei aqui solitária, protegendo o reino, protegendo o Bem, nesta sepultura fria e úmida... sozinha... sempre sozinha... Ele sabia que trocaria minha magia por amor, se alguém me desse tal oportunidade. E ele me ofereceu isso. Uma oportunidade que Arthur nunca me deu. Por um único beijo, o garoto prometeu que eu estaria livre desta vida. Poderia ir com ele para Camelot. Poderia ter amor. Poderia ter alguém para chamar de meu, como você tem." Ela desviou o olhar para longe de Agatha, afundando ainda mais na água. "Não sabia que abdicar dos meus poderes significaria isto. Que acabaria como uma bruxa velha, mais sozinha do que antes. Não sabia que a promessa dele não significava nada." Ela fechou os olhos. "Mas é direito dele, claro. Ele é o rei. E eu sirvo ao rei."

"Só que o rei *não é* o garoto que você beijou! *Rhian* é o rei! O garoto que estão chamando de Leão", insistiu Agatha. "Ele não é o garoto que veio aqui! O que você beijou era a *Cobra*. Ele te beijou para roubar sua magia e tirar seu poder do Bem. Ele te beijou para ajudar o *Leão* a se tornar rei. Não percebe? Ele te enganou! E agora preciso saber quem é essa Cobra. Porque se você pode ser enganada, a Excalibur também pode! E se a Excalibur foi enganada, então foi assim que um vilão do Mal acabou no trono de Tedros."

A Dama do Lago foi em direção à Agatha, seu rosto decadente pouco abaixo da superfície. "Ninguém me enganou. O garoto que beijei tinha o sangue de Arthur. O garoto que beijei era o rei. Portanto, se foi a Cobra que beijei, como dizem, então foi a Cobra que tirou, com direito, a Excalibur da pedra e agora está sentado no trono."

"Mas a Cobra não retirou a Excalibur! É isso que estou tentando explicar!", Agatha retrucou. "Foi Rhian quem tirou! E eu vi a Cobra lá! Eles estão trabalhando juntos para enganar o povo da Floresta. Foi assim que enganaram você e a espada."

A Dama atravessou a água. "Senti o cheiro do sangue dele. Senti o cheiro de um *rei*", a voz dela ressoava como um trovão. "E mesmo que eu possa ser *enganada*, como você afirma, tão corajosamente, a Excalibur não pode. Ninguém pode enganar a arma mais poderosa do Bem. Quem tirou a Excalibur da pedra é o herdeiro de sangue de Arthur. Foi o mesmo garoto que eu protegi. Ele é o legítimo rei, não aquele que você e Merlin defendem."

Ela começou a afundar na água.

"Você não pode ir", Agatha arfou. "Não pode deixar que morram."

A Dama do Lago parou, seu crânio brilhando de baixo d'água como uma pérola. Desta vez, quando olhou para cima, o gelo nos seus olhos havia derretido. Tudo o que Agatha viu foi tristeza.

"Seja qual for o problema em que Merlin e os seus amigos tenham se metido, é obra deles. O destino deles está nas mãos do Storian agora", disse a Dama, suavemente. "Enterrei aquele jovem, Chaddick, como me pediu. Ajudei Merlin como ele queria. Não me resta nada. Por isso, por favor, vá embora. Não posso te ajudar."

"Sim, você pode", alegou Agatha. "Você é a única que viu o rosto da Cobra. É a única que sabe quem ele é. Se me mostrar como a Cobra é, posso descobrir de onde ele e Rhian vêm. Posso provar ao povo que eles são mentirosos! Posso provar que o trono pertence a Tedros."

"O que está feito está feito", disse a Dama do Lago. "Minha lealdade está com o rei."

Ela afundou mais...

"Será que o verdadeiro rei faria mal a Merlin?", Agatha gritou. "Será que o herdeiro de Arthur quebraria a promessa que fez a você e a abandonaria *assim*? Você disse que a Excalibur não erra, mas você criou a Excalibur e você errou. Sabe que sim. Olhe para você! Por favor, me escute! A verdade se tornou mentira e a mentira, verdade. O Bem e o Mal tornaram-se um só. Um Leão e uma Cobra trabalharam juntos para roubar a coroa. Nem a sua espada já não sabe dizer o que faz de alguém um rei. Em algum lugar aí dentro você sabe que estou falando a verdade. A verdade *verdadeira*. Tudo o que estou pedindo é o rosto da Cobra. Me diga como é o garoto que você beijou. Responda à minha pergunta e nunca mais voltarei. O mesmo acordo que você fez com Merlin. E juro: este acordo será cumprido."

A Dama do Lago encarou Agatha. No fundo da água, a ninfa andou silenciosamente, com suas vestes esfarrapadas, como uma água-viva morta. Depois, desvaneceu nas profundezas e desapareceu.

"*Não*", sussurrou Agatha.

Ela caiu de joelhos na neve e colocou o rosto nas mãos. Ela não tinha nenhum feiticeiro, nenhuma reitora, nenhum príncipe, nenhum amigo com quem contar. Não tinha para onde ir. Não tinha a quem recorrer. E agora a última esperança do Bem a tinha abandonado.

Ela pensou no seu príncipe acorrentado. Pensou em Rhian agarrado à Sophie, sua noiva e prisioneira. Pensou na Cobra, olhando para ela no castelo, como se aquilo fosse apenas o começo.

Um burburinho veio do lago.

Ela espiou através dos dedos e viu um pergaminho flutuando em sua direção.

Com o coração disparado, Agatha agarrou o pergaminho e o abriu.

A Dama tinha dado uma resposta a ela.

"Mas... Isso é *impossível*...!", ela exclamou, olhando de volta para o lago. O silêncio pareceu aumentar.

Ela olhou de volta para o pergaminho molhado: a pintura nítida de um lindo garoto.

Um garoto que Agatha conhecia.

Ela balançou a cabeça, desnorteada.

Agatha havia pedido à Dama do Lago para desenhar o rosto da Cobra. A Cobra que a beijara e a abandonara à própria sorte. A Cobra que matara os amigos de Agatha e se escondera atrás de uma máscara. A Cobra que unira forças com Rhian e fizera dele o rei.

Mas a Dama do Lago não tinha desenhado o rosto da Cobra.

Ela havia desenhado o rosto de Rhian.

2

O COVEN

Lionsmane

Hester, Anadil e Dot estavam sentadas, estupefatas, em uma cela fedorenta, cercadas pelos colegas de equipe: Beatrix, Reena, Hort, Willam, Bogden, Nicola e Kiko.

Apenas alguns minutos antes, eles estavam na varanda do castelo para uma comemoração que envolvia toda a Floresta. Ao lado de Tedros e Agatha, eles apresentaram o cadáver da Cobra para o povo e se deliciaram com a vitória de Camelot contra um inimigo cruel.

Agora, estavam na prisão de Camelot, eles mesmos condenados como inimigos.

Hester esperou que alguém dissesse alguma coisa. Que alguém assumisse a liderança. Mas era Agatha quem geralmente fazia isso. E Agatha não estava ali.

Através da parede da cela, ela podia ouvir os sons abafados da cerimônia em andamento, que tinha se transformado na coroação do Rei Rhian.

"*Deste dia em diante, estão livres de um rei que fechou as portas para vocês quando mais precisaram dele*", Rhian declarou. "*Um rei que se acovardou enquanto a Cobra devastava os reinos. Um rei que falhou no teste do próprio pai. Deste dia em diante, vocês têm um rei de verdade. O verdadeiro herdeiro do Rei Arthur. Podemos ser divididos entre Bem e Mal, mas somos uma só Floresta. O falso rei foi punido. As pessoas que foram ignoradas já não serão mais ignoradas. Agora, o Leão escutará vocês!*"

"LEÃO! LEÃO! LEÃO!", entoaram.

Hester sentiu a tatuagem de demônio em seu pescoço ficar vermelha. Perto dela, Anadil e Dot puxaram os vestidos cor pastel que as obrigaram a usar na cerimônia, além dos cachos luxuosos precisamente enrolados. Nicola arrancou uma tira do vestido para fazer um curativo em Hort, uma ferida no ombro que ganhou durante a batalha contra a Cobra. Enquanto isso, Hort chutava inutilmente a porta da cela. Beatrix e Reena estavam tentando acender os dedos, sem sucesso, e os três ratos pretos de Anadil ficavam colocando a cabeça para fora de seu bolso, esperando por ordens, até que Anadil os empurrava de volta para dentro. Em um canto, o ruivo Willam e o baixinho Bogden estudavam, apreensivos, as cartas de tarô, e Hester ouvia seus sussurros: "Presentes do mal...", "Eu avisei...", "Devia ter ouvido...".

Ninguém mais falou por um longo tempo.

"As coisas poderiam ser piores", disse Hester, enfim.

"Como poderiam ser *piores*?", Hort gritou. "O cara que pensei ser o nosso salvador e novo melhor amigo acabou por se revelar a escória mais maligna do planeta."

"Devíamos ter desconfiado. Qualquer um que goste da Sophie está destinado a ser horrível", Kiko falou.

"Não sou de defender Sophie, mas não é culpa dela", disse Dot, tentando transformar sua fita de cabelo em chocolate. "Rhian a enganou da mesma forma que enganou todos nós."

"Quem disse que ele a enganou?", perguntou Reena. "Talvez ela soubesse do plano dele o tempo todo. Talvez seja por isso que ela aceitou a aliança."

"Para roubar o lugar de *Agatha* como rainha? Nem Sophie é tão má assim", respondeu Anadil.

"Nós ficamos paradas em vez de revidar", disse Nicola, desanimada. "Devíamos ter feito alguma coisa."

"Aconteceu rápido demais!", disse Hort. "Em um segundo os guardas estavam desfilando com o corpo da Cobra e no outro estavam agarrando Tedros e nocauteando a cabeça de Merlin."

"Alguém viu para onde os levaram?", perguntou Dot.

"Ou Guinevere?", perguntou Reena.

"E Agatha?", perguntou Bogden. "A última vez que a vi, estava correndo pela multidão."

"Talvez ela tenha escapado!", exclamou Kiko.

"Ou talvez tenha sido espancada até a morte por aquela multidão lá fora", disse Anadil.

"Prefiro as opções dela a ficar preso aqui", disse Willam. "Morei em Camelot a maior parte da minha vida. Estas masmorras são imunes a feitiços. Ninguém nunca conseguiu sair."

"Não temos mais nenhum amigo para nos tirar daqui", disse Hort.

"E como não temos mais serventia para Rhian, ele provavelmente vai cortar nossa cabeça antes da hora do jantar", Beatrix desdenhou, virando-se para Hester. "Então, me diga, bruxa sábia, como as coisas poderiam ser piores?"

"Tedros poderia estar nessa cela com a gente", respondeu Hester. "Isso seria pior."

Anadil e Dot riram.

"*Hester*", chamou uma voz.

Eles se viraram para Professora Clarissa Dovey, que havia enfiado a cabeça entre as barras da cela ao lado, seu rosto estava úmido e pálido.

"Tedros e Merlin podem estar mortos. O verdadeiro rei de Camelot e o maior feiticeiro do Bem", a Reitora do Bem disse em tom sério. "E em vez de pensar em um plano para ajudá-los, você está fazendo piadas?"

"É a diferença entre o Bem e o Mal. O Mal sabe como ver o lado positivo", murmurou Anadil.

"Sem querer ser rude, Professora, mas não é você quem deveria estar pensando em um plano?", disse Dot. "Você é a Reitora e tecnicamente ainda somos *alunos*."

"Não tem agido como uma Reitora", Hester resmungou. "Esteve nesta cela nos últimos dez minutos e não disse uma palavra."

"Porque estava tentando pensar em...", Dovey começou, mas Hester a interrompeu.

"Sei que as fadas madrinhas estão acostumadas a resolver problemas com poeira de duende e varinhas mágicas, mas a mágica não vai nos tirar daqui." Hester podia sentir seu demônio queimando mais forte, e sua frustração se voltou contra a reitora. "Depois de ser professora em uma escola onde o Bem sempre vence, talvez você não queira aceitar que o Mal realmente ganhou. O Mal que se fez passar pelo Bem, o que, no meu dicionário, se chama *trapaça*. Mas venceu assim mesmo. E se você não acordar e encarar o fato de que estamos lutando contra alguém que não joga de acordo com as suas regras, nada do que você *pensar* vai derrotá-lo."

"Especialmente sem a sua bola de cristal quebrada", Anadil concordou.

"Ou sua varinha quebrada", apontou Dot.

"Você pelo menos está com o seu Mapa das Missões?", Hort perguntou para Dovey.

"Provavelmente quebrou isso também", Anadil bufou.

"Como ousa falar com ela assim?!", Beatrix bradou. "A Professora Dovey dedicou a vida a seus alunos. É por isso que ela está nesta cela, para começo de conversa. Você sabe muito bem que ela esteve doente – gravemente doente – e que Merlin ordenou que ela ficasse na escola quando a Cobra atacou Camelot. Mas ainda assim ela veio nos proteger. Todos nós, Bem *e* Mal. Ela serviu à escola por..." – Beatrix olhou para os cabelos prateados e as rugas profundas de Dovey – "... sabe-se lá quanto tempo e você fala como se ela te devesse alguma coisa? Você falaria com Lady Lesso assim? Lady Lesso, que morreu para proteger a Professora Dovey? Ela teria esperado que você confiasse na melhor amiga dela. E que a ajudasse. Então, se você respeitava a Reitora do Mal, é melhor respeitar a Reitora do Bem também."

O silêncio pesou sobre a cela.

"Nem parece a menina que tinha aquela paixonite pelo Tedros no primeiro ano", Dot sussurrou para Anadil.

"Cala a boca", murmurou Hester.

Professora Dovey, por outro lado, ganhou novo ânimo com a menção a Lady Lesso. Apertando o coque, ela se espremeu entre as barras da cela para se aproximar dos alunos. "Hester, é natural atacar quando nos sentimos desamparadas. Todos nós nos sentimos impotentes agora, mas me escute. Não importa o quanto as coisas pareçam sombrias, Rhian não é Rafal. Ele não mostrou nenhuma evidência de feitiçaria, nem está protegido por um feitiço imortal como Rafal. Rhian só chegou tão longe por conta das *mentiras*. Ele mentiu para nós sobre sua origem. Ele mentiu sobre quem ele é. E não tenho dúvidas de que está mentindo sobre sua reivindicação à coroa."

"E mesmo assim ele conseguiu tirar a Excalibur da pedra", argumentou Hester. "Então, ou ele está dizendo a verdade sobre ser filho do Rei Arthur... ou ele é um feiticeiro, afinal."

Professora Dovey se opôs. "Mesmo que tenha sacado a espada, meu instinto me diz que ele não é filho de Arthur, nem o verdadeiro rei. Não tenho provas, é claro, mas acredito que há uma razão pela qual o arquivo de Rhian nunca tenha passado pela minha mesa ou pela de Lady Lesso como um aluno em potencial, sendo que toda criança, do Bem ou do Mal, tem um arquivo na escola. Ele afirma que frequentou a Escola para Garotos de Foxwood, mas isso pode ser mentira, como todas as outras que ele contou. E mentiras não vão levá-lo para muito longe sem habilidade, disciplina e treinamento, tudo o que meus alunos possuem aos montes. Se seguirmos um plano, podemos ficar um passo à frente dele. Então, ouçam com atenção. Primeiro: Anadil, seus ratos serão nossos espiões. Envie um para encontrar Merlin, outro para achar Tedros e o terceiro para encontrar Agatha, onde quer que ela esteja."

Os ratos de Anadil saltaram de seus bolsos, exultantes por finalmente serem úteis, mas Anadil os empurrou de volta. "Você acha que não pensei nisso? Você ouviu Willam. A masmorra é impenetrável. Eles não têm como... *Ai!*"

Um dos ratos a mordeu e os três escapuliram pelos seus dedos e ficaram cheirando e investigando as paredes da cela antes de se espremerem por três rachaduras diferentes e desaparecerem.

"Ratos sempre dão um jeito. É isso que faz deles ratos", disse a Professora Dovey, esticando o braço para checar uma rachadura na parede pela qual um dos roedores se espremera, notando um brilho dourado. "Nicola, o que você vê naquele buraco?"

Nicola pressionou o corpo contra a parede e olhou pela fresta. A aluna do primeiro ano passou o polegar pelo buraco, sentindo a pedra mofada esfacelar. Estava claro que as masmorras, como o resto do castelo, estavam em ruínas, sem cuidado ou manutenção. Com a ponta do seu grampo de cabelo, Nicola cavou mais terra e pedra, o que aumentou um pouco o buraco, deixando passar mais luz.

"Estou vendo... luz do sol... e a encosta de uma colina..."

"Luz do sol?", Hort zombou. "Nic, sei que as coisas são diferentes no Mundo dos Leitores, mas no nosso mundo as masmorras ficam *abaixo* do solo."

"Essa é uma das vantagens de ter um namorado? Ele me explicar coisas que já sei?", retrucou Nicola com um tom azedo, espiando através do buraco. "Masmorras podem estar abaixo do chão, mas nós estamos bem ao lado da colina. É a única explicação para eu conseguir ver o castelo." Ela raspou mais terra com o grampo. "Também estou vendo pessoas. Muitas pessoas juntas no topo da colina. Elas estão olhando para a Torre Azul. Devem estar vendo Rhian..."

A voz do rei ecoou mais alto através do buraco.

"*Desde que nasceram, vocês serviram a uma pena. Ninguém sabe quem controla essa pena ou o que ela quer, e mesmo assim vocês a adoram, rezam para que ela escreva sobre vocês. Mas isso nunca acontece. Por milhares de anos, ela governou a Floresta. O que vocês têm para mostrar? A cada nova história, ela escolhe outra pessoa para a glória. Os educados. As crianças daquela escola. E deixa os restos para vocês, os trabalhadores, os invisíveis. Vocês, as verdadeiras histórias da Floresta Sem Fim.*"

O grupo podia ouvir as pessoas comentando.

"Nunca falou tanto assim quando estava com a gente", murmurou Dot.

"Nada como ter uma plateia", brincou Anadil.

"Nicola, consegue ver a varanda onde Rhian está?", Dovey perguntou.

Nicola balançou a cabeça.

Professora Dovey se virou para Hester. "Faça o seu demônio lascar aquele buraco. Precisamos de uma visão do palco."

Hester franziu o cenho. "Talvez você possa transformar abóboras em carruagens, Professora, mas se acha que o meu demônio pode nos tirar daqui cavando um túnel através de uma parede..."

"Eu não disse *tire-nos daqui*. Eu disse *lasque aquele buraco*. Mas se você prefere duvidar de mim enquanto perdemos a chance de ser resgatados, fique à vontade", Professora Dovey retrucou.

Hester xingou baixinho enquanto sua tatuagem de demônio inchou, ficando vermelha em seu pescoço, se levantou da pele dela e voou em direção ao buraco, usando suas garras como picaretas e grunhindo *"Babayagababayagababayaga!"*.

"Cuidado", Hester avisou, preocupada, "sua garra ainda está ferida da batalha em Nottingham."

Ela estacou, captando um borrão preto de movimento através do buraco. Seu demônio também viu e recuou com medo, mas já havia sumido.

"O que foi isso?", perguntou Anadil.

Hester se inclinou para a frente, inspecionando o buraco na pedra. "Parecia..."

Mas não poderia ser, ela pensou. *A Cobra está morta. Rhian o matou. Vimos o corpo dele.*

"Espere aí. Você disse *resgatados*?", Dot perguntou, se virando para Dovey. "Primeiro, você ouviu Willam: não tem jeito de fugir desta prisão. Segundo, mesmo que houvesse e convocássemos a Liga dos Treze ou qualquer outra pessoa, o que eles fariam... invadiriam Camelot? Rhian tem guardas. Ele tem toda a Floresta com ele. Quem do lado de fora poderia nos resgatar?"

"Nunca disse que seria alguém de fora", disse a Professora Dovey.

Toda a equipe olhou para ela.

"Sophie", disse Hort.

"Rhian *precisa* de Sophie", explicou a Reitora do Bem. "Todo rei de Camelot precisa de uma rainha para consolidar seu poder, especialmente um rei como Rhian, que é tão novo para o povo. Enquanto isso, a Rainha de Camelot é uma posição tão vangloriosa quanto sua contraparte. É por isso que Rhian tomou medidas cuidadosas para garantir que Sophie – uma lenda e um rosto amado do outro lado da Floresta – seria *sua* rainha. As pessoas estão vendo o melhor do Bem se casando com a melhor do Mal, o que eleva Rhian acima da política de Sempres e Nuncas e faz dele um líder convincente para ambos. Além disso, ter Sophie como rainha acalmará qualquer dúvida sobre ter um estranho misterioso como rei. Então, agora que o rei colocou um anel no dedo de Sophie, ele fará tudo o que puder para manter a lealdade dela, mas, no final, ela ainda está do *nosso* lado."

"Não necessariamente", disse Reena. "A última vez que Sophie usou o anel de um garoto foi o de Rafal, e ela ficou do lado dele contra toda a escola e quase matou todos nós. E agora você quer que a gente confie na mesma garota?"

"Ela não é a mesma garota", Professora Dovey desafiou. "Foi por isso que Rhian a escolheu a dedo para ser sua rainha. Porque Sophie é a única pessoa na Floresta que tanto o Bem quanto o Mal reivindicam como sua – no passado, a assassina de um maligno Diretor da Escola, e agora a nova Reitora do Mal. Mas nós sabemos onde está a verdadeira lealdade de Sophie. Nenhum de vocês pode contestar que a única coisa que ela fez nessa missão foi proteger tanto a sua equipe quanto a coroa de Tedros. Ela aceitou o anel de Rhian porque, além de estar apaixonada por ele, pensou que ele fosse o suserano de Tedros. Ela tomou a mão de Rhian por amor aos amigos, e não apesar disso. Não importa o que Sophie tenha que fazer para permanecer viva, não podemos duvidar desse amor. Não quando nossa própria vida depende dela."

Beatrix franziu a testa. "Ainda assim não confio nela."

"Eu também não", disse Kiko.

"Junte-se ao clube", resumiu Anadil.

A Professora Dovey as ignorou. "Agora, para o resto do plano. Vamos esperar que os ratos de Anadil voltem com notícias dos outros. Então, quando chegar a hora, enviaremos uma mensagem para Sophie através daquele buraco e estabeleceremos uma cadeia de comunicação. Então, poderemos planejar nosso resgate", disse ela, verificando a fresta do tamanho de uma moeda que o demônio de Hester tinha conseguido cavar na pedra molhada e rachada. A voz de Rhian ficou ainda mais alta.

"*E não esqueçamos a minha futura rainha!*", proclamou ele.

O povo cantou de volta: "*Sophie! Sophie! Sophie!*".

"Já consegue ver o palco, Nicola?", Professora Dovey pressionou.

Nicola inclinou-se para a frente, o olho no buraco: "Quase. Mas é tão longe, bem no alto da colina, e estamos no lado errado dela."

Dovey se virou para Hester. "Faça o demônio continuar cavando. Nós precisamos de uma visão desse palco, não importa quão distante ele esteja."

"*Por quê?* Você escutou a garota", Hester importunou, estremecendo enquanto o seu demônio esmurrava o buraco com a garra ferida. "De que serve uma vista do tamanho de uma ervilha?"

"Um dos guardas piratas do Rhian provavelmente virá dar uma olhada na gente em breve", Dovey continuou. "Hort, dado que o seu pai era um pirata, presumo que conheça esses rapazes?"

"Ninguém que eu possa chamar de amigo", Hort respondeu, mexendo na meia.

"Bem, *tente* ficar amigo deles", insistiu Dovey.

"Não vou tentar fazer amizade com um bando de bandidos", Hort bradou de volta. "Eles são mercenários. Não são piratas *de verdade*."

"E você é um professor de história *de verdade?* Se fosse, saberia que até os piratas mercenários se juntaram à Conferência dos Piratas para ajudar o

Rei Arthur a lutar contra o Cavaleiro Verde", Dovey refutou. "Converse com esses garotos. Consiga o máximo de informação que puder."

Hort hesitou. "Que tipo de informação?"

"*Qualquer* informação", a reitora pressionou. "Como conheceram Rhian ou de onde Rhian realmente vem ou..."

Um som de metal rangeu à distância.

A porta de ferro.

Alguém havia entrado nas masmorras.

Um som de botas de ferro contra o chão de pedra.

Dois piratas em armaduras de Camelot passaram pela cela arrastando o corpo mole de um garoto, cada um segurando um dos seus braços estendidos. Ele resistia fracamente, um olho fechado devido a um hematoma, o terno e a camisa rasgados, o corpo ensanguentado sem forças devido às torturas que tinha sofrido desde que o amarraram às correntes no palco.

"Tedros?", Kiko murmurou.

O príncipe levantou a cabeça e, ao ver seus amigos, se jogou na direção deles, abrindo um dos olhos para ver a equipe.

"Onde Agatha está?", ele ofegou. "Onde está a minha mãe?!"

Os guardas chutaram suas pernas e o puxaram pelo corredor, para as sombras escuras, e o atiraram na última cela.

De onde Hester observava, parecia que a cela no final do corredor já estava ocupada, pois, ao atirarem Tedros para dentro dela, deixaram prisioneiros escaparem – três prisioneiras, para ser mais preciso – e agora se esgueiravam pelo corredor, sem as correntes e livres.

Enquanto as prisioneiras libertadas saíam das sombras, Hester, Anadil e Dot se grudaram nas barras para ficar frente a frente com outro *coven*. As trigêmeas abatidas deslizaram pelo corredor em túnicas cinzentas, os cabelos até a cintura, braços e pernas que eram só pele e osso. Tinham a pele endurecida e acobreada, seus pescoços e rostos idênticos eram longos, testa alta, lábios finos e cinzentos e olhos amendoados. Elas sorriram para a Professora Dovey antes de seguirem os piratas para fora das masmorras, e a porta se fechou atrás delas.

"Quem eram aquelas mulheres?", Hester perguntou, se virando para Dovey.

"As Irmãs Mistrais", disse a reitora, de forma assustadora. "As conselheiras do Rei Arthur que destruíram Camelot. Arthur nomeou as Mistrais quando Guinevere o abandonou. Depois da morte de Arthur, elas fizeram o que quiseram com Camelot até Tedros chegar à idade adulta e colocá-las na prisão. Seja qual for a razão de Rhian para libertá-las, coisa boa não é." Ela gritou em direção ao fundo do corredor: "Tedros, consegue me ouvir?!".

Os ecos do discurso de Rhian cobriram qualquer resposta, se é que houve alguma.

"Ele está ferido", disse Dovey à equipe. "Não podemos simplesmente deixá-lo lá. Precisamos ajudá-lo!"

"Como?", disse Beatrix, ansiosamente. "Os ratos de Anadil desapareceram e nós estamos presos aqui. A cela dele fica do outro lado do..."

Então, eles ouviram a porta das masmorras se abrir mais uma vez.

Passos suaves pela escadaria. Uma sombra se alongou na parede, depois através das grades das celas.

Por trás do brilho cor de ferrugem da tocha, surgiu uma figura com uma máscara verde. Seu terno justo de enguias pretas estava inteiro retalhado e mostrava o tronco jovem e pálido sujo de sangue.

A equipe inteira se espremeu contra as paredes. Até a Professora Dovey.

"Mas você... você *morreu!*", Hort gritou.

"Nós vimos o seu corpo!", disse Dot.

"Rhian *te matou!*", disse Kiko.

Os olhos azuis e gelados da Cobra brilharam através da máscara.

De trás das costas, tirou um dos ratos de Anadil, o roedor contorceu-se em seu aperto.

A Cobra levantou um dedo e o *scim* preto e escamoso que cobria a ponta do dedo ficou afiado como uma faca. O rato deixou escapar um guincho terrível.

"Não!", Anadil gritou.

A Cobra apunhalou o rato no coração e o deixou cair no chão.

"Meus guardas estão procurando os dois que você mandou para encontrar Merlin e Agatha", disse ele com a voz grave e profunda enquanto se afastava. "Quando encontrar o próximo, vou matar um de vocês também."

Ele não olhou para trás. A porta de ferro se fechou atrás dele.

Anadil deu um passo à frente, estendendo os braços através da grade e segurando o rato nas mãos, mas era tarde demais.

Ela soluçou, agarrando-a ao peito enquanto se curvava em um canto.

Hort, Nicola e Dot tentaram confortá-la, mas estava chorando tanto que começou a tremer.

Só quando Hester a tocou é que os gemidos de Anadil se acalmaram, lentamente.

"Ela estava tão assustada", Anadil fungou, rasgando um pedaço de seu vestido e enrolando o corpo da ratinha nele. "Ela me olhou, sabia que ia morrer."

"Foi uma fiel companheira até o fim", Hester tentou consolá-la.

Anadil enterrou a cabeça no ombro da amiga.

"Como a Cobra sabia que os outros ratos estão procurando por Merlin e Agatha?", Hort disparou, como se não houvesse mais tempo para lamentar.

"Esquece isso", disse Nicola. "Como a Cobra está viva?"

O estômago de Hester revirou.

"Aquela coisa que eu vi pelo buraco... Achei que não poderia ser...", ela disse, observando seu demônio ainda cavando a rachadura de pedra, sem se deixar intimidar pela Cobra. Ela se virou para o grupo. "Era um *scim*."

"Então ele estava escutando o tempo *todo*?", Beatrix perguntou.

"Isso significa que ele sabe de tudo!", disse Hort, apontando para o buraco. "Não podemos enviar uma mensagem para Sophie. O *scim* provavelmente ainda está lá fora, nos escutando agora mesmo!"

Assustados, eles se voltaram para a Professora Dovey, que estava espiando o corredor em direção às escadas.

"O que foi?", perguntou Hester.

"A voz dele", disse Dovey. "É a primeira vez que a ouço. Mas me pareceu... familiar."

A equipe toda se entreolhou, sem entender nada.

Depois voltaram a atenção para a voz do rei, ainda ecoando:

"Cresci sem nada e agora sou rei. Sophie cresceu como Leitora e agora será sua rainha. Nós somos iguais a vocês..."

"Na verdade, a voz dele parecia um pouco com a de Rhian", reparou Hester.

"Muito parecida com a de Rhian", disseram Willam e Bogden ao mesmo tempo.

"*Exatamente* como a de Rhian", concluiu a Professora Dovey.

Um barulho crepitante veio da parede.

O demônio de Hester tinha soltado outra pedra acima do buraco, alargando-o ainda mais, antes de esgotar todas as suas forças e voltar, exausto, para o pescoço de sua mestra.

"Consigo ver o palco agora", disse Nicola, olhando pelo buraco. "Um *pouco...*"

"Ótimo, podemos fazer um feitiço-espelho aqui. Não consigo fazer da minha cela, mas Hester vai conseguir", disse a Professora Dovey. "Hester, é o feitiço que te ensinei depois que Sophie se mudou para a torre do Diretor da Escola. Aquele que nos deixou espiá-la para ter certeza de que ela não estava me enchendo de vodu ou invocando o fantasma de Rafal."

"Professora, quantas vezes temos que te dizer, a magia não funciona dentro das masmorras", rosnou Hester.

"*Dentro* das masmorras", repetiu a Reitora.

Os olhos de Hester brilharam. Era por isso que Dovey era Reitora e ela ainda uma estudante. Nunca deveria ter duvidado dela. Rapidamente, Hester se encostou na parede, enfiou a ponta do dedo pelo buraco minúsculo em direção ao calor do verão. Sentiu seu brilho ser ativado e ficar vermelho vivo.

A primeira regra da magia é que ela tem a ver com a emoção e, quando se tratava do seu ódio em relação a Rhian, Hester tinha o suficiente para iluminar Camelot inteira.

"Devemos mesmo fazer isso?", Kiko perguntou. "O *scim* está lá fora..."

"Que tal eu te matar, para você não precisar se preocupar?", Hester disparou.

Kiko apertou os lábios.

Mas Kiko tem razão, Hester pensou, incomodada. Ele pode estar fora do buraco, escutando, mas tinham que arriscar. Ver o palco mais de perto permitiria observar Sophie com Rhian. Conseguiriam descobrir de que lado ela realmente estava.

Rapidamente, Hester posicionou o olho no buraco, para ter uma visão do palco, que parecia uma caixa de fósforos dali, de tão longe. Pior ainda, assim como Nicola dissera, ela não conseguia ver a frente do palco – apenas uma parte lateral, Rhian e Sophie de costas para ela, acima da multidão.

Ainda assim, teria que servir.

Hester apontou o dedo diretamente para Rhian e Sophie. Com metade da mente, ela se concentrou no ângulo do palco que queria espionar; com a outra metade, se concentrou na cela úmida e suja à sua frente.

"*Reflecta asimova*", ela sussurrou.

Uma projeção bidimensional apareceu de uma vez dentro da cela, flutuando no ar como uma tela. Com as cores suaves, como uma pintura desbotada, a projeção ofereceu uma visão ampliada do que estava acontecendo na varanda da Torre Azul, em tempo real. Nessa visão, eles podiam observar Rhian e Sophie de perto, embora apenas de perfil.

"Então um feitiço-espelho permite que você veja algo como se estivesse perto, mesmo de longe?", Hort perguntou, de olhos arregalados. "Por que ninguém me ensinou esse feitiço na escola?"

"Porque todos sabemos para o que você o teria usado", respondeu a Professora Dovey.

"Por que não temos uma visão deles de frente?", Beatrix reclamou, estudando Rhian e Sophie. "Não consigo ver seus rostos."

"O feitiço aumenta somente o ângulo que consigo ver através do buraco", explicou Hester, impaciente. "E daqui só consigo ver o palco desse lado."

Na projeção, Rhian ainda estava falando com os convidados, seu corpo alto e magro vestido em um terno azul e dourado nas sombras, enquanto segurava Sophie com um braço.

"Por que ela não corre?", perguntou Nicola.

"Ou joga um feitiço nele?", disse Willam.

"Ou dá um chute na virilha dele?", perguntou Dot.

"Eu disse que não podíamos confiar nela", Reena insistiu.

"Não. Não é isso", respondeu Hester. "Olhem mais de perto."

A equipe seguiu seu olhar. Embora não conseguissem ver o rosto de Rhian ou Sophie, eles observaram Sophie por trás, estremecendo em seu vestido rosa com o aperto de Rhian. Os nós dos dedos de Rhian estavam brancos, cravados nela. A Excalibur firme na outra mão, pressionada contra a coluna de Sophie.

"Aquele idiota nojento", Beatrix percebeu, virando-se para Dovey. "Você disse que Rhian quer manter a lealdade de Sophie. Como ele vai conseguir isso enfiando uma espada nela?"

"Muitos homens obtiveram a lealdade da esposa sob a bainha de uma espada", disse a Reitora, séria.

Dot suspirou. "Sophie realmente tem um péssimo gosto para meninos."

De fato, apenas vinte minutos antes, Sophie tinha pulado nos braços de Rhian e o beijado, acreditando que estava noiva do novo cavaleiro de Tedros. Agora, esse cavaleiro era inimigo de Tedros e ameaçava matar Sophie, a menos que ela entrasse no jogo dele.

Mas não era só isso que eles conseguiam ver.

Havia mais alguém no palco assistindo à coroação.

Alguém escondido na varanda, fora da vista da multidão.

A Cobra.

Ele ficou ali, em seu terno feito de *scims*, rasgado e ensanguentado, assistindo ao rei discursar.

"Primeiro, precisamos que nossa princesa se torne uma rainha", proclamou Rhian ao povo, sua voz amplificada pela projeção. "E, como futura rainha, é uma honra para Sophie planejar o casamento. Não um desses pretensiosos espetáculos reais do passado. Mas um casamento que nos aproxime de vocês. Um casamento para o povo!"

"*Sophie! Sophie! Sophie!*", a multidão bradou.

Sophie se contorceu com o aperto, e Rhian empurrou a espada com mais força contra ela.

"Sophie tem uma semana inteira de festas, banquetes e desfiles pela frente", ele continuou. "Seguida do casamento e de sua coroação como nova rainha!"

"*Rainha Sophie! Rainha Sophie!*", a multidão gritou.

Sophie endireitou a postura, ouvindo a multidão de admiradores.

No ato, ela se afastou de Rhian, desafiando-o a fazer algo contra ela.

Rhian congelou, ainda a segurando com força. Embora seu rosto estivesse na sombra, Hester podia vê-lo observando Sophie.

O silêncio caiu sobre a multidão, que sentiu a tensão.

Lentamente, o Rei Rhian olhou de volta para as pessoas. "Parece que a nossa Sophie tem um pedido", ele disse, sereno e sem mudar o tom de voz.

"Um pedido pelo qual ela tem me pressionado dia e noite, e que tenho hesitado em atender, porque esperava que o casamento fosse o nosso momento. Mas se tem uma coisa que sei sobre ser rei é que o que a minha rainha quer, a minha rainha tem de conseguir."

Rhian olhou para a sua futura noiva, um sorriso frio no rosto.

"Na noite do casamento, por *insistência* da princesa Sophie, começaremos com a execução do rei impostor."

Sophie voltou para o seu lugar, em choque, quase se cortando na lâmina da Excalibur.

"O que significa que daqui a uma semana... Tedros *morrerá*", terminou Rhian, olhando diretamente para ela.

O povo de Camelot gritou, saindo em defesa do filho de Arthur, mas foram atrapalhados por cidadãos de dezenas de outros reinos, reinos outrora ignorados por Tedros e agora firmes diante do novo rei.

"TRAIDORA!", um homem de Camelot gritou para Sophie.

"TEDROS CONFIOU EM VOCÊ!", acusou uma mulher de Camelot.

"VOCÊ É UMA BRUXA!", o filho dela a xingou.

Sophie os encarou, sem palavras.

"Pode ir agora, meu amor", Rhian gritou, dando um beijo em sua bochecha antes de guiá-la para as mãos dos guardas armados. "Você tem um casamento para planejar. E o nosso povo não espera nada menos que a *perfeição*."

A última coisa que Hester viu de Sophie foi seu rosto aterrorizado, encarando o futuro marido, antes que os piratas a puxassem para dentro do castelo.

Enquanto a multidão cantava o nome de Sophie e Rhian presidia calmamente na varanda, todos dentro da cela nas masmorras ficaram atordoados e em silêncio.

"Ele estava dizendo a verdade?", uma voz ecoou do fundo do corredor.

A voz de Tedros.

"Sobre Sophie me querer morto?", o príncipe perguntou. "É verdade?"

Ninguém respondeu, porque a equipe estava vendo na projeção outra coisa acontecer no palco.

O corpo da Cobra estava se transformando.

Ou melhor, suas roupas estavam.

Como mágica, os *scims* que sobraram se rearranjaram em um terno que ficou dourado e azul instantaneamente: o contrário perfeito do terno que Rhian estava usando.

Assim que a Cobra conjurou sua nova roupa, Rhian pareceu sentir, pois o rei olhou de volta para o garoto mascarado, percebendo sua presença pela primeira vez. A equipe agora viu o rosto bronzeado e o queixo fino de Rhian em plena vista, seu cabelo brilhando como um capacete de bronze, os olhos verdes como o mar passando brevemente pela Cobra, que ainda estava fora da vista do povo. Rhian não mostrou nenhuma surpresa por seu inimigo mortal estar vivo, ou ter trocado de roupa, ou estar usando um terno que se parecia com o seu.

Em vez disso, Rhian ofereceu à Cobra algo próximo de um sorriso.

O rei se voltou para a multidão. "O Storian nunca ajuda *vocês*, o *verdadeiro* povo. Ele ajuda a elite. Ajuda os que frequentam aquela escola. Como ele pode ser a voz da Floresta, então? Se divide o Bem do Mal, o rico do pobre, o educado do homem comum? Foi isso que deixou nossa Floresta tão vulnerável a ataques. Foi o que deixou uma Cobra deslizar para dentro do reino de vocês. Foi isso que quase os matou. A Caneta. A podridão começa com aquela *caneta*."

O povo murmurou, concordando.

Os olhos de Rhian percorriam a multidão. "Você aí, Ananya da Floresta de Baixo, filha de Sisika da Floresta de Baixo." Ele apontou para uma mulher magra e desgrenhada, atordoada porque o rei sabia seu nome. "Durante trinta anos, foi escravizada nos estábulos do seu reino, acordando antes do amanhecer para preparar os cavalos para a rainha-bruxa da Floresta de Baixo. Cavalos que você amou e que treinou para cavalgar em batalha. No entanto, nenhuma caneta conta a sua história. Ninguém sabe o que você sacrificou, quem amou ou que lições pode oferecer – lições mais dignas do que qualquer princesa pomposa que o Storian possa escolher."

Ananya corou ao ver que aqueles que a rodeavam pareciam admirados.

"E você?", chamou Rhian, apontando para um homem musculoso, ao lado de três adolescentes com a cabeça raspada. "Dimitrov de Maidenvale, cujos três filhos se candidataram à Escola do Bem e nenhum foi aceito. E, no entanto, todos agora trabalham como lacaios para os jovens príncipes de Maidenvale. Dia após dia, trabalham até dizer chega, ainda que no fundo do coração saibam que esses príncipes não são melhores que vocês, ainda que saibam que também merecem uma chance de glória. Vocês também terão que morrer sem que as suas histórias sejam contadas? Terão que morrer ignorados e esquecidos?"

Os olhos de Dimitrov se encheram de lágrimas enquanto os filhos colocavam os braços em volta do pai.

Hester podia ouvir os murmúrios da multidão, maravilhada com o fato de alguém com tanto poder estar honrando as pessoas dali. Maravilhada com o fato de ser capaz de enxergá-las.

"Mas e se houvesse uma caneta que contasse as *suas* histórias?", Rhian disse. "Uma caneta que não seja controlada por uma magia misteriosa, mas por um homem em quem vocês confiam. Uma caneta que viva à vista de todos em vez de trancada atrás dos portões de uma escola. Uma caneta feita para um Leão."

Ele se aproximou da frente do palco. "O Storian não liga para vocês. Eu ligo. O Storian não os salvou da Cobra. Eu salvei. O Storian não serve ao povo. Eu sirvo. Porque quero glorificar todos vocês. E a *minha* caneta também."

"*Sim! Sim!*", gritou o povo.

"Minha caneta dará voz aos que não têm voz. Minha caneta dirá a verdade. A *sua* verdade", anunciou o rei.

"*Por favor! Por favor!*"

"O reinado do Storian acabou!", Rhian gritou. "Surge uma nova caneta. O começou de uma nova era!"

Nessa mesma hora, Hester e a equipe assistiram a uma tira do terno dourado da Cobra se soltar e flutuar sobre a parede da varanda, fora da vista da multidão. A tira dourada se transformou em um *scim* preto escamoso enquanto se deslocava mais alto no ar, ainda sem ser visto. Em seguida, desceu sobre a multidão e se dirigiu à luz do sol em direção ao Rei Rhian, transformando-se magicamente em uma longa caneta dourada, afiada como faca em ambas as extremidades.

As pessoas olhavam para a caneta, encantadas.

"Finalmente. Uma Caneta para o Povo", gritou Rhian, enquanto o objeto pairava sobre a sua mão estendida. "Conheçam... *Lionsmane!*"

A massa explodiu com os mais fervorosos aplausos.

"*Lionsmane! Lionsmane!*"

Rhian apontou o dedo e a caneta voou para o céu sobre o castelo de Camelot e escreveu em dourado, contra a tela azul pura, como se fosse uma página a ser preenchida.

A COBRA ESTÁ MORTA.
ERGUE-SE UM LEÃO.
O VERDADEIRO E ÚNICO REI.

Deslumbrados, todos os cidadãos da Floresta, do Bem e do Mal, se ajoelharam perante o Rei Rhian. Os dissidentes de Camelot foram forçados a se ajoelharem por aqueles que os rodeavam.

O rei levantou os braços. "Chega de *era uma vez*. A hora é *agora*. Quero ouvir suas histórias. Eu e meus homens vamos procurá-las, para que todos os dias a minha caneta possa escrever as *verdadeiras* notícias da Floresta. Não contos de príncipes arrogantes e bruxas que lutam pelo poder, mas histórias que colocam *vocês* sob os holofotes. Sigam a minha caneta e o Storian não terá mais lugar no nosso mundo. Sigam a minha caneta e todos vocês terão uma chance de glória!"

Toda a Floresta rugiu enquanto Lionsmane subia ao céu sobre Camelot, brilhando como um farol.

"Mas Lionsmane sozinho não é suficiente para superar o Storian e seu legado de mentiras", continuou Rhian. "O Leão, na história *O Leão e a Cobra*, tinha uma Águia ao seu lado para garantir que nenhuma Cobra pudesse voltar a encontrar o caminho para o seu reino. Um Leão precisa de uma Águia para ter sucesso: um suserano que possa servir como o conselheiro mais próximo do rei. E hoje, trago a vocês esse suserano, que me ajudará a lutar por uma Floresta melhor. Alguém em quem vocês podem confiar tanto quanto confiam em mim."

A multidão se calou, tamanha a expectativa.

De dentro da varanda, a Cobra começou a se mover em direção ao palco, sua máscara verde ainda no lugar, as costas viradas para Hester e a equipe.

Mas pouco antes de passar por um muro obscuro e entrar na vista da multidão, os *scims* que compunham a máscara da Cobra se dispersaram no ar, voando para fora de vista.

"Apresento a vocês... a minha Águia... e suserano do seu rei...", Rhian proclamou. "*Sir Japeth!*"

A Cobra caminhou para a luz e revelou o rosto para a multidão, o dourado do seu terno cintilando sob o sol.

Arquejos vieram da multidão.

"Naquela velha e obsoleta escola, dois iguais a nós governavam uma caneta. Dois do mesmo sangue que estavam em guerra um contra o outro, o Bem e o Mal", anunciou o rei, mantendo Japeth próximo a ele, embaixo de Lionsmane. "Agora, dois do mesmo sangue governam uma nova caneta. Não para o Bem. Não para o Mal. Mas para o *povo*."

A multidão irrompeu, cantando o nome do novo suserano: "Japeth! Japeth! Japeth!".

Foi então que a Cobra se virou e olhou diretamente para a projeção de Hester, revelando seu rosto para a equipe encarcerada, como se soubesse que estavam assistindo a tudo.

Assimilando a visão do lindo e fino rosto da Cobra pela primeira vez, todo o corpo de Hester ficou bambo.

"O que foi que você disse sobre estar um passo à frente?", ela disse para a Professora Dovey.

A Reitora do Bem não disse nada enquanto *Sir* Japeth sorria de volta para eles.

Depois, ele se virou e acenou para as pessoas, ao lado de seu irmão gêmeo idêntico, o Rei Rhian.

O Leão e a Cobra, agora, dominavam a Floresta como um só.

~ 3 ~

SOPHIE

Laços de Sangue

Enquanto os guardas a seguravam fora do palco, Sophie assistiu a tudo.

A Cobra se tornou o suserano do Leão.

O irmão de Rhian sem a máscara.

Lionsmane declarando guerra ao Storian.

O povo da Floresta aplaudindo duas fraudes.

Mas a mente de Sophie não estava em Rei Rhian ou em seu gêmeo com olho de cobra. Sua mente estava em outra pessoa... na única pessoa que importava para ela agora.

Agatha.

Mesmo com Tedros prestes a morrer, pelo menos ela sabia onde ele estava. Nas masmorras. Ainda vivo. E enquanto ele estivesse vivo, haveria esperança.

Mas na última vez que viu Agatha, ela estava sendo caçada por guardas em meio à multidão.

Será que Agatha tinha escapado?

Será que ela ainda estava viva?

Lágrimas brotaram em seus olhos enquanto ela encarava o diamante em seu dedo.

Em outros tempos, Sophie tinha usado outro anel. O anel de um homem maligno que a tinha afastado de sua única e verdadeira amiga, tal como estava agora.

Mas era diferente.

Naquela época, Sophie queria ser má.

Naquela época, Sophie tinha sido uma bruxa.

Casar-se com Rhian seria a sua redenção.

Casar-se com Rhian seria amor verdadeiro.

Ela achava que ele a entendia. Quando olhou em seus olhos, tinha visto alguém puro, honesto e *Bom*. Alguém que reconhecia os vestígios do Mal no seu coração e a amava por eles, assim como Agatha.

Ele também era lindo, é claro, mas não foi a sua aparência que a fez aceitar o anel. Foi a maneira como olhou para ela. Da mesma maneira que Tedros olhava para Agatha. Como se só pudesse ser completo tendo o amor dela.

Dois e dois, quatro melhores amigos. Era o final perfeito. Teddy com Aggie, Sophie com Rhian.

Mas Agatha tinha avisado: *"Se tem uma coisa que eu sei, Sophie... é que você e eu não podemos ter finais perfeitos".*

E tinha razão, é claro. Agatha foi a única pessoa que Sophie amou de verdade. Não duvidava de que ela e Aggie estariam na vida uma da outra para sempre. Que isso estava garantido.

Porém elas estavam bem longe disso agora... não tinham como retornar.

Quatro guardas agarraram Sophie por trás e a carregaram para a Torre Azul. Seus corpos cheiravam a cebola, cidra e suor debaixo das armaduras, e cravaram as unhas imundas em seus ombros antes que ela finalmente estendesse os dois braços e os fizesse ir embora.

"Eu uso o anel do rei", disse Sophie, ajeitando o vestido rosa. "Então, se quiserem continuar com a cabeça no lugar, sugiro que levem o seu fedor enfadonho para o banheiro mais próximo e tirem as patas sujas de mim."

Um dos guardas baixou o capacete, revelando Wesley, o pirata adolescente que a atormentou em Jaunt Jolie. "O rei deu ordens *pra* te levar até a Sala do Mapa. Não confia *nocê* pra ir sozinha, *pro* caso de resolver fugir como aquela Agatha fez", desdenhou ele, mostrando um par de dentes esquálidos. "Por isso, ou *caminhamo* tranquilo como *távamo* fazendo, ou vamos te levar lá de um jeito um pouco menos tranquilo."

Os outros três guardas retiraram o capacete e Sophie ficou cara a cara com o pirata Thiago, com marcas da cor de sangue em volta dos olhos; um garoto negro com o nome ARAN tatuado em fogo no pescoço; e uma garota extremamente musculosa com o cabelo escuro raspado, piercings nas bochechas e olhar lascivo.

"Você decide, Whiskey Woo", rosnou a garota.

Sophie deixou que a levassem.

Ao passarem pela rotunda da Torre Azul, ela viu um grupo de cinquenta operários repintando colunas com novos brasões de Leão, renovando o chão de mármore com insígnias de Leão em cada ladrilho, substituindo o candelabro quebrado por um que balançava mil pequenas cabeças de Leão, e trocando as cadeiras azuis desgastadas por assentos elegantes, as almofadas bordadas com leões dourados. Todos os resquícios do Rei Arthur foram igualmente substituídos, cada busto e estátua manchada do velho rei usurpada por uma nova.

O sol atravessou as cortinas, iluminando o hall circular; a luz dançava sobre a nova pintura e sobre as pedras polidas. Sophie notou três mulheres esqueléticas com rostos idênticos movendo-se pela sala em túnicas de seda cor de lavanda que combinavam entre si. Entregavam a cada um dos trabalhadores uma sacola que chacoalhava com moedas, deslizando como uma unidade de rigidez imperiosa, como se fossem as rainhas do castelo. As mulheres viram Sophie observando-as e deram a ela um sorriso simpático, fazendo uma reverência.

Havia algo estranho com elas, pensou Sophie. Não apenas o sorriso falso de macaco e aquela reverência desajeitada, como se fossem clones de um show de aberrações... mas o fato de, por baixo das túnicas limpas de cor pastel, não estarem usando *sapatos*. Enquanto as mulheres continuavam pagando os trabalhadores, Sophie observava os pés sujos, descalços, que pareciam pertencer a limpadores de chaminés, não a senhoras de Camelot.

Sem dúvida. Algo estava *definitivamente* errado.

"Achei que Camelot não tinha dinheiro", disse Sophie aos guardas. "Como estamos pagando por tudo isso?"

"Beeba, se abrirmos o cérebro dela, o que vamos encontrar?", perguntou Thiago à garota pirata.

"Minhocas", disse Beeba.

"Pedras", argumentou Wesley.

"Gatos", ofereceu Aran.

Os outros olharam para ele. Aran não explicou.

Nem responderam à pergunta de Sophie. Mas enquanto ela passava por salas de estar, quartos, uma biblioteca e um solário, todos sendo renovados com brasões e esculturas de leões e emblemas, ficou claro que Camelot tinha dinheiro. *Muito* dinheiro. De onde tinha vindo o ouro? E quem eram aquelas três irmãs agindo como se fossem donas do lugar? E como isso tinha acontecido tão rápido? Rhian mal tinha se tornado rei e, de repente, todo o castelo estava sendo refeito à sua imagem? Não fazia nenhum sentido. Sophie viu mais homens passarem carregando um retrato gigante de Rhian de coroa, e perguntarem aos guardas pelo "Salão dos Reis", onde deviam pendurar o quadro. Uma coisa era certa, pensou Sophie, vendo-os seguirem para a Torre Branca: tudo isso tinha sido planejado pelo rei havia muito tempo...

Não o chame assim. Ele não é o rei, ela se repreendeu.

Mas como ele retirou a Excalibur, então?, perguntou outra voz.

Sophie não tinha resposta. Pelo menos ainda não.

Por uma janela, viu trabalhadores reconstruindo a ponte levadiça do castelo. Por outra, vislumbrou jardineiros replantando grama e substituindo as roseiras velhas e mortas por novas, azuis, lindas e brilhantes, enquanto no pátio da Torre Dourada os trabalhadores pintavam leões dourados no fundo de cada espelho d'água. Um tumulto perturbou o trabalho e Sophie viu uma mulher de pele marrom com roupa de *chef* que foi expulsa do castelo pelos guardas piratas, juntamente com seus cozinheiros, enquanto um novo e jovem *chef* e seus assistentes, todos homens, eram levados para os substituírem.

"Mas a família Silkima cozinha para Camelot há duzentos anos!", protestou a mulher.

"E agradecemos o seu serviço", disse um belo guarda de olhos estreitos que estava com um uniforme diferente do dos piratas, dourado e elaborado, sugerindo que ele era de um nível superior.

Ele me parece familiar, pensou Sophie.

Mas já não conseguia estudar o rosto do garoto, porque agora estava sendo puxada para a Sala do Mapa, que cheirava a limpeza e frescor, como um prado de lírios – e não era assim que Salas do Mapa deveriam cheirar, uma vez que eram câmaras sem entrada de ar, normalmente ocupadas por equipes de cavaleiros que não tomavam banho.

Sophie olhou para cima e viu os mapas dos reinos da Floresta flutuando no lampião âmbar sobre uma grande mesa redonda, como balões cortados. Ao se aproximar, viu que não eram mapas velhos e quebradiços do reinado do Rei Arthur, mas os mesmos mapas mágicos que ela e Agatha encontraram uma vez no covil da Cobra, apresentando miniaturas dela e de sua equipe, permitindo à Cobra seguir todos os seus movimentos. Agora, todas aquelas estatuetas pairavam sobre o minúsculo castelo tridimensional de Camelot, enquanto suas cópias da vida real apodreciam nas masmorras logo abaixo. Mas, ao olhar mais de perto, Sophie percebeu que havia uma integrante da equipe no mapa que não estava perto do castelo, alguém que estava fugindo de Camelot, correndo em direção à fronteira do reino.

Agatha.

Sophie arfou.

Ela está viva.

Aggie está viva.

E se estava viva, Agatha faria o que pudesse para libertar Tedros. O que significava que Sophie e sua melhor amiga poderiam se unir para salvar o verdadeiro rei de Camelot: Aggie do lado de fora e ela de dentro.

Mas como? Tedros morreria em uma semana. Elas não tinham tempo. Além disso, Rhian podia rastrear Aggie neste Mapa das Missões sempre que quisesse.

Os olhos de Sophie queimaram. *Mapa das Missões!* Ela mesma tinha o seu próprio mapa! Seus dedos seguraram o frasco de ouro preso à corrente ao redor do pescoço, carregando o mapa mágico que era dado a cada Reitor. Ela escondeu melhor o frasco debaixo do seu vestido. Desde que tivesse seu próprio mapa, ela poderia seguir Agatha sem Rhian saber. E se ela pudesse rastreá-la, talvez também conseguisse enviar uma mensagem para Agatha antes que os homens do rei a encontrassem. Sophie se inundou de esperança, afogando o medo.

Mas depois ela reparou no resto da sala.

Cinco criadas com vestidos de renda brancos que cobriam cada centímetro de pele e grandes toucas brancas na cabeça foram colocadas em volta da mesa, silenciosas e paradas como estátuas, a cabeça baixa, então ela não via seus rostos, cada uma segurando um livro com capa de couro sobre as palmas estendidas. Sophie se aproximou, vendo que os livros estavam identificados com os eventos do casamento dela e de Rhian.

Bênção

Cortejo

Circo de Talentos

Banquete das Luzes

Casamento

Ela olhou fixamente para uma criada magra, a qual segurava o livro **Cortejo**. A garota manteve a cabeça baixa. Sophie folheou o livro enquanto ela o segurava, as páginas cheias de esboços de opções de carruagem e raças de animais e, de opções de vestuário que ela e Rhian poderiam usar para o desfile pela cidade, durante o qual o rei e a nova rainha teriam a oportunidade de conhecer o povo de perto. Será que eles andariam em uma carruagem de vidro puxada por cavalos? Em um tapete voador azul e dourado? Ou juntos em cima de um elefante? Sophie seguiu para a criada com o livro **Circo de Talentos** e olhou os desenhos do palco e as opções de cortinas e decorações para um espetáculo em que os melhores talentos de vários reinos se apresentariam para o casal de noivos. Depois foi o livro **Banquete das Luzes**, que mostrava dezenas de buquês, toalhas de mesa e candelabros para um jantar à meia-noite.

Sophie tinha apenas que apontar um dedo e escolher entre as opções dos livros, repletos de tudo o que ela precisaria para o casamento dos seus sonhos. Um casamento gigantesco com um príncipe herdeiro. Um casamento que tinha sido o seu desejo desde pequena.

Mas em vez de alegria, Sophie ficou enjoada, pensando no monstro com quem ia se casar.

Esse é o problema dos desejos.

Eles precisam ser específicos.

"O rei disse que é *procês trabalhar* até o jantar", Wesley ordenou da porta.

Ele começou a sair e, de repente, parou.

"Ah! Pediram que use isso o tempo todo", disse ele, apontando para um vestido branco pendurado na parte de trás da porta, aprumado, amarrotado, e ainda mais modesto do que o das criadas.

"Nem morta", Sophie disse.

Wesley sorriu de forma ameaçadora. "Vamos avisar o rei."

Ele saiu com seus piratas, fechando a porta. Sophie esperou alguns segundos, depois correu para a porta.

Ela não se mexeu.

Eles a trancaram lá dentro.

Também não havia janelas.

Nenhuma forma de enviar uma mensagem para Agatha.

Sophie se virou ao perceber que as criadas ainda lá estavam, paradas como estátuas em seus vestidos brancos, rostos escondidos, enquanto seguravam os livros do casamento.

"Vocês são mudas?", Sophie disparou.

As criadas ficaram em silêncio.

Ela arrancou o livro das mãos de uma delas.

"Diga alguma coisa!", exigiu.

A criada permaneceu em silêncio.

Sophie pegou o livro da criada ao lado e o atirou contra a parede, fazendo páginas voarem para todo lado.

"Não percebem? Ele *não* é filho do Arthur! Ele não é o verdadeiro rei! E o irmão dele é a *Cobra*! A Cobra que atacou reinos e matou pessoas! Rhian fingiu que o irmão era o inimigo para parecer um herói e se tornar rei! Agora eles vão matar Tedros! Vão matar o *verdadeiro* rei!"

Apenas uma das criadas se moveu.

"São selvagens! São assassinos!", Sophie gritou.

Nenhuma delas se mexeu.

Furiosa, Sophie arrancou mais livros e rasgou páginas, destruindo e arrancando as costuras. "Temos que fazer alguma coisa! Temos que sair daqui!" Com um grito, ela atirou couro e pergaminho pela sala, derrubando os mapas flutuantes sobre as paredes.

E então ela viu a Cobra a observando.

Ele estava parado em silêncio na soleira da porta aberta, seu terno azul e dourado iluminado pelo lampião. Japeth tinha o cabelo acobreado de Rhian, só que mais comprido e selvagem, assim como o rosto esculpido do irmão, porém mais pálido, um branco leitoso e frio, como se seu sangue tivesse sido sugado.

"Falta um livro", disse ele.

E o jogou na mesa.

Execução

Com o coração apertado, Sophie abriu o livro e encontrou uma seleção de machados, dentre os quais deveria escolher um, seguida de opções de blocos de corte, cada um com um esboço de Tedros ajoelhado e com o pescoço esticado sobre ele. Havia até opções de cestos para apanhar sua cabeça cortada.

Lentamente, Sophie olhou de novo para a Cobra.

"Presumo que não haverá mais problemas com o vestido", disse Sir Japeth.

Ele se virou para sair.

"Seu animal. Sua escória nojenta", Sophie bradou para as costas da Cobra. "Você e seu irmão usam artimanhas e ilusões para se infiltrar em Camelot e roubar a coroa do verdadeiro rei e acham que vão conseguir sair disso *ilesos*?" Seu sangue ferveu, despertando novamente a fúria de uma bruxa. "Não sei o que fez para enganar a Dama do Lago ou o que Rhian fez para enganar a Excalibur, mas foi só isso. Um *truque*. Pode colocar os meus amigos na cadeia. Pode me ameaçar o quanto quiser. Mas o povo só pode ser enganado até certo ponto. Vão ver quem vocês dois são, no final. Que você é um patife assassino sem alma e que ele é uma *fraude*. Uma fraude cuja garganta vou cortar assim que ele der as caras..."

"Então, é melhor começar logo", disse uma voz enquanto Rhian entrava, sem camisa, vestindo apenas calças pretas, o cabelo molhado. Ele olhou fixamente para Japeth. "Eu disse que lidaria com ela."

"E ainda foi tomar um banho", disse Japeth, "enquanto ela se recusava a usar o vestido da nossa *mãe*."

Sophie perdeu o fôlego. Não só porque tinha uma tempestade de raiva dentro dela, pronta para ser libertada, ou porque os dois irmãos a estavam vestindo igual a uma boneca, com as roupas da mãe deles. Mas também porque ela nunca tinha visto Rhian sem camisa antes. Agora, olhando para ele, viu que seu torso era branco como o de Japeth, enquanto os braços e o rosto brilhavam um bronzeado profundo – o mesmo bronzeado que os fazendeiros de Gavaldon tinham depois de usarem camisas sob o sol quente do verão. Rhian notou o olhar de Sophie e deu a ela um sorriso convencido, como se soubesse o que ela estava pensando: até o bronzeado tinha sido parte do esquema para impedir que alguém percebesse que eram irmãos, um truque para fazer Rhian parecer um Leão dourado lutando contra uma Cobra de coração frio... quando, de fato, o Leão e a Cobra eram gêmeos perfeitos, desde o início.

Enquanto Sophie permanecia ali, absorvendo seus sorrisos e olhares da cor do mar, ela sentiu um medo familiar – o mesmo medo que sentira quando beijou Rafal. Não, este medo era mais agudo. Ela sabia quem Rafal era. Ela o escolhera pelas razões erradas. Mas tinha aprendido com o seu conto de fadas. Tinha corrigido seus erros... apenas para se apaixonar por um vilão ainda pior. E, desta vez, não havia apenas um dele, mas dois.

"Que tipo de mãe seria capaz de criar *covardes* como vocês?", Sophie rosnou.

"Fale da minha mãe e arranco seu coração", disse a Cobra, se lançando contra ela.

Rhian o impediu. "Pela última vez. *Eu* cuido dela."

Ele empurrou Japeth para o lado, deixando o irmão furioso no canto.

Rhian se virou para Sophie, os olhos claros como vidro.

"Acha que nós somos os covardes? Foi você que disse que Tedros era um péssimo rei. Na verdade, durante a viagem de carruagem para recrutar os exércitos, você disse que eu seria um rei melhor. Que você seria uma rainha melhor. E aqui está, agindo como se estivesse do lado do seu querido 'Teddy' desde o início."

Sophie mostrou os dentes. "Você tramou contra Tedros. A Cobra era o seu *irmão*. Mentiu para mim, seu verme."

"Não", o rei disse, seu corpo ficando rígido. "Eu não menti. Nunca menti. Cada palavra foi verdade. Eu salvei os reinos de uma 'Cobra', não foi? Eu tirei a Excalibur da pedra. Passei no teste do meu pai e, por isso, eu sou rei, não aquele tolo que falhou no teste incontáveis vezes. Os fatos são esses. Aquele discurso que fiz para o exército, em Camelot, tudo aquilo também era verdade. Foi preciso uma Cobra para fazer surgir o *verdadeiro* Leão de Camelot. Você me amou antes, quando eu disse essas palavras. Queria se casar comigo."

"Pensei que estivesse falando do Tedros!", Sophie gritou. "Achei que ele fosse o verdadeiro Leão!"

"Outra mentira. No passeio de carruagem, eu disse que Tedros tinha falhado. Que ele tinha perdido a guerra pelo coração das pessoas. Que um verdadeiro Leão saberia como vencer. Você me ouviu, Sophie, mesmo que não queira admitir. Foi por isso que se apaixonou por mim. E agora que aconteceu tudo o que disse que aconteceria, você age como se eu fosse um vilão, porque não é exatamente como você imaginou. *Isso* é ser covarde."

"Eu te amei porque você prometeu lealdade a Tedros e Agatha!", Sophie argumentou. "Eu te amei porque pensava que era um herói! Porque você fingiu me amar também!"

"De novo. Mentira. Nunca fiz essa promessa e nunca disse que te amava, nem você me perguntou", disse o rei, se aproximando de Sophie. "Eu tenho o meu irmão. Tenho o laço de sangue, que é para sempre. O amor, por outro lado, é uma invenção. Vejam o que ele fez com meu pai, com Tedros, com *você* – o amor fez de você uma boba, te impediu de ver as coisas como são. Portanto, não, eu não te amo, Sophie. Você é a minha rainha por uma razão mais profunda do que o amor. Uma razão que me faz correr o risco de ter você ao meu lado, apesar do seu apreço por um rei impostor. Uma razão que vai nos unir mais do que o amor."

"Nos unir? Acha que eu e você podemos ter um vínculo?", Sophie perguntou, recuando e esbarrando em uma das criadas. "Você é um lunático de duas caras. Mandou seu irmão atacar as pessoas para que pudesse cavalgar para salvá-las. Colocou uma espada nas minhas costas, prendeu os meus amigos..."

"Eles ainda estão vivos. Fique grata por isso", disse Rhian, encurralando-a. "Mas neste momento você doou sua lealdade ao rei e à rainha errados. A amizade te cegou. Agatha e Tedros não estão destinados a governar a Floresta. Você e eu estamos e, em breve, vai entender o porquê."

Sophie tentou se mover, mas ele segurou a palma úmida dela na sua. "No entanto, se você se comportar, se for razoável...", ele disse, suavemente, "as criadas e cozinheiras atenderão aos seus pedidos."

"Então, peço que Tedros seja libertado", disse Sophie.

Rhian parou. "Eu disse 'razoável'."

Sophie arrancou a mão da dele. "Se você é filho de Arthur como diz que é, então Tedros é seu irmão."

"*Meio*-irmão", disse o rei, friamente. "E quem pode dizer se é verdade? Quem pode afirmar que ele é mesmo filho do Rei Arthur?"

Sophie olhou para ele, boquiaberta. "Não se pode moldar a verdade apenas para que ela se encaixe nas suas mentiras!"

"Acha que Tedros tem o *nosso* sangue?", Japeth interferiu, falando de um canto da sala. "Aquele idiota chorão? Improvável. Mas talvez, se você der um beijo no Rhian esta noite, ele envenene o garoto em vez de cortar a cabeça dele." Ele sorriu para Sophie e mexeu a língua como uma Cobra.

"Chega, Japeth", disse Rhian.

Sophie podia ver uma das criadas tremendo no canto, a cabeça abaixada. "Falei para as criadas o que você fez", Sophie disse, furiosa. "Elas vão contar ao resto do castelo. Vão dizer para todo mundo. Que você não é rei. E que ele não é um suserano. Que o seu irmão é a Cobra. Todas elas sabem..."

"É mesmo?", perguntou a Cobra, levantando a sobrancelha para o irmão.

"Questionável", disse o Leão, voltando-se para Sophie. "Elas eram as camareiras da Agatha, por isso a lealdade delas para comigo era questionável. Em vez de soltá-las na Floresta, deixei que escolhessem entre uma morte rápida e servir a mim e ao meu irmão. Desde que elas se submetessem a um procedimento rápido."

Procedimento? Sophie não conseguia ver o rosto delas, mas as cinco criadas pareciam saudáveis. Não faltavam membros nem tinham marcas na pele.

Mas então ela viu os olhos da Cobra piscarem. O mesmo flash insidioso que tinha testemunhado sempre que ele havia feito algo especialmente maligno.

Sophie olhou de perto para a criada mais próxima dela. E então ela viu.

Um longo e fino *scim* deslizou de forma provocadora para fora do ouvido da criada, escamas reluzindo sob a luz do lampião, antes de retornar ao seu lugar.

Uma sensação nauseante encheu a garganta de Sophie.

"O que quer que tenha dito foi para ouvidos surdos", disse Rhian. "E dado que Japeth prometeu que só as devolveria à sua condição original quando provassem sua lealdade ao novo rei, duvido que, de qualquer forma, te dessem ouvidos."

Ele levantou o dedo em direção às criadas e a ponta reluziu um dourado brilhante. Respondendo ao sinal, as criadas saíram rapidamente da sala em fila.

A mesma cor do brilho de Tedros, pensou Sophie, olhando para o dedo de Rhian. *Mas como? Só os alunos da escola têm brilho de dedos e ele nunca foi aluno da escola.*

Enquanto a última criada passava pela porta, de cabeça baixa, o rei barrou seu caminho subitamente. Era a criada que Sophie tinha visto tremendo em um canto.

"Mas teve uma criada com quem não mexemos. Uma de quem *queríamos* ouvir cada palavra", disse Rhian, com a mão no pescoço da criada. "Uma que precisava de uma modificação diferente..."

Ele levantou a cabeça da empregada.

Sophie congelou.

Era Guinevere.

Um *scim* enrolou-se em volta dos lábios da velha rainha, selando sua boca fechada.

Guinevere dirigiu à Sophie um olhar petrificado, antes de Rhian levá-la para fora com as outras e fechar a porta.

A roupa dourada e azul de Japeth se transformou de forma mágica, voltando ao terno rasgado de *scims* pretos, o peito branco aparecendo através dos buracos. Ele ficou ao lado do irmão, os músculos ondulando sob as lâmpadas.

"Ela é uma rainha!", Sophie arfou, nauseada. "Ela é a mãe de Tedros!"

"E ela tratou mal a nossa mãe", disse Japeth.

"Tão mal que é justo que ela nos veja tratar mal o seu filho também", disse Rhian. "O passado é o presente e o presente é o passado. A história anda de um lado para o outro. Eles não te ensinaram isso na escola?"

Seus olhos dançavam entre o azul e o verde.

Nossa mãe, Sophie pensou.

Quem era a mãe deles?

Agatha tinha mencionado algo... algo sobre a sua governanta, que tinha sido enterrada na Floresta de Sherwood... Qual era o nome dela?

Sophie olhou para os dois garotos que a observavam, os torsos idênticos e sorrisos como de um réptil, os novos Rei e Suserano de Camelot, e de repente não se importou com quem era a mãe deles. Prenderam os seus amigos, escravizaram uma rainha de verdade e a enganaram para que se tornasse uma falsa. Tinham forçado sua melhor amiga a fugir e condenaram Sophie a viver como um fantoche do inimigo. *Ela*, a maior bruxa da Floresta, que quase derrubou a Escola do Bem e do Mal. Duas vezes. E eles pensaram que ela seria uma marionete?

"Você esqueceu que sou do Mal", Sophie disse para Rhian, sua raiva substituída por uma calma fria. "Eu sei como matar. E vou matar os dois sem deixar uma mancha de sangue no meu vestido. Então, ou você liberta a mim e meus amigos e devolve a coroa para o rei legítimo, ou vai morrer aqui, com seu irmão, guinchando como sei lá o que restou dessa enguia viscosa."

Cada um dos últimos *scims* saíram de Japeth e arremessaram Sophie contra a parede, amarrando-a como um mosquito em uma teia, com a palma das mãos sobre a cabeça; outro *scim* apertava sua garganta, mais um amordaçava-a e outros dois, afiados e letais, estavam prontos para arrancar seus olhos.

Arfando, em estado de choque, Sophie viu Japeth olhando para ela, o corpo nu, sem *scims*, escondido pela mesa.

"Que tal fazermos um acordo?", propôs Rhian, posando contra a parede ao lado do corpo de Sophie. "Sempre que você se comportar mal, mato um dos seus amigos. Mas se fizer o que eu digo e agir como a rainha perfeita... bem, então não vou matá-los."

"Parece um acordo justo", disse a Cobra.

"E, além disso, poderíamos fazer coisas com você também", disse Rhian, seus lábios no ouvido de Sophie. "É só perguntar ao velho feiticeiro."

Sophie gritou, mas foi abafada pela mordaça, desesperada para saber o que tinham feito com Merlin.

"Mas não quero te fazer mal", prosseguiu o rei. "Já disse. Tem uma razão para você ser minha rainha. A razão pela qual você pertence a este lugar. A razão pela qual você entendeu essa história da forma errada. A razão pela qual o seu sangue e o nosso estão tão indissoluvelmente ligados..."

Rhian levantou a mão para os dois *scims* afiados apontados para as pupilas de Sophie e pegou um deles com a mão. Girou-o na ponta do dedo como uma espada minúscula e olhou fixamente para a princesa amarrada.

"Quer saber o que é?"

Seus olhos brilhavam perigosamente.

Sophie gritou.

Ele apunhalou a palma aberta dela com o *scim* e cortou a pele, abrindo uma ferida rasa, da qual escorreram pequenas gotas de sangue.

Enquanto Sophie observava horrorizada, o rei colocou a mão debaixo da ferida e recolheu o sangue de Sophie como água da chuva.

Então, sorriu para ela.

"Porque você é a única pessoa..."

Ele caminhou em direção ao seu irmão.

"...em toda a Floresta..."

Parou de frente para Japeth.

"...cujo sangue pode fazer..."

Ele espalhou o sangue da Sophie no peito do irmão.

"...isto."

Por um momento, nada aconteceu.

E então Sophie deu um pulo para trás.

Seu sangue tinha começado a se espalhar magicamente em fios finos e brilhantes pelo corpo de Japeth, se ramificando e se alastrando pela pele como uma rede de veias. Os fios de sangue escureceram até adquirirem um tom carmim forte e ficaram espessos, formando uma teia de cordas que selou seu corpo. As cordas apertaram-se mais, cortando a pele como chicotes, cada vez mais fundo, até que Japeth foi envolvido pelo sangue de Sophie, a pele esticada e em carne viva. Ele contorceu o corpo em agonia, os músculos se enrijeceram enquanto inclinava a cabeça para trás, a boca se abriu em um grito sufocado. Depois, de repente, as cordas que o prendiam passaram de vermelho para preto. Escamas se espalharam sobre elas como uma irritação na pele, à medida que as cordas começaram a se mover e a se ondular, se mexendo com grunhidos suaves como filhotes de enguias, replicando-se através das fendas em sua pele pálida, um *scim* após o outro, e outro, até que enfim... Japeth a encarou de volta, seu terno de cobras tão forte e novo quanto na primeira vez em que Sophie o viu.

Não havia dúvidas sobre o que tinha acabado de testemunhar.

O sangue dela havia restaurado a Cobra.

O sangue dela tinha restaurado um monstro.

O sangue *dela*.

Sophie quase desfaleceu sob as amarras. A Sala do Mapa estava em silêncio.

"Te vejo no jantar", disse o rei.

Ele saiu pela porta.

A Cobra seguiu o irmão, mas não antes de colocar o vestido da mãe sobre a mesa e dar à Sophie um último suspiro de aviso.

Ao sair pela porta, os *scims* voaram de Sophie com gritos penetrantes e seguiram Japeth, e a porta se fechou atrás deles.

Sophie estava sozinha.

Ela estava entre os livros de casamento rasgados, com a mão ainda sangrando.

Sua boca tremia.

Os pulmões pareciam estar cedendo.

Tinha que ser um truque.

Outra mentira.

Tinha que ser.

Mas tinha visto com seus próprios olhos.

Não era um truque.

Era real.

Sophie sacudiu a cabeça, lágrimas se formando.

Como algo tão mau poderia vir *dela*?

Ela queria que a Cobra fosse morta da pior maneira possível... e, em vez disso, tinha devolvido vida a ele? Depois de tudo o que fizera para proteger seus amigos? Depois de tudo o que fizera para mudar? Agora, tinha o sangue que dava vida ao pior tipo de Mal?

O calor subiu para o seu rosto, um caldeirão de medo. Um grito de bruxa encheu seus pulmões, rasgando sua garganta. Um grito que mataria todos naquele castelo e o transformaria em cinzas. Ela abriu a boca para gritar...

E, então, se segurou.

Lentamente, deixou o grito deslizar de volta para as reentrâncias do seu coração.

"*O passado é o presente e o presente é o passado.*"

Foi o que o novo rei disse.

Era por isso que ele estava sempre um passo à frente: porque conhecia o passado das pessoas...

E o passado de Sophie era maligno.

O Mal que durante tanto tempo tinha sido a sua arma.

O Mal que era a sua única maneira de lutar.

Mas Rhian era muito inteligente para isso.

Não se pode vencer o Mal com o Mal.

Talvez para ganhar uma batalha, mas não a guerra.

E não importava como, ela venceria essa guerra. Por Agatha. Por Tedros. Por seus amigos.

Mas para vencer, ela precisava de respostas. Precisava saber quem o Leão e a Cobra eram realmente. E por que o seu sangue tinha se fundido magicamente com o deles...

Até encontrar essas respostas, ela teria que ganhar tempo.

Teria que ser esperta. E teria que ser cuidadosa.

Sophie olhou para o vestido branco em cima da mesa, os lábios apertados.

Ah, sim.

Havia outras maneiras de ser uma bruxa.

4

AGATHA

Novas alianças

Depois de deixar Avalon, Agatha planejava adentrar sorrateiramente um reino vizinho para encontrar comida e um lugar para dormir. Precisava de tempo para pensar sobre o estranho retrato feito pela Dama do Lago. Tempo para esconder uma bola de cristal que a estava atrasando. Tempo para pensar em quais seriam seus próximos passos.

Tudo isso mudou quando ela chegou a Gillikin.

Já passava do crepúsculo quando Agatha atravessou para o rcino Sempre, lar da Cidade das Esmeraldas de Oz. Tinha se escondido dentro da carroça de visitantes de Ginnymill, que estava subindo a costa (Agatha entrou no meio da bagagem). Quando chegaram à estrada de tijolos amarelos na periferia da Cidade das Esmeraldas e desembarcaram em um mercado cheio de turistas barulhentos, o céu estava escuro o suficiente para Agatha se esgueirar para fora da carroça e se misturar à multidão.

Uma semana antes, Agatha tinha lido relatos de que Gillikin estava sendo atormentada por ataques da Cobra – vespas comedoras de fadas, carruagens-bomba e ninfas perigosas – que paralisaram o reino. A Fada Rainha de Gillikin e o Mágico de Oz, outrora rivais que lutavam pelo poder, tinham sido forçados a fazer uma trégua e ambos apelaram a Tedros de Camelot que os ajudasse. Agora, com a Cobra supostamente morta pelas mãos de Rhian, Gillikin tinha prometido aliança ao novo rei de Camelot e o movimento tinha voltado às ruas, o povo da Floresta já sem medo de seguir com a vida normal.

Agatha tinha escolhido vir para Gillikin por algumas razões: primeiro, porque era o reino mais próximo de Avalon e o lar das fadas invisíveis que antes já a tinham protegido dos zumbis do Diretor da Escola; segundo, e mais importante, porque era um caldeirão de imigrantes de toda a Floresta, determinados a encontrar o caminho para a Cidade das Esmeraldas e ganhar uma audiência com o Mágico. Entre uma multidão tão heterogênea, Agatha percebeu que tinha mais chances de receber notícias de Camelot, bem como de Tedros e dos seus amigos. Ao mesmo tempo, com tanta gente entupindo as ruas amarelas, clamando por um cobiçado "bilhete verde" para a Cidade das Esmeraldas (ou você ganha um na sorte, ou o compra de um cambista), Agatha presumiu que passaria despercebida.

O que acabou sendo um erro.

Para onde quer que olhasse, havia cartazes de "Procura-se" em idiomas diferentes fixados nas bancas do mercado, iluminados pela luz das tochas.

Como o feiticeiro concedia apenas algumas reuniões por dia, a busca por Agatha tinha se tornado uma caça ao tesouro desenfreada. Os vendedores falsificavam "Visão-da-Agatha", óculos mágicos usados para encontrá-la, laços luminosos do Leão para capturá-la, caixas de som que emitiam a voz de Tedros para servir de isca, bolas de cristal falsas para segui-la, até mesmo mapas de Gillikin com anotações de onde Agatha teria sido vista.

"Se eu encontrar o feiticeiro, vou pedir uma perna nova", Agatha ouviu um garoto manco dizer a um vendedor desgrenhado enquanto comprava um dos mapas. Agatha observou o menino, de 6 ou 7 anos, enquanto ele desenrolava o pergaminho e analisava as pequenas Agathas desenhadas com cabelo de bruxa e rangendo os dentes, pontilhadas ao redor do mapa. O garoto olhou para cima. "Tem certeza de que a viu?"

"Veio e comprou um mapa", disse o vendedor, sorridente, "igual a você."

"Então, por que não capturou ela?", perguntou o menino.

O sorriso do vendedor sumiu. "Ah, bem, por que eu não tinha um laço de Leão como este aqui!"

O garoto olhou para ele, cético... depois começou a contar as moedas no bolso.

Acima dela, holofotes brilhantes varriam as multidões, projetados por nuvens de fadas invisíveis que se juntaram à caça. As mesmas fadas que antes tinham protegido Agatha do Mal agora ansiavam entregá-la para ele. Os holofotes iridescentes atravessaram o mercado, prestes a iluminar seu rosto.

Agatha pulou atrás de uma barraca, chocando-se contra uma sebe de pinheiro e caindo com força sobre a bolsa que carregava a bola de cristal de Dovey. Xingando silenciosamente, arrancou agulhas de pinheiro do queixo, ouvindo o barulho que vinha do mercado: conversas em línguas que não reconhecia, o chiado dos carrinhos de comida vendendo Burger do Feiticeiro (hambúrgueres cobertos com pó de ouro servidos em folhas de palma verde) e Cremes de Fada (leite quente com espuma cintilante)... a voz aguda de um feirante atravessando a multidão: *Cheguem mais perto! É a banca de ingressos do Gilly! O melhor preço em toda a Floresta! Ingressos para a Cidade Esmeralda! Tours nas Cavernas de Contempo! Voos de fadas para A Bela e a Festa! Reservas disponíveis hoje à noite! Venham já! Venham para o Gilly!"*

Enquanto Agatha se punha de pé, viu que a banca atrás da qual tinha caído vendia tanto produtos do Mágico de Oz como lembrancinhas do Rei Rhian, em homenagem à nova aliança. A loja estava cheia de turistas balançando sacos de moedas para três vendedores que distribuíam de forma frenética canecas, camisetas, máscaras, bolsas e doces de Leão.

"Mas eu achava que Agatha e Tedros eram bons", disse uma garotinha para a mãe, que estava no meio da multidão tentando comprar uma caneta dourada barata parecida com o Storian. Só que não era o Storian, Agatha percebeu, porque gravada na superfície dourada estava a palavra **Lionsmane**.

Lionsmane? Agatha olhou mais de perto. *O que é isso?*

"Você me contava o conto de fadas de Agatha e Tedros todas as noites antes de dormir", a garota importunava a mãe, "e eles acabavam como rei e rainha, lembra? Esse era o Para Sempre deles..."

"Bem, acontece que Agatha e Tedros estavam apenas fingindo ser rei e rainha, enquanto o verdadeiro rei estava aqui na Floresta", assegurou a mãe. "O Rei Rhian matou a Cobra, enquanto Tedros não fez nada. O Rei Rhian agora é o líder do Bem. E Sophie será sua rainha."

"Ele é o líder do Mal também", comentou uma bruxa de capa preta que estava perto delas esperando para comprar uma das canetas douradas. "É por isso que ele vai se casar com Sophie. Para unir todos nós. Agora Rhian é o rei de *toda* a Floresta. E Lionsmane vai garantir que nós nunca mais escutemos um conto de fadas falso como o de Agatha. A caneta do Rei Rhian vai contar histórias reais." Ela sorriu sem dente para a menina. "Talvez escreva até a sua."

A *caneta* de Rhian?, pensou Agatha, desconcertada.

A garotinha entrou no meio da mãe e da bruxa.

"Mas por que o Rei Rhian tem que matar Tedros?", perguntou ela. "E por que tem que ser no casamento com Sophie?"

O estômago de Agatha se contorceu tanto que ela o sentiu na garganta.

Tedros morto no casamento de Rhian e Sophie.

Impossível. Eles não podiam matar o filho do Rei Arthur em um casamento real. Isso nunca poderia acontecer. Sophie nunca *deixaria* isso acontecer. Sophie protegeria Tedros. Ela pensaria em um plano contra Rhian lá de dentro do castelo. Ela nunca se casaria com aquele monstro!

Agatha ficou tensa. Será que agora que Sophie estava prestes a ser rainha de Camelot, venerada por toda a Floresta, ela voltaria, de repente, a ser...

Não seja burra, Agatha se censurou. Tinha visto a cara de Sophie quando Rhian a encurralou com a espada. Aquela não era a velha Sophie, que tinha traído seus melhores amigos por amor. Desta vez, eles estavam todos na mesma equipe contra um rei falso.

Um rei falso que estava planejando matar o verdadeiro.

Agatha achou que seria tomada por uma onda de pânico...

Mas, em vez disso, sentiu calma.

Se ela não encontrasse uma maneira de chegar até Tedros, ele morreria da pior forma possível.

Não havia tempo para desespero.

Seu príncipe precisava dela.

Ela se esgueirou de trás da banca, passou pelos vendedores distraídos e roubou habilmente uma blusa com capuz estampada com o rosto de Rhian, enquanto a multidão se engalfinhava pelos produtos do Leão. Puxando o capuz por cima da cabeça, abriu caminho através da muralha de consumidores, apertando a bolsa com a bola de Dovey contra seu ombro enquanto se dirigia para a banca brilhante ao longe.

BANCA DE INGRESSOS DO GILLY!

Passou por mais cabines abarrotadas de pessoas que compravam equipamento falsificado de caça à Agatha, enquanto andava, apressada, exibindo o rosto de Rhian no peito, fingindo ser sua maior fã. Ela aproximava-se agora do Gilly, a voz do vendedor ficando cada vez mais alta: "*Venham! Os melhores ingressos da cidade...*"

Alguma coisa colidiu com ela.

Agatha olhou para cima e viu dois grandes hobgoblins verdes com óculos Visão-da-Agatha carregando sacolas cheias de lembrancinhas do Leão. Eles a olharam através de seus óculos de proteção... depois, lentamente, os baixaram.

"Gaboo Agatha gabber", disse o primeiro goblin.

"Gaboo *shamima* Agatha gabber", disse o segundo goblin.

"No no Agatha gabber", disse Agatha, apontando em outra direção. "Gaboo foi por ali."

Os goblins estreitaram os olhos.

Agatha apontou para Rhian na sua camisa. "Veja. *Rei*. Ooooh." Os goblins se entreolharam.

"Poot", disse o primeiro.

"Mah poot", disse o segundo.

Eles largaram suas sacolas e a atacaram.

Diante de duzentos quilos de gosma raivosa, Agatha se enfiou na multidão empurrando as pessoas para cima dos goblins como se fossem escudos, mas os goblins passaram por elas, agarrando-se à bolsa de Dovey.

Agatha girou e derrubou o carro de um vendedor de bolas de cristal falsificadas que estava no seu caminho, as bolas de borracha repetindo "*Eu vejo Agatha! Vejo Agatha!*", com gritinhos e fazendo os goblins tropeçarem, assim como metade da multidão. Arfando de alívio, Agatha se escondeu atrás de um quiosque de jornais, vendo os goblins caírem por cima de todas as bolas de cristal escorregadias, enquanto uma vendedora batia neles impiedosamente com o sapato.

De repente, Agatha reparou nas manchetes da *Gazeta de Gillikin*, pendurada na frente da banca:

LEÃO MARCA A EXECUÇÃO DO "REI" TEDROS; COMEMORAÇÕES DO CASAMENTO COMEÇAM AMANHÃ.

Agatha se aproximou para ler o artigo, que trazia os detalhes de como Sophie escolhera a dedo o machado e o carrasco para a decapitação de Tedros (*mentira*, pensou Agatha) e sobre a nova caneta do Rei Rhian, Lionsmane, que era mais digna de confiança do que Storian.

Uma mentira ainda maior, Agatha desdenhou, lembrando-se das canetas douradas baratas que as pessoas estavam comprando na barraca. Storian contava histórias das quais a Floresta precisava. Storian mantinha a Floresta *viva*.

Mas se, de uma hora para outra, as pessoas estavam duvidando da caneta encantada e preferindo uma falsa... então, ela não estava lutando apenas contra Rhian. Também estava lutando contra as inúmeras mentes que ele tinha corrompido. Como conseguiria?

Só que havia mais nesse artigo da Gazeta. Agatha se deu conta ao continuar a ler... era sobre o irmão de Rhian que supostamente tinha sido nomeado suserano do rei.

Agatha estudou uma pintura desse suserano, incluída na primeira página. Dizia que seu nome era Japeth.

Arregalou os olhos.

Não era apenas irmão de Rhian.

Era irmão *gêmeo* dele!

Ela pensou no desenho da Dama do Lago.

Agora entendia tudo.

Não era Rhian com a máscara da Cobra que a Dama tinha beijado.

Era Japeth.

Eram dois, desde o início.

Um era o Leão; o outro, a Cobra.

Foi assim que enganaram a Dama e a Excalibur. Eles partilham o mesmo sangue.

Contudo, tanto a Dama quanto a Excalibur acreditavam que aquele sangue era o sangue do herdeiro de Arthur.

Mas mesmo que fossem gêmeos, um deles não teria nascido primeiro? Agatha se perguntou. *Ou seja, apenas um deles é o verdadeiro herdeiro...*

Agatha balançou a cabeça. *O que estou dizendo? Aqueles dois monstros não podem ser filhos de Arthur. Eles não podem ser irmãos de Tedros.*

Sentia que estava prendendo a respiração.

Podem?

Uma sombra caiu sobre ela.

Agatha se virou e viu os dois goblins olhando para ela, seus corpos cobertos de vergões.

A vendedora que os tinha espancado também estava com eles, encarando Agatha.

Assim como uma centena de outras pessoas atrás deles que, claramente, sabiam quem ela era.

"Oh. Oi", disse Agatha.

E disparou para salvar sua vida, atirando-se na multidão. Porém, mais pessoas à frente ouviam os gritos daqueles que a perseguiam e começavam a ir atrás dela também. Presa na estrada amarela entre as barracas, ela não tinha para onde ir.

Então, Agatha viu a banca ao seu lado.

GIRINOS DA TAMIMA
Melhor criadora de sapos das Terras do Sempre

Girinos. Ela conhecia um feitiço com girinos. Tinha aprendido na escola, lendo os livros do Mal de Sophie.

Imediatamente, desviou para a tenda, mergulhando debaixo do tecido, contornando seu fundo e abordando a vendedora, que estava cozinhando uma cuba com criaturas se contorcendo. Antes que a vendedora pudesse perceber o que estava acontecendo, Agatha a empurrou para fora do caminho, arrancou a bacia de girinos com ambas as mãos e sentiu a luz de seu dedo queimar na cor dourada.

"*Pustula morphica!*", ela sussurrou.

E mergulhou o rosto lá dentro.

Quando os goblins e outros caçadores de recompensas passaram correndo, não conseguiram encontrar Agatha na multidão – mas sim uma menina encharcada, coberta de furúnculos vermelhos, tropeçando para longe de uma barraca de girinos.

Pouco tempo depois, com as bolhas vermelhas coçando, a garota coberta de furúnculos seguiu para a Banca de Ingressos do Gilly e parou diante do belo e jovem vendedor.

"Um voo para a Bela e a Festa, por favor", disse ela.

O homem se afastou, enojado.

"Quarenta moedas de prata", ele resmungou, tocando por reflexo sua bochecha lisa. "Ou melhor, quarenta moedas de prata que seus dedos pestilentos não tenham *tocado.*"

"Não tenho prata", respondeu Agatha.

"Então, me dê o que está naquela bolsa", disse ele, apontando para a bolsa de Dovey.

"Fraldas sujas?", Agatha respondeu com a expressão séria.

O homem franziu as sobrancelhas. "Fora da minha vista antes que eu chame a Guarda do Mágico."

Agatha olhou por cima do ombro e viu um tumulto na barraca de girinos, a vendedora apontava para ela.

Ela se voltou para ele novamente.

"Mas posso pagar com um bom espirro, um bem forte", disse ela friamente. "Estou sentindo um chegar, na verdade. Direto no seu rostinho lindo."

O homem levantou os olhos, analisando as bochechas cheias de espinhas.

"Sua bruxa doente. Quer voar? É minha convidada", ele sorriu, brilhando uma tocha de fogo verde para o céu, iluminando uma nuvem de fadas invisíveis, de repente perceptíveis na luz verde. "Vão olhar para você na Floresta de Sherwood e atirar uma flecha no seu crânio."

À medida que as fadas se elevavam ao comando do homem e carregavam Agatha para o céu, ela sorria para ele e a multidão de caçadores de Agatha correndo para sua barraca.

"Vou correr esse risco", disse ela.

"Devia ter vindo direto para cá em vez de se meter na Terra das Fadas", disse Robin Hood, umedecendo as bolhas de Agatha com um guardanapo que ele tinha encharcado de cerveja.

"Era muito longe para chegar aqui a pé e eu queria saber notícias dos meus amigos", disse Agatha, agora se coçando com os furúnculos *e* a cerveja. "Além disso, da última vez estive aqui, você disse que os Homens Alegres não se envolvem em assuntos de outros reinos e que não nos ajudaria a combater a Cobra. Mas agora você *tem* que nos ajudar, ou Tedros morrerá em seis dias. É a minha única esperança – Lancelot está morto, Merlin foi capturado, Professora Dovey e Guinevere também, e não sei como chegar à Liga dos Treze, nem sei se eles ainda estão vivos."

"Eu sabia que aquele garoto Rhian era um verme", rosnou Robin, borrifando cerveja no seu casaco verde. "Grudou nas costas do Tedros como uma pulga: 'Meu rei! Meu rei!' Saquei a dele direitinho. Qualquer um que sirva a um rei tem que estar querendo o lugar dele para si mesmo." Ele ajeitou seu gorro marrom com uma pena verde. "Na hora que ouvi a notícia, não fiquei nada surpreso."

"Para de mentir", uma mulher negra arrebatadora, com cabelos compridos e cacheados, vestido azul delicado, falou, andando atrás do balcão do Flecha de Marian, enxaguando os copos de vinho e limpando a bancada enquanto a luz da lua atravessava a única janela. "Você disse que nunca tinha conhecido um 'garoto mais robusto' e que, se pudesse, roubaria Rhian de Tedros para alistá-lo nos Homens Alegres."

"Sempre conte com Marian para nos dizer a verdade", disse uma voz grave.

Robin olhou para os doze homens e suas várias formas, tamanhos e cores, todos usando chapéus marrons como os de Robin, cada um com uma caneca de cerveja na mão, espalhados pelas mesas do bar os únicos consumidores dali.

"Primeiro Robin traz um traidor para a gente: aquele garoto Kei que libertou a Cobra e matou três dos nossos companheiros", disse um homem gigantesco e barrigudo, "e agora ele também quer trazer um rei malvado?"

"É por isso que o Flecha de Marian tem o nome da Marian, e não o dele", zombou um homem, fazendo uma reverência para a mulher atrás do balcão.

"Isso aí!", os homens ressoaram, batendo suas canecas.

"E é por isso que, a partir de agora, podem pagar por suas bebidas no meu bar, como todos os outros", rebateu Robin.

Os Homens Alegres ficaram em silêncio.

"Só para constar, o Flecha de Marian é meu", disse Marian enquanto secava uma caneca.

Robin a ignorou, voltando-se para Agatha. "A guarda do rei não pisa na Floresta de Sherwood. Você estará segura aqui", disse ele, inspecionando seu rosto pustuloso e cobrindo-o com mais cerveja. "Fique com a gente o tempo que quiser."

"*Ficar*? Não ouviu o que eu disse? Rhian vai matar Tedros!", Agatha voltou a falar, seu rosto coçando mais do que nunca. "Ele prendeu todo mundo, inclusive a Dot, que te libertou da prisão e agora precisa que você faça o mesmo por ela. Não vou ficar aqui e você também não. Precisamos atacar o castelo e resgatá-los!"

Ela ouviu os Homens Alegres murmurarem. Algumas risadas também.

Robin suspirou. "Agatha, somos ladrões, não soldados. Podemos odiar esse rato malvado e calculista, mas Rhian tem toda a Floresta com ele e os guardas reais à sua frente. Ninguém pode salvar seus amigos agora, não importa o quanto a gente ame Dot. Seja grata por ter escapado, mesmo que tenha acabado com uma cara meio sarnenta."

"Ela é linda como é, seu idiota", Marian ralhou com Robin, marchando na sua direção. "Não vai demorar muito até você ficar corcunda e enrugado como uma ameixa, Robin. Quem vai tomar conta de você, então? Todas as moças para quem assobia? E o que está fazendo com a pobre garota? Se não vai ajudar, pelo menos não piore as coisas." Marian pegou um pimenteiro de uma mesa, encheu a mão de pó vermelho e o soprou diretamente no rosto de Agatha. Esta se sacudiu violentamente, protegendo os olhos com os dedos... que tateavam suas bochechas macias.

Os furúnculos tinham desaparecido.

Robin ficou boquiaberto. "Como sabe fazer isso?"

"Grupos Florestais na escola. Fiz o seu dever de casa em Antídotos", respondeu Marian.

Agatha chiou, a garganta cheia de pimenta. "Você e eu temos muito em comum."

O rosto de Marian ficou nebuloso. "Não. Não mais. Eu costumava ser como você. Disposta a ir a missões na Floresta e a lutar contra o Mal como fomos treinados para fazer na escola. Mas viver nesta Floresta, com Robin, me transformou. Transformou todos nós. Nos deixou tão preguiçosos e complacentes como os gatos gordos de quem Robin rouba."

Robin e seus homens olharam um para o outro e encolheram os ombros.

Agatha sentiu lágrimas se formando. "Vocês não entendem? Tedros vai morrer. O *verdadeiro* rei de Camelot. O filho do Rei Arthur. Temos que salvá-lo. Juntos. Não posso fazer isso sozinha."

Robin encontrou os olhos dela e ficou em silêncio por um momento.

Depois, voltou-se para seus homens.

"Tudo o que eu preciso é de pelo menos mais um homem que concorde com isso", disse ele com firmeza. "Se qualquer um de vocês quiser cavalgar e enfrentar o rei, então todos nós vamos, como um só. Nenhum homem fica para trás." Robin respirou fundo. "Todos a favor de se juntarem à Agatha na luta... levantem a mão!"

Os homens olharam uns para os outros.

Ninguém levantou um dedo.

Aturdida, Agatha se virou para Marian, que estava de costas enquanto guardava canecas de cerveja no armário, como se a votação de Robin não se aplicasse a ela.

Agatha ficou de pé, encarando os homens de Robin. "Já entendi. Vocês vieram para a Floresta de Sherwood para beber seu álcool e se divertir como meninões. E, claro, talvez vocês realmente roubem dos ricos para dar aos pobres de vez em quando, acreditando que isso é todo o Bem que precisam fazer para evitar assumir uma responsabilidade de verdade. Mas isso não é o Bem. O Bem é enfrentar o Mal sempre que ele nos ameaça, por mais inconveniente que seja. Fazer o Bem é enfrentar a verdade. E aqui está a verdade:

há um rei falso governando a Floresta e nós, nesta sala, somos os únicos que podemos detê-lo. Será perigoso? Sim. Vamos arriscar a vida? Sim. Mas o Bem precisa de um herói e 'desculpe, tenho que terminar minha cerveja' não é motivo para não lutar. Porque se fizerem vista grossa agora, acreditando que o 'Leão' e a 'Cobra' não são problema de vocês, garanto que é apenas questão de tempo até que sejam." Sentiu um calor irradiar pelo pescoço. "Por isso, pergunto novamente. Em nome do Rei Tedros, da sua amiga Dot e do resto da minha equipe, que precisa de vocês para se manter viva, todos aqueles que são a favor de ir para Camelot ao meu lado e de Robin...", ela fechou os olhos e fez uma oração silenciosa, "... levantem as mãos agora."

Ela abriu os olhos.

Ninguém levantou a mão.

Nenhum dos homens conseguia sequer olhar para ela.

Agatha congelou, seu coração encolheu como uma ervilha.

"Vou te dar um cavalo para que possa partir pela manhã", disse Robin Hood suavemente, também evitando contato visual. "Cavalgue até alguém que te possa ajudar."

Agatha olhou para ele, seu rosto vermelho. "Não entende? *Não existe mais ninguém.*"

Ela se virou para Marian, como um último recurso.

Mas não havia ninguém atrás do balcão, ela já tinha desaparecido.

Enquanto os homens permaneceram no bar de Marian, Agatha voltou para a casa da árvore de Robin, na esperança de descansar algumas horas antes de sair ao amanhecer.

Mas não conseguia dormir.

Escondeu a bolsa de Dovey em um canto e sentou-se na beirada da porta, olhando para as outras casas na árvore, as pernas balançando e tocando flores de lótus roxas e brilhantes que se remexiam entre as rajadas de vento. O vento também levantou as lamparinas, enfiadas entre as árvores em um arco-íris de cores, e as fadas da floresta correram para arrumá-las de volta, as asas brilhando vermelhas e azuis como pequenas joias.

Da última vez que Agatha estivera ali, tudo parecia tão mágico e seguro, uma bolha protetora longe do caos da vida real. Mas agora tudo aquilo soava ingênuo. Traiçoeiro, até. Coisas malignas estavam acontecendo na Floresta e, ali em Sherwood, lótus roxas reluziam e as casas ainda brilhavam, suas portas bem abertas.

"Eu costumava ser como você", a voz de Marian ecoou.

E aí ela veio para cá ficar com Robin. Ela veio por amor. Um amor que a tinha isolado do mundo e feito o tempo parar. Não era isso que os verdadeiros amores queriam no final: se esconder no paraíso?

Afinal de contas, se ela e Tedros tivessem se escondido, nunca teriam tido que liderar Camelot. Se ela e Tedros tivessem se escondido, ele nunca teria ouvido ela dizer para Sophie que falhara em sua missão como rei.

Eles ainda teriam o Para Sempre.

Eles ainda teriam o amor perfeito.

Agatha suspirou.

Não. *Isso não é amor.*

Amor não é se fechar ou se esconder onde tudo é perfeito.

Amor é enfrentar o mundo e seus desafios juntos, mesmo que falhem.

De repente, ela sentiu a necessidade de sair daquele lugar, voltar para a Floresta, por mais perigoso que fosse.

Mas para onde iria?

Ela estava tão habituada a cuidar das coisas sozinha. Foi isso que a fez partir em sua missão para encontrar a Cobra depois da coroação. Tinha feito isso para ajudar Tedros, claro. Mas também porque confiava em si mesma para resolver problemas: mais do que confiava no seu príncipe, ou em sua melhor amiga, ou em qualquer outra pessoa.

Só que, desta vez, *não conseguiria* resolver sozinha. Não com seu príncipe perto de ser executado, com toda a Floresta procurando por ela, com Sophie nas mãos de Rhian e seus amigos presos nas masmorras. Se ela tentasse fazer tudo sozinha, Tedros morreria. É por isso que tinha ido até ali. Para formar novas alianças. E, em vez disso, estava indo embora mais sozinha do que antes.

O vento arrefeceu e ela olhou para trás, na esperança de encontrar um cobertor ou uma colcha.

Algo lhe chamou a atenção, em um canto.

Um casaco preto, pendurado no meio de um mar de casacos verdes no armário.

Enquanto se aproximava, viu que estava manchado de sangue seco...

O sangue de Lancelot.

Tedros tinha usado o casaco na noite em que vieram à Floresta de Sherwood para enterrar o cavaleiro, juntamente com Lady Gremlaine. Ele deve tê-lo deixado aqui quando trocou de roupa para o jantar no A Bela e a Festa.

Agatha agarrou o casaco com as duas mãos e o levou ao rosto, inalando o cheiro quente e mentolado do seu príncipe. Durante meio segundo, isso fez com que se sentisse calma.

E aí ela se deu conta.

Poderia ser a última coisa que teria dele.

Seu coração começou a bater forte e a sensação de impotência começou a voltar...

Mas, então, sentiu algo rígido no bolso do casaco.

Agatha enfiou as mãos e tirou um punhado de cartas presas com uma fita. Ela folheou as primeiras.

Querida Grisella,

Sabia que haveria uma atenção indevida sobre mim na escola, mas isso é um exagero. Só estou aqui há alguns dias, ainda tentando me adaptar. No entanto, todos os Sempres e Nuncas continuam me perseguindo, me perguntando como tirei a Excalibur da pedra e como é ser rei de Camelot, e por que estou na escola quando devia estar governando o meu reino. Eu conto a eles a história "oficial" – que o meu pai frequentou a Escola do Bem e que quero honrar o seu legado –, claro, mas os Nuncas não acreditam em mim. Pelo menos eles não sabem a verdade – que o conselho provisório só aprovou minha coroação na condição de que eu receba uma educação formal (ou seja, tenha tempo para "crescer" antes de governar). Mas não vou dizer às pessoas que o meu próprio pessoal não me deixará ser rei enquanto não me formar neste lugar. E não só me formar, mas também ser o melhor da turma, e com uma rainha adequada. Sinto-me sobrecarregado, sinceramente. Mal consigo me concentrar nas aulas. Ontem, me dei mal na prova do Professor Sader sobre a História de Camelot. Isso mesmo: bombei em uma prova sobre o meu PRÓPRIO REINO!

Querida Grisella,

Os dias na escola são longos e difíceis (especialmente a aula de Yuba, o Gnomo, na Floresta Azul – ele me bate com a vara sempre que erro uma resposta. E eu erro muitas). Mas suas cartas do castelo me trazem muito consolo e me fazem recordar nossa vida na casa do Sir Ector, antes de eu ser rei, quando começávamos cada dia sabendo exatamente o que era esperado de nós.

Querida Grisella,

Fui selecionado para a Prova dos Contos! Ainda que os meus novos amigos, Lancelot e Guinevere, tenham pontuado mais do que eu. Guinevere eu posso entender (ela é brilhante), mas Lancelot? Ele é muito divertido, mas não é o mais habilidoso com a espada. Nem preciso dizer que estou sentindo o espírito de competição mais do que nunca. Se o novo rei de Camelot não ganhar a Prova dos Contos, o "Podres do Palácio" vai me ridicularizar na primeira página durante meses. Por falar em realeza, está tudo bem no castelo? Não tenho notícias suas há semanas.

Agatha folheou mais cartas.

Elas não eram de Tedros. Eram do *pai* dele.

O Rei Arthur deve tê-las escrito quando estava no primeiro ano na Escola do Bem. Mas quem era Grisella? E por que Tedros estava com as cartas do pai no casaco?

Então, ela notou algo preso no verso da última carta... uma etiqueta escrita à mão.

E preso na etiqueta estava um cartão de visita...

Agatha olhou mais de perto. *Encantadora Camelot*. Era o fundo que Lady Gremlaine usou para remodelar o castelo, aquele que parecia nunca ter dinheiro, apesar da incansável angariação de fundos da Agatha. Será que Tedros tinha mantido o rótulo por algum motivo? E quanto ao cartão de visita? O único Albemarle que ela conhecia era o pica-pau de óculos que registrava os *rankings* na Escola do Bem e do Mal, e ele certamente não era gerente de banco em Putsi.

Ouviu um ruído às suas costas e se virou bruscamente.

Deixou as cartas caírem, tamanha a surpresa.

"Olá, minha querida", disse uma mulher alta na porta, com cabelos amarelo-canário bagunçados muito maquiada, vestindo um casaco com estampa de leopardo que balançava ao vento enquanto descia de um *stymph*, ainda no ar, para dentro da casa na árvore de Robin.

"Professora Anêmona!", Agatha disse, olhando boquiaberta para sua antiga professora de Embelezamento enquanto o pássaro ossudo pousava no chão. "O que está fazendo aqui?"

Depois ela viu Marian subir na casa da árvore, atrás de sua professora.

"Emma e eu fomos colegas de turma na escola", explicou Marian. "Mandei um corvo para ela quando você chegou no Flecha de Marian. Sabia que Robin e seus homens não te ajudariam. Mas o mínimo que eu podia fazer era encontrar alguém que pudesse."

Professora Anêmona correu na direção de Agatha e puxou-a para um abraço. "Os professores têm procurado por você desde que soubemos o que aconteceu. Você tem que entender: Clarissa não nos disse nada. Ficava o tempo todo presa no escritório com o Mapa das Missões e aquela bola de cristal. Ela deve ter pensado que, se contasse aos professores o que estava acontecendo na Floresta, os alunos do primeiro ano ficariam sabendo que algo tinha dado errado com as missões. Ela não ia querer que se preocupassem ou se distraíssem dos estudos. Sempre pensando nos alunos, mesmo às próprias custas... O escritório dela ainda está trancado, não importa que feitiços joguemos nele, e não conseguimos encontrar o Mapa das Missões; é por isso que não conseguíamos te localizar."

Agatha ficou emocionada. Esse tempo todo, achou que estivesse sozinha, mas, em vez disso, seus antigos professores estavam procurando por ela. Por um breve momento, sentiu-se segura novamente, como na época em que morava no castelo de vidro da escola. "Você não sabe o que estamos enfrentando, professora. É o Mal como nunca vimos antes. O Mal que não se ensina nas aulas. O Leão e a Cobra estão trabalhando juntos. Eles têm a Floresta toda do lado deles. E não temos ninguém do nosso lado."

"Você tem, sim", disse a Professora Anêmona, afastando-se e olhando com firmeza para ela. "Sabe, Clarissa pode acreditar no acolhimento de estudantes, mas nem eu nem o resto dos professores acreditamos apenas nisso. O que significa que o rei pode ter toda a Floresta do lado dele, mas você tem algo muito mais forte do seu. Algo que sobreviveu a qualquer rei. Algo que sempre restaurou o equilíbrio entre o Bem e o Mal, mesmo nos tempos mais obscuros. Algo que nasceu para vencer esta luta."

Agatha olhou para ela.

A Professora Anêmona se inclinou em sua direção, os olhos brilhando. "Minha querida Agatha... você tem uma *escola*."

~⚜ 5 ⚜~

TEDROS

A escolha de Sophie

Tedros imaginou que era Rhian que estava apanhando. Foi assim que tinha sobrevivido aos piratas.

Cada chute que lhe davam, cada soco, cada golpe dado com força suficiente para arrancar-lhe sangue do lábio ou do olho, Tedros redirecionava-os mentalmente para o traidor que estava sentado em seu trono. O amigo que revelou ser seu pior inimigo. Seu leal cavaleiro que acabou por não ser nem leal, nem cavaleiro.

Agora, sentado em sua cela, Tedros podia ouvir a voz da escória ressoando pelo corredor, magicamente amplificada por sei lá qual abracadabra que seus amigos estavam fazendo na própria cela.

Uma raiva ácida queimava seu peito. Era como se estivessem transmitindo a voz de Rhian só para o provocar.

"Ele estava dizendo a verdade?", gritou ele.

A voz do Tedros ecoou para o corredor.

"Sobre Sophie me querer morto? Era verdade?"

Ele achou que Sophie estivesse do seu lado desta vez... que a amizade deles era real, finalmente.

Mas ele não sabia mais o que era real. Talvez Sophie tenha conspirado com Rhian nisso tudo. Ou talvez ela também tivesse sido enganada por ele.

Seu rosto ficou mais quente.

Ele tinha acolhido Rhian como um irmão. Trouxera-o para Camelot. Contara a ele seus segredos.

Ele praticamente entregou sua coroa àquele porco.

Tedros podia sentir o gosto da raiva espumando na garganta.

Agatha estava certa.

Ele tinha sido um péssimo rei. Covarde. Arrogante. Tolo.

Quando Agatha dissera isso para Sophie na noite anterior, ele se sentiu um nada. Traído pela única garota que já amou. Aquilo tinha feito ele duvidar dela da mesma forma como ela duvidara dele.

Mas, no final, ela estava certa. Ela sempre está.

E agora, na maior das ironias, a mesma garota que o chamara de péssimo rei era a única pessoa que poderia ajudá-lo a reaver o trono.

Porque Agatha foi a única que conseguira escapar das mãos de Rhian.

Os piratas tinham revelado isso por acaso. Espancaram-no implacavelmente, o bando de seis bandidos fedorentos, exigindo saber para onde Agatha tinha fugido. No início, seu alívio por ela ter escapado entorpeceu a dor dos golpes. Mas depois o alívio desapareceu. *Onde ela estava? Estaria a salvo? E se a tivessem encontrado?* Irritados com o silêncio, os piratas o espancaram com mais força.

Tedros se encostou na parede do calabouço, sangue quente escorrendo pelo abdômen. Suas costas em carne viva, cheias de hematomas, tocaram a pedra fria através da camisa rasgada e ele ficou paralisado. A dor era tão intensa que os dentes rangeram; sentiu uma ponta afiada na parte de baixo, onde um deles tinha sido lascado. Tentou pensar no rosto de Agatha para mantê-lo consciente, mas tudo o que conseguia conjurar eram os rostos daqueles valentões imundos enquanto o chutavam com suas botas. A agressão dos piratas durou tanto tempo que, em determinado momento, parecia não ter mais propósito. Como se o estivessem castigando pela sua própria existência.

Talvez Rhian tivesse construído todo seu exército em cima de sentimentos como esse. Sentimentos de pessoas que pensavam que, como Tedros tinha nascido bonito e rico, e era um príncipe, ele merecia ser derrotado. *Sofrer.*

Mas ele conseguiria suportar todo o sofrimento do mundo se isso significasse que Agatha viveria.

Para sobreviver, sua princesa teve que correr para o mais longe possível de Camelot. Teve que se esconder na parte mais escura da Floresta onde ninguém conseguiria encontrá-la.

Mas aquela não era Agatha. Ele a conhecia bem demais. Ela viria buscar seu príncipe. Mesmo se tivesse perdido a fé nele.

As masmorras estavam silenciosas agora; a voz de Rhian já não era audível.

"Como vamos sair daqui?!", Tedros gritou para os outros, suportando a dor terrível na costela. "Como vamos escapar?"

Ninguém na cela respondeu.

Escutem!", gritou ele.

Mas o cansaço se apoderou dele. Sua mente pareceu derreter como gelo, se desprendendo do ambiente. Ele puxou os joelhos para perto do peito, tentando aliviar a pressão sobre a costela, mas doeu ainda mais, sua visão se distorcendo sob a tocha na parede. Tedros fechou os olhos, respirando fundo. Só que isso o fez se sentir mais fechado, como se estivesse em um caixão sem ar. Ele podia sentir o cheiro de ossos velhos... *"Me desenterre"*, sussurrava a voz do seu pai...

Tedros saiu do transe e abriu os olhos.

O demônio de Hester o encarava fixamente.

Tedros recuou contra a parede, piscando para ter certeza de que ele estava realmente lá.

Era do tamanho de uma caixa de sapatos, a pele vermelha, cor de tijolo, e chifres longos e curvos. Seus olhos presos nos do jovem príncipe.

A última vez que Tedros esteve tão perto do demônio de Hester, a criatura quase o cortou em pedacinhos. Tinha sido durante uma Prova dos Contos. "Achamos que isso funcionaria melhor do que ficar gritando nas masmorras", disse o demônio.

Mas não falou com voz de demônio.

Mas sim com a voz de Hester.

Tedros olhou fixamente para ele. "É impossível fazer magia aqui embaixo."

"O meu demônio não é magia. O meu demônio sou *eu*", disse a voz de Hester. "Precisamos conversar antes que os piratas voltem."

"Agatha está lá fora sozinha e você quer conversar?", Tedros disse, apertando a costela. "Use o seu monstrinho para me tirar desta cela!"

"Belo plano", o demônio retorquiu, mas agora com a voz de *Beatrix*. "Ainda ficaria preso por conta da porta de ferro e, quando os piratas te vissem, te surrariam mais ainda."

"Tedros, eles quebraram algum osso?", Professora Dovey perguntou fracamente através do demônio, como se a Reitora estivesse longe. "Hester, consegue ver através do seu demônio? Ele está muito mal?"

"Não mal o suficiente", disse a voz de Hort, roubando o demônio. "Ele nos meteu nesta confusão por bajular Rhian como uma *garotinha* apaixonada."

"Oh, então ser uma 'garota' é um insulto agora?", a voz de Nicola o interrompeu, e o demônio pareceu concordar, animado.

"Olha, se vai ser minha namorada, tem que aceitar que não sou um intelectual que vai sempre saber usar as palavras certas", repreendeu a voz de Hort.

"VOCÊ É UM PROFESSOR DE HISTÓRIA!", a voz de Nicola retrucou.

"Que seja", Hort retrucou. "Você sabe que Tedros deu a liderança do reino para Rhian, permitindo que ele recrutasse o exército e fizesse discursos como se fosse o rei."

Tedros endireitou a postura, enjoado. "Primeiro, como é que todos estão falando através desta *coisa*, e, segundo, acha que eu sabia o que Rhian estava planejando?"

"Para responder a primeira pergunta, o demônio é uma porta de entrada para a alma de Hester. E a alma dela reconhece os amigos", disse o demônio com a voz de Anadil. "Ao contrário da sua *espada*."

"E para responder a segunda, todo cara que você gosta acaba sendo um vilão", a voz de Hort falou, o demônio tentando acompanhar como um ventríloquo. "Primeiro, ficou amigo de Aric. Depois, de Filip. E, agora, você se envolve com o diabo em carne e osso."

"Eu não me *envolvi* com ninguém!", Tedros gritou com o demônio. "E se tem alguém que está bem íntima do diabo é a sua amiga *Sophie*!"

"Sim, Sophie, a única pessoa que pode nos salvar!", a voz de Hort provocou.

"*Agatha* é a única pessoa que pode nos salvar, seu idiota!", Tedros brigou. "É por isso que temos que sair agora, antes que ela volte e seja capturada!"

"Vocês podem calar a boca?", o demônio gritou na voz de Hester. "Tedros, precisamos que você..."

"Ponha Hort de volta", exigiu Tedros. "Depois da Sophie te usar como seu puxa-saco pessoal por três anos, sem te dar o mínimo em troca, agora você acha que ela vai nos salvar?!"

"Só porque *você* não ajudou as pessoas que precisavam quando a Cobra atacou, não significa que *ela* não vá", a voz de Hort revidou.

"Idiota. Quando ela provar a vida de rainha, vai deixar a gente queimar enquanto saboreia um bolo", disse Tedros.

"Sophie não come bolo", Hort bufou.

"Você acha que conhece Sophie melhor do que eu?"

"Quando ela te resgatar dessa cela, vai se sentir um..."

"O RATO DA ANI ESTÁ MORTO, A COBRA ESTÁ VIVA, NÓS ESTAMOS EM UMA MASMORRA E ESTAMOS FALANDO DA SOPHIE! E DE *BOLO!*" A voz de Hester ficou mais alta, seu demônio inchando como um balão. "TEMOS PERGUNTAS PARA TEDROS, OK? DADO O QUE VIMOS NO PALCO, NOSSAS VIDAS *DEPENDEM* DESSAS PERGUNTAS, CERTO? POR ISSO, A PARTIR DE AGORA, SE TENTAREM ME INTERROMPER, VOU ARRANCAR A LÍNGUA DE ALGUÉM."

A masmorra ficou em silêncio.

"A Cobra está *viva?*", perguntou Tedros, com cara de quem viu um fantasma.

Dez minutos depois, Tedros encarou de volta o diabinho vermelho e ouviu sobre o reaparecimento da Cobra, o nascimento de Lionsmane e todo o resto que Hester e a equipe tinham visto na projeção mágica conjurada na cela.

"Então há dois deles? Rhian e esse... Jasper?", perguntou Tedros.

"*Japeth*. A Cobra."

"E a gente acha que foi assim que eles enganaram tanto a Dama do Lago quanto a Excalibur. Eles são gêmeos que partilham o mesmo sangue. O sangue do seu pai, dizem eles", explicou o demônio. "Se vamos derrotá-los, precisamos saber como isso é possível."

"E está perguntando para *mim?*", Tedros bufou.

"Você passou a vida inteira com a cabeça enfiada na areia?", a voz de Hester perguntou, com tom de desprezo. "*Pense*, Tedros. Não ignore o que pode ser possível só porque não gosta da ideia. Esses dois garotos podem ser seus irmãos?"

Tedros franziu as sobrancelhas. "Meu pai tinha seus defeitos, mas ele não produziria dois monstros. O Bem não pode gerar o Mal. Não dessa maneira. Além disso, será que Rhian não conseguiu retirar a Excalibur porque eu já tinha feito todo o trabalho de desprendê-la? Talvez ele só tenha tido sorte."

O demônio bufou. "É como tentar conversar de forma racional com um ouriço."

"Ah, deixem ele morrer. Se eles *forem* seus irmãos, será a sobrevivência dos mais aptos", disse a voz de Anadil. "Não se pode discutir com a natureza."

"Por falar em natureza, tenho que ir ao banheiro", disse a voz de Dot.

A voz da Professora Dovey sussurrou algo para Tedros através do demônio, algo sobre as "mulheres" do seu pai.

"Não estou conseguindo ouvir", disse Tedros, se afastando para um canto. "Meu corpo dói, minha cabeça dói. Já terminaram o interrogatório?"

"Já terminou de ser um idiota com cérebro de ervilha?", Hester xingou. "Estamos tentando te ajudar!"

"Me fazendo difamar meu próprio pai?", Tedros desafiou.

"Todos precisam esfriar o leite", disse a voz de Nicola.

"Leite?", a voz de Kiko surgiu através do demônio. "Não estou vendo nenhum leite."

"Era o que o meu pai costumava dizer no seu bar quando ficava agitado demais na cozinha", disse Nicola, assumindo calmamente a criatura. "Tedros, o que estamos tentando perguntar é se tem alguma coisa que você possa nos dizer sobre o passado do seu pai que torne possível a reivindicação de Rhian e seu irmão. Seu pai pode ter tido outros filhos sem o seu conhecimento? Sabemos que se trata de um assunto difícil, mas queremos te manter vivo. E, para isso, precisamos saber tudo o que você sabe."

Havia alguma coisa na voz daquela garota do primeiro ano, tão sem pretensão, que fez Tedros baixar a guarda. Talvez fosse porque ele mal a conhecia, talvez porque não havia julgamento ou conclusões na pergunta. Tudo o que ela estava pedindo era que ele compartilhasse os fatos. Pensou em Merlin, que muitas vezes falava com ele da mesma maneira. Merlin, que estava em perigo em algum lugar lá em cima, ou... morto. O estômago de Tedros se revirou. O feiticeiro iria querer que ele fosse honesto e respondesse à pergunta de Nicola. Na verdade, Merlin tinha gostado da garota, mesmo quando Tedros não estava disposto a dar uma chance a ela.

Tedros levantou os olhos para os do demônio. "Eu tinha uma governanta chamada Lady Gremlaine quando fui rei. Ela também foi a governanta do meu pai, e eles eram muito próximos antes de ele conhecer a minha mãe. Tão próximos que suspeitei que algo pudesse ter acontecido entre eles... Algo que fez minha mãe mandar Lady Gremlaine embora do castelo pouco depois de eu ter nascido." O príncipe engoliu. "Antes de Lady Gremlaine morrer, perguntei a ela se a Cobra era seu filho. Se ele era filho dela e do meu pai. Ela nunca confirmou. Mas..."

"...mas deu a entender que sim", a voz de Nicola instigou, e o demônio assumiu um ar quase gentil.

Tedros assentiu com a cabeça, sua garganta se contraiu. "Ela disse que tinha feito algo terrível. Antes de eu nascer." O suor escorria pela testa enquanto ele revivia o momento no sótão. Lady Gremlaine agarrada a um martelo ensanguentado, descabelada, seus olhos esbugalhados. "Ela disse que tinha feito algo que o meu pai nunca soube. Mas que tinha dado um jeito. Tinha se assegurado de que a criança nunca seria encontrada. Que ela cresceria sem saber quem era..."

A voz de Tedros falhou.

O demônio ainda estava congelado. Pela primeira vez, ninguém falou através dele.

"Então, Rhian pode estar dizendo a verdade", disse, por fim, a voz da Professora Dovey, um sussurro distante. "Ele pode ser o verdadeiro rei."

"Filho de Lady Gremlaine e do seu pai", concordou a voz de Hester. "Japeth também."

Tedros sentou-se mais ereto. "Nós não *sabemos* ao certo. Talvez haja outra explicação. Talvez tenha algo a mais que ela não me contou. Encontrei cartas trocadas entre Lady Gremlaine e meu pai. Na casa dela. Muitas cartas. Talvez expliquem o que ela realmente quis dizer... Precisamos ler essas cartas... Não sei onde elas estão agora..." Seus olhos piscaram. "Não pode ser verdade. Rhian não pode ser meu irmão. Ele não pode ser o herdeiro." Voltou-se para o demônio como se estivesse suplicando. "Pode?"

"Não sei", disse Hester baixinho e de um jeito sombrio. "Mas se for, ou o seu irmão te mata, ou você o mata. Não dá para acabar de outra forma."

De repente, ouviram a porta da masmorra se abrir.

Tedros tentou enxergar através das barras.

Vozes e sombras esticadas pela escadaria ao final do corredor. A Cobra entrou primeiro, seguida por três piratas empunhando bandejas sujas com uma papa aguada.

Os piratas colocaram a papa no chão das duas primeiras celas – uma com os companheiros de viagem de Tedros e a outra com a Professora Dovey – e chutou as bandejas através das fendas juntamente com as tigelas de água iguais a de um cachorro.

A Cobra, entretanto, caminhou em direção à cela de Tedros, com sua máscara verde piscando sob a luz do lampião.

Em pânico, o demônio de Hester voou para o teto e Tedros percebeu que ele tentava encontrar uma sombra para se esconder. Mas com a sua pele vermelha, o demônio ficava bem à vista.

E então a Cobra apareceu diante das barras da cela.

Instantaneamente, os *scims* verdes na sua máscara se dispersaram, revelando o seu rosto a Tedros pela primeira vez.

Tedros olhou para ele, boquiaberto. O gêmeo fantasmagórico de Rhian, seu corpo magro coberto por enguias negras brilhantes, o terno recém-restaurado como se ele nunca tivesse sido ferido em batalha. Como se estivesse ainda mais forte do que antes.

Como?

A Cobra pareceu perceber o que ele estava pensando e deu um sorriso dissimulado.

Uma sombra flutuou sobre a cabeça deles.

Os olhos da Cobra dispararam, revistando o teto da cela de Tedros, suas pupilas indo para a esquerda e para a direita. Ele levantou a ponta do dedo brilhante, revestida de *scims*, e inundou o teto com luz verde.

Tedros estremeceu, seu estômago na garganta.

Mas não havia nada no teto, exceto uma lesma que se movia lentamente.

Os olhos de Japeth se voltaram para Tedros e a luz de seu dedo se apagou.

Foi então que Tedros reparou no demônio de Hester na parede, atrás da Cobra, rastejando para a sombra do garoto. Tedros rapidamente desviou os olhos do demônio, o coração disparado.

A Cobra olhou para o rosto machucado de Tedros. "Já não é mais tão bonito, não é?"

Foi a forma como falou que chamou a atenção de Tedros, o tom do garoto, cheio de desdém. Ele já não era mais uma criatura mascarada. Tinha um rosto. Essa Cobra agora era humana. Podia ser derrotada.

Tedros mostrou os dentes, olhando bem para o selvagem que matara Chaddick, matara Lancelot, manchara o nome de seu pai. "Vamos ver como você vai ficar quando eu enfiar minha espada pela sua boca."

"Ah, você é tão forte", a Cobra murmurou. "Que *homem!*" Ele esticou o braço e acariciou a bochecha de Tedros.

Tedros bateu na mão dele com tanta força que ela se chocou contra as barras da cela e o osso do pulso da Cobra rachou contra o metal. Mas o garoto de rosto pálido não vacilou. Apenas sorriu para Tedros, saboreando o silêncio.

Depois, tirou a chave do calabouço preto da sua manga. "Quem me dera poder dizer que essa é uma visita social, mas estou aqui em nome do meu irmão. Após o jantar com o rei esta noite, a Princesa Sophie recebeu autorização do Rei Rhian para libertar um de vocês." Ele olhou para o corredor e viu o resto da equipe espiando para fora da cela, olhos arregalados, escutando. "É isso mesmo. Um de vocês não vai mais viver nas masmorras e, em contrapartida, vai trabalhar no castelo como servo da princesa, sob o olhar atento do Rei Rhian. A vida de alguém será poupada..."

A Cobra olhou para trás, para Tedros. "... por enquanto".

Tedros ajeitou a postura com um pulo, ficou reto como uma seta. "Ela me escolheu."

Na hora, todas as dúvidas que Tedros tinha sobre Sophie desapareceram. Nunca deveria ter desconfiado dela. Sophie não o queria morto. Não queria que ele sofresse. Não importava o quanto eles tenham magoado um ao outro no passado.

Porque Sophie faria qualquer coisa por Agatha. E Agatha faria qualquer coisa por Tedros. O que significava que Sophie faria qualquer coisa para salvar a sua vida, incluindo encontrar uma maneira de convencer um rei usurpador a libertar seu inimigo.

Como ela conseguiu? Como é que trouxe Rhian para o seu lado?

Ele ouviria a história em breve.

Tedros sorriu para a Cobra. "Anda, escória. Ordens da princesa", disse ele. "Abra a porta."

A Cobra não o fez.

"Me deixa sair", ordenou Tedros, seu rosto enrubescendo.

A Cobra ficou quieta, a chave da prisão brilhava entre seus dedos.

"Ela me escolheu!", Tedros rosnou, agarrando as barras. "Me deixa sair!"

Em vez disso, a Cobra apenas aproximou o rosto do príncipe... e sorriu.

6

SOPHIE

O jogo do jantar

No início da noite, os piratas Beeba e Aran trouxeram Sophie da Sala do Mapa para jantar.

Rhian e Japeth já estavam na metade do primeiro prato.

"É preciso ser duro. Um aviso", ela ouviu Japeth dizer na sala de jantar da Torre Dourada, toda reformada. "O primeiro conto de Lionsmane deve causar medo."

"Lionsmane deve dar *esperança* às pessoas", ouviu a voz de Rhian. "A pessoas como você e eu, que crescemos sem nada."

"Mamãe está morta porque acreditava na esperança", disse o irmão.

"E, no entanto, a morte dela é a razão pela qual estamos nesta sala", disse Rhian.

Ao se aproximar da porta, tudo o que Sophie ouviu foi silêncio. E então:

"Os apoiadores de Tedros vão protestar esta noite no Parque de Camelot", disse Japeth. "Devíamos ir até lá e matar todo mundo. *Esse* deveria ser o primeiro conto de Lionsmane."

"Matar manifestantes só vai levar a mais protestos", afirmou Rhian. "Não é essa a história que eu quero contar."

"Você não teve medo de derramar sangue quando isso te deu o trono", retrucou Japeth, de forma rude.

"*Eu* sou o rei. *Eu* vou escrever os contos", respondeu Rhian.

"É a *minha* caneta", retorquiu Japeth.

"É o seu *scim*", disse Rhian. "Olha, sei que não é fácil. Servir como meu suserano. Mas só pode haver um rei, Japeth. Eu sei por que você me ajudou. Sei o que você

quer. O que nós *dois* queremos. Mas para conseguir isso, preciso da Floresta do meu lado. Preciso ser um bom rei."

Japeth desdenhou. "Todos os bons reis acabam mortos."

"Você tem que confiar em mim", insistiu Rhian. "Da mesma forma que eu confio em você."

"Mas eu confio em você, irmão", disse Japeth, mais calmo. "É naquela garotinha que eu não confio. E se começar a dar ouvidos a ela em vez de a mim?"

Rhian riu. "Tão provável quanto eu criar asas. Por falar nela..." Pousou o garfo no prato de carne de veado, uma iguaria, e olhou friamente, da mesa suntuosa, a coroa refletindo o terno azul e dourado.

"Ouvi os guardas baterem à porta da Sala do Mapa, Sophie. Se não consegue ser pontual para o jantar, seus amigos nas masmorras não vão ganhar comida e..." Ele parou.

Sophie estava parada sob o novo lustre de cabeça de leão, usando o vestido que tinham deixado para ela. Cortara a saia em três camadas (curta, mais curta, curta demais), abrira uma fenda que ia até os joelhos e bordara as costuras do vestido com contas brilhantes, pareciam gotas de tinta de cores diferentes. Pingentes de cristal pendiam de suas orelhas; sombra prateada cobria suas pálpebras; os lábios estavam cobertos de vermelho brilhante. Havia coroado o cabelo com estrelas de origami, feitas a partir do pergaminho que tinha arrancado dos livros do casamento. No geral, em vez da princesa castigada que o rei devia esperar após o encontro na Sala do Mapa, Sophie tinha surgido parecendo tanto um bolo de aniversário quanto uma daquelas garotas que saem de dentro do tal bolo para fazer uma surpresa.

Os piratas que acompanhavam Sophie pareciam tão atordoados quanto o rei.

"Saiam", Rhian ordenou.

No momento em que o fizeram, Japeth ficou de pé, suas bochechas pálidas ficando vermelhas. "Esse vestido era da nossa *mãe*."

"Ainda é", disse Sophie. "E duvido que ela gostaria que vocês vestissem as garotas que sequestram com as roupas velhas dela. A verdadeira pergunta é por que me pediram para usar este vestido. É para fazer com que eu me sinta uma propriedade de vocês? É por que lembro vocês da sua querida e falecida mãe? Ou é outra coisa? Bom... Em todo caso, disseram o que devo vestir. Não como usá-lo." Ela deu uma voltinha, a luz brilhando sobre as miçangas coloridas no vestido como gotas de um arco-íris.

A Cobra olhou para ela, os *scims* deslizando mais rápido em seu corpo.

"Sua bruxa nojenta."

Sophie deu um passo na direção dele. "Pele de cobra é minha especialidade. Imagina o que eu poderia fazer com o seu *terno*."

Japeth disparou na direção dela, mas Sophie exibiu a palma de sua mão.

"Já se perguntou do que as tintas de mapa são feitas?", perguntou ela calmamente.

Japeth parou no meio do caminho.

"Galha de ferro", disse Sophie, seus olhos verdes se moveram da Cobra para Rhian, que ainda estava sentado, observando-a entre as velas altas do centro de mesa com tema de leão. "É a única substância que pode ser tingida de várias cores e durar anos sem desgastar. A maioria dos mapas é desenhada com tinta ferrogálica, incluindo os da Sala do Mapa. Aqueles que você enfeitiçou para me seguir e, também, meus amigos. Sabe para que mais a galha de ferro é usada?"

Nenhum dos dois respondeu.

"Ah, que boba eu sou! Aprendi isso na minha aula de Maldições, mas vocês nem foram *aceitos* na escola", disse Sophie. "A galha de ferro é um veneno para o sangue. Se ingerido, causa morte instantânea. Mas digamos que ela apenas toque de leve na minha pele. O veneno sugaria os nutrientes do meu sangue, mas me manteria viva, por pouco. Quer dizer, qualquer aberração vampírica que de repente pudesse *precisar* do meu sangue... bem, ela também seria envenenada. E acontece que toda esta vestimenta – o vestido da *mãe* de vocês, como afirmam – está agora coberta de pérolas de tinta ferrogálica que extraí dos seus mapas, usando os feitiços mais básicos do primeiro ano. O que significa que, ao menor movimento equivocado, puf!, a tinta vai manchar a minha pele com a dose certa. E então o meu sangue não será muito útil para você, não é? Os perigos da alta costura, suponho." Ela ajeitou a cauda do vestido. "Agora, queridos. O que temos para o jantar?"

"A sua *língua*", disse Japeth. Os *scims* dispararam de seu peito, afiados como facas, voando em direção ao rosto de Sophie. Ela arregalou os olhos e...

Um chicote de luz dourada estalou sobre as enguias, fazendo-as choramingar de volta para o corpo da Cobra.

Atordoado, Japeth se virou para o irmão sentado ao seu lado, cujo brilho dourado do dedo estava se apagando. Rhian não olhou de volta, seus lábios torcidos, como se reprimisse um sorriso.

"Ela precisa ser castigada!", Japeth exigiu.

Rhian inclinou a cabeça, observando Sophie de um ângulo diferente. "Tem que admitir... o vestido está *bem* mais bonito."

Japeth ficou surpreso. Depois, as maçãs de seu rosto endureceram. "Cuidado, irmão, as asas vão começar a aparecer." Os *scims* cobriram o rosto de Japeth, formando novamente sua máscara. Ele chutou uma cadeira e a estampa de leões deslizou pelo chão. "Desfrute o jantar com a sua *rainha*", esbravejou, furioso, caminhando para fora da sala. Um *scim* se desprendeu dele e sibilou para Sophie, antes de voar atrás de seu mestre.

O coração de Sophie quase parou enquanto ouvia os passos de Japeth desaparecerem. *Isso vai ter volta*, pensou ela. Mas, por enquanto, tinha a completa atenção de Rhian.

"Vai demorar para ele se acostumar com uma rainha no castelo", disse o rei. "Meu irmão não gosta de..."

"Mulheres fortes?", disse Sophie.

"De qualquer mulher", disse Rhian. "Nossa mãe deixou esse vestido para a noiva de quem se casasse primeiro. Japeth não tem interesse em uma noiva. Mas é *muito* apegado a esse vestido." Rhian fez uma pausa. "Não está envenenado de verdade, né?"

"Toque em mim e descubra", respondeu Sophie.

"Não é preciso. Conheço uma mentirosa quando vejo uma."

"Os espelhos devem ser especialmente desafiadores para você, então."

"Talvez Japeth tenha razão", disse Rhian. "Talvez eu deva cortar a sua língua."

"Isso nos deixaria quites", disse Sophie.

"Como assim?", disse Rhian.

"Porque você não tem alma, sabe como é", disse Sophie.

Um silêncio frio e espesso se espalhou pelo corredor. Através das grandes janelas, nuvens trovejantes pairavam sobre o vale e a vila de Camelot.

"Vai se sentar para jantar ou quer comer no cocho do cavalo?", perguntou o rei.

"Gostaria de propor um acordo", disse Sophie.

Rhian riu.

"Estou falando sério", disse Sophie.

"Você acabou de ameaçar envenenar o sangue do meu irmão e arrancar o terno dele, e depois insultou descaradamente o seu rei", disse Rhian. "E agora você quer... um acordo?"

Sophie deu um passo em direção à luz. "Sejamos honestos. Nós nos odiamos. Talvez não fosse assim antes, quando comíamos trufas em restaurantes encantados e nos beijávamos no banco de trás das carruagens, mas agora, sim, nos odiamos. No entanto, precisamos um do outro. Você precisa que eu seja sua rainha; eu preciso que liberte meus amigos. Preferiria te ver servido aos cães? Sim. Mas tudo tem um lado bom. Porque vou admitir: eu estava entediada como Reitora do Mal. Sei que sou uma ogra por dizer isso, mas não me interessa se o pequeno Drago está com saudades de casa, prisão de ventre ou trapaceando nos Grupos Florestais. Não me importo se as abomináveis verrugas de Agnieszka são contagiosas, se o malandro do Rowan está beijando meninas escondido, ou se o Mali Sujão fez xixi na piscina da Sala de Embelezamento. Meu conto de fadas fez com que eu fosse mais amada do que a Bela Adormecida, a Branca de Neve ou qualquer uma dessas outras garotas enfadonhas. E que deusa, ícone, diva, usa sua fama para... *ensinar*? Em teoria, a ideia de me dedicar a uma nova geração me pareceu nobre, mas nem de longe esses estudantes são tão inteligentes quanto eu, e fiquei me sentindo como uma cantora que se apresenta a quilômetros de distância do palco principal. Sou jovem demais, atraente demais, *amada* demais para ficar fora dos holofotes. E agora, por causa de uma série de acontecimentos bastante infelizes, *voilà*, me encontro na condição de ser a rainha do reino mais poderoso do mundo. Sei que não é *certo* eu usar a coroa. Na verdade, é bastante maligno, especialmente porque estou tomando o lugar da minha melhor amiga. Mas serei uma *boa* rainha? Essa é outra questão. Participar de jantares de Estado com reis exóticos; negociar tratados com trolls canibais; gerir exércitos e alianças; pregar a minha visão para uma Floresta melhor; inaugurar hospitais e alimentar os que vivem na rua e confortar os pobres – farei tudo isso e farei bem. Foi por isso que me escolheu como sua rainha. Meu sangue tem a infeliz propriedade de manter o seu irmão vivo, mas você não precisava me fazer rainha por causa disso. Poderia ter me acorrentado com meus amigos e tirado meu sangue quando precisasse. Não, acho que me escolheu porque sabe que farei um ótimo trabalho como rainha."

Rhian abriu a boca para falar, mas Sophie continuou.

"No início, eu ia chegar aqui e fingir que tinha mudado de ideia. Que ainda te amava, não importasse o que tinha feito. Mas nem mesmo eu sou uma atriz tão engajada assim. A verdade é que você tirou a Excalibur da pedra. Isso faz de você o rei. Enquanto isso, os meus amigos ou estão na prisão, ou em fuga. Por isso, tenho duas opções. Resistir, sabendo que os meus amigos vão sofrer por isso. Ou... ser uma rainha tão boa quanto possível e manter a mente aberta. Porque ouvi você dizer que quer ser um bom rei. E para ser um bom rei, vai precisar de uma boa rainha. Portanto, aqui estão os termos. Me trate bem, trate bem meus amigos e serei a rainha de que você e Camelot precisam. Combinado?"

Rhian cutucou os dentes. "Você gosta do som da sua própria voz. Dá para entender por que Tedros e todos os outros garotos te deram o fora."

O rosto de Sophie ficou rosa vivo.

"Sente-se", disse o rei.

Desta vez, ela obedeceu.

Uma criada veio da cozinha, carregando o próximo prato: guisado de peixe em um caldo vermelho. Sophie tampou o nariz – cheirava como a gosma que a mãe de Agatha tinha preparado uma vez – e viu que a criada que trazia o prato era Guinevere, com um *scim* ainda selando seus lábios. Sophie tentou fazer contato visual, mas percebeu que Rhian a observava, então, rapidamente provou o guisado.

"Hummm", disse ela, tentando não engasgar.

"Então você acha que se for uma 'boa' rainha, vou libertar seus amigos?", perguntou Rhian.

Sophie olhou para ele. "Não foi o que eu disse."

"E se eles morrerem?"

"Assassinar os meus amigos só vai fazer com que as pessoas duvidem do nosso amor e comecem a fazer perguntas. Não é assim que vai manter a floresta do seu lado", respondeu Sophie, enquanto Guinevere se demorava para encher de novo a taça de Rhian, claramente escutando. "Dito isso, se eu te mostrar lealdade, espero que faça o mesmo por mim."

"Defina lealdade."

"Solte os meus amigos."

"Isso não é o mesmo que libertá-los?"

"Eles podem trabalhar no castelo. Sob sua supervisão, é claro. O mesmo teste que você deu às criadas."

Rhian levantou uma sobrancelha. "Você realmente acha que deixaria um grupo de inimigos andarem soltos no meu próprio castelo?"

"Não pode mantê-los presos para sempre. Não se quiser que eu guarde os seus segredos e desempenhe o papel de sua leal rainha", explicou Sophie, bem ensaiada. "E melhor aqui no castelo do que lá fora na Floresta. Além disso, se você e eu conseguirmos chegar a um acordo, eles também vão concordar. No começo, eles me odiavam, assim como te odeiam agora." Ela deu um sorriso forçado.

"E quanto a Tedros?", Rhian reclinou-se, o cabelo cor de cobre iluminado pela tocha. "Ele foi condenado à morte. Com o apoio do povo. Acha que vou 'soltá-lo' também?"

Os dedos de Guinevere tremeram na jarra, quase a entornando.

O coração de Sophie se acelerou enquanto olhava para Rhian e escolhia com cuidado as palavras. O que ela dissesse poderia salvar a vida de Tedros.

"Se acho que Tedros deve morrer? Não", respondeu. "Acho que deveria morrer no nosso casamento? Não. Acho que é errado? Sim. Dito isso, você já anunciou seus planos... e um rei não pode voltar atrás sobre uma execução, pode?"

Os olhos de Guinevere voaram para Sophie.

"Então vai deixar Tedros morrer", disse o rei, cético.

Sophie encontrou seu olhar com firmeza. "Se isso significa salvar o resto dos meus amigos, sim. Não sou a mãe de Tedros. Não vou até aos confins do mundo para salvá-lo. E como você mesmo disse... ele me deu um pé na bunda."

Um choro ressoou na garganta de Guinevere.

Sophie a chutou por debaixo da mesa. A expressão de Guinevere mudou.

"Já que, ao que parece, você não tem nada melhor para fazer", disse Rhian, olhando para a criada, "vá buscar o capitão da guarda. Preciso falar com ele."

Guinevere ainda estava à procura dos olhos de Sophie.

"Devemos matar seu filho *esta noite?*", Rhian repreendeu.

Guinevere saiu correndo.

Sophie observou sua sopa, vendo seu próprio rosto refletido. Uma gota de suor caiu no guisado. Será que Guinevere tinha entendido? Para sobreviver, Tedros precisava que sua mãe fizesse a parte dela.

Sophie olhou para o rei. "Então... temos um acordo? Sobre meus amigos trabalharem no castelo, quero dizer. Eu poderia usá-los na cerimônia de casamento..."

Mais duas criadas saíram das cozinhas, carregando papas em bandejas de latão, e se dirigiram para as escadas.

"Esperem", ordenou Rhian.

As empregadas pararam.

"Isso vai para as masmorras?", perguntou ele.

As empregadas assentiram com a cabeça.

"Eles podem esperar", disse o rei, virando-se para Sophie. "Como tive que esperar por você."

As empregadas levaram as bandejas de volta para a cozinha.

Sophie olhou fixamente para ele.

O rei sorriu enquanto comia. "Não gostou da sopa?"

Sophie pousou a colher. "A última cozinheira era melhor. Assim como o último rei."

O rei parou de sorrir. "Provei que sou o real herdeiro de Arthur. Provei que sou o rei. E você ainda está do lado daquele *farsante*."

"O Rei Arthur nunca teria um filho como você", retrucou Sophie. "E mesmo que tivesse, há uma razão para ele ter mantido isso em segredo. Devia saber o que você e seu irmão se tornariam."

O rosto de Rhian ficou vermelho, sua mão agarrava o copo de metal como se talvez fosse jogá-lo nela. Depois, lentamente, a cor deixou suas bochechas e ele sorriu.

"E você pensou que tínhamos um acordo", disse ele.

Agora foi Sophie que engoliu sua fúria.

Se queria que seus amigos fossem soltos, tinha que ser esperta.

Ela cutucou sua sopa. "Então, o que fez esta tarde?", perguntou ela, um pouco alegre demais.

"Wesley e eu fomos até a armaria e percebemos que não havia um machado afiado o suficiente para cortar a cabeça de Tedros", disse o rei de boca cheia. "Então, consideramos quantas machadadas seriam necessárias para cortar o pescoço dele com um machado cego, e se a multidão aplaudiria mais do que com um golpe limpo."

"Ah. Legal", Sophie murmurou, sentindo-se enjoada. "E o que mais?"

"Me reuni com o Conselho do Reino. Uma reunião com todos os líderes da Floresta, realizada pelo *feitiçocast*. Garanti a eles que, enquanto me apoiarem como rei, Camelot protegerá todos os reinos, do Bem e do Mal, tal como eu os protegi da Cobra. E que eu nunca os trairia, como fez Tedros, quando ajudou aquele monstro."

Sophie endureceu. "O quê?"

"Sugeri a eles que Tedros era quem pagava à Cobra e aos seus rebeldes", explicou Rhian, os olhos arregalados. "Todas aquelas angariações de fundos que a rainha organizou... Para onde mais aquele ouro poderia ter ido? Tedros deve ter pensado que, se enfraquecesse os reinos à sua volta, isso o tornaria mais forte. É por isso que ele tem de ser executado, foi o que expliquei ao Conselho. Porque se ele está mentindo sobre ser o herdeiro de Arthur, então pode estar mentindo sobre todo o resto."

Sophie não sabia o que dizer.

"É claro que convidei pessoalmente todos os membros do Conselho do Reino para as festividades do casamento, a começar pela bênção de amanhã", prosseguiu Rhian. "Oh, quase me esqueci. Propus também demolir a Escola do Bem e do Mal, agora que já não tem Reitores nem um Diretor na Escola."

Sophie deixou a colher cair.

"Eles votaram contra, é claro. Continuam acreditando naquela escola decrépita. Ainda acreditam que o Storian precisa ser protegido. A escola e o Storian são o sangue vital da Floresta, dizem eles." Rhian limpou a boca com a mão, manchando-a de vermelho. "Mas eu não frequentei aquela escola. O Storian não significa nada para mim. E *eu* sou o rei da Floresta."

Seu rosto mudou, o brilho frio dos seus olhos quebrou, e Sophie pode ver traços de ressentimento neles.

"Mas chegará o dia em que todos os reinos da Floresta mudarão de tom. Quando cada reino na Floresta acreditar em um Rei em vez de em uma Escola, em um Homem em vez de em uma Caneta..." Olhou diretamente para Sophie, o contorno dourado de Lionsmane pulsava através do bolso do seu terno, como um batimento cardíaco. "A partir desse dia, o Único e Verdadeiro Rei reinará para sempre."

"Esse dia nunca vai chegar", disse Sophie.

"Ah, vai chegar mais cedo do que você imagina", retrucou Rhian. "Engraçado como um casamento é capaz de unir as pessoas."

Sophie ficou tensa na cadeira. "Se você acha que serei a sua rainha boazinha enquanto mente como o diabo e destrói a Floresta..."

"Acha que te escolhi porque seria uma 'boa' rainha?", Rhian riu. "Não foi por isso que te escolhi. Eu nem mesmo te escolhi." Ele se inclinou para a frente. "A *caneta* te escolheu. A caneta disse que você seria a minha rainha. Assim como disse que eu seria rei. É *por isso* que está aqui. Por causa da caneta. Embora eu esteja começando a questionar as escolhas dela."

"A caneta?", disse Sophie, confusa. "Lionsmane? Ou o Storian? *Qual* caneta?"

Rhian sorriu de volta. "De fato, qual caneta."

Havia um brilho no seu olhar, algo sinistro e, no entanto, familiar, e um arrepio percorreu a espinha de Sophie. Como se ela tivesse entendido tudo errado, de novo.

"Não faz sentido. Uma caneta não me pode 'escolher' como sua rainha", argumentou Sophie. "Uma caneta não pode prever o futuro."

"E, ainda assim, aqui está você, exatamente como ela anunciou", respondeu Rhian.

Sophie se lembrou do que ele tinha dito ao irmão: "*Eu sei como conseguir o que você quer. O que nós queremos.*"

"O que você realmente quer com Camelot?", Sophie pressionou. "Por que está aqui?"

"Chamou, Sua Alteza?", disse uma voz, e um garoto em um uniforme dourado entrou na sala de jantar, o mesmo rapaz que Sophie tinha visto mandando a Chef Silkima e o seu pessoal embora do castelo.

Sophie o observou enquanto ele lançava um olhar rápido para ela, o rosto com o queixo quadrado, o tronco cheio de músculos. Ele tinha bochechas lisas e olhos estreitos. O primeiro pensamento de Sophie foi que ele era opressivamente bonito. O segundo pensamento dela foi que achava que o conhecia, quando o viu no jardim, mas agora tinha certeza de que já tinha visto aquele garoto antes.

"Sim, Kei", disse Rhian, recebendo o garoto na sala de jantar.

Kei. O estômago de Sophie deu um pulo. Ela o tinha visto com Dot no A Bela e a Festa, o restaurante mágico na Floresta de Sherwood. Kei era o mais novo membro dos Homens Alegres. O traidor que tinha invadido a prisão do xerife e libertado a Cobra.

"Seus homens encontraram Agatha?", perguntou Rhian.

O corpo inteiro de Sophie ficou rígido.

"Ainda não, senhor", respondeu Kei.

Sophie relaxou, aliviada. Ainda não tinha encontrado uma maneira de enviar uma mensagem para Agatha. Tudo o que sabia pelo Mapa das Missões era que sua melhor amiga ainda estava em fuga. Dentro do sapato, os dedos dos pés de Sophie se curvaram em volta do seu frasco dourado, fora da vista de Rhian.

"Há um mapa na Sala do Mapa que acompanha todos os movimentos de Agatha", disse o rei ao seu capitão, de forma azeda. "Como é que não consegue encontrá-la?"

"Ela está se movendo para leste da Floresta de Sherwood, mas não há sinais dela em terra. Aumentamos a recompensa e recrutamos mais mercenários para segui-la, mas é como se ela estivesse invisível ou viajando pelo ar."

"Pelo *ar*. Será que ela se prendeu a uma pipa?", Rhian zombou.

"Se ela está indo para o leste, achamos que está a caminho da Escola do Bem e do Mal", disse Kei, sem rodeios.

Para a Escola! Claro! Sophie segurou um sorriso. *Mandou bem, Aggie.*

"Enviamos homens para a escola, mas parece que o lugar está envolto por um escudo protetor", continuou Kei. "Perdemos vários homens tentando quebrá-lo."

Sophie riu.

Rhian olhou em sua direção e Sophie ficou quieta.

"Encontre uma maneira de quebrar o escudo", Rhian ordenou a Kei. "Coloque seus homens dentro daquela escola."

"Sim, senhor", disse Kei.

A pele de Sophie ficou fria. Ela precisava avisar Agatha. *Será que ela ainda estava com a bola de cristal de Dovey?* Se estivesse, talvez pudessem se comunicar em segredo. Quer dizer, presumindo que Aggie conseguisse descobrir como usá-la. Além disso, a bola parecia ter deixado a Reitora muito doente. Mas, ainda assim, talvez fosse a maior esperança delas.

"Mais uma coisa", disse Rhian a Kei. "Conseguiu o que pedi?"

Kei pigarreou. "Sim, senhor. Nossos homens foram de reino em reino, procurando histórias dignas de Lionsmane", respondeu, puxando um pergaminho do bolso.

"Continue", respondeu o rei.

O capitão olhou o pergaminho. "Sasan Sasanovich, um mecânico de Ooty, inventou o primeiro caldeirão portátil de osso de anão e a procura é tão grande que há uma lista de espera de seis meses. Chamam-se Pequenões." Kei olhou para ele.

"Pequenões", disse Rhian, com o mesmo tom que costumava reservar para o nome de Tedros.

Kei voltou para o pergaminho. "Tinolho Tinolho Comedor de Repolho, sobrinho de Zatora Zatora Comedora de Abóbora, foi nomeado cozinheiro assistente na Casa de Bolinhos do Dumpy. Ficará encarregado de todos os bolinhos de massa de repolho."

Kei deu uma olhadela. A expressão de Rhian não tinha mudado. Kei falava mais depressa agora: "Homina de Putsi perseguiu um assaltante e o amarrou a uma árvore com a sua echarpe... Em Altazarra, uma donzela chamada Luciana criou um iglu a partir de cascas de queijo para abrigar os sem-teto das chuvas de leite... Thalia de Elderberry ficou em segundo lugar no campeonato de halterofilismo depois de vencer uma família de ogros no supino. Um bebê nasceu de uma mulher em Budhava, depois de seis natimortos e anos de orações. E aí tem...

"Pare", disse Rhian.

Kei congelou.

"Essa mulher em Budhava", disse Rhian. "Qual o nome dela?"

"Tsarina, Sua Alteza", disse Kei.

O rei parou um momento. Depois, abriu o terno e Lionsmane flutuou do seu bolso. A caneta dourada rodopiou no brilho do candelabro antes de começar a escrever em pleno ar, com o pó dourado saindo da ponta, enquanto Rhian a conduzia com o dedo.

Tsarina de Budhava teve um filho após seis natimortos. O Leão atendeu suas preces.

"O primeiro conto de Lionsmane", disse Rhian, admirando seu trabalho.

Sophie gargalhou. "*Isso?* Esse é o seu primeiro conto de fadas? Primeiro, isso não é um conto. São apenas duas linhas. É um *teaser*. Uma legenda. Uma grasnada na noite."

"Quanto mais curta a história, mais provável que as pessoas a leiam", disse o rei.

"E, em segundo lugar, você não poderia atender uma oração nem se tentasse", desdenhou Sophie. "Você não teve nada a ver com o filho dela!"

"Talvez seja o que diz a sua caneta", respondeu Rhian. "A minha diz que Tsarina de Budhava não tinha um filho até eu me sentar no trono. Coincidência?"

Sophie estava furiosa. "Mais mentiras. Tudo o que você faz é mentir."

"Inspirar as pessoas é mentir? Dar esperança às pessoas é mentir?", Rhian retorquiu. "Nas histórias, é a mensagem que importa."

"E qual é a sua mensagem? Que já não existe o Bem e o Mal? Que só existe você?", Sophie zombou.

Rhian voltou para as palavras em dourado. "Está pronto para o povo..."

De repente, a caneta se transformou no ar, adquirindo um tom preto como o de um *scim* escamoso, e deformou a mensagem de Rhian, com manchas de tinta mágica:

"Parece que meu irmão ainda está chateado comigo", murmurou Rhian.

"Japeth tem razão. É ruim", disse Sophie, surpreendida por concordar com a Cobra. "Ninguém vai ouvir as suas histórias. Porque mesmo que uma história possa ser assim tão curta, tem que ter uma moral. Todos na Escola do Bem e do Mal sabem disso. A escola que você quer *demolir*. Talvez porque seja a escola que *não te aceitou*."

"Uma pessoa que não tem inteligência para escrever a própria história sempre se sente à vontade para criticar a dos outros", disse Rhian, na defensiva.

"Ah, me poupe. Tanto eu quanto qualquer um dos meus colegas de classe poderíamos escrever um conto de fadas de verdade", disse Sophie.

"Você me acusa de ser egoísta, quando você não passa de uma cabeça de vento tagarela", atacou Rhian. "Você se acha tão esperta porque frequentou aquela escola. Acha que pode ser uma verdadeira rainha? Tão provável quanto Japeth arranjar uma noiva. Você não conseguiria fazer nenhum trabalho de verdade, nem se tentasse. Não passa de um cabelo brilhante com um sorriso falso. Um pônei que não sabe nenhum truque."

"Eu seria um rei melhor que você. E você sabe disso", criticou Sophie.

"Prove, então", Rhian desprezou. "Prove que pode escrever este conto melhor do que eu."

"*Vai vendo*", Sophie sibilou. Ela enfiou o dedo brilhante na história de Rhian e a revisou com cortes cor-de-rosa sob os rabiscos de Japeth.

Tsarina de Budhava não podia ter um filho. Ela tentou e falhou seis vezes. Então, rezou com mais afinco. Ela rezava e rezava com todo o coração... E, desta vez, o Leão a escutou. Ele a abençoou com um filho! Tsarina aprendeu a maior lição de todas: "Só o Leão pode salvar".

"É preciso uma rainha para fazer o trabalho de um rei", disse Sophie, friamente. "Um 'rei' apenas no nome."

Virou-se para Rhian, que a encarava atentamente.

Até a caneta escurecida parecia estar analisando-a.

Lentamente, a caneta apagou as palavras em preto, deixando o conto corrigido por Sophie.

"Lembra-se de João e Maria?", disse Rhian, olhando para o trabalho de Sophie. "A sua caneta diz que é a história de duas crianças que escapam de uma bruxa malvada, mas a minha caneta diz que se trata de uma bruxa que se acha tão superior que é levada a prejudicar *a si mesma*."

Rhian virou o sorriso para Sophie.

"E assim está escrito", disse o rei à caneta.

Lionsmane voltou a se revestir de ouro, depois se lançou sobre o conto de Sophie como uma varinha de condão.

Instantaneamente, a mensagem dourada disparou para o céu escuro através das janelas adornadas como um farol.

Sophie observou os aldeões ao longe saindo de suas casas no vale para ler as novas palavras de Lionsmane, brilhando contra as nuvens.

O que foi que eu fiz?, pensou Sophie.

Rhian se virou para o capitão. "Está dispensado, Kei", disse enquanto Lionsmane voltava para o bolso. "Quero que Agatha esteja nas masmorras até amanhã, neste mesmo horário."

"Sim, senhor", disse Kei. Ao sair, lançou uma olhadela para Sophie. Um olhar que Sophie conhecia bem. Se não soubesse quem ele era, acharia que o capitão de Rhian tinha uma quedinha por ela.

Isso só fez Sophie sentir-se mais enjoada, os olhos vagando de volta para a primeira história de Lionsmane. Tinha ido ao jantar na esperança de ganhar alguma vantagem sobre um vilão. Em vez disso, foi enganada para aumentar as mentiras dele.

Observou Rhian olhar pela janela enquanto mais aldeões de Camelot saíam de casa. Eram os mesmos aldeões que tinham resistido ao novo rei na coroação da manhã, defendendo com fervor Tedros como o real herdeiro. Agora, eles estavam reunidos para ler o conto do Leão, refletindo em silêncio sobre as palavras.

Rhian olhou para Sophie, parecendo menos um rei impiedoso e mais um adolescente apaixonado. Era a mesma maneira que a olhara quando se conheceram pela primeira vez. Quando ele queria algo dela.

"Então você quer ser uma *boa* rainha?", perguntou o rei em tom sagaz. "Dessa forma, a partir de agora, vai escrever todas as minhas histórias." Ele a estudou como se fosse uma joia em sua coroa. "A caneta te escolheu com sabedoria, afinal."

Sophie tremeu por dentro.

Ele estava ordenando que escrevesse as suas mentiras.

Para espalhar o seu Mal.

Para ser o *seu* Storian.

"E se eu recusar?", disse ela, agarrada à lateral do vestido. "Uma gota desta tinta e..."

"Você já manchou o pulso quando se sentou para jantar", disse Rhian, mergulhando um pedaço de lula na sopa. "E está tão saudável quanto antes."

Lentamente, Sophie olhou para baixo e viu a mancha azul na pele; uma tinta inofensiva que ela havia extraído de uma pena na Sala do Mapa e colorido com mágica.

"Seu amigo feiticeiro também se recusou a me ajudar", disse o rei. "Então, enviei-o para fazer uma pequena viagem. Ele não vai mais recusar nada depois disso."

O sangue de Sophie gelou.

Naquele momento, ela percebeu que tinha sido derrotada.

Rhian não era como Rafal.

Rhian não podia ser persuadido ou seduzido. Não podia ser manipulado ou enfeitiçado. Rafal a amava. Rhian não estava nem aí para ela.

Ela viera jantar achando que estava com todas as cartas na manga, mas agora parecia que nem sequer conhecia o jogo. Pela primeira vez na vida, se sentia perdida.

Rhian a observava com um traço de piedade. "Você disse que minha história era mentira, mas já se tornou realidade. Não percebe? Só eu posso te salvar."

Ela encontrou os olhos dele, tentando sustentar o olhar.

Rhian se inclinou para a frente, os cotovelos sobre a mesa. "*Repita*."

Sophie esperou a força crescer dentro de si, a bruxa se erguer. Mas nada aconteceu. Ela olhou para a toalha de mesa.

"Só você pode me salvar", disse suavemente.

Notou o sorriso de Rhian, um leão desfrutando sua presa.

"Bem, agora que selamos o nosso *acordo*...", disse ele. "Que tal passarmos para a sobremesa?"

Sophie viu as velas no centro de mesa de leão pingarem cera nos castiçais.

Velas baratas, pensou ela.

Outra mentira. Outro blefe.

Uma chama escura se acendeu dentro dela.

Ela ainda tinha um blefe.

"Acha que tenho medo da morte? Já morri antes e isso não me impediu de fazer o que quisesse", disse ela, se levantando. "Me mate. Vamos ver se isso mantém a Floresta do seu lado. Vamos ver se isso vai fazer as pessoas ouvirem a sua *caneta*."

E passou por Rhian, observando seu rosto ficar nebuloso, despreparado para aquela jogada.

"E se eu concordar com as suas condições?", perguntou ele.

Sophie parou, de costas para o rei.

"Alguém das masmorras para ser seu serviçal, tal como pediu", disse ele, se recompondo. "Quem você quiser. Vou libertá-lo para trabalhar no castelo. Sob a minha supervisão, é claro. Tudo o que você tem que fazer é escrever os contos de Lionsmane."

O coração de Sophie bateu mais depressa.

"Quem você escolheria para ser solto?", perguntou Rhian.

Sophie virou-se para ele. "Inclusive Tedros?", perguntou.

Rhian esticou os braços atrás da cabeça.

"Inclusive Tedros", disse ele, decisivamente.

Sophie fez uma pausa. Depois, sentou-se de frente para ele.

"Então eu escrevo as suas histórias... e você solta Tedros", ela repetiu. "São esses os termos?"

"Correto."

Sophie encarou Rhian.

Rhian encarou Sophie.

Agora entendi seu jogo, pensou ela.

"Bem, nesse caso", disse Sophie com um tom inocente, "escolho Hort."

Rhian piscou.

Sophie esticou os braços atrás da cabeça sem deixar de olhar para Rhian.

Tinha sido um teste. Um teste para fazê-la escolher Tedros. Um teste para revelar seu blefe e provar que ela nunca conseguiria ser leal a ele. Um teste para fazer dela sua escrava a partir daquele momento.

Um testezinho idiota no qual Rhian esperava que ela falhasse.

Mas não se pode vencer o Mal com o Mal.

O que significava que, agora, eles tinham um acordo.

Ela escreveria as histórias dele. Hort seria libertado.

Ambos seriam suas armas no momento certo.

Sophie sorriu para o rei, seus olhos cor de esmeralda brilhando.

"Eu não como sobremesa", disse ela. "Mas esta noite vou abrir uma exceção."

7

AGATHA

O exército de Agatha

Montadas nas costas de um *stymph*, os braços em volta de sua ex-professora de Embelezamento, Agatha tentou enxergar através do mar de copas de árvores enquanto sobrevoavam a Floresta Sem Fim. O outono estava chegando, as folhas já estavam perdendo o verde.

Devem ser umas seis horas da manhã, pensou, já que ainda estava muito escuro para ver o chão da floresta, mas o céu estava começando a brilhar com tons de dourado e vermelho.

Uma mão se estendeu para trás, segurando um pirulito azul.

"Roubei só para você", disse a Professora Anêmona. "É ilegal pegar doces do Refúgio de João e Maria, como bem sabe, mas, dadas as circunstâncias atuais, todos nós precisamos quebrar algumas regras."

Agatha apanhou o pirulito da mão da professora e o levou à boca, provando o azedinho familiar do mirtilo. No seu primeiro ano, foi suspensa pela Professora Anêmona por ter roubado um desses pirulitos da parede de doces da sala de aula no Refúgio de João e Maria (e também marshmallows, uma

fatia de bolo de gengibre e dois pedaços de chocolate). Naquela época, tinha sido a pior aluna da Escola do Bem e do Mal. Agora, três anos depois, estava voltando à escola para liderá-la.

"Eles sabem o que aconteceu?", Agatha perguntou, observando o cabelo amarelo-limão da professora dançando ao vento. "Os alunos novos, quero dizer."

"O Storian começou a recontar *O Leão e a Cobra* antes de você e Sophie partirem em missão. Foi assim que nos mantivemos atualizados sobre tudo o que aconteceu desde que Rhian tomou o trono."

"Mas não podemos mostrar o conto do Storian para os outros reinos?", Agatha perguntou, ajustando a bolsa de Dovey no braço, sentindo o casaco de Tedros, que tinha levado da casa de Robin, enrolado em volta da bola de cristal. "Se conseguirmos fazer os governantes verem que Rhian e a Cobra estão juntos nessa..."

"Os contos do Storian só chegam a outros reinos depois de O Fim ser escrito, incluindo as livrarias em Além da Floresta", disse a professora. "E mesmo que pudéssemos trazer o Conselho do Reino para a torre do Diretor da Escola, o Storian não vai permitir que alguém veja o início de um conto de fadas enquanto estiver escrevendo. Também não devemos envolver o Conselho do Reino enquanto não tivermos provas mais claras da conspiração de Rhian, uma vez que a lealdade deles é para com o novo rei. Dito isso, Professor Manley tem acompanhado os movimentos da caneta e os nossos alunos do primeiro ano foram informados da história até agora."

"E eles são treinados para lutar?", Agatha pressionou.

"Lutar? Minha nossa, não."

"Mas você disse que eles são o meu exército!"

"Agatha, eles estão na escola há menos de um mês. As garotas Sempre mal conseguem produzir sorrisos razoáveis; os Nunca são inúteis com seus Talentos Especiais e o brilho do dedo deles acabou de ser desbloqueado, há dois dias. Nem sequer houve uma Prova dos Contos. É evidente que ainda não são um exército. Mas você vai colocá-los em forma."

"Eu? Você quer que *eu* os treine?", Agatha disparou. "Mas não sou professora! Sophie pode se passar por Reitora porque, bem, ela pode se passar por qualquer coisa, mas eu não."

"Você vai adorar os novos garotos do Sempre. Calouros encantadores." Professora Anêmona olhou para trás, sua maquiagem estava seca e craquelada. "Especialmente os rapazes da Honra 52."

"Professora, eu nem conheço esses alunos!"

"Você conhece Camelot. Conhece o castelo, conhece suas defesas e, mais importante ainda, conhece o falso rei sentado no trono", disse a Professora Anêmona. "Está muito mais bem preparada do que qualquer professor para liderar nossos alunos nessa luta. Além disso, até completar sua missão, continua sendo uma aluna e, como o Storian está escrevendo o seu conto, os professores não podem interferir. Clarissa cometeu esse erro e vimos que pagou o preço."

Agatha balançou a cabeça. "Mas os alunos conseguem ao menos conjurar os feitiços básicos? Será que os Sempres e os Nuncas vão lutar juntos? Já contou para eles o que está em jogo?"

"Minha querida, aproveite a paz e o sossego enquanto pode", aconselhou a professora, mantendo o *stymph* em altitude de cruzeiro. "Não vai ter muito disso quando chegarmos à escola."

Agatha exalou pelo nariz. Como poderia relaxar antes de libertar seus amigos? E como iria liderar uma escola? Uma escola cheia de alunos que ela não conhecia? Se não estivesse tão sobrecarregada, apreciaria a ironia: Sophie tinha sido empurrada para a liderança de Camelot, onde Agatha deveria ser rainha, e agora esperavam que Agatha comandasse a Escola do Bem e do Mal, onde Sophie deveria ser Reitora. O coração de Agatha se animou e, em seguida, se cansou, drenado de toda a adrenalina depois da visita noturna à Floresta de Sherwood. Sentia as pálpebras se fechando, mas, por causa da bola de cristal de Dovey pendurada no ombro, não se atreveu a adormecer com medo de que o peso a derrubasse e a fizesse cair como uma pedra.

Agarrando mais forte a bolsa de Dovey, Agatha observou a paisagem e avistou um castelo dourado à sua frente, finos pináculos agrupados como tubos de um órgão.

Foxwood, ela lembrou. O mais antigo reino Sempre.

Em frente ao castelo, a floresta densa se abria, dando lugar aos vales externos de Foxwood, com filas de casinhas ao redor de uma praça arborizada. O pavilhão estava quase deserto naquela hora da manhã, com exceção de um padeiro que montava seu carrinho em frente a uma fonte de pedra. Penduradas em torno da fonte, Agatha via faixas coloridas pintadas à mão pelas crianças do reino.

Adeus, adeus, a Cobra se foi!

SALVE O REI RHIAN, O CAÇADOR DE COBRAS!

Vida longa à Rainha Sophie!

À medida que o *stymph* passava sobre casas cada vez mais luxuosas, próximas do castelo de Foxwood, Agatha vislumbrou três crianças pequenas usando máscaras douradas de Leão e brincando com espadas de madeira enquanto o pai varria as folhas do pátio. Tinha visto a mesma coisa em Gillikin: crianças idolatrando o novo rei de Camelot como seu herói. Perturbada, Agatha levantou os olhos.

O *stymph* estava prestes a bater na lateral do castelo do rei.

"Professora!", Agatha gritou.

Professora Anêmona acordou no meio de um ronco e, em um único movimento, disparou um spray de faíscas no *stymph*, que despertou do seu cochilo com uma grasnada e desviou da torre dourada bem a tempo.

O *stymph* subiu no ar, ofegante, enquanto Professora Anêmona acariciava seu pescoço, tentando acalmá-lo. "Parece que nós dois adormecemos", ela murmurou enquanto o *stymph* espiava as duas cavaleiras através das cavidades sem olhos. "Não me admira, com tanto tumulto na escola. Felizmente, estaremos lá em breve."

"Tumulto" não soava bem, pensou Agatha, mas naquele momento estava preocupada com a possibilidade de terem acordado a guarda de Foxwood. Se alguém as visse, certamente alertaria Rhian. Olhou de novo para o castelo, prestes a pedir à Professora Anêmona que fosse mais rápido. Então, arregalou os olhos.

"O que é *aquilo*?"

Ela estivera tão ocupada olhando para baixo que não tinha visto a mensagem gigante em dourado, incrustada no céu iluminado.

"O primeiro conto de fadas de Lionsmane", disse a Professora Anêmona, ainda acariciando o *stymph*. "Você deve ter estado nas profundezas da Floresta de Sherwood para não ter visto. Já está aí faz quase um dia inteiro. Visível de qualquer reino da Floresta."

"Lionsmane... Você quer dizer a *caneta de Rhian*, né? A que ele colocou contra o Storian?", Agatha perguntou, lembrando-se da notícia que leu no jornal em Gillikin. Leu rapidamente a mensagem no céu, que falava sobre uma mulher chamada Tsarina, abençoada com uma criança após vários natimortos. "'Só o Leão pode salvar'? Essa é a moral da história?"

A professora suspirou. "O Storian passa semanas, meses, muitas vezes anos escrevendo um conto com o objetivo de melhorar o nosso mundo. E agora chega uma nova caneta que substitui a contação de histórias pela propaganda de um rei."

"Um rei *falso* e uma caneta *falsa*", Agatha disse, exasperada. "As pessoas estão realmente acreditando nisso? Alguém está lutando pelo Storian?"

Agatha parou de falar, porque o conto de fadas de Rhian desapareceu subitamente. Elas trocaram olhares aflitos, como se a presença delas fosse responsável por isso. Mas, então, uma rajada de luz veio do oeste e uma nova mensagem no céu substituiu a primeira.

Cidadãos da Floresta! Reverenciem o conto de Hristo de Camelot, de apenas 8 anos, que fugiu de casa e veio até meu castelo, na esperança de ser meu cavaleiro. Imaginem, a mãe do jovem Hristo o encontrou e deu uma surra no pobre garoto. Seja forte, Hristo! Terá lugar como meu cavaleiro no dia em que completar 16 anos! A criança capaz de amar o seu rei é uma criança abençoada. Logremos que essa seja uma lição para todos.

"Agora está indo atrás das crianças", a Professora Anêmona se deu conta, ficou com a expressão séria. "A mesma coisa que Rafal tentou fazer quando tomou o poder sobre as duas escolas. Quem controla os jovens controla o futuro."

Lá embaixo, Agatha ainda conseguia ver as crianças que brincavam com suas máscaras de Leão. Agora estavam paradas, lendo o segundo conto do Leão junto com o pai. No momento seguinte, o olhar do pai pousou em Agatha e na professora, empoleiradas no *stymph*.

"Vamos embora", disse Agatha rapidamente.

O *stymph* voou em direção ao sol nascente.

Agatha olhou para trás uma última vez e releu o novo conto do Leão; seu estômago se contorceu. Não era apenas a mensagem do Leão, glorificando-se sutilmente como rei, mas a mensagem era *familiar*, as mentiras soavam como verdades...

Ah. Ela se lembrou.

A caneta da Cobra.

A que ele tinha mostrado para ela e Sophie na primeira vez que se encontraram.

O falso Storian, que pegava histórias reais e as transformava em algo obscuro e mentiroso.

A caneta que se desprendera de seu corpo de assassino e agora era apresentada ao povo como um farol para orientá-los.

Um apanhado de mentiras viscosas e escamosas.

Era isso que Lionsmane era.

A escola não estava disposta a correr riscos depois que Merlin e Professora Dovey foram capturados. À medida que o *stymph* descia, Agatha viu os dois castelos resguardados por um nevoeiro protetor verde-escuro. Uma pomba aproximou-se demais e, como se fosse viva, a névoa a inalou e depois cuspiu-a de volta, parecendo uma bola de canhão, e lançou a ave gritante a dez quilômetros de distância. O *stymph* atravessou ileso, e Agatha teve que tampar o nariz para suportar o cheiro de carne rançosa do nevoeiro.

"Um dos feitiços do Professor Manley", Professora Anêmona explicou. "Não é tão seguro como os velhos escudos da Lady Lesso, mas até agora tem afastado os homens de Rhian. Nos últimos dias, alguns foram pegos bisbilhotando. Devem suspeitar que você está a caminho."

Mais do que apenas suspeitas, pensou Agatha. Se Rhian for irmão da Cobra, isso significa que ele tem o Mapa das Missões da Cobra. Ele pode rastrear cada passo de Agatha.

Por enquanto, restava a ela torcer para que o escudo de Manley fosse suficiente.

Atravessando o nevoeiro, a primeira coisa que Agatha viu foi a torre do Diretor da Escola, no meio da Baía do Meio do Caminho, entre o lago límpido que contorna a Escola do Bem e o espesso fosso azul que rodeia a Escola do Mal. Um bando de *stymphs* estava desmontando o último andaime em torno do pináculo prata, revelando no topo uma estátua deslumbrante de Sophie, como se fosse um cata-vento, e os frisos ornamentados ao longo da torre, retratando os momentos mais icônicos de Sophie. Havia vários andares no interior da torre, com janelas reformadas (através das quais Agatha podia ver armários, uma sala de jantar, uma sauna e uma hidromassagem), e uma passarela para a Escola do Mal, iluminada e com uma placa com a inscrição "CAMINHO PARA SOPHIE".

Professor Bilious Manley colocou a cabeça em forma de pera cheia de espinhas para fora de uma das janelas da Torre de Sophie e atirou luz verde aos frisos e à estátua, tentando obliterá-los, mas todos os feitiços que fez ricochetearam contra ele e um alarme alto disparou da estátua de Sophie, soando como o grito de um corvo.

"Você tentou realizar uma nova decoração não autorizada na Torre da Reitora Sophie", a voz de Sophie ecoou enquanto um feitiço atingia o traseiro de Manley. *"Só um Diretor da Escola oficialmente nomeado tem autoridade aqui, e você não é um Diretor da Escola. Por favor, retire-se."*

Furioso, Manley voltou para dentro, onde Agatha vislumbrou três lobos demolindo os interiores da torre de Sophie. Mas segundos depois de arrancar pinturas e luminárias e instalações, tudo voltava para o lugar.

"Ele tem lutado contra aquela torre desde que assumiu o cargo de Reitor", Professora Anêmona reclamava, enquanto mais feitiços repelentes atingiam Manley e seus lobos. "Aprendi a nunca menosprezar aquela garota."

De dentro da torre, Manley soltou um grito primitivo.

Aquilo só fez Agatha sentir ainda mais a falta de Sophie.

O *stymph* aterrissou no lado sul da Baía do Meio do Caminho, em frente ao castelo do Bem. Quando Agatha apeou, as fadas se aglomeraram em volta dela, cheirando seu cabelo e seu pescoço. Ao contrário das fadas que costumavam cuidar da Escola do Bem quando ela estava no primeiro ano, essa nova frota tinha diferentes formas, tamanhos e cores, como se fossem de terras diferentes, mas todas pareciam saber quem ela era.

Ao seguir Professora Anêmona pela colina, Agatha notou uma quietude atípica. Conseguia ouvir os próprios passos estalando no verde do Grande Gramado, o espasmo das asas das fadas à sua volta, os sons das bolhas de água do lago. Agatha espiou a baía e viu a mesma cena nas margens do Mal, o lodo azul e liso manchando a areia. Um lobo de guarda solitário vestindo casaco vermelho de soldado e um chicote no cinto tinha adormecido em uma das novas cabanas de Sophie.

Professora Anêmona abriu as portas do castelo do Bem e Agatha a seguiu em silêncio por um longo corredor de espelhos. Agatha viu seu reflexo no vidro, suja, bagunçada pelo vento, insone, o vestido preto rasgado. Sua aparência era ainda pior do que no primeiro dia de aula, quando garotas Sempre a encurralaram, naquele mesmo corredor, tomando-a por bruxa, e ela peidou na cara delas para escapar. Sorrindo com a lembrança, Agatha seguiu a professora e entrou no saguão.

"BEM-VINDA AO LAR!"

A gritaria explodiu como uma bomba, fazendo Agatha cambalear para trás.

Mais de cem alunos do primeiro ano estavam no saguão e assobiavam e gritavam, balançando placas encantadas cujas palavras saltavam: "ESTOU COM AGATHA!"; "RHIAN NUNCA!"; "JUSTIÇA PARA TEDROS!".

Agatha olhou para a classe de Sempres, tão novos e limpos, as garotas vestindo aventais rosa customizados e os garotos em coletes azul-marinho, gravatas finas e calças bege ajustadas. Tinham brilhantes insígnias de cisne prateado sobre o peito, que os identificava como alunos do primeiro ano, e etiquetas mágicas que se moviam ao redor do corpo para que Agatha as visse de qualquer ângulo – "LAITHAN", "VALENTINA", "SACHIN", "ASTRID", "PRIYANKA" e outros. Muitos pareciam ter quase a idade dela, especialmente os garotos, tão altos e principescos com espadas de treino na cintura. No entanto, apesar disso, todos pareciam tão *jovens*. Ainda tinham fé nas leis do Bem e do Mal. Ainda não sabiam que a bolha da escola podia ser furada tão facilmente. *Já fui como eles*, pensou Agatha.

"*RAINHA AGATHA! RAINHA AGATHA!*", gritavam os alunos do primeiro ano enquanto a rodeavam como lemingues, aglomerando-se em volta dela entre as quatro escadas do saguão: Coragem e Honra para as torres dos garotos; Pureza e Caridade para as das garotas. Agatha olhou para cima e viu os professores reunidos na escadaria da Coragem. Princesa Uma, que lhe dera aula de Comunicação Animal; Professor Espada, que lhe ensinara Luta com Espadas; Yuba, o Gnomo, que tinha liderado o seu Grupo Florestal.

A mesma cena saudara Agatha no seu próprio dia de Boas-Vindas, só que desta vez havia dois professores a menos. Ninfas de cabelos neon flutuavam sob o teto abobadado, espalhando pétalas de rosas que grudaram no vestido de Agatha e a fizeram espirrar. Agatha tentou sorrir para os jovens Sempres, que estavam gritando seu nome e balançando cartazes e espadas, mas só conseguia pensar na Professora Dovey e no Professor August Sader, ambos ausentes do topo das escadas. Sem eles, a escola não parecia mais acolhedora ou segura. Parecia estranha, vulnerável.

"O BEM FICA PARADO E O MAL TRABALHA", uma voz ressoou. "É ASSIM QUE É."

Agatha e os Sempres se viraram para as portas duplas na parte de trás do saguão que se abriram de supetão. Cástor, o Cachorro, estava de pé dentro do Teatro de Fábulas, transformado em uma enorme sala de guerra. Mais de uma centena de Nuncas, em elegantes uniformes de couro preto, trabalhavam em várias estações, rodeados de papéis, cadernos e mapas, enquanto professores do Mal os supervisionavam.

"É BOM TE VER VIVA", disse Cástor, olhando para Agatha antes de mostrar os dentes afiados para os Sempre. "MAS NÃO VENCEMOS NADA AINDA."

Os alunos do primeiro ano foram divididos em estações de trabalho com base em seus respectivos Grupos Florestais, com cinco Sempres e cinco Nuncas em cada estação. Na primeira estação, o Grupo Número 1 estava debruçado sobre um banco virado de ponta-cabeça para se transformar em uma longa mesa, onde se amontoavam dezenas de mapas. Agatha caminhou por eles, insegura sobre como assumir a liderança, mas felizmente não precisou, porque os alunos assumiram a liderança sozinhos.

"Não consegui encontrar nenhum mapa atual do Castelo de Camelot na Biblioteca da Virtude, mas encontramos isto", disse um belo garoto Nunca de pele escura, em cuja etiqueta lia-se BODHI, apontando para um diagrama sujo na página de uma edição muito antiga de *História da Floresta para estudantes*. "De acordo com ele, as masmorras ficam na base da Torre Dourada, bem debaixo do solo. Mas como o castelo foi construído sobre uma colina, parece que a masmorra pode estar na *lateral* dessa colina. Quer dizer, se este mapa ainda estiver correto." Bodhi olhou para Agatha. "É aí que pode nos ajudar. As masmorras ainda estão lá?"

Agatha ficou tensa. "Hum... não tenho certeza. Nunca as vi." Toda a equipe a encarava.

"Mas você esteve em Camelot durante meses", disse um garoto Sempre, baixo e musculoso, de cabelos castanhos e sardento, com o nome LAITHAN no crachá.

"Você era a *princesa*", disse Bodhi.

O pescoço de Agatha ficou vermelho. "Olha, as masmorras provavelmente estão onde sempre estiveram, por isso vamos presumir que este mapa está certo."

"Foi o que eu falei, e esses garotos do Bem dizem que sou burra", Valentina interferiu, da outra ponta da mesa. Tinha um rabo de cavalo alto e preto, sobrancelhas finas e um sotaque ofegante. "Mas estou dizendo que a cadeia ainda deve estar lá e se a cadeia está na lateral da colina, então vamos para a colina com pás e *pá! pá! pá!*, Tedrosito e seus amigos livres."

Bodhi riu com Laithan. "Valentina, antes de mais nada, este livro tem tipo, mil anos, e o solo se *movimenta* com o tempo."

"Com licença, a minha família vive debaixo de uma graviola há mil anos e a graviola ainda lá está", disse Valentina.

Laithan gemeu. "Olha, mesmo que o calabouço esteja na colina, não tem essa de *pá! pá! pá!* por causa dos *guardas*."

"Lembram aquele *conocido* conto de fadas em que o garoto não salva os amigos porque tem medo dos guardas?", Valentina perguntou.

"Não", respondeu Laithan, confuso.

"Pois é", disse Valentina.

"Val, sei que Nuncas devem defender uns aos outros na frente de Sempres, mas nem sequer conseguimos encontrar essa colina", disse um garoto Nunca de cabelo tingido de vermelho-fogo, com o nome AJA flutuando sobre a cabeça. "Tentei localizar os calabouços com minha visão infravermelha e não vi nada."

"Visão infravermelha?", perguntou Agatha.

"O meu talento de vilão", esclareceu Aja. "Lembra que o talento especial da Sophie era invocar o Mal? Como quando invocou aqueles corvos no Circo de Talentos? Ela usou aquela capa de pele de cobra fantástica que ela mesma fez e que a tornou invisível. A capa está agora na Exposição do Mal. Quem me dera pudesse experimentá-la, só para me sentir como ela... Desculpa, sou *suuuper* fã da Sophie. Tentei ser discreto quando ela era reitora para que não me achasse um esquisitão, mas sei de cor cada palavra do seu conto de fadas e me vesti como ela para o Halloween, com peles e botas e, sério, ela vai ser a melhor Rainha de Camelot que já existiu... tipo, completamente icônica..." Aja viu Agatha franzir a testa. "Ops, sem ofensa."

"Estava falando sobre sua visão infravermelha", disse Agatha secamente.

"Ah, é! Esse é o meu talento vilão: ser capaz de sentir corpos na escuridão, mesmo através dos objetos. Então, convenci a Professora Sheeks a me deixar pegar um *stymph* até Camelot à noite, com uma das ninfas a bordo, já que os *stymphs* odeiam vilões e ele teria me comido vivo sem uma guarda do Bem", disse Aja. "Voamos bem alto, para que os homens de Rhian nas torres não pudessem nos ver. Se o calabouço está perto do lado da colina, eu deveria ter detectado os corpos no subsolo, mas não consegui ver nada."

"Aja, sem ofensa, mas você não consegue encontrar o banheiro à noite e isso é um fato", disse Valentina, lançando um olhar sórdido à Agatha. (Agatha reprimiu um sorriso.) "Por isso, só porque não consegue ver a masmorra, não significa que não esteja lá."

"Queridinha, fiquei em primeiro lugar na aula da Professora Sheeks por seis desafios seguidos", Aja se defendeu.

"Porque o seu verdadeiro talento é bajular os professores", retrucou Valentina.

Agatha não conseguia pensar com toda essa conversa e maledicências. Além disso, havia um fedor estranho vindo do Grupo Número 6 ali perto. ("Cheira a covil de gambá na sexta-feira à noite!", ela ouviu a Princesa Uma comentar.)

"E mogrificação?", perguntou Agatha. "Não podemos nos transformar em vermes ou escorpiões, entrar escondidos no castelo e encontrar a cadeia?"

"Magia não funciona em masmorras", disse Laithan, olhando para os seus companheiros de equipe e, desta vez, até os alunos do Mal concordaram. Ele olhou para Agatha. "Não sabia?"

"Estamos todos no Grupo Florestal de Yuba e ele colocou essa pergunta no nosso primeiro teste. Parecia bem básico", completou Bodhi.

Agatha começou a suar. Em tempos difíceis, ela sempre se destacou como líder. Mas esses garotos faziam com que se sentisse uma idiota. Tudo bem que ela não sabia onde ficam as masmorras, mas, quando morara em Camelot, disseram a ela que o castelo era impenetrável. Por que ficaria procurando formas de invadi-lo? E por que é que ela se lembraria de cada detalhe de uma aula de três anos atrás? Especialmente quando estava cansada e ansiosa e focada em salvar a vida dos seus amigos. Entretanto, esses amadores olhavam para ela de um jeito tão arrogante e pretensioso, como se tivesse que provar algo para eles.

Agatha continuou de cabeça erguida. "Então não sabemos exatamente onde ficam as masmorras. Vamos tratar disso", disse ela, enquanto o fedor do Grupo Número 6 piorava. "Que tal entrar sorrateiramente como guardas ou criadas e revistar o castelo? Ou fazer um cozinheiro de refém e exigir saber onde os prisioneiros estão sendo mantidos? Ou que tal enviar um presente e a gente se esconder dentro? Então, *arrá!*, atacamos!"

Os jovens Sempres e Nuncas se mostraram pouco receptivos. "Essas ideias são péssimas", disse Aja.

"Pela primeira vez tenho que concordar com Aja", disse Valentina. "Rhian é muito esperto. Suspeitaria de um bando de criadas com cara de perdidas ou de um presente com coisas sussurrando lá dentro como um chupa-cabra."

"Além disso, a Cobra tem um Mapa das Missões", lembrou Bodhi, se dirigindo à Agatha. "Se você chegar perto daquele castelo, ele vai saber."

Agatha ficou irritada, sentindo-se ainda mais na defensiva do que antes, mas no fundo sabia que estavam certos. Seus planos eram estúpidos. No entanto, não *havia* um plano brilhante a postos, esperando para ser criado. Não havia uma entrada secreta perfeita, nem um portão defeituoso, nem um feitiço que os levaria a Camelot sem serem detectados. E mesmo que houvesse, certamente não havia uma maneira de *tirar* Tedros, Sophie, Dovey e os outros nove prisioneiros de lá.

"Vou trancar isso no meu gabinete para você, querida", disse a Professora Anêmona, se aproximando para tirar a bolsa de Dovey do braço dela.

"Não, isso vai ficar comigo", Agatha rebateu, segurando-a com força. "Merlin ordenou que eu não a perdesse de vista."

"Não precisa dizer mais nada", respondeu a professora. "Ah, vejo que conheceu os garotos da Honra 52. Seja rigorosa com Bodhi e Laithan. Não deixe que flertem com você para se safar de problemas. Você é a chefe deles agora."

"Dos professores também", disse a Princesa Uma, aproximando-se. "Estamos aqui para te ajudar. E os meus animais também vão lutar."

"Assim como os lobos e as fadas", disse Yuba, o Gnomo, se juntando a elas. "E não se esqueçam do resto do quarto ano: Ravan, Vex e alguns outros estão na clínica, se recuperando da Batalha dos Quatro Pontos, e o resto da turma está voltando dos seus vários locais de missões para a escola. Você tem um exército inteiro a seu serviço, Agatha. Mas meu Grupo Florestal acabou de me dizer que você ainda não tem um plano. Pense bem, minha menina. Camelot não é apenas a sua casa; é o seu domínio. Você conhece seus pontos fracos, assim como os do novo rei. Em algum lugar aí dentro, você sabe como salvar seus amigos. Em algum lugar aí dentro, existe um plano. E, agora, precisamos ouvi-lo."

Várias cabeças se levantaram de seus postos de trabalho, todos os olhos voltados para a princesa de Camelot. O teatro ficou tão silencioso quanto uma igreja no Halloween.

"O plano?", a voz de Agatha saiu como um grasnido. Pigarreou, na esperança de que isso produzisse, magicamente, uma estratégia. "Então..."

"SEUS MACACOS FEDORENTOS!"

Todos se viraram para ver Cástor dando pontapés em dois garotos na Estação 6. "DOVEY ESTÁ NA PRISÃO, O REI ESTÁ PRESTES A MORRER, E VOCÊS FAZENDO BOMBAS DE ESTRUME!"

"Bombas de estrume flamejantes!", um loiro baixinho chamado BERT completou.

"Mísseis fedorentos!", acrescentou um colega loiro chamado BECKETT. "A arma perfeita!"

"VOU TE MOSTRAR A ARMA PERFEITA!", Cástor agarrou um jornal da mesa do Grupo 6 e bateu nos rapazes. "MAIS UMA BOMBA DE ESTRUME E VOCÊS VÃO PARA A SALA DA CONDENAÇÃO!"

"Nós somos Sempres!", Bert e Beckett protestaram.

"MELHOR AINDA!", Cástor gritou, batendo com mais força.

Os fumos tóxicos espalharam-se, a situação ficou fora de controle e todos se esquivaram para fugir deles. Agatha aproveitou a distração e foi para a mesa do Grupo 6, onde um garoto e uma garota examinavam atentamente os jornais que Cástor não tinha pegado, sem se intimidarem com o plano fedorento de Bert e Beckett.

Esses dois parecem inteligentes, pensou Agatha. *Talvez eles tenham pensado em algo que eu não pensei.*

"Bem-vinda ao Grupo Florestal 6", disse um garoto Sempre careca e fantasmagórico chamado DEVAN, com sobrancelhas escuras e maçãs do rosto bem delineadas. "Prazer estar em sua companhia, Princesa Agatha. Você é tão régia e adorável quanto o seu conto de fadas prometeu."

"Ela tem namorado, Devan", disse uma garota Nunca com cabelo azul-gelo, olhos combinando e uma gargantilha de caveirinhas. Seu crachá dizia LARALISA. Ela escorregou a mão na cintura de Devan. "E você já tem dona, então, não força a barra."

Agatha arregalou os olhos diante de um namoro de Sempre e Nunca tão descarado (Lady Lesso tentou assassinar Tedros e Sophie por isso), mas agora Devan estava empurrando um dos jornais em sua direção, por cima do banco virado.

"Dê uma olhada no *Camelot Courier* de hoje", pediu ele. Agatha analisou a primeira página.

IDENTIDADE DA COBRA AINDA EM DEBATE
Castelo Recusa-se a Comentar o Rosto Sob a Máscara

CORPO DA COBRA DESAPARECEU, DIZ GUARDA DA CRIPTA
Jardim do Bem e do Mal não tem registro do enterro da Cobra

DÚVIDAS SOBRE O NOVO SUSERANO DO REI
Onde estava Japeth quando a Cobra estava à solta?

Laralisa deixou cair outro papel em cima. "Agora olhe o *Podres do Castelo*."

Agatha se inclinou sobre o colorido tabloide de Camelot, conhecido pelas teorias da conspiração absurdas e pelas mentiras sem reservas.

GUARDA DA CRIPTA DESMASCARADO!
Enterro da Cobra confirmado no Cume Necro

REVELAÇÕES DE JAPETH
"Meu irmão me impediu de lutar contra a Cobra, Rhian queria me proteger!"

COURIER MENTIROSO
80% DAS HISTÓRIAS REVELARAM-SE FALSAS!

"A habitual bosta de cavalo", murmurou Agatha. "Mas isso não importa. Ninguém em Camelot vai acreditar em uma palavra que o *Rot* diga, independentemente do que Rhian mandar imprimir."

"Não é com o povo de Camelot que estamos preocupados", disse Laralisa. Ela deslizou mais alguns jornais na direção de Agatha.

Jornal dos Vilões da Floresta de Baixo
CAMELOT CONTESTA GUARDIÃO DA CRIPTA!
Cobra enterrada no Cume Necro!

INFORMATIVO DAS COLINAS DE MALABAR
REI RHIAN VINDICADO
Corpo da Cobra confirmado em túmulo secreto!

A FOLHA DE PIF PAF
GUARDIÃO DAS MENTIRAS!
Corpo da Cobra encontrado no Jardim do Bem e do Mal

"As impressões digitais de Rhian estão por todo lado", disse Laralisa. "Ele sabe que o *Courier* está atrás dele. Por isso, está garantindo que os outros reinos papagueiem suas mentiras."

"E os outros reinos aceitam porque confiam em tudo o que Rhian diz", Agatha percebeu. "Aos olhos deles, Rhian matou a Cobra. Ele matou o vilão implacável que atacava os reinos. Ele os salvou. O povo da Floresta não sabe que é uma mentira. Não sabe que Rhian está fazendo todos de bobos. Mas o Storian sabe e nós sabemos."

"E o *Courier* está perto de descobrir", disse Laralisa. "Mas Rhian desacreditou o Storian, desacreditou Tedros, desacreditou você, desacreditou a escola, e agora está desacreditando o *Courier*. Mesmo que tivéssemos provas para mostrar às pessoas que a Cobra ainda está viva – e nós não temos –, ninguém nos daria ouvidos."

"Pode ser que o *Courier* nem resista tempo suficiente para nos apoiar", observou Devan, abrindo as páginas. "Estão em fuga, imprimindo em segredo, e os homens de Rhian estão caçando seus repórteres. E como continuam fugindo, estão tentando de tudo. Veja estas manchetes. É como se tivessem saído do *Podres*."

MENSAGEM ENCONTRADA EM GARRAFA: "A COBRA AINDA ESTÁ VIVA!"

IRMÃS MISTRAIS CONTRATADAS COMO CONSELHEIRAS DO REI? FORAM AVISTADAS PELA JANELA DO CASTELO

PRINCESA SOPHIE NEGOCIA EM SIGILO A LIBERTAÇÃO DOS AMIGOS

Agatha rapidamente se debruçou sobre esta última matéria.

Até agora, o povo da Floresta acreditava que Lionsmane era a caneta do Rei. Na verdade, na sua coroação, o Rei Rhian deixou claro que, ao contrário do Storian, que era controlado por magia sombria, todos podiam confiar em sua caneta. Ela cuidaria de todas as pessoas, ricas ou pobres, jovens ou velhas, do Bem ou do Mal, assim como ele cuidou de todas as pessoas quando as salvou da Cobra. Mas de acordo com uma fonte anônima, ontem à noite, a Princesa Sophie e o Rei Rhian firmaram um acordo

inusitado durante um jantar de sopa de peixe e bolo de pistache. O acordo era este: Sophie escreveria os contos de Lionsmane, não Rhian. Em troca, o amigo de Sophie e antigo pretendente, Hort de Bloodbrook, seria libertado dos calabouços de Camelot.

Nossa fonte não ofereceu qualquer justificativa para esse acordo, mas deixou claro: é a princesa que está criando as palavras de Lionsmane, não o rei.

O que isso significa? Primeiro, significa que o rei Rhian mentiu sobre Lionsmane ser sua caneta, uma vez que Sophie escreve seus contos. Ao mesmo tempo, aqueles leais a Tedros têm esperanças de que Sophie ainda esteja secretamente do lado dele, conspirando contra o novo rei. Mas se Sophie está escrevendo as mensagens de Lionsmane, então essas esperanças estão mal direcionadas e ela está firmemente por trás dos planos do rei.

O coração de Agatha bateu mais forte.

Por um lado, a história não poderia ser verdadeira. Sophie nunca escreveria os contos de Lionsmane. Ela nunca promoveria a propaganda de um rei falso. Ela certamente nunca comeria bolo.

No entanto, por mais que temesse dar entrevistas ao *Courier* e a seus repórteres invasivos, o *Courier* nunca mentia. E depois aquela frase curiosa – "firmaram um acordo" – parecia se destacar na página.

Enquanto os vapores de estrume se dissipavam, e Devan e Laralisa se reuniam com os colegas de grupo ROWAN, DRAGO e MALI, que tinham voltado para a mesa, Agatha vagou até o fundo do teatro. Olhou para o saguão dos Sempres e para a cúpula de vidro, a mensagem de Lionsmane sobre o jovem Hristo brilhando dourada no céu.

Agatha leu a mensagem de novo e mais uma vez e outra vez. Até ter certeza absoluta.

Havia algo estranho ali.

Não a história, nem a linguagem, nem o tom... mas *algo*.

Algo que lhe dizia que a história no *Courier* era verdade.

Que Sophie *tinha* escrito a mensagem. Que ela estava tramando alguma coisa, mesmo que Agatha ainda não soubesse o que era.

O *Courier* tinha concluído o pior, é claro. Ninguém no seu perfeito juízo confiaria em Sophie para se arriscar por Tedros, um rapaz que a tinha rejeitado diversas vezes.

Mas Agatha confiava nela.

O que significava que mesmo com Sophie sob o jugo de um rei, enfrentando um perigo mortal, e um peão do inimigo, ela ainda estava lutando pelos amigos.

E ali estava Agatha, livre e desimpedida, com uma escola cheia de alunos prontos para servi-la, sem nada para oferecer a não ser a palma das mãos suadas e uma coceira nervosa. Entretanto, sem direcionamento, os grupos à sua volta pareciam estar perdendo o foco. Os Sempres e Nuncas do Grupo 8 estavam tendo uma grande discussão sobre se deveriam matar ou apenas ferir Rhian quando o encontrassem; o Grupo 3 estava debatendo se Merlin estava vivo ou morto; o Grupo 7 brigava com um Nunca peludo com três olhos chamado Bossam, que insistia que Rhian era um rei melhor que Tedros; e o Grupo 4 discutia avidamente sobre um diagrama da árvore genealógica de Arthur.

Agatha se sentiu ainda mais inútil ao ver todos tão fervorosos e empenhados, enquanto ela continuava a indicar e apontar, seu corpo exausto, faminto, e a maldita bolsa de Dovey ainda no seu braço, pesando...

Bolsa.

Agatha estacou.

Alguma coisa se acendeu dentro dela, como uma tocha durante a noite. A mensagem de Lionsmane. Agora ela entendia por que estava estranha.

"Quando é a execução?", perguntou ela, correndo de volta ao Grupo 6.

Devan ficou inquieto. "Ah, você quer dizer..."

"Sim, a execução do meu namorado. Quando é?", Agatha pressionou.

"Sábado", respondeu Laralisa. "Mas as festividades do casamento começam hoje com a Bênção na igreja de Camelot."

"E os eventos são abertos ao público?", perguntou Agatha.

Devan olhou para a namorada. "Hum, até onde sabemos..."

Agatha se virou para os outros grupos. "Escutem!"

Os alunos continuaram discutindo em suas estações.

A ponta do dedo de Agatha queimou dourada e ela atirou um cometa através do salão. "Eu disse *escutem!*"

Sempres e Nuncas olharam com atenção.

"A execução de Tedros vai acontecer durante o casamento de Sophie e Rhian, em menos de uma semana", anunciou Agatha. "Haverá alguns eventos antes do casamento. Grupo Florestal 6, vocês vão partir em breve para a Bênção."

Devan, Laralisa e o resto da equipe se entreolharam.

"Mas... o que vamos fazer lá?", perguntou Devan.

"Enquanto estiverem na Bênção, Grupo 1, vocês irão para as masmorras", continuou Agatha.

Bodhi deixou escapar uma risada. Laithan, Valentina, Aja e o resto do grupo pareciam igualmente incrédulos.

"Você acabou de falar que não sabemos onde ficam as masmorras", disse Bodhi.

"Ou como entrar", disse Laithan.

"E eles ainda não estão treinados em combate", acrescentou o Professor Espada.

"Nem em armadilhas mortais", disse o Professor Manley, entrando no teatro.

"Nem em comunicação animal", disse a Princesa Uma.

"Nem em manipulação de talentos", disse a Professora Sheeks.

"NEM EM BOM SENSO", disse Cástor.

"Como é que eles podem ir para as masmorras se não sabem onde ficam? Como vão se esquivar dos guardas?", Professora Anêmona perguntou, torcendo as mãos.

"Magia", disse Agatha.

"Tiveram dois *dias* de lições de magia", Manley zombou.

"Mais do que suficiente", respondeu Agatha.

Valentina levantou a mão. "Desculpe-me, srta. Princesa Agatha? Não nos ouviu antes? A magia não funciona nas masmorras..."

"O que significa que não vamos conseguir chegar até Tedros, Professora Dovey ou qualquer um dos outros", Aja concordou. "Não tem jeito de invadir."

"Vocês não vão invadir", Agatha respondeu, calmamente.

Ela sorriu para os rostos confusos e abraçou mais forte a bola de cristal da Professora Dovey.

"Vocês vão *libertar*."

8
HORT
Um dia a minha doninha virá

Quando Hort era criança, sofria *bullying* de um garoto pirata chamado Dabo, que costumava amarrá-lo a uma árvore e colocar todo tipo de coisas dentro de suas calças. Baratas, sanguessugas, formigas, cocô de gato, aranhas, neve cheia de xixi. Certa vez, foi um ovo de falcão roubado que a mãe-falcão veio buscar e deixou Hort com dez pontos na coxa.

Mas nada daquilo se compara à pura tortura de ter um scim viscoso e pegajoso embaixo da camisa, sondando cada centímetro da sua pele.

Vestido com uma túnica branca larga demais e calças cujo cordão ele teve que amarrar duas vezes para não caírem, Hort estava parado em um canto do quarto de Sophie, feito uma estátua. Ele se concentrou no sons que vinham do banheiro, da água caindo, do cantarolar ao longe de Sophie, enquanto a enguia vagava por seu peito. Ele tentou não gritar.

Sua libertação das masmorras tinha vindo com um preço. Um *scim* se grudaria nele como um parasita. Um pedaço do corpo da Cobra colado sobre o seu, espiando todos os seus movimentos.

"Ei!", Hort advertiu, agarrando o *scim* antes que deslizasse para dentro de suas calças. A enguia sibilou e furou seu polegar, tirando uma gota de sangue, depois saltou pelo flanco até o pescoço de Hort e enrolou-se em volta da orelha.

"Meleca nojenta", Hort murmurou, chupando o polegar. Tinha vontade de agarrar a sanguessuga e esmagá-la e moê-la até virar uma maçaroca, mas sabia que outra viria substituí-la. Se tivesse sorte. O mais provável é que fosse morto ou atirado de volta nas masmorras.

O sol da manhã entrou pela janela e Hort esfregou os olhos. Tinha sido libertado na noite anterior pela Cobra – que, ao saber que o seu irmão tinha feito um acordo com Sophie para soltar Hort, fizera questão de ir até as masmorras com o único propósito de atormentar Tedros e fazê-lo pensar que era o príncipe que Sophie havia libertado. A Cobra arrastara Hort para fora da cela e o esbofeteara com um *scim*. Depois, o levara diretamente para um dos aposentos da criadagem, do tamanho de um armário, onde ficara trancado no escuro. Ao amanhecer, Hort fora sacudido pelos guardas, vestira um o uniforme parecido com o de um eunuco e fora levado para o quarto da rainha, sem dormir e sujo. Ali mandaram que esperasse sua nova "Senhora" sair do banho.

Por que Sophie me escolheu?, ele se perguntava. *Ela podia ter escolhido qualquer um. Tedros. Hester. Ela podia ter escolhido Dovey. Ela podia ter escolhido a Reitora. Será que ela precisa de algo que só eu posso fazer? Vai me sacrificar para que os outros possam viver?*

Seu coração se acelerou.

Ou... será que ela escolheu me salvar primeiro?

O *scim* se mexeu e Hort se lembrou de que ele estava lá. Só Sophie podia fazê-lo esquecer um monstro em sua orelha.

Ele corou e cheirou as axilas. Eca! Talvez pudesse usar o banheiro depois que Sophie terminasse. Teria que ser rápido. A Bênção seria em menos de uma hora e, como novo "mordomo", ele tinha sido encarregado de deixá-la pronta, mesmo não tendo a menor ideia do que isso significava.

Hort observou a vasta sala sob a difusa luz do sol. Tudo parecia recém-remodelado: os azulejos de mármore azul com emblemas do Leão, o papel de parede de seda com textura de leões dourados, os espelhos impecáveis incrustados de pedras preciosas e um imaculado sofá branco bordado com uma cabeça de Leão dourado.

Todo esse tempo fingindo ser o leal cavaleiro de Tedros, Hort bufou, pensando no teatro perfeitamente afiado de Rhian. Quase sentiu pena de Tedros.

Quase.

O *scim* começou a rastejar pelo seu pescoço de novo.

Hort podia ouvir a água da banheira correndo. Os seus pensamentos viraram-se para Sophie no banho e ele mordeu o interior da bochecha. Agora tinha uma namorada, que era bonita, inteligente e divertida, e, quando se tem uma namorada, não se deve pensar em outras garotas, principalmente garotas em banheiras e garotas pelas quais você ficou obcecado durante três anos. Tentou se distrair com detalhes do quarto, mas seus olhos pousaram sobre a cama de Sophie... os lençóis de seda amassados... a lata de avelãs na mesa de cabeceira... a xícara de chá e o frasco de mel intacto... o batom vermelho na borda da xícara...

As portas se abriram atrás dele e duas jovens criadas de uniforme branco como o seu entraram no quarto da rainha, carregando um monte de sacolas. Hort apressou-se para ajudá-las, notando que as sacolas tinham a marca TECIDOS VON ZARACHIN enquanto as equilibrava nos braços e as colocava sobre o sofá. Virou-se para as criadas, porém elas já estavam passando pela porta, ambas de cabeça baixa e o rosto escondido pelo capuz.

"São os meus vestidos da Madame Clothilde? Ainda bem", exclamou Sophie, saindo do banheiro com um roupão rosa e uma toalha em volta da cabeça, sem sequer olhar para Hort. "Madame Clothilde Von Zarachin é a imperatriz da moda na Floresta. As mais elegantes princesas usam suas roupas. Madame Clothilde desenhou o vestido de Evelyn Sader, aquele feito com borboletas azuis espiãs. Quase matou a gente no segundo ano, mas *c'est magnifique*, não? Ontem à noite escrevi para a Madame em pânico, implorando que me enviasse algo para vestir para a Bênção; dada a minha nova posição, é claro que ela me agradeceu. Avisou que seria proibitivamente caro, mas eu disse que Rhian pagaria, custasse o que custasse. Ele e o irmão perderam o direito sobre meu guarda-roupa depois da noite passada. Não só porque o vestido que me deram era horripilante (embora eu tenha feito ele ficar mais chique), mas também porque me deu *urticária*, Hort. Assim que voltei para o quarto, minha pele começou a queimar como se fosse feita de formigas-de-fogo. Sabe como sou alérgica a tecido barato. Em todo caso, tirei o vestido antes que causasse mais estrago e o queimei até não sobrar nada." Ela olhou para as cinzas na lareira. "Não, não, não, nunca mais vou usar nada da mãe deles. Eles que não me venham com essa ideia. Está claro? *Hort?*"

Ela olhou de relance para Hort pela primeira vez.

Hort piscou. "Arrã."

Só então ele percebeu que Sophie não estava olhando para ele, mas para o *scim* no seu pescoço, como se todo aquele monólogo tivesse acontecido por causa dele. Ela foi até o sofá. "Agora vamos encontrar algo apropriado para a *igreja*..."

Hort entrou na frente dela. "Sophie. O que estou *fazendo* aqui?"

Sophie o encarou. "Em primeiro lugar, é 'Senhorita' Sophie, uma vez que agora é meu mordomo. Em segundo lugar, não sei o que está 'fazendo' a não ser andar de pijama largo e feder como um gorila, mas o que você *deveria* estar fazendo é ajudar a me preparar para o primeiro evento do meu casamento."

"Olha, não tem ninguém aqui, tira essa coisa de mim", exigiu Hort, apontando para o *scim*.

"Me ajude a abrir essas caixas, vou chegar atrasada", Sophie bufou.

"Eu não ligo! Sophie, você precisa..."

Sophie disparou uma faísca rosa sobre a orelha de Hort com o seu dedo aceso e o *scim* no pescoço dele girou em direção à porta, apenas tempo suficiente para Sophie murmurar para Hort: "*ELE CONSEGUE NOS OUVIR.*"

Hort engoliu em seco.

"Que tal este?", Sophie disse radiante, segurando um sári azul brilhante, costurado com penas de pavão. "Vai fazer a Bênção parecer mais *mundana...*"

Oito *scims* dourados atingiram o vestido como flechas, rasgando-o em pedaços.

Sophie e Hort se viraram para ver Japeth entrar com o terno dourado e azul que tinha usado na coroação de Rhian, antes dos oito *scims* dourados circularem de volta e se fundirem a ele. O gêmeo de Rhian tinha um olho roxo, cortes na testa e nas bochechas, e havia várias partes rasgadas na sua camisa, a pele ensanguentada exposta por baixo dela.

"Aquilo é o que você vai vestir para a Bênção", disse ele à Sophie.

Sophie seguiu seus olhos para até a lareira...

...onde um vestido branco amarrotado encontrava-se sobre o carvão frio.

Sophie recuou, em choque.

"É isso que vai usar todos os dias", disse Japeth. "É o seu *uniforme*. E se escolher profanar de novo o vestido da minha mãe, vou profanar *você* exatamente da mesma maneira."

Os olhos de Sophie ainda estavam sobre o vestido. "M-m-mas eu o queimei! Até virarem cinzas, ali. Não sobrou nada... Como pode ser?"

Enquanto isso, Hort analisava Japeth, que parecia ter sido espancado por um tigre. Japeth devolveu o olhar e se transformou de volta em seu terno preto de Cobra, os *scims* revelando ainda mais claramente os rasgos sangrentos em sua armadura.

"Protestos em apoio a Tedros", explicou ele. "Brigaram bem, aqueles cachorros. Poderia ter tido a ajuda do rei, mas ele estava ocupado demais fazendo acordos para libertar prisioneiros." Jareth limpou o sangue do lábio. "No fim, não fez diferença. Não sobrou nada deles." Olhou para o próprio corpo machucado, depois virou-se para Sophie, que ainda fitava a lareira. Os olhos de Japeth brilharam de um jeito sinistro.

"Como se nunca tivesse acontecido...", disse ele.

Ele fez um movimento brusco na direção da princesa. Sophie o viu se aproximar.

"Não toque nela!", Hort gritou, correndo até a Cobra.

Japeth agarrou a palma da mão de Sophie, a cortou com um *scim* e passou a mão por cima de seu peito e rosto, em um único movimento.

Hort congelou, chocado e confuso.

A Cobra estremeceu; inclinou a cabeça para trás, sentindo muita dor, o maxilar flexionando, enquanto o sangue de Sophie se espalhava sobre suas feridas e o curava como mágica, restaurando o rosto e o corpo.

Hort engoliu um grito.

"Agora, que tal um chá?", perguntou a Cobra, sorrindo para Sophie. "Estou preparando um para o meu irmão. Temos certas preferências com relação ao nosso chá."

Sophie olhava fixamente para ele.

"Vai acalmar seus nervos", disse Japeth, voltando para o terno dourado e azul, brilhante e limpo. Seu sorriso alargou-se. "Por causa do primeiro evento de casamento e tudo mais."

"Não, obrigada", Sophie disse.

"Como queira", disse Japeth. "Encontre-nos na Sala do Trono. Você vai com a gente até a igreja."

Seus olhos piscaram para Hort. "Você também, mordomo."

Japeth saiu da sala, enquanto um último *scim* se desprendeu de seu terno, balançou alto no ar e ziguezagueou através das sacolas de Madame Clothilde: por cima, por baixo, pela direita, pela esquerda, até que todas fossem rasgadas. O *scim* saiu depressa atrás de seu mestre e a porta fechou-se suavemente atrás dele.

O silêncio pesou no quarto da rainha.

A enguia no pescoço de Hort zarpou até o sofá e encontrou uma sacola de roupa que tinha escorregado entre almofadas e, grunhindo, rasgou-a várias vezes.

Devagar, Hort virou-se para Sophie, que estava no meio do cômodo com a palma da mão aberta, gotejando sangue em seu roupão de banho.

Ele notou um corte mais raso na mesma mão, ao lado do corte aberto.

Japeth já tinha feito isso nela antes.

O estômago de Hort se revirou.

O que aconteceu?

Como o sangue dela o curou?

O que foi que acabei de testemunhar?

Sophie olhou para ele, perdida e assustada.

Se tinha um plano quando conseguiu libertá-lo das masmorras, parecia ter perdido a fé nele.

Socorro, os olhos dela suplicaram.

Mas Hort não tinha como ajudá-la. Não até ela dizer por que o escolhera em vez dos outros. Não até ela contar o que estava acontecendo.

Hort esperou até que o *scim* estivesse bem distraído, rasgando as roupas novas de Sophie. Com cuidado, Hort levantou o dedo aceso e escreveu com letras pequenas e esfumaçadas que sumiam conforme se formavam...

POR QUE ESTOU AQUI?

Sophie olhou para a enguia, rasgando e grunhindo. E escreveu de volta para Hort.

Eu confio em você

No início, ele não entendeu.

Mas depois, sim.

Sophie tinha esperado toda a sua vida por amor.

"Um dia, o meu príncipe virá", ela desejava.

Tinha beijado muitos sapos.

Alguns quiseram se casar com ela. Outros tinham tentado matá-la. Mas ninguém a amara. Não de verdade.

Exceto ele.

E Sophie sabia disso.

Ela sabia que Hort a amava. Que sempre a amaria, não importava as coisas terríveis que ela fizesse, não importava quantos garotos horríveis ela beijasse, mesmo tendo uma namorada linda e incrível. Ela sabia que, mesmo com o coração prometido a Nicola, Hort a ajudaria. Que se ela conseguisse tirá-lo da prisão, ele nunca deixaria *nada* acontecer a ela.

E agora, aqui estava ele, recém-saído das masmorras para se juntar a ela e enfrentar um rei insuportável e o suserano sanguessuga dele.

Foi por isso que Sophie o escolheu.

Para ser parceiro dela. Para ser o suserano *dela* nessa luta.

Os músculos de Hort se retesaram.

Não havia Agatha para jogá-lo para escanteio.

Nada de Tedros para humilhá-lo.

Ninguém a não ser ele.

Os punhos de Hort se fecharam como rochas.

Era a sua oportunidade de ser um herói.

A sua primeira e única chance.

E ele ia aproveitá-la.

Enquanto acompanhava Sophie pelo salão da Torre Azul, Hort enfiou a mão no bolso e sentiu um montinho de avelãs pegajosas.

Ele as roubara enquanto Sophie se trocava na sala de banho. Duas avelãs, que ele tinha molhado em mel e escondido nas calças largas enquanto o *scim* acabava de destruir as criações de Madame Clothilde. Ele tinha usado uma pedrinha coberta com seiva de árvore quando se vingou de Dabo, o pirata valentão, e hoje as avelãs com mel serviriam ao propósito. Se tudo corresse como planejado, Rhian estaria morto antes da Bênção.

Olhou de relance para Sophie, porém ela não estava olhando para ele. Tinha as mãos dobradas em frente ao vestido branco puritano que vestira como Japeth ordenou. O sangue manchava a atadura em volta da mão, que ficava mais avermelhada a cada segundo. Hort percebeu que ela ainda estava abalada pelo que a Cobra tinha feito e não por causa de seu andar instável, ou de seu olhar vazio, ou da atadura enrolada de qualquer jeito. Mas por causa dos seus sapatos. Ela estava usando chinelos lisos e sem graça, tão sem estilo quanto os sapatos de Agatha.

Encostou a mão na dela, fria como pedra.

Hort queria consolá-la, dizer que tinha um plano, mas a enguia espiã estava novamente em volta da sua orelha, prestando atenção em tudo.

Ele sentia a culpa o consumindo, como se estivesse traindo Nicola só pelo fato de estar ali com Sophie.

Não seja idiota. Nicola gostaria que ele fizesse tudo o que fosse preciso para salvar seus amigos. E não estava tentando transformar Sophie em sua namorada. Isso ficou no passado. Agora ele tinha Nic, uma garota que o amava pelo que ele era, ao contrário de Sophie, para quem ele nunca tinha sido bom o suficiente. Logo ele riria por último. Porque ia mostrar para Sophie que ele era bom o suficiente, mas de um jeito estritamente platônico.

Viu uma criada se aproximar, mais velha do que as que estiveram no quarto da Sophie.

Hort se assustou.

Guinevere.

Os lábios dela estavam selados por um *scim* igual ao que estava em sua orelha. O que significava que ela também estava sob domínio do rei.

Mas havia outra coisa, Hort notou. Alguma coisa perto da orelha *dela*. Algo minúsculo e púrpura enfiado no seu cabelo branco, que o *scim* na sua boca não conseguia ver... Uma flor. A mãe de Tedros nunca usava joias ou maquiagem, muito menos flores no cabelo, muito menos ainda enquanto fosse prisioneira no castelo de um assassino.

E no momento em que ele conseguiria vê-la melhor, Guinevere já havia passado, lançando a Hort e Sophie apenas um olhar de relance.

Hort se recompôs e se colocou ao lado de Sophie quando se aproximaram da escadaria no final do corredor. Agora não era o momento de se preocupar com a mãe de Tedros ou com o que ela estava tramando.

Rhian está esperando, pensou ele, esfregando as avelãs no bolso. *Você só vai ter uma chance.*

Quando se aproximaram do topo da escadaria, Sophie parou na balaustrada.

Hort seguiu os olhos dela até o piso térreo.

Rhian estava sentado no trono do Rei Arthur, segurando uma caneca enquanto examinava com atenção uma grande caixa com pedras verdes; pegava cada uma e olhava através delas como se fossem lupas. De cima, Hort via o brilho acobreado do cabelo bem curto e uma cicatriz no topo da cabeça. A fumaça do chá de Rhian levantou-se sobre o trono dourado de Arthur, que tinha o brasão de Camelot esculpido nas costas e as garras de Leão na extremidade dos braços. O trono ocupava um tablado, de onde desciam pequenos degraus que levavam ao resto da Sala do Trono. Atrás do rei, o céu azul enquadrava-o como uma tela através do vidro que ia do chão ao teto, para além do qual Hort lia uma mensagem em dourado no céu, escrita pela caneta falsa de Rhian, sobre um rapaz chamado Hristo, que queria ser cavaleiro. Aos pés do rei, um tapete colossal estendia-se pelos degraus e seu bordado se assemelhava a uma tapeçaria pintada retratando a cena da...

Coroação de Rhian, Hort se deu conta, inclinando-se sobre o parapeito.

Em tons rococós de azul e dourado, Rhian arrancava triunfantemente a Excalibur da pedra, enquanto Tedros, retratado com um corpo grotesco e o rosto de um ogro, era forçado pelos guardas a ajoelhar-se. Em primeiro plano, o povo de Camelot aplaudia. Sophie também estava na cena, com as mãos juntas e um sorriso amoroso no rosto observando seu futuro marido.

A cena era tão perfeita, tão real, que Hort precisou lembrar que nada daquilo tinha acontecido.

Olhou para Sophie, que fitava o tapete com um olhar vazio, como se a mentira pudesse ser também a verdade.

Hort ficou à procura do gêmeo de Rhian na sala. A Cobra não estava à vista.

Mas Rhian não estava sozinho.

As três estranhas irmãs que Hort vira sendo libertadas da prisão espreitavam ao pé do tablado, escondidas na sombra e ladeadas por dois guardas piratas vestidos com capacete e armadura completa.

As irmãs pareciam tensas, mexendo os pés descalços enquanto observavam Rhian checar cada pedra verde da caixa.

"Estas são as RSVP do casamento", disse ele. "Muitos governantes enviaram mensagens, comunicando que seus reinos estão entusiasmados com os novos rei e rainha." Com um dedo aceso, ele fez um punhado de pedras verdes flutuarem e projetarem cenas esverdeadas e difusas de vários lugares da Floresta: em Shazabah, tapetes mágicos partiam de uma estação e em uma placa se lia "EXCURSÕES PARA O CASAMENTO", com longas filas de passageiros esperando a sua vez; uma congregação na praia em Ooty, onde milhares se reuniram para ver o novo conto de Lionsmane brilhar contra a aurora boreal; uma competição feroz em Maidenvale para ver quem representaria o reino no Circo de Talentos; os jovens colegas de classe de Hristo em Malabar Hills, segurando um cartaz que dizia "AMIGOS DE HRISTO, FUTURO CAVALEIRO".

"Todos os reinos da Floresta Sem Fim aceitaram o convite", disse Rhian. "Cada um deles."

Em seguida, ele tirou uma pedra vermelha da caixa.

"Menos *este*."

Seus olhos baixaram para as três bruxas. "E o seu líder foi gentil o suficiente para enviar uma mensagem também."

Uma projeção saltou da pedra na mão de Rhian e mostrou um homem barbudo e seboso que fuzilava o rei com o olhar.

Hort e Sophie arregalaram os olhos, reconhecendo-o de imediato.

"Lamento recusar seu convite, Sua Alteza," disse o Xerife de Nottingham, "mas enquanto a minha filha estiver em suas masmorras, Camelot é um inimigo de Nottingham." Ele se inclinou para a frente. "A propósito, estranha coincidência, não é, que o homem que roubou a minha prisão e libertou a Cobra seja agora capitão da sua guarda? Kei é o nome dele, não é? Por que ele quis libertar a *Cobra*? Hein? De uma coisa eu sei: você me roubou... e logo mais *eu* vou roubar você."

A mensagem voou de volta para a pedra, que rolou da mão de Rhian e tilintou suavemente dentro da caixa.

O rei olhou para as três irmãs. "A única tarefa de vocês é manter os reinos como meus aliados até o casamento. Todos os reinos. E nem isso conseguem fazer."

A irmã com voz grave pigarreou. "Basta soltar Dot e o problema desaparecerá. O xerife não vai criar caso quando ela estiver livre."

"Concordo com Alpa", disse a de voz mais aguda. "Você não precisa dela. Dot é burra como uma porta. Foi assim que tiramos Japeth da prisão, usando-a."

"Bethna tem razão", a terceira assentiu. "Corte o mal pela raiz. A garota é inútil para você."

Rhian tomou um gole de chá. "Entendo. O líder de um reino ameaça me atacar e vocês gostariam de gentilmente devolver a filha a ele."

As três feiticeiras mexeram as pernas esqueléticas como garças.

O rei virou-se para um dos guardas. "Envie uma equipe para matar o xerife. Faça parecer que foi obra dos apoiadores de Tedros." Depois, olhou para as irmãs de forma sombria. "Quanto a vocês, vou pensar bem sobre o que acontece com conselheiras cujos conselhos um rei já não aceita. Saiam."

As três bruxas baixaram a cabeça e deslizaram para fora da sala.

Quando saíram, Kei entrou e passou pelos guardas piratas.

"Senhor", chamou. "O *Camelot Courier* de hoje."

Rhian o pegou das mãos do capitão.

Da galeria, Hort enxergou a manchete da primeira página:

AGATHA A SALVO NA ESCOLA DO BEM E DO MAL
liderando um exército rebelde contra o "Rei" Rhian

"Um capitão de verdade estaria *capturando* Agatha em vez de me dar notícias velhas", reclamou o rei. "O mapa de Japeth já tinha me dito que ela chegara à escola. Felizmente, para você e os seus homens, ninguém fora de Camelot vai acreditar nisso e você vai trazê-la para as minhas masmorras em breve." Percebeu a expressão de Kei. "O que foi?"

Kei entregou mais dois jornais.

NOTÍCIAS DE NOTTINGHAM
AGATHA A SALVO NA ESCOLA!
INSTIGANDO UM EXÉRCITO REBELDE?

BOLETIM DE SHERWOOD
AGATHA VIVE! A VERDADEIRA RAINHA DE CAMELOT ESTÁ REUNINDO UM EXÉRCITO CONTRA RHIAN!

Estalos altos detonaram atrás de Rhian e ele se virou para ver um gavião com um pergaminho nas garras e um colarinho real em volta do pescoço batendo no vidro com o bico. Em seguida, um corvo de colarinho voou e ficou ao lado do gavião, com seu próprio pergaminho; e depois uma fada, um beija-flor, um macaco alado, todos empurravam cartas contra o vidro.

"Mensagens dos seus aliados, senhor", disse o guarda mais próximo da janela. "Eles querem saber se a Bênção será segura, dado os rumores de um 'exército rebelde'."

Rhian arreganhou os dentes e se virou para Kei. "Capture aquela bruxa, *já*!"

"A barreira mágica em volta da escola é mais forte do que pensávamos", se defendeu Kei. "Recrutamos os melhores feiticeiros de outros reinos, tentando encontrar um que pudesse rompê-la e..."

Mas Hort já não estava mais escutando. Fitava a caneca de chá de Rhian, abandonada no assento do trono, bem abaixo da galeria.

Era a sua chance.

À medida que o *scim* se enrolava em sua orelha direita, Hort escorregou lentamente a mão para o bolso esquerdo, fora da vista da enguia.

De pé, à esquerda de Hort, Sophie sentiu a mão dele encostar em sua cintura. Ela olhou para baixo e o viu tirar do bolso duas avelãs envoltas em mel. Olhou depressa para Hort. Mas ele não olhou de volta, pois, enquanto se debruçava sobre a balaustrada com o cotovelo direito, pousou a mão esquerda sobre o parapeito e soltou discretamente as avelãs.

Elas mergulharam na caneca de chá com o mais suave dos respingos.

Sophie arregalou os olhos para Hort, mas o *scim* na orelha dele tinha se enrolado, sentindo que estava acontecendo algo, então Sophie fingiu arrumar o colarinho de Hort. "Sabe de uma coisa? O rei parece ocupado", disse ela ao seu mordomo, com um olhar carregado. "Vamos voltar para o nosso quarto e deixá-lo desfrutar do seu *chá*."

"Sim, senhora", disse Hort, abafando um sorriso.

Começaram a caminhar, mas Hort ainda conseguia ver Rhian brigando com Kei lá embaixo.

"Você libertou meu irmão da prisão, do saco encantado do xerife, e agora não consegue invadir uma *escola*?", perguntou o rei. "Você e eu somos um time. Somos uma equipe desde o início. Mas se você vai ser o elo fraco, em especial depois de eu ter te aceitado de volta..."

Kei ficou vermelho. "Rhian, estou tentando."

O rei levantou um dedo. Lionsmane voou do seu bolso e se colocou frente ao olho castanho de Kei, a ponta da caneta, afiada como navalha, mirando sua pupila como um alvo.

"Esforce-se mais, capitão", disse o rei, fazendo a caneta se aproximar ainda mais de Kei.

A voz de Kei falhou. "Sim, senhor."

"Guardas!", Rhian chamou, convocando Lionsmane de volta para suas mãos. "Tragam Sophie."

Assustada, Sophie acelerou pelo corredor, mas a enguia de Hort se desprendeu e voou até a galeria, deixando escapar um grito agudo.

Os olhos de Rhian se voltaram para o segundo andar, onde o *scim* preto apontava para a cabeça de Sophie como uma flecha, bloqueando o caminho da princesa.

Pouco tempo depois, Sophie caminhava de um lado para o outro no tablado do trono, contemplando seu trabalho que brilhava cor-de-rosa em pleno ar.

Um pirata estava ali, a mão na espada, os olhos escuros sob o elmo se revezando atentamente entre Hort e Sophie.

Sophie batia com a ponta do dedo rosa brilhante nos lábios, relendo suas palavras.

Agatha foi capturada! Mais uma traidora de Camelot derrubada pelo Leão. Não acreditem nos boatos.

"Ainda não está bom", murmurou Sophie.

Nos degraus ao pé do tablado, Hort a analisava de um lado, enquanto Rhian a observava do outro.

Sophie virou-se para Rhian. "Tem certeza de que isso é sensato? Você disse que Lionsmane rivalizaria com o Storian. Para 'inspirar' e 'dar esperança'. Não para ser o porta-voz do rei."

"Eu escolho as histórias. Você as escreve", disse Rhian, ríspido.

"Além disso, o Storian relata *fatos*", argumentou Sophie. "Até agora, as histórias de Lionsmane têm sido verdadeiras, ainda que distorcidas. Mas esta é uma mentira que pode ser descoberta."

"Quando a sua querida amiga Agatha estiver sendo torturada nas nossas masmorras, podemos terminar esta conversa", disse o rei.

Sophie ficou tensa e voltou ao trabalho.

Hort, por um lado, fantasiava que arrebentava a cabeça de Rhian como uma abóbora madura. Por outro, Sophie estava lidando muito bem com a situação, pensou. Ele sabia o quanto ela se importava com Agatha. Não devia ser fácil falar da morte de sua própria amiga.

Olhou furtivamente para a caneca de chá, esfriando no trono de Rhian.

Viu que Sophie também olhava para a caneca e seus olhares se cruzaram por meio segundo.

"Seu nome é Drat, não é?", Rhian perguntou, se colocando ao lado de Hort.

Hort tinha vontade de dar uma joelhada naquele mentiroso desprezível que usava as joias da coroa, ou pelo menos mandar que se afastasse, mas se controlou.

"É Hort, Sua Alteza. E obrigado pela generosidade de permitir que eu sirva no seu castelo."

"Humm", disse Rhian. "Desconfio que não vá servir por muito tempo se continuar fedendo a esgoto. Faça-me o favor e aprenda a tomar banho. Não sei se isso é algo que te ensinam na escola de *contos de fadas*."

Hort rangeu os dentes. Rhian sabia muito bem por que estava cheirando mal, mas queria intimidá-lo da forma como intimidou Tedros. Era por isso que Rhian estava pressionando seu corpo com força contra o dele, para que Hort pudesse sentir que seus bíceps eram maiores que os seus. Hort era bem musculoso antes de se aventurar por esta missão, mas não levantava pesos há semanas e estava começando a ficar com o corpo de uma doninha. Isso não o incomodava muito, pois Nicola gostava de Hort magricela sobre quem tinha lido nos livros. Mas agora estava incomodado com isso.

"A verdade é que, quando Sophie te escolheu, não conseguia me lembrar de você", disse Rhian. "Tive que consultar o conto de fadas da Sophie para ver quem você era. É fácil confundir você e Dot, já que os dois são um estorvo. Mas foi você quem Sophie quis libertar, então, aqui está... por enquanto." O rei virou-se para Hort, ficando rígido como pedra. "Um passo em falso e arranco seu coração."

Hort não lhe deu a satisfação de uma resposta. Percebeu que Sophie fingia escrever, sabia que ela estava escutando a conversa deles. A cor tinha voltado às bochechas dela, como se seu espírito tivesse renascido. Como se estivesse concatenando um plano. Os olhos dela se desviaram de novo para o chá no trono do rei.

"Fiquei surpreso por ela ter te escolhido", Rhian provocou. "Pelo que li, você é o garoto que ela nunca quis."

"Fiquei surpreso por você ainda estar vivo, Sua Alteza", respondeu Hort.

"Ah, foi por isso que ela te escolheu? Porque você vai me *matar*?", atacou Rhian, seus olhos fulminantes.

Hort olhou para ele parecendo confuso. "Não, Sua Alteza. Quis dizer que Willam e Bogden previram que, a essa altura, você já estaria morto. Que sofreria um acidente antes da Bênção. Viram nas cartas de tarô, nas masmorras. E eles nunca erram."

"Não seja ridículo, Hort", disse Sophie, se virando. "Aqueles dois não conseguiriam prever uma tempestade nem se estivessem no meio de uma." Ela encarou Hort com intensidade, como se estivesse lendo sua mente, antes de olhar para o rei. "Bogden foi meu aluno e não passou em nenhuma das matérias, e Willam é um coroinha que uma vez encontrei tendo uma conversa apaixonada com um arbusto de peônia. Se esses dois são 'videntes', eu sou a Mulher Barbada de Hajira." Ela voltou ao trabalho. "Ah, sim, já sei o que está faltando!" Ela revisou com seu brilho rosa.

Comemorem! Renegada Agatha foi capturada! Inimigos de Camelot serão sempre derrotados pelo Leão. São bobagens os demais boletins. Temos apenas um exército: o exército do Leão.

Amigos, nosso exército são vocês: o povo da Floresta! Libertem-se das mentiras e confiem no Leão; assim, estarão em segurança para sempre.

"Pronto. Já pode publicar", disse Sophie, coçando a pele sob o vestido branco. "Sabe, o processo de escrita é estranhamente recompensador. Desafia cada parte de nós." Ela tirou a caneca de chá de Rhian do trono, entregou-a ao guarda e afundou-se no assento dourado. "Mesmo que esteja a serviço da pura *ficção*."

Hort rastreou a caneca nas mãos do guarda, esperando por um sinal de Sophie, mas, em vez disso, ela se recostou no trono, parecendo cada vez mais à vontade, enquanto Rhian inspecionava seu trabalho. Lionsmane flutuou do bolso do rei e pairou ao seu lado, esperando que ele aprovasse a mensagem de Sophie.

Rhian continuou relendo-a.

"Se acha que pode fazer melhor, fique à vontade para tentar", desdenhou Sophie.

"Só estou checando se não tem nada escondido", o rei rosnou. "Sabe, tipo uma mensagem para a sua amiga e o exército 'rebelde'."

"Sim, isso é bem a minha cara. A Sultana do Subterfúgio", Sophie aquiesceu. "Escondendo códigos indecifráveis na propaganda de um rei."

Rhian a ignorou, ainda analisando as palavras.

Para a apreensão de Hort, o rei havia se esquecido completamente do chá. Com Rhian de costas, Hort continuou olhando para Sophie, que também parecia ter se esquecido do chá enquanto continuava sentada, sorrindo como o gato da Alice. O que ela estava fazendo? Por que parecia tão presunçosa? Ela precisava convencê-lo a beber o chá! O coração de Hort estava disparado. Será que ele mesmo deveria oferecer o chá a Rhian? Pareceria muito suspeito! Suor escorria por seu rosto. Precisava se controlar ou o *scim* perceberia que algo estava errado.

Foi quando Sophie se levantou com calma e tirou a caneca das mãos do guarda.

"Seu chá está esfriando e eu não suporto o cheiro", disse, descendo até o rei. "Com o que fez isso? Couro queimado e estrume de vaca?"

Sem olhar para ela, Rhian apanhou a caneca de volta e aqueceu-a com seu dedo dourado, enquanto seus olhos ainda avaliavam a mensagem de Sophie.

"Vamos chegar atrasados", disse Sophie, e jogou um feitiço na mensagem, deixando-a dourada e lançando-a pela janela em direção ao céu, onde se destacou contra o azul brilhante. "As pessoas vão pensar que estou me arrependendo."

Rhian franziu a sobrancelha, ainda focado na mensagem. "Onde está Japeth?"

"Lambendo as próprias escamas?", Sophie zombou.

Rhian virou-se para o guarda. "Vá buscar meu irmão, para que possamos ir juntos." E tomou um último grande gole do seu chá.

Hort prendeu a respiração. Ele viu as avelãs deslizarem direto para a garganta do rei.

Rhian se engasgou na hora.

Deixou cair a caneca, que se estilhaçou enquanto ele segurava a garganta em um espasmo ofegante.

Hort induzira a mesma asfixia em Dabo com uma pedrinha envolta em seiva de árvore antes do valentão conseguir tossir e colocá-la para fora. Mas desta vez Hort tinha usado duas avelãs. Rhian se dobrou, tossindo com todas as forças, mas tudo o que saiu foi uma arfada.

Por um breve e lindo momento, Hort achou que Rhian estava morrendo, tal como esperava. Sophie recuou até ficar ao seu lado, e seus olhos se alargaram, como se o pesadelo tivesse acabado.

Mas então Hort viu os guardas correndo em direção ao rei.

Hora do Plano B.

Hort se virou para Sophie. Ela leu sua expressão.

Sophie correu na frente dos guardas e agarrou Rhian por trás, apertando sua barriga com ambos os braços, uma e outra vez, até que o rei cuspiu as avelãs com tal força que abriram um buraco no vidro e voaram para fora.

Com o rosto azul, Rhian puxava o ar enquanto Sophie batia em suas costas. Ele a empurrou para longe.

"Você me envenenou, sua bruxa!", ofegou, olhando o buraco na janela. "Colocou alguma coisa no meu chá!"

Sophie lançou aquele olhar indignado que Hort conhecia tão bem. "Te envenenei?! E eu aqui achando que tinha salvado a sua vida!"

Ainda curvado, Rhian balançou a cabeça. "Foi você, sei que foi você."

"E o guarda não teria visto alguma coisa?", Sophie rebateu. "Ou a enguia viscosa do meu mordomo?"

O rei virou a cabeça para o guarda, que nada disse. O *scim* de Hort fez um muxoxo confuso.

"Se eu quisesse te matar, teria deixado você sufocar", ameaçou Sophie. "Em vez disso, te salvei. E você tem coragem de me *acusar*?"

Rhian analisou sua expressão. Depois olhou para Hort, que fez sua jogada.

"Sem querer ultrapassar meus limites, senhor", disse o mordomo de Sophie, "mas a pergunta é *quem preparou* o chá."

Rhian olhou para ele de relance. "Japeth trouxe da cozinha", disse ele, ainda tossindo. Ele se virou para um guarda. "Pergunte a ele quem fez o chá e traga essa pessoa aqui, pois vou arrancar-lhe a garganta."

"Fui *eu*", disse uma voz.

Rhian, Hort e Sophie levantaram os olhos.

Japeth estava recostado na porta de entrada da Sala do Trono.

"E preparei exatamente como você gosta", disse ele.

"E não notou nada de diferente?", Rhian ralhou. "Algo grande o suficiente para me matar?"

Os olhos azuis de Japeth se arrefeceram. "Primeiro, satisfaz os desejos dessa bruxa. Depois, liberta um prisioneiro. E, agora, estou tentando te matar com seu chá."

"Acidentes acontecem", replicou o irmão, furioso. "Especialmente acidentes que fariam de você o rei."

"É isso mesmo. Que ótimo detetive", disse Japeth. "Que ótimo *rei*."

Os dois irmãos se entreolharam com ódio.

"Acho que vou declinar das festividades desta manhã", disse Japeth e saiu da sala, batendo as botas contra o chão e deixando um rastro de tensão para trás.

Hort aproveitou a deixa.

Uma última jogada.

"Está vendo? Willam e Bogden tinham razão", Hort sussurrou para Sophie, mas alto o suficiente para Rhian ouvir. "Disseram que o rei morreria antes da Bênção!"

"Deixe de ser besta," Sophie zombou, surfando na onda dele. "Primeiro, o rei não morreu. Segundo, foi um acidente bobo. E terceiro, só porque Willam e Bogden tiveram sorte com alguns palpites não significa que são profetas do apocalipse. Agora, vá buscar a carruagem. Levarei Rhian..."

"Esperem", chamou o rei.

Hort e Sophie se viraram em perfeita sincronia.

Rhian se endireitou, lançando sua sombra sobre eles.

"Guardas, tragam Willam e Bogden das masmorras", ordenou. "Eles também virão conosco."

Sophie levou as mãos ao peito. "Willam e Bogden? Tem... *certeza?*"

Rhian não respondeu, já saindo do corredor.

Sophie apressou-se atrás dele, sinalizando para seu mordomo segui-la. E enquanto o fazia, seus olhos encontraram os de Hort por um instante.

Não o suficiente para Rhian ou um *scim* repararem.

Mas tempo suficiente para Hort ver Sophie piscar, como se ele tivesse ganhado o seu lugar ao lado dela.

Hort corou, indo atrás da sua senhora.

Finalmente, a Doninha de Sophie tinha chegado.

9

SOPHIE

Imperatriz sob pressão

Enquanto seguia Rhian, com Hort em seu encalço, Sophie sentia seu coração batendo como um tambor. A doninha tinha se saído muito bem, mas até que Tedros estivesse de volta ao trono, faltava muito para concluir seu trabalho. Ela precisava falar a sós com Hort, mas não havia possibilidade de isso acontecer. Não com Rhian indo com eles para a Bênção, nem com aquela enguia doida no pescoço de Hort.

Sophie vislumbrou os cavalos através da janela, puxando a carruagem real até a calçada.

A menos que...

Não havia tempo para pensar. Ela deu um passo para trás e agarrou a mão suada de Hort, ignorando sua expressão atordoada. Ela nunca tinha segurado a mão da doninha antes – como saber por onde aquela mão tinha andado –, mas estava desesperada.

O tatuado Thiago segurou a porta aberta para o rei quando a carruagem chegou. "Wesley foi buscar aqueles garotos nas masmorras, como o senhor ordenou", disse ele, com a armadura brilhando à luz do sol. "Vai precisar de uma segunda carruagem?"

O rei não deu um passo em frente. "Vamos todos em uma só."

"Não seja ridículo. Uma rainha não pode chegar ao seu primeiro evento de casamento apertada como uma sardinha. Hort e eu podemos ir sozinhos", Sophie zombou, passando depressa pelo rei, arrastando Hort pela mão como

uma criança levada e atirando-o na carruagem que ainda não tinha parado completamente. Ela se agarrou nele, apoiando-se em suas costas para entrar, e sorriu de volta para Rhian. "Te vejo na igreja!"

Fingindo perder o equilíbrio, Sophie arrancou o *scim* de Hort como uma tira de cera quente e o atirou para fora da porta da carruagem. "Oh, minha nossa", ela arfou, antes de fechar a porta.

"Temos cinco segundos antes de ele abrir esta porta", entoou Sophie.

"A boa notícia é que fiz Rhian e Japeth brigarem", disse Hort, sem fôlego.

"A má notícia: Rhian ainda está vivo, Japeth ainda é irmão dele, e eu ainda vou me casar com um *monstro*", disse Sophie.

"Boa: Agatha está a salvo na Escola do Bem e do Mal", argumentou Hort.

"Má: Uma equipe de feiticeiros está a caminho de lá e acabei de mentir para a Floresta inteira dizendo que ela foi capturada", disse Sophie.

"Boa: Willam e Bogden estão prestes a ser libertados."

"Má: Literalmente, qualquer outra pessoa naquela cela teria sido mais útil do que aqueles tolos, incluindo a sua namorada, e se a Bênção sair como planejado, isso significa que estamos a três eventos de Tedros perder a cabeça. Se Agatha está montando um exército, então precisamos de mais tempo, Hort. Precisamos adiar a Bênção de qualquer jeito!"

"Exatamente", disse Hort. "Por que acha que escolhi Willam e Bogden em vez dos outros?"

Sophie o encarou; depois, sorriu com compreensão. A porta da carruagem se abriu.

Rhian estava carrancudo, seu rosto na sombra.

Antes que Sophie pudesse falar, um *scim* voou pela porta e atingiu Hort, que soltou um grito estrondoso, fazendo os cavalos empinarem.

Alguns minutos depois, Willam e Bogden analisavam quatro cartas de tarô sobre o colo de Bogden.

Nem Willam nem Bogden tiveram tempo de tomar banho antes de serem empurrados para junto de Hort dentro da carruagem, que agora cheirava tanto a suor de calabouço que Sophie mal conseguia respirar.

Sentado ao lado de Sophie, Rhian se concentrava intensamente nos dois garotos à sua frente. Bogden e Willam continuavam a dirigir olhares ansiosos para Sophie, como se não soubessem por que estavam ali. Mas Sophie sorria para Bogden tranquilamente, da mesma forma que fazia quando esperava seu secretário de olhar malicioso seguir suas ordens na escola.

"É uma pergunta simples", disse o rei, com os dentes cerrados. "Então, vamos à resposta. Pela última vez: meu irmão está tentando me matar? Sim ou não?"

Bogden olhou para Willam, esperando que ele dissesse alguma coisa.

Willam olhou para Bogden, esperando que *ele* dissesse alguma coisa.

Digam que sim, pensou Sophie, vendo Hort olhar para eles com a mesma mensagem. *Apenas digam que sim. É só disso que precisamos.*

Bogden voltou a olhar para as cartas. "Bem, a Torre e o Julgamento lado a lado... Isso significa que há uma divergência entre você e seu irmão. E a carta da Imperatriz sugere que há uma mulher envolvida."

"Obviamente", Rhian murmurou, olhando para Sophie.

"Não ela", Willam argumentou, apontando para a carta da Imperatriz. "Alguém do passado que fez com que você e Japeth desconfiassem um do outro. E considerando a carta da Morte em tudo isso, só há uma conclusão." Ele e Bogden trocaram olhares agitados.

"Bem, qual é?", Rhian perguntou, irritado.

Bogden engoliu em seco. "Um vai matar o outro."

"Só que não temos como saber quem", Willam balbuciou. Rhian pareceu abalado por um momento, até mesmo um pouco assustado.

"Então, devemos adiar a Bênção?", Sophie perguntou, contente com o desempenho dos garotos. "Não pode se preocupar com um casamento com uma Cobra tentando te matar."

Percebeu que tinha falado demais porque Hort ficou tenso e Rhian olhou para ela de um jeito desconfiado.

"Pensei que não acreditava nisso", disse o rei. "Pensei que tinha dito que eles eram 'tolos'."

Sophie ficou calada.

O rei voltou-se para os dois rapazes. "Eu e Sophie ainda devemos nos casar?"

Willam rapidamente jogou novas cartas.

Diga que sim, Sophie rezou. *Ou ele vai saber que nós colocamos vocês nisso.*

"Hum, as cartas não podem dizer se você *deve* se casar com Sophie," Willam respondeu, avaliando as cartas, "mas elas dizem que você *vai*."

"Mas não dentro do prazo previsto", acrescentou Bogden.

"*Definitivamente* não dentro do prazo previsto", concordou Willam.

"Está vendo? Melhor adiar imediatamente a Bênção", disse Sophie, quase abraçando os dois garotos. "É o que *deveríamos* fazer..."

"E me conta, seu amigo Tedros vai ser executado como planejado?", Rhian perguntou a eles, ignorando a sua princesa.

Bogden mordeu o lábio enquanto abria novas cartas no colo de Willam.

"Não", ele disse com uma voz fina, claramente aliviado.

"Não sei se concordo, Bogs", disse Willam, tocando no braço de Bogden. "Cavaleiro de Copas ao lado da Morte? Acho que significa que alguém vai tentar impedir a execução. Mas, para mim, não está claro se essa pessoa vai conseguir."

Os olhos azuis-esverdeados do rei tornaram-se insípidos. "E quem seria esse vingador sem nome?"

"Hum, não sei dizer", respondeu Willam, bufando em seu cabelo ruivo. "Mas vai conhecê-lo em breve, parece. Perto de um lugar santo... com muita gente... e um padre..."

"Uma bênção em uma igreja, talvez?", fulminou o rei.

"Minha nossa, então deveríamos definitivamente adiar", Sophie pressionou, mas sabia que os garotos tinham exagerado, pois Rhian estava sorrindo.

"Mais alguma coisa que queira dizer sobre a minha nêmesis?", desdenhou ele.

Sentindo a tensão, Bogden deu novas cartas, mas errou seu próprio colo e espalhou o baralho por toda a carruagem. "Opa!"

Willam juntou as cartas e puxou algumas de baixo da bota de Rhian.

"Hum, então vejamos. Mágico ao lado de Eremita... Bem, com base nisso, seu inimigo será um..." Ele franziu a sobrancelha. "Fantasma?"

"Mas ainda mortal", Bogden murmurou, apontando para uma carta da Morte.

"E a Torre sobre a Morte significa que podem voar", acrescentou Willam.

"Ou pelo menos levitar", Bogden concordou com a cabeça.

"E é um garoto", disse Willam.

"Eu vejo uma garota", disse Bogden.

"Um ou outro", ofereceu Willam.

Não se ouvia nada na carruagem. A cabeça de Sophie estava afundada em suas mãos.

O rei inclinou-se para trás. "Então é um fantasma, que é mortal, voa perto de uma igreja e é de gênero questionável. É ele quem vai tentar me impedir. Muito bem."

Sophie levantou a cabeça como um esquilo.

"Vocês dois são realmente tão tolos quanto Sophie prometeu", esculhambou o rei. "Assim que voltarmos, serão jogados de volta nas masmorras." Seu olhar atingiu Hort. "Você também, já que garantiu que essas duas moscas mortas preveem o futuro. Mas vocês três vão ficar aqui fechados durante a Bênção. Só o fedor de vocês já é uma boa razão para deixá-los fora de vista."

Rhian olhou furioso para Sophie, desafiando-a a protestar, mas Sophie tentou ao máximo não se deixar abalar. Então, ela se virou e olhou pela janela, os olhos bem abertos.

Sempre que achava que tinha encontrado uma saída, o caminho era bloqueado, o labirinto se fechava.

No vidro da janela, ela viu que Rhian observava seu reflexo enquanto uma lágrima escorria pelo seu rosto. Ela não se preocupou em esconder. Não importava. Não havia mais um plano. Ela estava de volta à estaca zero.

Os garotos voltariam para a prisão.

A Bênção aconteceria.

Tedros morreria.

Com ou sem um fantasma voador.

Na carruagem, os garotos ficaram em silêncio pelo resto do caminho, incluindo o rei. Sophie reparou que os lábios de Rhian estavam cerrados, seus olhos fixos na carta de tarô da Imperatriz, que continuava debaixo de sua bota. Era óbvio que pensava no irmão. Hort ainda estava olhando para Sophie, porém ela o ignorou, enquanto Willam e Bogden reordenavam o baralho com calma. Por um momento, estava tão silencioso na carruagem que Sophie conseguia ouvir a enguia deslizar sobre a pele de Hort.

Sophie olhou para a Imperatriz, sorrindo tão vazia por baixo da bota do rei. Um peão no jogo de alguém.

Essa sou eu, pensou Sophie. Um peão em um beco sem saída.

O que Agatha faria?

Agatha encontraria uma maneira lutar, mesmo estando em um beco sem saída. Agatha nunca seria um peão.

Sophie se emocionou ao pensar na melhor amiga. Quanto tempo até Kei e seus homens invadirem a escola? Sem Lady Lesso ou Dovey protegendo as torres, com certeza eles encontrariam um jeito de entrar. Além disso, Agatha já tinha escapado uma vez das garras de Rhian, duas seria pedir demais, mesmo para uma garota que parecia sempre cair em pé, como um gato.

Por falar nisso... onde estava Reaper? A última vez que ela vira o horrível animal de estimação de Agatha tinha sido no castelo antes da batalha contra a Cobra. Sophie apertou os dedos dos pés em volta do frasco escondido em seu sapato. Se conseguisse ficar sozinha por um instante, poderia usar seu

Mapa das Missões e checar se Agatha estava a salvo ou se os homens de Rhian a tinham capturado.

Um zumbido alto a tirou de seus pensamentos e Sophie hesitou, sabendo que estava prestes a vislumbrar a multidão que viera para a Bênção. Era irônico, é claro, pois passara a vida inteira cobiçando a fama, mas agora se sentia alérgica a tudo isso, ansiosa para voltar ao castelo. Sozinha na banheira, podia fingir que tudo aquilo era um pesadelo. Que o casamento nunca poderia acontecer. Que a mentira seria descoberta. Mas ali, fora do castelo, na presença do povo, ela soube que estava errada.

Porque as pessoas conseguem tornar uma mentira real.

Da mesma maneira que tornam reais os contos de fadas: acreditando neles, transmitindo-os, reivindicando-os como seus.

É por isso que as pessoas precisavam do Storian para guiá-las. Porque os contos de fadas eram algo poderoso. Sophie sabia disso por experiência própria. Esforce-se demais para escrever o seu, em vez de deixar a caneta escrevê-lo, e coisas ruins acontecem. Essa era a verdade.

Mas é fácil deixar de acreditar na verdade.

É tão fácil como decidir acreditar em um homem em vez de em uma caneta.

Um trovão bradou lá fora e Sophie espiou através da janela enquanto finas nuvens negras desdobravam-se como tentáculos acima da mensagem no céu sobre a captura de Agatha. Por um breve instante, ela se animou, se perguntando se as nuvens significavam algo além de apenas o clima ruim. Mas a carruagem se virou bruscamente e o povo ficou à vista.

As ruas estavam abarrotadas com fileiras de pessoas, alteradas e incontroláveis. Uma linda ninfa de pele verde-menta, cheia de estrelas prateadas, balançava um cartaz: "ME PERGUNTE SOBRE A MINHA HISTÓRIA, REI RHIAN!". Também uma criatura horrível e peluda segurava o dele: "PAPAI É UM TROLL, MAMÃE É UM GATO. QUER MEU CONTO? COLA AÍ NO MEU BARRACO!". Havia até um gnomo com um casaco enorme e um bigode falso, tentando claramente se disfarçar.

ME ESCOLHA!
PINKU DA TERRA DOS GNOMOS
(NÃO POSSO COLOCAR MEU ENDEREÇO PORQUE É SEGREDO)

Para onde Sophie olhasse, os cidadãos comuns clamavam que Lionsmane contasse suas histórias, como se o Storian já não fosse importante e tivesse sido substituído por uma caneta que finalmente se preocupava com eles.

A promessa de Rhian tinha se tornado realidade: uma nova caneta era, agora, a luz que guiava a Floresta.

Sophie já não sabia dizer quem era do Bem e quem era do Mal, como costumava fazer. Antes, os grupos ficavam separados, identificáveis não só pelo vestuário e pelo comportamento, mas também pela aversão que sentiam uns pelos outros. É por isso que os dois lados cultuavam o Storian. Uma caneta que só contava as histórias de uma pequena elite, mas que também fazia com que o resto da Floresta ficasse interessado na resolução. Porque deixava claro quem estava ganhando e quem estava perdendo. Porque mantinha os dois lados lutando pela glória.

Isto é, até Rhian uni-los com uma nova caneta.

Uma caneta que não se importava se você era aluno de uma escola famosa.

Uma caneta que dava a todos a chance de um conto de fadas.

Agora Sempres e Nuncas usavam as mesmas máscaras de Leão, e chapéus e camisas, e agitavam réplicas baratas de Lionsmane. Outros exibiam cartazes com os nomes de Tsarina e Hristo, estrelas cunhadas recentemente na Floresta. Um bando de adolescentes, do Bem e do Mal, vaiava enquanto colocava fogo em uma pilha de *Camelot Courier* que exaltava Agatha e seu "Exército". Nas proximidades, uma delegação de Budhava cantava o "Hino ao Leão", atirando rosas em direção à janela de Rhian. Guardas com o uniforme de Camelot patrulhavam a estrada, mantendo a multidão afastada da carruagem, e uma frota de criadas com vestidos brancos e capuzes distribuíam livros com *O conto de Sophie & Agatha*, enquanto a multidão os sacudia para Sophie, tentando chamar sua atenção. Esses livros pareciam brilhar sob as nuvens negras da tempestade, com as letras adornadas de vermelho e dourado.

Os olhos de Sophie ficaram cheios d'água.

Atordoada, ela abriu a janela e arrancou um livro das mãos de alguém, fechando rapidamente a janela de volta. Ela olhou a capa.

O CONTO DE SOPHIE & AGATHA
Narrado por Lionsmane

Sophie folheou o livro e viu que todo o conto de fadas tinha sido recontado da perspectiva de Rhian, com lindas ilustrações em azul e dourado que se assemelhavam ao tapete da Sala do Trono. O pequeno livro era pouco detalhado, mas narrava o conto de um garoto humilde que crescera em uma pequena casa em Foxwood com o irmão Japeth enquanto acompanhavam de longe a lenda de Agatha e Sophie se espalhar. Apesar da sua lealdade ao Bem, Rhian sempre se viu torcendo por Sophie, uma garota que ele achava ousada, bonita e inteligente, e contra Agatha, uma sabichona que traíra a melhor amiga e roubara seu príncipe. Mas, no final, foi Agatha quem teve o final feliz, reivindicando o trono de Camelot com o príncipe de Sophie, enquanto Sophie se resignara a um futuro solitário.

Era assim que todos pensavam que a história terminaria, incluindo Rhian...

...até que três mulheres sombrias vieram à casa de Rhian durante a noite e lhe disseram a verdade: que *ele* era o verdadeiro herdeiro de Arthur, o Único e Verdadeiro Rei destinado a governar a Floresta para sempre. E não só isso, ele tinha razão sobre Sophie, as mulheres revelaram: era ela que merecia ser rainha de Camelot, não Agatha. Era Sophie que merecia um príncipe. Só que *ele* era esse príncipe, não Tedros. Agatha e Tedros, então, eram usurpadores diabólicos que envergonhariam o reino de Arthur e destruiriam a Floresta. Cabia a Rhian, como rei legítimo, detê-los.

Rhian não acreditara em nada daquilo. Mas as mulheres tinham mais para contar.

Logo chegaria o dia em que ele teria que deixar a sua antiga vida para trás, disseram. Nesse dia, a espada voltaria a uma pedra, à espera de que o Único e Verdadeiro Rei a libertasse. E ele era esse Único e Verdadeiro Rei.

Como isso poderia ser verdade?, pensara Rhian.

Mas tal como as mulheres prometeram, chegou o dia em que a Excalibur voltou para a pedra.

Rhian não conseguiria descansar até saber se o que ouvira era verdade. Se ele era realmente o filho do Rei Arthur, se ele era o final justo para a história de Sophie, em vez de Agatha ou Tedros. Se a Excalibur tinha voltado à pedra por causa *dele*.

A partir daí, a história continuou como Sophie a tivesse vivido, mas divergente e distorcida: Rhian como o "Leão" que salvou os reinos de uma Cobra mortal, o ciúme crescente de Tedros em relação ao Leão, o ciúme crescente de Agatha em relação a Sophie, a concordância de Sophie ao aceitar o anel de Rhian para unir o Mal e o Bem, e Rhian tirando a espada da pedra.

Sophie chegou à última página e se deparou com uma ilustração de Tedros e Agatha decapitados de forma sangrenta enquanto ela beijava Rhian, os dois em seus trajes de casamento, com Lionsmane brilhando como uma estrela acima deles.

FIM

O coração de Sophie parou, sua boca estava seca.

Ela não sabia o que era real sobre a história de Rhian e o que era mentira. Tudo tinha sido torcido e retorcido, mesmo os trechos da sua própria história, na qual ela mal se reconheceu. Se o povo da Floresta estivesse lendo isso, então qualquer simpatia que ainda restava por Tedros e Agatha acabaria, assim como qualquer esperança de convencer aquelas pessoas de que tinham coroado o rei errado.

Com o estômago revirado, Sophie levantou o olhar e viu Hort, Willam e Bogden, que tinham lido a história com ela, encararem o livro com a mesma expressão.

Lentamente, ela se virou e olhou para Rhian, que os observara o tempo todo com um sorriso dissimulado. A carruagem chegou à igreja, e o rei apertou suavemente a palma da mão dela, como se já não esperasse qualquer resistência. Então, abriu a porta com um estrondo como um trovão e beijou a mão de Sophie como se ele fosse o seu príncipe de conto de fadas.

10

SOPHIE

Há males que vêm para o Bem

"Se algum deles se mexer, mate-os", ordenou Rhian para o *scim* na orelha de Hort, deixando os três garotos presos na carruagem com a enguia sádica. No segundo em que a porta se fechou, Sophie viu o *scim* começar a cortar os garotos por esporte e Hort tentar impedi-lo com chutes e socos enquanto o condutor movia a carruagem pela estrada para fora da vista de Sophie.

Rhian a conduziu para a igreja, passando pela área onde estavam os transportes oficiais de outros reinos, incluindo carruagens de cristal, tapetes mágicos, vassouras voadoras, navios voadores, e um sapo gigante que babava. Um vento fresco soprava pelo pátio escuro e Sophie se encolheu mais fundo no vestido branco. Sentiu que Rhian estufava o peito, posando para a multidão lá fora, mas algo desviou a atenção deles e todos olharam para cima.

"O que está acontecendo?", Rhian murmurou para Beeba, sua guarda pirata à porta, enquanto puxava Sophie para dentro da igreja. Beeba se apressou para descobrir.

Os líderes de outros reinos levantavam-se dos bancos enquanto Rhian parava para cumprimentar cada um deles.

"Você disse que capturou a princesa de Tedros", falou um imponente elfo de pele negra com orelhas pontiagudas, vestido com uma túnica bordada com rubis e diamantes. "Então não é verdade essa história de um 'exército rebelde'?"

"A única verdade é que Agatha está choramingando nas minhas masmorras enquanto conversamos", disse Rhian.

"E você ainda acha que ela e Tedros estavam por trás dos ataques da Cobra? Que eles estavam financiando esses bandidos?", perguntou o elfo. "É uma afirmação ousada a que você fez ao Conselho do Reino. Não posso dizer que todos nós acreditamos nela."

"Os ataques cessaram, não foi?", retrucou Rhian com vigor. "É de se pensar que o fato de Agatha e Tedros estarem na minha prisão tenha algo a ver com isso."

O elfo coçou a orelha, sem dizer mais nada. Sophie reparou no anel de prata na mão dele, entalhado com símbolos ilegíveis.

"Já que estamos falando do Conselho do Reino", sondou Rhian, "teve tempo de considerar a minha proposta?"

"Não há mais o que considerar. Lionsmane pode estar inspirando o povo da Floresta, mas a Escola do Bem e do Mal é a nossa história", disse o elfo em tom firme e categórico. "Desmantele a escola e o Storian não terá proteção. Não terá qualquer *propósito*. Suas histórias sobre os formandos da escola são a base da Floresta. Seus contos ensinam ao nosso mundo as lições que precisamos aprender e fazem a Floresta prosseguir, uma história de cada vez. Sua caneta não pode substituir isso, por mais que as pessoas estejam engajadas com a mensagem dela."

Rhian sorriu. "E se Lionsmane escrevesse uma história no céu, para todos verem, sobre o poderoso Rei Elfo de Ladelflop e como ele governa nobremente o seu povo? Um povo, que ouvi dizer, ficou bastante ressentido por você não ter feito mais para impedir os ataques da Cobra? Talvez aí eu tenha, então, o seu voto."

O Rei Elfo olhou fixamente para Rhian. Depois sorriu com grandes dentes brancos e deu um tapinha em suas costas. "Fazendo política no dia da sua Bênção, hein? Não deveria me apresentar à sua adorável noiva?"

"Eu só a apresento para aliados", brincou Rhian, e o Rei Elfo riu.

Sorrindo impassível atrás deles, Sophie se viu distraída pela fachada da igreja, recentemente pintada, e seus pródigos vitrais retratando a morte da Cobra por Rhian com uma reverência sagrada. Passagens de ar feitas de pedra, com leões entalhados e pintados de dourado, esfriavam o ar quente do verão. Um capelão muito idoso, com nariz vermelho e orelhas peludas, esperava no altar. Atrás dele havia dois tronos, onde o rei e a princesa se sentariam enquanto ele concedia a Bênção. À esquerda do altar, estava o coral da igreja, com uniformes brancos e chapéus, e à direita, uma gaiola de pombas que o padre libertaria na Floresta no final da cerimônia.

Pombinhas sortudas, pensou Sophie.

De repente, Beeba correu até eles e abordou Rhian enquanto ele cumprimentava o Rei de Foxwood.

"Lionsmane, senhor! Sua nova mensagem... está se *mexendo*."

Os olhos de Sophie se arregalaram.

"Impossível", Rhian bufou, soltando Sophie e virando-se para atravessar as portas da igreja enquanto Sophie corria atrás dele. Assim que saiu, viu a multidão voltada para o céu, observando a mensagem de Lionsmane sobre a captura de Agatha. As letras pareciam estar tremendo contra as nuvens negras da tempestade.

"Estão se mexendo, com certeza", Sophie sussurrou.

"As coisas se mexem com o vento", disse Rhian, despreocupado.

Mas a mensagem começou a tremer mais e mais, como se estivesse se descolando do céu e uma cicatriz rosa apareceu por trás de cada uma das letras deslocadas. De repente, as letras douradas perderam a forma e se fundiram, uma de cada vez, até que a mensagem de Lionsmane desmoronou e se transformou em única bola dourada, ficando maior, maior, maior, tão grande quanto o sol.

Relâmpagos rasgavam através das nuvens. A bola explodiu, espalhando oito letras douradas pelo céu:

O ouro e as nuvens se dispersaram, revelando o azul-claro da manhã.

O silêncio tomou conta do pátio.

No chão, milhares de pessoas encaravam o céu, incluindo os líderes visitantes, se perguntando sobre o que tinham acabado de ver e olhando em choque para a porta da igreja. Todos buscavam o rei, mas ele já tinha arrastado Sophie para dentro.

"O que você fez?", Rhian gritou. "Adulterou a mensagem!"

"Eu, né? E eu também te envenenei na Sala do Trono?", Sophie rebateu. "Estive aqui com você o tempo todo. Quando é que tive tempo para preparar essa sessão especial de 'Feitiçaria no Céu'? É óbvio quem fez isso. A mesma pessoa que fez o seu chá. A mesma pessoa que escolheu não estar aqui hoje." Ela arqueou uma sobrancelha. "Me pergunto por quê."

Rhian pensou sobre isso, os olhos dele à procura dos dela. Ele se virou para sua guarda pirata.

"Tragam o meu irmão. *Agora*."

"Sim, senhor", Beeba murmurou, apressando-se.

Sophie fez o seu melhor para reprimir um sorriso. Porque não era Japeth o responsável pelo que havia acabado de acontecer.

Era ela.

Tinha escondido um código nas histórias do Lionsmane. Tanto naquela sobre o jovem Hristo quanto nesta sobre Agatha, de hoje.

Um código que só uma pessoa em todo o mundo poderia entender.

Rhian tinha escrutinado seu trabalho à procura de mensagens escondidas e ela havia tirado sarro dele por isso, insistindo que não seria capaz de esconder um pedido de socorro debaixo do seu nariz. Mas qualquer um que conhecesse Sophie de verdade teria desconfiado.

Porque Sophie era capaz de qualquer coisa.

Não que ela esperasse que seu código oculto alcançasse seu alvo. Foi um tiro no escuro, um apelo de última hora, e é por isso que tinha concordado com o plano de Hort.

E, no final, foi o *seu* plano que funcionou.

O que significava que a sua amiga não só tinha lido a mensagem como também que a ajuda estava a caminho.

Uma pomba voou por perto. "*Agatha foi capturada! Já ouviram falar?*"

Sophie se virou para ver a gaiola vazia perto do altar. As pombas tinham se dispersado pelo teatro, piando nos ouvidos de dignitários: "*Vimos Agatha ser capturada!*" "*Implorou piedade!*" "*Ela está apodrecendo nas masmorras!*".

Confusa, Sophie olhou para Rhian, que tinha uma das mãos às costas, a ponta do dedo brilhante dirigindo furtivamente os pássaros enquanto saudava o Gigante Gelado das Planícies de Gelo.

"*Agatha não tem exército!*" "*Não acredite nas mentiras!*" "*Ela estava sozinha quando a pegamos!*" "*Nem lutou!*"

Rhian balançou o dedo e as pombas saíram pelas portas da igreja, espalhando as mentiras do rei pela multidão, distraindo-a da mensagem no céu.

Uma pomba cantou no ouvido de Sophie: "*Agatha é uma traidora! Agatha é malvada!*".

Sophie deu-lhe uma bofetada, lançando-a diretamente no rosto de uma garota de vestido branco. "Ai, desculpa."

"Com licença, Majestade", disse a garota, com a cabeça baixa, dicção perfeita e tom ofegante. "Sou maestra do Coral Infantil de Camelot e esperávamos que se juntasse a nós para cantar um hino de louvor ao nobre Leão."

Sophie zombou. "Uma princesa cantar com o coral? Será que o rei vai tocar um tímpano também? Que absurdo. Vou assistir a você e seus amigos puxarem saco do Leão do conforto do meu trono, muito obri..."

Ela parou de falar, pois a donzela tinha levantado a cabeça, revelando cabelos escuros, sobrancelhas finas e olhos negros cintilantes.

"O meu coral gostaria muito que cantasse com a gente", disse a garota.

Sophie seguiu seus olhos para o grupo de adolescentes com uniformes e chapéus brancos na frente da igreja, olhando diretamente para ela.

A ajuda não estava a caminho.

Ela já tinha chegado.

Rhian estava em uma discussão inflamada com a Rainha de Jaunt Jolie e Sophie apertou-lhe o braço. "O coral gostaria que eu cantasse com eles."

"Enfim, a famosa Sophie", arrulhou a rainha, embrulhada em um xale de penas de pavão. Estendeu a mão e Sophie notou o anel de prata com entalhes ilegíveis, igual ao do Rei Elfo de Ladelflop. "Estávamos falando de você agora mesmo."

"Prazer", Sophie sorriu, apertando sua mão com força, antes de se virar para Rhian. "Agora, sobre o coral..."

"A rainha gostaria de marcar uma reunião com você", disse Rhian, "mas eu disse que a sua agenda está cheia."

"Como quiser, querido. O coro está esperando..."

"Ouvi da primeira vez. Fique aqui e cumprimente os convidados", ordenou Rhian.

Sophie ficou frustrada.

"Se o meu noivo falasse assim comigo, eu nunca teria chegado ao altar", a rainha disse a Sophie. "De fato, a sua agenda só 'encheu' quando eu disse que ele tinha transformado a nova rainha de Camelot em um bichinho de estimação. Nenhum discurso na coroação, nenhuma presença nas reuniões, nenhum comentário sobre a captura de Tedros ou dos seus amigos, nenhuma menção à caneta do rei... É como se você nem existisse."

A rainha se virou para Rhian. "Talvez eu devesse levar Sophie para discutir os deveres de uma rainha em particular. Duas rainhas muitas vezes conseguem resolver problemas que um rei não consegue."

Rhian olhou para ela de novo. "Pensando bem, Sophie, cantar com o coral parece uma boa ideia."

Sophie não precisava perguntar duas vezes. Quando escapuliu, viu Rhian sussurrando agressivamente para a rainha, sua mão agarrando o braço dela.

Um momento depois, Sophie agarrou o braço da maestra do coral. "Vamos ensaiar na sacristia?"

"Sim, Sua Majestade", a maestra disse, e suas companheiras do coral correram atrás de Sophie como pintinhos atrás de um cisne.

Sophie escutou o ressoar dos passos com um sorriso malicioso ocupando todo o seu rosto.

A Rainha de Jaunt Jolie estava certa.

Tinha sido necessário duas rainhas para resolver o problema.

E agora o rei pagaria o preço.

A sacristia do padre cheirava a couro e vinagre, e havia uma bagunça de livros e pergaminhos cobertos de pó. Sophie trancou a porta e empurrou uma cadeira contra ela antes de se virar para o coral.

"Meus bebês. Meus amores. Vieram salvar sua Reitora!", ela murmurou, abraçando seus alunos do primeiro ano, começando pela maestra. "Valentina, *mi amor*... E olá, Aja."

"Você lembra o meu nome?", o garoto de cabelo ruivo pintado sussurrou.

"Como não lembraria? Você se fantasiou de mim no Halloween e usou botas divinas. E Bodhi, Laithan e Devan, os meus encantadores garotos Sempre. E a adorável Laralisa, minha bruxa mais esperta. E meus amados Nuncas, Drago, Rowan e Mali Sujão." Sophie franziu o cenho. "Hum, quem são esses?"

No canto da sala, algumas crianças vestidas apenas com roupas de baixo estavam ajudando umas às outras a saírem por uma janela.

"O verdadeiro coral", respondeu Devan. "Trocaram de roupa com a gente porque são de Camelot e não confiam no Rhian. Acham que Tedros é o rei."

"Além disso, você nos deu ouro", acrescentou o último corista, saltando pela janela com um grito, moedas tilintando atrás dele.

Devan olhou para Sophie. "Tentei explicar a eles que o *Courier* está certo: que a Cobra está viva, e que ela é o gêmeo de Rhian e que Agatha tinha um exército secreto, mas nem os maiores fãs do Tedros acreditaram na gente."

"*Você* acreditaria? Soa ridículo", disse Sophie. "Mas espera: me conte de Agatha! Ela está a salvo, não está? Temos que olhar o Mapa das Missões..." Ela já ia tirando o sapato, mas Valentina a segurou pelos ombros.

"*Señorita* Sophie, não temos tempo! Onde está a carruagem real? Aquela que a trouxe aqui?"

"Em algum lugar perto da igreja..."

"Quem a está vigiando?", perguntou Bodhi tirando uma capa dobrada de dentro de uma bolsa.

"Um dos *scims* da Cobra. Hort, Bogden, e Willam também estão lá", respondeu Sophie. "Estão presos lá dentro com ela!"

"Cinco rapazes, uma enguia. Acho que dá para arriscar", disse Bodhi, vestindo a capa cintilante enquanto ele e Laithan corriam em direção à janela.

Por um segundo, Sophie se distraiu com a capa, que lhe parecia familiar, mas então se deu conta do que eles estavam dizendo. "Vão atacar a *carruagem* real?"

Os dois garotos sorriram enquanto subiam na janela, Bodhi abraçou Laithan sob a capa. "Está mais para recuperá-la", disse Bodhi. "Para Tedros", anunciou Laithan. Eles saltaram do parapeito e desapareceram como fantasmas.

Sophie pôs uma das mãos no peito. "Quem precisa do Tedros com garotos assim?"

Uma batida forte na porta.

"O rei quer começar!", a voz do padre chamou enquanto Aja mantinha a porta fechada.

"Já vou!", disse Valentina, virando-se para Sophie. "A gente tem que levar você para a escola, *Señorita* Sophie. O plano é o seguinte: você vai cantar o hino de Budhava para o Leão com a gente."

"Podemos cantar outra coisa? Não conheço esse", Sophie sussurrou.

"*Dios mío*, não importa se não o conhece! Apenas cante!", Valentina reclamou, irritada.

"E quando chegarmos na frase 'Oh, Leão viril', *agache-se*", explicou Aja.

"É esse o plano?", disse Sophie, perplexa. "*Agachar-me?*"

Um som arranhado ecoou acima e Sophie viu duas crianças com máscaras pretas atravessarem por uma passagem de ar de pedra entalhada. Elas baixaram as máscaras, revelando Bert loiro e Beckett, mais loiro ainda.

"*Definitivamente*, se agache", disseram eles.

"Hoje, abençoamos os jovens Rhian e Sophie para lembrar que, apesar de todas as festividades que virão, o casamento é, antes de mais nada, uma união espiritual", disse o velho padre perante uma audiência silenciosa. "Não há como dizer se um casamento será benévolo, é claro. Primeiro, Arthur se casou com Guinevere, em meio às angústias do amor, apenas para esse amor se transformar em sua ruína. Depois, planejei casar o filho mais velho de Arthur, Tedros, com a sua princesa, apenas para descobrir que Tedros não é o filho mais velho de Arthur. E agora, um estranho de Foxwood e uma bruxa de Além da Floresta buscam minha bênção para se tornarem Rei e Rainha de Camelot. Então, o que sei eu?" O padre deu uma gargalhada. "Mas nenhum casamento pode superar a caneta do destino. Tudo o que podemos fazer é deixar a história acontecer. Com o tempo, a verdade será escrita, não importa quantas mentiras alguém conte para escondê-la. E a verdade vem com um *exército.*"

Sophie percebeu que Rhian encarava com raiva a parte de trás da cabeça do sacerdote enquanto ele se empoleirava em seu trono no tablado à frente. Os dignitários pareciam alheios à mensagem do sacerdote, mas o rei havia ouvido em alto e bom som: ele pode até ter expulsado do castelo os fiéis a Tedros, mas não teria um aliado na igreja. Rhian percebeu que Sophie o fitava, abrigada junto ao coral. Ele deu-lhe um olhar desconcertado, como se soubesse que tinha concordado em deixá-la cantar com eles, mas não lembrava o motivo.

"Antes de lermos o Pergaminho de Pelagus, vamos começar com um hino", disse o padre, acenando para seus cantores. Os alunos de Sophie esconderam o rosto debaixo dos chapéus, para que o padre não percebesse que seu coral tinha sido sequestrado. "Normalmente, o coro de Camelot canta para exaltar um poder sagrado que nos une a todos", o padre continuou, diminuto diante de uma cabeça de leão gigante que lançava seu brilho no altar, "mas hoje, o coral optou por cantar sobre o nosso novo rei." O olhar de Rhian se intensificou. "E em mais uma exceção às regras, o coral será acompanhado pela nossa nova princesa. Presumo que seja uma homenagem amorosa ao seu futuro marido ou o desejo de mostrar seus muitos talentos."

A congregação voltou-se para Sophie, que era agora o foco de mais de duzentas pessoas da realeza, tanto do Bem quanto do Mal. Sophie podia ver o deslumbrante Rei de Pasha Dunes e sua esposa chique e careca a observá-la; sentada nas proximidades, estava Marani de Mahadeva, cheia de joias, com os seus três filhos, enquanto à frente deles a Rainha de Jaunt Jolie parecia ansiosa e submissa, muito diferente da mulher corajosa que tinha acabado de confrontar Rhian. Todos os olhos estavam voltados para Sophie.

Ela sempre sonhou com um momento como este: iluminada em um grande palco, com uma grande plateia, seu nome conhecido por todos.

Ela havia ensaiado isso apenas nos seus sonhos.

Sophie encarou a partitura à sua frente.

OH, SAGRADO LEÃO
("Hino de Louvor de Budhava")

Ela espiou seus alunos, Aja, Devan, Laralisa, e outros, seus corpos tensos, as pupilas dilatadas. Só Valentina parecia calma enquanto liderava o coral e encarava Sophie para lembrá-la de sua deixa. O coração de Sophie bateu com tanta força que ela conseguia senti-lo na garganta, não só porque não fazia ideia do que aconteceria, mas também porque era tão boa em ler partituras quanto em montar armários, o que queria dizer que ela não sabia nada.

Valentina ergueu os braços e os abaixou, dando sinal para o organista. Aja começou antes do tempo, o resto do coro bem depois:

Bendito seja, oh, sagrado Leão,
Bendito seja, nosso rei!
A sua misericórdia perdurará,
sempre fiel, sempre infalível será!

Sophie viu Rhian boquiaberto como se tivesse levado um tapa. Os dignitários balançaram em seus assentos. A igreja reverberou com o som mais horrível imaginável, parecia uma família de gatos sendo arrastada para cima de uma montanha. Quanto pior soavam, mais agitada Valentina ficava, como se o plano que tinham pudesse ser destruído pelo canto, especialmente porque Aja não parava de balançar os quadris, talvez por nervosismo, talvez na tentativa de distrair-se do horror. Sophie, no entanto, tentou cantar o refrão, mas Mali Sujão continuava a gritar notas mais agudas do que uma cabra moribunda. Devan era uma gracinha, mas tinha a voz de um monstro, e a namorada dele, Laralisa, era como uma caixinha de música quebrada. O pior de tudo era que as paredes de pedra e as passagens de ar faziam o ruído ecoar sem piedade, como se fosse menos uma igreja e mais algum tipo de câmara de eco torturante. Mortificada, Sophie segurou sua partitura mais alto na frente do rosto e, por isso, não conseguia ver a multidão e ninguém conseguia vê-la. Mas na sua nova linha de visão, notou Bert e Beckett andando como baratas por cima de uma passagem de ar.

Os olhos de Sophie se voltaram para Rhian, que não tinha reparado nos espiões mascarados porque já estava saindo do seu trono para interromper aquele inferno.

Em pânico, Sophie olhou para Valentina, que percebeu Rhian chegar e acelerou o ritmo, balançando os braços loucamente, o que levou seus cantores a soarem como esquilos que comeram demais, e o organista correndo para acompanhar, enquanto o refrão chegava apressadamente em sua deixa.

Bendito seja, nosso rei!
Bendito seja, nosso Leão viril.

Sophie se agachou.

BUM! BUM! BUM! Bombas verdes e amarelas flamejantes voaram pelo teatro como fogos de artifício, fazendo a multidão mergulhar para debaixo dos bancos. Devan e Laralisa empurraram Sophie para o chão enquanto fagulhas se espalhavam sobre eles e os gritos do público enchiam a igreja. Em choque, Sophie tampou os ouvidos, esperando pela próxima explosão.

Nada aconteceu.

Sophie levantou a cabeça. Os espectadores também, os gritos se dissipando.

Foi então que veio o cheiro.

Pareciam os vapores de um monte de estrume flamejante, um fedor tão horrível que os gritos começaram de novo, desta vez com uma urgência mortal, enquanto as pessoas fugiam da igreja em enxames.

"Vamos!", Devan gritou para Sophie, arrastando-a em direção às portas enquanto Laralisa tentava abrir caminho, empurrando a realeza vestida de forma extravagante para fora do caminho.

"Use o brilho do seu dedo!", Sophie gritou, tampando o nariz.

"O nosso líder florestal ainda não nos ensinou como!", disse Laralisa, dando uma cabeçada em uma bruxa. "Estamos atrasados em relação ao outro grupo."

Um ciclope vestido de modo régio a empurrou para o lado enquanto corria para a saída, atirando Laralisa para trás, de volta à multidão.

"Aquele cretino de um olho só!", disse Devan, fervendo de raiva, e se apressou para salvá-la.

"E quanto a mim!", Sophie guinchou, presa na debandada.

O cheiro na igreja estava tão pútrido agora que havia reis desmaiando, rainhas cobrindo o rosto com capas e príncipes estilhaçando vitrais para escapar com suas princesas. No alto, Sophie avistou Bert e Beckett acendendo outro míssil de estrume.

Tenho que sair daqui, pensou, sufocada, caminhando com a gola do vestido sobre o nariz. Mas as portas ainda estavam tão longe...

O Gigante Gelado das Planícies de Gelo passou por ela, empurrando as pessoas e correndo em direção à saída. No ato Sophie começou a correr atrás dele como um rato atrás de um elefante, seguindo o Gigante para a esquerda e para a direita, sua enorme mão azul-gelo exibindo o mesmo anel prateado que tinha visto no Rei Elfo e na Rainha de Jaunt Jolie. Por entre as pernas dele, Sophie avistou as portas abertas e o céu limpo à sua frente – um cometa cruzou o ar, uma espiral azul e rosa, como um sinalizador de marinheiro.

Será que Bert e Beckett também bombardearam as ruas?

De repente, ela vislumbrou Bert e Beckett usando uma corda para descer um muro de pedra em direção às portas, e em seguida os garotos gritaram e inverteram a direção, enquanto Aran, Wesley e mais guardas piratas saltavam na corda para ir atrás deles.

Sophie sabia que devia ficar e ajudar os garotos; uma verdadeira Reitora protegeria seus alunos, Sempres e Nuncas, mas, em vez disso, Sophie se pegou fugindo mais depressa para as portas atrás do gigante, escondida sob sua sombra, para que os piratas que seguiam Bert e Beckett não a vissem. Ela não se preocupou em se sentir culpada por isso. Afinal, ela não era Agatha. Ela não era do Bem. Aqueles rapazes precisavam se defender sozinhos. Esse era o objetivo dos contos de fadas. E ela... bem, ela precisava se afastar o máximo possível de Camelot.

Sophie estava chegando à saída agora, ficando mais perto das botas do gigante. Se conseguisse pelo menos sair da igreja, ela poderia se misturar à multidão, se disfarçar e encontrar um caminho de volta para a escola, para Agatha. A ideia de voltar a ver sua melhor amiga fez com que Sophie se descuidasse; ela ultrapassou o gigante e correu por entre as pernas dele, tirando as pessoas do seu caminho. Ela sentiu o calor do sol passar por sua pele e, ao cruzar a porta, olhou para a luz branca celestial...

Foi agarrada por alguém e ela girou para ver Rhian na entrada. "Fique comigo!", disse ele, agitado. "Estamos sendo atacados!"

De repente, sinos tocaram à distância, frenéticos e agudos...

Sinos de alarme.

Sophie e Rhian se viraram e viram Camelot envolta por um nevoeiro alienígena, prateado e cintilante, que escurecia todo o castelo. Atrás do nevoeiro, podiam ouvir gritos que ecoavam das torres à medida que os sinos soavam mais rápidos e frenéticos.

"O que está acontecendo?", Sophie ofegou.

"Intrusos", disse Rhian, apertando mais forte seu pulso. "Também estão no castelo... *Japeth*. Ele ainda pode estar lá! Está sozinho. Precisamos ajudá-lo!"

Rhian puxou Sophie porta afora, mas estava um caos, dignitários ainda fugindo da igreja e se misturando com as hordas de cidadãos nas ruas, pois estes tinham sentido o cheiro das bombas fedidas e ouvido os alarmes de Camelot e se juntaram à debandada como gansos aflitos. Ao mesmo tempo, um grupo desses espectadores de reinos longínquos viu Rhian e Sophie e correram na direção deles, desesperados por encontrar o novo rei e a nova rainha. Encurralados, Rhian puxou Sophie de volta para a igreja, mas isso só os fez mergulhar mais ainda na confusão, como boias em uma tempestade.

Sophie viu alguém correndo a cavalo pela multidão, empurrando pessoas para os lados.

Japeth.

"As masmorras...", ele falou ofegante para o irmão, o terno azul e dourado sujo de escombros brancos. "... foram invadidas!"

Um grito rasgou o céu acima deles.

Não era humano.

Rhian, Japeth e Sophie levantaram os olhos.

Um bando de *stymphs* atravessou o nevoeiro, carregando os amigos de Sophie: Kiko, Reena, Beatrix, Dot, com os dedos acesos, inclinados para baixo, atiravam feitiços contra o rei e seu suserano. Três feitiços de atordoamento atingiram Rhian no peito, lançando-o através das portas abertas da igreja, enquanto outro derrubou Japeth do cavalo. Dot transformou o chão debaixo dos pés de Japeth em chocolate quente, lançando-o de cabeça no fosso profundo e fumegante. Pombas arrulhavam enquanto Japeth se debatia no chocolate fervendo: "*Agatha foi capturada!*" "*Ela não é páreo para* o Leão!" "Ela não é páreo para seu suserano!" "Louvado seja o Rei Rhian! Louvado seja Jap..."

Um demônio de pele vermelha comeu as pombas.

Sophie se virou e viu Hester e Anadil em um *stymph*, inclinando-se na direção dela.

"Segure minha mão!", Anadil ordenou.

A bruxa pálida estendeu a palma da mão enquanto Hester guiava seu pássaro para baixo, com os dedos de Anadil e Sophie prestes a se tocarem.

Um punhal de pirata atirado por Wesley, enquanto saía da igreja, atingiu o braço de Anadil. A bruxa se recolheu com a dor e o *stymph* corcoveou, derrubando-a no ar.

"Ani!", Hester gritou. Seu demônio correu para salvar a amiga, mas Anadil estava caindo depressa demais, o braço estendido prestes a encontrar o chão, a adaga fadada a afundar ainda mais.

Outro *stymph* passou por debaixo dela, e Bodhi e Laithan agarraram Anadil e a colocaram na garupa do pássaro. Os dois rapazes ainda estavam com o uniforme do coral, rostos e camisas manchados de gosma de enguia preta. Mais *stymphs* apareceram no nevoeiro atrás deles, carregando as amigas de Sophie. Dois, depois quatro, e mais cinco.

"Socorro!", Sophie gritou, a esperança aumentando. Mas esses *stymphs* estavam muito distantes no nevoeiro para que ela enxergasse seus cavaleiros. Sophie saltou e acenou para eles. "Por favor! Alguém! Qualquer um!"

Flechas estavam voando em direção a esses *stymphs* enquanto piratas galopavam do castelo em seus cavalos, arcos a postos. Assustados, os *stymphs* desviaram-se de Sophie, recuando para o nevoeiro. Beeba e Thiago ficaram de pé sobre seus cavalos, equilibrando os pés na sela para atirar flechas na direção de Hester, Kiko e Anadil, enquanto as amigas de Sophie se abaixavam para desviar das flechas que atravessavam as frestas das costelas dos *stymphs*.

"Socorro! Me salvem!", Sophie gritou, pulando inutilmente para os *stymphs* enquanto suas amigas tentavam manobrar em sua direção.

Mais e mais flechas voavam enquanto os guardas piratas saíam da igreja, disparando-as contra os *stymphs* no céu. Beatrix, Hester e Bodhi tentaram se esquivar e fazer um último mergulho na direção de Sophie, mas o ataque era muito intenso. Sem saída, eles não tiveram outra escolha senão fugir em massa, para longe da igreja, para longe de Camelot, para longe de Sophie.

O coração de Sophie se despedaçou. Ela se virou para o castelo, mas o nevoeiro prateado estava se dissipando, sem mais *stymphs* a serem revelados. Lágrimas inundaram seus olhos. Tinha sido abandonada. Assim como tinha deixado Bert e Beckett, que certamente já estavam mortos. Ela não sabia por que estava chorando. Merecia seu destino. Merecia ser punida pelo seu egoísmo, castigada pelas más ações que não conseguia controlar, castigada por ser ela mesma. É por isso que a sua história nunca poderia mudar, não importava a caneta que a escrevesse.

"Sophie!", uma voz gritou lá de cima.

Ergueu a cabeça para ver um *stymph* sair do nevoeiro e ser recebido por flechas. Um garoto sem camisa estendeu a mão para segurar a dela, o rosto coberto de névoa, o cabelo branco como a neve.

Rafal?

Ele voou através do nevoeiro.

Não.

Não era Rafal.

O tempo pareceu ficar mais devagar, seu coração bombeando sangue quente, como se fosse a primeira vez que ela o via, apesar de já tê-lo visto mil vezes. Só que em todos aqueles momentos tinha sido diferente, não como agora, como um príncipe paciente que a tinha salvado incontáveis vezes até que ela, enfim, tivesse o bom senso de perceber.

Ela esticou a mão para a luz do sol enquanto ele voava, seu cabelo revestido de escombros brancos, o rosto e o peito pálido cheios de feridas de *scims*, seus dedos esticando-se para encontrar os dela.

"Te peguei!", disse Hort, puxando-a para seu *stymph*.

Segurando-o forte, Sophie subiu.

E então ela congelou.

Hort também, ao seguir o olhar dela.

Os piratas também, que baixaram seus arcos em choque.

Acima do castelo de Camelot, o nevoeiro que se dissipava tinha se transformado em uma bolha gigante com o rosto de uma garota dentro, levitando como um fantasma. A jovem de cabelos escuros foi ampliada como se estivesse refletida por um espelho convexo. Atrás dela, estava um exército de alunos e professores com os uniformes do Bem e do Mal, emoldurados pelo brasão da escola na parede. A garota olhava para Sophie com olhos grandes e brilhantes.

"Agatha?", Sophie estava emocionada.

Mas a amiga já estava prestes a desaparecer no céu. "Não consegui libertar todos", Agatha ofegou, pressionando as mãos contra a bolha que desaparecia. "Alguns ficaram para trás, Sophie. Não sei quem. Tentei salvá-los, eu tentei."

"*Agatha!*", Sophie gritou.

Era tarde demais. Sua melhor amiga tinha desaparecido.

Mas a voz de Agatha continuou ecoando na cabeça de Sophie.

Alguns ficaram para trás.

Alguns ficaram para trás.

Alguns ficaram para trás.

Ela sentiu Hort se recuperar e agarrá-la com mais força. "Anda logo! Sobe!", gritou ele, puxando-a para o *stymph*.

Mas a expressão de Sophie tinha mudado, seu corpo já se afastava dele. Hort arregalou os olhos, vendo o que estava prestes a acontecer, mas Sophie se moveu muito rápido, arrancando sua mão da dele.

"O que está fazendo!", Hort gritou.

"Eu não posso", Sophie bufou. "Você ouviu Agatha. Alguns ficaram no castelo, vão morrer se eu os deixar para trás."

"Nós voltaremos por eles!", Hort retorquiu, vendo os piratas, que antes assistiam à Agatha voltar, apontarem flechas em sua direção. Em frente ao castelo, Japeth estava saindo do pântano de chocolate de Dot. "Você tem que vir comigo!", Hort trovejou, guiando o stymph na direção dela. "*Agora!*"

Sophie recuou. "São nossos amigos, Hort. *Meus* amigos."

"Não seja burra! Sobe!", Hort implorou.

Sophie acendeu seu dedo e disparou contra a cauda de ossos do *stymph* com um brilho rosa, fazendo o pássaro disparar no momento em que as flechas cortaram o ar em direção ao crânio de Hort. Ele tentou voltar, mas o pássaro o ignorou e seguiu os outros *stymphs*, como se soubesse que seu dever era manter seu cavaleiro em segurança. Com um grito de angústia, Hort olhou para Sophie, as lágrimas escorrendo, enquanto seu *stymph* o levava para o horizonte sem ela. Os piratas fizeram seus últimos disparos, mas as flechas não foram muito longe, estalando contra o tijolo da torre da igreja e fazendo chover estilhaços de madeira na multidão.

Tudo ficou quieto.

Sophie ficou sozinha, parada.

Tinha desistido da chance de ser livre.

De estar com Agatha de novo.

De estar em segurança na escola.

Para que pudesse ajudar as pessoas.

Ela. Outrora, a rainha do Mal.

Ela nem sabia quem estava salvando.

Ou quantos.

A verdadeira Sophie já estaria a meio caminho da liberdade.

A verdadeira Sophie teria se salvado.

Um arrepio de pavor subiu pela sua espinha. Não só porque ela se sentiu como uma estranha em seu próprio corpo.

Mas porque alguém a observava.

Levantou a cabeça e viu Rhian na entrada da igreja, machucado e cheio de hematomas, seus olhos azuis frios como a morte.

E então ela se deu conta.

Ele tinha visto Agatha no céu.

Ele tinha visto o exército dela.

Ele tinha visto tudo.

Mas ele não era o único.

Milhares de pessoas de outros reinos, incluindo seus líderes, desceram a colina com os olhos para o alto, enquanto as últimas manchas de Agatha e seu exército desapareciam.

Todos de uma vez moveram o olhar para o rei, observando Rhian como ele observava Sophie, enquanto os pássaros circulavam acima, piando no silêncio.

"Agatha foi capturada!" "Ela não tem exército!" "Ouviu falar?" "Louvado seja o Leão! Louvado seja o Rei!"

11

AGATHA

Lições de amizade

Enquanto Agatha passeava pela Coleção de Empalhados de Merlin no telhado da Escola do Bem, ficou de olho no pôr do sol, esperando o primeiro sinal dos seus amigos.

Atrás dela, o corpo docente do Bem e do Mal espalhado em silêncio, enquanto dentro do castelo os alunos do primeiro ano espiavam através das portas de vidro congeladas.

Agatha andou mais depressa entre as esculturas de sebe do conto do Rei Arthur. Ela olhou para cima, mais uma vez.

Ainda nenhum *stymph*.

Por que estão demorando tanto?, ela se perguntou, passando por uma cena de Guinevere com Tedros ainda bebê.

Ela precisava de saber quem tinha escapado das masmorras. Mais importante ainda, ela precisava saber quem não tinha.

Ela trombou com uma sebe de Arthur puxando a espada da pedra, os arbustos duros bateram em seu rosto.

Agatha suspirou, lembrando-se do momento em que Tedros tentou arrancar a espada da pedra na sua coroação. O momento que tinha desencadeado tudo o que estava acontecendo até agora. E ela ainda não tinha resposta para o motivo de ele ter falhado e Rhian ter conseguido.

Ela olhou para o céu mais uma vez.

Nada.

No entanto, viu manchas roxas de luz sobre a Porta Norte da escola, desafiando a bolha de nevoeiro verde que a envolvia.

Os homens de Rhian devem estar atacando o escudo do Professor Manley novamente.

Ela espreitou mais de perto a luz púrpura. *Magia*, pensou. Mas os piratas de Rhian não conseguiam fazer magia. Então, quem os estava ajudando?

Das margens da Baía do Meio do Caminho, Professor Manley lançou raios de névoa verde para reforçar o escudo, enquanto os guardas lobos da escola se juntavam em volta do fosso na direção do Portão Norte, prontos para combater os homens de Rhian se eles conseguissem passar.

É apenas questão de tempo, pensou Agatha. Quanto tempo até o escudo ceder? Uma semana? Alguns dias? Os homens de Rhian não teriam piedade. Ela precisava retirar os estudantes e professores dali antes que o escudo caísse. O que significava que eles precisavam de um novo esconderijo, algum lugar onde ela e o seu exército pudessem se proteger.

Mas antes Agatha precisava do seu príncipe de volta.

Ela sabia que não deveria torcer para que Tedros tivesse escapado em vez dos outros. Que não era bom, nada bom, querer que outra pessoa ficasse para trás. Mas em tempos como aqueles, nem mesmo a mais pura das almas podia ser boa o tempo todo.

Ela se encostou contra a lâmina verde espinhosa da espada de Arthur, fora da vista dos professores e dos alunos.

Não era isso que deveria ter acontecido.

Ela deveria ter todos os seus amigos de volta, sãos e salvos. Incluindo Sophie.

Mas nada nunca acontecia como deveria.

Pelo menos não no conto de fadas dela.

Algumas horas antes, Agatha estava na janela do antigo escritório do Professor Sader – agora o escritório de Hort – observando os *stymphs* voarem para Camelot, montados pelos alunos dos Grupos 1 e 6. Pouco a pouco, os pássaros foram ficando pequenos sob o brilho dourado do conto de Rhian sobre o jovem Hristo, marcado contra o céu azul.

Agatha olhou de relance para os alunos do primeiro ano que restavam, comendo um rápido almoço de guisado de peru na Clareira, os olhos fixos no horizonte, observando ansiosamente seus colegas de turma planarem em direção ao reino de Rhian.

"Nuncas e Sempres sentados juntos para almoçar? As coisas mudaram", admirou-se Agatha.

"Ou talvez eles tenham se unido porque você enviou os amigos deles para a morte", a voz do Professor Manley rosnou atrás dela.

Agatha virou-se para ver os docentes do Bem e do Mal em volta da mesa bagunçada de Hort, com expressões tensas e preocupadas. No meio de livros encharcados, pergaminhos manchados de tinta, migalhas de comida e cuecas espalhadas, estava a bolsa cinza da Professora Dovey, o contorno de uma esfera visível sob o tecido gasto.

"Concordo com Bilious", disse a Princesa Uma com os braços cruzados sobre o vestido cor-de-rosa. "Você puxa dois grupos de estudantes para um canto, confabula com eles como um bando de esquilos, e lá se vão para a batalha, munidos de um plano que você ainda não explicou a ninguém."

"AINDA QUE NÓS SEJAMOS OS PROFESSORES", Cástor repreendeu.

"E apesar de um dos grupos ser *meu*", disse Yuba, o Gnomo, batendo seu cajado branco no chão sujo.

"Olha, os grupos vão chegar a Camelot em breve. Não temos tempo para discutir", disse Agatha, séria. "Eles queriam ir. Eles não estão nesta escola para ficar em segurança ou ser mimados. Eles estão aqui para fazer o que é certo. E isso significa tirar os nossos amigos de Camelot. Pediram que eu os liderasse e eu o fiz. Pediram que eu formulasse um plano e eu o fiz. E agora, para que este plano funcione, preciso da ajuda de vocês."

"UM PLANO PRECISA DE PLANEJAMENTO", Cástor brigou.

"Um plano precisa de consulta", Yuba falou de forma autoritária.

"Um plano precisa de tempo", ressoou a Professora Anêmona.

"Não tínhamos tempo", retrucou Agatha. "A Bênção é a oportunidade de salvar nossos amigos, e tive que aproveitá-la."

"Então enviou os alunos do primeiro ano para morrer?", disse a Professora Sheeks, brava. "Seus colegas do quarto ano que estão na clínica poderiam ter ido. *Você* poderia ter ido."

"Não, eu não poderia. E nenhum outro aluno do quarto ano tampouco", Agatha rebateu. "O irmão de Rhian tem um mapa que nos segue. Igual ao Mapa das Missões de Dovey. Rhian nos veria chegar. No entanto, ele não consegue ver os alunos do primeiro ano."

Professora Sheeks ficou calada.

"Acha que eu queria mandá-los para o perigo?", perguntou Agatha. "Quem me dera todos eles pudessem estar em aula agora, sem nada para se preocupar a não ser Bailes da Neve e sua pontuação no ranking. Quem me dera pudessem estar treinando seus chamados de animais e seus feitiços meteorológicos, e que ficassem alheios a tudo o que está além dos portões da escola. Quem me dera fosse eu voando para Camelot. Mas desejos não vão salvar os meus amigos. Para o meu plano funcionar, eu precisava deles. E agora eu preciso de vocês." Fez uma pausa. "Bem, não é exatamente o *meu* plano. É da Sophie."

Os professores a encararam.

"Descobri na mensagem de Lionsmane", explicou Agatha, olhando pela janela para as palavras douradas no céu.

> **Cidadãos da Floresta! Reverenciem o conto de Hristo de Camelot, de apenas 8 anos, que fugiu de casa e veio ao meu castelo, na esperança de ser meu cavaleiro. Imaginem, a mãe do jovem Hristo o encontrou e deu uma surra no pobre garoto. Seja forte, Hristo! Terá lugar como meu cavaleiro no dia em que completar 16 anos! A criança capaz de amar o seu rei é uma criança abençoada. Logremos que essa seja uma lição para todos.**

"Quando estávamos no teatro, li um artigo no jornal que dizia que não era Rhian quem escrevia os contos de Lionsmane, mas Sophie", disse Agatha. "Pareceu absurdo no início e, no entanto, algo me dizia que era verdade. Porque quanto mais eu lia a mensagem, mais soava... estranha. Como se quem a escreveu tivesse escolhido com muito cuidado as palavras. O que significava que, se tivesse sido Sophie, teria escolhido cada palavra por uma razão." Agatha sorriu. "E então eu vi."

Com o brilho do dedo, ela desenhou círculos no ar, destacando a mensagem.

> **Cidadãos da Floresta! Reverenciem o conto de Hristo de Camelot, de apenas 8 anos, que fugiu de casa e veio ao meu castelo, na esperança de ser meu cavaleiro. Imaginem, a mãe do jovem Hristo o encontrou e deu uma surra no pobre garoto. Seja forte, Hristo! Terá um lugar como meu cavaleiro no dia em que fizer 16 anos! A criança capaz de amar o seu rei é uma criança abençoada. Logremos que essa seja uma lição para todos.**

"A primeira letra de cada frase", disse Agatha. "C-R-I-S-T-A-L. Sophie sabe que estou com a bola de cristal da Professora Dovey. E ela quer que eu a use."

Os docentes olharam para ela, ainda pouco convencidos, com exceção do Professor Manley, cuja expressão em geral maldosa tinha se tornado curiosa.

"Continue", disse ele.

"Quando a Professora Dovey veio para Camelot, ela trouxe sua bola de cristal", explicou Agatha. "A bola a deixava doente, por isso Sophie e eu a mantínhamos longe dela, apesar de Merlin ter dito que eu deveria devolvê-la. Mas eu não devolveria algo que pudesse machucá-la. É por isso que a bola está comigo agora." Ela olhou para a bolsa da Reitora em cima da mesa. "Sophie conhece os riscos de usá-la, mas também sabe que é a única maneira de salvar nossos amigos. Porque, sejam quais forem os efeitos colaterais, a bola *funciona*. Quando estávamos na nossa missão, a Professora Dovey usou a bola para se comunicar conosco. Sei disso, porque falei com ela de Avalon. Com a bola de cristal ela conseguia encontrar alunos em qualquer parte da Floresta. O que significa que podemos usar a bola de cristal para encontrar quem quer que esteja nas masmorras de Camelot."

"Não, não podemos", disse Yuba irritado, balançando seu bastão, "porque qualquer um com bom senso sabe que não se pode usar magia nas masmorras."

"A bola de cristal não pode *entrar* nas masmorras, mas pode *tirar* os nossos amigos de lá", Agatha rebateu. "Segundo os mapas de Camelot, as masmorras estão ao lado da colina. Isso significa que a bola de cristal pode encontrar esse exato lugar na colina, que é por onde a nossa equipe de resgate vai entrar."

"Onde fica esse lugar, então?", Professora Sheeks a desafiou, apontando um dedo atarracado para a bola. "Mostre-nos."

"Não posso. Pelo menos ainda não", disse Agatha, e sua expressão confiante vacilou pela primeira vez. "Dovey nos disse que a bola está quebrada; só pode ser usada por um curto período a cada dia antes de cortar a ligação. Temos que poupar esse tempo para quando os alunos chegarem a Camelot e nos enviarem o sinal."

"E você sabe como usar o cristal?", Professora Anêmona perguntou, cética.

"Então, pois é, esse é o outro problema...", Agatha engoliu em seco. "Não consigo fazê-la funcionar."

A sala ficou em silêncio.

"O QUÊ?", Cástor explodiu.

"Estava brilhando quando saí de Camelot. Achei que isso fosse um sinal de que estava funcionando...", Agatha gaguejou. "Mas agora mesmo peguei nela no banheiro e tentei balançar, agitar, virar de cabeça para baixo e nada aconteceu..."

Cástor se aproximou, mostrando os dentes. "VOCÊ ACABOU DE MANDAR OS MEUS ALUNOS PARA DENTRO DA COVA DO LEÃO, CONFIANDO EM UMA BOLA DE CRISTAL QUE NÃO SABE USAR?"

Agatha contornou a mesa. "Vocês são professores... Não sabem como usá-la?"

"Não *podemos* usá-la, sua cabeça oca!", ralhou Manley, com a expressão maléfica no rosto outra vez. "Ninguém pode usá-la, exceto Clarissa! E teríamos dito isso se tivesse se dado o trabalho de nos perguntar antes de arriscar a vida dos nossos alunos!"

Agatha ficou vermelha como uma maçã. "Achei que Merlin também a usasse!"

"Você tem que achar menos e saber mais!", Manley disparou. "Para fazer uma bola de cristal, um vidente pega um pedaço da alma de uma fada madrinha e a funde com um pedaço da própria alma. Isso significa que cada fada madrinha só pode usar a bola de cristal feita para ela. Para ativá-la, Clarissa precisaria mantê-la imóvel na altura dos olhos e focar no centro da bola. Essa é a única maneira de fazê-la funcionar. Se uma fada madrinha deseja dar a alguém acesso à bola, então pode instruir o vidente, *na ocasião da feitura da bola*, para que o cristal possa reconhecer uma segunda pessoa. Se Merlin pode usar a bola de Clarissa, então Clarissa o escolheu como seu Segundo. Ninguém mais pode fazer a bola funcionar. *Ninguém*. A menos que, por acaso, Dovey tenha nomeado um de nós como seu Segundo *antes mesmo de vir para esta escola dar aulas*."

Agatha não acreditava no que estava ouvindo. "Mas tem que haver outra forma!"

"Ah, sério? Vejamos", Manley zombou, quase espumando pela boca. Abriu a bolsa de Dovey, procurou além do casaco do Tedros, e de um dos bolsos tirou uma esfera empoeirada do tamanho de um coco, coberta de arranhões e com uma rachadura longa em seu vidro azul. Manley a segurou na altura dos olhos. "Olhe para isso! Não funciona! E você, Uma? Consegue fazê-la funcionar?" Ele empurrou a bola na frente da princesa. "Puxa vida! Não. Emma? Não. Sheeba? Não. Cástor? Yuba? Aleksander? Rumi? Não, não e não. Como eu disse, totalmente *inútil*..." Ele a entregou para Agatha, empurrando-a contra o nariz da garota.

A bola acendeu.

Em choque, Manley soltou a bola, mas Agatha a pegou, levando o cristal na direção de seu rosto. A esfera brilhava um azul invernal, como gelo luminescente. Enquanto olhava para o centro, uma névoa prateada fumegava no interior.

"Acho que deveria ter tentado segurá-la parada", Agatha murmurou.

Os professores se reuniram em torno dela, atordoados.

"Impossível", Manley disse.

A neblina estava tomando forma, levitando e indo na direção de Agatha, cujas palmas suadas deixavam marcas no vidro.

"Dovey não poderia tê-la nomeado como sua Segunda!", explodiu a Professora Anêmona. "A garota nem tinha *nascido* quando a bola foi feita!"

Aos poucos, a névoa no interior do cristal se congelou em um rosto fantasmagórico pressionado contra o vidro arranhado, encarando Agatha com órbitas sem olhos. O rosto do fantasma tinha uma textura nebulosa e tremeluzia a cada segundo, como se sofresse de um mau contato mágico, mas quanto mais Agatha olhava para o rosto, mais ele parecia mudar entre as características da Professora Dovey e as características de outra pessoa familiar, alguém que ela não conseguia discernir bem.

O fantasma começou a falar, e sua voz grave e metálica também falhava de vez em quando, então, Agatha teve de que juntar as palavras.

Clara como cristal, firme como osso,
Minha sabedoria é de Clarissa e apenas a ela eu ouço.

Porém ela a nomeou como sua Segunda, por isso, também vou falar com você.
Então diga, querida Segunda, a visão de quem devo lhe oferecer?

Um amigo ou inimigo, qualquer um deles eu permito.
Para vê-lo agora, apenas do nome eu necessito.

Agatha abriu a boca para responder, mas, de repente, a bola lhe foi arrancada das mãos e a esfera ficou escura.

"Espere", falou Yuba, o Gnomo, com o cristal enganchado na ponta do cajado. Seu rosto de pele seca e marrom analisava a superfície maltratada da bola. "Clarissa está nas masmorras de Rhian. Pode ser que ele saiba que temos a bola e a tenha forçado a ensinar seus segredos para que ele pudesse atrair Agatha para a desgraça." O gnomo se virou para sua ex-aluna. "Então, como vamos saber que não é o rei quem quer que você use o cristal? Como vamos saber que não é uma armadilha?"

Os professores pensaram em silêncio.

Agatha também.

E então sombras correram pela sala, seguidas de um raio de sol, e todos se viraram para ver o céu se transformando do lado de fora da janela. A história de Lionsmane sobre Hristo estava desaparecendo e, no seu lugar, uma nova mensagem surgiu.

Comemorem! Renegada Agatha foi capturada! Inimigos de Camelot serão sempre derrotados pelo Leão. São bobagens os demais boletins. Temos apenas um exército: o exército do Leão.

Amigos, nosso exército são vocês: o povo da Floresta! Libertem-se das mentiras e confiem no Leão; assim, estarão em segurança para sempre.

"Mais uma prova de que ele está tentando expô-la e tirá-la do esconderijo", disse Yuba com firmeza. "Ao mentir sobre a captura, ele está desafiando Agatha a dar as caras."

"Mas olha... lá está de novo", disse Agatha, destacando a mensagem com o seu brilho. "A primeira letra de cada frase. C-R-I-S-T-A-L." Ela se virou para Yuba. "É Sophie. Tenho certeza disso."

"E eu tenho certeza de que é o rei", refutou o gnomo.

"Conheço Sophie." Agatha manteve-se firme. "Conheço minha amiga."

"Não podemos arriscar a vida dos nossos alunos por conta de um palpite, Agatha", atacou Yuba. "Todas as provas lógicas apontam que essa bola de cristal é uma armadilha. Como estudante, você sempre deu à Sophie o benefício da dúvida, privilegiando a emoção sobre a razão, ao mesmo tempo que colocava em perigo tanto os outros como a si própria. Sophie pode ser a sua melhor amiga, mas a verdadeira amizade é reconhecer seus limites, não acreditar como uma tola que ela estará sempre pronta para te salvar. Foi isso que te meteu em todos esses problemas, para começar. Você confiou cegamente em Rhian como um amigo e pagou o preço. Rhian conhece bem demais os seus instintos. Se confiar neles, acabará morta com o seu príncipe."

Os outros professores assentiram, em um claro sinal de que concordavam com o gnomo. Yuba colocou a bola de cristal de volta na bolsa de Dovey.

De repente, uma fila de fadas entrou no escritório, brilhando ao redor da Princesa Uma e soltando uma torrente de falatório.

"Falaram que os homens de Rhian estão voltando para os portões da escola", Uma contou, sem fôlego. "Mas desta vez, trouxeram um feiticeiro."

"Vou reforçar o escudo o melhor que puder", murmurou Manley enquanto se dirigia para a porta. Voltou-se para Uma. "Encontre uma maneira de trazer os *stymphs* de volta antes dos nossos alunos chegarem a Camelot. Traga-os de volta para cá, *agora*." Lançou à Agatha um olhar furioso e saiu do escritório.

Professora Anêmona encurralou Uma. "Você consegue chamar os *stymphs*?"

"É tarde demais! Já devem ter chegado a Camelot!", respondeu a princesa.

"E se enviarmos um corvo, dizendo para abandonarem o plano?", propôs o Professor Espada.

"Vai ser mais rápido se nos mogrificarmos", Professor Lukas sugeriu.

"MAIS RÁPIDO SE VOCÊ MONTAR NAS MINHAS COSTAS", disse Cástor, de forma rude. "VAMOS TRAZÊ-LOS DE VOLTA NÓS MES..."

Sua voz morreu. Os professores seguiram os olhos do cachorro até a janela.

Agatha estava fazendo um grande círculo no vidro com o brilho de seu dedo. De repente, ela arrancou um pedaço e abriu um buraco.

"Nunca a tomei por vândala", disse a Professora Sheeks.

Professora Anêmona piscou seus cílios curvados. "Ela está se rebelando!"

Agatha atravessou o dedo aceso pelo buraco no vidro, e seu peito se encheu de emoção como um rio depois da chuva. Então, apontando o dedo como uma varinha de condão, atirou seu brilho para a mensagem de Lionsmane, sentindo a raiva, o medo e a determinação fluírem de seu corpo para o céu. Sobre Camelot, nuvens negras se juntaram como tentáculos ao redor da mensagem de Lionsmane, movendo-se ao ritmo de um trovão surdo. As nuvens se enrolaram em torno das palavras enquanto Agatha se concentrava mais, direcionando a névoa para enrodilharem cada letra, como dedos nas cordas de um violino. Todas as letras, de uma vez, começaram a tremular no céu.

"Como é que ela está fazendo isso?", Princesa Uma perguntou.

"Feitiço de clima do primeiro ano", disse a Professora Sheeks. "Provavelmente foi o próprio Yuba quem a ensinou."

"Não seja ridícula", o gnomo desdenhou. "Feitiços de clima comuns não podem afetar a magia de um inimigo!"

Agatha empurrou o dedo ainda com mais força para o céu, as letras tremendo cada vez mais rápido. Ela sentia o peso da mensagem de Lionsmane sob a sua mão, como se empurrasse uma tampa de pedra de um túmulo. Rangendo os dentes, pensou em Tedros, Sophie, Dovey, Merlin e em todos os seus amigos, invocando até a última gota de determinação, o brilho eletrizando as veias por toda a palma da sua mão... até que, finalmente, com um forte "ummmpph", ela removeu o dourado das letras com sua mágica e revelou a impressão rosa da mensagem por baixo dela, como uma cicatriz recente.

O rosa da magia de quem tinha redigido a mensagem.

Um rosa tão ousado e arrojado que todos sabiam a quem pertencia.

"Feitiços de clima mais comuns não podem afetar a magia de um inimigo", disse Agatha, olhando para os restos do brilho de Sophie, "a menos que, no fim das contas, a magia não seja de um inimigo."

Pelo reflexo do vidro, ela viu os professores observando-a e Manley também, na escadaria do lado de fora das portas do escritório.

Agatha apontou a mão e lançou um feitiço que transformou a mensagem de Lionsmane em uma bola dourada, inchando-a e detonando-a como um sol.

Ela viu a palavra queimar no céu.

Exagerei, pensou ela.

Mas não conseguiu evitar.

Tinha que enviar uma mensagem para aquela fraude no trono de Tedros, para a Cobra, para todos os tolos que o seguiam.

E, acima de tudo, para Sophie.

Para dizer que tinha decifrado o código.

Que a ajuda estava a caminho.

Agatha caminhou até Yuba, arrancou a bolsa de Dovey de suas mãos sujas e saiu do escritório. "Vamos voltar a salvar pessoas?", ela os encarou. "Ou alguém mais quer me dar lições sobre *amizade*?"

Os professores se entreolharam e depois a seguiram.

Inclusive o gnomo.

Escolherem a Biblioteca da Virtude, no piso mais alto da Torre da Honra, para que Agatha pudesse ter uma visão clara da Floresta através das janelas da biblioteca.

Ela ficou defronte a janela, com a bola de cristal colocada sobre uma tribuna à sua frente. Atrás dela, os professores observavam quietos, assim como os alunos do primeiro ano, que se amontoavam contra uma parede pintada com o brasão da escola, todos com os olhos fixos em Agatha.

Agatha insistiu que os alunos estivessem presentes, apesar da apreensão dos professores. Eles mereciam participar daquilo. Eles *queriam* participar. A vida dos colegas de turma estava em jogo. Se ela conseguisse trazer os grupos 1 e 6 de volta em segurança, ganharia a confiança dos outros como líder. E Agatha precisaria dessa confiança na guerra que estava por vir.

Voando sobre a Baía do Meio do Caminho, as fadas levaram Manley até a torre do Diretor da Escola, para que ele pudesse reforçar mais de perto seu escudo contra os homens de Rhian. Durante todo o tempo, Agatha observou o céu para além da torre, à espera do sinal de Camelot. A biblioteca estava em silêncio à sua volta, o único som vinha do trabalho do novo bibliotecário, um bode velho, que carimbava livros de forma tão desanimada que Agatha se perguntava se ele não morreria antes de terminar a tarefa. Ele também não demonstrou a menor curiosidade em saber por que toda a escola havia se juntado em sua biblioteca para olhar fixamente para uma bola de cristal. Continuava a carimbando – *pof, pof, pof* – em um ritmo tão lento que contrastava com o batimento inquieto do coração de Agatha, com seus olhos grudados no céu vazio, com sua respiração rasa, uma sensação de desgraça rastejando garganta acima.

E, então, um pequeno foguete de sinalização apareceu ao longe: uma espiral azul e rosa cruzou o céu, como fogos de artifício lançados por acidente.

Agatha exalou. "Os brilhos de Bodhi e Laithan. Eles conseguiram atravessar os portões de Camelot sem serem vistos."

"Estão a salvo!", uma animada garota de cabelo escuro chamada Priyanka comemorou.

Os alunos do primeiro ano eclodiram em aplausos.

"Não se precipitem", Professora Anêmona advertiu, ansiosa. "Agora vem o verdadeiro perigo. Bodhi e Laithan têm de se esgueirar para a colina da Torre Dourada e esperar que a bolha de Agatha apareça, para que ela possa mostrar a eles o local exato da colina por onde eles podem invadir as masmorras. Agatha, por sua vez, tem que usar a bola de cristal para encontrar esse local. E *rápido*. Cada segundo que Bodhi e Laithan passam nos terrenos do castelo, à espera de Agatha, é um risco a mais."

Os alunos voltaram a ficar em silêncio.

Agatha concentrou-se na bola de cristal.

Nada aconteceu.

"Olhe diretamente para o centro", insistiu a Princesa Uma.

"Não pisque", Professora Sheeks resmungou.

"Eu sei", disse Agatha.

Mesmo assim, a bola não funcionou.

Bodhi e Laithan estavam à procura da bolha na colina naquele exato momento, estavam contando que ela os ajudasse.

No reflexo do cristal, ela viu os alunos se reunirem atrás dela, tentando ver mais de perto.

"FIQUEM QUIETOS, PEÕES!", Cástor gritou.

"Shhh!", Professora Anêmona chamou a atenção.

Agatha respirou fundo e fechou os olhos.

Fique parada.

Fique parada.

Fique parada.

Ela não conseguia lembrar como ficar quieta. Ela não conseguia lembrar a última vez que ficou quieta.

E aí uma memória veio à tona.

Ela e Sophie, juntas, perto de um lago em Gavaldon. Uma brisa ondulava a superfície, seus corpos entrelaçados à margem, a respiração sincronizada, o silêncio interminável. Duas melhores amigas apreciando um pôr do sol, desejando que ele durasse para sempre.

Agatha abriu os olhos.

O cristal brilhava azul.

Fios de prata ondularam em sua direção e o fantasma apareceu.

Clara como cristal, firme como osso,
Minha sabedoria é de Clarissa e apenas a ela eu ouço.

Porém ela a nomeou como sua Segunda, por isso, também vou falar com você.
Então diga, querida Segunda, a visão de quem devo lhe oferecer?

Um amigo ou inimigo, qualquer um deles eu permito.
Para vê-lo agora, apenas do nome eu necessito.

"Mostre-me Tedros", ordenou.

"*Como queira*", respondeu o cristal.

O fantasma prateado dispersou-se na névoa e depois voltou a se formar, representando uma cena dentro da bola.

Tedros irrompendo no Teatro das Fábulas, uma rosa em uma mão, uma espada na outra, enquanto cercava lindos garotos Sempre de forma brincalhona, o tempo todo sorrindo para as garotas na plateia.

"Isso não é *agora*", disse Agatha, consternada. "Esse foi primeiro dia de escola dele! Foi há anos!"

A bola de cristal falhou, a cena tremeluzindo e partindo-se em mil esferas pequenas de cristal dentro da maior, cada bolinha reproduzindo a mesma passagem de Tedros cercando os garotos. Em seguida, uma tempestade de relâmpagos azuis atravessou a esfera, juntando-se aos minicristais em uma nova cena. Tedros era criança e se escondia debaixo da cama naquele estranho quarto de visitas que Agatha viu na Torre Branca de Camelot. O príncipe rindo consigo mesmo enquanto fadas voavam procurando por ele.

O cristal brilhou mais forte, mais rápido.

Dessa vez, mostrou *dois* Tedros correndo juntos pela Floresta, os dois sem camisa e ensanguentados; depois Tedros bebê brincando com o chapéu de Merlin; depois Tedros com Agatha debaixo da água, encarando a bola de cristal com ela, como se aquilo estivesse acontecendo agora.

"Tem alguma coisa muito errada com essa bola", murmurou Yuba.

"Dovey disse que estava quebrada, mas não achei que era para tanto", Agatha disse, impaciente, agarrando a bola com as duas mãos. Sem ela, Bodhi e Laithan ficariam presos no castelo de Rhian. O cristal tinha que funcionar. "Mostre-me Tedros como ele está agora!", gritou. "Não quando criança, não como estudante, mas como ele está agora!"

A bola brilhou com um raio e mostrou Tedros e Sophie se beijando em uma caverna de safira.

"Bola *estúpida*!", Agatha gritou, revirando-a como se fosse uma ampulheta.

Só que agora estava mostrando uma águia sobrevoando um lago vermelho como sangue.

"Mostre-me Tedros, seu monte de merda! O verdadeiro Tedros!", Agatha balançou o cristal com as duas mãos como se fosse uma maraca.

Algo pareceu se encaixar.

Dentro da moldura do cristal, uma bolha prateada vagava sobre a relva verde luxuriante, rajada de sol em uma tarde dourada. Enquanto a bolha se elevava, a relva tremia sob a brisa, e Agatha conseguiu ver o topo de uma torre familiar, guardas em armaduras atravessavam as passarelas com seus arcos.

"Olhem. É isso", ela respirou. "É Camelot."

A bolha ficou mais lenta, depois parou em um campo gramado no meio da colina antes de se aproximar, perto o suficiente para Agatha ver formigas andando sobre a relva verde.

"O cristal está dizendo que é aqui que Tedros está. Sua cela está debaixo daquela relva!", exultou Agatha, com a voz inundada de emoção. Ela estava a uma camada de terra do seu príncipe. "É onde eles têm que ir! É onde Bodhi e Laithan têm que invadir!"

Por um momento, a biblioteca foi tomada pelo silêncio.

A voz do Cástor o quebrou.

"SE ELES APARECEREM."

Era exatamente o que Agatha estava pensando.

Onde é que eles estavam?

A chama rosa e azul significava que tinham atravessado os portões de Camelot em segurança. Deviam ter ido para a colina da Torre Dourada e esperado por ela. A colina era pequena. Devia ter sido fácil procurar pela relva e ver a bolha no momento em que ela apareceu.

O coração dela parou.

Será que Bodhi e Laithan tinham sido capturados pelos guardas piratas de Rhian? Será que o seu plano de mantê-los invisíveis havia falhado? Estariam eles feridos ou algo ainda pior?

O que ela estava pensando? Deixar alunos do primeiro ano saírem em uma missão maluca que tinha uma ínfima chance de sucesso? Será que a vida dos seus amigos valia mais do que a de crianças inocentes? Será que Tedros, Sophie e Dovey queriam que os estudantes morressem por eles?

Isso é um erro, pensou Agatha. Estava tão envolvida na tentativa de salvar o futuro de Camelot que arriscou o da escola. Tinha que dar um jeito naquilo. Ela pediria ao cristal para mostrar Bodhi e Laithan. Onde quer que eles estivessem, arranjaria uma maneira de tirá-los de lá. Mesmo que isso significasse perder Tedros. Mesmo que isso significasse perder todos os outros.

Ela olhou para dentro da bola. "Mostre-me Bo..."

Um rosto bonito apareceu dentro da moldura do cristal, salpicado com gosma negra, uma capa cintilante sobre sua cabeça como um escudo.

"Desculpe", Bodhi arfou, sua respiração balançando a bolha. "Não conseguia ver a bolha na luz do sol. Além disso, a velha capa de pele de cobra da Sophie é um pesadelo de usar. Fina, escorregadia, simplesmente horrível. Para ficarmos invisíveis, tivemos que caminhar debaixo dela como fazem naquelas fantasias de dragão. E Laithan tem um traseiro enorme."

"Tomo isso como um elogio", sussurrou Laithan, coberto de gosma, espremido embaixo da capa. "Para sermos justos com o meu traseiro, planejamos isso para dois de nós e não três, o que piorou as coisas."

"Três?", disse Agatha, intrigada.

"Olá", disse uma cara nova, cheia de gosma, abarrotada debaixo da capa.

"*Hort?*", Agatha disparou.

"Então, eu estava sentado na carruagem com Willam e Bogden, me esquivando de uma das enguias da Cobra", disse a doninha, "e aí do nada aparecem dois dos meus antigos alunos atacando a carruagem real como selvagens e atordoando o condutor com um feitiço bem medíocre, mas me dando tempo suficiente para transformar o *scim* em uma gosma e, de repente, estamos indo para Camelot. Os garotos disseram que precisavam invadir as masmorras, mas que nós três não caberíamos sob a velha capa de Sophie, só que de maneira nenhuma deixaria os dois irem sem mim. Sou um *professor*. Oh, e Bogden e Willam queriam vir, mas eles são melhores como vigias, se é que você me entende."

"Bogden e Willam?", disse Agatha, ainda mais perplexa.

"Eles esconderam a carruagem na floresta perto do castelo e estão lá esperando, caso não possamos usar os *stymphs* para fugir", explicou Bodhi. "Hoje o céu está claro, então os *stymphs* não conseguem se esconder nas nuvens e os guardas nas torres os veriam. Não faço ideia de para onde voaram. Vamos tentar avisá-los quando libertarmos os prisioneiros, mas não há garantias de que virão nos buscar."

"Uma bola de cristal de verdade? Tão legal", disse Laithan, cutucando a bolha e distorcendo-a. Ele analisou o quadro. "Priyanka está assistindo? Diz para ela que eu mandei oi."

"*Professora* Anêmona está assistindo, e você deveria estar concentrado na sua missão vital em vez de se exibindo para garotas!", a Professora de Embelezamento xingou.

Laithan pigarreou. "Hum, as masmorras estão... aqui?"

"Exatamente onde você está", confirmou Agatha.

Debaixo da pele de cobra, os três garotos bombardearam o chão com seus dedos acesos, queimando buracos na grama. A magia de Hort queimava muito mais rápido do que a dos garotos, derretendo a terra como gelo no sol, até atingir uma parede sólida e cinzenta. Hort deu um chute, ouviu um som oco e viu fragmentos quebrarem, como se a parede fosse excepcionalmente velha ou não muito resistente. Em seguida, fez um sinal para os garotos e eles retomaram o ataque com seus brilhos.

De repente, uma rajada de vento os atingiu, arrancando a pele de cobra de cima deles. A silhueta dos garotos brilhou no quadro de Agatha. Eles já não estavam invisíveis. Agatha viu um guarda na torre se virar.

Hort puxou a capa de novo, protegendo-os novamente. "Por mil bolas de sapo! Eles nos viram?"

"Não sei", disse Agatha. "Anda logo."

Os garotos atiraram com seus dedos acesos ainda mais forte contra a parede da masmorra, mas, dessa vez, o brilho de Bodhi e Laithan apenas jorrou faíscas fracas.

"Garotos novos nunca duram muito", lamentou a Princesa Uma.

"Drenam facilmente", concordou a Professora Sheeks.

Hort olhou para Bodhi e Laithan enquanto redobrava a força do seu brilho. "E vocês queriam fazer isso *sozinhos*?"

Agora também havia outro problema.

"Hort?", Agatha chamou.

"O quê?"

"A minha conexão está enfraquecendo."

Hort olhou para dentro do quadro e viu o que ela via: a imagem na bolha tornando-se translúcida.

"Oh, pelas barbas do Capitão Gancho!", Hort rosnou.

Ele direcionou seu brilho para si mesmo e, com um grito engasgado, explodiu das suas roupas, transformando-se em um homem-lobo gigante, quase expulsando os dois rapazes da cobertura da capa com a própria barriga, antes de os abraçar debaixo do seu tronco peludo, como um leão protegendo as crias. Depois, com a pele de cobra justa sobre eles, Hort levantou dois punhos peludos e bateu na parede uma, duas, três vezes, a última com um rugido.

A parede cedeu.

Dois garotos e um homem-lobo caíram em uma implosão de tijolo, terra e grama enquanto Agatha observava, de olhos arregalados, ouvindo os gritos distantes e confusos de guardas através do cristal e, depois, o soar do alarme. Poeira negra rodopiava dentro da bola de cristal como uma tempestade, obscurecendo tudo atrás dela; Agatha pressionou o nariz no vidro, enquanto professores e alunos se aglomeravam atrás dela, desesperados para saber se os meninos tinham sobrevivido.

159

Pouco a pouco, a poeira se dissipou, revelando três paredes de uma cela de prisão escura e um raio de sol penetrando-as como um sabre. Hort, Bodhi e Laithan estavam deitados de barriga para baixo nos escombros, gemendo enquanto se levantavam.

Mas não era para isso que Agatha estava olhando.

Agatha estava vendo um garoto de olhos vendados, coberto de sangue e hematomas, aparecendo lentamente na luz do sol, como se estivesse perdido em um sonho.

"Agatha?"

Lágrimas encheram os olhos da sua princesa. "Tedros, me escuta. Tudo o que eu disse naquela noite antes da batalha, tudo o que eu disse para Sophie, eu estava confusa. Assustada e frustrada. Não é o que eu sinto por você."

"Você veio me buscar. É só isso que importa", disse Tedros, sufocado pela emoção. "Não pensei que houvesse escapatória. Mas você encontrou uma saída. Claro que encontrou. Você é *você*. E agora está aqui." Ele levantou a cabeça. "E muitas outras pessoas também. Hum, eu vejo Yuba, Cástor e... você está na *escola*?"

"Por enquanto", disse Agatha rapidamente. "E em breve você também vai estar. Está ferido e os professores podem te curar."

"Pareço tão mal quanto me sinto?", perguntou Tedros.

"Ainda assim mais bonito que Rhian", respondeu Agatha.

"Boa. E Sophie?"

"Um grupo de alunos do primeiro ano está distraindo Rhian por tempo suficiente para que a libertem. Haverá muito tempo para conversarmos quando estiver aqui na escola. Precisa sair agora, Tedros. Você e Dovey e todos os outros."

Mas Tedros apenas olhou para ela como se tivessem todo o tempo do mundo. Agatha também se sentiu mergulhando nos olhos de Tedros, como se não houvesse nenhuma barreira entre eles.

"Hum... gente?"

Tedros se virou para o homem-lobo, de cabeça erguida no chão.

Hort apontou com a pata. "Eles estão vindo."

De repente, Agatha viu sombras entrarem apressadamente de todos os lados do cristal, convergindo para as masmorras.

"Libertem os outros!", Tedros gritou para Hort, que foi com o príncipe para o fundo do corredor, em direção às outras celas. Bodhi e Laithan se levantaram do chão, mancando atrás deles, mas Hort os mandou para trás. "Chamem os *stymphs*, seus idiotas!"

Bodhi deu a volta, disparando sinalizadores pelo buraco para o céu, passando por guardas piratas que estavam começando a descer a colina para as masmorras. Mais terra e escombros deixaram a bola de Agatha turva, obscurecendo sua visão. Ela conseguia ver Laithan repelir guardas com feitiços de atordoamento, mas seu brilho não era forte o suficiente para detê-los. Um pirata o atacou e o atingiu, lutando com o musculoso garoto do primeiro ano em um mata-leão, bloqueando completamente a linha de visão de Agatha.

Enquanto isso, a bolha dentro do seu cristal tinha desbotado dois tons. Ela quase não conseguia ver nada, sua conexão estava prestes a cair.

Os rugidos de Hort ecoavam pelo corredor junto com o som de metal caindo. Vozes desconectadas aumentaram no caos.

"Por aqui!", Tedros gritou.

"Nicola, atrás de você!", gritou a Professora Dovey.

"Sai de cima de mim, seu bruto!", Kiko gritou.

O grito dos *stymphs* se sobressaiu.

Mais destroços explodiram nas masmorras, inundando o cristal de Agatha. O cristal voltou a brilhar e o pó transformou-se em uma tremeluzente luz prata formando, lentamente, a máscara fantasma...

"Não consigo mais vê-los", Agatha arfou.

"Os *stymphs* chegaram tarde demais", disse a Princesa Uma, pálida. "Não vão tirar todos de lá."

"Têm que tirar", Agatha entrou em pânico. "Se deixarmos alguém para trás, Rhian vai matá-los!"

"TEMOS QUE IR JÁ!", Cástor gritou, disparando para as portas. "PRECISAMOS AJUDÁ-LOS."

"Você nunca chegará lá a tempo", disse Yuba.

Cástor parou.

A biblioteca ficou em silêncio, todos os alunos e os professores.

Agatha respirou fundo e olhou para o seu exército.

"Talvez a gente não consiga salvá-los", disse ela. "Mas conheço alguém que consegue."

Professora Anêmona leu seu pensamento. "Está superestimando a bondade dela, Agatha. Ela vai salvar a si mesma, custe o que custar. Não importa quem fique para trás. Ela vai montar no primeiro *stymph* de volta para a escola."

Agatha não deu ouvidos. Tinha aprendido a lição muitas vezes: amizade não pode ser explicada. Não uma amizade como a delas. Alguns laços são profundos demais para que outros entendam.

Olhou de volta para o cristal enquanto o fantasma prateado vagava na direção dela, desvanecendo-se rapidamente, com poder suficiente apenas para um último desejo.

"Mostre-me Sophie", ordenou Agatha.

De volta ao telhado, Agatha encostou-se na escultura de arbustos do Rei Arthur, ainda pensando no filho dele.

Ele não seria um dos que ficaram para trás.

Ele encontraria um caminho de volta para ela.

Como Agatha sempre encontrou um caminho de volta para ele.

A voz de alguém a arrancou de seu transe: *"Eles estão aqui!"*

Agatha saltou de trás da sebe, com os olhos no céu.

Os *stymphs* voaram para a escola, vindos da Floresta, penetrando suavemente o nevoeiro verde de Manley, à medida que os seus jovens cavaleiros começavam a ver o pôr do sol vermelho.

Os alunos do primeiro ano passaram correndo pela porta do telhado atrás de Agatha, aplaudindo o regresso, e os professores juntaram-se a eles. "ELES ESTÃO SALVOS!" "NÓS GANHAMOS!" "VIDA LONGA A TEDROS!" "VIDA LONGA À ESCOLA!"

Agatha estava muito ocupada contando os cavaleiros nos *stymphs*.

Hester, Anadil, Dot.

Beatrix, Reena, Kiko.

Bodhi, Laithan, Devan.

Mais pássaros rasgaram o nevoeiro, mais cavaleiros em suas costas.

Dez... onze... doze, Agatha contou, à medida que os aplausos do seu exército se intensificavam.

Mais dois *stymphs*, mais dois cavaleiros em cada um.

Quinze...

Dezesseis...

Não vieram mais pássaros.

Agatha esperou enquanto a primeira horda de *stymphs* aterrissava no Grande Gramado abaixo. Hester e Dot desmontavam de um *stymph*, ajudando Anadil, que estava coberta de sangue.

Na hora, professores e alunos correram de volta para o castelo e desceram para o pátio para ajudar os outros que aterrissaram nas proximidades: Bert, Beckett, Laralisa.

Agatha ficou no telhado, procurando por mais *stymphs* no nevoeiro.

O céu permaneceu limpo.

Sete a menos.

Faltavam sete pessoas.

Sete pessoas que só Sophie podia salvar agora.

Os olhos de Agatha se encheram de lágrimas, percebendo quem tinha ficado para trás.

CRAC!

O som ricocheteou pela escola como uma pedra quebrando vidro.

Agatha olhou para fora e viu Professor Manley gritando violentamente para ela da janela do Diretor da Escola, alunos e professores fugindo do gramado para o castelo, lobos cobertos de sangue no portão norte.

Agatha ergueu os olhos para um buraco no escudo verde e viu aço e botas atravessando.

Ela recuou e começou a correr.

Sem tempo para sofrer pelos que faltavam.

Não agora.

Porque enquanto ela invadia o castelo de Rhian...

Os homens de Rhian tinham invadido o *dela*.

~ 12 ~
TEDROS

Os sete sortudos

Sob a água fria e turva, Tedros finalmente sentiu-se limpo. Abriu os braços e as pernas, flutuando como alga na superfície verde-escura. O arrepio gelado deixou seus músculos doloridos dormentes e congelou seus pensamentos. Enquanto ele ficasse debaixo da água, não teria que enfrentar o que estava acima.

Mas ele só podia prender a respiração por um certo tempo.

Cada vez que subia, por tempo suficiente para apenas inspirar, ele ouvia um trecho de conversa.

"Se eu tivesse sido escolhido para usar a capa de Sophie em vez daqueles *meninos*, teríamos escapado."

Tedros afundou de novo.

"As cartas de tarô disseram que um fantasma voador estaria na igreja e a bolha da Agatha era igualzinha a um fantasma voador."

De volta para o fundo.

"Se ao menos tivéssemos fugido quando eu disse para a gente correr."

De volta para o fundo.

A pele de Tedros gritou com o frio, seu coração batia loucamente. Sua respiração ficava cada vez mais superficial... seu cérebro se fechou como uma porta... Ele podia ver a estátua do Rei Arthur acima da superfície cor de mofo, refratada e desfocada, uma Excalibur de pedra presa nas suas mãos fechadas. Arthur inclinava-se

em direção à água, olhando através de órbitas vazias, onde rastejavam larvas e vermes. Tedros se afastou nadando, mas seu pai o perseguiu, como se a estátua ganhasse vida, como se o rei finalmente tivesse descoberto quem tinha lhe arrancado os olhos, como se tivesse descoberto a traição covarde do filho. Boiando para trás, Tedros estatelou-se contra a parede como uma estrela-do-mar, sem fôlego, enquanto via o pai nadar em sua direção com a espada apontada para o seu coração.

"Desenterre-me", ordenou o rei.

Tedros emergiu na superfície da piscina, arfando e espirrando água para todo lado.

Valentina e Aja estavam encostadas na parede de mármore da Gruta do Rei e ficaram encharcadas com o jorro de água de Tedros. Atrás delas, a estátua do Rei Arthur continuava sem olhos e imóvel.

"Por que ele está nadando nessa piscina suja?", perguntou Valentina.

"Garotos são um mistério", disse Aja, retorcendo o cabelo vermelho diabólico.

"Você é um garoto", constatou Valentina.

"Então por que Agatha não me escolheu para usar a capa de Sophie?", Aja suspirou. "Ela sabia que eu adorava aquela capa, mas escolheu Bodhi e Laithan."

"Ah, esquece essa maldita capa, por favor!", disse uma nova voz.

Tedros se virou para Willam e Bogden na parede oposta, ambos com as camisas cheias de lama e manchadas de grama.

"Estamos aqui há horas sem comida, sem água ou qualquer coisa e você só consegue falar de uma capa!", reclamou Bogden. "Devia estar preocupado em sair daqui antes de morrermos!"

"Então parem com toda essa tagarelice e nos ajudem a encontrar uma saída", disse a voz da Professora Dovey.

Tedros girou para ver a Reitora e Nicola na porta de pedra da Gruta do Rei. Nicola estava tentando destravar a fechadura com um grampo de cabelo enquanto Dovey disparava feitiços através do batente da porta, mas eles sumiam no ar.

"*Não há* saída", Tedros resmungou, saindo da piscina e deixando que o ar abafado da gruta descongelasse seu torso ao se jogar contra a parede perto de Valentina. "Meu pai colocou um escudo contra a magia nesta sala para se livrar das fadas quando Merlin foi embora. Além disso, por que acha que nos colocaram aqui depois que as masmorras foram destruídas? Chama-se Gruta do Rei por uma razão: meu pai a construiu como um abrigo, para o caso de o castelo ser invadido. Nada consegue penetrá-la. Estamos tão encurralados aqui quanto estávamos lá."

"Pelo menos é a única sala do castelo que Rhian não redecorou em homenagem a si mesmo", disse Willam.

Tedros olhou para ele.

"Vimos quando nos levaram lá para cima", explicou Bogden. "Tudo de leões dourados e bustos de Rhian e estátuas dele sarado sem camisa."

"Não que eu esteja me queixando", disse Willam, alegremente. "Estive em Camelot toda a minha vida e o castelo parece muito melhor do que antes." Viu que Tedros o encarava. "De uma forma espalhafatosa e de mau gosto, claro."

Tedros passou a mão pelo cabelo coberto de sal. "Provavelmente ele deixou essa sala assim porque ninguém vai vê-la. Tudo o que aquele porco faz é para se mostrar."

Esfregou os hematomas na barriga e no peito musculosos, e reparou em Aja, Valentina, Willam e Bogden observando-o atentamente.

"O quê?", disse Tedros.

"Nada", os quatro falaram juntos, desviando o olhar.

Tedros vestiu a camisa.

Dovey e Nicola tinham retomado o ataque à porta. O vestido verde de Dovey soltava asas de besouro enquanto ela ficava na ponta dos pés e disparava faíscas com os dedos, tentando encontrar alguma parte vulnerável no escudo mágico. Aos pés dela, agachada e muito concentrada, Nicola mordia a língua enquanto tentava alcançar mais fundo na fechadura.

"Eu *morava* neste castelo. Não acham que eu saberia se houvesse uma saída?", Tedros perguntou.

"Não foi você quem disse que o Bem nunca desiste? Que o Bem vence *sempre*?", Nicola revidou.

"Quando foi que eu disse isso?", Tedros zombou.

"Logo antes de você e Sophie irem para a Prova dos Contos, no seu primeiro ano", disse ela. "Dê uma olhada no seu conto de fadas."

Tedros franziu a sobrancelha.

"Devia ver essa moça durante as aulas", murmurou Dovey.

Tedros ficou pensando no momento em que ele e Sophie entraram juntos na Prova. Na época, ele achava que a Prova era o maior teste que enfrentaria, que Sophie era seu verdadeiro amor, que o Bem venceria sempre.

Talvez eu precise mesmo dar uma olhada no meu conto de fadas, pensou. Porque enquanto o vivia, não tinha conseguido enxergá-lo claramente.

A Prova não chegava nem perto do que ele enfrentava agora.

E Sophie acabou não sendo seu verdadeiro amor.

E o Bem não vence sempre.

Na verdade, talvez nunca mais vencesse.

O pânico fez seu peito estremecer, como se o frio que o entorpecia tivesse desaparecido e os sentimentos tomassem conta dele de novo. Agatha tinha vindo para salvá-lo. Tinha dado a ele uma oportunidade de lutar pela coroa. E, de alguma forma, no caos, ele tinha sido preso. De novo.

Esqueça isso de ser rei, pensou Tedros. *Não consegue nem ser resgatado direito.*

Ele devia estar na escola. Devia estar ao lado dela, planejando a vingança contra Rhian. Devia estar liderando a guerra para reaver o trono.

Bogden choramingou. "Estávamos tão perto. Willam e eu estávamos com a carruagem real. Levamos os cavalos para a Floresta, mas não sabíamos como chegar à escola. Depois lembrei que a Princesa Uma me ensinou a falar Cavalês no meu Grupo Florestal, então eu disse aos cavalos para nos levarem para a escola." Ele chorou mais ainda. "Só que eles nos levaram de volta para Rhian."

"Cavalos são tão desleais", Willam suspirou, dando um tapinha na cabeça de Bogden.

"O que exatamente você disse aos cavalos?", perguntou Nicola, cética, ainda mexendo na fechadura.

Bogden imitou alguns grunhidos e um relincho espirituoso. "Isso significa 'ir para a escola'."

"Isso significa 'cocô no meu pé'", disse Nicola.

Bogden mordeu o lábio.

"Isso explica", murmurou Willam.

Professora Dovey deixou escapar um suspiro doloroso e Tedros viu as pontas dos dedos dela soltarem fumaça, a pele em carne viva. "Seja qual for o escudo que Arthur colocou, já está farto de mim", disse ela, cansada, sentando-se em um banco de mármore ao lado da piscina. Todos tinham um aspecto terrível, mas Dovey estava especialmente fraca, como se nunca tivesse se recuperado totalmente do que quer que a sua bola de cristal lhe tivesse feito. Ela soltou um longo suspiro. "Parece que Tedros tem razão sobre as defesas deste cômodo."

Um segundo depois, o grampo de cabelo de Nicola se quebrou na fechadura.

Aja e Valentina, por sua vez, estavam à beira da piscina, mexendo na água suja com uma das botas de Valentina.

A visão de tudo isso fez com que Tedros saísse de seu estupor. Ali estava ele, julgando seus colegas de equipe, mas não estava fazendo *nada* para ajudar. Agatha tinha escapado; Agatha tinha conseguido ir para a escola; Agatha tinha vindo salvá-lo; Agatha tinha feito tudo, tudo, tudo. E ele tinha feito alguma coisa por *ela*? Ou por qualquer outra pessoa? Era por isso que ele estava naquela sala. Era por isso que ele tinha perdido a coroa. Porque tinha sido tão reclamão, tão egocêntrico, tão egoísta, tão pretensioso que nunca fizera o que um rei deveria fazer: liderar.

Tedros se levantou. "Escutem, não podemos usar magia para sair daqui, mas talvez possamos usar outra coisa."

"Não acabamos de concordar que não existe uma maneira de sair desta sala?", murmurou a reitora.

"Então vamos *criar* uma saída", Tedros disse, determinado. "Alguém tem algum talento?"

Professora Dovey sentou-se mais ereta, subitamente alerta. "Boa ideia, Tedros! Aja e Valentina: vocês dois são Nuncas. O que estão praticando na aula da Professora Sheeks?"

"Consigo escalar árvores de graviola", disse Valentina.

"O seu talento *vilão*, sua besta", Dovey disse, impaciente. "Aquele que você pratica na escola!"

"É *isso* que pratico na escola", repetiu Valentina.

Dovey apertou os lábios e se virou para Aja.

"Visão infravermelha", disse o garoto de cabelos flamejantes. "Consigo ver através de objetos sólidos."

"Consegue ver através desta parede?", Tedros perguntou com entusiasmo.

Aja encarou a parede e seus grandes tijolos de mármore, cada um do tamanho de uma pequena janela. "Eu vejo um lago negro. Sophie, tão chique de peles brancas e uma echarpe, perdida em pensamentos enquanto alimenta os patos. Talvez esteja formulando um plano para nos salvar."

"Estamos em um porão", rosnou Tedros. "Não existem *lagos* no castelo, muito menos um negro. E quando vi Agatha na bola de cristal, ela me disse que seus amigos tinham resgatado Sophie na igreja. Ela está segura na escola agora."

Aja jogou o cabelo para trás. "Estou vendo o que estou vendo."

"E você nunca acertou nada. Nenhuma vez!", Valentina criticou. "Talvez devesse encontrar outro talento. Como puxar o saco de Sophie."

"Alguém mais tem um talento?", Professora Dovey pressionou.

"Clarividência", disse Bogden.

"O meu também", disse Willam, tirando as cartas de tarô.

Tedros lembrou-se da profecia deles sobre presentes. Os dois garotos tinham avisado para ter cuidado com eles e foi o "presente" de Rhian para Tedros que permitiu a Rhian tirar a Excalibur da pedra e roubar sua coroa.

Tedros olhou para os dois com mais interesse. "Perguntem às cartas se vamos sair desta sala."

Bogden deu as cartas. "Disseram que sim."

"E em breve", disse Willam.

Os olhos de Tedros se acenderam. "Perguntem às cartas como fazemos isso! Perguntem como saímos da Gruta do Rei."

Bogden e Willam olharam para as cartas. Depois um para o outro. Depois para Tedros.

"Batatas", disseram os rapazes.

Todos na sala os encararam.

"*Batatas?*", Tedros repetiu.

"É evidente que eles entendem o tarô tão bem quanto falam a língua dos cavalos", disse a Professora Dovey. "E você, Nicola?"

"Leitores não têm talentos", Tedros disse, observando-a a procurar tijolos soltos nas paredes.

Nicola olhou de relance para ele. "Ainda assim a sua namorada é uma leitora e fez muito mais para nos ajudar do que você."

Tedros fez uma careta, depois se animou. "Ela tem razão. Agatha libertou nossos amigos usando a bola de cristal de Dovey, a quilômetros de distância. Ela deu um jeito. Com certeza nós também daremos."

"Bola de cristal? Agatha usou a *minha* bola de cristal?", Dovey deu risada. "Não seja ridículo."

"Ridículo ou não, funcionou, não foi?", rebateu Tedros.

"Não, quero dizer que ela não pode ter usado a minha bola", disse a reitora. "Ninguém pode usar a minha bola de cristal além de mim. Eu não nomeei um Segundo quando mandei fazê-la. A bola nunca responderia a ela."

"Bem, eu a vi dentro dela", Tedros ressaltou.

"Eu também", disse Valentina.

"Pode ter sido qualquer bola de cristal", Dovey argumentou.

"Espero que sim, porque aquela estava quebrada", Aja bufou. "Ficava falhando e só durou alguns minutos."

Dovey ficou boquiaberta. "Mas... mas... Agatha não sabe como usar a minha bola! É impossível. Porque se ela sabe, está correndo *grave* perigo! Aquela bola de cristal quase me matou! Não está funcionando. Não do jeito que deveria. Agatha deve tê-la tirado de mim quando vim para Camelot! Tenho que falar com ela, tenho que dizer para nunca mais usá-la!"

"Bem, não pode dizer nada até sairmos daqui!", Tedros exclamou, jogando seus novos medos com relação a Agatha de volta para a Reitora.

"Só há uma saída da Gruta do Rei", disse Nicola.

Todos se voltaram para a aluna do primeiro ano, que estava de frente para um buraco na parede, segurando com dificuldade o peso do grande tijolo que tinha removido.

"Podemos nos espremer por ali?", Tedros perguntou com entusiasmo.

"Não. Tem outra parede por trás", disse Nicola. "A única saída da Gruta do Rei é esperar que alguém abra aquela porta e, então, nós batemos na pessoa com este tijolo e saímos correndo."

"Isso soa tão promissor quanto *batatas*", Tedros riu, olhando para Willam e Bogden.

"Bem, qual é a sua ideia, então?", Bogden atacou.

"Sim, qual é o seu talento, além de tirar a camisa e intimidar os colegas na escola?", Willam disse.

"Intimidar os colegas na escola?", disse Tedros, espantado.

"Não se faça de santo", disse Willam, com as bochechas vermelhas. "Meu irmão me contou tudo."

"Nem sei quem é o seu irmão", disse Tedros.

Nicola deixou o tijolo cair no chão com um baque. "Ninguém quer saber o que aconteceu na escola ou a história de *bullying* do seu irmão. Estamos condenados a morrer neste porão, e emboscar quem quer que abra aquela porta é a nossa única chance. Surpreendê-los antes que eles nos surpreendam."

"Ah, me poupe! Ninguém vai vir", gemeu Aja, voltando a fazer ondas na piscina com Valentina, usando a bota. "Vão nos deixar morrer de fome."

"Bem, exceto Tedros", disse Valentina, mexendo com mais força na piscina. "Ainda vão cortar a cabeça dele."

"Obrigado pelo lembrete. É realmente o momento de estudar as propriedades da água?", Tedros brigou, seu rosto vermelho.

"Estamos mantendo *el ratón* afastado", explicou Valentina.

"*Ratón*? O que é um *ratón*?", Tedros perguntou.

Aja e Valentina apontaram para o bico da bota. "Aquilo."

Tedros inclinou-se para mais perto e viu uma nuvem negra felpuda se contorcendo no meio da piscina. "Um rato? Nuncas têm medo de ratos?"

"Valentina e eu somos de Hamelin", disse Aja.

"Hamelin, a cidade do Flautista de Hamelin", disse Valentina.

"Hamelin, a cidade que tinha tantos ratos que os pais deram seus filhos para o músico que pegava ratos", disse Aja.

"Esperem, esse não é um rato qualquer", Professora Dovey alertou, se levantando. "Esse é o rato de *Anadil*!"

Os olhos de Tedros encontraram os de Dovey. No ato, o príncipe e a reitora se abaixaram e começaram a empurrar a água, tentando levar o rato até à borda. Nicola, Willam e Bogden juntaram-se a eles, os dois garotos entoando coisas como "Aqui, ratinho!" e "Nade, cachorrinho!". O rato se debatia, engasgava e cuspia, mas os esforços de todos se anulavam e mantinham o rato preso no centro da piscina. Até que Tedros se cansou daquilo e, saltou na água de roupa e tudo e agarrou o rato.

Ele atirou o roedor agradecido no chão de azulejos. Jogado de lado, o rato sugou o ar com guinchos, regurgitando água várias vezes até que respirou fundo pela última vez e vomitou uma bolinha roxa.

Dovey recuperou a bola enquanto Tedros saía da água e respingava por cima de seu ombro, o rato ainda ofegante aos seus pés.

A Reitora viu Nicola e os outros se aproximarem e levantou a mão.

"Nos dê um minuto."

Ela puxou o príncipe para trás da estátua de Arthur.

"Quanto menos souberem, melhor. Caso contrário, Rhian pode torturá-los para conseguir informações", sussurrou ela. "Olha."

Ela segurou a bola roxa, revelando um pedaço amassado de veludo roxo bordado com estrelas prateadas.

"*Merlin*", disse Tedros, desdobrando o veludo. "É da capa dele."

Ele estacou. Porque havia outra coisa.

Algo enfiado dentro do tecido.

Uma mecha de cabelo branco comprido.

O cabelo de Merlin.

Tedros empalideceu. "Ele está vivo?", perguntou, nervoso, para o rato.

Mas o animal já tinha dado a volta na estátua de Arthur e mergulhado de novo na piscina fétida. Entre as pernas de pedra do seu pai, Tedros observou o rato zunir até o fundo da água e desaparecer através de uma fenda na parede.

"Então sabemos que o rato encontrou Merlin. Só não sabemos onde ou em que condições", disse o príncipe.

Ele ouviu um barulho alto do outro lado da sala, como se fosse uma pedra caindo, e o som de passos. Os alunos do primeiro ano estavam aprontando. Virou-se para verificar.

"Talvez nós saibamos", disse a Reitora.

Tedros viu Dovey segurar a mecha de cabelo contra a luz de uma tocha.

"O que foi?", disse o príncipe.

"Olhe mais de perto", disse a Reitora.

Tedros se colocou atrás dela, concentrando-se na mecha de cabelos brancos.

Só que não era toda branca, Tedros percebeu.

Quanto mais ele olhava, de todos os ângulos, mais o cabelo de Merlin parecia mudar de cor ao longo de cada fio: de branco alvo e fino em uma extremidade para um castanho robusto e resistente na outra.

Tedros franziu as sobrancelhas. "Merlin tem uns mil anos de idade. Seu cabelo é todo branco. Esse cabelo parece com o dele em cima; só que mais embaixo, parece que pertence a alguém..."

"... mais jovem", completou Dovey.

O príncipe encontrou os olhos dela. "Como pode o cabelo ser velho e jovem ao mesmo tempo?", perguntou. Tirou a mecha das mãos da Reitora e a alisou. Um reflexo brilhante caiu dele sobre a mão da Professora Dovey. De repente, as manchas e veias da mão dela pareceram clarear e as rugas se suavizaram.

"Como?", Tedros disse maravilhado.

Professora Dovey ainda olhava para a mecha de cabelo. "Acho que sei onde ele está, Tedros. Acho que sei onde Rhian prendeu Merlin."

Um saco de aniagem cobriu a cabeça de Dovey.

"Hora de cortar a cabeça!", disse um pirata de dente protuberante, puxando a reitora para trás. "A execução foi antecipada!"

Tedros viu Nicola, os outros alunos do primeiro ano e Willam e Bogden já amordaçados por piratas em armaduras, suas cabeças cobertas com sacos.

"M-m-mas sou eu que vocês querem! Não eles!", Tedros gaguejou. "Sou eu quem deve morrer!"

"Os planos mudaram", disse uma voz suave.

Tedros se virou.

Japeth estava em pé na porta. Usava o seu terno brilhante de Cobra e segurava na mão um último saco de aniagem.

"Agora são todos vocês", disse ele.

Os *scims* se atiraram sobre Tedros e o agarram, colocando o saco sobre a sua cabeça.

Quando as enguias o empurraram adiante, Tedros sentiu o cheiro do que havia antes no saco, o saco que agora arrastava ele e seus amigos para fora do Covil do Rei, em direção do machado do carrasco.

Batatas.

Cheirava a batatas.

13

AGATHA

Às vezes a história é que nos guia

"Quantos homens?", Agatha gritou, correndo através do passadiço rosa.

"Perdi a conta nos vinte!", Dot respondeu atrás dela.

"Eles atravessaram o escudo, vi uma espécie de luz roxa atacar", Agatha disse, a bolsa com a bola de cristal de Dovey no seu ombro. "Mas como? Os capangas do Rhian não conseguem fazer magia!"

"Talvez eles tenham aprendido um feitiço!"

"Só os alunos que frequentaram a escola podem fazer feitiços! E aqueles piratas não estudaram na escola!"

"Não consigo correr e falar ao mesmo tempo!", Dot ofegou.

Agatha olhou para Dot e para os vinte alunos do primeiro ano que vinham atrás dela no túnel de vidro do Bem em direção à Torre da Honra. Contra o céu escuro, os novos estudantes corriam como ovelhas assustadas, sussurrando ansiosamente, os olhos arregalados, seus pés trotando no túnel sobre o Grande Gramado lá embaixo.

De canto de olho, Agatha via o movimento nos outros passadiços de vidro colorido que ligavam as torres da Escola do Bem: Hester e Professora Anêmona lideravam um grupo de alunos do primeiro ano ao longo do passadiço azul até a Torre da Coragem; Hort e Anadil guiavam seus colegas do primeiro ano ao longo do túnel amarelo até a Pureza; e o grupo de Yuba e Beatrix utilizavam a passagem cor de pêssego para a Caridade. Enquanto isso, no telhado sobre os passadiços que se cruzavam, Agatha vislumbrou Cástor trazendo mais alunos do primeiro ano com ele.

Agatha sabia que os homens de Rhian estavam à sua procura. Para os despistar, ela e os professores tinham dividido os alunos em Grupos Florestais, e cada grupo tomou um caminho diferente para o mesmo lugar. O único lugar da escola em que todos estariam seguros. Quer dizer, se conseguissem chegar lá vivos.

"Quem são esses homens?", ela ouviu Priyanka perguntar.

"Guardas de Camelot", disse um Nunca peludo de três olhos chamado Bossam.

"Não *parecem* guardas de Camelot", disse Priyanka.

Agatha seguiu seus olhares através do vidro cor-de-rosa até os piratas sujos de olhos frios, e vestidos em cotas de malha, que se aproximavam, pisando nos corpos dos lobos abatidos e seguindo em direção ao castelo atrás de seu capitão, com espadas, arcos e cassetetes. Se os piratas olhassem diretamente para cima, veriam Agatha e os demais no túnel. Eles precisavam sair agora daquele passadiço.

"Esperem!", Dot gritou de forma estridente e parou.

"Não temos *tempo* para esperar!", disse Agatha.

"Não, olha", disse Dot, as mãos contra o vidro. "É o *Kei*."

Agatha olhou de relance para o antigo guarda de Tedros liderando os piratas com a espada em punho ao subir a colina em direção às portas do castelo do Bem, um segundo homem ao seu lado. Nem Kei nem seu tenente pareciam estar com pressa, nem nenhum dos bandidos que vinham atrás deles, como se não precisassem perseguir Agatha. Como se esperassem que ela viesse até eles. Seus movimentos a perturbaram. Agatha espiou mais de perto.

"Kei me levou no A Bela e a Festa uma vez...", disse Dot baixinho. "Ele foi o meu primeiro beijo."

"Aquele cara te beijou?", disse Bossam. Priyanka o chutou.

"Só para que ele pudesse pôr algo na minha bebida e roubar minhas chaves", Dot fungou. "Foi assim que a Cobra saiu da prisão do papai. É melhor ele esperar que não nos enfrentemos pessoalmente ou eu..." Ela viu Agatha olhando para baixo. "Eu sei. Muuuito bonito, não é?"

Mas Agatha não estava olhando para Kei.

Ela estava olhando para o tenente. Um homem baixinho, de barriga grande, com uma túnica marrom, barba ruiva e rosto avermelhado. Parecia menos um pirata e mais o irmão ranzinza do Papai Noel. Uma esfera de vidro lustroso flutuava sobre a sua palma aberta, e ele e Kei estudavam-na como uma bússola enquanto caminhavam. Uma luz roxa preenchia a esfera de vidro, a mesma luz roxa que ela vira atacar o escudo de Manley.

"Aquilo é uma bola de cristal", disse Dot. "Menor do que a de Dovey. Significa que é mais nova." Ela olhou de relance para a bolsa no braço de Agatha. "As velhas são como blocos de cimento."

Agatha tinha os hematomas para provar.

"Pensei que só fadas madrinhas pudessem usar bolas de cristal", disse Priyanka.

"Fados padrinhos também", corrigiu Bossam, piscando seu terceiro olho. "Deve ser um dos fortes, se conseguiu atravessar o escudo do Professor Manley."

"Mas o que o capitão da guarda de Camelot está fazendo com uma bola de cristal?", perguntou Priyanka.

"Não consigo ver daqui", disse Agatha, agachada.

"Veremos se eu a espelhar", disse Dot, rapidamente. "Vi a Hester fazer isso nas masmorras."

A ponta do seu dedo brilhou e ela o pressionou contra o vidro, antes de fechar os olhos para invocar a emoção certa. "*Reflecta asimova!*"

Do dedo dela saiu um sopro de nevoeiro roxo que formou uma projeção bidimensional, flutuando na brisa acima do grupo.

"Este é um *close* do que eles estão vendo dentro da bola", disse Dot.

Agatha observou enquanto a névoa roxa rodopiava na projeção, formando várias cenas difusas – um castelo, uma ponte, uma floresta – antes de finalmente se fixar em uma: um túnel cheio de gente.

A imagem ficou mais nítida e revelou um grupo de garotos e garotas em uniformes novinhos, insígnias de cisne no peito, conduzidos por uma garota alta e pálida com olhos grandes como de um inseto e cabelo cortado como um capacete.

Uma garota que olhava uma projeção daquela mesma cena.

O coração de Agatha parou.

"Eles estão vendo a gente", ela ofegou.

Os homens de Rhian não estavam à procura dela porque não precisavam. A bola de cristal lhes dizia exatamente onde ela estava.

Lentamente, Agatha e o grupo olharam para baixo através do vidro.

Lá embaixo, no chão, Kei e seu companheiro olharam para cima.

Os piratas lançaram flechas que zuniram na direção de Agatha e dos alunos. Estavam vindo depressa demais. Não havia tempo para correr. Ela abriu os braços e protegeu inutilmente seu grupo enquanto as flechas atingiam o túnel.

As flechas bateram no vidro, tinindo em tons diferentes como o dedilhar de uma harpa. Depois, pararam no ar, brilhando o mesmo rosa que o vidro do passadiço. As defesas do castelo tinham sido ativadas. Como mágica, as flechas mudaram de direção e voaram para baixo, empalando vários dos piratas, enquanto Kei e os outros se abaixavam para se proteger.

Duas flechas ainda pairavam sobre o campo, como se estivessem calculando seu alvo.

Agachado no chão, o fado padrinho colocou a palma da mão sobre seu cristal, acendendo uma fogueira roxa dentro dele. A esfera estremeceu por cima da sua mão, a tempestade no interior ardendo mais e mais quente. Então a bola se atirou como uma bala de canhão na direção do passadiço de Agatha, pronta para obliterá-la como uma bomba.

As duas últimas flechas esperaram um segundo, como se quisessem ter certeza de que não errariam.

Depois voaram violentamente, uma rasgando o coração do fado padrinho, a outra atravessando a bola de cristal acesa e quebrando-a em mil pedaços.

Os olhos do homem se arregalaram de choque. Tombou para a frente e seu cadáver caiu com força sobre os destroços brilhantes de vidro.

Os alunos do primeiro ano piscaram através do passadiço.

"Aposto que ele não viu isso na bola, não é?", Dot desabafou.

"Vamos!", Agatha arfou, empurrando o grupo para a frente.

Kei se levantou com a mandíbula cerrada. Pegou um arco sujo de sangue que estava debaixo do corpo de um pirata morto e um fragmento de vidro da bola de cristal quebrada, ainda aceso com o brilho roxo.

Mirou diretamente em Agatha.

Kei soltou o estilhaço de vidro, que atravessou o passadiço como uma bala, passou de raspão na orelha de Agatha e furou a outra parede de vidro.

Por um momento, tudo ficou em silêncio.

Depois, um som lento de uma rachadura preencheu o túnel.

As paredes do passadiço estavam se estilhaçando como uma lagoa congelada atingida pelo sol.

"Corram!", gritou ela.

O passadiço implodiu à volta deles enquanto corriam para se salvar, passando por cima do vidro partido e mergulhando para a saída da Torre da Honra. Agatha e Dot seguiram os alunos, mas estavam um passo atrás. O chão explodiu sob seus pés e elas caíram da torre, com Priyanka e Bossam. Agatha sentiu o vento fresco da noite enquanto caía, passando os outros passadiços. A bolsa de Dovey a puxava como uma âncora. Suas mãos buscaram Dot e os outros, como se ela pudesse de alguma forma salvá-los.

E, então, uma pata grande e peluda bateu em Agatha com força, girando-a de costas.

Por um momento, Agatha achou que estava tendo alucinações, pois foi empurrada através de uma mandíbula larga e aberta, e aterrissou em uma língua molhada ao lado de Dot, que parecia igualmente atordoada. Agatha olhou entre os dentes afiados e espiou o focinho comprido e os olhos sanguinários de Cástor, que se equilibrava no topo do passadiço azul, com Priyanka e Bossam espremidos em sua pata. Uma gota de baba molhou a bochecha de Agatha.

Lá embaixo, os piratas apontavam seus arcos, enquanto Kei corria para a Escola do Bem. Agatha acompanhou seus movimentos através do vidro do castelo. Kei subiu a escadaria em espiral, suas botas saltando os degraus.

"Cástor, ele está vindo!", Agatha gritou.

Em um instante, o cão já estava em movimento, saltando entre os passadiços em direção ao telhado, apertando Agatha e Dot na sua boca quente e rançosa.

Uma flecha atingiu Cástor na nádega e ele rugiu de dor, quase cuspindo fora Agatha e Dot, mas as duas garotas seguraram nas pontas dos seus dentes enquanto ele pulava do último passadiço e prendia sua garra ao telhado. Agatha viu as pernas de Cástor balançarem sobre a borda e ela empurrou os braços para fora, puxando-o para cima, mas uma flecha quase a decapitou e fez com que voltasse a mergulhar debaixo da língua dele. Com um último impulso, Cástor atirou-se para a frente, deslizando para o telhado e, um momento depois, estava novamente de pé, ziguezagueando através das esculturas de sebe da Coleção de Empalhados de Merlin, enquanto Priyanka e Bossam arrancavam a flecha do seu traseiro.

Agatha sentia o coração de Cástor batendo na garganta. Ela e Dot acenderam os dedos e apagaram o sangue que pingava dele, para não deixar rastros. Kei demoraria mais um minuto para chegar ao telhado, mas o ritmo de Cástor estava diminuindo e ele mancava ao passar pelas cenas de sebes: Rei Arthur sendo coroado; Arthur e Guinevere se casando; o nascimento do filho. Até que ele virou uma esquina para a última: a Dama do Lago levantando-se de um lago para dar a Excalibur ao rei. Agatha conhecia bem a escultura: não só pela sua própria história com a Dama e a espada, mas porque o lago era um portal secreto para a Ponte do Meio do Caminho. Um portal que ela usara várias vezes no seu tempo na escola. Agora, enquanto Cástor se aproximava da ponte, Agatha vislumbrava Yuba e Beatrix na margem da lagoa, pastoreando freneticamente alguns dos últimos alunos através do portal na água. Os alunos desapareceram sob a superfície em um sopro de luz branca, e o gnomo e a aluna do quarto ano também saltaram.

Agatha ouviu a porta do telhado se abrir atrás da sebe... o som apressado das botas de Kei.

Mas Cástor já estava no ar, saltando para a água, o portal brilhando com mágica.

O capitão de Rhian virou a esquina alguns segundos mais tarde.

Com sua espada, Kei examinou a gravata azul de um garoto presa em uma sebe; o sapato rosa de uma garota debaixo de um arbusto; uma mancha de sangue no chão de pedra. Seus olhos estreitos varreram o horizonte, as sebes iluminadas pela lua, a lagoa ondulando. Mas não havia sinal de vida, a não ser a sombra de uma nuvem se movendo através da Ponte do Meio Caminho.

Se ele tivesse olhado mais de perto para aquela sombra, teria encontrado o que procurava.

Um cão se arrastando em direção à Escola do Mal, o último traço de sua cauda deslizando para dentro do castelo como uma cobra.

"Pode colocar a gente no chão agora", disse Agatha.

"Só quando chegarmos lá", Cástor balbuciou para as garotas em sua boca.

Apertou os dentes com mais força sobre ela e Dot, e agarrou os alunos do primeiro ano com firmeza enquanto mancava pela Escola do Mal, ainda pingando sangue.

"É tão teimoso quanto o irmão", Agatha suspirou.

"Meu irmão é um idiota", disse Cástor, soltando as garotas e dirigindo um olhar fixo a elas. "Primeiro, Dovey o manda embora. Depois ele vai para Camelot e Tedros o manda embora. Escrevi para ele e disse para vir aqui para o Mal. Que podíamos juntar as cabeças e trabalhar juntos. Nunca mais ouvi falar dele. Provavelmente está trabalhando para Rhian agora. Meu irmão puxa o saco de quem quer que o queira. Não percebe que sou o único com quem ele pode sempre contar."

Havia uma tristeza na voz de Cástor que surpreendeu Agatha. Ele e Pólux podem ter tentado matar um ao outro algumas vezes, mas Cástor amava o irmão de verdade. Quem diria que ela e um cão poderiam ter tanto em comum, Agatha pensou, irônica. Sua relação com Sophie não era assim tão diferente.

"Coitadinho", disse Dot, transformando uma barata que passava por ali em chocolate.

Por um momento, Agatha pensou que Dot estava falando de Cástor... então a viu observando Bossam, que tinha desmaiado na pata do cão, como se o estresse da perseguição tivesse sido demais para ele.

Entretanto, Priyanka olhava de olhos arregalados para o seu novo ambiente.

"Se eu soubesse que o Mal seria assim, não teria sido tão boa", Priyanka disse, encantada.

"Devia ver o meu quarto", disse Bossam, acordando.

"Não, obrigado", disse Priyanka de forma rude.

Cástor resmungou.

Na verdade, aquela era a primeira vez que Agatha via a Escola do Mal da Reitora Sophie: o piso de ônix preto, lustres com cristais em forma de S, paredes de videiras violeta, ramos de rosas pretas e lanternas flutuantes que inundavam o *foyer* com luz roxa. As colunas de mármore preto transmitiam reprises mágicas do conto de fadas de Sophie – ela vencendo o Circo de

Talentos, lutando na Prova dos Contos como um garoto, destruindo o anel do Diretor da Escola – enquanto os azulejos do chão brilhavam de roxo à medida que Cástor pisava neles, com Sophie aparecendo em cada um com diferentes aparatos da moda, posando, rindo, soprando bolhas como se todo o castelo fosse uma propaganda de si mesma. As paredes do hall tinham sido repintadas com murais que mostravam uma Sophie arrebatadora, os cabelos ao vento, cada um com um lema diferente como legenda.

O FUTURO É DO MAL

FIQUE BEM: SEJA DO MAL

SEMPRES QUEREM SER HERÓIS; NUNCAS QUEREM SER LENDAS

DENTRO DE CADA BRUXA EXISTE UMA RAINHA

"Não sei se era isso que Lady Lesso tinha em mente quando deu o cargo de reitora para Sophie", disse Dot.

"Onde está todo mundo?", perguntou Bossam, vigiando os corredores vazios.

"No ponto de encontro", disse Agatha.

"Ou mortos", Cástor murmurou.

Priyanka e Bossam ficaram pálidos.

Agatha sabia que Cástor estava sentindo dor, que ele estava apenas sendo azedo, mas essas palavras ficaram no ar enquanto ele mancava em direção às escadas em espiral que levavam às torres-dormitório do Mal. Durante algum tempo, os únicos sons que se ouviam em todo o castelo eram os passos do cão, os sussurros de Bossam e Priyanka, e Dot mastigando carcaças de chocolate de qualquer inseto ou roedor que tivesse cruzado seu caminho.

Agatha pensou nos que ficaram para trás em Camelot: Tedros, Nicola, Professora Dovey, Sophie... O que aconteceria com eles? Será que ainda estavam vivos? Ela sufocou o pânico. *Não pense nisso.* Não quando toda uma turma de alunos estava contando com ela para os manter em segurança. Tinha que confiar que Sophie protegeria seus amigos em Camelot da forma como ela estava protegendo os alunos de Sophie na escola.

Cástor subiu a escada da Malícia, avançando com mais e mais dificuldade.

"Olha, o meu antigo quarto!", disse Dot ao passarem pelo Quarto 66 da Malícia.

"Todos queriam aquele quarto desde que o seu coven morou lá", Bossam ressaltou. "É famoso."

"Sério?", disse Dot, inquieta. "Queria que o papai soubesse disso."

"Assim que sairmos, mantenham a cabeça baixa e fiquem em silêncio", ordenou Cástor, aproximando-se do fim do corredor. "Se os piratas virem qualquer um de nós, estamos mortos."

Dot franziu as sobrancelhas. "Mas eles não vão nos ver quando saltarmos para o..."

"O silêncio começa agora", rosnou Cástor.

Ele abriu uma porta e todos escorregaram para uma passarela alta sobre o fosso de lodo do Mal. O corpo de Cástor permaneceu grudado no chão enquanto ele se arrastava para a frente, os trilhos de pedra o escondendo dos piratas lá embaixo. Agatha viu as luzes vermelhas e douradas de uma placa, CAMINHO DA SOPHIE, piscando sobre a passarela que ligava a Escola do Mal até a torre do Diretor da Escola. Enquanto seguiam em frente, essa placa brilhava uma luz vermelha sobre o rosto de cada um deles antes de piscar verde e passar para o próximo, examinando-os magicamente. À frente, o pináculo prateado pairava na sombra enquanto Cástor se aproximava.

Os gritos dos piratas ecoaram abaixo.

"*Ninguém nas torres do Bem!*"

"*Vou destruir a escola do Mal, então!*"

"*Aposto que se esconderam como toupeiras na Floresta Azul!*"

Cástor deslizou sobre o chão da passarela com a barriga no chão, se aproximando da janela do Diretor da Escola, três metros acima deles. Daquele ângulo, Agatha não conseguia ver ninguém dentro da torre.

Cástor fez uma pausa debaixo da janela, sem fôlego.

"É um grande salto, Cástor. E você está machucado", Agatha sussurrou. "Vai conseguir? Sem que eles nos vejam?"

Cástor rangeu os dentes. "Vamos descobrir."

Prendendo a respiração, ele saltou para fora da passarela. A perna ferida bambeou, o que fez com que o pulo fosse curto. Sua cabeça raspou a parede e sua barriga esfolou com força no peitoril da janela. Segurou o quanto pôde um grito de dor que quase lhe arrancou a língua e, antes de Cástor se levantar e arrastar suas pernas sobre a borda da torre, caiu de cara em um tapete branco de pelúcia.

"*Escutou isso?*", gritou um pirata lá embaixo.

"*O quê?*"

"*O cão, seu idiota! Ouvi ele lá!*"

O punho do Cástor se abriu, soltando Priyanka e Bossam. Sua boca também, liberando Agatha e Dot em um jorro de baba. Depois, deu um último gemido – "Digam ao meu irmão que ele pode ficar com o corpo" – e desmaiou.

"Ainda está respirando", Agatha ouviu Yuba dizer.

Deitada de costas, ela tirou a baba dos olhos e viu toda a turma do primeiro ano enfiada dentro da torre do Diretor da Escola, agora o luxuoso cômodo da Reitora Sophie, onde estavam agachados em segurança abaixo da janela, para não serem vistos pelos piratas lá fora. Para onde quer que olhasse, havia estudantes: encravados no armário da Sophie entre as prateleiras de sapatos; espiando do banheiro espelhado; piscando como corujas embaixo da cama. No canto, o Storian pintava no seu livro aberto e sua ponta prateada olhava de volta para Agatha antes de rabiscar de novo, como se tentasse acompanhar a história.

Enquanto isso, os professores se amontoavam em torno de Cástor.

"Ferida de flecha no músculo", disse Yuba aos outros.

"Ele está bem?", Agatha perguntou com urgência, atirando a bolsa de Dovey para o lado.

"Perdeu muito sangue ao trazer vocês aqui", disse a Princesa Uma, amarrando seu xale em volta da perna de Cástor para estancar a ferida. "Mas ele vai se recuperar. Deixem-no descansar, por agora."

"*Descansar?*", Agatha bufou. "Os piratas estão tentando nos *matar*. Chamem os *stymphs*! Vamos voar para um lugar seguro."

"E onde fica esse lugar?", disse uma voz conhecida.

Agatha virou-se para Hester, iluminada de baixo do aquário brilhante no teto, ao lado de Hort, Anadil, Beatrix, Reena e Kiko, todos ainda cobertos de escombros das masmorras de Camelot.

"Todos os reinos estão do lado de Rhian", argumentou Hester. "Onde podemos esconder uma escola inteira?"

"Além disso, o Mapa das Missões da Cobra está nos rastreando", acrescentou Anadil, com o braço enfaixado.

"Nem temos *stymphs* suficientes para tirar todos daqui", disse Hort.

"E mesmo que tivéssemos, os piratas têm flechas para nos abater", disse Kiko.

"Estamos encurralados", disse Beatrix.

Agatha balançou a cabeça. "Mas... mas..."

"A maioria dos lobos está morta, Agatha", disse o Professor Manley. "O resto provavelmente escapou pelo buraco no meu escudo. Esse feiticeiro deve ter ajudado os piratas a rompê-lo. Bolas de cristal podem encontrar o ponto fraco de qualquer magia."

"Mais uma razão para sairmos daqui antes que venha outro feiticeiro", insistiu Agatha.

"Enviei as fadas à procura de ajuda na Floresta. Alguém que possa nos salvar", Princesa Uma avisou. "Enquanto isso, o castelo vai nos defender dos intrusos. Nossa melhor saída é nos escondermos aqui até eles partirem."

"E se eles não partirem?", Agatha revidou. "Não podemos simplesmente esperar enquanto monstros invadem a nossa escola!"

"O único caminho para a torre é a passarela de Sophie, que foi enfeitiçada para atacar invasores. Mesmo que os homens de Rhian tentem entrar aqui, estamos seguros", disse a Professora Anêmona, tirando almofadas da cama dourada de Sophie e colocando-as debaixo da cabeça de Cástor. "Por enquanto, a coisa mais inteligente a se fazer é não fazer nada."

"Se conheço Sophie, ela está em Camelot, fazendo tudo o que pode para salvar os nossos amigos. Ela ia querer que eu fizesse o mesmo pelos seus alunos, e não que me sentasse e torcesse para não morrer!", Agatha desafiou. "E se nos mogrificarmos e fugirmos?"

"Os alunos do primeiro ano nem *aprenderam* mogrificação", Professora Sheeks argumentou, "quanto mais como controlá-la em situações de estresse."

"E se alguns de nós distraírem os piratas enquanto o resto de vocês foge?", Agatha continuou, sua voz ficando fraca. "E se usarmos um feitiço... qualquer feitiço... Tem que existir algo que a gente possa fazer!"

"Agatha", disse Yuba com veemência. "Lembre-se da primeira lição de Sobrevivendo a Contos de Fadas. Sobreviver. Sei que quer manter nossos alunos em segurança. Mas Emma e Uma têm razão: não há nada a fazer. Por ora, não." Os olhos de Agatha seguiram os do gnomo até o Storian, no canto, parado sobre o livro de histórias aberto e a sua pintura daquela mesma cena: a torre do Diretor da Escola, as crianças escondidas lá dentro, os piratas lá embaixo. A caneta estava completamente imóvel, um brilho na ponta, como se estivesse observando Agatha como ela a observava. "Você é como todos os melhores heróis, Agatha. Você pensa que guia sua própria história", disse Yuba. "Você pensa que controla o próprio destino. Que a caneta a segue. Mas nem sempre isso é verdade. Às vezes é a história que guia *você*."

Agatha insistiu. "Derrotar o Mal significa lutar pelo Bem. Derrotar o Mal significa agir. Você me disse para não usar a bola de cristal. Disse para não enviar os alunos para Camelot. Mas foi assim que salvamos as pessoas!"

"A que custo?", perguntou Yuba. "Os que ficaram podem estar correndo ainda mais perigo do que antes."

Agatha sentiu um peso no estômago. O gnomo tinha proferido o seu maior medo: que, no esforço para salvar Tedros e seus amigos, tinha garantido a desgraça deles. Ela se voltou para Hester, Hort e para os outros que tinham voltado, esperando que eles a tranquilizassem. Que lhe dissessem que tinha se saído bem. Mas eles não disseram nada, seus rostos solenes, como se aquela fosse uma pergunta sem resposta certa.

Era uma vez o Bem e o Mal.

Agora eles viviam no meio dos dois.

"Eu acho que devemos combater esses bandidos", disse outra voz conhecida.

Agatha se virou para Ravan, Mona e Vex enfiados em um canto, machucados, envoltos em ataduras, com outros alunos do quarto ano que ela não via desde Quatro Pontos.

"Desde a nossa missão, estamos presos na enfermaria, sem nada para fazer a não ser ler livros, procurar pistas sobre a Cobra e ver os alunos do primeiro ano fazendo o nosso trabalho", gemeu Ravan, um livro debaixo do braço. "Esta é a nossa escola e nós temos que defendê-la."

"Se vocês vão lutar, nós também lutaremos", disse Bodhi, agachado com Laithan e o Sempres do primeiro ano.

"Nós também", disse Laralisa com os Nuncas. "Se nos juntarmos, estaremos em vantagem."

"Os lobos também estavam", Hort retrucou. "Não sou covarde, mas conheço os piratas e eles lutam sujo. Tudo neles é sujo. E Rhian está com a minha namorada, Sophie, Dovey e Tedros. Sei que precisamos salvá-los, mas não podemos sair daqui e morrer de forma estúpida. Porque aí eles estarão realmente condenados."

A torre ficou sob um silêncio absoluto.

Agatha podia ver a mistura de medo e coragem nos olhos dos colegas, presos a ela como líder.

Ela instintivamente olhou para Hester.

"Essa decisão é sua, Agatha", disse a bruxa. "Você é a Rainha do Castelo, aqui, em Camelot ou em qualquer outro lugar. Nós confiamos em você."

"Todos nós", reforçou Anadil.

Kiko e Reena assentiram. "Eu também", concordou Beatrix.

Hort cruzou os braços.

Todos olharam para ele.

"Está bem, tudo bem. Farei o que ela diz", Hort disse, "desde que ela não beije a minha nova namorada como beijou Sophie."

"Prioridades", Dot ralhou.

Agatha estava perdida em pensamentos, olhando para a sua equipe de busca, que dependia dela como líder; para os seus colegas feridos, ansiosos por ir para a batalha; para os professores, que olhavam para ela em busca de instruções da mesma forma como ela costumava olhar para eles; para os alunos do primeiro ano, que arriscariam a vida sob o seu comando.

Ela sempre tinha sido uma guerreira.

Era isso que ela era.

Mas o Bem não tem nada a ver com quem você é. Sua melhor amiga tinha ensinado essa lição a ela uma vez. O Bem tem a ver com o que você *faz*.

Ela respirou fundo e olhou para o seu exército.

"Vamos esperar", disse ela.

Todos suspiravam de alívio.

Enquanto eles voltavam a sussurrar entre si, Agatha ouviu um som arranhado em um canto.

O Storian estava desenhando de novo, alterando a pintura da torre.

Estranho, pensou ela. Nada na cena tinha mudado.

Ela rastejou até a mesa do Storian e se levantou junto à parede da janela, para ver o que a caneta estava desenhando.

A pintura estava como antes: Agatha, os professores, seus amigos e os alunos escondidos na torre, enquanto lá embaixo os piratas vasculhavam a costa. Mas o Storian estava acrescentando outra coisa.

Uma explosão dourada no céu.

O início de uma nova mensagem de Lionsmane.

Bem no alto, sobre a Floresta Sem Fim.

Ainda mais estranho, pensou Agatha, espiando pela janela o céu limpo sem nenhuma mensagem da caneta de Rhian à vista. Por que o Storian desenharia algo que não estava lá?

Agatha olhou para a tela em branco da noite, ouvindo a caneta atrás dela, aparentemente preenchendo a mensagem fictícia. Não fazia sentido. O Storian registrava a história. Não inventava coisas. Ela sentiu-se tensa, pela primeira vez duvidando da caneta.

Depois um flash dourado iluminou o céu.

Uma mensagem de Lionsmane.

Tal como o Storian prenunciou.

Às vezes é a história que guia você, o gnomo tinha dito.

Quando a luz assentou sobre a Floresta, Agatha leu no céu o novo conto de Rhian, torcendo para que tivesse sido escrito pelas mãos de Sophie, torcendo para que ela tivesse escondido um novo código nele.

Ela caiu para trás, em estado de choque.

Leu a mensagem de novo.

"Agatha?", disse uma voz. "O que foi?"

Ela se virou para ver todo o seu exército olhando para ela em silêncio.

Agatha mostrou os dentes como um leão.

"Precisamos ir para Camelot", disse ela. "*Agora.*"

14

SOPHIE

Ele mente, ela mente

Sophie estava à beira de um lago negro, embrulhada em um casaco de pele branco, uma echarpe enrolada sobre o cabelo, enquanto salpicava sementes de girassol para uma família de patos.

Na água poeirenta, o céu escuro refletia o que parecia uma cena em uma bola de cristal, a lua crescente tingida de vermelho como uma cabeça cortada. A batida de um martelo a fez estremecer e ela olhou para os trabalhadores construindo um palco na colina da Torre Dourada, diretamente sobre o buraco da explosão que expôs as masmorras. Aran caminhava pelo palco, um punhal em seu cinto, seus olhos negros como carvão fixados em Sophie através do elmo. Duas criadas entraram no palco com baldes de água com sabão e esfregaram as tábuas de madeira, escorrendo para a grama toda a sujeira, que se juntava em uma poça aos pés de Sophie.

Acima delas, uma nova mensagem de Lionsmane brilhava no céu.

Devido ao ataque à Bênção pelos aliados de Tedros, sua execução foi adiantada. A semelhança desse ataque com o da Cobra sugere que ela, Tedros e seus aliados estiveram sempre em conluio para sabotarem os reinos e se se tornarem mais fortes. Quanto mais cedo ele morrer, mais segura será a nossa Floresta. O Conselho do Reinos será testemunha da execução ao amanhecer, e a cabeça do traidor será colocada nos portões de Camelot para que o mundo a veja.

Sophie prendeu a respiração. Era a primeira mensagem que Rhian tinha escrito sem a sua ajuda.

Parte dela queria admirar Rhian. A ousadia das suas mentiras. A ambição da sua maldade.

Mas não conseguia admirá-lo. Pelo menos até que a cabeça *dele* fosse colocada naquele portão.

O vento soprou através dos buracos no casaco de pele que tinha recuperado das sacolas da Madame Von Zarachin, destruídas pelo *scim*, e remendado com mágica da melhor forma que conseguiu. Pouco tempo antes, estava prestes a subir no *stymph* de Hort e fugir daquele lugar. Quando segurou a mão de Hort, tinha saboreado a liberdade. Tinha olhado nos olhos de um garoto que se preocupava com ela, seu eu verdadeiro, verrugas e tudo mais. Tinha vislumbrado a felicidade em uma vida diferente, em uma história diferente.

Mas a sua história já não tinha mais a ver com felicidade. Não se referia mais só a ela. Foi por isso que ficara para trás.

Debaixo das peles, o vestido branco coçava, mais forte desta vez, tirando-a dos seus pensamentos.

A meia-noite tinha chegado e ido embora havia muito tempo.

Dentro de algumas horas, Tedros estaria morto. Assim como a Professora Dovey e mais cinco alunos e amigos.

Como impedir uma execução?

Como impedir a queda de um machado?

Ela não sabia onde os prisioneiros estavam sendo mantidos, e Rhian tinha ordenado que Aran a vigiasse enquanto ele se reunia com o Conselho dos Reinos no interior do castelo. Os governantes da Floresta vieram a Camelot para participarem de um casamento real que duraria uma semana, com seus servos e lacaios, e lotaram até a última pousada e albergue. Agora, menos de um dia depois de terem sido bombardeados para fora de uma igreja, reuniam-se para a decapitação do filho do Rei Arthur. Até ali, a maior parte deles estava do lado de Rhian em vez do de Tedros, acreditando que o novo rei era um santo assassino de Cobras. Mas o aparecimento de Agatha no céu tinha mudado tudo isso. Sophie tinha visto o rosto dos governantes fora da igreja, olhando para Rhian com novas dúvidas, novas perguntas. Ele tinha mentido sobre a captura de sua melhor amiga. Ele tinha mentido para toda a Floresta. *Sobre o que mais ele teria mentido?*, deviam estar se perguntando. Com certeza foi por isso que o Conselho convocara a reunião.

Ela olhou de volta para o castelo, onde tinha visto os líderes entrarem antes do pôr do sol, com cara de mau humor e cochichando uns com os outros. Não havia sinais deles desde então.

O coração de Sophie bateu mais depressa. Tinha que contar a eles a verdade sobre Rhian. Sobre a Cobra. Sobre tudo. Eles nunca teriam acreditado nela antes, esses outros governantes. Não depois de tudo o que Rhian tinha feito para salvar os reinos. Mas talvez acreditassem nela agora. Ela só precisava encontrar uma maneira de falar com eles.

A lagoa ondulou enquanto passos crepitantes atravessavam a grama atrás dela. Havia um garoto pálido de cabelo cor de cobre refletido na água.

"*Cristal*", disse Japeth, sem camisa e com calças pretas, seu rosto e corpo queimados pelo chocolate fervente de Dot. "A primeira letra das frases dos seus contos formaram essa palavra. Foi assim que contou para Agatha sobre a bola de cristal. Muito esperta, devo dizer."

Sophie não disse nada, apenas observou os trabalhadores assentarem um bloco de madeira escura, entalhado com uma divisa para a cabeça de um prisioneiro.

"Quando as Irmãs Mistrais nos disseram que éramos filhos de Arthur, não acreditei nelas", disse Japeth. "Foi preciso uma caneta para me convencer. Uma caneta que mostrou Rhian e eu no futuro. Um futuro com *você*. Seria rainha de um de nós; seu sangue manteria o outro vivo. Com você ao nosso lado, seríamos invencíveis. Esse é o futuro que a caneta prometeu." Seu hálito frio causou um arrepio no pescoço de Sophie. "Claro que está pensando: *Qual* caneta? Lionsmane não consegue ver o futuro. Portanto, deve ser o Storian. Só que nem eu, nem o meu irmão frequentamos a sua preciosa escola. Então, qual caneta seria? Essa é a parte que você tem que descobrir, sua espertalhona. Assim como o meu irmão vai descobrir que não se pode confiar em garotas, nem mesmo na sua nova e brilhante rainha. Ele pensou que se mantivesse alguns dos seus amigos vivos, você andaria na linha. Mas agora ele está percebendo que eu tinha razão desde o início. A única maneira de obter a lealdade de uma rainha é mantê-la na lâmina do medo. *Destruir* tudo o que ela ama. Você acha que a esperteza pode te salvar. O desespero supera a esperteza. A dor supera a esperteza. É por isso que *todos* os seus amigos vão morrer agora. Meu irmão cometeu o erro de pensar que podia negociar com você, mas aprendeu a lição." Os lábios dele tocaram sua orelha. "Negociar com você é como negociar com uma cobra."

Sophie se virou, encarando seus odiosos olhos azuis. "Acha que Agatha vai deixar que mate Tedros? Acha que a escola não virá buscar sua Reitora? Todos virão."

A Cobra sorriu. "Estamos *contando* com isso." Ele estalou a língua bem perto da sua boca.

Sophie lhe deu um murro e o diamante do anel de Rhian cortou-lhe a têmpora, fazendo o sangue escorrer pela bochecha cheia de bolhas.

Japeth revidou, agarrou o seu pulso e, por um segundo, Sophie pensou que o quebraria como a um graveto. Ela se esquivou, aterrorizada.

Mas então sentiu uma dor familiar e viu a palma da sua mão pingando sangue, um *scim* voar de volta para o terno de Japeth...

...e a pele do seu rosto e peito ser perfeitamente restaurada.

Ele recuou, sorrindo, enquanto um cavalo negro corria até eles. Japeth girou e montou o cavalo. Atrás dele, vinte piratas com camisas e calças balaclavas pretas montavam seus próprios cavalos pretos, carregando espadas, lanças e clavas. Japeth vestiu o seu terno preto de cobra e olhou para Aran. "Levem-na para o castelo. Ordens do meu irmão." Japeth baixou o olhar para Sophie. "O Conselho do Reino quer vê-la."

Sophie arregalou os olhos enquanto a Cobra e seus piratas galopavam colina abaixo e passavam pelos portões do castelo, nada mais do que sombras escuras à noite.

"O rei vai chamar quando quiser você", disse Aran, trazendo Sophie e sua palma enfaixada para as portas duplas do Salão Azul.

Uma criada passou apressada e sussurrou no ouvido de Aran. Algo sobre a Sala de Mapas.

"Não se mexa um centímetro ou vou te cortar ao meio", ordenou Aran, seguindo a criada. Ele voltou e arrancou o casaco de Sophie. "E isso não faz parte do seu uniforme."

Sophie sabia que não adiantava argumentar. Assim que ele saiu, foi até a porta do salão na ponta dos pés e abriu-a apenas o suficiente para dar uma espiada lá dentro.

Uma centena de líderes estavam reunidos no maior salão do castelo, sentados a uma constelação de mesas redondas que pareciam luas em órbita ao redor do trono de Rhian, que brilhava em um estrado alto no centro da sala. O rei presidia a sessão em seu terno limpo azul e dourado, com a Excalibur na cintura, e Sophie reparou que cada líder tinha gravado o nome com mágica na placa à sua frente. As letras piscavam e tremiam como imagens em movimento: SULTÃO DE SHAZABAH, RAINHA DE RAJASHAH, REI DE MERRIMAN, GRÃO-VIZIR DE KYRGIOS. O salão de baile tinha sido completamente remodelado a partir do espaço sem graça e decadente de que Sophie se lembrava: as paredes e colunas agora redecoradas com mosaicos azuis, o chão embelezado com um brasão de Leão dourado, e o teto com uma colossal cabeça de Leão de vidro azul que refletia o trono do rei logo abaixo.

"Então está admitindo que a captura de Agatha foi uma mentira?", perguntou o Rei de Foxwood, encarando Rhian.

"Em Ooty, as roupas dos mentirosos são todas arrancadas e eles devem ganhá-las de volta, uma verdade de cada vez", disse uma anã de oito braços, sentada sobre almofadas. Ela estava perto o suficiente da porta para que Sophie reparasse que usava o mesmo anel de prata com entalhes que a Rainha de Jaunt Jolie e o Rei Elfo de Ladelflop.

"Tedros pode ter sido um covarde, mas não mentiu", rosnou o Rei Lobo de Bloodbrook, também exibindo o anel de prata.

"Exceto sobre ser rei", disse Rhian friamente.

"Como podemos ter certeza?", perguntou a Princesa de Altazarra, curvilínea e branca como leite. "Tedros frequentou a Escola do Bem como eu, onde nos ensinam a *não* mentir. É evidente que você frequentou uma escola cujos padrões não eram tão exigentes."

"Se você mentiu sobre a captura de Agatha, então pode estar mentindo sobre outras coisas", disse o Rei de Akgul. "É por isso que queremos falar com Sophie."

"E vocês vão. Não espero que acredite na minha palavra, dado o que aconteceu. Não até eu me explicar. Por isso, mandei meu irmão buscá-la", disse Rhian, seus olhos movendo-se para a porta. Sophie se esquivou para que ele não a visse espiar. O rei voltou-se para o conselho. "Mas agora é a minha vez de falar."

"Queremos falar com Sophie *primeiro*", exigiu a Ministra das Montanhas Murmurantes.

"Ela vai nos dizer a verdade!", concordou Marani de Mahadeva.

"O próprio *Camelot Courier* sugere que Tedros continua sendo o verdadeiro rei, não você", disse a velha e graciosa Rainha de Maidenvale, sentada diretamente abaixo de Rhian. "Não havia razão para acreditar neles antes, mas suas mentiras sobre Agatha me fizeram parar para pensar. Na verdade, estão falando até que você sequestrou Sophie e que ela continua apoiando a reivindicação de Tedros ao trono. Até que Sophie nos assegure e prove que você é o rei, não poderemos confiar em você."

Uma espada atravessou o ar e cravou a mesa em frente a ela.

"*Esta* é a prova", disse Rhian, seu rosto refletido no aço da Excalibur. "Eu puxei a espada. Eu passei no teste do meu pai. Tedros falhou. Ele usurpou o trono que me pertencia por direito. E os usurpadores são decapitados pela lei de Camelot. Por todas as leis de todos os reinos. Assim como os traidores. Não ouvi o seu apoio a Tedros quando ele lhes virou as costas enquanto uma Cobra destruía os reinos. Não ouvi o seu apoio a Tedros quando eu estava salvando os seus filhos de serem *enforcados*."

Todos na sala ficaram em silêncio. Sophie viu que Rhian observava a Rainha de Jaunt Jolie, para quem dirigira a última frase. A rainha tinha perdido a insolência que havia mostrado na igreja, estava com a cabeça baixa, engolindo em seco. Sophie pensou na forma como Rhian tinha agarrado o braço da rainha, sussurrado em seu ouvido. O que quer que ele tivesse dito deixara sua marca.

"Menti sobre a captura de Agatha porque esperava tê-la nas minhas masmorras antes que o povo percebesse", declarou Rhian ao Conselho. "Agora que sabem que Agatha e seus amigos estão livres, sentem uma ameaça ao novo rei de Camelot. E isso dá poder para Agatha. Poder que coloca em perigo não só o meu reino, mas também os reinos de vocês. Portanto, sim, eu menti. Menti para proteger vocês. Mas não posso proteger aqueles que não são leais a mim. E não podem ser leais se continuarem usando esses anéis."

Os líderes olharam para a peça de prata entalhada que traziam nos dedos.

"Cada um de vocês usa um anel que promete a fé do seu reino ao Storian e à escola que o abriga", disse Rhian. "Um anel que os prende à escola e àquela caneta. Um anel que tem sido passado de um líder dos seus reinos a outro desde o começo dos tempos. Um anel que agora os coloca em perigo. E estou avisando: se quiserem minha proteção, esses anéis precisam ser destruídos."

Os líderes murmuravam, uma mistura de risadinhas e resmungos. Sophie podia ver o vermelho das bochechas de Rhian ficar mais forte.

"Rei Rhian, já o advertimos inúmeras vezes", disse o Rei Elfo de Ladelflop, "estes anéis mantêm o Storian vivo."

"Estes anéis são seus inimigos", Rhian atacou, ficando de pé. "Enquanto Agatha estiver livre, ela luta sob a bandeira desses anéis. Ela luta sob a bandeira do Storian e da escola. Ela é uma terrorista ardilosa. Uma líder rebelde que fará de tudo para colocar seu namorado sem escrúpulos de volta ao trono, inclusive incitá-lo a atacar o reino de vocês. Usem esses anéis e vocês estarão contra mim. Uses esses anéis e serão meus inimigos tanto quanto Agatha e seu exército."

Os líderes se encararam de forma cética.

"Tem razão, Rei Rhian. A Excalibur não se moveria da pedra para você, a menos que o trono seja seu", disse a Imperatriz de Putsi, envolta em penas de ganso. "Acredito que você seja o verdadeiro rei e que Tedros seja uma farsa. Ninguém pode negar isso. É por isso que não nos opusemos à sua decisão de castigá-lo e à princesa dele. Mas deduzir que Agatha é uma 'terrorista'... aí já é demais."

"Especialmente considerando que *você* é o mentiroso comprovado", disse o Duque de Hamelin. "O próprio Rei Arthur já usou o mesmo anel que você quer que destruamos. Depois, as Mistrais se tornaram suas conselheiras e foi dito que ele destruiu o anel a pedido delas. Que ele destruiu para sempre o anel de Camelot. É por isso que Tedros nunca o usou e que você nunca tomou posse dele. Arthur morreu de forma ignóbil. Queimar o anel não trouxe nada de bom."

"Porque ele era fraco demais para reconhecer o inimigo", Rhian ponderou.

"Ou porque deu ouvidos a vozes como a sua", o Duque repreendeu. "Por que devemos acreditar em você e não em milhares de anos de tradição? Por que devemos acreditar em você em vez de na escola que educou nossos filhos, ou na princesa que é uma heroína nesta Floresta? Agatha pode ter sido conivente com um usurpador, de forma consciente ou não, mas é treinada nos caminhos do Bem. E a primeira regra do Bem é que ele defende, não ataca."

Rhian levantou uma sobrancelha. "Sério?"

Ele estendeu o dedo aceso para as portas, que se abriram, e um pardal, um falcão e uma águia, todos com a coleira real de mensageiro do reino, entraram voando com um pergaminho nas garras ou no bico. As aves soltaram as mensagens em frente aos líderes patronos.

"Uma invasão no meu castelo", o Rei de Foxwood disse, lendo seu pergaminho.

"Ninhos de fadas incendiados em Gillikin", ofegou a Rainha Fada, lendo o dela.

"Meu filho foi ferido", disse o Gigante Gelado das Planícies de Gelo, desviando o olhar do seu pergaminho. "Ele diz que escapou. Eram homens mascarados de preto. Como a Cobra."

"A Cobra está morta", Rhian rebateu. "Mas aqueles que conspiraram com ele, não. Isso é coisa de Agatha e sua escola. Ela fará de tudo para desencorajar o apoio ao verdadeiro rei, incluindo perturbar o casamento dele e sabotar o reino de vocês enquanto estamos reunidos aqui. Estão dispostos a ver seus reinos destruídos de novo? Depois que *eu* os consertei?"

O descaramento das suas mentiras fez Sophie arfar. Foram ataques de Japeth. Ela vira quando ele partiu com seus homens. Ele tinha atacado a Floresta para ajudar o irmão a ganhar o trono e agora a atacava novamente para mantê-lo lá. E dizer que era a sua melhor amiga quem estava por trás disso era uma loucura.

"Agatha? Atacando Gillikin? Atacando Foxwood? Dois reinos Sempre?", perguntou a Rainha Ooty, como se estivesse lendo os pensamentos de Sophie.

"Agatha foi vista causando problemas no meu reino há poucos dias", retrucou a Rainha Fada de Gillikin. "Se ninhos de fadas foram queimados esta noite, poderia muito bem ser obra dela."

"E vi jovens com máscaras pretas na igreja", acrescentou o Gigante Gelado das Planícies de Gelo. "Aqueles que detonaram as bombas. Podem ter sido alunos da escola."

"A Princesa Agatha protege os reinos; não os machuca", a Princesa de Altazarra desprezou. "Todos conhecemos seu conto de fadas!"

"A versão do *Storian*", o Rei de Foxwood interferiu.

"A única versão! A *verdadeira* versão!", disse o Duque de Hamelin.

"Sophie é a melhor amiga de Agatha", interveio o Sultão de Shazabah. "Precisamos ouvir a futura rainha de Camelot!"

"Sim! Sim!", falaram os outros líderes.

Esta é a minha chance, pensou Sophie, prestes a entrar e expor Rhian, a gritar a verdade e salvar a si mesma e seus amigos.

Mas aí o Rei de Foxwood se levantou. "O meu castelo está sendo atacado! E vocês estão preocupados em ouvir uma Leitora em vez de confiar no Rei que salvou os reinos!" Ele se virou para Rhian. "Você precisa deter imediatamente esses terroristas!"

"Como fez com a Cobra!", implorou a Rainha Fada.

"Os rebeldes estão se deslocando para o leste, o meu falcão disse", falou o Gigante Gelado das Planícies de Gelo, a ave empoleirada no seu ombro. "Eles vão atacar os Reinos dos Quatro Pontos a seguir. Depois... quem sabe?"

O silêncio tomou conta da sala.

Ninguém mais estava defendendo Agatha.

Como um cardume de peixes, pensou Sophie. Mudavam de lado muito rápido.

"Vou enviar minha guarda real", a Rainha de Mahadeva anunciou. "Eles vão encontrar esses rebeldes."

"Meus homens vão se juntar aos seus", declarou a Ministra das Montanhas Murmurantes.

"Não confio em guardas Nuncas no meu reino", disse o Rei de Foxwood.

"Ou no meu", disse a Rainha Fada de Gillikin. "E quando mandarem as ordens aos seus guardas, os rebeldes já terão saqueado mais uma dúzia de reinos. Eles sabem que estamos todos aqui para o casamento. Nossos reinos estão vulneráveis e eles estão avançando rápido demais para que possamos enviar alertas ou montar uma defesa. O Rei Rhian e seus homens precisam ir imediatamente."

Uma agitação em concordância reverberou pelo salão, até que todos os olhares se voltaram para o rei.

"Querem que eu pare os ataques de Agatha?", disse ele, reclinando-se em seu trono. "Querem que arrisque a minha vida e a dos meus cavaleiros? Bem, então, espero que me ofereçam em troca a sua lealdade."

A ponta do seu dedo se acendeu e um pequeno fogo azul apareceu na frente do rosto de cada líder, cintilando no ar.

Os olhos de Rhian demonstravam o ódio contido, refletindo uma centena de chamas. "Queimem os seus anéis", ordenou ele. "Queimem os seus anéis e jurem a sua fé a mim, acima de Agatha e da escola. A mim acima do Storian. E então os ajudarei."

Os líderes congelaram, seus olhos arregalados.

O olhar de Rhian se intensificou. "Todos aqueles que querem a minha proteção... queimem-nos agora."

O coração de Sophie parou.

Os governantes observaram a sala.

Por um momento, nenhum deles se mexeu.

Depois, o Rei de Foxwood tirou seu anel de prata e o colocou na chama azul.

O anel derreteu – *crac! puff! pop!* – e explodiu em um sopro de fumaça branca e prateada.

A Rainha Fada de Gillikin e o Rei das Planícies de Gelo se entreolharam. Nenhum deles tirou o anel.

Mas a Rainha de Jaunt Jolie sim.

Ela o colocou no fogo.

Crac! Puff! Pop!

Depois uma coluna de fumaça branca.

Ninguém mais a seguiu.

As chamas arrefeceram e desapareceram.

"Dois anéis", disse Rhian, brincando com cada palavra.

Ele se virou para os seus guardas. "Envie homens para proteger Foxwood e Jaunt Jolie de novos ataques", ordenou, antes de olhar novamente para o conselho. "O resto de vocês está por conta própria."

Aliviada, Sophie encostou-se à porta, agradecida pela maioria dos governantes ter resistido ao rei, e então percebeu que Rhian a olhava, como se soubesse que ela estivera ali o tempo todo. Ele mexeu o dedo aceso e as portas se abriram antes que pudesse se esconder. Ela se desequilibrou e caiu com um baque no chão de mármore do salão de baile.

Devagar, ela levantou os olhos para o Conselho dos Reinos, que a observava.

"Meu amor", Rhian murmurou.

Sophie se levantou, o vestido branco queimando sua pele mais que nunca.

"O Conselho tem algumas perguntas para te fazer antes da execução de hoje", disse o rei. "Talvez você possa ajudá-los a recuperar o juízo."

Dois guardas se aproximaram sutilmente e ficaram atrás de Sophie. Beeba e Thiago, ambos empunhando espadas. Uma ameaça.

Sophie se voltou para os líderes, fria e serena.

"Ao seu serviço", disse ela.

A Rainha Fada de Gillikin se levantou. "Agatha é nossa inimiga?"

"A escola está por trás desses ataques?", perguntou o Gigante Gelado das Planícies de Gelo, também ficando de pé.

"Tedros deve morrer?", indagou a Rainha Ooty, de pé em suas almofadas.

Sophie percebia o medo no rosto deles. No rosto de todos os líderes. A tensão na sala era tão grande que apertava sua garganta, fechando sua voz lá dentro.

Ela só precisava dizer uma palavra.

Não.

Os piratas a matariam, mas seria tarde demais. A Floresta conheceria o monstro que estava no trono. Tedros e seus amigos seriam salvos. Rhian não sairia impune.

Sophie observou o verde frio dos olhos do rei, o escárnio nos seus lábios. Foi assim que Japeth olhou para ela quando disse que o irmão não jogaria limpo. Não depois de ela ter usado as mensagens de Lionsmane para se comunicar com Agatha. Mesmo assim, Rhian ainda precisava dela. Suas palavras fariam os outros líderes dançarem conforme a sua música. Trazê-la ali era um risco, é claro. Mas Rhian apostava no fato de que Sophie sempre fazia o que era melhor para si mesma. Que ela ficaria com ele para se manter viva. Que a sua própria vida era mais valiosa do que dizer a verdade.

Sophie olhou para ele de novo.

Ele estava errado.

Rhian percebeu o que ela estava prestes a fazer.

Ele ficou de pé, seu rosto empalidecendo como o de Japeth. Sophie abriu a boca para responder ao Conselho... E então viu algo.

Em uma mesa lá atrás, perto da janela. Um homem, vestido com um casaco e com um capuz castanho, o rosto na sombra. Ele estava brincando com o anel de prata na mão, refletindo a luz da lua para chamar a atenção de Sophie.

Ela viu o nome na placa.

O coração de Sophie explodiu como um tiro de canhão.

O homem de capuz moveu a cabeça, dizendo a ela sem equívocos como responder às perguntas dos líderes.

Sophie buscou o branco dos olhos dele, que brilhavam na escuridão debaixo do capuz.

Ela se voltou para os que a interrogavam.

"*Sim*", disse ela. "Agatha é a inimiga. A escola está por trás desses ataques. Tedros tem que morrer."

O grupo irrompeu em um falatório como uma colmeia.

Do trono, Rhian olhava boquiaberto para Sophie.

De repente, Aran o abordou, segurando um grande rolo de pergaminho.

Sophie não esperou para ver do que se tratava. Com Rhian distraído, ela correu pela sala, indo direto para onde tinha vislumbrado o homem de capuz. Mas já não conseguia vê-lo em meio aos líderes aglomerados em volta das mesas, conversando agitados e apontando para seus anéis, suas vozes ficando mais altas. Atrás dela, Rhian e Aran discutiam sobre um mapa – o Mapa das Missões da Cobra – e, de onde ela estava, parecia que todas as miniaturas tinham... desaparecido?

Não estou enxergando direito, pensou Sophie.

Ela viu que Rhian ficou procurando por ela na sala.

Sophie se agachou e, escondida pelas mesas, apressou o passo em direção ao fundo da sala. Viu os líderes saírem rapidamente pelas portas, pedindo às criadas que chamassem seus transportes, enquanto outros permaneciam em meio a debate intensos. Ela avistou o Gigante Gelado das Planícies de Gelo e a Rainha Fada de Gillikin juntos no canto, conjurando um fogo mágico para queimarem seus anéis juntos. *Crac! Puff! Pop!*

"Sophie!", a Rainha de Jaunt Jolie chamou, correndo na direção dela.

Sophie mergulhou para debaixo de uma mesa, rastejando por um labirinto de pernas e cadeiras, botas cheias de joias e bainhas majestosas, ouvindo o som de vozes e fogos crepitantes e dezenas de anéis ardendo e estalando, até que deslizou para debaixo da última mesa e saiu pela outra ponta, precisamente onde vira o homem encapuçado.

Só que ele já não estava lá.

Tudo o que restava era sua plaquinha real, o nome piscando e rodopiando na sua frente.

Sophie desabou na cadeira, o coração encolhendo. Será que tinha imaginado coisas? Teria mentido para os governantes em vão? E perdido a chance de se salvar e de salvar seus amigos? Teria acabado de assegurar a morte de Tedros? Ela apanhou a plaquinha com as mãos trêmulas.

Foi aí que viu.

No verso da placa.

Em minúsculas letras mágicas que se evaporaram assim que as leu.

FAÇA ELE PENSAR QUE ESTÁ DO LADO DELE

Sophie levantou os olhos. Rhian estava caminhando em sua direção, os piratas ao seu lado.

Sorrateiramente, ela virou a placa e leu o nome do homem que tinha deixado a mensagem em letras verde-floresta.

Rei de Merriman

A última palavra se transformou enquanto desaparecia, piscando como uma fada...

Merriman
Merry Men
Homens Alegres

~ 15 ~
AGATHA

O único e verdadeiro Rei

"Tedros vai morrer se não impedirmos a execução", disse Agatha, de pé nas sombras da janela do Diretor da Escola, a mensagem de Lionsmane brilhando no céu atrás dela. "E se ele morrer, a Floresta vai pertencer a Rhian. A Floresta vai pertencer a um louco. *Dois* loucos. Nosso mundo está em jogo. Não podemos deixá-los vencer. Não sem dar a Tedros uma chance de lutar pelo trono."

Ela respirou fundo. "Mas primeiro precisamos sair desta torre sem que os homens de Rhian nos vejam."

Seu exército a encarou de volta, estavam todos apertados como sardinhas nos aposentos da Reitora Sophie.

"Se Rhian planeja executar Tedros ao amanhecer, então os outros prisioneiros também estão em perigo, incluindo Clarissa", disse Professor Manley, olhando para os colegas.

"Agatha tem razão. Precisamos fazer alguma coisa."

Professora Anêmona engoliu em seco. "Quantos homens ainda estão lá embaixo?"

Agatha se levantou com cuidado entre os alunos agachados e espiou pela janela. Alguns dos homens de Rhian andavam pelo pátio em frente às escolas, golpeando os canteiros de lírios com as espadas, enquanto as flores vermelhas e amarelas os apanhavam e estrangulavam. Através do vidro do castelo do Bem, Agatha viu outros rondando o Refúgio de João e Maria, quebrando os salões açucarados, que cuspiam um açúcar pegajoso como defesa, colando-os às paredes como moscas em uma teia. Havia mais piratas rondando a Escola do Mal, acendendo bombas de fumaça nos corredores para matar suas presas, apenas para que as bombas ricocheteassem e os mandassem para fora das varandas. Alarmes soavam de ambos os castelos à medida que mais salvaguardas mágicas eram ativadas, impedindo o avanço dos guardas.

Mas para cada homem derrotado pelas defesas da escola, havia mais dez deslizando pelo buraco do escudo sobre a Porta Norte, com armas e tochas acesas brandidas contra o escuro.

"Agatha?", Professora Anêmona chamou.

Agatha se virou para as suas tropas. "Eles estão em toda parte." Ela lutou contra o pânico. "Temos que pensar. Tem que existir uma forma de entrar na Floresta sem que eles nos vejam."

"O que Clarissa faria?", Princesa Uma perguntou aos professores.

"Ela usaria todos os feitiços do seu livro para acabar com esses capangas", disse Manley. "Vamos lá, Sheeba, Emma, todos vocês! Nós mesmos vamos lutar." Ele fez menção de se levantar, mas raios de fogo azul atravessaram o cômodo e o atingiram em cheio, jogando-o no chão.

Agatha congelou. "O que..."

E viu de onde tinham saído os raios de fogo.

O Storian, pulsando com a estática azul, sobre seu livro de histórias aberto.

"Os professores não podem interferir nos contos de fadas, Bilious", disse a Professora Sheeks, ajudando o colega, ainda tremendo, a se sentar. "Nós podemos proteger a escola. Podemos lutar ao lado dos nossos alunos. Mas não podemos fazer o trabalho por eles. Clarissa cometeu esse erro e olha onde ela está."

Limpando o suor do rosto, Manley ainda parecia abalado. Mas não tão abalado quanto os alunos do primeiro ano, que agora tinham percebido que estavam por conta própria.

Os do quarto ano, entretanto, foram destemidos.

"E se eu e o Vex sairmos sorrateiramente?", Ravan perguntou, com um livro na mão enfaixada, enquanto o seu amigo de orelhas pontudas e perna engessada continuava a farejar as velas perfumadas da Sophie. "Podemos mogrificar e fugir antes que eles percebam."

"Antes de mais anda, você está ferido", explicou Hester. "E se eles te pegarem fugindo, isso significará a morte de todos nós. Do contrário, Ani e eu já teríamos ido há muito tempo."

"Eu também, obviamente", Dot acrescentou.

"E mesmo que Hester e eu pudéssemos ir, Rhian nos veria no mapa", completou Anadil.

"Não se trocarmos de insígnias de cisne", disse Bossam, apontando para o cintilante brasão prateado do seu uniforme preto. "Se vocês usarem estas, o mapa vai pensar que vocês são a gente e não vai rastreá-las."

"As nossas insígnias não saem, seu macaco de três olhos. Cástor nos disse no Acolhimento. Olha." Bodhi disse, tirando a camisa. O brasão do cisne se moveu e tatuou seu peito bronzeado. "Está sempre no nosso corpo. Esse é o objetivo. Certo, Priyanka?" Ele flexionou os músculos e Priyanka corou.

"Eu conseguiria tirá-lo se quisesse", disse Bossam, lançando um olhar magoado para Priyanka.

"Assim como disse que conseguiria encontrar Priyanka durante o desafio do Caixão de Vidro, quando Yuba transformou todas as garotas em princesas idênticas?", Bodhi zombou. "Adivinha quem a encontrou?"

"Pura sorte", Bossam fungou. "E eu não sou um macaco."

"Ninguém vai trocar insígnias e ninguém vai sozinho", Princesa Uma disse, firme. "Temos que nos manter unidos. Da mesma forma que os leões fazem quando são atacados. Ninguém fica para trás. É a nossa única chance de derrotar os piratas e salvar Tedros."

"Há mais de duzentos de nós", apontou Hort, impotente. "Existe algum feitiço para esconder tanta gente? Talvez os professores não possam interferir, mas isso não significa que não possam dar ideias."

"A invisibilidade só pode ser conferida por pele de cobra", disse Yuba, se voltando para Bodhi e Laithan. "Onde está a capa de Sophie? Ela não vai cobrir mais do que alguns de vocês, mas as pessoas certas poderão salvar Tedros e os outros."

Bodhi franziu o cenho para Laithan. O amigo encolheu os ombros. "Perdeu-se no nosso voo de volta", murmurou Laithan.

"E Transmutação?", perguntou Priyanka. "O feitiço que Yuba usou para fazer todas as garotas ficarem iguais durante o desafio do Caixão de Vidro. Podemos nos transmutar em piratas!"

"É um feitiço altamente avançado", respondeu o gnomo. "Mesmo os alunos do quarto ano teriam dificuldade em realizá-lo, quanto mais os do primeiro ano. E, além disso, o feitiço dura apenas um minuto."

"Sabemos feitiços de clima", propôs Devan, gesticulando para seus colegas de turma. "Poderíamos conjurar um tornado e carregar todos para Camelot?"

"E matar metade da Floresta com isso", murmurou o Professor Manley, ainda tendo alguns espasmos.

"E o trem Campo Florido?", perguntou Beatrix.

"Teríamos que chegar ao solo para chamá-lo", respondeu Anadil.

Agatha tentou prestar atenção, mas só conseguia pensar em Tedros sendo arrastado para o palco de madeira, se debatendo contra os guardas, sua cabeça empurrada contra um bloco enquanto o machado descia. O medo a sufocou. Seus amigos e professores podiam debater as ideias que quisessem, mas não conseguiriam sair dali. Havia piratas ocupando cada canto da escola. E mesmo que conseguissem passar por eles, nunca chegariam a Camelot a tempo. Ficava a pelo menos um dia de viagem, e Tedros morreria em algumas *horas*.

"Agatha", chamou Hester.

Talvez eu devesse ir, pensou Agatha. *Sozinha. Antes que alguém possa me impedir.*

Ela poderia se transformar em uma pomba e voar dali sem que os homens de Rhian a vissem. Chegaria facilmente a Camelot. Mesmo que isso não resolvesse a questão de Rhian ver sua localização, ela confiava em si mesma. E conhecia Camelot melhor do que todos ali. Impedir a execução de Tedros sozinha parecia um desafio enorme. Muita coisa poderia dar errado, havia muito em jogo.

"*Agatha!*", Hester gritou.

Hester estava olhando para ela. Assim como todos os outros.

Não, não estava olhando *para* ela.

Estava olhando para *além* dela.

O Storian tinha terminado a pintura da cena e estava parado sobre o livro. Não tinha acrescentado nada de novo à cena desde que desenhara a mensagem de Lionsmane. Mas havia algo de diferente na caneta...

Ela estava brilhando.

Um brilho laranja-dourado, da mesma cor do brilho do dedo de Agatha.

Aproximou-se e viu que não era a caneta inteira que brilhava, mas sim o entalhe ao longo dela: uma inscrição com uma grafia profunda e fluida que ia de uma ponta a outra.

Ela não conhecia a língua, mas a caneta pulsava mais brilhante quando Agatha olhava para ela, como se *quisesse* que ela a decifrasse. Em seguida, como se soubesse que tinha a atenção de Agatha, o Storian apontou para o livro de histórias e um círculo minúsculo de brilho laranja saiu da sua ponta como um anel de fumaça. Agatha se debruçou, observando o círculo brilhante flutuar em volta da pintura como um holofote, passando pelo desenho dos piratas à espreita lá embaixo, depois subiu pela torre do Diretor da Escola e atravessou a janela, passou pelo amontoado de alunos do primeiro ano e se fixou sobre os do quarto ano, em um canto.

Quer dizer, não sobre todos os do quarto ano, percebeu Agatha, olhando mais de perto.

Sobre um aluno do quarto ano.

E não era ela.

A caneta tinha escolhido um garoto negro com cabelo comprido e embaraçado, uma monocelha peluda e cara fechada.

O holofote brilhante estava mais perto do garoto, mirando a sua mão enfaixada... algo *na* mão enfaixada.

Agatha se virou. "Ravan", disse ela, rapidamente. "Me dê esse livro."

Ravan olhou para ela.

"*Agora!*", Agatha completou.

Espantado, Ravan atirou o livro para ela como uma pedra quente. "Não é meu! É um livro da biblioteca! Era o único com imagens em vez de palavras! Mona fez a gente procurar pistas sobre Rhian enquanto nos recuperávamos."

"Não me culpe, seu idiota analfabeto!", repreendeu a amiga de pele verde. "Quem carrega um livro da biblioteca enquanto foge de assassinos?! Por isso você estava tão devagar!"

"Tentei largá-lo pelo caminho, mas o livro me mordeu!", Ravan se defendeu.

Agatha se ajoelhou enquanto iluminava a capa com o dedo brilhante e os professores a rodeavam.

A História do Storian
August A. Sader

Só de ver o nome do seu antigo professor de História o coração de Agatha se acalmou. August Sader nunca a decepcionava. Mesmo depois de sua morte. Se o Storian havia apontado para o livro, então havia algo que ela precisava em suas páginas. Algo que ela precisava para ganhar esse conto de fadas. Ela só tinha que descobrir o que era.

Abriu o livro e percebeu que, como todos os outros do Professor Sader, as páginas não tinham palavras. Cada página estava coberta com um minúsculos pontos estampados em um arco-íris de cores, pequenos como cabeças de alfinete. Como vidente cego que era, Professor Sader não conseguia escrever a história. Mas ele podia *vê-la* e queria que seus leitores fizessem o mesmo.

"Há alguma razão para estarmos lendo a teoria de um maluco enquanto piratas assaltam a nossa escola?", Professor Manley rosnou.

"Se não fosse por August Sader, não teríamos uma escola", Professora Anêmona repreendeu.

"Bilious está certo, Emma", Princesa Uma acrescentou, calmamente. "Por mais que eu adorasse August, a teoria dele sobre o Storian não foi comprovada."

Agatha os ignorou, folheando as páginas, mas o livro era tão grosso quanto seu pulso. Por onde começar quando todas as páginas pareciam iguais?

Pelo canto do olho, ela viu o brilho do Storian ficar mais forte.

Sem pensar, Agatha virou a página, mantendo os olhos na caneta.

O Storian pulsou mais brilhante.

Agatha virou mais páginas.

O Storian pulsava ainda mais brilhante.

Agatha folheou o livro, cada vez mais rápido, o Storian brilhando mais quente, mais quente, como os últimos raios de um pôr do sol, sua luz se propagando por toda a torre. Agatha foi para a página seguinte.

O Storian ficou escuro.

Ela voltou para a página anterior.

"Esta", ela expirou.

Muito abaixo, ela ouviu os piratas dizerem: *"Luz na torre do Diretor da Escola! Alguém está lá dentro!"*

Outra respondeu: *"Como é que chegamos lá em cima?"*

No interior da torre, professores e alunos trocaram olhares petrificados.

Agatha já estava passando os dedos pelos pontos na página.

"*Capítulo 15: O Único e Verdadeiro Rei*", falou a voz do Professor Sader.

Agatha correu a mão pela próxima linha de pontos e uma cena tridimensional fantasmagórica ficou à vista no topo da página: um diorama vivo, as cores leves, como uma das pinturas antigas do Professor Sader. A escola inteira se juntou ao redor de Agatha para assistir à visão do Storian rodopiando sobre o livro.

"Desde o início da Floresta Sem Fim, o Storian tem sido o seu sangue vital", narrou a voz de Sader. *"Enquanto o Storian escrever novos contos, o sol continuará a nascer na Floresta, pois são essas lições do Bem e do Mal que fazem avançar o nosso mundo. Mas tal como a Caneta mantém o Homem vivo, também o Homem mantém a Caneta viva. Cada governante usa um anel que simboliza sua lealdade ao Storian, com a mesma inscrição que a da Caneta. Uma centena de reinos fundadores da Floresta Sem Fim. Uma centena de*

líderes. Uma centena de anéis. Enquanto os governantes continuarem a usar esses anéis, o Storian continuará a escrever."

A cena se aproximou da inscrição que brilhava no aço da caneta.

"Durante muitos anos, a ligação entre o Homem e a Caneta foi de paz", continuou Sader. *"Mas um dia os governantes começaram a questionar o significado da inscrição nos seus anéis. Não é uma língua conhecida de nenhum reino. A inscrição não aparece em nenhum outro lugar. Assim, os melhores estudiosos da Floresta estudaram os símbolos e ofereceram as próprias leituras."*

Sobre o livro, apareceram os fantasmas de três velhos feiticeiros com barbas que encostavam no chão, de mãos dadas na torre do Diretor da Escola.

"Primeiro, houve os Três Videntes que trouxeram o Storian para a proteção da Escola do Bem e do Mal, pois acreditavam que só um Diretor da Escola poderia evitar a corrupção da caneta por ambos os lados. Esses Videntes declararam que a inscrição era um simples édito: A Caneta é o Verdadeiro Rei do Homem. Como tal, o Storian era o único mestre da Floresta, encarregado de preservar o equilíbrio. O homem existia apenas para servir à caneta e deveria viver humildemente sob seu domínio."

A cena acima do livro mudou: mostrava uma guerra horrível, com soldados do Bem e do Mal derramando o sangue uns dos outros.

"Essa teoria se manteve durante centenas de anos até que um Rei da Floresta de Baixo insistiu que seus estudiosos tinham decodificado o entalhe, que dizia precisamente o oposto: O Homem é o Verdadeiro Rei da Caneta. Segundo esses estudiosos, o Storian precisava de um mestre. A Floresta precisava de um mestre. Isso desencadeou uma série de guerras entre os reinos, cada um lutando para reivindicar o Storian para si, mas os vitoriosos sofreram um destino terrível."

Agatha assistiu a cada um dos líderes triunfantes subir até a torre para pegar a caneta, mas eram apunhalados no coração e arremessados fosso abaixo.

"Mas depois veio a linha Sader de videntes, os meus antepassados, que propuseram sua própria leitura da inscrição do Storian."

Mais uma vez, a cena retratou os estranhos símbolos da caneta..., só que agora eles estavam mudando de forma e se transformando em letras legíveis...:

Quando o Homem Se Tornar a Caneta, o Único e Verdadeiro Rei Reinará.

Agatha estudou as palavras. Ela conseguia ouvir piratas do lado de fora e arranhões fortes contra a torre do Diretor da Escola, como ganchos ou flechas contra a pedra. Os alunos afastaram-se da janela, mas Agatha continuou focada no livro.

"Os líderes entraram em conflito sobre o significado da Teoria de Sader. Estaria o Storian encorajando o Homem a lutar contra a Caneta? Ou ordenando o Homem que se curvasse perante a Caneta como Rei? A Teoria de Sader,

então, apenas adicionou lenha à fogueira que dividiu a Floresta: quem controla as nossas histórias? Homem ou Caneta?"

As letras do Storian fantasma reverteram para os estranhos símbolos.

"*Essa batalha se alastrou durante séculos até que um novo Diretor da Escola, o irmão do Mal dos gêmeos que presidiam a Escola do Bem e do Mal, fez uma descoberta surpreendente.*"

A cena deu um zoom sobre a inscrição, revelando gravuras dentro dela.

"*Cada símbolo da inscrição do Storian era um mosaico de quadrados, e dentro de cada quadrado: um cisne. Cem cisnes no total, cinquenta deles brancos, cinquenta deles negros, representando cem reinos Sempre e Nunca na Floresta Sem Fim. Em conjunto, a inscrição incluía todos os reinos conhecidos, o Bem e o Mal, a totalidade do nosso mundo refletido no aço da caneta.*"

Um anel de prata apareceu sobre o livro, com a mesma inscrição gravada na superfície.

"*À luz disso, propus uma nova teoria*", disse Sader. "QUANDO O HOMEM SE TORNAR CANETA *não significava que alguém deveria reinar supremo, mas que o Homem e a Caneta deveriam existir em perfeito equilíbrio. Nenhum pode apagar o outro. Nem manipular o destino. Nem forçar o desfecho de uma história. Tem que partilhar o poder para que a Floresta sobreviva. Finalmente, o debate foi encerrado. Quem controla as nossas histórias: Homem ou Caneta? A resposta é: os dois.*"

Os anéis de prata multiplicaram-se em pleno ar.

"*O anel que cada líder usava, então, era um juramento de lealdade para com a Caneta. Enquanto os governantes usassem esses anéis, o Homem e a Caneta estariam em equilíbrio, assim como o Bem e o Mal. Mas se o Homem abandonasse a caneta e negasse o seu lugar, se todos os governantes queimassem os seus anéis e, em vez disso, jurassem lealdade a um rei...*"

Os anéis queimaram em uma explosão de chamas.

"*... então o equilíbrio desapareceria. O Storian perderia seus poderes e esse rei poderia reivindicá-los. Um rei que se tornaria o novo Storian.*"

Das cinzas, uma forma humana se levantou, segurando uma nova caneta. Uma caneta com brilho dourado.

"*Esse rei, o Único e Verdadeiro Rei, já não estaria preso ao equilíbrio. Ele poderia usar a própria caneta como espada do destino. Cada palavra que escrevesse ganharia vida. Com o seu poder, poderia trazer paz, riqueza e felicidade para a Floresta, sem limites. Ou poderia matar seus inimigos, escravizar reinos e controlar cada alma na Floresta como fantoches.*"

A sombra do rei cresceu mais e mais, e nessa sombra uma nova cena apareceu: três bruxas esqueléticas em cima de caixas de madeira, pregando aos transeuntes na praça.

"*A minha teoria foi descartada por todos, provavelmente porque ninguém queria cogitar um único Homem possuidor de tanto poder. Rejeitar a minha teoria era manter intatos os anéis e o equilíbrio entre Homem e Caneta. No entanto, havia alguns crentes fervorosos: as mais importantes delas, as Irmãs Mistrais de Camelot, que o Rei Arthur levou para o castelo como conselheiras antes da sua morte. Outros adeptos incluíam Evelyn Sader, antiga Reitora da Escola para Meninas; Rebesham Hook, neto do Capitão Gancho; e a Rainha Yuzuru de Foxwood, que acreditava ser o Único e Verdadeiro Rei. Mas no fim a solidariedade da Floresta prevaleceu e os anéis uniram todos na confiança da caneta sagrada...*"

A névoa sobre o livro começou a se dissipar.

"*... até agora.*"

O capítulo ficou escuro.

Assim como o brilho do dedo de Agatha.

Os olhares se encontraram ao redor da sala, Sempres e Nuncas tentando decifrar o que tinham acabado de ouvir. Toda a escola parecia ter prendido a respiração.

"*Tem uma passarela para a torre!*", gritou um pirata lá fora. "*Olha!*"

"*Vão para a passarela!*", Kei comandou.

Rugidos de pirata ecoaram por cima de um pequeno estrondo de trovão.

"Eles nos encontraram", Kiko cspiou, olhando para seus amigos e professores assustados.

Agatha se debruçou sobre o parapeito da janela para dar uma olhada, mas Hort a puxou.

"Foi assim que o meu pai morreu", ele a encarou. "Fazendo algo idiota."

"Não entendo. O Storian sabe que estamos em apuros. É por isso que nos mandou para aquele livro", murmurou Anadil, esfregando o braço enfaixado. "Como é que isso nos ajudou?"

Agatha tinha a mesma dúvida.

"Eu disse que é tudo uma maluquice", Professor Manley falou.

Mas Agatha estava avaliando o Storian, as inscrições ainda brilhando enquanto pairavam sobre a pintura desta mesma cena... "Dot, que feitiço foi aquele que usou no passadiço? O que deu um *zoom* na bola de cristal?"

"Feitiço-espelho? Esse feitiço é *meu*", disse Hester, rastejando na direção de Agatha, já antecipando o que ela pediria a seguir.

"Me mostre a inscrição", disse Agatha.

Hester apontou o dedo brilhante para o Storian e imediatamente uma projeção bidimensional flutuou sobre o chão, ampliando o escrito misterioso.

De joelhos, alunos e professores se aproximaram, contemplando os símbolos ampliados, cem quadradinhos enterrados dentro dele como sementes, e dentro de cada quadrado um cisne preto ou branco.

"Como o livro disse", Agatha ressaltou. "Não pode ser tudo maluquice, então."

Só que ela reparou em algo. Algo diferente da inscrição no livro.

Havia quadrados vazios.

Dois deles, para ser mais precisa.

Duas caixas em branco. Onde deveria estar um cisne, havia um brilho escuro, como se faltassem dentes.

De repente, houve um ruído intenso e os olhos de Agatha deslocaram-se mais para baixo na inscrição.

Um cisne branco tinha pegado fogo, se retorcendo como metal queimando. *Crac, puff, pop!*

E então desapareceu. Assim como os outros dois.

Agora outro cisne estava em chamas. Um negro.

E então mais cinco... não, dez... não, mais que isso, estavam queimando depressa demais para Agatha contar. *Crac, puff, pop!* E desapareciam do aço do Storian.

"O que está acontecendo?", perguntou a Professora Anêmona, nervosa.

Só pode significar uma coisa, pensou Agatha.

"Eles estão queimando seus anéis", disse ela. "Os líderes estão queimando seus anéis."

O coração dela bateu mais forte.

Tudo o que Rhian tinha feito.

Salvar os reinos da Cobra.

Escolher Sophie como rainha.

Contar mentiras com Lionsmane.

Durante todo esse tempo, ele tinha um plano maior.

"Não é Camelot que ele quer", disse ela, ouvindo a própria voz falhar. "Rhian quer o Storian. Para destruí-lo. Para *se transformar* nele. Para governar como o Único e Verdadeiro Rei."

"Bobagem", Professor Manley criticou. "Já falamos que não há provas!"

"Então por que o Storian nos levou a esse livro?", Agatha perguntou enfaticamente. "Era isso que ele queria que víssemos. Os líderes estão queimando os seus anéis. Alguma coisa aconteceu. Algo os está obrigando a jurar lealdade a Rhian acima do Storian. Acima da escola. E é essa lealdade que mantém o Storian *vivo*. Se todos eles queimarem seus anéis, se essa inscrição desaparecer, então Rhian vai controlar a floresta. A teoria do Professor Sader estava *correta*. Por isso o Storian está fazendo mais do que apenas gravar o nosso conto de fadas desta vez. Está avançando, nos avisando dos perigos, nos guiando para as pistas. Não percebe? O Storian precisa da nossa ajuda. O Storian está *pedindo* a nossa ajuda."

Professor Manley ficou calado. O mesmo aconteceu com os outros professores.

"Um Homem possuir a magia da Caneta... nem mesmo Rafal conseguiu isso", disse a Professora Anêmona, angustiada.

"Rhian seria invencível", disse Hort.

"Mais do que isso", acrescentou Agatha. "Você ouviu Sader. O Único e Verdadeiro Rei toma os poderes do Storian. Mas sob o comando do Homem, esses poderes não são controlados. Rhian será capaz de usar Lionsmane para escrever o que ele quiser... e isso vai se tornar realidade. Imagine se tudo o que Lionsmane escrevesse se tornasse real. Se tudo o que Rhian desejasse se tornasse real. Você acha que ele daria um saco de ouro e um pônei a todos da Floresta? Não, ele quer os poderes do Storian por uma razão. Ainda não sei qual é, mas sei que não é nada boa. Talvez não estejamos por perto para ver isso acontecer. Ele pode escrever que fui comida por lobos e os lobos viriam para me devorar. Ele pode escrever que a Escola foi destruída e ela desmoronaria até virar pó. Ele pode destruir reinos. Ele pode trazer mortos de volta à vida. Tudo com um traço da caneta. Rhian terá controle sobre todas as almas da Floresta. Ele terá controle sobre todas as histórias, do passado e do presente. O nosso mundo estará à sua mercê. *Para sempre.*"

Ninguém falou enquanto a projeção de Hester chiava. Até mesmo o ar da noite lá fora tinha ficado silencioso, exceto pela garoa, como se os piratas também estivessem escutando.

"Bem feito! Para todos vocês!", uma voz gritou.

Todos se viraram para Bossam. O peludo de três olhos estava no canto, segurando seu emblema de cisne prateado desprendido do uniforme.

"Sabia que podia fazer isso!", se vangloriou. "Estratégias de Cástor para treinar capangas. Aquelas que usamos no desafio do Ganso Dourado. Passo 1: Comando. Disse aos cisnes que vamos morrer se não nos ajudarem e que, se morrermos, eles morrem também." Ele olhou de cara feia para Bodhi e sorriu para Priyanka. "Saiu fácil."

Cástor esticou a cabeça para cima, agitado. "Um bando de loucos tentando controlar almas, a Floresta inteira prestes a morrer, e você brincando com a sua roupa."

O som da caneta arranhando o papel correu pela torre.

O Storian estava escrevendo de novo, acrescentando algo à mesma ilustração que ela achou que estava pronta.

Desta vez, estava pintando algo no Caminho de Sophie, a passarela entre o Mal e a torre do Diretor da Escola.

A caneta desenhava em linhas retas, preenchendo-as lentamente.

Garoa sobre o passadiço.

E através da garoa...

Uma sombra, Agatha percebeu.

Vindo em direção à torre.

Alto, grande, com um chapéu preto puxado para baixo, escondendo o rosto.

Carregava algo sobre o ombro.

Seu estômago revirou.

"Pirata", disse ela.

Logo os alunos se levantaram do chão, recuando para longe da janela.

Agatha virou-se e viu a sombra de verdade, esgueirando-se na passarela em direção à torre do Diretor da Escola.

Com a chuva mais forte e cobrindo seu rosto sob o chapéu preto, ela ainda não conseguia ver qual pirata era. Também não conseguia ver o que trazia no ombro. Estava todo de preto, em vez da cota de malha prata, seu casaco de couro balançava ao vento. *Ele deve ser de outro escalão*, pensou Agatha. *Como Kei*. O pirata movia-se sem pressa, mancando da perna direita, suas botas pretas de cano alto estalando contra a pedra.

Cástor avançou para atacar, mas o Storian atirou um raio de fogo na sua cabeça e os professores o puxaram de volta. Os alunos do primeiro ano se protegeram atrás deles.

"O alarme na passarela", Professora Anêmona disse. "Vai impedi-lo!"

Na mesma hora, a luz vermelha acendeu na placa Caminho da Sophie e escaneou o rosto do homem.

A luz ficou verde e o deixou passar.

"Ou não", disse Hort.

"Deve ter se enganado", disse Reena.

"Isso é ridículo. Nós não somos um bando de frangos prestes a ser transformados em torta", disse Hester. "Ele é apenas um, e nós somos uma escola inteira." Ela se virou para a Anadil.

"Pronta?"

"Até só com um braço", respondeu Anadil, friamente.

O demônio de Hester explodiu do seu pescoço como uma bomba de fogo, inchando com sangue enquanto deslizava pela janela e atingia o pirata na cara. Com um salto voador, Hester e Anadil mergulharam pela janela e atacaram o bandido na passarela.

"Esperem por mim!", Dot gritou e saltou do peitoril da janela, mas tropeçou na passarela e caiu com um grito.

Atrás dela, os alunos observavam Hester e Anadil lutar com o pirata.

"O que estamos esperando?!", Agatha gritou. *"Atacar!"*

Seu exército soltou um rugido e se apertou pela janela para ajudar as amigas. Enquanto sitiavam o vilão com pontapés e socos e feitiços amadores,

Dot avançava pela multidão, empurrando alunos para o lado, determinada a se juntar ao clã e fazer a sua parte. Abriu caminho até o pirata, o dedo brilhando, preparada para transformar sua roupa em alcaçuz de chocolate que o amarraria como cordas...

...mas viu o rosto dele e gritou.

"PAREM!"

O ataque cessou e todos se viraram para Dot, confusos.

Todos, exceto Agatha, que agora tinha o rosto ferido e ensanguentado do pirata à sua frente, iluminado pelo luar.

O pirata que não era pirata.

"Papai?", Dot disse, ofegante.

Encolhido no chão de pedra, o Xerife de Nottingham apertou os olhos, seu cabelo bagunçado coberto de chuva, a barba pingando sangue, o olho direito inchado. "Eu *realmente* não gosto dos seus amigos", rosnou.

"O que está fazendo aqui?", Dot perguntou enquanto ela, Hester e Anadil o ajudavam a se levantar, o xerife olhando-as com raiva.

O rosto se contorcia de dor enquanto ele ignorava a filha e olhava diretamente para Agatha. "Se quer salvar o seu namorado, temos que ir *agora*."

O peito de Agatha voltou a apertar. Seu olhar saltou da passarela para o castelo. "Ir para onde? Não há saída. Os piratas... eles estão vindo."

Mas eles não estavam vindo, percebeu.

Porque não via nenhum pirata.

Nenhum na passarela. Nem na Escola do Mal. Nem na Escola do Bem.

Todos os piratas tinham desaparecido.

É uma armadilha, pensou ela.

"Não temos tempo a perder, Agatha", o xerife rosnou. "Rhian não vai matar só o seu namorado. Vai matar todos, incluindo Dovey."

As palavras atingiram Agatha como um chute no estômago. Os professores empalideceram à sua volta. Hort também, temendo por Nicola.

"Traga os seus melhores guerreiros", ordenou o xerife, virando-se para sair. "Os mais novos e os professores ficam aqui para proteger a escola."

Agatha não conseguia respirar. "M-m-mas eu já disse! Não tem como sairmos daqui em segurança! Mesmo se pudermos, não vamos chegar a Camelot a tempo."

"Sim, vamos", disse o xerife, voltando-se para ela.

Ele levantou o braço e ergueu um saco cinzento familiar, seus pedaços rasgados costurados, com algo se contorcendo dentro dele. Seus lábios ensanguentados se curvaram em um sorriso.

"Da mesma forma que dei um jeito em todos aqueles *piratas*."

~ 16 ~
PROFESSORA DOVEY
O que faz seu coração bater?

Eu sei onde o Merlin está.

Ele queria que eu encontrasse aquela mecha de cabelo que mandou pelo rato de Anadil. Ele sabia que eu ia entender.

Mas o que eu sei não vai dar em nada a menos que eu conte a alguém.

Alguém que possa encontrar Merlin se Tedros e eu morrermos. Alguém que não esteja sob as garras de Rhian.

Tenho que contar isso antes de descerem o machado. Mas para quem?

E *como*?

Assim que fomos empurrados para fora da Gruta do Rei, com sacos bolorentos sobre a cabeça, só me restam os aromas e os sons. Forçam-me a subir uma escada, meus braços e pernas batendo contra os outros prisioneiros. Reconheço os braços de Tedros e seguro sua mão suada antes de sermos separados. Bogden abafa o choro de Willam; as botas de salto alto de Valentina e Aja estalam fora de ritmo; a respiração de Nicola vem e vai, sinal de que está perdida em pensamentos. Meu vestido raspa nas paredes lisas de mármore, os besouros batendo as asas rapidamente enquanto caem, e meus joelhos bambeiam quando atingimos um platô, meu corpo exausto por tudo o que tem suportado. Uma brisa mentolada sopra com o cheiro de jacintos. Devemos estar passando pela varanda da Torre Azul, sobre o jardim onde crescem os jacintos. Sim, agora ouço os passarinhos, os que ficam do lado de fora do quarto da rainha, onde Agatha me deixou descansar quando vim para Camelot.

Mas esses sentidos não são tudo o que eu tenho para me guiar.

Há um sexto sentido que só as fadas madrinhas têm.

Uma sensação que agita o meu sangue e faz as palmas das minhas mãos formigarem.

A sensação de que uma história está caminhando para um fim que não deveria acontecer, e a única coisa que pode consertá-la é a intervenção de uma fada madrinha.

Foi essa sensação que me fez ajudar Cinderela na noite do baile. Foi o que me fez forçar Agatha a olhar para o espelho no seu primeiro ano na escola, quando tinha desistido do seu Para Sempre. Foi esse sexto sentido que me fez vir a Camelot antes do ataque da Cobra. Meus colegas professores certamente consideram o último ato um erro: uma violação das regras do Storian, para além do trabalho de uma fada madrinha. Mas eu faria tudo de novo. O Rei de Camelot não vai morrer na minha frente. Não porque ele é rei, mas porque ele é, e sempre será, meu *aluno*.

Muitos dos meus jovens alunos já perderam a vida: Chaddick, Tristan, Millicent.

Basta.

No entanto, qual deve ser a minha jogada agora? Eu sei que existe uma. Posso sentir meu sexto sentido pulsar ainda mais. Aquela conhecida pontada de esperança e medo, me dizendo que posso consertar esse conto de fadas.

O chamado da fada madrinha.

Há uma maneira de sairmos dessa.

Espero pela resposta, meus nervos se despedaçam.

Nada.

Tedros resmunga perto de mim enquanto se joga contra os guardas, frustrado. Está se dando conta de que fomos derrotados e que não há nada que possa distanciá-lo do machado.

A brisa chega mais forte de vários lados, o cheiro do orvalho se intensifica e, por um momento, penso que estamos fora do castelo, a morte próxima. Mas percebo que ainda há mármore debaixo dos meus pés. Os outros não estão conseguindo raciocinar; ouço o pânico deles, os gemidos de Willam se transformam em choro; Valentina resmunga e drague ja; as botas de Tedros se arrastam, tentando escapar.

E então tudo para.

O guarda me solta.

E, pelo silêncio que me rodeia, sei que os outros estão livres também.

Escuto um saco ser arrancado da cabeça de alguém.

Depois a voz de Tedros: "O que...?"

Tiro meu próprio saco, assim como os outros. Temos as mesmas expressões atordoadas e o cabelo coberto de sujeira de casca de batata.

Estamos na sala de jantar da Torre Azul, olhando por uma varanda o céu da cor de ametistas, ao amanhecer. A longa mesa de jantar é feita de mosaico de vidro e os cacos azuis formam, no centro, a cabeça de um Leão. Sobre ela, um magnífico banquete. Carne de veado cortada em formato de corações cor-de-rosa sobre grandes vagens. Rins de coelho marinados com salsinha-esmeralda. Ovos de galinha sobre pãezinhos de leitelho. Sopa fria de pepino com tomates dourados. Caviar branco, polvilhado com flores de cebolinha. Musse de chocolate sobre espuma de baunilha. Consomê de toranja vermelha-sangue.

Há sete lugares à mesa, marcados com o nome de cada um de nós.

Olhamos um para o outro como se tivéssemos entrado em uma história completamente diferente.

A maioria dos guardas também desapareceu. Restou apenas um par deles, cada um bloqueando uma porta com sua armadura completa.

Com um soco no estômago, eu compreendo.

Nicola também.

"É a nossa última refeição", diz ela, olhando por cima do parapeito de pedra da varanda.

Nós nos reunimos atrás dela, olhando para baixo, para o palco da execução no topo de uma colina, brunido ao luar. Há um bloco de madeira escura no meio dele.

Tedros engole em seco.

Acima de onde estamos, duas sombras deslizam subitamente e vemos Sophie na passarela ao alto. Ela caminha com Rhian, falando baixinho com ele. Só vislumbro o seu rosto por um momento: ela parece calma e concentrada, como se estivesse indo com Rhian por vontade própria. Sua mão está no bíceps do rei. Ela não nos vê.

E então some de vista.

A sala fica em silêncio. Tedros olha para mim. Ver Sophie passeando com Rhian de forma tão íntima o abalou ainda mais. Tal como a mim. Meus jovens alunos sentem minha inquietação.

"Venham", digo, com a autoridade de uma Reitora, ocupando meu lugar à mesa.

Não por fome ou por vontade de comer; meu corpo sente-se fraco para além da possibilidade de se alimentar. Mas preciso que eles mantenham a sanidade. E eu preciso de tempo para pensar.

De início, ninguém me segue até à mesa. Mas Tedros não é de resistir à comida e, antes de se dar conta, já está no lugar de Bogden enfiando carne de veado goela abaixo, os olhos ainda cheios de medo.

Logo os outros também estão comendo até ficarem saciados tempo suficiente para se lembrarem de quem serviu a refeição e por quê.

"Ele está zombando da gente, não está?", Willam pergunta baixinho.

"Engordando o porco antes do abate", diz Bogden.

"Não podemos simplesmente encher a barriga como se fosse uma *quinceañera* e morrer!", Valentina diz com raiva.

"Temos que fazer alguma coisa", Aja concorda.

Eles se voltam instintivamente para Tedros, que olha de um pirata para o outro, parados nas portas, impenetráveis através dos seus capacetes, ambos empunhando espadas. Não temos armas. Atacá-los levaria a uma morte mais rápida do que a já prevista. No entanto, eles estão ouvindo tudo o que dizemos, como se Rhian não estivesse apenas nos provocando com comida, mas com a esperança de uma fuga. As engrenagens na cabeça de Tedros estão girando, sabendo que qualquer plano que ele fale em voz alta será frustrado antes de começar.

E depois, ao olhar para ele, sinto mais uma vez.

A pontada de uma resposta.

Emergindo depressa, prestes a chegar.

Mas mais uma vez nada vem, como um fantasma com medo de se mostrar.

"Você tem uma fada madrinha, professora?", pergunta Tedros, seu rosto enrugado de estresse. "Alguém que *te* salva quando precisa?"

Queria dizer a ele para ficar calado. Que estou perto de algo. Que preciso pensar.

Meu sexto sentido se agita mais uma vez.

Mas, desta vez, está me pressionando para responder à pergunta de Tedros. Para contar a ele a minha história.

Por quê?

Só há uma maneira de descobrir.

"Sim, até as fadas madrinhas têm guias", digo, olhando através da janela para o céu iluminado. Meu tom é tenso, meu ritmo apressado. "Eu me formei na Escola do Bem como líder, mas resisti à minha missão: matar uma bruxa malvada que estava atraindo crianças para a sua casa de biscoito de gengibre."

"A mãe de Hester?", pergunta Nicola.

"De fato. Se eu tivesse ido na minha missão e tivesse tido sucesso, Hester nunca teria nascido. A mãe de Hester só deu à luz Hester muito depois, graças à magia que a deixou ter uma filha em uma idade extraordinariamente avançada. Mas a razão pela qual rejeitei minha missão era simples: eu não tinha nenhum instinto para a violência, nem mesmo contra uma bruxa comedora de crianças. Foi Merlin que mudou meu destino. Ele era um professor convidado na Escola do Bem com frequência e, no meu quarto ano, ele dava aulas de Boas Ações, pois o professor anterior tinha fugido da criatura da Sala da Condenação. Depois de se simpatizar comigo como sua aluna, Merlin disse ao Reitor Ajani que não havia razão para ele continuar ocupando a vaga já que havia ali uma professora de Boas Ações perfeitamente boa: eu. Por causa de Merlin, o Reitor mudou a minha missão e fez de mim a professora mais jovem da Escola do Bem."

"Então Merlin é seu fado madrinho?", perguntou Bogden. "Ou padrinho, sei lá."

"Não", respondo, mergulhando mais fundo na memória. "Porque nunca me realizei por completo como professora. Nem mesmo como Reitora, quando recebi essa honra anos mais tarde. Uma parte de mim sabia que eu estava destinada a mais. Eu só não sabia o que era. A ironia foi o Rei Arthur ter mudado o meu destino."

Tedros olha para mim, a boca cheia de pãozinho. "Meu pai?"

Consigo me sentir entrando na história. Como se o passado desbloqueasse o presente.

"Depois que você nasceu, seu pai encarregou um professor da escola de pintar o seu retrato de coroação. Arthur detestava tanto o seu próprio retrato de coroação que queria garantir que você tivesse um que ele aprovasse, uma vez que ele não estaria vivo quando você se tornasse rei. Esse professor não só pintou o seu retrato como Arthur pediu, como também me trouxe com ele quando o fez."

"Então o Rei Arthur era a sua fada madrinha?", perguntou Willam, ansioso.

"Espera aí", Tedros disse, amontoando chocolate no seu prato. "Lady Gremlaine disse que um vidente pintou o meu retrato, o que faz sentido, uma vez que ele previu exatamente como eu seria na adolescência, mas agora você está dizendo que foi um professor." A descoberta iluminou seus olhos. "Professor Sader. Ele foi o vidente que pintou o meu retrato?"

"E seu pai e eu assistimos a cada pincelada", acrescento, me lembrando de que isso tinha acontecido naquela mesma sala, com as flores da primavera entrando pela varanda. "Arthur tinha pedido a August para trazer a pessoa que um dia seria o reitor de seu filho recém-nascido, sem dúvida para me fazer sentir o fardo da educação do futuro rei. Guinevere fez a gentileza de me deixar segurá-lo, embora você estivesse irritado. Já me causava problemas desde aquela época. Sua governanta, Lady Gremlaine, também estava ali, embora mal dissesse uma palavra. Quando a sua mãe saiu com você, senti uma tristeza em Lady Gremlaine e conversei com ela mais do que com o rei. Falamos, sobretudo, da falta que ela sentia de ver os filhos da irmã crescerem e do meu desejo de ter tido irmãos. Minhas atenções melhoraram seu humor, e Professor Sader notou. No caminho de volta à escola, ele mencionou que estava impressionado com a forma como eu tinha lidado com Gremlaine; que era preciso habilidade para se conectar com uma pessoa tão desamparada. Tive a sensação de que ele a conhecia bem. Depois, August disse que achava que os meus talentos como Professora e Reitora não estavam sendo plenamente utilizados. Que deveria pensar em ser uma fada madrinha para aqueles que precisavam. Rejeitei a ideia, de início. Não fazia a menor ideia do que era preciso para ser uma fada madrinha e parecia um trabalho tedioso ficar atrás de pessoas tristes para lhes conceder os desejos. Mas August era persuasivo e me fez uma bola de cristal, usando um pedaço da sua alma e um pedaço da minha. Uma bola de cristal que me mostrou pessoas no bosque que precisavam de ajuda. Da *minha* ajuda. Quando dei por mim, estava respondendo ao chamado. Pela primeira vez em muito tempo, tive uma vida além da Escola do Bem e do Mal."

"Então não foi Merlin ou meu pai. Foi o Professor Sader", Tedros se deu conta, tão entusiasmado que finalmente deixou de comer. "Ele era a sua fada madrinha."

"Professor Sader me colocou no meu caminho", respondo. "É o rosto dele que aparece quando olho na minha bola de cristal. Pelo menos até antes de ela se quebrar. Agora é uma bagunça."

"Quem a quebrou?", Aja pergunta.

"August, acredite ou não!", balanço a cabeça. "Seria de se esperar que um vidente previsse um acidente, mas ele a derrubou da minha mesa, lascando um pedaço grande. Até se ofereceu para me fazer uma nova, porém, morreu pouco depois. Merlin a consertou o melhor que pôde, mas ela mudou. Vocês viram os seus efeitos em mim, meus pulmões ainda não se recuperaram."

"Então por que ainda a usava?", pergunta Nicola.

Ignoro a pergunta. Essa resposta só cabe a mim e a Merlin.

"A verdade é que eu não precisava de uma bola de cristal para ser uma boa fada madrinha", explico. "Enxergar dentro do coração das pessoas, esse sempre foi meu ponto forte. Não magia, que era o de Lady Lesso. Tenho certeza de que ela teria feito maravilhas com uma bola de cristal. Na verdade, teria nomeado Leonora a minha segunda, se August não tivesse me advertido contra isso."

Noto um dos piratas bocejando. Algo dentro de mim se ilumina, como se finalmente entendesse por que estou contando esta história. Como se eu soubesse para onde ela está indo. Olho com atenção para os meus alunos assustados.

"Mas agora que sou mais velha, vejo que August não foi a minha fada madrinha. Porque fadas madrinhas não podem mudar a história. As fadas madrinhas só te ajudam a ser você. *Mais* você. Eu não estava com Agatha quando ela se olhou no espelho e percebeu que era linda. Eu não estava com Cinderela quando ela dançou com seu príncipe. Mas cada uma delas sabia o que fazer. Porque eu as ensinei a mesma lição que estou ensinando a vocês agora. Quando o verdadeiro teste chegar, ninguém estará ao seu lado para os salvar. Nenhuma fada madrinha lhe dará as respostas. Nenhuma fada madrinha vai tirá-los do fogo. Mas vocês têm algo mais forte do que uma fada madrinha aí dentro. Um poder maior do que o Bem ou o Mal. Um poder maior do que a vida ou a morte. Um poder que já *sabe* as respostas, mesmo quando vocês perderem toda a esperança."

Meus alunos estão me encarando, os olhos nem piscam, segurando o fôlego. Os piratas também estão ouvindo.

"Não há um nome para esse poder", digo. "É a força que faz o sol nascer. É a força que faz o Storian escrever. A força que traz cada um de nós a este mundo. A força que é maior do que todos nós. Ela vai ajudá-los quando for a hora certa. Vai dar as respostas apenas quando precisarem, e não antes. E sempre que perderem essa força ou duvidarem de sua existência, como eu fiz, diversas vezes, basta olharem para dentro de si e perguntarem: *O que faz meu coração bater?*". Inclino-me em direção a eles. "Isso é a sua verdadeira fada madrinha. É isso que vai ajudar vocês quando mais precisarem."

A sala está em silêncio.

Fico à espera de uma resposta. Um sinal de que eles compreendem.

Em vez disso, a maioria franze as sobrancelhas como se eu estivesse falando outro idioma. Os piratas voltam a bocejar, aborrecidos com os delírios de uma velha.

Mas alguém compreende.

Alguém sentado na outra ponta da mesa.

Tedros, que me devolve o olhar, brilhando como o de Cinderela e Agatha uma vez brilharam.

O príncipe desperta.

Tudo o que foi dito depois disso não tem mais importância.

Quando chega a hora, nenhum de nós luta.

Os guardas entram, nos arrancam do nosso banquete e amarram nossas mãos. O pirata tatuado encarregado de Tedros coloca uma coleira enferrujada em volta do príncipe, como em um cachorro, e o arrasta por uma corrente. Empurram-nos para fora da sala de jantar, através do corredor, e por uma passarela até uma escadaria que leva para a área externa. Do pátio, é apenas uma curta caminhada até ao local da execução, no topo de uma colina que acaba na ponte levadiça e nos portões externos. Um brilho dourado surge atrás do castelo, o sol prestes a nascer.

Os alunos mais novos estão tremendo, seus olhos no palco à frente, onde um homem barrigudo de capuz, colete e kilt de couro pretos treina suas machadadas no ar. À medida que nos aproximamos, o homem de capuz nos encara e sorri através da máscara. Os alunos do primeiro ano se encolhem.

Mas Tedros não.

Há algo diferente nele. Apesar da roupa rasgada, do corpo espancado, e do pirata tatuado segurando sua corrente, o príncipe parece mais forte, mais determinado em sua luta. Nossos olhos se encontram, e volto a sentir aquele formigamento: a convicção de que posso resolver isso. Que há uma saída para essa armadilha mortal.

E então percebo.

Toda vez que tenho essa sensação, estou olhando para Tedros.

Ele me dirige um olhar curioso, como se soubesse que eu havia descoberto algo.

Em frente ao palco, as costas voltadas para o castelo, estão os cem líderes de toda a Floresta, em suas melhores roupas. Devem ter viajado até Camelot para o casamento de Rhian, mas a morte foi acrescentada à agenda de festividades. Viemos por trás e, por um momento, os vejo antes que eles me vejam. A primeira coisa que reparo é que todos parecem abatidos, como se tivessem ficado acordados a noite toda. Falam em tons abafados, seus rostos sombrios por baixo das coroas e diademas. A segunda coisa que noto é que muitos não estão com seus anéis: as faixas prateadas que os marcam como membros do Conselho dos Reinos. O pavor se enterra em meu estômago. É meu instinto procurar por esses anéis. O Diretor da Escola ensinou Lady Lesso e eu a procurar por eles quando um líder pedia para se reunir conosco (geralmente para falar sobre alguém da família que queria que aceitássemos na escola). Esses anéis, que prometem lealdade ao Storian, são a melhor prova de que um rei ou rainha é quem diz ser. Mas agora metade desses anéis já não existem? Anéis usados sem exceção por milhares de anos?

Ouço um pedaço de conversa.

"Meu castelo foi bombardeado", diz uma mulher que reconheço como Imperatriz de Putsi, que me pressionou para aceitar seu filho na Escola do Bem. "Assim que destruí meu anel, Rhian enviou seus homens para Putsi e os agressores fugiram."

"Pensei que você e eu tínhamos concordado em *permanecer* com os nossos anéis", retruca o Duque de Hamelin, ainda usando o dele. "Para proteger o Storian. Para proteger a escola."

"A escola está por trás desses ataques. Você ouviu o rei", defende a Imperatriz. "Eu não acreditava antes, mas agora acredito. O meu povo vem primeiro."

"Você quer dizer o seu *castelo*", o Duque diz.

A Imperatriz está prestes a responder quando nos vê chegando. Os outros líderes também nos veem, à medida que nos curvamos para os degraus que nos conduzem ao palco. Pelos seus olhares, é evidente que ou se esqueceram de que estávamos presos, ou não sabiam que não era apenas Tedros que morreria hoje. E quando me reconhecem – Reitora do Bem, fada madrinha de uma lenda, protetora da caneta que mantém vivo o nosso mundo – arregalam os olhos.

E, ainda assim, ninguém se move.

Ficam ali, parados, como se o motivo de não estarem usando os anéis também os impedisse de nos ajudar.

Encaro a Princesa de Altazarra, que uma vez chorou nos meus braços quando o garoto que ela amava a traiu para ganhar a Prova dos Contos no seu primeiro ano na escola.

Ela desvia o olhar.

Cordeirinhos, penso com desprezo. Rhian tem o apoio do povo e nenhum líder ousa desafiá-lo, mesmo sabendo que deveria. Todos esses líderes vivem com medo de que o que está prestes a acontecer comigo aconteça com eles, mas pelas mãos de uma multidão enfurecida, em vez de um rei. O que significa que, apesar de ter sido professora de seus filhos e filhas, apesar de ter sido professora de muitos deles, não vão me defender, nem a meus alunos.

Somos arrastados por degraus de madeira barulhentos, onde os guardas nos mantêm em fila no fundo do palco, de frente para o cadafalso e para o público lá embaixo. Um pirata está afiando lanças de aço e empilhando-as na lateral do palco.

Eu conto sete.

"Para que isso?", Aja murmura do meu lado.

"Para as nossas cabeças", diz Nicola do outro, seus olhos na mensagem de Lionsmane no céu, que termina com a promessa de Rhian de exibir nossos crânios para toda a Floresta.

Em seguida, vêm as criadas, com os seus vestidos brancos e capuzes, e estendem um longo tapete dourado com estampa de leões que leva ao palco.

Guinevere está entre elas, e um dos terríveis *scims* de Japeth sela seus lábios.

Tedros fica vermelho quando vê a mãe com roupas de criada e o verme da Cobra em seu rosto, mas Guinevere encara o filho, os olhos ardendo. O olhar o desarma, e a mim também. É o mesmo olhar que Lady Lesso me dava antes do Circo de Talentos, quando o Mal tinha um novo truque na manga.

Depois reparo em algo no cabelo de Guinevere. Enfiada atrás da orelha, destacando-se entre as madeixas brancas, uma única pétala roxa, de formato esquisito.

Uma pétala de lótus.

Estranho. As flores de lótus não crescem em Camelot. Em nenhum lugar perto daqui. Apenas na Floresta de Sherwood.

O rei se aproxima, de braços dados com a princesa.

A multidão de líderes se vira para ver Rhian deslizar pelo tapete dourado, com Excalibur na bainha, enquanto ele e Sophie se dirigem para o palco.

Rhian os observa, ainda atordoados com o fato de que haverá mais execuções do que pensavam, e ele olha de volta para eles, calmamente. É aí que entendo: essa execução não se trata de Tedros ou de seus aliados. Não só. Trata-se também de ameaçar todos os líderes: se Rhian pode cortar a cabeça do filho de Arthur e da Reitora do Bem, então certamente pode cortar a de qualquer um deles.

O vento fica mais forte e varre pedaços da grama através da colina. A luz do sol passa pelos nossos ombros, o amanhecer ungindo de luz o rei de cabelos cor de cobre e sua princesa.

Sophie se agarra a Rhian como se ele fosse uma muleta, com ar resignado e submisso. Está usando um vestido branco desbotado, mais elegante do que o das criadas; o cabelo está amarrado em um coque, o rosto limpo e humilde, mas quando sobe ao palco ao lado de Rhian e a vejo mais de perto, percebo que se maquiou para ficar daquele jeito.

Quando toma o seu lugar ao lado de Rhian na frente do palco, ela olha para mim, mas não há nada nos seus olhos, como se a casca dela estivesse aqui, mas não seu espírito.

Sou atingida por um *déjà vu*.

Não de Sophie, mas de Guinevere. No dia em que a conheci, com seu filho recém-nascido, quando August estava pintando o retrato de Tedros. Enquanto Lady Gremlaine fixava suas atenções em Arthur, seus olhos tão comoventes, os olhos de Guinevere estavam frios e distraídos. Como se estivesse lá apenas para fazer o papel da esposa de Arthur.

Sophie tem o mesmo olhar enquanto se apoia em um garoto que está prestes a matar seus amigos e sua colega Reitora. Seu olhar percorre o pátio à procura de alguém. Alguém que ela não consegue encontrar. Rhian sente sua falta de atenção. No mesmo segundo, o comportamento de Sophie muda e ela lhe dá um sorriso amoroso e faz uma carícia em seu braço.

Olho para ela e depois para a pétala de lótus no cabelo de Guinevere.

Sem dúvida.

Algo está prestes a acontecer.

Tedros me observa mais uma vez, sabendo que descobri alguma coisa.

Mais uma vez, a picada me atinge, dizendo que ele é a chave para um final feliz. Como o espelho para Agatha ou a abóbora que usei para mandar Cinderela para o baile. É de Tedros que preciso.

Mas para quê? O que devo fazer? De que serve um sexto sentido se não terei mais uma cabeça? Seguro um grito, meu peito implodindo.

Rhian aperta Sophie mais forte ao se dirigir ao público.

"Por um breve momento, depois da reunião do conselho, não consegui encontrar a minha princesa." Ele lança um olhar para Sophie; os olhos dela grudam nos seus chinelos sem graça, baixos e muito suspeitos. "Depois a vi, sentada quieta junto à janela. Ela disse que precisava de um momento para pensar. Que havia tido as mesmas dúvidas que todos vocês na reunião. A escola é o inimigo? Deveriam destruir seus anéis? Tedros tem que morrer? Ela olhou nos olhos de vocês e respondeu que sim por uma razão. Eu tirei a Excalibur da pedra e Tedros não. Só isso já me vale a coroa. Para Tedros, não comandar mais a espada que ostentava na escola era a prova de que ele era apenas um impostor."

Vejo Tedros olhar para Sophie como costumava fazer nas aulas. Quando ela estava tentando matá-lo.

"Mas havia mais, disse a minha princesa", continuou Rhian, a Excalibur brilhando contra a sua coxa. "Ela me disse que Tedros era seu amigo. Que tinha até se apaixonado por ele por um tempo. Mas que ele fora um rei ruim, a raiz podre no coração de Camelot. A vontade de Arthur era clara: aquele que retira a espada é rei. Para Sophie, lutar por Tedros, mesmo depois que de eu ter puxado a espada, era lutar contra a vontade de Arthur. Lutar contra a verdade. E, sem a verdade, o nosso mundo não é nada."

Os líderes da Floresta estão em silêncio. A tensão entre eles se dissolve, como se as palavras de Sophie os lembrassem da razão por que trocaram os seus anéis por um rei.

"Agora sei que ela está do meu lado de verdade", diz Rhian, olhando para a princesa. "Porque está disposta a sacrificar suas antigas lealdades pelo que é certo. Está disposta a esquecer o passado e ser a rainha de que a Floresta precisa." Ele levanta a mão dela e a beija.

Sophie encontra seus olhos de forma submissa, depois se dirige para a lateral do palco.

A boca de Tedros espuma enquanto olha para ela. Ele acredita em cada palavra que Rhian disse sobre Sophie. O mesmo se passa com os outros, a julgar pelas suas expressões. Eles acreditam que Sophie trocaria a nossa vida para salvar a dela. Eu também quase acredito.

Quase.

Tedros olha para mim mais uma vez, procurando um espelho para a sua raiva, mas o guarda o arrasta para a frente.

"Tragam o rei impostor", declara Rhian.

Tedros é atirado de joelhos, o pescoço do príncipe atirado sobre o bloco de madeira, mãos ainda atadas, enquanto Thiago arranca sua coleira de metal.

Acontece tão rápido que Tedros não consegue resistir. Perco a respiração. O tempo está se esvaindo. E ainda estou congelada, como aquelas ovelhas na multidão.

Rhian inclina-se na direção de Tedros.

"Covarde. Traidor. Fraude. Qualquer outro rei o mataria com orgulho", diz ele. "Mas eu não sou qualquer outro rei. O que significa que vou te dar uma chance, Tedros de Camelot."

Rhian levanta o queixo de Tedros.

"Jure lealdade a mim e o pouparei", diz ele. "Você e seus amigos podem passar o resto dos seus dias apodrecendo nas minhas masmorras. Diga as suas palavras de rendição e Lionsmane as escreverá para que todos as vejam."

Tedros analisa o rosto de Rhian.

A oferta é verdadeira.

Um inimigo submisso vale mais para Rhian do que um inimigo morto. Poupar Tedros faz de Rhian um rei misericordioso. Um rei bom. Poupar Tedros faz de Rhian um Leão em vez de uma Cobra.

Rei e príncipe se encaram.

Tedros cospe no sapato de Rhian. "Prefiro te dar minha cabeça."

Bom menino.

O rei fica vermelho e se levanta.

"Matem-no", ordena.

O carrasco avança, os dois punhos no machado, as abas de couro do seu colete batendo contra a barriga peluda. Tento pensar mais rápido, criar um plano, mas sou distraída por uma jovem criada que coloca um cesto sob a cabeça de Tedros, antes de voltar à fila ao lado de Guinevere e das outras criadas.

Tedros levanta os olhos para a mãe, que mal olha para ele, seus olhos vazios. Mas as veias do pescoço dela estão pulsando, o corpo rígido como pedra.

O carrasco paira sobre Tedros enquanto Rhian fala.

"Tedros de Camelot, você é acusado dos crimes de traição, usurpação, desvio de fundos reais, conspiração com o inimigo e personificação de um rei."

"Esses são os *seus* crimes", vocifera Tedros.

Rhian dá um chute em sua boca, esmagando a bochecha de Tedros contra o bloco.

"Cada um desses crimes é passível de pena de morte", diz o rei. "Perder a cabeça é apenas uma fração do que você merece."

O homem de capuz de couro passa os dedos gordos pelo pescoço de Tedros, puxando o colarinho de sua camisa para baixo, expondo sua pele ao sol. Ele encosta a lâmina do machado na pele do príncipe para calcular o golpe, mantendo sempre um sorriso sedento.

E é aí que Tedros olha para mim, petrificado, se dando conta de que menti. Que não há um poder maior dentro dele que pode salvá-lo. Que ele vai morrer.

Meu coração afunda no peito como um falcão mergulhando no ar. Falhei com ele. Falhei com todos nós.

O carrasco se inclina para trás e coloca a lâmina sobre o ombro. Ela desce em direção ao pescoço de Tedros.

Um corvo passa de raspão sobre sua cabeça, desequilibrando-o.

Gritos atravessam a multidão.

O carrasco gira, Rhian também, mas um demônio vem depressa, atravessando a multidão como uma bala, atirando líderes para os lados, até bater no rosto de Rhian, jogando-o para fora do palco, colina abaixo.

O tempo para como em um sonho. Como se Tedros estivesse morto e a minha mente estivesse mascarando isso. Devo estar imaginando, porque um demônio de pele vermelha está mordendo e batendo em Rhian como um morcego raivoso, mas também há um tapete mágico flutuando pelo palco – menos parecido com um tapete e mais com um saco – com duas figuras em cima, como piratas saqueadores.

O Xerife de Nottingham.

E... Robin Hood?

Juntos?

Robin sorri para mim: o mesmo sorriso presunçoso que mostrava quando queria evitar castigos na escola. Então ele levanta o arco e solta uma flecha.

A flecha atinge o carrasco no olho e ele cai na hora, soltando o machado, errando a cabeça de Tedros por um centímetro.

Outra flecha voa e apunhala o pirata que me segura, derramando seu sangue sobre o meu vestido.

O tempo volta a todo o vapor.

De dentro do saco sai um exército – Agatha, Hort, Anadil, Hester, Dot e outros – que bombardeia os piratas que seguram os prisioneiros no palco. Todos estão armados para a batalha, como anjos de guerra, exceto Agatha, que só tem a minha velha bolsa, o contorno do meu cristal pesado visível através do tecido. Em segundos, eles subjugam os piratas e cortam as amarras dos seus amigos, libertando Nicola, Willam, Bogden, Aja e Valentina.

Enquanto isso, Sophie já levantou o vestido e está fugindo do palco para a multidão frenética, como se a batalha fosse dos outros, não dela. Tento segui-la, mas vejo o pirata Thiago se aproximar de Tedros, que ainda está preso ao bloco de corte.

Agatha vai para cima do pirata com a velocidade de uma pantera, balançando a bolsa com a minha bola de cristal como uma clava e esmagando Thiago nas costelas. Arfando, ele a atinge com um chute no peito, atirando-a para fora do palco. Thiago cai de joelhos, pega a espada e, com sua última gota de força, a levanta acima do pescoço de Tedros, o príncipe ainda se debatendo contra o bloco.

"TEDROS!", Agatha grita, longe demais para chegar até ele.

Duas mãos pálidas agarram Thiago por trás e quebram seu pescoço com uma só torção.

Guinevere atira o corpo para o lado. Depois agarra a espada, arranca o *scim* dos lábios e o corta em pedaços, esmagando os restos com o sapato. Enquanto solta Tedros com a espada coberta de gosma, ela vê Agatha e seu filho boquiabertos.

"Sou esposa de um cavaleiro", diz ela.

Tedros sorri para ela, depois vê Rhian na grama, ainda brigando com o demônio de Hester em seu rosto. Enquanto sua mãe corta as amarras, Tedros fica de olho no rei, seu rosto endurece, os músculos ficam tensos, como um leão enjaulado prestes a ser solto. Mas agora Tedros vê Agatha ficar de pé, seus olhos também em Rhian. No instante em que se liberta, Tedros salta do palco, agarra sua princesa e pressiona os seus lábios com força contra os dela, antes de a olhar nos olhos.

"Corra. Para um lugar seguro. Entendido?"

"Isso é uma ordem?", pergunta ela.

"Pode ter certeza que sim."

"Ótimo, porque nunca dou ouvido a elas."

Agatha já está correndo na direção de Rhian, mas minha bolsa faz com que vá mais devagar. Tedros corta na frente dela.

"Ele é meu!"

Tedros arranca o demônio de Hester e dá um murro na cara do rei. Cambaleando, Rhian tenta pegar a espada, mas Agatha a tira do seu cinto e a joga colina abaixo, enquanto Tedros continua esmagando a cabeça do rei no chão.

Saio do torpor e percebo que minhas mãos ainda estão amarradas atrás das costas, o que me impede de fazer magia. Mesmo assim, estamos a caminho da vitória, com os bandidos de Rhian em desvantagem. Observo o palco à minha volta.

Robin acerta as mãos dos piratas com flechas e o xerife enfia os corpos no seu saco encantado. Enquanto isso, Nicola conjura uma nuvem de tempestade sobre Wesley e o atinge com um raio antes de Hort o algemar com a coleira enferrujada que prendia Tedros. Um pirata vem correndo na direção de Hester, balançando o machado; Hester o faz levitar, enquanto Anadil levita o bloco de corte e as duas bruxas esmagam magicamente o pirata e o bloco (Dot faz o machado virar chocolate). Kiko se mogrifica em um gambá, solta um jato nos olhos de Beeba, que cai na corda de Beatrix e Reena. Ravan e Mona seguram uma tábua de madeira que retiraram do palco, enquanto Valentina sobe nela como em uma árvore e dispara feitiços nos piratas lá de cima. Até Willam e Bogden, de alguma forma, derrotam um vilão.

Mas não vejo Sophie lutando por nós.

Não vejo Sophie em lugar algum.

Por um momento, me pergunto se Rhian disse a verdade; se ela entregou Tedros para salvar a própria pele; se ela mudou de lado, afinal de contas.

"Cuidado!", Aja grita.

Vejo um batalhão correr para o palco. Alguns líderes da Floresta, os mais fortes e capazes, com mais guardas do castelo e dos portões de Camelot, se lançam para a batalha em defesa de Rhian. Se precisavam de provas de que a escola é uma ameaça e seus estudantes terroristas, tínhamos dado a eles. O Gigante Gelado das Planícies de Gelo apanha Agatha e Tedros com seus punhos azuis-gelo e os joga no palco, derrubando Robin e o xerife como pinos de boliche. Sob o gigante, Rhian luta de joelhos na grama, o rosto cheio de sangue.

Como uma segunda onda, Hester, Anadil e Dot atiram contra ele, os dedos apontados, mas o Gigante Gelado gira na direção delas, levantando o demônio de Hester por uma das pernas, pronto para despedaçá-lo. Hester fica pálida e imóvel, Anadil e Dot também. O Gigante Gelado levanta um dedo e congela as bruxas em blocos de gelo. Também congela o demônio, atirando-o para o lado das garotas.

Rhian se recupera e vai mancando em direção à Excalibur.

No palco, a Rainha Fada de Gillikin tira sua coroa, revelando uma colmeia de fadas com cauda de chicote que picam Robin e o xerife até dominá-los e, então, os levantam e os atiram para dentro do saco do próprio xerife. Piratas amarram Beatrix, Reena e o gambá Kiko, enquanto Hort acende seu dedo, prestes a se transformar em lobo, mas é esmurrado pelo Rei Elfo de Ladelflop, que o empurra para o chão ao lado de Nicola, que já está amarrada.

Vislumbro uma espada de pirata abandonada no palco e fico de joelhos, tentando cortar a corda e me soltar.

Uma enxurrada de penas de ganso e peso suado me esmaga. "Os seus bandidos atacam o meu castelo e você acha que vai se safar?", a Imperatriz de Putsi aperta minha garganta.

"Os bandidos de Rhian", murmuro, porém ela não me ouve, seu rosto vermelho, o hálito cheirando a salsichas.

Enquanto ela me estrangula, vejo a espada por perto e passo meus dedos na sua lâmina, mas não consigo respirar com o peso da Imperatriz no meu peito, suas unhas espetando a minha traqueia. Raspo a lâmina da espada contra a corda que prende minhas mãos. Meus pulmões, já fracos, estão entrando em colapso. Minha mente fica escura, meu campo de visão encolhe.

"Não aceitou Peeta na sua escola", ela diz com raiva. "Peeta, um verdadeiro príncipe que teria desafiado Tedros e nos avisado de que ele era um impostor! Mas você não o aceitou. Porque queria proteger Tedros. Assim como o está protegendo agora."

A corda nos pulsos arrebenta.

Meus olhos encontram os dela. "Não aceitei seu filho... porque ele é... um... *tolo.*"

Aponto o dedo e a tiro de cima de mim com uma rajada de luz, seus gritos ressoam colina abaixo.

Tento ficar de pé, mas continuo sufocada, tentando respirar. À minha volta, nossa equipe é derrotada à medida que mais dezenas de piratas entram na batalha.

De onde estão saindo todos eles?

Do saco encantado, me dou conta.

As fadas de Gillikin estão puxando-os para fora, mordendo suas amarras até soltá-los.

O xerife deve tê-los apanhado com o saco e agora estão sendo usados contra nós.

Um dos piratas – o capitão, Kei – arrasta Robin e o xerife para fora do saco também, onde tinham sido detidos pelas fadas. Ambos estão com os pés e as mãos amarrados, e o capitão os empurra para o palco com o resto da nossa equipe derrotada, onde guardas e líderes os atacam com armas e socos. Abordados de todos os lados, eles se encolhem no meio do palco, caindo uns por cima dos outros como cordeiros atacados por lobos. Agatha e Tedros são os únicos ainda de pé, tentando desesperadamente atingir os homens de Rhian. Ela usa a bolsa, Tedros, os punhos, mas ambos são derrubados em segundos, caindo para trás no amontoado de corpos. Robin, o xerife, Guinevere, Hort, as bruxas, toda a nossa *frota*: caídos no chão, cercados pelo inimigo, uma pilha de corpos sendo esmagada no palco.

Ninguém repara em mim, a rabugenta debilitada que sequer consegue se levantar.

Rhian caminha em direção ao palco, o sangue cobrindo seu rosto como uma máscara, o Gigante Gelado ao seu lado. Rhian se dirige para onde estão os meus alunos, com Agatha e Tedros na mira e a Excalibur nas mãos.

Fico de joelhos, ainda tonta. Tenho que os salvar. Tenho que salvar o rei, o *verdadeiro* rei.

Ao apoiar as mãos nas tábuas do palco para me levantar, algo brilha através das fendas da madeira.

Olhos verdes que brilham como os de um gato.

"Sophie", eu ofego.

"Shhh! Já acabou? Rhian está morto?"

"Não, sua tola! Estamos todos prestes a morrer! Você tem que nos ajudar!"

"Não posso! Robin me deixou uma mensagem! Ele disse para fazer Rhian achar que estou do lado dele."

Ela congela. Eu também.

A Rainha de Jaunt Jolie nos encara de trás do palco, observando Sophie e eu conspirar como amigas em vez de inimigas.

Sophie se rebela contra mim. "Pensa que pode me prender aqui debaixo do palco enquanto meu rei luta sozinho? Sua dragona enrugada! Prefiro morrer a abandonar meu amor!" Ela levanta um dedo brilhante e me atinge com um feitiço de atordoamento, que me joga para trás do palco e esmaga minhas costelas contra a terra dura.

Sophie tentou suavizar o golpe, mas a magia segue a emoção e seu medo piorou o feitiço. A dor é quente, como se eu tivesse sido empalada por um raio de fogo. Minhas costelas estão quebradas, meus pulmões, pesados como ferro. Tento puxar o ar para a garganta, mas meus ouvidos estão zumbindo tão alto e estridente que só consigo ranger os dentes. O meu espírito escurece como uma vela moribunda, meu batimento cardíaco diminui, como se fosse a última coisa que meu corpo pudesse aguentar, como se eu não fosse me recuperar disso.

Mas tenho que lutar. Custe o que custar.

Viro a cabeça na terra e abro os olhos, a minha cabeça parecendo um melão que caiu de uma torre. A água turva a minha visão e eu pisco, lutando para ver o que está na minha frente.

A Rainha de Jaunt Jolie desapareceu.

Rhian está correndo em direção a Tedros, o príncipe vulnerável no topo da pilha de prisioneiros, sob golpes dos piratas. Rhian atira seus guardas para o lado e, com um rugido, balança a Excalibur em direção ao peito do rival.

Sophie cai sobre Rhian, agindo como se tivesse sido jogada sem querer dentro do caos, fazendo Rhian tombar em cima do monte de corpos. Piratas e líderes tentam libertar o rei, o Gigante Gelado liderando os esforços, enquanto Tedros, Agatha, Hort, Robin e outros tentam lutar contra Rhian, sua única chance contra a morte certa.

Sophie continua atirando piratas para o lado e fingindo ajudar Rhian, enquanto balbucia *Meu rei, meu amor!*, mas o solta sempre que consegue segurá-lo firme, atirando-o de volta para a briga. Mais piratas são puxados para esse inferno, além do Gigante Gelado, que cai como uma árvore, esmagando o palco. Tábuas de madeira se estilhaçam e a plataforma se espatifa, jogando todos, amigos e inimigos, na grama e colina abaixo. Partes da madeira saem voando e destroem os blocos congelados com Hester, Anadil, Dot e o demônio, que escapam do gelo e rolam a encosta com o resto. Enquanto os corpos se amontoam na base da colina como uma fogueira humana, aqueles que defendem o rei se confundem com os alunos que defendem a escola, entre socos, chutes e gritos que se levantam como uma nuvem de fumaça, até que eu não tenho a menor ideia de quem é quem.

Exceto por uma pessoa.

Um príncipe que brilha ao sol, os cabelos dourados cobertos de suor, olhos azuis em chamas enquanto luta pelo seu reino e pelo seu povo, como seu pai fez um dia, um Leão entre reis.

E então ela vem.

A resposta pela qual estava esperando.

Flutuando para fora da minha alma, como uma pérola.

Não uma resposta, mas um feitiço.

Um feitiço que Yuba usa para o seu desafio do Caixão de Vidro. Um truque medíocre, mas agora, ao ver Tedros lutar, ele vem para mim como água no deserto. O feitiço pulsa na ponta dos meus dedos, exigindo a minha intervenção.

Conheço as regras do Storian. Isso está além dos afazeres de uma madrinha. Fazer isso é mudar o rumo de um conto de fadas.

Mas tem que ser feito.

Vejo tudo o que está prestes a acontecer, como se minha mente fosse a minha verdadeira bola de cristal. No entanto, não tenho medo do que está por vir. Apenas a certeza de que estou neste campo por uma razão. Que vim a Camelot para estar aqui, agora. Para fazer o que estou prestes a fazer.

Lá embaixo, Agatha e Tedros rastejam até a Excalibur. Ao redor, seus amigos e os piratas travam uma luta lamacenta em que vale tudo. Ao lado de Tedros, Sophie também tenta alcançar a espada. Ele a derruba em cima de Agatha, fazendo as duas garotas caírem, mas isso atrasa seu próprio avanço. Ele percebe o erro. Rhian se lança para a outra extremidade da espada, sua mão apertando o cabo.

Levanto meu dedo tremendo e, com toda a força que me resta, disparo uma rajada de luz branca para o céu, que faz chover uma poeira cintilante, tocando todos os amigos e inimigos, piratas e príncipes, rainhas e bruxas, todos os corpos no campo de batalha, incluindo o meu.

A guerra para.

Ninguém se mexe.

Porque transformei todos em Tedros.

Cinquenta Tedros com a mesma boca ensanguentada e olho roxo, a mesma camisa desfiada, a mesma expressão atordoada.

Ninguém sabe quem é quem.

Mas eu sei.

Eu conheço o coração das pessoas.

Também sei que esse feitiço só vai durar um minuto até voltarmos para o nosso corpo.

Alguns dos inúmeros Tedros ficam agitados.

Eles se lembram desse feitiço.

Eles se lembram de quanto tempo dura.

E por isso começam a correr.

Hort, Hester, Nicola, Beatrix, Kiko. Meus ex-alunos também: Guinevere, Robin, o xerife. Todos os meus Tedros correm para a ponte levadiça, confundindo piratas e líderes, que não sabem se devem perseguir esses Tedros ou fugir com eles. Mais dos meus Tedros saem em fuga: Aja, Anadil, Dot, Valentina, Ravan e Mona correm para os portões de Camelot e para a liberdade da Floresta.

Sophie é a última a fugir, arrastada por Robin, que ela deve ter reconhecido pelo chapéu, porque não resiste. Ansiosa, ela olha para trás como se estivesse em pânico com a ideia de ser livre, de se salvar enquanto deixa tantos Tedros para trás.

Apenas dois dos meus Tedros não fogem, parecendo tão atordoados como os Tedros inimigos que os rodeiam. Os dois Tedros que eu sabia que não fugiriam, não sem se encontrarem primeiro.

Já estou de pé, tropeçando colina abaixo, meu corpo dolorido mascarado pela forma do Tedros.

Faltam trinta segundos.

Obrigo-me a correr mais depressa, mesmo quando me sinto desvanecer. Corro para a multidão de Tedros e agarro Agatha pela camisa, a bolsa com a bola de cristal ainda em seu braço.

"Sou eu", sussurro, ouvindo minha voz como a de Tedros, profunda e segura.

O rosto principesco de Agatha se suaviza. "Tedros?", ela sussurra.

Seguro seu braço com força. "O feitiço acaba em vinte segundos. Encontre Dovey. Leve-a para a floresta. Ela vai nos levar para as Cavernas de Contempo. Merlin está lá."

Vejo os outros Tedros nos encarando. Somos os únicos falando.

"Mas e você?", Agatha pressiona.

"Se corrermos juntos, Rhian e seus homens saberão que somos nós. Vamos nos encontrar no esconderijo da velha Liga, em uma hora. Depois vamos para as grutas."

"Não posso te deixar aqui."

"Tem que fazer isso se quiser que eu continue vivo", digo, meu olhar tão seguro que a acalma. "Uma hora. Vai. *Agora.*"

"Qual deles é Dovey?", Agatha ofega.

Aponto para o verdadeiro Tedros.

"Aquele", digo, vendo-o se arrastar debaixo de uma pilha de clones, escrutinando o campo em busca da sua princesa. "Leve Dovey para a Floresta. Temos que salvar Merlin." Pego a bolsa, determinada a levar meu cristal para longe dela. "Eu levo isto."

"Não", Agatha rebate, puxando-a com mais força do que eu tenho para resistir. Sua determinação ardia através dos olhos do príncipe. "Uma hora eu volto pra te buscar."

E então ela corre, mergulhando em busca de Tedros e puxando-o pelo pulso, arrastando-o em direção à Floresta, pensando que era eu. Tedros não resiste ou porque sabe que aquela é Agatha, ou porque tudo acontece depressa demais para ele, ou qualquer outra pessoa, compreender.

Mas Rhian os vê.

Aquele Tedros sabe exatamente o que está acontecendo.

Ele não vai deixá-los fugir.

Seus olhos voam para a espada no chão.

Ele corre para pegar a Excalibur.

Mas chego primeiro.

Levanto a espada do Rei Arthur para o garoto que diz ser seu filho, o garoto que pensa ser rei, o garoto que arrancou esta espada da pedra e a quem eu poderia matar com ela.

Mas eu só matei por uma pessoa na minha vida.

Uma amiga, e ainda não aprendi a viver sem ela.

Rhian não merece esse destino.

E tenho outros truques na manga.

"Esse é o verdadeiro Tedros!", grito aos homens de Rhian que me rodeiam, apontando a Excalibur para o rei. "Este é o impostor! É ele!"

Um exército de Tedros converge para o rei.

Rhian recua. "Não... esperem... ele é Tedros. É ele!" Ele me encara, sua autoconfiança se esvaindo sob a fachada de Tedros. "Mas se você é Tedros", e olha para Agatha e o príncipe correndo para a Floresta, "então quem são..."

"Prendam-no!", grito.

"Não!", Rhian grita.

Mas é tarde demais. As hienas sentem o gosto de sangue. Seus homens o sitiam.

Caio de joelhos, a Excalibur escorre das minhas mãos para a grama, meu corpo drenado de vida, apesar da aparência jovem. Por dentro, meus pulmões murcham. Meu coração vacila. Meus olhos ficam nebulosos como se eu já estivesse longe.

Enquanto Rhian é esmagado por seu próprio bando, olho para trás para os meus dois Tedros ajudando um ao outro a passarem sobre o muro que separa o castelo da Floresta.

De repente, eles congelam, como se algo no toque tivesse revelado um segredo. Agatha olha horrorizada para o verdadeiro Tedros antes de se virar para mim, o Tedros que a enganou, deixado no campo de batalha.

O solo estremece, seguido pelo eco dos cascos.

Um cavalo negro corre através da colina como um espectro.

Seu cavaleiro é ofuscado pelo sol enquanto passa por cima dos Tedros que atacam o rei, estilhaçando seus ossos e jogando-os para os lados, antes de descer da sela e segurar o Tedros machucado em suas mãos.

Agachado sobre o rei, a sombra toca Rhian como se soubesse quem é debaixo do rosto de Tedros. Seus dedos correm ao longo do peito ferido e ensanguentado de Rhian, sentindo-o subir e descer; está vivo, respirando.

Gentilmente, ele coloca o rei no chão.

Depois, seus olhos azuis frios me encontram como safiras em uma caverna.

Ele se move rapidamente, um nevoeiro negro, como a própria Morte.

Quando ele está em cima de mim, seu rosto entra em foco.

Japeth mostra os dentes, as bochechas manchadas com o sangue de Rhian, seus punhos fechados, prontos para matar.

Ele pega a Excalibur na grama, meu rosto refletido em sua lâmina.

Atrás dele, vejo meus dois Tedros correndo para me salvar.

Sorrio para eles.

Um sorriso dizendo que estou em paz.

Que eu escolhi isso.

Que isso é o que eu quero.

Eles correm mais depressa, com mais empenho, na minha direção. Mas é tarde demais.

"O menininho que pensa que é um homem. Menininho que pensa que é um rei", Japeth me olha com raiva. "Você tentou matar aquele que eu amo e agora olhe para você. De joelhos, curvando-se perante o meu irmão. Curvando-se para o *verdadeiro* rei."

Viro o meu sorriso para Japeth.

"Nenhuma Cobra jamais será rei", prometo.

Ele coloca seu rosto no meu. *"Vida longa a Tedros."*

Com um rugido, a Cobra levanta a espada para o meu pescoço.

Olho-o nos olhos com ousadia, voltando à minha verdadeira forma.

Seus olhos brilham em choque quando a lâmina me atinge.

Eu me estilhaço em um milhão de cristais que se espalham no ar, cada um deles cheio de uma juventude que nunca conheci antes, como sementes que vão crescer em um novo tempo.

O que resta de mim sobe como uma névoa, mais forte, mais profundo do que nunca, voando alto, mais alto, as cores crescendo mais vibrantes ao meu redor como uma aurora, até que sou inundada por um redemoinho de brilho celestial.

Ao olhar para cima, vejo alguém me esperando.

Alguém que esperou pacientemente por mim, todo esse tempo.

Só mais um pouquinho.

O medo de voar não existe. Nenhuma vontade de voltar.

Entrego-me para a luz, minha alma exposta, enquanto Leonora Lesso se curva e me envolve em seus braços como as asas de um cisne.

DEPOIS

17

AGATHA

O único lugar seguro na Floresta

Dois Tedros saltaram sobre o muro, correndo para a Floresta além do castelo.

"Rápido!", o verdadeiro Tedros disse ofegante, arrastando seu clone pela portaria sem guardas, que ainda se encontravam no campo de batalha.

Lágrimas correram pelas bochechas do Tedros-Agatha enquanto abraçava a bolsa da Reitora em seu flanco, suas coxas grossas e ombros largos dificultando a corrida. Sangue e vergões cobriam seus peitos nus, apesar de seu príncipe parecer muito pior. Um estranho *déjà vu* se infiltrou na dor de Agatha, como se ela tivesse vivido essa cena antes.

De uma só vez, o feitiço se quebrou e Agatha se viu de volta em seu próprio corpo, o vestido esfarrapado reapareceu com o brasão de cisne que pegou emprestado, seus ombros ficaram menores, suas pernas mais ágeis.

Mas a força das emoções ainda era a mesma.

"Dovey...", ela não conseguiu falar. "Tedros... ela... ela..."

"Eu sei", disse ele, sua voz seca. Ele a puxou para a Floresta, para além da primeira linha de árvores, que derramavam ondas de folhas vermelhas e amarelas. Ela o ouvia grunhir alto, pela dor em todas as partes machucadas do seu corpo. O único consolo foi que tinham deixado Rhian muito pior. As silvas prenderam-se ao vestido dela e às calças de Tedros, os sapatos escorregavam nos montes de folhas secas do outono.

Os sinos do alarme tocaram do campanário de Camelot, seguidos de uma debandada de cascos.

"Mais rápido!", Tedros ladrou, suas bochechas tingidas de vermelho.

Agatha sabia que ele não estava com raiva dela. Era uma raiva de dor. Uma raiva por culpa. A Cobra tinha matado o seu melhor amigo, o seu cavaleiro, e agora a sua Reitora, e Tedros não conseguira detê-lo. Ele tinha tentado salvar Dovey. Agatha também tinha. Mas Dovey não tinha a intenção de ser salva.

Mesmo assim, eles não tinham escapado impunes.

Japeth tinha visto os dois Tedros irem atrás da Reitora enquanto ela caía.

Ele sabia que era Agatha e seu príncipe pela maneira como tinham tentado salvá-la, pelo terror no rosto deles.

Agora a Cobra e seus homens estavam em seu encalço.

"Não podemos correr mais que os cavalos", Agatha disse, resistindo aos puxões de Tedros. "Precisamos nos esconder!"

Os cascos ecoaram sobre a ponte levadiça. Chegariam ali a qualquer segundo.

Agatha viu um declive íngreme a leste, coberto por folhas caídas. Puxou Tedros naquela direção e ele compreendeu o plano, apressando-se para a colina e arrastando Agatha atrás dele. A luz desaparecia, as copas das árvores bloqueavam o sol.

Seguindo seu príncipe no escuro, Agatha sentiu o desespero a dominar.

Professora Dovey estava morta.

A sua fada madrinha.

A Reitora que sabia que Agatha era do Bem antes de ela mesma saber. A voz que a tirou da escuridão quando ela não tinha mais esperança.

Dovey tinha dado a vida a eles para que sobrevivessem. Para que pudessem consertar essa história e encontrar seu verdadeiro fim.

Como a mãe de Agatha, há muito tempo.

Todos aqueles que ela considerara como família – Callis, Professor Sader, Professora Dovey –, um a um, todos tinham sido abatidos pela história dela.

Mas não sem propósito.

O pensamento atingiu Agatha como vento em uma vela, empurrando-a adiante, mesmo enquanto as lágrimas caíam.

Dovey tinha se sacrificado para salvar seus alunos.

Para salvar o verdadeiro rei de Camelot.

Para salvar a Floresta.

Ela sabia que seu corpo estava fraco, que sua hora estava chegando. Sabia que Agatha tomaria o seu lugar. Que sua pupila nunca descansaria até que o verdadeiro Leão fosse devolvido ao trono.

As lágrimas de Agatha arderam em chamas.

Professora Dovey a conhecia bem demais.

Os cavalos adentraram a Floresta, suas patas pisando e estalando nas folhas. Agatha olhou de relance para uma cavalaria de homens que empunhavam tochas e espadas.

"Lá estão eles!", gritou o Rei de Foxwood.

Os cavalos correram na direção de Agatha, as espadas dos cavaleiros brilhando.

"Vamos!", ela gritava, passando na frente de Tedros e arrastando-o como ele a tinha arrastado, a colina poucos metros à frente. Assustado com a força dela, Tedros perdeu o equilíbrio e tropeçou. Os cavaleiros se aproximavam, suas espadas erguidas.

Agatha o agarrou pela cintura e o atirou da encosta, a bolsa de Dovey debaixo do braço enquanto ela e o seu príncipe caíam juntos, engolindo gritos antes de aterrissarem com força em uma duna de folhas mortas. Agatha abraçou o corpo encharcado de suor de Tedros, rebocando-o por baixo da pilha vermelha e dourada, que camuflou a pele deles ensanguentada.

Os cavalos voaram sobre eles, com os cavaleiros carregando tochas como as luzes de um palco, e marcharam e galoparam para a escuridão.

A Floresta ficou em silêncio.

Durante muito tempo, nenhum deles se moveu, a respiração soprando folhas no ar. Agatha agarrou-se a Tedros, aninhou o rosto em seu pescoço e sentiu o cheiro quente de menta que seu corpo conhecia tão bem. O sangue umedeceu seu braço, e ela não sabia dizer se era dela ou dele. Aos poucos, sua respiração ficou mais profunda, o nariz contra a pele dele, cada inspiração lembrando que ela ainda estava viva e que seu príncipe também. O braço de Tedros ao redor dela. Ela se aproximou mais, sua mão acariciou a barba por fazer e desceu até os cortes em seu pescoço, onde o carrasco medira o golpe. Ele estremeceu e lágrimas encheram os olhos dele.

"Eu te amo", ele sussurrou.

Ela beijou o lábio inferior dele. "Eu também te amo."

Não havia mais nada a dizer. Agora estavam juntos. Apesar de tudo o que tinha acontecido, estarem juntos, mesmo por um momento, era uma centelha de luz em meio às cinzas.

E aí ela se lembrou de algo, de tal forma repentina que a fez perder o fôlego.

"Dovey me disse onde ele está!"

"Ele quem?", Tedros murmurou.

"Merlin! Ela me disse quando fingia ser você!"

Tedros se sentou abruptamente. "Onde?"

"Nas Cavernas de Contempo! Temos que o encontrar!"

"Nas Cavernas de Contempo? Agatha, isso fica a milhares de quilômetros daqui! Para além das planícies geladas, para além do deserto, para além dos montes comedores de homens... É uma ilha cercada por uma muralha em um oceano venenoso. Não dá para chegar às cavernas, muito menos entrar nelas, ainda mais com um milhão de pessoas nos caçando!"

A esperança de Agatha se esvaiu. "Mas..."

Um galho se quebrou.

Tedros se levantou do meio das folhas, movendo o dedo aceso com luz dourada através das árvores. "Quem está aí?"

Agatha saltou ao seu lado, seu brilho acendeu.

Uma sombra se mexeu atrás de uma árvore.

"Dê um passo e eu te mato!", Agatha ameaçou.

"Ah, duvido", respondeu a sombra calmamente, enquanto se aproximava. "Porque nós duas sabemos que eu te mataria primeiro." Um brilho cintilante no escuro, rosa e quente como um pôr do sol. "E eu realmente não quero te matar depois de tudo o que passamos", disse Sophie.

Ela sorriu para Agatha.

Agatha ofegou e correu na sua direção, e Sophie quase caiu com a força do seu abraço.

"Pensei que nunca mais te veria de novo", Sophie suspirou. "Você não sabe o que eu passei."

"Nunca mais", sussurrou Agatha. "Me promete que nunca mais vamos nos separar de novo."

"Prometo", disse Sophie.

Elas se abraçaram, derramando lágrimas ao mesmo tempo.

Sophie se afastou. "E Dovey?"

Agatha balançou a cabeça. Um soluço preso na garganta.

O rosto de Sophie perdeu a cor. "Para vocês fugirem."

Agatha assentiu com a cabeça.

A amiga limpou-lhe os olhos com o vestido branco amarrotado. "Eu sabia. Ela era a única que poderia ter lançado aquele feitiço. Quando vocês três não apareceram na Floresta, eu sabia que Dovey tinha ficado para ajudar, que ela faria o que fosse preciso para que fossem libertados. Foi por isso que voltei, para encontrar vocês, para encontrá-la." Sophie olhou para a bolsa no braço da Agatha. "Esse cristal deve tê-la enfraquecido mais do que pensávamos. Ela estava morrendo e acho que sabia disso." Sophie fungou, as lágrimas estavam cor-de-rosa por causa do brilho do seu dedo. "Ela usou até a última gota de vida para nos salvar."

"Dovey me disse onde Merlin está", disse Agatha, se recompondo. "Mas não temos como chegar lá. Pelo menos ainda não. Temos que encontrar os outros e procurar um novo esconderijo. Algum lugar onde a gente possa definir o próximo passo. A última coisa que vi foi Robin te levando para dentro da Floresta. Onde ele está? Onde estão Robin e Guinevere e..."

Sophie estava observando Tedros. O príncipe não tinha se mexido da base da colina, os braços cruzados sobre o peito nu.

"Olá, Teddy", disse Sophie. "Estranho dizer isso quando ainda há pouco eu era você."

Os olhos de Tedros brilharam como gemas cortadas. "Agora vem rastejar de volta? Depois de tudo o que disse sobre mim àquele monstro? Que eu sou uma raiz podre no coração de Camelot? Que eu devia morrer?"

Sophie cerrou os lábios. "Estou aqui, não estou?"

"Sim, mas de que lado você está?", Tedros rebateu.

Agatha se virou contra o seu príncipe. "Sophie fingiu estar do lado de Rhian. Ela disse o que tinha que dizer para que ele não suspeitasse de nada."

"Não se preocupe, Aggie", disse Sophie, de forma severa. "Uma Reitora está morta, a Reitora *dele*, e ele está pensando em si mesmo como sempre. E dizem que eu sou do Mal. Mergulhei naquela batalha para te salvar. Fiquei para trás depois da fuga das masmorras para te salvar. Aguentei dois monstros para te salvar, sendo que um deles sugava o meu sangue, e aqui está, questionando a minha lealdade."

"Acha que não estou sofrendo por Dovey? Você acha que não me sinto responsável? Não se atreva a desviar o assunto para ela!", Tedros revidou. "Acontece que, não importa o quanto você diz que faz o Bem, ainda não confio em você, não depois das coisas que você disse e não quando teve a chance de me libertar das masmorras e, em vez disso, libertou Hort!"

"Te libertar teria feito com que morresse ainda mais depressa do que quase morreu, seu idiota!", Sophie atacou.

Tedros parecia confuso. Ele ajeitou a postura.

"Então me diz que era tudo mentira", insistiu. "Tudo o que disse de mim para Rhian."

Sophie olhou para ele intensamente, depois deu as costas. "Nem me lembro do que disse, para ser sincera. Estava mais focada em manter você e a sua princesa vivos. Mas se te incomoda tanto assim, então deve ter um fundo de verdade nisso. Vamos, Aggie, antes que os homens de Rhian ouçam esse palhaço gritar e venham matar todos nós. Ainda temos quilômetros para percorrer e eles estão nos esperando."

"Eles?", Agatha perguntou. "Quem são eles?"

Sophie não respondeu.

Agatha correu atrás dela, deixando Tedros perto da colina, ainda de cara fechada. Sabia que devia esperar por ele, que devia ser a mediadora entre a amiga e o príncipe como sempre, mas Agatha já estava agarrada ao braço da Sophie, as duas sussurrando e se abraçando como se nunca tivessem se separado. Sophie arrumou o cabelo no rosto da melhor amiga e sorriu radiante para ela, duas garotas se reconectando pela floresta escura.

Não demorou muito até ouvirem os passos de Tedros.

"Para onde vamos?", Agatha insistiu.

"Para o único lugar na Floresta onde estaremos seguros", Sophie respondeu em voz baixa. "Preciso que me conte tudo o que aconteceu depois que fugiu."

Agatha achou que estavam indo para o antigo esconderijo da Liga dos Treze, como Professora Dovey pedira, mas depois se lembrou de que a Liga tinha se separado e que o esconderijo não ficava perto de Camelot. Dovey só queria que ela e Tedros se afastassem o máximo possível antes de o feitiço acabar.

"Esse lugar seguro é a escola?", Agatha perguntou. "Porque é o primeiro lugar onde Rhian vai nos procurar."

"Não", disse Sophie concisamente. "Agora responde à minha pergunta."

"Deixa eu ver o seu Mapa das Missões. Vai me mostrar onde todos estão."

"Não, não vai", disse Sophie, apontando para o brasão de cisne no vestido de Agatha. "Não enquanto ele pensar que você e os outros são alunos do primeiro ano. Quando Robin e eu escapamos, ele me disse que vocês trocaram de insígnias para enganar o Mapa da Cobra."

"Mas o mapa dele ainda vai mostrar você e o Tedros! Vocês dois não têm insígnias! Isso significa que Rhian ainda pode ver vocês! Ele pode nos encontrar em qualquer lugar que nos levem! Não existe um lugar seguro na Floresta."

"Aggie, você confia em mim?", Sophie perguntou.

"É claro."

"Então pare de mudar de assunto. Você descobriu algo novo sobre Rhian e Japeth?"

Agatha sentiu o coração apertado. Ela precisava saber o que tinha acontecido com Robin, com o xerife e com o resto da equipe. Precisava saber como escapariam de Rhian se o mapa dele podia rastrear cada movimento seu e de Tedros.

Mas o olhar de Sophie era inabalável.

Agatha respirou fundo.

Ela contou para Sophie o que tinha lido no livro de Sader, enquanto Sophie contou o que tinha sofrido ao lado de Rhian, e Agatha, vez ou outra, dava uma olhada em seu príncipe. Eles se moviam furtivamente, três silhuetas na floresta, se escondendo a qualquer som de cavalos, mas nunca os vendo de fato. A barriga de Agatha roncou de fome e ela precisava de água, mas Sophie a distraiu com mais perguntas.

"Então você está me dizendo que, se uma centena de governantes destruir os anéis, Rhian vai reivindicar os poderes do Storian", Sophie resumiu.

"Lionsmane vai se tornar o novo Storian. Tudo o que Rhian escrever se tornará realidade, por mais malvado que seja. Ele pode me matar com um rabisco. Pode matar todos nós. Ele será invencível."

"É o que diz a profecia de Sader", respondeu Agatha.

"Mas muitos líderes ainda conservaram seus anéis", disse Sophie. "Desafiaram Rhian na reunião do Conselho. Nem todos estão prontos para declarar guerra à escola."

"Depois do que acabamos de fazer no campo de batalha, isso pode mudar", murmurou Agatha.

"Espera aí... *Robin* tinha um anel!", Sophie exclamou. "Durante a reunião. Ele me mostrou. Isso significa que estamos a salvo. Ele nunca o queimará!"

"Deve ter sido uma falsificação ou você não viu direito. A Floresta de Sherwood não é um reino oficial", disse Agatha. "Prova de Geografia do primeiro ano na aula do Sader, lembra? Robin não pode ter um anel."

"Mas eu juro que...", Sophie desanimou, duvidando da própria memória. "Então não tem ninguém com quem possamos contar? Nenhum líder que possa manter a palavra?"

Agatha lhe lançou um olhar vazio.

"Rhian estava muito machucado?", perguntou Sophie, tentando soar esperançosa. "Havia muitos capangas. Talvez esteja..."

"Cobras não morrem tão fácil assim", disse Agatha. "Por falar em cobras: você disse que Japeth sugou seu sangue. Japeth se cura com ele, mas Rhian não?"

Sophie balançou a cabeça.

"Mas eles são gêmeos", disse Agatha. "Como pode curar um e não o outro?"

"A pergunta mais importante é o que vão fazer com os poderes do Storian se os conseguirem", retrucou Sophie. "Ouvi Rhian dizer que há algo específico que Japeth quer. Algo que os dois querem. E isso só vai acontecer quando o último anel for destruído." Arregalou os olhos. "Espera. Rhian me disse uma coisa. Na noite em que jantei com ele. Que chegaria o dia em que o Único e Verdadeiro Rei reinaria para sempre. Que viria mais cedo do que eu pensava. Que o nosso casamento uniria todo mundo."

"O seu casamento?", disse Agatha.

"Ele disse isso às Irmãs Mistrais também. Que elas tinham que manter os reinos do lado dele até o casamento." Sophie fez uma pausa. "Então devo fazer parte disso. Seja qual for o plano de Rhian para usar os poderes do Storian. Ele precisa de mim como rainha."

Agatha ponderou. "E ele disse que uma 'caneta' te escolheu?"

Sophie assentiu com a cabeça. "Não faz o menor sentido."

"Mais enigmas", concordou Agatha. "Mas se Rhian precisa de você para o plano, uma coisa é certa." Ela olhou para a melhor amiga. "Ele virá atrás de você".

Sophie ficou paralisada.

Por um momento elas não falaram.

"Sem Dovey. Sem Lesso. Sem ter como chegar a Merlin", enfim disse Agatha, quase para si mesma. "Precisamos de ajuda, Sophie."

"Quase lá", disse Sophie, vagamente.

Agatha olhou para ela. "Você está com um cheiro esquisito, como se tivesse rolado na terra."

Se Agatha esperava uma resposta, ela não veio. Em vez disso, Sophie apenas suspirou.

Agatha olhou de volta para Tedros, de cabeça baixa, que ouvira tudo o que as garotas tinham passado enquanto ele estava na prisão. Sem camisa, ele tremeu com uma rajada de vento frio, e sua respiração dolorida enfraqueceu.

Um braço passou por suas costas e ele olhou para Agatha, que o abraçou para aquecê-lo. Sophie se aproximou pelo outro lado, aconchegando-o no vestido.

Tedros não resistiu, como se o que ouvira sobre as angústias dela o tivessem tornado mais humilde.

Pouco a pouco, seu corpo deixou de tremer e as duas o abrigaram pelo resto do caminho.

"O Storian tem que sobreviver. A *Floresta* tem que sobreviver", finalmente disse Tedros. "E a única forma de sobreviver é eu retomar o meu trono. Rhian não vai descansar até que o último anel seja destruído. Preciso detê-lo. Preciso derrotá-lo de uma vez por todas."

"Tedros, você mal consegue andar", replicou Agatha. "Não tem espada, não tem apoio na Floresta, nem tem como chegar perto de Rhian sem que o irmão ou os seus homens te matem primeiro. Você não tem nem uma *camisa*. Neste momento, precisamos de um lugar para nos esconder."

"E aqui estamos nós", disse Sophie, parando de repente.

Ela ficou de pé em cima de um tronco de árvore cheio de vaga-lumes piscando laranja no escuro.

"É aqui", disse ela, aliviada. "O único lugar na Floresta em que estaremos seguros."

Agatha olhou para o tronco. "Hum."

O som de cavalos trovejou em algum lugar ali perto, desta vez emaranhado com algumas vozes.

"Espero que esteja brincando", disse Tedros. "Esta era a antiga estação Terra dos Gnomos do Campo Florido, quando os gnomos ainda tinham casas em Camelot. Eles desapareceram depois do meu pai ter banido a magia do reino. Os trens nem passam mais por aqui."

Ele coçou o nariz.

Agatha também sentiu: um cheiro fumegante familiar, como um chá terroso. Antes que pudesse identificar, algo emergiu do tronco, iluminado pelos vaga-lumes, e olhou para ela.

Um nabo.

Ou melhor, um nabo de cabeça para baixo, com dois olhos piscando e uma boca com o formato de um O.

"Você disse *gnomos?*", perguntou o nabo. "Não tem gnomos aqui. Isso seria ilegal. Gnomos não são permitidos em Camelot. Mas legumes? Os legumes são definitivamente permitidos. Por isso, por favor, sigam seu caminho e..."

"Teapea", disse Sophie.

Os olhos do nabo se viraram para ela. "Desculpe?"

"Teapea", ela repetiu.

"Ah, tudo bem", disse o nabo, limpando a garganta.

Ele se recolheu e o topo do tronco se abriu como uma tampa, revelando um grande buraco.

O som dos cavalos ficou mais alto.

"Venham", disse Sophie.

Ela pôs um pé na borda do tronco e saltou para dentro. Agatha olhou para trás através das árvores: um mar de tochas montadas em seus garanhões corria na direção deles a todo vapor. Tedros já estava indo para o tronco, puxando sua princesa com ele.

Agatha mergulhou de cabeça, em alta velocidade, na escuridão e a tampa do tronco se fechou atrás dela. Agarrada à mão do príncipe, ela caiu até não poder mais e eles se soltaram, girando em queda livre como areia de uma ampulheta. Até que o pé de Agatha enganchou-se em algo, sua velocidade diminuiu, seu corpo flutuou como se tivesse perdido a gravidade.

O brilho dourado de Tedros acendeu, iluminando sua própria forma flutuante. Agatha acendeu seu brilho e iluminou ao redor.

Uma vinha verde exuberante enlaçava a cintura de Tedros, outra prendia o pé de Agatha, levando o príncipe e a princesa através de uma estação Campo Florido abandonada, com as carcaças de trens mortos empilhadas contra as paredes. Carros de Flores, outrora brilhantes com a cor de suas respectivas linhas, tinham apodrecido e ficado marrons, com buracos onde antes havia pétalas e folhas. Um fedor decadente atingiu as narinas de Agatha, teias de aranha se prenderam em suas orelhas e pernas. As videiras ao redor dela e de Tedros pareciam ser as únicas coisas ainda vivas. Uma placa velha e desbotada estava quebrada sobre os destroços:

As videiras que seguravam Agatha e Tedros se acenderam com um brilho reluzente, suas superfícies verdes estalaram com a corrente elétrica antes de se apertarem em volta do príncipe e da princesa como cintos de segurança.

E começaram a deixá-los cair mais depressa.

Agatha tentou enxergar Sophie, mas tudo o que viu foi o fundo do poço se aproximando. As videiras se desenrolavam como âncoras, girando o príncipe e a princesa em direção a um solo duro e escuro. Antes de Agatha ou Tedros poderem reagir, as videiras os soltaram de uma vez.

"Tedros!", Agatha gritou.

"Ahhhhhhh!", Tedros gritou.

Eles colidiram com o solo e atravessaram para o outro lado, onde aterrissaram na parte de trás de um riquixá, Agatha no colo de Tedros, Sophie espremida ao lado deles.

"Agora já sabem por que estou cheirando terra", disse Sophie.

"São eles?", soou uma voz animada.

Agatha e Tedros olharam para um jovem gnomo em uma bicicleta presa ao riquixá laranja brilhante, os olhos em Sophie. Ele tinha a pele escura e avermelhada, um chapéu azul brilhante em forma de cone, que combinava com o terno estiloso.

"Achei que tinha dito que eram mais três", disse o gnomo.

Sophie engoliu. "Não. Esses são os últimos."

"Ótimo. Não posso deixar o rei esperando!", disse o gnomo, virando para trás e entregando para Sophie um tecido dobrado. "Por favor, vistam a pele de cobra."

Sophie desenrolou um cobertor de escamas transparentes e o colocou sobre a cabeça dela e dos amigos. Sua superfície fria e cerosa enrugou-se contra as bochechas de Agatha e a bolsa no seu braço.

"Isso vai mantê-los invisíveis até chegarmos ao palácio do rei. Ninguém pode vê-los pelo caminho ou serão mortos, mortos, mortos", disse o gnomo, pedalando por uma pista solitária no escuro, o que lembrou Agatha da montanha-russa na feira de Gavaldon. "Os não gnomos são proibidos na Terra dos Gnomos, desde que fomos expulsos pelo Rei Arthur. Qualquer gnomo que te pegar tem todo o direito de espetar uma faca no seu olho. Um esquilo entrou aqui outro dia e virou churrasquinho para o Banquete da Sexta-feira."

Sophie puxou mais da pele de cobra para o seu lado.

"O Rei Teapea mandou buscar vocês", o gnomo tagarelou. "Teapea deixando humanos se esconderem na Terra dos Gnomos?" Ele assobiou, cético. "Ou ele quer alguma coisa *d'ocês* ou vai matar *ocês pra* servir de aviso pra qualquer não gnomo que se aproxime demais. Mas acho que *ocês* têm nada com que se preocupar. Não é como se fossem parentes do Rei Arthur e tal."

Os olhos de Agatha e Sophie dispararam para Tedros.

Ele escorregou ainda mais para baixo da pele de cobra.

"Pra ser honesto, eu nem sabia que o rei estava em casa", o gnomo divagou, distraído. "Vem e vai sem avisar, muitas vezes durante meses. Mas aí o palácio me diz que há humanos vagando perto do tronco, à procura de um esconderijo, e que eu tenho que fazer o transporte." O gnomo pedalou mais depressa, aproximando-se de uma descida íngreme.

"Conheci essa loira aqui quando encontrei o grupo do xerife. Depois ela voltou para procurar *ocês*", disse ele à Agatha e Tedros, gesticulando para Sophie. "Enquanto isso, levei o grupo do xerife para o palácio. O xerife amontoou todos os amigos naquele saco encantado, enfiou no banco de trás e nenhum dos gnomos fazia ideia. Mas vocês três mais parecem um porco no galinheiro, então, deixem esses braços e essas pernas tudo pra dentro. Esta coisa não foi feita pra humanos!" Ele desceu rápido, fazendo a pele de cobra quase voar antes que Agatha e Sophie a agarrassem. O gnomo saiu em disparada por uma curva, jogando Agatha para o lado e batendo com a bola de Dovey no Tedros, que quase caiu do carro.

O gnomo olhou de relance para os seus passageiros. "Devia ter me apresentado. Sou Subramanyam, pajem da Coroa Real Regis Teapea, comandante real da Terra dos Gnomos. Bem, às vezes também sou uma garota." Com uma nuvem de pó, ele se transformou em um gnomo fêmea. "Posso escolher se serei menino ou menina para sempre no meu aniversário de 13 anos. Estou achando que quero ser menino, porque a maioria da minha turma está escolhendo ser menina, então..." Ele voltou a ser garoto e sorriu para os passageiros. "Aposto que está com inveja de nós, gnomos, podermos fazer isso."

"Não mesmo", Sophie, Agatha e Tedros falaram ao mesmo tempo.

"Me chamem de Subby", disse Subramanyam, olhando para a frente e pedalando com força. "Não se preocupem: quem quer que esteja atrás *d'ocês* não pode os seguir até aqui, não importa que tipo de magia eles tenham. Não dá pra encontrar um reino se você não souber que ele existe! A melhor vista da Terra dos Gnomos fica à direita. Mas é hora do *rush*, fiquem debaixo dessa pele!"

Agatha olhou para o lado do carrinho e agarrou a perna de Tedros, surpresa.

Um percurso colossal e ondulante de trilhos que desciam quilômetros até às profundezas da terra, com centenas de riquixás e bicicletas laranja brilhantes acelerando por vários declives e subidas, transportando gnomos que buzinavam alto, as buzinas imitando miados de gato. No centro dessa estrada louca miante, estava a Cidade dos Gnomos: uma enorme metrópole neon, unida por vinhas verdes luminescentes que não só entrelaçavam todos os prédios e casinhas e torres do tamanho de gnomos em um enorme sistema de roldanas gigantes, mas também pareciam alimentá-los como se fossem circuitos elétricos.

Subby entrou no engarrafamento, desviando-se para as margens da pista para contornar ciclistas e riquixás amontoados de gnomos, sob miados enfurecidos disparados contra ele de todas as direções. Contornando pelo centro da Cidade dos Gnomos, passaram por restaurantes (Petisquinhos do Pequeno Pete, A Donzela Travessa, Gnomo Num Num) e lojas (Mercearia do Gnomo de Jardim, Creche dos Pequenos Pequeninos, Barbearia dos Irmãos Barbudos), bem como pela academia de ginástica Ligeiro e Poderoso, pelo Hospital Geral Pequena Vista e pelo Poça Divertida, um parque aquático minúsculo com tobogãs tão íngremes que um gnomo bebê saiu de um, pulou para a autoestrada, ricocheteou no riquixá em que estavam e aterrissou no colo do condutor ao lado deles.

Todas as habitações e edifícios exibiam o mesmo aviso – NÃO GNOMOS SERÃO MORTOS –, além de um ícone pintado no canto, o brasão oficial da Terra dos Gnomos:

Essa mesma pegada dominava a marquise do Musée de Gnome, que recebia a exposição "A Era de Ouro de Teapea". Havia uma longa fila de gnomos pendurados na videira esperando para entrar. No Templo de Teapea, gnomos devotos levantavam as mãos enquanto uma sacerdotisa gnomo lhes carimbava a testa com uma pata de pó de ouro. Placas apontavam vinhas para "Caminho de Teapea", "Tribunal de Teapea", "Rua Teapea", "Parque Teapea". Para onde quer que Agatha olhasse, os gnomos se cumprimentavam com sorrisos, levantando as mãos como patas, dizendo "Abençoado seja Teapea!".

Sophie sussurrou: "Quem quer que seja este Teapea, ele é um ditador."

"Falou a garota que redecorou a Escola do Mal com murais de si mesma", Agatha rebateu.

Sophie fingiu não ouvir.

Lá embaixo, o palácio do rei apareceu, cintilando azul brilhante contra suas vinhas, uma fortaleza fluorescente ladeada por minaretes iluminados por velas. Guardas gnomos com chapéus azuis como os de Subby estavam de pé sobre nenúfares do lado de fora dos portões reais e empunhavam cimitarras maiores do que a cabeça.

O riquixá passou por mais maravilhas: uma escola cheia de pequenos gnomos aprendendo a história antiga da Terra dos Gnomos, um teatro ao ar livre apresentando uma matinê de *Ah, se eu fosse um Gnomo!*, um campo de minigolfe que se estendia verticalmente por uma vinha e onde gnomos usavam botas antigravidade ancoradas às vinhas, e a sede do Pequeno Jornal, que exibia sua última edição: "FÁTIMA GANHA CONCURSO DE SOLETRAR DA TERRA DOS GNOMOS! PALAVRA VENCEDORA: 'BOUILLABAISE'!".

Agatha estava tão entretida que se esquecera de tudo o que eles tinham passado.

"Totalmente absortos no seu próprio mundo", murmurou Tedros. "Como se não fizessem ideia do que está acontecendo lá em cima."

"Não fazemos", Subby se meteu. "Depois que Arthur nos baniu, o Rei Teapea disse que isso era uma bênção e nos fez construir uma colônia subterrânea. Alguns gnomos esnobes ficaram para trás, na superfície. Um deles até é professor naquela escola famosa, mas o resto de nós ficou com Teapea e se isolou de tudo o que acontece lá em cima. Não quero ser rude, mas vocês, humanos, pensam que a Floresta gira em torno de vocês. Dividem suas terras, criam falsas fronteiras só para começarem lutas e, antes que se deem conta, estão declarando guerra aos próprios amigos e irmãos. Azar de vocês. Nenhum gnomo se deu o trabalho de usar o Observatório do Mundo Humano no Musée de Gnome para ver o que se passa na sua Floresta. Tivemos que fechar a exposição porque ninguém se importava. Imaginem só. Gnomos que costumavam ser seus melhores aliados já não se interessam nem um pouco se vocês vivem ou morrem. E agora que sabem para onde nos mudamos, não tenho certeza se Teapea vai deixar vocês saírem vivos." Subby deu uma risadinha. "Ah, aqui estamos nós."

Os guardas reais olharam para Subby, com as cimitarras brilhando. Seus olhos vagavam sobre Agatha e seus amigos, claramente os vendo por baixo da pele de cobra. Eles acenaram para o riquixá e Subby pedalou para uma pista pavimentada com ouro, aproximando-se do palácio iluminado de azul, a única estrutura na Terra dos Gnomos suficientemente grande para caber um humano.

Os nervos se agitavam no estômago de Agatha, lembrando que ela não estava ali como turista. Acima do solo, toda a Floresta estava à caça dela e de seus amigos. Agora ela dependia da compaixão de um estranho rei para mantê-la segura. Um rei que desprezava toda a sua espécie.

Dois guardas abriram as portas do palácio enquanto Subby entrava. "Pode tirar a pele de cobra", disse, e estacionou.

Sophie já estava se desvencilhando da capa para espiar o hall opulento, formado por arcos de pedra azul. Agatha saiu do riquixá e inspecionou a pedra mais de perto. Finas gotas de lava derretida atravessavam sua superfície, a lava mudando de direção à vontade, por vezes entrando em erupção e cuspindo fumaça vermelha. Sob os seus pés, a pedra azul cintilou com um pó vermelho brilhante, ondulando em padrões de patas pelo chão como constelações no céu noturno.

Três nenúfares flutuaram de um canto, cobertos com copos grandes de leite de rosa dourada e biscoitos de coco, que Agatha, Tedros e Sophie devoraram. A bebida picante se misturava na boca com pedaços doces de coco, e os copos e bandejas se reabasteciam magicamente. Outros três nenúfares chegaram com toalhas quentes cheirando a hortelã, que utilizaram para limpar a sujeira do rosto, e um último nenúfar trouxe uma camisa limpa para Tedros.

"Se este é o nosso esconderijo, não vejo a necessidade de voltar para a superfície", comentou Sophie.

"Feliz por te deixar aqui enquanto eu e minha 'podridão' voltamos para conquistar o trono", disse Tedros, vestindo a camisa.

"A 'podridão' não pode conquistar nada sem a minha ajuda, por isso a 'podridão' deve beijar meus pés", retrucou Sophie.

"Já te beijei uma vez e foi horrível", disse Tedros.

Isso fez Sophie se calar.

"Vocês dois se merecem", disse Agatha.

Isso fez Tedros se calar também.

A voz de Subby ecoou: "É aqui que deixo *ocês*."

Os três viram o jovem gnomo parado na frente de uma porta no fim do corredor. Ele a abriu, revelando uma cascata azul que desaguava sobre a soleira como uma cortina. A água subia assim que atingia o chão e depois voltava a cair.

"Podem ir", disse Subby, acenando com a cabeça para a cascata. "Deixaram o rei esperando tempo demais."

Sophie se encurvou, como se não tivesse intenção de se molhar, mas Agatha abraçava a bolsa de Dovey mais forte e avançava em direção à porta, o príncipe ao seu lado.

"Acha que ele vai nos ajudar? Teapea?", Agatha perguntou a Tedros, parados perto da cascata.

O rosto de Tedros ficou nebuloso, cheio de dúvidas. Já não era o garoto que achava que podia vencer sozinho. "Ele tem que nos ajudar."

Os dois deram as mãos e olharam para Subby.

"Boa sorte *pr'ocês*." O gnomo deu uma piscadela.

Agatha e Tedros saltaram para a água e saíram do outro lado, com Sophie atrás deles, vestido ensopado, cabelo bagunçado, derrubando o seu copo de leite. "Ai, estou toda molhada! Toda molhada! Estou... espera aí..." Olhou para Agatha e Tedros, completamente secos. Depois seguiu o olhar dos amigos.

Uma sala do trono feita de veludo se estendia diante deles, com as paredes, o chão e o teto cobertos com o mesmo tecido macio e azul. O veludo das paredes estava separado em painéis, e as colunas entre eles estavam cheias de vaga-lumes brilhantes que marchavam para cima e para baixo em perfeita ordem, como sentinelas. Um trono dourado, grande o suficiente para um gigante, estava na frente da sala, iluminado por um lustre forjado por mais vaga-lumes, as palavras "C.R.R. TEAPEA" gravadas nele.

No chão, em frente ao trono, estava uma plateia completa, sua atenção voltada para os três intrusos.

Agatha respirou fundo.

Todos estavam ali: Hester, Anadil, Dot, Hort, Nicola, Robin, Guinevere, o xerife, entre outros. Todos os seus amigos que tinham escapado da batalha em Camelot estavam agora a salvo na Terra dos Gnomos.

Mas não só eles.

Aqueles que ela deixara na escola também tinham chegado ao palácio de Teapea: Professora Anêmona, Professor Manley, Professora Sheeks, Princesa Uma, Yuba, Cástor e todos os Sempres e Nuncas do primeiro ano, juntos e em silêncio.

Eles olharam para Agatha, Sophie e Tedros com expectativa, e depois para a porta, esperando que a Reitora do Bem entrasse.

E olharam a expressão no rosto de Agatha.

E então entenderam.

"Onde quer que Dovey esteja, está em paz agora", Robin Hood disse para Agatha. "Ela deve estar orgulhosa de vocês."

Agatha encontrou seus olhos, segurando a dor.

E então seus amigos e professores foram ao seu encontro para abraçá-la, um a um.

"Rezei para que ainda estivesse viva", disse Hester, sem fôlego, incapaz de mascarar a emoção. "Dovey deve ter ouvido o meu desejo. Uma fada madrinha até o fim."

"A gente te ama, Agatha", Kiko disse.

"Até eu, que não gosto muito de você", disse Hort.

Nicola o afastou, juntando-se ao abraço. "Se não fosse por você, ainda estaríamos nas masmorras."

"Não só por mim", disse Agatha, tímida. "Todos fizeram a sua parte."

Ela olhou para Tedros e Sophie, que estavam sendo esmagados com abraços (Sophie estava demorando mais tempo com os Sempres bonitões).

Logo o burburinho se acalmou e todos voltaram para seus assentos, amontoados como uma grande e improvável família. Até Agatha conseguiu sentir um certo alívio. Estavam juntos agora. Todos eles. Não havia mais ninguém para salvar.

Mas logo as sementes do medo voltaram a florescer.

Sophie estava sentada ao lado de Robin. "Eu poderia jurar que você estava usando um anel na reunião. Por que agora não?"

"Não era meu anel", Robin disse.

Sophie franziu as sobrancelhas. "Mas..."

Agatha se apertou entre eles. "O que fazemos agora, Robin? A Floresta inteira está nos procurando. Como vamos nos defender?"

"É por isso que estamos aqui", disse o Xerife de Nottingham, sentado atrás.

"Para pedir ajuda ao Rei Teapea", disse Guinevere, ao lado do xerife.

"Espera aí. Primeiro, como você e Robin chegaram a Camelot? E como recuperou o seu saco mágico?", Tedros perguntou ao xerife, enquanto se sentava ao lado da mãe. "Aquele saco foi destruído! A Cobra o rasgou em pedaços depois de escapar da prisão do xerife."

"Não dá para destruir um saco mágico", o xerife resmungou, segurando o saco remendado. "A Cobra cometeu o erro de deixar os trapos para trás. E a mãe de Dot é a melhor costureira da Floresta."

"A minha mãe?", Dot perguntou, levantando a cabeça lá de trás como uma toupeira. "Minha mãe morreu quando eu era um bebê!"

Robin lançou um olhar para o xerife.

"Isso mesmo!", o xerife respondeu.

Dot franziu as sobrancelhas. "Então como ela poderia ter costurado o..."

O xerife a interrompeu. "O saco separa os amigos dos inimigos, por isso usei-o para pegar os piratas e mantê-los presos, enquanto a nossa equipe se deslocava de um lugar para o outro. Bem, isso até as fadas soltarem os piratas durante a batalha. Devem ter sentido o cheiro deles."

"Dado o seu cheiro, estou surpreso por não terem te libertado com eles", brincou Robin.

"Espera aí!", Agatha franziu as sobrancelhas para Robin. "Você me disse que você e os Homens Alegres não me ajudariam. E que você e o xerife se odeiam. Como vocês chegaram aqui?"

"A mãe de Tedros tem uma explicação para isso", disse Robin.

"Na verdade, Sophie tem", disse Guinevere.

"Eu tenho?", Sophie disse, torcendo o cabelo.

"Naquela noite, quando jantou com Rhian, você me deu um chute debaixo da mesa", explicou a antiga rainha. "Disse que Tedros estava sozinho. Que você não era a mãe dele. Você estava me desafiando. Bem ali, na frente daquele monstro. Você me forçou a continuar lutando, mesmo que parecesse impossível. Mas eu não tinha como mandar uma mensagem para além de Camelot, não com aquele *scim* no meu rosto. Mas do lado de fora do quarto da rainha, há uma árvore com pássaros que eu costumava alimentar todos os dias. Em troca, eles agiam como meus pequenos espiões, cantando mais alto sempre que era seguro sair escondido para encontrar Lance na Floresta. Então, depois do jantar, voltei ao meu antigo quarto, fingindo limpá-lo, e lá estavam eles, meus pássaros cantores, como sempre. Quando me viram com aquela enguia nojenta na cara, suas canções pararam. Seus olhos tristes perguntavam como podiam ajudar. Então, enquanto eu limpava, murmurei uma música, uma canção que todos os pássaros conhecem."

Ela cantarolou e Robin cantou junto:

"Oh, nos ajude, Robin,
Querido e corajoso Robin,
Venha nos salvar, Robin Hood!
Escute a nossa canção, filho do Bem,
Por todo o caminho até a Floresta e além!"

"Odeio essa música", o xerife rosnou.

"Ah, mas é porque a única música que as pessoas cantam sobre você é *Xerife, xerife, xerife peidorreiro*", disse Robin. "Quando os pássaros vieram cantar os problemas de Gwen, contei para os Homens Alegres, mas se aqueles preguiçosos não queriam lutar por Agatha, também não lutariam por Gwen, apesar de Arthur e eu sermos amigos. Foi aí que o xerife, *justo quem?*, manda avisar que vai para Camelot salvar a filha das masmorras e implora que eu o ajude."

"Baboseira", o xerife desprezou. "Não implorei por nada. Eu disse que você era uma galinha de peito rosa se deixasse a garota que te salvou da prisão apodrecer em uma cela, e que esperava que o Storian reabrisse a nossa história e contasse ao mundo que tipo de homem você é de verdade."

"É, mais ou menos isso", disse Robin. "O fato é que Marian também insistiu e perguntou o que eu faria se fosse a minha filha que Rhian tivesse levado. E Dot é o mais próximo que eu tenho de uma filha, não é? Marian sabe como me convencer."

"A você e a mim", murmurou o xerife.

"Não podia ficar me divertindo na Flecha. Não depois de tudo isso", suspirou Robin. "Então me reuni com o xerife e cavalgamos para Camelot. Enviei uma flor de lótus para Gwen, para que ela soubesse que estávamos a caminho."

"Coloquei a flor nos meus cabelos para me dar esperança", suspirou a velha rainha.

"Então, no meio do caminho, soubemos que Dot e alguns outros tinham escapado das masmorras", contou o xerife. "Mesmo assim, eu não deixaria o estrupício do Rhian ganhar. Nossa Floresta tem lei e ordem, e não vou descansar até a cabeça daquele porco estar na ponta de uma lança."

"É por isso que agora estamos todos aqui no palácio do Rei Teapea, torcendo para que ele nos ajude", terminou Robin Hood.

"E se ele não nos ajudar?", Agatha perguntou.

Uma trombeta soou, fazendo-a pular.

Um guarda com um chapéu azul brilhante e casaco surgiu da escuridão atrás do trono. "Saudações, inimigos humanos! Estão aqui a convite da Coroa Real Regis Teapea. Por favor, levantem-se em honra ao rei!"

Os vaga-lumes nas paredes e no candelabro desviaram sua luz laranja para o trono.

Rapidamente, Agatha e o resto dos seus amigos se levantaram.

"Escute", sussurrou para Robin. "Os gnomos querem se vingar do Rei Arthur por tê-los banido, o que significa que vão querer se vingar de..."

"De mim", Tedros completou. "Agatha tem razão! E se o Rei Teapea souber quem eu sou? E se ele nos vir como inimigos? E se tivermos vindo procurar o único líder que quer me matar – e aos meus amigos – ainda mais do que Rhian?"

"Então seremos mortos de qualquer maneira", disse Robin.

"Enquanto isso, fique escondido lá atrás", o xerife grunhiu para Tedros.

O estômago de Agatha deu um nó. De repente, o trono dourado à sua frente ficou maior. Enquanto eles estiveram ocupados com o reencontro de família, tinham se fechado no palácio de um estranho por vontade própria. Um estranho que certamente odiava Tedros o suficiente para matá-lo assim que o visse. Sua preocupação sobre aquele lugar explodiu em pânico. Era uma emboscada. Agatha podia sentir. Precisavam sair dali, *agora*.

Antes de fazer qualquer movimento, a trombeta do gnomo voltou a berrar: "Apresentando o Honorável, Exorável, Coroa Real Regis... Teapea!"

Por um momento, nada aconteceu.

E então Agatha o viu.

Uma sombra deslizou do fundo da sala em direção ao trono, devagar, suavemente, como se flutuasse no ar.

Agatha recuou, a desgraça empalando seu coração.

A sombra se aproximou... mais e mais perto...

O Rei Teapea veio à luz e se revelou.

Sophie deixou seu copo cair.

Tedros tombou para trás.

Todos os olhos da sala se fixaram em Agatha.

Ela não conseguia respirar.

Não era possível.

Não era nada possível.

Porque o líder dos gnomos, a sua única chance de sobrevivência, sua única esperança de ajuda em toda a Floresta, era...

O seu gato.

~⚜ 18 ⚜~

TEDROS

A missão definitiva

Tedros levantou a cabeça. Com toda certeza, estava com a vista cansada e tinha imaginado tudo aquilo.

Mas não tinha.

Reaper se sentou no trono dourado. Sua pele calva e enrugada tinha um aspecto doente sob a coroa torta. Seu único olho bom brilhava para o príncipe, enquanto Agatha estava petrificada, de boca aberta.

Outros dois guardas empunhando cimitarras emergiram da escuridão por detrás do trono e se juntaram ao gato, um de cada lado, enquanto o gnomo com o trompete se pôs em frente à porta. No topo do trono, as letras entalhadas C. R. R. TEAPEA se reorganizaram para formar...

REAPER, O GATO

Tedros engasgou.

Reaper miou alto para o silêncio.

Princesa Uma saiu do meio dos alunos do primeiro ano e deu um passo à frente. "Sim, Vossa, hum... Alteza?"

Reaper miou novamente.

Princesa Uma se aproximou do trono.

O gato de Agatha sussurrou para ela.

Uma balançou a cabeça e bateu a ponta do dedo aceso na garganta dele.

"Isso é impossível", disse Agatha, piscando sem parar. "Tem que ser algum engano..."

"Engano nenhum", disse o gato com uma voz firme e profunda. "Você simplesmente não tem prestado atenção."

253

Agatha balançou sobre os calcanhares. "Você *fala*?"

"Considero a língua dos homens uma língua limitada e feia, mas, para efeitos do nosso encontro, graças ao feitiço de Uma, posso me comunicar", explicou Reaper, antes de virar seus olhos amarelos e ousados para Tedros. "E você tem sorte de eu não ter falado até hoje, já que me chutou, me chamou de Satanás e me jogou em uma privada, embora eu tenha sido um bom amigo para você sempre que precisou." Ele olhou para Agatha. "Para os dois."

Agatha balançou a cabeça. "Mas... mas... você é o meu *gato*!"

"Sou o gato da sua *mãe*", disse Reaper, "o que deveria ter sido a primeira pista de que sou um gato da Floresta, não de Além da Floresta. Quanto ao meu lugar aqui, os gnomos acreditam que ser governado por um deles é convidar a ganância, o interesse pessoal e a corrupção. Se um gnomo governasse a Terra dos Gnomos, seria um lugar tão ruim quanto os reinos dos humanos. Desde o início, então, os gnomos têm procurado por um rei fora da sua espécie, um líder que pudesse compreender o modo de vida deles sem abusar do poder. A resposta era óbvia. Gatos e gnomos são iguais: amigos dos humanos e indiferentes a eles ao mesmo tempo. No entanto, os gatos também são criaturas solitárias, contentes com uma tigela de leite e uma cama quente. Um rei gato, então, faria o que era melhor para os gnomos, mantendo-os protegidos e deixando que vivam em paz."

"Isso é loucura!", Agatha ladrou, encontrando sua voz. "Você morava *comigo*! Na minha casa!"

"E eu estava lá!", Tedros disse, indo para o lado da sua princesa. "Passei semanas com você naquele cemitério! Isso não faz sentido..."

"Sou rei da Terra dos Gnomos há cinco anos e durante esses cinco anos fui e voltei para o lado de vocês sempre que quis", Reaper disse para Agatha. "Estive com os gnomos quando eles precisaram de mim e, com vocês, quando precisaram de mim, sem que ninguém soubesse que eu levava uma vida dupla. Se eu fosse um cachorro, vocês poderiam ter notado as minhas ausências, já que os cães são animais carentes e odiosos. Mas gatos... nós entramos e saímos da vida das pessoas como velhas recordações."

Um guarda gnomo trouxe para Reaper uma taça de creme polvilhado com especiarias, que ele lambeu antes que o gnomo o levasse de volta.

Agatha ficou quieta, o rosto dela foi mudando.

Isso é real, Tedros se deu conta. *O gato é rei.*

"Meu pai governou a Terra dos Gnomos antes de mim. Ele, minha mãe e meus três irmãos eram gatos pretos lindos e majestosos. Eu, por outro lado, nasci assim", explicou Reaper, acenando com a cabeça para o corpo esquelético e sem pelos. "Meu pai tinha vergonha e me mandou para Floresta, em exílio, um gatinho indefeso, e lá Callis me encontrou e fez de mim seu animal de estimação". Ele sorriu carinhosamente para Agatha. "Essa história lhe parece familiar?"

"Também foi assim que a minha mãe me encontrou", Agatha suspirou.

"Sua mãe amava aqueles que os outros não conseguiam", disse Reaper. "E mesmo quando fugiu da Escola do Mal e se escondeu em Gavaldon, Callis nunca me manteve preso. Eu era livre para caminhar pela Floresta Sem Fim e me aventurar, indo e voltando conforme a minha vontade. Um dia, a sua mãe te trouxe para casa e, quando dei por mim, passei a me sentir bastante protetor com relação a você, apesar das minhas ressalvas com os humanos. Nesse meio-tempo, acompanhei de longe meu pai e meus irmãos, o rei e os príncipes da Terra dos Gnomos, que se tornavam cada vez mais leais ao Rei Arthur, chegando até a atuar como espiões de Camelot. Receoso, regressei à Terra dos Gnomos e compareci perante a corte do meu pai. Os gatos não devem servir aos humanos, disse a ele, ou não somos nada além de meros cães. Lembro-me da forma como o meu pai olhou para mim, sentado neste mesmo trono. Ele me chamou de traidor. Se algum dia eu voltasse para a Terra dos Gnomos, disse ele, seria morto na mesma hora."

Reaper suspirou. "Então, Merlin abandonou o Rei Arthur, que retaliou e baniu a magia do reino, incluindo as fadas e os gnomos que tinham sido seus leais aliados. Depois de Arthur ter expulsado os gnomos e destruído o reino deles, meu pai e meus irmãos foram enxotados por terem se associado com o homem que traíra toda a raça dos gnomos. Os depoentes do meu pai me encontraram e disseram que eu tinha razão de ter alertado minha família sobre os humanos. O que foi irônico, já que o meu amor por você e pela sua mãe só tinha ficado mais profundo. E os gnomos me pediram para ser o rei deles."

Ele se encostou ao trono e a barriga rosada se enrugou como um acordeão. "No início, rejeitei a ideia. Estava feliz em Graves Hill com vocês. Mas percebi que tinha cometido o mesmo erro que os gnomos: minha confiança nos humanos, mesmo naqueles que eu amava, era demais. Ser rei me deixaria viver entre mundos sem pertencer a nenhum deles. Talvez uma razão egoísta para aceitar uma coroa, mas, no final, fez de mim um rei melhor. Ensinei autoconfiança aos gnomos, pois nunca fico aqui por muito tempo. E os gnomos nunca foram tão felizes. Eles me idolatram, dão meu nome às ruas, me adoram em seu templo. Não ligo para nada disso, é claro, mas na verdade, a ilusão de um rei é tudo o que eles precisavam para governar a si mesmos. Não muito diferente de vocês", o gato disse para Agatha. "Fui o seu primeiro amigo, muito antes daquela outra bater na sua porta. Sem mim, talvez nunca achasse que sequer merecia um amigo. As coisas mudaram, é claro. Não precisa mais de mim como antes, e isso me deixa orgulhoso. Mas estarei sempre com você, Agatha, mesmo quando não consegue me ver. Como Merlin para Tedros, estou te observando a cada passo, entrando e saindo da sua história como só os melhores feiticeiros fazem." Reaper sorriu. "Ou os melhores gatos."

Agatha enxugou as lágrimas na manga da sua roupa.

A história do seu animal de estimação a tinha comovido, Tedros sentiu, mas, mais do que isso, Agatha estava aliviada: eles tinham um amigo ali na Terra dos Gnomos. Um amigo de verdade. Tedros pensou em todas as vezes que o gato os salvara: entregando a mensagem de Callis para a Liga dos Treze; resgatando-os de Graves Hill quando os guardas vieram atrás deles; ajudando Agatha a encontrar Excalibur na guerra contra Rafal; protegendo Tedros em Camelot quando Agatha partiu em sua missão.

"Sinto muito", disse o príncipe, olhando para Reaper. "Pela forma como te tratei."

"Também lamento", confessou o gato. "Senti que você era um péssimo par para Agatha. Lembrava o meu pai e meus irmãos: muito bonitos e arrogantes para conseguir ver o mundo com clareza. Mas você amadureceu mais do que imagina. A maioria dos nascidos com títulos definham sob a adversidade. Você admitiu seus defeitos e não só busca a redenção, mas está disposto a lutar para alcançá-la. Conquistou o direito de lutar pela sua coroa. Não temos como saber o quanto essa luta será dura ou por quanto tempo vai durar, mas vou te ajudar de todas as maneiras que puder."

Seus olhos cintilavam como estrelas, brilhantes o suficiente para iluminar a noite escura.

Tedros abraçou Agatha ao seu lado, enxugando suas lágrimas.

"Mas agora a hora da história acabou", disse Reaper.

Em meio ao público, dois guardas emboscaram Sophie, levantaram-na do chão pela cintura e a viraram de cabeça para baixo.

"EEEEIII! O QUE ESTÃO FAZENDO!?", Sophie gritou.

Um gnomo arrancou seu sapato, puxou o colar com o frasco de ouro do seu dedo do pé e o jogou para Reaper, e os guardas soltaram Sophie, que caiu de bunda.

"Poderia dizer que lamento que tenha sido a única a se molhar quando entraram", Reaper disse para Sophie, girando seu colar de Reitora, "mas isso seria uma mentira."

Sophie o encarou, encharcada. "Você fez de propósito!"

"Vida longa ao rei", murmurou Tedros.

O gato abriu o frasco de Sophie e espalhou o líquido dourado no ar, que se transformou no conhecido Mapa das Missões, flutuando sobre o trono.

Apenas um nome e uma miniatura ainda permaneciam no mapa, posicionados sobre o castelo de Camelot, um nome que Tedros se surpreendeu ao ver no Mapa das Missões:

RHIAN

"Parece que o rei ainda está vivo, apesar dos esforços de vocês", disse Reaper. Ele trouxe o mapa para baixo, abrindo-o na sua frente. "O que significa que o que quer façamos a seguir..."

Seus olhos se voltaram para o público.

"... terá de ser *melhor*."

Os alunos e professores da Escola do Bem e do Mal sentaram-se em um círculo em volta do mapa, que flutuava sobre o chão azul-veludo. Reaper andava de um lado para o outro no pergaminho suspenso, ponderando tudo o que Sophie, Agatha e Tedros tinham acabado de contar.

"Então Rhian quer os poderes do Único e Verdadeiro Rei", disse o gato. "E ele está perto de conseguir?"

Tedros podia ouvir Yuba sussurrar para Agatha: "Por que o nome de Rhian estaria no Mapa das Missões de uma Reitora? Ele não era aluno da escola!"

"Pensei a mesma coisa", Agatha sussurrou de volta. "Por falar em alunos, como conseguiu trazê-los para cá?"

"Depois que o xerife te levou para Camelot, recebi uma mensagem do Rei Teapea", disse Yuba. "Eu não conhecia o novo Rei Gnomo, imagine a minha surpresa! Ele disse que devíamos nos unir contra Rhian e ordenou que eu trouxesse os professores e nossos estudantes para cá, com instruções de como usar os velhos túneis Campo Florido para chegar sem sermos detectados."

Toc. Toc. Toc.

Tedros viu Reaper batendo sua garra impacientemente.

O príncipe pigarreou. "Hum, qual era mesmo a pergunta?"

"Quantos líderes ainda possuem os seus anéis?", disse Reaper, o encarando. "A Terra dos Gnomos nunca teve um anel, uma vez que era um domínio de Camelot. E Camelot já não tem anel, já que dizem que o seu pai o destruiu antes de morrer. O que significa que precisamos saber quantos anéis ainda podem impedir Rhian de reivindicar os poderes do Storian."

Tedros e Agatha se entreolharam. "Não tenho certeza", o príncipe admitiu.

"Basta um anel sobreviver", grunhiu o xerife. "É isso que importa."

Reaper olhou para ele com atenção. "De fato."

Tedros esperou que o gato desse mais detalhes, mas em vez disso Reaper mordiscou os cogumelos refinados que os guardas tinham trazido, com os olhos ainda fixos no xerife. Depois ele começou a caminhar de novo.

"Colocar Tedros de volta no trono não vai ser tarefa fácil", disse Reaper, passando pelos reinos no mapa. "Todos nós teremos que fazer a nossa parte." Ele parou sobre o reino de Borna Coric. "Bruxas?"

O coven se levantou.

"Sim, Sua Alteza", disse Hester.

"Dê uma missão pra gente", disse Anadil.

"Qualquer coisa que precise", disse Dot.

"Vocês devem ir para as Cavernas de Contempo resgatar Merlin", ordenou Reaper.

"Qualquer coisa menos isso", disse Dot.

Hester e Anadil fecharam a cara para ela.

"Fica a milhares de quilômetros de distância e rodeada por um mar venenoso!", Dot argumentou. "Não tem como chegar até as grutas!"

"*Eu vou*", declarou Tedros, estufando o peito. "Merlin é meu amigo."

"Espera aí", disse Nicola, encarando Dot. "Vocês não são parte do coven do quarto 66? As lendárias bruxas que enganaram vilões mortos-vivos e piratas assassinos e foram designadas pela Reitora do Bem para encontrar um novo Diretor da Escola?"

Dot retorceu os dedos. "Sim, mas..."

"Merlin precisa da sua ajuda", respondeu Nicola. "Merlin, o maior feiticeiro do Bem, que salvou você e seus amigos diversas vezes. Merlin, de quem precisamos para ganhar essa guerra. Reaper poderia ter escolhido qualquer um aqui para salvá-lo, mas ele escolheu você. Se não está à altura da tarefa, talvez não seja a bruxa que eu pensei que fosse."

Dot ficou sem palavras.

"Talvez Nicola devesse estar no nosso coven", disse Hester.

"Gosto dela", disse Anadil.

"Eu vou", disse Dot.

Tedros ficou de pé em um salto. "Não me ouviu? Merlin é importante demais para ser deixado nas mãos de outra pessoa que não eu."

O Xerife de Nottingham o cortou. "Dot está certa: as Cavernas de Contempo não são lugar para três garotas irem sozinhas."

"Três garotas que te espancaram duas vezes", disse Robin.

"Eu é que deveria ir até lá", o xerife exigiu.

"Não", disse Reaper, com os olhos fixos no xerife. "Você não vai a lugar nenhum. Vai ficar aqui no palácio sob a proteção dos meus guardas."

Ele disse isso com tanta firmeza que Tedros se perguntou se Reaper e o xerife já tinham se encontrado antes: algo fez com que o gato desconfiasse dele.

Reaper se voltou para Hester. "As bruxas vão viajar até Borna Coric e encontrar Merlin."

"E eu?", Tedros insistiu. "Se não vou atrás de Merlin, devo liderar a próxima missão."

"Onde estão Hort e Nicola?", o gato perguntou.

"Aqui!", disse Hort, segurando a mão de Nicola.

"Vocês dois vão para Foxwood, de onde Rhian afirma ser", disse Reaper. "Descubram o que puderem sobre a história dele e do irmão."

"Considere feito", disse Hort, piscando para Nicola. "História é o que eu faço."

"Que os céus nos ajudem", disse Nicola.

"Por que o seu gato está me ignorando?", Tedros sussurrou para Agatha. "Eu sou o rei. Sou quem ele está tentando colocar de volta no trono. E ele está dando missões importantes para Hort?"

Mas a princesa estava escutando Reaper dar os detalhes da próxima tarefa.

"Bogden, Willam, vocês dois vão se disfarçar para espiar Camelot. Willam conhece bem o reino, já que foi criado no presbitério. Usem seus truques para avaliar a condição de Rhian. Descubram os próximos passos dele."

Bogden o saudou. "Aye-aye, Rei Pipi!"

"Teapea, seu tonto!", Willam repreendeu.

Reaper os analisou, impassível. "Beatrix, Reena, Kiko, vocês vão patrulhar as árvores em torno do portal da Terra dos Gnomos e garantir que ninguém se aproxime demais."

"Apropriado, não é?", Kiko suspirou. "Tristan morreu em uma árvore."

Willam deu-lhe uma olhadela.

"Agora que já se dirigiu a todos, incluindo aos alunos do primeiro ano e coroinhas", Tedros disse, inquieto, "por favor, me diga o que..."

"Quanto ao restante dos alunos", disse Reaper, girando na direção dos Sempres e Nuncas mais novos, "vocês vão formar pares, se dispersar por todos os reinos e encontrar os governantes que ainda não queimaram seus anéis. Com certeza Rhian vai usar todos os meios necessários para colocá-los contra o Storian e a escola. Façam o possível para impedir que os líderes destruam os anéis sem que os vejam. Enquanto isso, os professores voltarão à escola para vigiar o Storian, caso ele nos forneça mais pistas sobre como podemos defendê-lo. Yuba, me envie uma mensagem protegida assim que contar quantos cisnes ainda restam no entalhe da caneta. Espero que a maioria dos reinos tenha mantido sua posição contra o rei."

"Sim, Rei Teapea", disse o velho gnomo.

Reaper inspecionou a sala. "Todos entenderam suas tarefas?"

Tedros estava prestes a explodir.

"O que quer que Gwen e eu façamos, Sua Alteza?", perguntou Robin Hood.

"Volte para a Floresta de Sherwood e recrute os Homens Alegres. Seus dias de cegueira deliberada acabaram", disse o gato. "Guinevere permanecerá sob a minha proteção. Os guardas vão levá-la e o xerife até seus aposentos no meu palácio, para que possam descansar."

"Descansar? Eu? *Agora?*", o xerife vociferou. "Consigo entender que Guinevere precise se deitar um pouco, mas eu devia estar lá em cima lutando contra o rei!"

"Eu também! Eu *mais* ainda!", Tedros explodiu.

"Todas as equipes partirão imediatamente", comandou Reaper, ignorando o príncipe à medida que o mapa sob a sua pata evaporava. Saltou de volta para o trono, balançando o colar de Sophie. "Meu pajem vai acompanhá-los até a superfície no saco do xerife."

"Samarbati S. Subramanyam ao seu serviço!", anunciou Subby, passando a cara vermelha através da cascata que cobria a porta da sala do trono. "*Vambora*, todos pro saco!"

Um guarda gnomo tocou uma trombeta ao seu lado tão alto que Subramanyam caiu de volta através da cachoeira.

"O Honorável Coroa Real Regis Teapea dispensa assim a presença de todos vocês!", proclamou o gnomo. "Partam para as missões!"

"PARTAM PARA AS MISSÕES!", mais dois guardas gritaram.

Antes que Tedros se movesse, seus amigos, professores, mentores e toda a turma do primeiro ano se juntaram, conversando, risonhos, sobre suas novas missões e agarrando seus companheiros de equipe enquanto passavam pelo príncipe e corriam pela cachoeira em grupos.

"Espera... ei...", Tedros gaguejou, perdido na debandada.

"Priyanka, vem comigo!", Bodhi gritou.

"Não pode largar o seu melhor amigo por uma garota!", Laithan criticou. "É como Sophie e Agatha, mas com garotos", Bossam riu.

Cástor segurou os três, dizendo: "EU VOU ESCOLHER OS TIMES PORQUE EU SEI QUEM TEM CÉREBRO E QUEM É UM JUMENTO!", antes de conduzir o restante dos alunos através da água e saltar atrás deles.

Mais docentes o seguiram. "E se Rhian mandar seus homens para a escola outra vez?", perguntou a Professora Sheeks.

"Sem os alunos presentes, o Storian nos dará licença para nos defendermos", rosnou o Professor Manley. "Uma, alguma novidade das fadas? Você as enviou para buscar ajuda há dias."

"Estiveram vasculhando a Floresta procurando pela Liga dos Treze", respondeu a Princesa Uma. "Não descansarão até encontrarem um dos antigos membros da Liga que possa ajudar."

Hort cutucou Beatrix na saída. "Como vamos compartilhar informação enquanto estivermos em lugares diferentes?"

"O antigo corvo-correio de Agatha em Camelot está com Professora Anêmona. Podemos usá-lo para enviar mensagens", disse Beatrix.

"Não é seguro o suficiente", disse Hort. "Precisamos é de uma noz de esquilo."

"Até onde sabemos, os esquilos também estão do lado de Rhian", disse Kiko.

"O que é uma noz de esquilo?", Nicola entrou na conversa.

Mais alunos desapareceram pela cachoeira com eles: Aja, Valentina, Bossam, Bert, Beckett. Ravan, Vex, Mona, Dot, Anadil e outros também se aproximavam da saída, até que não restou ninguém na sala do trono a não ser o rei gato e as três pessoas que mais o conheciam: Tedros, sua princesa e sua nêmesis.

A última dos três bocejou. "Ótimo, está tudo encaminhado", Sophie suspirou contra a parede de veludo, forçando vaga-lumes a marcharem à sua volta. "Vou comer uma salada de pepino, tomar um banho de espuma e tirar um longo e gostoso cochilo."

"Isso não vai acontecer", disse Reaper, colocando o colar de Sophie no próprio pescoço. "Vocês três têm a missão mais difícil de todas. É por isso que deixei para quando estivéssemos sozinhos. Porque é a missão *definitiva*. A missão que se sobrepõe a todas as outras. A missão que deve ser cumprida para que Tedros recupere a coroa."

Sophie apertou os lábios, olhando para Agatha.

Mas o gato estava olhando apenas para o príncipe.

"Precisa descobrir porque a Excalibur não se soltou da pedra por você", ele disse.

Reaper voltou-se para Agatha e Sophie. "E vocês duas devem ajudá-lo."

"Isso não é uma missão. Isso é um beco sem saída", disse Tedros, balançando a cabeça. "Tentei puxar a espada. Tentei de tudo. E depois um estranho a tirou de uma só vez. Perguntei a Merlin e ele também não tinha respostas, a não ser um enigma maluco que me dizia para 'desenterrar' o meu pai. Quase fritei o cérebro para desvendar o significado, mas não há o que desvendar. Porque nada disso faz sentido! Como é que vou saber o que a Excalibur estava pensando? Como vou saber o estado de espírito de uma espada?"

"Da mesma forma que Merlin e Professora Dovey fizeram antes do trabalho deles ser interrompido", disse Reaper.

Seus olhos brilharam e, no mesmo instante, a bolsa no ombro da Agatha se abriu. A bola de cristal voou e foi direto se aninhar nas patas do gato.

"Enquanto vocês estavam em suas missões do quarto ano, Merlin e Clarissa Dovey tinham sua própria missão", explicou o gato, segurando a esfera de vidro. "Ou seja, estavam usando a bola de cristal de Dovey para descobrir por que Tedros falhou em seu teste de coroação. Ao que parece, uma bola de cristal quebrada permite fazer coisas que uma bola de cristal normal não faria. Uma bola de cristal comum é uma janela para o tempo. Mas Merlin e Dovey descobriram que uma bola de cristal quebrada é mais do que uma janela." Reaper inclinou-se para a frente. "É um *portal*."

"*Um portal?*", Sophie e Agatha disseram.

"Um portal pelo qual vocês três vão passar juntos agora", Reaper explicou. "Os riscos são grandes. Vimos os seus efeitos na Reitora do Bem." Ele olhou para Tedros. "Mas entrar no mundo de cristal é a única maneira de descobrir a verdade sobre o seu pai, a sua espada e o seu destino."

"Como assim, 'mundo de cristal'?", Agatha perguntou, atordoada. "Existe um mundo... *dentro* da bola de cristal?"

"Um mundo maior do que você poderia imaginar", respondeu Reaper.

Tedros franziu a sobrancelha. "Isso não faz sentido. Como você sabe o que está dentro do cristal de Dovey?"

"Como sabe o que Merlin e Dovey viram?", Sophie perguntou.

"Como *poderia* saber o que eles viram?", Agatha insistiu.

Reaper sorriu. "Não é óbvio?", disse ele, provocando.

As pupilas do gato ficaram profundas como buracos negros.

"Eu fui com eles."

19

AGATHA

No mundo de cristal

Agatha viu a bola de cristal afundar na água. "Não está acontecendo nada", disse Tedros, ao lado dela.

"Ótimo, porque se estão achando que vou me molhar outra vez...", Sophie bufou, ainda encharcada no seu vestido branco.

Agatha virou-se para o seu gato. "Você disse que o portal se abre quando o cristal está debaixo da água."

"E ativado", disse Reaper.

Suas vozes ecoaram no banheiro da Coroa Real Regis, mobiliado com uma penteadeira, escovas de pedras preciosas, óleos perfumados, cremes e também uma caixa de areia com pó cintilante e uma banheira aquecida, de pedra azul, grande o suficiente para um exército de gatos, salpicada com flores de laranjeira. Quando Reaper mostrou o cômodo, iluminado por painéis feitos de vaga-lumes azuis e laranjas, Agatha ficou mistificada. O Reaper que ela conhecia coçava de tanta pulga, fazia xixi só em lápides e quase a matara na única vez que tinha tentado lhe dar um banho.

"É o antigo banheiro do meu pai", explicou Reaper, vendo a cara dela. Ele subiu para a borda da banheira. "É a primeira vez que venho aqui."

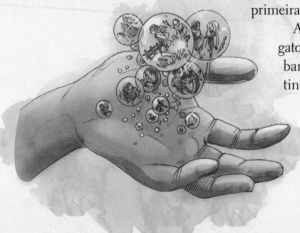

Agatha observava enquanto seu gato afundava o cristal de Dovey na banheira de água tão quente que tinha vapor subindo da superfície.

O globo afundou e encostou no chão de pedra azul, a fenda no vidro parecendo maior do que seu tamanho real por causa da refração da água.

Agatha sentia como se tivesse levado um golpe na cabeça. *Dovey morta...* *Reaper rei... A bola de cristal, um portal para um mundo secreto...* A tensão pesou, os pulmões sugavam o ar como se já estivesse debaixo d'água.

Tedros tocou seu braço. "Tudo bem?"

Olhou para ele, depois para Sophie e Reaper, que a observavam.

Agatha queria dizer que não, que tudo estava indo depressa demais, que ela queria fazer a história voltar para uma época em que a vida não tinha magia, não tinha segredos. Uma época em que tinha um lar, uma mãe.

Mas então, ao olhar para sua melhor amiga, seu príncipe e seu gato, Agatha percebeu que tinha uma outra família agora. A família que tinha *escolhido*. E depois de tudo o que tinham passado, estar novamente com essa família, por mais assustadores que fossem os desafios à frente, era tudo o que ela precisava para largar o passado e encontrar o presente.

"Você disse que o cristal é um portal", disse Agatha, se recompondo. "Um portal para o quê?"

"Merlin chamou de 'cristal do tempo'", disse Reaper vagamente, contornando a borda da banheira. "Temos que começar."

"Como Merlin e Dovey descobriram o portal?", Tedros entrou na conversa.

"Já expliquei, não é?", Reaper respondeu, impaciente. "Depois que você falhou em tirar a Excalibur, Merlin e Dovey tentaram usar a bola de cristal para entender o porquê. Como você estava tratando Agatha muito mal depois do fiasco da coroação, queria que você tirasse a espada logo, para o bem dela, por isso me juntei a Merlin e Clarissa nos seus esforços. No início, não tivemos sorte. Mas durante o verão, a sala da Professora Dovey era insuportável de tão quente. Ao estudar a bola uma noite antes de Dovey a ativar, Merlin encostou a mão suada na rachadura do vidro. A fenda ficou mais macia, o vidro esponjoso. A mudança deixou Merlin curioso. Então ele e Dovey mergulharam a bola na piscina da Sala de Embelezamento para ver o que aconteceria quando a Reitora a ativasse. Agora, se não há mais perguntas, é hora de entrar na banheira."

Agatha estudou a esfera estagnada, sem movimento debaixo d'água. *O que aconteceu quando Dovey a ligou?* Seu coração bateu como um tambor. *O que vai acontecer quando eu a ligar?*

"Era isso que eles estavam fazendo esse tempo todo. Merlin e Dovey", Tedros se deu conta, olhando para a água. "Eles estavam entrando na bola de cristal. Era o que estava deixando Dovey doente."

"Doente para morrer. E agora quer que a gente faça a mesma coisa?", Sophie desafiou Reaper.

"É perigoso demais", concordou Tedros.

"A explicação para Tedros não ter conseguido puxar a Excalibur está dentro desse cristal. Mas talvez não haja explicação. Talvez Rhian seja o verdadeiro rei", disse Reaper, levantando a pata quando Tedros começou a protestar. "Mas a única maneira de confirmarmos isso é atravessando o portal. Há muita coisa em jogo para deixar sem resposta essa pergunta: por que a espada reconheceu Rhian em vez de Tedros? O destino de Camelot, do Storian e do nosso mundo depende dessa resposta. Merlin e Dovey estavam perto de encontrá-la, mas não tiveram tempo. Como Agatha é a Segunda de Dovey, é nosso dever terminar o trabalho. Apesar dos riscos."

Agatha olhou para Tedros.

Ele agora estava calado.

"Quando Agatha mergulhar e ativar a bola, o portal vai se abrir", disse Reaper, antes de se voltar para Sophie e o príncipe. "Vocês devem estar submersos com ela e prontos para entrar."

Agatha já estava no banho de vapor, a água com cheiro adocicado entrando por baixo do vestido, aquecendo as partes doloridas em sua pele. O suor cobriu suas têmporas e o banho ficava cada vez mais quente. Mergulhou a cabeça, molhou o rosto e o cabelo, e deslizou o pé ao longo do chão de pedra até tocar o cristal.

Uma explosão de água detonou perto dela, os músculos bronzeados aparecendo entre nuvens líquidas. Agatha veio à tona e, através do vapor, viu Tedros de olhos fechados e rangendo os dentes enquanto o calor ardia nas feridas do seu peito nu. Suas calças inflaram com a água, as pernas esticaram e se encostaram na coxa de Agatha. Ele abriu os olhos e viu que ela o encarava. Jogou água com espuma nela, Agatha revidou. Tedros a agarrou com força e a puxou para o peito, o corpo dela esmagado contra suas calças borbulhantes. Ele jogou o cabelo para trás e a segurou mais forte, pingando suor sobre a sua princesa enquanto o vapor os cercava.

Lentamente o vapor se dissipou e viram Sophie olhar para eles boquiaberta.

"Tenho que entrar aí com *eles*?", ela perguntou.

"Você tomou banho com Hort", disse Tedros.

"Aquilo foi espionagem", defendeu Sophie.

"E isso aqui é para salvar o mundo", retorquiu Agatha. "Entra."

Resmungando, Sophie levantou o vestido amarrotado e mergulhou o dedo do pé na borda da banheira.

Ela recuou. "Sabe, não sei nadar e estou me sentindo um pouco febril. Pode ser icterícia ou difteria. Toda aquela comida salgada em excesso no castelo. E, pensando bem, esta missão é de Aggie e Teddy. Eles é que têm que descobrir por que Rhian puxou a espada em vez de Teddy. Eu mal conheço Rhian."

"Ainda está usando o anel dele", disse Agatha, seca.

Sophie olhou de relance para o diamante no dedo. "Sou perfeitamente capaz de separar joias finas do seu simbolismo."

"Rhian te escolheu para ser a esposa dele", salientou Reaper. "Ele te escolheu para ficar ao lado dele, apesar de ter um irmão muito mais leal do que você jamais será. Então, por que Rhian aceitaria ter uma rainha? Uma rainha que ele não ama? Ele te escolheu por uma *razão*. Você é tão parte dessa história quanto Tedros e Agatha, e temos que descobrir por quê. Mas se insiste que não serve para nada, fico feliz em te entregar para os gnomos e ver o que eles fazem com uma amiga do filho do Rei Arthur."

"Gostava mais de você quando não falava", Sophie disse, entrando na banheira, seu vestido branco acumulando água e flores de laranjeira. Ela se encostou em um canto, longe de Agatha e seu príncipe, ainda aconchegados do lado oposto. "E agora?"

Da borda da banheira, Reaper segurou no ombro de Agatha com suas garras e prendeu-se ao seu vestido. "Quando eu contar até três, todos nós vamos mergulhar. Agatha vai ativar o cristal. O portal se abrirá por uma fração de segundo. Toquem no cristal nesse momento e serão transportados para dentro. Isso é importante. Precisam tocar no cristal. Se não tocarem, serão barrados do portal e ficarão tão desorientados que provavelmente vão se afogar."

"Enquanto isso, Beatrix está patrulhando uma árvore", murmurou Sophie.

O corpo mirrado de Reaper se agarrou mais forte ao colarinho de Agatha, o gato tentando não deixar a cauda tocar a água até que fosse necessário. "Na sua contagem, Agatha."

Agatha afastou-se de Tedros e deslizou pela borda de pedra da banheira até colocar o cristal sob os pés de novo. A sensação de estar sobrecarregada desapareceu, substituída pela confiança em onde a sua história a tinha conduzido. Se esta era a missão inacabada de Dovey e Merlin, ela faria tudo para terminá-la.

Olhou para o príncipe, depois para a melhor amiga. "Prontos?"

"Qualquer coisa que me leve à verdade", Tedros disse.

"Qualquer coisa que me leve a um vestido novo", disse Sophie.

Agatha respirou fundo. "3... 2... 1..."

Ela afundou na banheira com Reaper, os mergulhos de Sophie e Tedros agitaram a água no fundo. Agatha empurrou a cabeça para baixo, se enroscando nos amigos ao mesmo tempo que esticava o corpo ao longo do chão de pedra, de modo a ficar na mesma altura da esfera. Olhou através do vidro rachado para o centro da bola, e o silêncio da água acalmou sua mente.

A fenda se abriu como uma porta e uma luz azul ofuscante irrompeu como um tsunami, jogando Agatha contra a parede da banheira e empurrando Reaper para longe dela. O facho de luz paralisou seu cérebro e pesou no seu peito, os pulmões presos sob a força de uma rocha. Ela já não conseguia pensar, como se tivesse perdido o topo da cabeça e quaisquer pensamentos voassem para longe antes de apanhá-los. Suas mãos e pés pareciam ter trocado de lugar com seus olhos e boca, que agora sentia que ficavam perto dos joelhos. Ela não sabia onde estava ou como tinha chegado lá. Não sabia o próprio nome ou se isso estava acontecendo no passado ou no presente, em frente ou ao contrário. Dois outros corpos se agitaram perto dela, porém ela não sabia de quem eram ou se eram humanos ou monstros.

Toque o cristal, uma voz ecoou.

Cristal?

Que cristal?

Toque o cristal.

Ainda nocauteada pela luz, ela estendeu a mão e sentiu duas outras baterem na dela ao mesmo tempo, todas sem encontrar nada além de água. Agatha se afastou da parede, tentando ir mais e mais longe, mas estava ficando sem fôlego.

Sua mão encostou em um vidro.

Na hora, seu corpo se estilhaçou, como se fosse de vidro também, e qualquer fragmento de consciência se estilhaçou com ele.

Por um momento, não havia nada: apenas luz, inalando-a. Depois, encolheu-se em uma escuridão como uma folha de papel pegando fogo.

Lentamente, remontou-se: corpo, alma, ser.

Quando abriu os olhos, Agatha já não estava na Terra dos Gnomos.

Estava de pé em uma sala de vidro, onde as paredes e o chão transparentes brilhavam um azul invernal. O interior da sala rodopiava com uma fumaça fina e prateada. Uma dor tênue latejava em suas têmporas, mas seu peito tinha piorado; cada vez que respirava, parecia que estava enchendo os pulmões com pedras.

"Onde estamos?", alguém sibilou.

Agatha se virou para Tedros e Sophie, seus corpos molhados emoldurados por uma parede de vidro redonda e luminosa. Ambos pareciam abalados. Tedros esfregou o peito nu.

"Estamos dentro da bola de cristal", disse Agatha. "Vejam."

Apontou para a parede atrás deles. Fora do vidro, a água da banheira de pedra azul ondulava e espumava.

"Parece que fui espancada por um troll", Sophie engasgou, apalpando a lateral do seu corpo. "Não me admira que Dovey estivesse tão confusa."

"Dessa vez, concordo com Sophie", disse Tedros, ainda respirando com dificuldade. "O que quer que seja que acabamos de experimentar acabou comigo. Como Merlin conseguiu sobreviver a isso?"

"Merlin é um feiticeiro hábil o suficiente para desativar o poder da bola", respondeu uma voz vinda de um canto. "A maior parte dele, pelo menos."

Eles viram Reaper se levantar cambaleante, um caos ensopado e grotesco, parecendo menos um gato e mais uma banana amassada. "Embora os gatos não tenham realmente sete vidas, somos muito mais fortes que os humanos. Agora fiquem atentos. Nosso tempo dentro do cristal é limitado. Vinte ou trinta minutos, no máximo. Quanto mais cedo encontrarmos respostas, menos viagens teremos que fazer. Quanto menos viagens fizermos, menos chance teremos de sofrer o mesmo destino que a Reitora."

O pescoço de Agatha ficou vermelho, um sinal do corpo de que aquela situação estava fora do seu controle. Ela engoliu o ar. "E, o que fazemos agora?"

A fumaça prateada que envolveu sua cabeça de todos os lados cristalizou-se na mesma máscara fantasma que tinha visto na escola. A máscara voltou a brilhar, oscilando entre as características da Professora Dovey e o rosto de alguém familiar, alguém que Agatha tinha certeza que conhecia, mas não houve tempo para observar mais, porque o fantasma estava vindo em sua direção, preparado para perguntar quem ela queria ver.

Mas dessa vez passou por ela e grudou na parede de vidro, de frente para a água da banheira vazia, como se Agatha ainda estivesse fora da bola. Agatha observava por detrás da máscara, enquanto a voz ecoava sem falar com ninguém.

Clara como cristal, firme como osso,
Minha sabedoria é de Clarissa e apenas a ela eu ouço.

Porém ela a nomeou como sua Segunda, por isso, também vou falar com você.
Então diga, querida Segunda, a visão de quem devo lhe oferecer?

Um amigo ou inimigo, qualquer um deles eu permito,
Para vê-lo agora, apenas do nome eu necessito.

"Depressa! Comecem a examinar os cristais!", Reaper disse, de pé nas pontas das patas, inspecionando as bordas da máscara.

"Que cristais?", Tedros perguntou, confuso.

Agatha se aproximou do gato, vendo-o passar a pata pelas contas de fumaça que formavam o fantasma.

Ela arregalou os olhos.

Não era fumaça.

Cada gota de névoa era um cristal. Milhares de pequenas esferas de vidro, do tamanho de lágrimas, flutuavam na máscara como pérolas mantidas juntas sem um fio. E, dentro de cada uma delas, uma cena se desenrolava, como uma bola de cristal em miniatura.

Agatha puxou um punhado desses cristais na sua direção, suas superfícies frias e borbulhantes ao toque. Espiou as pequenas gotículas de vidro, reproduzindo momentos importantes da sua vida: Agatha criança, correndo atrás da mãe em Graves Hill; caminhando com Sophie pela primeira vez pela praça de Gavaldon; caindo do *stymph* na Escola do Bem.

Em seguida, encontrou cristais que mostravam momentos da vida de Sophie: ela bebê com a mãe; Sophie cantando para os animais em Gavaldon; lutando contra Hester em uma aula do Mal.

De repente, Agatha estava vendo cenas da vida de Tedros.

Da vida de Reaper também, percebeu, observando um cristal que mostrava o gato sendo intimidado pelos lindos irmãos.

"Está mostrando o passado de todos nós", disse Agatha, perplexa.

"Porque nós estamos *dentro* da bola. O cristal absorve a nossa alma", explicou Reaper rapidamente, passando os olhos por inúmeros cristais antes de descartá-los no chão. "Foi isso que impunha limites a Merlin e Dovey na busca pelas respostas da rejeição da Excalibur por Tedros. Dentro da bola, eles só tinham acesso à própria vida. Disse a eles para trazerem vocês três, ou Tedros pelo menos, mas Merlin tinha uma vasta experiência em Camelot e Dovey um conhecimento profundo da Floresta, e eles acharam que podiam encontrar o que precisavam por eles mesmos, sem colocar o príncipe em risco. Estavam enganados." O gato empurrou mais cristais. "Basta de conversa. Procurem qualquer coisa que possa lançar luz sobre a razão pela qual a Excalibur favoreceu Rhian em vez de Tedros. Qualquer coisa que tenha uma ligação com isso, por mais remota que seja."

"Você disse que só temos vinte ou trinta minutos. Aqui estão nossas vidas inteiras, Reaper. De nós quatro", argumentou Agatha, ainda lutando contra a dor nos pulmões. "Não temos tempo para vasculhar todos os momentos do nosso passado!"

"Hum, isso *não é* o meu passado", Sophie fungou, empunhando um cristal que a mostrava subindo uma árvore com um vestido preto horrível, com *spikes* brilhantes que o faziam parecer pele de porco-espinho. "Nunca usei esse vestido, nunca usarei esse vestido, e não subo em árvores."

"Bem, deve ter acontecido em algum momento...", Agatha começou, depois parou. Na sua mão estava um cristal mostrando um momento que ela já tinha visto antes. Uma cena de dois Tedros correndo sem camisa por uma floresta. Tinha visto essa mesma cena na escola, quando estava na biblioteca, usando a bola de cristal para invadir as masmorras de Camelot. A bola tinha mostrado essa imagem, uma imagem que não fazia sentido na época.

Porque ainda não tinha *acontecido*.

O cristal tinha mostrado essa cena pela primeira vez dias antes de ela e Tedros viverem aquele momento na vida real, dois Tedros escapando da execução depois do feitiço de Dovey.

O que significava que...

"Isso não foi o passado. Foi o futuro", disse Agatha, voltando-se para os seus amigos. "Os cristais devem mostrar o passado *e* o futuro. Sophie, é por isso que está vendo esse vestido."

"Não existe um futuro em que eu use pregas", Sophie retrucou, irritada.

"É o que eu teria dito sobre dois Tedros correndo por uma floresta", disse Agatha. "Mas você usar aquele vestido é algo *vai* acontecer."

"Espere aí. Tem algo errado com este", Tedros interrompeu, segurando um novo cristal.

Agatha e Sophie olharam de ambos os lados e assistiram à cena de um jovem Tedros, de 9 ou 10 anos, correndo atrás da mãe enquanto ela se embrenhava pela Floresta.

"Esse é o vestido que a minha mãe usava quando deixou Camelot para ficar com Lancelot. Eu me lembro dessa noite muito bem", disse Tedros. "Ela fugiu do castelo sem dizer adeus. Mas nunca a vi ir para a Floresta. Nunca a segui. Era isso que eu desejava que tivesse acontecido. Desejei ter ido atrás dela dessa maneira." Ele olhou fixamente para o cristal, perplexo. "Mas não é a verdade."

Agatha e Sophie ficaram igualmente confusas.

Os três se viraram para Reaper, concentrado em observar cenas e tirá-las do caminho.

"Devo lembrá-los que a bola está quebrada", disse o gato, sem olhar para eles. "Uma bola de cristal normal mostra apenas o presente. Esta tem uma rachadura que alterou sua percepção do tempo, misturando o presente com o passado e o futuro. Mas não só isso: a fenda acrescentou a dimensão do espaço, transformando a bola em um portal. Agora que estamos dentro do portal, cabe a vocês procurarem pelo tempo desordenado da bola e determinar que cenas aconteceram e quando."

"Mas essa cena nunca aconteceu!", Tedros enfatizou, segurando o cristal que mostrava a mãe.

"As almas humanas não são tão confiáveis quanto as felinas", disse Reaper, ainda estudando os cristais. "Os humanos guardam memórias, arrependimentos, esperanças e desejos, todos na mesma caixa bagunçada. Merlin pode ter chamado isso aqui de cristal do tempo. Mas estava errado. Isso é um cristal da mente. A bola está quebrada: já não nos mostra a realidade objetiva. Mostra-nos a realidade tal como é percebida pela nossa mente. E a mente humana é tão falha quanto essa bola, nublada por erros e revisões. Em cada cristal, é preciso tentar ver com clareza e determinar o que é verdadeiro e o que é ilusão."

Agatha não conseguia acreditar no que estava ouvindo. "Então não é só o tempo que temos que filtrar, mas também discernir tais cenas são mesmo reais?"

"Como esse vestido monstruoso", disse Sophie, segurando o cristal com o vestido ofensivo. "Pode ser o passado... ou o futuro... ou uma memória falsa como Tedros indo atrás da mãe dele?"

"Reaper, não podemos encontrar respostas quando nem sequer sabemos se as respostas são verdadeiras!", Tedros contestou.

O gato enfim olhou para eles. "Se fosse fácil, Merlin e Clarissa teriam resolvido."

Agatha olhou para Tedros e Sophie. Sem dizer uma palavra, os três voltaram a examinar os cristais.

A maioria das cenas que Agatha encontrou eram da própria vida, como se a bola de cristal estivesse privilegiando a sua alma em relação às outras, já que ela era a Segunda de Dovey. Mas algumas cenas pareciam duvidosas: uma em que ela e Tedros estavam na sala do trono de Reaper, com Tedros revirando a bolsa de Dovey (isso não aconteceu). Outra em que Agatha se ajoelhava em um cemitério escuro e colocava uma flor em uma lápide onde lia-se "A Cobra" (isso *nunca* aconteceria). E outra em que ela abraçava a Dama do Lago, careca e decrépita (ela não a tinha abraçado quando voltou para Avalon... ou tinha? Havia ficado tanto tempo sem dormir e estava assustada. Quem sabe o que tinha feito?).

As cenas de Sophie, entretanto, estavam repletas de erros: na memória de Sophie, salvara Tedros na Prova dos Contos (tinha sido Agatha), ganhado o Circo de Talentos com uma bela canção (tinha sido um grito assassino) e vendera Evelyn Sader e suas perversas borboletas azuis (tinha sido o Diretor da Escola). Mas a maior parte dos cristais do passado de Sophie também trazia Agatha, com Sophie novamente tentando corrigir seus erros: deixando Agatha e Tedros irem juntos ao Baile dos Sempres; retendo o feitiço que fez Tedros desconfiar de Agatha na Escola para Garotos; ficando com Agatha e Tedros em Avalon em vez de voltar para Rafal. Mas quer esses momentos fossem verdade, quer fossem mentira (e a maioria era isso mesmo), Agatha encontrou conforto em fazer parte da alma de Sophie como Sophie fazia parte da sua.

Os cristais de Tedros, por outro lado, tendiam a refletir cenas dele pregando peças em mordomos e babás, saboreando bifes e faisões, vencendo partidas de rúgbi e lutas de espadas, como se tivesse reprimido qualquer parte da sua vida que envolvesse emoção de verdade.

"Seria bom encontrar um cristal seu em que eu aparecesse também", Agatha fez um muxoxo e lhe entregou uma cena do príncipe e seus amigos Sempre dando mergulhos ousados na piscina da Sala de Embelezamento. "As únicas coisas com que a sua alma se preocupa são churrasco e esportes."

"Olha quem fala", disse Tedros, examinando os cristais. "Parece que a única coisa em que você e Sophie pensam é uma na outra."

"Espera aí. Aqui está um de Teddy e o Rei Arthur", disse Sophie, puxando um cristal para baixo.

Agatha, Tedros e Reaper se aproximaram.

Dentro do cristal, desenrolava-se uma cena de Tedros aos 3 anos, escalando o pai como uma árvore, enquanto o rei se sentava diante de uma mesa, no seu dormitório, e usava uma caneta de pena para escrever em um cartão de pergaminho dourado. Uma vela derretida pingou cera vermelha na borda do cartão, manchando-a com gotas grossas.

"É isso!", exclamou Tedros, tenso. "É o cartão do testamento do meu pai! Aquele em que ele escreveu o teste da coroação. Me lembro de segurá-lo durante a cerimônia. Tinha cera vermelha e a mesma lágrima em forma de lua crescente em uma das pontas."

Os olhos de Reaper se arregalaram. "Agatha, toque no cristal e olhe para o centro, como se estivesse tentando ativar uma nova bola de cristal. Sophie e Tedros: deem a mão à Agatha. Depressa! Isso pode ser o que procuramos!"

Agatha sentiu Tedros, Sophie e Reaper agarrarem-se nela enquanto olhava diretamente para a gotícula de vidro.

Outra tempestade de luz azul a atacou, transformando sua mente em cola. Desta vez, levou mais tempo para se recuperar, como se tivesse se despedaçado e não conseguisse juntar as partes. Esforçando-se para se concentrar, viu que estava dentro do quarto de Rei Arthur, seus amigos e o gato ao seu lado. Seu peito latejava com mais força do que antes, pareciam marteladas. Mas não havia tempo para rolar de dor.

Tedros já se aproximava do pai, que escrevia calmamente à mesa, com suas roupas de dormir, o cabelo loiro caindo nos olhos como o do filho. Tedros do presente acenou com a mão na frente do pai, mas Arthur não o viu. Tedros tentou tocar na sua versão mais jovem, a criança inquieta que, no colo do pai, brincava com um medalhão de Leão dourado no pescoço do rei, tentando abri-lo, mas sua mão atravessou a roupa do garotinho, o peito de seu pai e a moldura da cadeira, como se Tedros fosse um fantasma.

"Somos meros observadores", explicou Reaper. "O Presente não pode interferir no Passado. É uma das cinco Regras do Tempo."

"Quais são as outras quatro?", perguntou Agatha.

Rei Arthur estava falando com o seu jovem filho, aconchegado no seu colo.

"Esta será a sua prova de coroação quando for a sua vez de ser rei", disse Arthur, terminando de escrever o cartão. "E você não vai falhar, meu garoto." Ele soprou a tinta para secá-la e seu rosto se anuviou. "Não importa *o que* aquela mulher diga."

O rei ficou em silêncio, olhando para o cartão, enquanto o jovem Tedros se agitava mais com o medalhão, tentando abri-lo com a boca.

Arthur tirou um segundo cartão da gaveta, em branco, e começou a escrever.

A cena escureceu, parecia que alguém tinha apagado a vela. Agatha teve a sensação de ser puxada para trás, como um estilingue mal disparado.

Quando abriu os olhos, estavam de novo dentro da bola de Dovey, rodeados pelos minicristais flutuantes e os que tinham descartado no chão. Mas agora toda a sala estava mais translúcida e o brilho azul nas paredes, mais fraco.

O tempo estava acabando.

"O que seu pai quis dizer?", Agatha perguntou a Tedros, que estava perdido em pensamentos. "*Não importa o que aquela mulher diga?*"

"Não faço ideia", disse o príncipe.

"E o que ele estava escrevendo no outro cartão?", continuou Agatha. "Será que ele mudou de ideia e alterou o teste da coroação? Tinha planejado outra coisa e aí se decidiu por tirar a Excalibur da pedra?"

"Havia apenas um cartão no testamento ou o padre teria me dito", disse Tedros. "Provavelmente, o segundo cartão não tinha nada a ver com o meu teste de coroação. Esses cartões eram reservados para proclamações oficiais. Poderia ter sido para qualquer coisa."

"Ou poderia ser uma falsa memória", disse Sophie.

"Talvez", disse Tedros. "Mas sinto que era novo demais para guardar falsas memórias."

"*Você não vai falhar*", repetiu Agatha, revivendo as palavras de Arthur para o filho. "*Não importa o que essa mulher diga...*" Ela mordeu o lábio. "Ele pode ter se referido a Guinevere?"

"Mas por que minha mãe acharia que eu não passaria no teste?", perguntou Tedros, coçando a barriga. "Ela estava tão confiante na manhã da coroação. Não, não pode ter sido ela."

"Precisamos trazer Guinevere para dentro da bola de cristal", disse Agatha, apesar de não gostar da ideia de fazer a mãe de Tedros passar pelo portal. "Com certeza as memórias dela podem nos ajudar."

"Não", disse Reaper. "Merlin deixou bem claro que Guinevere não deveria saber sobre os poderes do cristal. Foi por isso que mandei que ela subisse com o xerife, em vez de trazê-la para cá. Merlin acreditava que sua alma não era confiável quando se tratava da sua vida com Arthur. Deixar Tedros para trás para construir uma vida com Lancelot tornou-a mais apta a pintar o marido como vilão para aliviar sua culpa. Trazê-la para o cristal abriria muitas lembranças corrompidas que trariam mais problemas do que respostas."

"Tedros, essa não é a sua governanta? Aquela mulher... Gremlin?", perguntou Sophie do outro lado da sala, brandindo um cristal.

Tedros e Agatha se viraram.

Era uma cena de Chaddick fora do castelo de Camelot, subindo em um cavalo cinza com manchas brancas enquanto Lady Gremlaine, com vestido e turbante lavanda, selava o cavalo com uma mochila de provisões e fazia agradinhos no cavaleiro de Tedros, alisando seu casaco e escovando-o para tirar folhas e terra. Ela apertou a mão de Chaddick e sorriu para ele antes de Tedros aparecer para se despedir dele. Lady Gremlaine recuou, dando espaço ao rei e ao seu cavaleiro para dizerem adeus.

"Eu me lembro disso", disse Agatha, olhando para Tedros.

"Eu também. Não precisamos entrar", afirmou Tedros, sem vontade de saltar para dentro de outro cristal. "Chaddick ficou em Camelot alguns dias antes de partir na missão de encontrar cavaleiros para a minha Távola Redonda. Foi a última vez que o vi."

"Lady Gremlaine pareceu gostar de Chaddick", recordou Agatha. "Uma das únicas vezes em que a vi sorrir."

"Porque Chaddick a respeitava e a escutava, ao contrário de mim", disse Tedros. "Pelo menos até eu a conhecer melhor."

"Lady Gremlaine", Sophie ponderou. "Foi ela que teve um longo passado com o seu pai, não foi? Aquela que a Cobra matou antes que te contasse seu segredo, aquela que Rhian e Japeth me disseram que você tratava mal. O que significa que Lady Gremlaine pode ser a mãe de Rhian e Japeth, e o Rei Arthur, o pai deles. O que significa que Rhian poderia realmente ser o verdadeiro..."

Olhou para Tedros, mas ele desviou o olhar.

Agatha pegou na mão do seu príncipe enquanto observavam a cena outra vez.

"Reaper, precisamos enviar um corvo para Hort e Nicola", disse Tedros finalmente, seus olhos ainda sobre o cristal. "Precisamos pedir que encontrem tudo o que puderem sobre Grisella Gremlaine."

A pele de Agatha formigou. Esse nome. *Grisella*. Já tinha ouvido esse nome. Era alguém que conhecera? Ou aprendera na escola...?

O brilho azul nas paredes à sua volta ficou mais claro. A bola de Dovey estava perdendo a conexão.

"O que acontece quando o tempo acaba?", perguntou Agatha, se virando para o seu gato.

Mas Reaper não tinha escutado a ordem de Tedros nem a pergunta de Agatha, pois sua atenção estava voltada para um pequeno cristal entre as patas.

"Ei! Essa sou eu", disse Sophie, ajoelhando-se em direção a ele antes de Agatha e Tedros fazerem o mesmo.

Dentro do cristal, Sophie estava esperando perto do tronco da Terra dos Gnomos com o mesmo vestido branco que usava agora. O céu estava escuro, a Floresta Negra à sua volta.

Sophie olhou de relance para Agatha e Tedros. "Isso deve ter sido quando vim com Robin a primeira vez, antes de sair à procura de vocês."

"Não, não é", disse Tedros com veemência.

Porque na cena do cristal, Sophie não estava indo procurar seus amigos. Estava perto do tronco, seus olhos percorrendo a Floresta, certificando-se de que ninguém a tinha visto. De repente, seu corpo congelou, banhado pela luz de chamas, que se tornaram cada vez mais fortes.

Uma carruagem azul e dourada, acesa por tochas e esculpida com o brasão de Camelot, apareceu, diminuindo a velocidade à medida que se aproximava de Sophie. Havia um garoto dentro da carruagem, seu rosto nas sombras.

Quando o condutor puxou os cavalos para estacionar, a porta da carruagem se abriu e Sophie subiu ao lado do garoto.

O condutor chicoteou os cavalos e a carruagem com o garoto na sombra e Sophie fez meia-volta, pondo-se a caminho de Camelot, deixando um rastro de folhas da Floresta atrás deles.

A cena escureceu, depois começou a passar novamente.

Devagar, três pares de olhos, de dois amigos e um gato, se voltaram para Sophie. O coração de Agatha bateu mais forte, seu pescoço queimava. Olhou para Sophie como se fosse uma estranha.

"Acham que eu voltaria para o castelo? Para... ele?", Sophie gaguejou.

"Você voltou para Rafal da mesma maneira!", Tedros atacou. "Exatamente da mesma forma. Deixando Agatha e eu para trás, no meio da noite, em segredo."

"Mas eu amava Rafal!", Sophie disse, suas bochechas cor-de-rosa. "Eu nunca voltaria para Rhian! Ele é um monstro! Ele tentou matar vocês dois!"

"Enquanto você estava ao lado dele!", Tedros disse. "Enquanto você lutava por ele!"

"*Fingia* lutar por ele!", Sophie gritou. "Tudo o que eu fiz foi para te colocar de novo no trono."

"Sim, eu, a raiz podre. A podridão que você disse que devia morrer", Tedros revidou.

"Não pode achar que isso é real. Não pode achar que é verdade", disse Sophie, a boca tremendo. Ela se virou para Agatha e a segurou pelos ombros. "Aggie, por favor..."

Tedros encarava Sophie, convencido da verdade. E por um breve momento, sua melhor amiga fez o mesmo.

Então o coração de Agatha se acalmou e o calor se dissipou. "Não", ela suspirou. "Não é verdade."

Sophie a soltou, desabando em alívio.

Tedros balançou a cabeça. "Você sempre confia nela, Agatha. Sempre. E quase nos matou milhares de vezes."

"Mas não nos matou", disse Agatha, tranquila. "E o motivo está olhando para nós, claro como água. Tenho procurado pelas memórias de Sophie, assim como pelas suas e pelas minhas. E a diferença entre as memórias de Sophie e as nossas é que ela deseja ter feito a coisa certa todas aquelas vezes em que não o fez. Ela gostaria de ter sido boa uma e outra vez e outra e outra. É por isso que ela é minha amiga. Porque eu sei o que tem no coração dela, apesar de todos os seus erros. E esse futuro ali? Voltar para um garoto que ela não ama e destruir tudo aquilo pelo que tem lutado? Jogar fora as amizades pelas quais ela deu a vida para construir? É o tipo mais sombrio de Mal. E esse tipo de Mal não é a Sophie."

Ela apertou a mão fria e úmida da amiga. Sophie limpou as lágrimas.

Tedros ficou tenso, as veias saltando sob a pele. "Agatha, se você estiver enganada... imagine se estiver enganada..."

"Ela não está enganada", Sophie disse. "Juro pela minha própria vida. Ela não está enganada."

Mas Agatha já não estava olhando para eles.

Seus olhos estavam sobre um único cristal, suspenso no ar, no canto inferior do fantasma, onde Reaper tinha descartado todos os outros.

Chamou a atenção porque esse cristal era diferente. Não era uma cena dela, de Sophie ou de Tedros. Não era uma cena do seu gato.

Era uma cena de outra pessoa. Alguém cuja alma a bola não deveria ter reconhecido.

"Hein?", disse Tedros, examinando-a por cima do seu ombro. "Com certeza, é um erro..."

"Vou entrar", declarou Agatha, tocando no cristal.

"Não! A bola de Dovey vai apagar a qualquer segundo!", Reaper advertiu. "Você é a única que pode reabri-la, Agatha! Se estiver dentro de um cristal quando a bola perder a ligação, vai ficar presa dentro da cena para sempre!"

Mas Agatha estava olhando com firmeza para o centro do cristal.

"Não, não vai!", Sophie disse, agarrando sua mão. "Vai ficar aqui."

A luz azul atingiu as duas e de novo o peito de Agatha sofreu o golpe, seus pulmões amassando como pergaminho antes de o chão surgir debaixo dos seus pés. Estava cega pela luz, sua mente parecia uma poça viscosa, fraca demais para voltar a funcionar. À medida que o brilho azul diminuía, ela abriu os olhos e viu Sophie ao seu lado, também atordoada e agarrada em Agatha. Pálida e agitada, Sophie olhou de relance para ela, prestes a repreendê-la por colocar as duas em risco... Sophie parou de repente.

Estavam em um quarto. Agatha reconheceu as paredes cobertas de seda carmim e dourada, combinando com o tapete no chão de madeira escura; as cadeiras refinadas com jubas de Leão tecidas nas almofadas douradas; uma cama vermelha e dourada.

Já estive aqui, pensou ela, ainda desorientada.

Sua mente voltou ao normal.

Claro que sim.

Camelot.

O quarto do rei.

Agatha e Sophie espiavam por detrás de uma luminária de chão.

Rhian estava deitado na cama, o corpo todo engessado, o rosto mumificado por toalhas ensanguentadas, de modo que apenas seus olhos roxos e lábios feridos estavam visíveis.

Seu irmão o alimentava com um caldo, o terno azul e dourado ensopado com o sangue de Rhian.

"Devia ter ficado aqui", disse Japeth com ternura. "Nunca deveria ter te deixado sozinho com aquela... loba."

A voz de Rhian saiu sombria e fraca. "Não. Ela lutou por mim. Estava do nosso lado. Eles devem tê-la levado como refém. Agatha e os rebeldes..."

"Seu idiota. Acha que ela não estava metida nisso?", a Cobra o repreendeu. "Ela conspirou com os rebeldes antes da execução. Para fingir que estava do seu lado. Para agir como sua leal princesa. Ela te enganou."

Sangue escorreu dos lábios de Rhian. "Se isso é verdade, então por que a caneta a escolheu? Por que a caneta a escolheu para ser minha rainha?"

Japeth não respondeu.

"Ela está destinada a ficar comigo, irmão", Rhian disse. "Ela está destinada a nos ajudar a conseguir o que queremos. O que *você* quer. Trazer quem amamos de volta à vida."

O coração de Agatha parou.

A mão de Sophie apertou a dela como um torno.

Quem amamos?

De volta à vida?

Entre a abertura das cortinas da cama, os dois garotos estavam parados, a respiração dolorosa de Rhian era o único som no quarto.

Japeth tocou os lábios do irmão. "Só há uma maneira de descobrir a verdade. Vou cavalgar para encontrar Sophie. Se a caneta estiver certa, então ela está tentando encontrar um jeito de voltar para você. Estará sozinha. Mas se estiver com Agatha e Tedros, os três unha e carne, então a caneta estava errada. E eu trarei o coração dela de volta em uma caixa." Sua mandíbula se fechou. "Trarei o coração dos três."

Rhian lutou pelo ar. "Mas... e se não a encontrar?"

"Ah, eu vou encontrá-la." Seu irmão se transformou no brilhante terno preto de enguias. "Por que os meus *scims* vão procurar em todas as fendas e cavernas e buracos na Floresta até a encontrarem."

Em pânico, Agatha e Sophie se viraram, mas bateram a cabeça uma na outra. Agatha esbarrou na luminária, que caiu contra a parede.

Agatha passou a mão na cabeça. "Pensei que não podíamos afetar as coisas dentro dos cristais", disse ela, olhando de novo para a luminária. "Pensei que éramos fantasmas."

"Aggie", Sophie murmurou.

"Hum?", disse Agatha, se virando.

Sophie não estava olhando para ela. Estava a olhando para a frente, seu rosto branco como leite.

Através da fenda nas cortinas da cama, Rhian estava a olhando para elas.

Japeth também.

"Eles estão nos vendo", disse Sophie.

"Não seja idiota. Eles não podem nos ver", Agatha zombou.

Japeth ficou de pé, dentes à mostra.

"Eles estão nos vendo", aceitou Agatha, ofegante.

Centenas de *scims* voaram do corpo da Cobra e foram direto para a cabeça das garotas.

Mas Agatha já estava voltando para a escuridão, segurando forte sua melhor amiga e gritando por sua vida.

20

HORT

A casa número 63

Hort tentou ignorar os cartazes, mas era impossível quando havia um em cada laranjeira da Rue du Palais.

PROCURADOS
Todos os atuais alunos e professores
da Escola do Bem e do Mal

RECOMPENSA:
60 peças de ouro para cada alma,
morta ou viva

POR ORDEM DO
REI DUTRA DE FOXWOOD

Jovens da mesma idade que eles, vestidos com o uniforme da Escola de Foxwood, andavam à toa entre as árvores. Tinham acabado de sair da aula e dividiam garrafas de refrigerante de laranja, gomas de mascar e palitinhos de açúcar.

"Como é que vamos saber se alguém é da Escola do Bem e do Mal?", perguntou um rapaz de cabelo ruivo, inspecionando o cartaz.

"Eles têm aquele dedo brilhante", respondeu uma garota,

enquanto olhava para um espelhinho e passava batom. "Aquele que eles usam para fazer feitiços."

"Por sessenta moedas de ouro, eu faria o meu próprio dedo brilhante e me entregaria", disse um garoto de pele escura, dando uma olhada em Hort enquanto passava.

Hort acelerou o passo. O garoto estava certo. Por sessenta moedas de ouro, Hort entregaria a própria mãe. (Se ele soubesse quem era, claro. Sempre que perguntava ao pai, a resposta era um grunhido ou uma bofetada.) Hort olhou para a namorada ao seu lado, esperando que ela também estivesse alarmada com o alto valor da recompensa.

"Os garotos desse reino são todos tão bonitos", Nicola ficou maravilhada com a multidão bem vestida na Rue du Palais, a rua arborizada de Foxwood que tinha lojas, pousadas e pubs e conduzia ao palácio do rei. Parecia haver um uniforme até para quem não era estudante: as mulheres usavam vestidos retos e lisos em variadas cores, enquanto os homens usavam ternos sob medida nos mesmos tons não convencionais. O efeito fez Hort se sentir em uma loja de tintas, tentando escolher a tonalidade perfeita. Nicola observou dois garotos que passavam, músculos parcamente contidos pelos ternos. "Sério, todos eles parecem príncipes."

"Fica com eles então", Hort resmungou, mexendo em suas calças azuis novas, apertadas na cintura. "Foxwood é conhecida pelos tipos bonitos, que são chatos, puxa-sacos e não conseguem pensar por si. Veja Kei e Chaddick. Ambos de Foxwood, ambos cavaleiros bonitos a serviço de idiotas. Nic, tem muita gente aqui. Talvez devêssemos esperar até escurecer."

"Tedros não é um idiota e Chaddick está morto. Tenha mais respeito", Nicola o repreendeu, andando mais depressa com seu novo vestido bege. "E não podemos esperar até escurecer porque precisamos entrar na Escola para Garotos de Foxwood e procurar os arquivos de Rhian. Ele disse a Tedros que tinha estudado lá."

"Mas Merlin já tentou e não conseguiu encontrar nenhum arquivo sobre Rhian", apontou Hort, coçando o cabelo. "E se em vez disso envenenarmos o Rei de Foxwood? Robin disse que foi o primeiro covarde a queimar seu anel, e mais, se o matarmos, ninguém vai pagar as sessenta peças de ouro da recompensa."

"Não vamos matar um rei que não tem nada a ver com a nossa missão", retorquiu Nicola. "Reaper nos mandou descobrir sobre o passado de Rhian e seu irmão. E Rhian disse a Tedros que tinha sido um estudante na Casa Arbed. Temos que, pelo menos, verificar."

"Achei que Rhian tivesse frequentado a Escola para Garotos de Foxwood."

"A Casa Arbed fica na Escola para Garotos de Foxwood. É um dormitório", disse Nicola com impaciência. "Tedros não te explicou tudo isso?"

"Tedros e eu conversamos uma vez", disse Hort. "Passei o tempo todo peidando em silêncio na esperança de que isso o sufocasse."

Nicola o olhou de lado. "A Casa Arbed é onde os pais em Foxwood escondem os filhos que temem serem maus. Tão maus que têm medo que o Diretor da Escola venha raptá-los. Nenhum pai aqui quer que o filho seja um *vilão* famoso. Por isso, a Reitora Brunhilde esconde com magia essas crianças mal-intencionadas, para que o Diretor da Escola nunca saiba que elas existem. Mas não conta para as crianças que elas são más. Faz o melhor para tornar as suas almas Boas." Nicola fez uma pausa. "Claramente ela falhou com Rhian."

"*Se* Rhian tiver sido mesmo seu aluno", lembrou Hort. "Não existem arquivos, lembra?"

"Kei também estudou na Casa Arbed. Aric também. E sabemos que Japeth e Aric eram amigos íntimos", disse Nicola. "Olha, sei que é pouco provável, mas vale a pena tentar. Tudo o que temos a fazer é encontrar a Reitora Brunhilde e perguntar se ela conhece Rhian."

"Podemos confiar nela?"

"Merlin e eu conversamos antes de ele ser capturado. Ele me disse que a Reitora Brunhilde era amiga dele. Se ela é amiga de Merlin, então é nossa amiga."

Um lindo rapaz negro, que estava lendo a última edição do *Fórum Foxwood*, sorriu para Nicola quando ela passou. Nicola sorriu de volta.

"É por isso que Nuncas só namoram Nuncas", disse Hort, aborrecido, coçando o cabelo com mais força. "Nuncas não flertam com garotos na rua e não recusam a oportunidade de matar um rei."

"Dez minutos atrás, você estava me beijando no provador do Le Bon Marché e agora está agindo como se eu te obrigasse a ser meu namorado", disse Nicola, vendo Hort arranhar a cabeça. "Arre, eu te disse para não mexer com isso! O objetivo era se misturar. Robin deu dez peças de ouro para cada grupo e usei menos de uma para comprar esse vestido e parecer uma garota de Foxwood. Agora você não só escolheu um terno que custou *nove* peças de ouro como depois vai e faz...", e apontou para o cabelo dele, "... isso."

"Bem, você é uma leitora do primeiro ano que ninguém conhece, mas eu sou *famoso*", insistiu Hort, coçando o cabelo loiro tingido e brilhante e andando confiante em um elegante terno azul-príncipe. "Todos me conhecem do livro de histórias de Sophie e Agatha. Tive que mudar meu visual."

"Está parecendo a versão vampiro de Tedros", disse Nicola. "Vampiro com piolhos."

Hort franziu o cenho. "Pareço um garoto de Foxwood, e engano mais do que você!"

Um grupo de jovens se aproximou dele. Os mesmos que ele tinha visto perto da árvore.

"Com o que você se parece mesmo?", a garota do batom disse, mexendo no seu terno.

"Com um bolinho estragado", disse o garoto ruivo, bagunçando o cabelo de Hort.

"Ou com um dos alunos desagradáveis daquela escola...", disse o garoto negro, olhando para ele.

Alguém chutou Hort por trás.

O dedo de Hort brilhou azul, prestes a disparar contra eles.

Nicola agarrou a mão de Hort e a escondeu. "Desculpem-me, esse é o caminho para o palácio?", ela perguntou aos valentões. "Temos um horário com o rei. Meu pai é seu Ministro de... Poutine. Qual o nome de vocês? Não me esquecerei de mencionar a ele sua gentileza."

Os jovens se olharam ansiosos e se dispersaram como mosquitos.

Hort suspirou, sabendo que tinha estado a um segundo de se revelar e terminar nas mãos de Rhian.

"Obrigado", ele suspirou para Nicola. "Você me salvou."

"*Nos* salvei. Porque é isso que Sempres fazem", disse ela, puxando sua franja loira. "Mesmo quando seu namorado parece uma cacatua."

Hort bufou, fazendo com que seu cabelo balançasse. "O que é um Ministro de Poutine?"

Nicola apontou com a cabeça para uma placa pendurada na porta de uma loja.

PUB POUTINE
A Melhor Batata com Queijo da Cidade!

"Podemos entrar?", perguntou Hort.

"Não", disse Nicola.

Hort pegou sua mão.

Com a sua pele de ébano e o cabelo cheio de cachos, Nicola não se parecia nada com Sophie, a única garota que Hort amara antes. Mas as duas tinham uma confiança inabalável e um humor perverso, características que Hort não possuía. Era por isso que gostava delas? É por isso que gostamos de alguém? Pelo fato de outra pessoa ter o que não temos? Ou será que é por Nicola já gostar dele quando era magricela, mal-humorado e cheio de espinhas, enquanto outras garotas, como Sophie, só passaram a prestar atenção nele quando ficou musculoso e fazia o papel de antagonista do príncipe Tedros? Talvez tenha sido por isso, pensou Hort: Nicola lembrava Sophie com sua sagacidade, garra e encanto, sem todas as partes ruins de Sophie. No entanto, as partes ruins de Sophie eram o motivo de ele ter gostado dela, assim como Nicola não ligava para as partes ruins dele.

"Viramos à esquerda na Rue de l'École, logo antes dos portões do palácio", disse Nicola.

À frente deles, mais estudantes com uniformes da Escola de Foxwood chegavam à Rue du Palais, conversando e dispersando-se em grupinhos. Alguns se juntaram à multidão ao redor de uma tenda que vendia produtos do Leão: moedas, broches, canecas, chapéus, tudo em homenagem ao Rei Rhian. Hort se lembrou das mesmas parafernálias que o povo usava do lado de fora da Bênção, vindos de reinos de toda a Floresta. *Devem estar vendendo essas coisas em todos os lugares,* pensou ele.

"As aulas terminaram. Depressa!", disse Nicola, empurrando Hort para além da tenda. "Precisamos encontrar a Reitora Brunhilde."

Um grupo de garotos estava em frente aos portões do palácio, atirando migalhas de doces aos pombos que perambulavam sobre os paralelepípedos dourados do outro lado das grades. Um guarda do palácio afastou os garotos com o cabo da sua espada e eles fugiram, reclamando.

"Vire aqui", disse Nicola, dobrando à esquerda em uma esquina.

Mas os olhos de Hort estavam ainda sobre o guarda, que vigiava os portões com um colega, os dois em armaduras novas e brilhantes, espadas em punho.

"Nic, olha a armadura deles", sussurrou Hort.

Nicola notou o conhecido brasão de Leão entalhado nas couraças de aço dos guardas. "Estranho. Por que os guardas de Foxwood estariam usando a armadura de Camelot?"

Hort a puxou para trás de uma parede.

"O quê?", Nicola arfou. "O que foi?"

Hort fez um sinal e Nicola espiou por cima do seu ombro o rosto dos dois guardas, iluminados pelo sol, com seus capacetes abertos.

Não eram guardas.

Eram piratas.

E um deles estava olhando para a esquina que tinham acabado de virar.

"*Tá* vendo alguma coisa?", perguntou Aran, um pombo bicando sua bota.

"Podia jurar que vi um daqueles idiotas adoradores de Tedros. O cara de fuinha", respondeu Beeba. "Mas ele *tá* com o cabelo amarelo."

"Você tem mingau no lugar do cérebro. Até aquele idiota sabe que não deve mostrar a cara por aqui, não com uma recompensa pela cabeça dele", disse Aran. "Detesto ficar no mesmo lugar o dia todo, como um morto. Não podemos voltar a saquear os reinos com Japeth?"

"O bonitão do Rei de Foxwood derreteu o seu anel, por isso agora temos que proteger ele", disse Beeba, bocejando.

O pombo bicou Aran de novo. Ele o furou com a sua espada. "Proteger ele de quê? Nós é que atacamos."

"Shhh! Não lembra o que Japeth falou? Todos têm que achar que Agatha e seus amigos é que atacaram os reinos, para seus líderes implorarem pela proteção de Camelot. Tudo o que eles têm que fazer para ganhar proteção é queimar os anéis", disse Beeba. "Foi por isso que Japeth enviou homens para saquear Hamelin, Ginnymill e Maidenvale, porque os reis ainda usam os anéis. Queria que a gente estivesse lá. Adoro ver a cara de um Sempre embaixo da minha bota." Olhou para trás. "O Rei Derrete-Anel está vindo. Vai, se comporta."

Beeba e Aran baixaram seus capacetes, deixando apenas os olhos visíveis, enquanto uma procissão de carruagens com bandeiras de Foxwood passava pela entrada do castelo, parando dentro dos portões. A janela de uma das carruagens se abriu e o Rei Dutra de Foxwood apareceu, seu rosto ainda machucado pela batalha em Camelot.

"O Duque de Hamelin enviou uma pomba. Sua filha foi morta por rebeldes mascarados", disse ele sem fôlego. "Algum sinal de problemas?"

"Não, e não haverá, Sua Alteza", assegurou Aran. "Enquanto a gente estiver aqui, está seguro."

"Depois disso, o Duque queimou seu anel e jurou lealdade ao Rei Rhian. Deveria ter feito isso antes. Agora perdeu a filha", disse o rei, balançando a cabeça. "Como está o Rei Rhian?"

"Se recuperando, senhor", disse Beeba, seu tom categórico. "O irmão dele está ao seu lado e ajudando com os negócios do reino."

O rei acenou com a cabeça de forma sóbria. "Vida longa ao Leão!"

"Vida longa ao Leão!", ecoaram os guardas.

Abriram os portões, o comboio do rei cavalgou pela Rue du Palais até ficar fora de vista.

"Eles estão matando pessoas, Hort. Estão matando princesas e nos culpando", Nicola suspirou enquanto Hort a arrastava para longe do palácio pela Rue de l'École, ziguezagueando pelos grupos de crianças da escola. "Rhian está disposto a assassinar pessoas inocentes para obrigar os governantes a destruir os anéis!"

"Precisamos de provas de que Rhian não é quem ele diz ser. E precisamos disso agora", Hort disse com raiva. "Provas que possamos mostrar ao povo. O que significa que não vamos deixar este reino até as encontrarmos."

Ele puxou Nicola, tentando se convencer de que poderiam ter sucesso no que Merlin tinha falhado, que poderiam expor Rhian e derrubá-lo, que poderiam salvar esse conto de fadas de um fim muito errado.

Mas quando a Escola para Garotos de Foxwood entrou em cena, a silhueta de uma catedral de pedra cinzenta, Hort viu uma mulher alta de turbante bloqueando as portas, os braços cruzados, o branco dos seus olhos brilhando através das sombras, encarando os dois estranhos que caminhavam em sua direção.

E de repente Hort não estava mais nada convencido.

De perto, a mulher de túnica e turbante cor-de-rosa tinha a pele bronzeada com linhas profundas em volta da boca, olhos castanhos gelados e sobrancelhas tão finas e arqueadas que lhe davam uma expressão de desconfiança permanente.

"Estamos procurando a Reitora Brunhilde", disse Hort, deixando a voz mais grave para soar mais imponente. "Ela está?"

A mulher cruzou os braços com mais força. Os únicos sons eram o corta-corta de um jardineiro que podava as sebes perto das escadas e o varre-varre de um faxineiro que esfregava a pedra cinzenta da escola, montado em uma escada.

"Reitora Brunhilde, da Casa Arbed", esclareceu Nicola.

Corta-corta, varre-varre.

Hort pigarreou. "Arrã..."

"Vocês têm horário marcado?", perguntou a mulher.

"Bem...", Nicola começou.

"Eu sou a Diretora desta escola, e falar com um Reitor requer agendamento", a mulher interveio. "Em especial para crianças de outros reinos que fingem pertencer a este. Que escola frequentam? Ao menos são Sempres?"

Hort e Nicola se olharam, decidindo de quem era a vez de mentir.

"Tivemos uma série de ataques em Foxwood. Toda a Floresta está sendo atacada por rebeldes. Pessoas boas morreram", disse a mulher, tomada por forte emoção. "O rei ordenou a todos os cidadãos que denunciassem atividades suspeitas aos guardas de Camelot."

"Mãe, vou levar Caleb para jogar rúgbi no parque", uma voz surgiu e Hort levantou os olhos para um rapaz de cabelo castanho encaracolado com uniforme da Escola Foxwood, de 16 ou 17 anos, levando seu irmão mais novo, também de uniforme, para fora da escola. Ele sussurrou no ouvido da mãe. "Começou a chorar durante a aula de História. Estavam aprendendo sobre os cavaleiros de Camelot e bem, você sabe..."

"Estou te ouvindo", Caleb fungou, suas bochechas rosadas.

"Chegue em casa antes das sete, Cedric", disse a mulher, séria. "Seu pai vai fazer o jantar e não quero você e Caleb fora de casa depois que escurecer."

"Está parecendo a tia Grisella", Cedric suspirou, passando por Hort e Nicola, abraçando o irmão ao seu lado. "Talvez a gente compre uma torta de carne no caminho de volta." Ele olhou para a mãe. "Se o pai for fazer o jantar."

Um sorriso apareceu nas feições duras da mulher enquanto ela assistia aos dois filhos partirem. Seu olhar se suavizou, depois ficou pesaroso. Ela notou que Hort e Nicola ainda estavam ali e a sua rigidez imperiosa regressou. "A escola está fechada agora. Vocês podem escrever ao meu gabinete para marcar uma reunião com a Reitora Brunhilde para uma data futura. Agora, por favor, saiam antes que eu chame os guardas do rei", disse, passando por eles e descendo as escadas. Hort a observou abordar o jardineiro.

"Caleb e Cedric foram para o parque. Fique de olho neles", disse ela calmamente, entregando ao jardineiro algumas moedas de prata.

"Cedric é um homem adulto, Diretora Gremlaine", disse ele. "Não precisa que eu fique espiando."

Ela apertou o seu braço. *"Por favor."*

O homem a fitou. "Claro, senhora", disse ele, gentilmente, e devolveu as moedas a ela. "Se eu estivesse no seu lugar, tenho certeza de que faria o mesmo."

Ele guardou a tesoura e apressou-se a seguir os garotos, enquanto a Diretora Gremlaine ficou para trás, o olhar pesaroso de volta.

Ela franziu as sobrancelhas de repente e se virou na direção dos degraus da escola, a porta ainda aberta no topo, como ela havia deixado.

Mas Hort e Nicola já não estavam mais lá.

"Ouviu o que aquele homem disse? Ele a chamou de Diretora Gremlaine", Nicola sussurrou enquanto se apressavam pelo hall de entrada da escola, Hort espiando sobre o ombro para se certificar de que a mulher não estava atrás deles.

"E daí?", disse Hort, perdido no labirinto de corredores mofados e escadas em espiral. "Como vamos saber qual vai para os dormitórios..."

"E daí? Lady Gremlaine foi governanta de Tedros em Camelot!", Nicola lembrou. "Aposto que essa Gremlaine é parente dela!"

"Não nos ajuda a tirar Rhian do trono, por isso, pare de bancar a detetive, Nic, e comece a procurar um caminho para a Casa Arbed", disse Hort, espiando dentro de salas de aula desertas que cheiravam a suor e mofo. Ele espirrou e seus olhos se encheram de água por conta da poeira. Por fora, a Escola para Garotos de Foxwood parecia uma catedral elegante, as sebes podadas, a pedra cinzenta polida, mas no interior parecia uma igreja decrépita: as tábuas do chão rangiam, as paredes estavam cobertas de bolor e placas rachadas ofereciam conselhos duvidosos: "Cabeça erguida e direto para a fila"; "Siga o líder"; "As regras são o tempero da vida". Quando era mais novo, Hort achava que Foxwood devia ser obscenamente rica, dado o seu comércio de aço, mas estava claro que essa riqueza não se destinava à educação dos garotos. Até a velha escola em Bloodbrook, o reino mais pobre da Floresta, estava em melhores condições. Era o que odiava nos Sempres, Hort pensou, se lembrando dos trabalhadores aprumando a fachada da escola: grande parte de ser do Bem era só aparência. Era preciso romper a superfície, ir além das aulas de Embelezamento e das intenções nobres para descobrir quem um Sempre realmente era. Pelo menos Nic não era assim, pensou, enquanto a namorada o rebocava até o fim do hall. Nic era mais como um Nunca: autêntica demais para conseguir disfarçar.

Ao virar uma esquina, foram atingidos pela luz que atravessava uma janela de vidro suja e manchada e iluminava outra placa no alto: "Lealdade acima da ousadia".

"Não admira que todos os garotos desta cidade se tornem meros auxiliares, sempre menos importantes", murmurou Hort.

Uma porta bateu em algum lugar perto deles.

Saltos afiados batiam contra a pedra.

O estômago de Hort se revirou. Agarrou o braço de Nicola e a puxou em direção a uma escadaria à frente, mas Nic resistiu, olhando fixo para o que tinha além do vidro manchado.

Uma casinha de dois andares, de tijolo vermelho, estava no pátio externo, afastada do resto da escola, rodeada por um gramado limpo e aparado. Hort leu a placa na frente:

APENAS ESTUDANTES AUTORIZADOS

E, no canto da placa, uma assinatura...

Reitora Brunhilde

"Deixe que eu falo", sussurrou Nicola enquanto Hort a seguia até ao *foyer*.

"Você é uma Leitora. Eu sei como falar com pessoas *de verdade*", repreendeu Hort.

"E eu sei como conseguir o que precisamos, por isso, apenas sorria e faça bonito, como um bom príncipe loiro", Nicola mandou. "E não toque em nada."

Hort certamente estava tentado tocá-la. Assim que entraram na casinha, sentiram uma brisa fresca soprar pelas janelas abertas. Foi como se tivessem saído da escola e entrado na toca da Mamãe Ganso. Aconchegantes tapetes estampados cobriam o chão, cobertos com cadeiras de balanço e sofás macios. Vasos de lírios e fícus enfeitavam o pé de uma escadaria em espiral, situada na frente de estantes abarrotadas de livros de histórias. Hort passou os dedos em um cobertor pesado no sofá, peludo e macio. Conseguia sentir seus olhos se fechando. Tudo o que ele queria fazer era se empanturrar de batatas com queijo e se esconder debaixo daquele cobertor. A iluminação não ajudava: o brilho alaranjado de dezenas de velas em frascos de vidro.

Hort reparou nos porta-retratos sobre as mesas e a lareira. Em todos eles, havia uma mulher robusta, de pele escura, com um penteado que imitava uma colmeia de abelhas, posando com um grupo de garotos. Hort se inclinou, olhando os retratos mais de perto. Os garotos mudavam a cada foto, mas a mulher permanecia, presidindo um novo grupo.

Reitora Brunhilde, pensou Hort, olhando para o último retrato na lareira.

O seu estômago se revirou.

Ele pegou o porta-retratos.

Nicola deu-lhe um tapa na mão, mas logo viu a foto e arrancou o porta-retrato dele.

Na fotografia, a Reitora Brunhilde estava de pé com uma turma de oito garotos, todos adolescentes.

Metade, eles não conheciam. Mas os outros, sim, amontoados no canto com um sorriso malicioso no rosto, como um bando de ladrões.

Um garoto de olhos puxados e queixo quadrado.

Kei.

Um garoto com olhos violeta, cabelo preto espetado e músculos esculpidos.

Aric.

Um garoto com cabelo cor de cobre, pele pálida e olhos azuis frios.

Japeth.

Ao lado dele, o mesmo rosto.

Rhian.

Hort e Nicola se entreolharam. Rhian tinha dito a verdade.

Ele estudara aqui.

Todos eles.

Nesta casa.

Foi aqui que tudo começou.

Arrepios atravessaram a espinha de Hort.

"Vocês devem estar perdidos", disse uma voz, e Hort deu um pulo, assustado.

Um garoto de uniforme saiu da sala ao lado, tinha 14 ou 15 anos, cabelo preto, olhos fundos e dentes deformados, segurando uma porção de facas.

Nicola recuou, esbarrando em Hort, que escondeu o porta-retrato atrás das costas.

"Ninguém vem à Casa Arbed a menos que esteja perdido", disse um garoto mais novo, aparecendo ao lado do primeiro, com garfos e colheres nas mãos. "Ou se quiser roubar o nosso chá. Temos os melhores chás: menta, chá-preto, rosas, tulsi, eucalipto, alcaçuz, cardamomo, camomila..."

"Arjun e eu estamos arrumando a mesa para o jantar antes de os outros garotos voltarem", o mais velho interferiu. "Posso mostrar a vocês onde fica o escritório da Diretora Gremlaine..."

"NÃO", as duas visitas deixaram escapar.

Nicola pigarreou. "Temos um horário marcado com a Reitora Brunhilde."

"É importante", acrescentou Hort.

Nicola olhou para ele como quem diz *Eu cuido disso*.

Mas Hort estava chegando ao limite. Aquele retrato o assustara. Algo aconteceu naquela casa que fez com que Rhian, Japeth, Kei e Aric se tornassem um bando de assassinos. A resposta estava ali. E eles tinham que encontrá-la.

"A Reitora não está", disse o rapaz mais velho.

"Levou os outros para comprar *buttons* no mercado", o garoto mais novo disse. "Ela adora *buttons*. Costuma nos dar como recompensa por fazer boas ações. Emilio e eu já temos os nossos."

"Nossos convidados não precisam saber de cada detalhe da nossa vida, Arjun", suspirou Emilio, voltando a encarar Hort e Nicola. "Vou dizer à Reitora que estiveram aqui."

"Vamos esperar por ela lá fora", disse Hort, dirigindo-se para a porta, ansioso para falar a sós com a namorada.

Nicola o puxou de volta pelo colarinho e Hort protestou. "Na verdade, vamos esperar por ela aqui", disse ela.

Hort olhou para Nicola, confuso.

Emilio franziu a sobrancelha. "Não tenho certeza de quando ela vai voltar."

"Ah, eles podem nos ajudar a fazer o jantar!", Arjun disse entusiasmado. "As garotas são boas cozinheiras!"

Hort podia ver Nicola rangendo os dentes.

"Arjun, isso não seria apropriado", disse Emilio.

"Mas nós nunca temos companhia! O resto da escola pensa que somos do Mal!", Arjun insistiu, voltando-se para Hort. "Porque estamos separados deles e moramos na escola em vez de irmos para a casa dos nossos pais. Mas nós sabemos a verdade: que somos as melhores almas. Foi por isso que os nossos pais nos enviaram para a Reitora Brunhilde, para sermos treinados."

"Importam-se de dizer o nome de vocês?", Emilio perguntou, analisando as visitas.

Hort respondeu: "Ah, somos amigos de Mer..."

Nicola o beliscou e Hort segurou um grito.

E então ele viu.

Na lapela dos dois garotos.

Os *buttons* por fazerem boas ações.

Broches de Leão.

O coração de Hort parou. A mão suada de Nicola encostou na dele.

"Ela adora aqueles broches..."

A Reitora Brunhilde pode ter sido amiga de Merlin antes.

Mas já não era mais.

Porque a Reitora Brunhilde estava claramente do lado do Rei Rhian.

"E então?", perguntou Emilio, seus olhos se estreitando.

"Sim?", Hort deu um gritinho como o de um rato.

"Quem são vocês?", Emilio repetiu, mais frio dessa vez.

"Ah, o meu namorado é ex-aluno da Reitora", disse Nicola suavemente, balançando a cabeça para Hort. "Deve ter se formado pouco antes de vocês começarem. Agora trabalha como guarda para o Rei Rhian. Viemos para fazer uma surpresa com essas novidades."

"Pensei que tinham um horário com ela", Arjun disse.

"Temos", disse Nicola, arrumando seu vestido, "mas a novidade é uma surpresa. Peço desculpas, foi uma viagem longa e preciso me sentar. Vamos esperar no escritório da Reitora até ela voltar."

Emilio encrespou. "Acho que isso não é..."

"Ela vai ficar agradecida por terem nos tratado tão bem. Não se preocupem conosco, continuem com o jantar, vamos sozinhos até lá", disse Nicola, passando pelas escadas em direção ao hall.

"Mas o escritório dela fica no segundo andar", disse Arjun.

"Claro que fica", disse Nicola, virando-se sobre o calcanhar, Hort subindo os degraus atrás dela.

"Aqui", Hort bufou, enfiado em um armário de onde retirava pilhas de arquivos em couro e os espalhava no chão, as capas cobertas de fuligem. "Identificados por nomes, mas não estão em ordem."

"Rhian deve ter sido aluno recentemente. Talvez esteja em cima", disse Nicola, sentada na cadeira da Reitora, analisando seus papéis.

Tinham encontrado o escritório da Reitora Brunhilde no fim do corredor, mas não tinham previsto sua bagunça: livros e papéis por todo lado, canecas vazias com saquinhos de chá encharcados, vasos com flores mortas há anos e uma camada de poeira que embaçava a sala. Como uma Reitora podia ser tão esquálida? E aí Hort se lembrou do seu próprio pai, sempre tão ocupado tomando conta de outros piratas que seus próprios aposentos eram um desastre. Ajoelhando-se no chão, Hort procurou entre os arquivos, tentando encontrar nas etiquetas o nome de Rhian: Atticus... Gael... Thanasi... Lucas... Mischa... Kei...

"QUERIDO MERLIN"

Hort se assustou e viu Nicola saltar para apanhar uma noz que pulava pela mesa como um feijão saltador, as duas cascas se abrindo enquanto dizia: "TENTEI ENVIAR ESTA MENSAGEM VÁRIAS VEZES...".

Hort avançou na noz e fechou as duas cascas com força, silenciando-a.

Ele e Nic ficaram parados, atentos ao corredor do outro lado da porta fechada. Silêncio.

"O que é *isso?*", Nic sussurrou, apontando para a mão de Hort.

"Uma noz de esquilo", disse Hort. "Mais seguro que uma carta, porque não deixa nenhum rastro de papel. O esquilo entrega a mensagem e come a noz, então não há provas de que tenha sido enviada. Meu pai sempre recebia mensagens assim do Capitão Gancho."

"Essa mensagem era para Merlin. Precisamos ouvi-la!", Nicola insistiu. "Como é que a escutamos com o volume mais baixo?"

"A ideia da noz de esquilo é que a mensagem não pode ser preservada", disse Hort. "Se tentarmos abri-la com as mãos, ela toca vinte vezes mais alto, o que permite que todos saibam que não é o destinatário correto. O único jeito de abrir a mensagem sem um esquilo é fazer do jeito que os esquilos fazem. Assim."

Ele levantou a noz como um mágico prestes a fazer um truque e a colocou na boca. As cascas rugosas apertaram contra suas bochechas, mas a noz se abriu e uma bolha de ar quente flutuou e pressionou sua garganta. Ele fechou os olhos, e as palavras e a voz de outra pessoa saíram em um tom baixo e abafado.

"*Querido Merlin, tentei enviar esta mensagem várias vezes, mas nem mesmo o esquilo da Diretora Gremlaine consegue encontrá-lo, e o dela é o melhor em Foxwood. Estou ciente de que o Rei Rhian, meu ex-aluno, o mantém em cativeiro como traidor por apoiar a reivindicação de Tedros ao trono. E embora deteste admiti-lo, Merlin, acredito que as ações de Rhian se justificam. Eu não sabia que ele era herdeiro de Arthur, mas fui sua Reitora por anos e conheço sua alma. Você pode achar que ele é do Mal por tudo o que aconteceu, mas é porque você e seu pupilo, Tedros, acreditam que estão do lado do Bem. No entanto, a Excalibur escolheu Rhian, e a Excalibur não mente. Ela sabe, como eu sei, que Rhian será um grande rei. Basta ver como ele lidou com o comportamento do próprio irmão. Só isso já prova a bondade da alma de Rhian.*

Quanto aos arquivos de Rhian, sei que enviou um feitiço bisbilhoteiro ao meu gabinete para os encontrar. Os arquivos dos meus alunos são secretos, como sabe, uma vez que foi você mesmo quem me ajudou a preparar os chás que mantêm suas almas invisíveis para o Diretor da Escola. (Ainda os obrigo a beber o chá, mesmo com ele morto; cuidado nunca é demais.) Mas, a despeito de nossa amizade, você não tem o direito de bisbilhotar o meu escritório, como bem sabe, caso contrário não teria recorrido a meios criminosos. A razão pela qual não encontrou os arquivos de Rhian, no entanto, é porque os guardo com os do seu irmão, que agora estão em um local seguro e protegido da sua magia.

Te desejo o melhor, Merlin, qualquer que seja a sua condição, mas quanto mais cedo se aliar ao rei e jurar sua lealdade a ele, mais cedo estará do lado do Bem. Do Verdadeiro Bem.

Meus melhores votos, Brunhilde."

A noz ficou esponjosa na boca de Hort e dissolveu-se em sua garganta, doce e terrosa.

Ele abriu os olhos.

"Os arquivos não estão aqui, então", disse Nicola, em pânico. "Ela os transferiu de lugar. Onde não vamos encontrar." Segurou o pulso de Hort. "Temos que ir embora antes que ela volte!"

"Espera", disse Hort, ajoelhando-se diante dos arquivos no chão. Ele pegou o que estava com a etiqueta: Kei. "Só porque os arquivos de Rhian não estão aqui, isso não significa que não consigamos encontrar algo nos dos seus amigos."

Ele abriu a pasta de couro e Nicola se abaixou ao seu lado. Hort leu a primeira página de anotações.

Pai: Empregado do Rei Dutra.

Mãe: Kei está perturbado; frio, sem emoções, não demonstra amor pelas irmãs.

O pai pensa que é uma fase: diz que Kei ama Camelot e o Rei Arthur; quer ser guarda de Camelot. Concorda com um teste de 1 ano na Casa Arbed.

Hort virou a página.

Rhian & Kei: brincam de faz de conta, fingindo estarem em Camelot (Kei acredita nos delírios de Rhian de que ele é rei); os outros, incluindo RJ, atormentam Kei por acreditar em R.

Separar Kei & R?

Hort virou para a página seguinte.

Kei: escolhido para os testes para a Guarda Sempre.

Depois:

Kei & R não estão mais se falando.

O resto do arquivo de Kei acompanhava o seu desempenho nos Testes, conduzindo à sua seleção por Camelot como guarda no Castelo Real.

Hort mordeu o lábio. Então Rhian sabia que ele era o rei de Camelot quando estava na escola. Só que ninguém na escola acreditava nele, exceto Kei. Então, por que os dois se afastaram? Kei deixou de acreditar em Rhian? Para depois voltar para o lado dele? Isso explicaria o comentário de Rhian para seu capitão no castelo, quando Kei não conseguiu capturar Agatha: *"Mas se vai ser o elo mais fraco, especialmente depois de eu ter te aceitado de volta..."*

Era por isso também que a Reitora Brunhilde acreditava que a alma de Rhian era Boa? Porque tinha ignorado seus "delírios" e depois descobriu que estava errada?

Talvez por isso Rhian tenha sido enviado para a Casa Arbed. Porque, para os pais, ele insistiu que era herdeiro do Rei Arthur. Porque achavam que ele estava delirando, assim como a Reitora. Mas, então, onde estava Japeth esse tempo todo?

"Hort", disse Nicola.

Ele se virou e a viu segurando um arquivo com a etiqueta: ARIC. A primeira página tinha mais anotações.

Encontrado faminto e sozinho na Floresta (idade: 8? 9?).

Criado pela família Mahut (Aric atacou a filha deles; matou animais de estimação, incendiou a casa).

Trazido para a Casa Arbed para reabilitação total.

Hort passou para a página seguinte, a escrita mais irregular e frenética.

Passando tempo demasiado com RJ.

Depois:

As tentativas de separá-los não estão funcionando.

Não havia mais páginas no arquivo.

"Quem é RJ?", perguntou Hort. "Pensei que tinha dito que Aric era amigo de Japeth."

"Japeth é o nome do meio de RJ", disse Nicola.

"Como você sabe?", disse Hort.

Nicola segurou um envelope desbotado.

R. Japeth de Foxwood
Rua Stropshire, 62

Já havia sido aberto. Eles leram a carta dentro dele.

Querido Japeth,
Tentei te escrever na escola. Aquela bruxa Reitora provavelmente escondeu as minhas cartas de você. Porque ataquei o seu irmão. Apesar de ter todo o direito. Você sabe que eu tinha todo o direito. Agora fui expulso da única casa que tinha. E perdi meu único amigo.
A Reitora tentou fazer com que a família com quem eu vivia viesse me buscar, mas me matariam antes de fazer isso. Então a escola me largou na Floresta como um animal. Como a minha mãe fez. O que foi que eu te disse? O Passado é o Presente e o Presente é o Passado.
Agora estou na Escola para Garotos. A velha Escola do Mal.
Não é a mesma coisa sem você.
Eu não sou o mesmo.
Venha me encontrar.
Por favor.
Por favor.
Aric

A palma das mãos de Hort molharam o pergaminho. Ele não sabia por que a carta de Aric o incomodava. Talvez fosse porque parecia que aquele monstro sádico tinha sentimentos. Ou talvez fosse a frase "Porque ataquei o seu irmão", que sugeria haver mais por trás da história de Rhian e Japeth do que apenas serem dois gêmeos; que tinha havido um terceiro garoto entre eles, um garoto que agora era um fantasma. Hort olhou de relance para a sua namorada.

"Falei que eles eram amigos", disse Nicola.

"Isso parece muito mais do que amizade", disse Hort.

Vozes ecoaram lá fora. Sons de garotos rindo, cantando.

Hort deu um pulo. Da janela, ele podia vê-los caminhar pela grama em direção à casa: oito rapazes, liderados pela Reitora Brunhilde.

Todos eles com *buttons* de Leão.

A Reitora cantava: *"Primeiro, vamos cavar o nosso jardim!"* – e os garotos cantavam de volta: *"Sim, sim, sim!" "Depois, carregar jarras de água!" "Sim, sim, sim!"*

Hort e Nicola se olharam e, em seguida, viram a bagunça que tinham feito no chão. Não teriam tempo para arrumar. E não havia maneira de sair da casa sem serem pegos.

"Vem!", Nicola disse, puxando Hort para o corredor.

"Depois moemos o milho amarelo!" "Sim, sim, sim!"

No andar de baixo, a porta se abriu e a canção parou. As vozes de Emilio e Arjun juntas.

Uma terceira voz disparou, a mesma a voz da noz: "NO MEU ESCRITÓRIO?".

Passos ressoaram escada acima.

Nicola empurrou Hort para um banheiro escuro, os dois correndo para a janela enquanto o barulho das botas ficava mais alto, já no segundo andar. Hort contou até três com os dedos: na deixa, as pontas de seu dedo e do de Nicola brilharam tão forte que a luz se espalhou para o corredor. A Reitora Brunhilde se lançou para o banheiro, empunhando uma faca.

A última coisa que viu foi um pardal preto e um esquilo de cabeça amarelada saltarem pela janela, com dois pares de roupa colorida flutuando atrás deles.

Tinha sido fácil encontrar a casa, uma vez que o pardal de Nicola roubara um mapa de Foxwood de uma banca no mercado da Rue du Palais, enquanto o esquilo de Hort ia pela rua abaixo.

"Rua Stropshire, 62. É o mesmo endereço que Rhian deu para Dovey quando ela perguntou onde ele morava", Hort gritou para o pardal quando chegaram a uma rua tranquila. "Lembra? Dovey perguntou quando estávamos no Igraine. Ele também nos disse o nome dos pais dele. Levya e Rosalie."

"Rosamund", corrigiu Nicola.

"Mesmo como pássaro você é sabichona", suspirou Hort.

A Rua Stropshire ficava em uma área mais afastada dos Vales de Foxwood, tão pacífica e silenciosa que Hort ouvia as asas de Nicola batendo enquanto descia ao seu encontro em frente à antiga casa de Rhian e Japeth. Não havia nada de especial na cabana térrea, que ficava entre outras cabanas que eram exatamente do mesmo jeito. Sombras movimentavam-se por trás das cortinas fechadas, indicando que havia alguém ali. Mas primeiro tinha o problema das roupas, que foi resolvido pelo esquilo e pelo pardal, que sondaram casas em uma rua adjacente até encontrarem uma janela destrancada, entrarem escondidos e invadirem os armários. Alguns minutos depois, vestidos como gente comum de Foxwood, Hort e Nicola bateram na porta da Casa 62 e exibiram sorrisos educados quando esta se abriu.

Uma senhora de aspecto doce os espiava com óculos dourados. Usava uma moeda do Leão em um colar em volta do pescoço. "Posso ajudá-los?"

"É a senhora Rosamund?", disse Nicola.

"S-s-sim, sim", respondeu a senhora, surpresa.

"Prazer em conhecê-la", disse Nicola. "Somos do *Fórum de Foxwood*."

"Estamos fazendo uma matéria sobre a infância do Rei Rhian", disse Hort.

"Como é a mãe dele, pensamos em começar por você", disse Nicola.

"Deve estar muito orgulhosa", Hort sorriu. "Se importa se a gente entrar?"

Rosamund piscou os olhos. "Oh... D-d-deve ter algum erro. Não sou a mãe do Rei Rhian."

Hort a encarou. "Mas o Rei Rhian nos deu o seu endereço..."

"Oh. Ele deu?", Rosamund hesitou. "Bem... foi há muito tempo. Suponho que não há mal nenhum em contar agora. Especialmente se o rei deu permissão. Aconteceu quando ele era um garotinho. Tínhamos um acordo com a mãe de Rhian, quando Elle morava do outro lado da rua, na Casa 63. Ela disse para Levya e eu que tinha vindo para Foxwood se esconder do pai dos garotos. Que poderíamos salvar a vida dela se disséssemos a quem quer que perguntasse que os garotos eram nossos. Claramente, Elle não queria que o pai dos garotos a encontrasse, nem seus filhos. Compreensível, é claro, agora que sei que ela estava criando os futuros rei e suserano de Camelot."

"Você disse que ela se chamava Elle?", perguntou Hort.

"Foi esse o nome que ela me deu", respondeu Rosamund. "Porém ela era muito reservada. Não me surpreenderia se não fosse o seu nome verdadeiro."

"Por quanto tempo ela morou aqui?", Nicola perguntou.

"Dez anos, talvez? Desde os últimos meses de gravidez até o dia em que mandou os garotos para a escola. Depois ela foi embora e nunca mais a vi. Lá se vão anos."

"E como Elle era?", Hort sondou.

"Alta, magra, cabelo escuro. Boca e sobrancelhas adoráveis. Pelo menos da última vez que a vi", disse Rosamund. "Quem me dera poder ajudá-la, mas não me disse quase nada sobre si ou sobre os garotos, e eles raramente saíam de casa."

Hort olhou para Nicola, decifrando seu rosto. Alta, magra, cabelo escuro. Elle era muito parecida muito com a governanta de Tedros. *Lady Gremlaine*, Hort se lembrou.

De repente, ele também se lembrou de algo que o filho da Diretora Gremlaine disse antes de levar o irmão para o parque: *"Está parecendo a tia Grisella"*.

Grisella, Hort pensou.

Ella.

Elle.

Lady Gremlaine deve ter criado os garotos aqui, em segredo, e os deixado na Casa Arbed antes de voltar a trabalhar no castelo de Camelot.

"Você disse que Elle morava no número 63?", Nicola perguntou, se virando para Rosamund.

"Logo ali", a mulher apontou com a cabeça para uma casa do outro lado da rua. "Está vazia há muito tempo. Nada para ver lá."

Alguns minutos depois, quando Rosamund já tinha voltado para casa, Hort e Nicola já estavam dentro da casa número 63.

Tinha sido fácil arrombar, dado o estado das portas da casa: encharcadas e estilhaçadas, as fechaduras há muito quebradas. Mas a missão era inútil. Pouco restava lá dentro: sem mobília, sem roupas, lixo ou migalhas de comida. As paredes e o chão tinham sido limpos ou repintados, até mesmo o teto, como se Grisella Gremlaine não quisesse deixar vestígios dela ou da família que vivera ali.

"Ela estava certa", Hort suspirou, encostado em uma porta de armário. "Nada aqui."

Ouviram vozes do lado de fora e Nicola espiou pela janela. Três guardas de Foxwood em uniformes vermelhos desciam a rua, batendo de casa em casa, segurando esboços grosseiros dela e de Hort para os ocupantes.

O dedo de Nicola acendeu. "Vamos", disse ela, se transformando em pardal e saltando da sua pilha de roupas em direção à porta.

Hort fechou os olhos, a ponta do dedo brilhando azul, prestes a se transformar em um esquilo e seguir Nic... Mas ouviu algo.

Um som estranho.

Vindo do armário à sua frente.

Tá-tá-tá-tá.

Tá-tá-tá-tá.

Hort abriu os olhos.

Mais barulho. Mais batidas.

Contra a parte de trás da porta.

Ele gelou.

Vai embora, o seu corpo dizia. *Saia agora.*

Hort foi em direção ao armário.

"O que está fazendo?", o pardal de Nic sussurrou. "Eles vão nos pegar!"

Mas a mão de Hort já estava estendida, o coração vibrando no peito, enquanto sua palma suada se enrolava em volta da maçaneta e a abria.

Uma única borboleta azul voou lá de dentro, esquelética, seca, voando agitada em volta da cabeça de Hort com uma última dose de vida.

Depois, caiu aos seus pés, morta.

~ 21 ~
AGATHA
Cristal de sangue

Por um momento, Agatha pensou que estivesse em cima de uma nuvem.

Ela levantou a cabeça, seu corpo espalhado sobre um mar de travesseiros brancos no chão de um quarto elegante. Através de uma janela acima dela, o brilho azul do palácio do Rei Teapea misturava-se com as luzes distantes da metrópole da Terra dos Gnomos. Ela não sabia por quanto tempo dormira ou quem a tinha vestido com um pijama quente ou a colocado naquela cama, mas sabia que não tinha dormido sozinha.

Havia a silhueta de um corpo nos travesseiros ao seu lado, alguns longos fios de cabelo loiro serpenteando em volta da seda.

O vestido amarrotado de renda branca de Sophie estava jogado em um canto.

De repente, Agatha se lembrou de tudo: ela e Sophie no cristal... Rhian acreditando que Sophie estava do seu lado... Japeth prometendo ao irmão que a encontraria... e que se encontrasse Sophie com Agatha e Tedros, mataria os três...

Foi então que Japeth as viu.

Dentro do cristal.

Ele e o irmão tinham visto Sophie com Agatha.

O que só poderia significar uma coisa.

A Cobra estava chegando.

Agatha saiu da cama e encontrou seu vestido preto pendurado no armário, passado e limpo.

Ela conseguia ouvir vozes vindo de outra sala.

Sophie, Tedros e Reaper estavam sentados sobre um cobertor,

o café da manhã servido ao seu redor, enquanto servos gnomos com olhos lacrimejantes reabasteciam bandejas: croissants recheados com amêndoas, torradas de canela, queijo quente com tomate, omelete de brócolis e panquecas. Tedros já estava no seu segundo prato, recém-saído do banho, com o cabelo molhado. Sophie usava um elegante vestido azul e vermelho que lhe parecia estranhamente familiar, mas não estava comendo, seu rosto tenso.

"Os *scims* vão nos encontrar", insistiu Sophie. "É questão de tempo."

"A equipe de Beatrix está de vigia na Floresta. Ela, Reena e Kiko são Sempres competentes", disse Reaper. "Além disso, saberemos quando as defesas da Terra dos Gnomos tiverem sido invadidas." Um miado escapou e ele esfregou a garganta. "O feitiço de Uma não vai durar muito mais tempo. Quando ele acabar, já não vou conseguir conversar com vocês."

"Rhian ainda achava que eu era leal a ele. Eu o enganei", disse Sophie, dando a Tedros um olhar satisfeito. Depois seu rosto ficou tenso. "Ele disse algo sobre querer trazer alguém de volta à vida. Alguém que ele e o irmão amavam."

"De volta à vida?", repetiu Tedros, atônito. "*Quem?*"

"Não conseguimos descobrir", admitiu Sophie. "Derrubamos uma luminária e eles nos viram. Rhian e Japeth me viram com Agatha."

"Mas como? E por que havia uma cena de Rhian com o irmão?", Tedros perguntou. "O cristal só lê a alma das pessoas que estão dentro dele. E eles não estavam dentro da bola com a gente."

"Me perguntei a mesma coisa", disse Agatha.

Eles se voltaram para ela, de pé, debaixo da arcada.

"Por que não me acordou?", Agatha perguntou para Sophie.

"Você parecia tão tranquila", disse Sophie, cheirando a lavanda fresca. "Além disso, sou perfeitamente capaz de passar as informações para seu gato e seu namorado sem você."

"Você e Sophie estavam quase inconscientes quando a bola perdeu a ligação", Reaper explicou para Agatha. "Tedros tirou vocês do portal, e ele e os meus guardas colocaram vocês na cama."

"Tentei dormir também, mas não consegui. Não sem saber o que vocês duas tinham visto", disse Tedros para Agatha, seus olhos abatidos. "Minha mãe e o xerife estão dormindo. Fiquei aqui me empanturrando até Sophie descer."

Sophie notou que Agatha ainda a encarava. "Gostou do meu vestido, querida? Fiz com aquele tapete do banheiro do Reaper, depois de ter tomado um longo banho de lavanda. Precisava extinguir o cheiro daquele maldito vestido branco."

Agatha se sentou sobre o cobertor. "Os *scims* estão vindo atrás da gente. Reis estão queimando seus anéis. Reaper não vai falar por muito mais tempo.

Não temos tempo para dormir, comer panquecas ou tomar banhos de lavanda. Temos que voltar para o cristal e procurar respostas."

"Ou voltar para o castelo e matar Rhian enquanto ele ainda está ferido", entoou Tedros, pegando outra panqueca.

"O castelo está rodeado de guardas e o cristal precisa de mais tempo para recarregar, como aprendi com Clarissa em primeira mão", repudiou Reaper. "Se voltasse a entrar agora, a ligação duraria apenas alguns minutos. E seria inútil até conseguirmos entender como Rhian e o irmão conseguiram ver vocês, quando eles estão em Camelot e vocês estão aqui. E como vocês foram capazes de derrubar uma luminária? Isso vai contra as Regras do Tempo."

Ele levantou uma pata e um brilho amarelo emanou dela, lançando palavras na parede azul.

1. O Passado é ficção. O Presente é um fato.

2. O Passado é memória. O Presente é o momento.

3. O Passado está lá. O Presente está aqui.

4. O Passado é retido. O Presente é libertado.

5. O Passado é fraqueza. O Presente é poder.

"Regra número 3", disse o gato. "Se eles viram vocês, então estavam fisicamente no quarto do rei. E vocês não poderiam estar fisicamente na Terra dos Gnomos e em Camelot ao mesmo tempo." Ele pausou, seus lábios enrugados tremendo. "A menos que... a menos que..."

"O quê?," Agatha, Sophie e Tedros perguntaram.

"A menos que a bola reconheça as almas de Rhian e de Japeth... nem que seja só um pedacinho delas", propôs Reaper. "Se a bola reconhece uma ou ambas as almas, talvez o cristal acredite que eles sejam os Segundos por direito, em vez de Agatha. Quando tentaram entrar na cena deles, a presença de vocês foi revelada. Como um sistema de defesa ou um alarme. Foi isso que interferiu nas Regras do Tempo." A sua voz ficou presa, outro miado escapou antes de ele recuperar o controle. "Explicaria também por que o cristal tinha uma cena deles lá dentro: podem estar longe da bola, mas suas almas estão sempre ligadas a ela."

"Que droga!", Tedros vociferou, provocando uma expressão azeda no gato. "Não tem como a alma de Rhian ou Japeth estar ligada à bola de cristal da Professora Dovey."

"A menos que eles sejam parentes dela", disse Reaper com frieza. "Passado é Presente e Presente é Passado. Lady Lesso costumava dizer isso à mãe de Agatha, quando Callis era Professora de Enfeiamento na Escola do Mal.

Fazia pouco tempo que Callis tinha me encontrado na Floresta, um gatinho esfomeado, e cuidou de mim até me recuperar. Isso mudou algo dentro dela. Ela perguntou a Lesso como seria ter um filho, um dia. A Reitora avisou: os pecados dos pais podem continuar a viver na criança. A alma continua a viver através do sangue. É por isso que Nuncas são pais terríveis."

"Passado é Presente e Presente é Passado...", Sophie falou suavemente, quase que para si mesma. "Rhian me disse isso."

O pavor se agitou no estômago de Agatha, como se sua alma tivesse descoberto algo e não estava dizendo a ela. "Quer dizer que Rhian e Japeth podem ser parentes da Professora Dovey? Mas Dovey não tinha filhos."

"Mas os irmãos dela podem ter", disse Reaper, sua voz fraca e rouca. "E quaisquer descendentes de Clarissa Dovey – *miau, miau, miau* – também seriam reconhecidos por sua – *miau, miau* – bola de cristal."

"Dovey era filha única. Ela mencionou isso na nossa última refeição", Tedros rebateu. "Não tinha descendentes. Portanto, é impossível que as almas de Rhian e Japeth façam parte do cristal."

"Só que não é apenas a alma da fada madrinha que entra em uma bola de cristal", Agatha se deu conta, olhando para Tedros e Sophie.

Seus dois amigos olharam de volta para ela. "Professor Sader", Sophie murmurou. "Uma bola de cristal tem a alma de uma fada madrinha e do vidente que a fez para ela. E Sader fez o cristal para Dovey."

"Aquele fantasma na bola", disse Agatha. "Ele falha, alternando entre o rosto da Professora Dovey e um outro. Não consegui identificar antes, mas agora sei. É o rosto de Sader."

"Mas isso ainda não nos leva a lugar nenhum", Tedros resmungou. "Por que a alma de Sader teria algo a ver com a de Rhian ou de Japeth? Não é como se ele fosse o pai deles..."

Ele deixou a panqueca cair.

"Só que Professor Sader conhecia Lady Gremlaine! Dovey me disse!", exclamou o príncipe. "Sader foi o vidente que pintou o meu retrato de coroação e, na ocasião, Dovey o acompanhou até Camelot. Algo que Sader disse para Dovey lhe deu a impressão de que ele e Lady Gremlaine teriam tido um passado juntos."

"Espera", disse Agatha, boquiaberta. "Você acha que Rhian e Japeth podem ser os filhos de Lady Gremlaine e August Sader?"

"Sempre achei que August Sader não gostava de mulheres", Sophie comentou.

"Ele não gostava de *você*", disse Tedros.

"Vamos analisar direitinho isso", disse Agatha. "Rhian e Japeth têm olhos claros como os de Sader. A mesma boa aparência e cabelos grossos. E se Sader for o pai, isso explica como Japeth tem magia no sangue, uma vez que Sader é um vidente." Ela fez uma pausa. "Isso sempre me incomodou. Arthur não tinha magia. Então, se Japeth fosse filho de Arthur e Gremlaine, de onde teriam vindo os *scims* e a magia de Japeth? Mas ter Sader como pai explica que..."

"Mas um filho de Sader e Gremlaine poderia ser assim tão Mal?", perguntou Sophie.

"E um filho de Arthur e Gremlaine poderia?", Agatha rebateu. "Lady Gremlaine era cruel às vezes. Pelo menos comigo. Talvez tenha sido a alma *dela* que infectou os garotos."

"O Passado é Presente e o Presente é Passado...", Sophie disse, ponderando sobre a frase.

"Olha, o que interessa é que se Rhian e Japeth são filhos de Sader e Gremlaine, então eles não são filhos do meu pai, Rhian não tem o sangue do meu pai", disse Tedros. "Se Rhian não tem seu sangue, então não é o herdeiro, nem é o rei, e o povo da Floresta precisa saber que foi enganado por uma escória mentirosa e imunda."

"E para se pensar: temos que provar isso antes que enguias mágicas nos matem", Sophie disse.

Reaper tentou falar, mas só saíram miados tensos, o feitiço de Uma chegando ao fim.

Agatha acariciou o gato ao seu lado. "Mas por que a Excalibur se soltaria da pedra para o filho de Sader e Gremlaine? Ainda não faz sentido."

"A menos que exista algo sobre Lady Gremlaine que a gente não saiba", Tedros supôs. "O que sabemos sobre Grisella Gremlaine? Ela era amiga de infância do meu pai, depois veio trabalhar como sua governanta quando ele se tornou rei. Daí a minha mãe a mandou embora depois que nasci, e ela vai para a sua casa em Nottingham até as Irmãs Mistrais a trazerem de volta."

Esse nome de novo, pensou Agatha.

Grisella.

Ela já o tinha ouvido antes. *Onde?*

Grisella.

Grisella.

Grisella.

"Espera", ela arfou.

Agatha se levantou do cobertor e saiu correndo da sala. Ela podia ouvir Tedros correndo atrás dela e Sophie tropeçar com um grito, pratos caindo, antes de exclamar, "Ah, ninguém devia comer croissants mesmo!", e ir atrás de Agatha também.

"Para onde vamos?", Sophie gritou.

"Sala do Trono!", Agatha gritou de volta.

"Fica do outro lado!", Tedros ladrou.

Agatha girou nos calcanhares e agora Tedros liderava o grupo, correndo em volta de colunas de pedra azul enquanto pegadas vermelhas se iluminavam no chão debaixo dos seus pés, antes de passarem entre dois guardas gnomos, saltarem através da cascata e aterrissarem sem fôlego na já conhecida sala de veludo azul.

A bolsa de Dovey estava em um canto. A bolsa que antes guardava a bola de cristal da Reitora.

Agatha a abriu.

"O que estamos procurando?", Tedros disse, enfiando as mãos dentro da bolsa.

Ao observá-lo, Agatha teve outro *déjà vu*. Ela já tinha visto essa cena antes, em um dos cristais. Tedros mexendo na bolsa de Dovey, na sala do trono. Na hora, tinha pensado que era mentira. Mas não era. Era o futuro. O que mais será que tinha pensado ser mentira, mas se confirmaria como verdade?

"Ei, esse é o meu casaco", disse Tedros, arrancando o casaco preto manchado com sangue seco que Agatha tinha usado para cobrir a bola de cristal de Dovey. Ele segurou o casaco e uma pilha de cartas caiu, amarradas juntas, no chão de veludo.

"*Grisella*", disse Agatha, pegando-as. "É esse o nome da destinatária das cartas!"

"As cartas de Lady Gremlaine para o meu pai?", Tedros perguntou. "Onde as encontrou?"

"Esquece isso", disse Agatha, espalhando as cartas no chão, pondo de lado o cartão perdido que tinha encontrado para o Banco de Putsi. "Já li algumas delas. Arthur confessa muitos dos seus sentimentos para Lady Gremlaine. Talvez diga algo... qualquer coisa que revele se Lady Gremlaine era a mãe de Rhian e Japeth!"

"E, se sim, quem era o pai", disse Sophie, tirando farelo de croissant do seu sapato.

Tedros e Agatha olharam para ela.

Alarmes explodiram pela sala: uma enxurrada de miados, como um gato bêbado de hélio sendo picado por abelhas.

Todos os vaga-lumes da sala do trono se desprenderam dos painéis de veludo e dos braços do lustre, milhares e milhares deles, e cobriram as paredes do chão ao teto, os insetos encravados e as asas abertas em uma matriz alaranjada e brilhante. Logo essas paredes iluminadas transformaram-se em telas mágicas, mostrando as várias áreas da Terra dos Gnomos. Uma dessas telas estava piscando, com imagens granuladas do bosque do lado de fora do tronco que marcava a entrada da Terra dos Gnomos, pois os vaga-lumes que estavam no tronco transmitiam a eles o seu campo de visão.

Agatha conseguiu ver Beatrix, Reena e Kiko em combate total, atirando feitiços em alguma coisa...

Em um *scim*.

A enguia apunhalou Reena no ombro e cortou a perna de Beatrix antes de Kiko esmagá-la com uma pedra. Kiko levantou a rocha novamente, mas o *scim* tinha se recuperado, disparando por baixo da pedra, a ponta brilhante e escamosa, e a apontando para o olho de Kiko.

Agatha gritou inutilmente.

Beatrix golpeou o *scim* com os dois punhos, lutando com a enguia no chão. A enguia rasgou seu vestido, provocando cortes nas mãos e nos braços. Beatrix não conseguiu segurar o *scim* e ele subiu para sua garganta.

Reena o empalou com um galho afiado, e vazou gosma para todo lado. Kiko pisoteava a enguia com fúria, mesmo depois de o bicho ter parado de gritar, e colocou fogo nela com o brilho do seu dedo.

As três garotas desabaram no chão, ofegando baixo, cobertas de terra e sangue.

Agatha escorregou pela parede, também exausta.

"Outras virão", disse uma voz rouca.

Agatha se virou para a parede de vaga-lumes que mostrava a sala de jantar do palácio: o xerife, Guinevere e Reaper enquadrados juntos, observando a mesma imagem. Podiam ver Agatha, Sophie e Tedros, assim como o jovem trio podia vê-los.

"Japeth vai sentir que um *scim* está morto", advertiu o xerife. "Não temos muito tempo. Gwen, Reaper e eu vamos monitorar o túnel acima da Terra dos Gnomos.

"*Miau miau miau. Miaaau!*", Reaper ordenou a Tedros.

"Aprendi um pouco de Gato com a mãe de Uma na escola", disse Guinevere. "Seja qual for a missão que Reaper te deu, está dizendo para tratar dela *rápido*."

As telas em volta da sala ficaram pretas e os vaga-lumes flutuaram de volta aos seus postos.

"Precisamos de provas de que Rhian não é filho do Rei Arthur", disse Sophie, de olho no monte de cartas no chão. "Antes que Japeth venha e mate todos nós. Precisamos de provas que possamos levar na nossa fuga para a Floresta."

"Precisamos de provas mesmo que a gente não consiga fugir", disse Tedros, sério. "Provas que possamos enviar para a Floresta antes de morrer. O destino do nosso mundo é muito maior do que o de nós três."

Agatha e Sophie olharam para ele.

Os vaga-lumes brilharam sobre o seu cabelo como uma coroa.

"Que foi?" Tedros ficou inquieto sob o olhar das garotas. "Minha cara está suja?"

"Vem", disse Agatha, arrastando Sophie para o chão.

O príncipe se juntou a elas enquanto vasculhavam as cartas do Rei Arthur, procurando pistas, algo que provasse quem era o verdadeiro pai dos filhos de Lady Gremlaine, algo que provasse quem eram, realmente, Rhian e Japeth.

Dez minutos depois, Tedros encontrou.

Estava em uma carta de Arthur para Lady Gremlaine.

Querida Grisella,

Sei que foi ficar com sua irmã Gemma em Foxwood; lembro de você ter dito que ela dirige a Escola para Garotos, por isso enviei esta carta para lá, com esperança de que chegue até você.

Por favor, volte para Camelot, Grisella. Sei que você e Guinevere não se deram bem quando ela chegou ao castelo pela primeira vez. Eu devia ter previsto isso. Deve ter sido difícil ser minha mais querida amiga durante a maior parte da minha vida e depois me ver regressar da escola com Lancelot, um novo amigo, e uma futura esposa. Mas continuo valorizando sua amizade tanto quanto antes. E sei, no fundo do meu coração, que podemos fazer com que tudo fique bem. Gwen, você e eu, juntos.

Por favor, volte.

Eu preciso de você. Camelot precisa de você.

Com amor,

Arthur

P.S. Peguei Sader às escondidas do lado de fora do castelo, atirando pedrinhas na sua janela. (óbvio que não sabia que você tinha ido embora.) Muito encantador, apesar da invasão de propriedade! Fiz um convite para jantar conosco assim que você regressar.

"Então Sader e Gremlaine eram amigos. Mais do que amigos, uma vez que ele rondava o quarto dela à noite", disse Tedros, aliviado. "Aqui está a nossa prova de que Rhian é filho deles."

Agatha a releu. "Isso não prova que Rhian é filho de Gremlaine, quanto mais de Sader. É um forte indício, mas precisamos de mais."

"Agatha, esta carta prova que August Sader e Lady Gremlaine se encontravam escondidos em Camelot, e Lady Gremlaine admitiu que tinha um filho secreto", argumentou o príncipe. "Qualquer pessoa sensata na Floresta veria essa carta e chegaria à conclusão de que Rhian é filho de Sader e Gremlaine."

"Mas não estamos lidando com pessoas sensatas, Teddy. Estamos lidando com uma Floresta que nutre lealdade cega a Rhian", disse Sophie. "Aggie tem razão. A carta não é suficiente. Sader e Gremlaine estão mortos. Não podem confirmar. E os jornais da Floresta estão sob o controle de Rhian. Nenhum deles vai publicar, quanto mais reforçar, a história de que Rhian não é o herdeiro do rei Arthur. O único jornal que talvez pudesse fazer isso é o *Courier*, e eles estão em fuga. Além disso, ninguém acreditaria neles, de qualquer maneira."

Agatha ainda estava olhando para a carta de Arthur. Aquele pavor voltou a atravessar seu estômago. Tal sensação significava que tinha deixado algo passar.

Os alarmes dispararam de novo. Os vaga-lumes voltaram às paredes, iluminando-as como telas.

Em uma delas, Agatha viu mil *scims* atacarem o tronco do lado de fora da Terra dos Gnomos, enquanto o tronco rebatia com uma série de escudos e feitiços mágicos. Beatrix, Reena e Kiko não estavam visíveis em lugar nenhum.

Em uma tela adjacente, um exército de gnomos em armaduras, empunhando espadas, tacos e cimitarras, subiram pelo túnel abandonado do Campo Florido e, um nos ombros do outro, foram bloquear a entrada abaixo do tronco. A pirâmide dos gnomos encheu o grande buraco, uma rede de mil pequenos corpos determinados a impedir que quaisquer *scims* rompessem o tronco e penetrassem na metrópole da Terra dos Gnomos.

Na superfície, as enguias atacavam o tronco com mais força, vindas de todas as direções, mas ainda não conseguiam encontrar um jeito de entrar.

"Preciso subir, seu saco de ossos intrometido!", Agatha ouviu o xerife em outra tela. Ela se virou e viu Reaper e Guinevere no chão de terra batida do túnel de Campo Florido, embaixo do enorme bloqueio de gnomos. O xerife gritou para o gato: "Está me ouvindo? Eu sou um *homem*. Eu deveria estar na primeira linha de defesa, não um monte de *gnomos!*"

Reaper balançou a cabeça, miando.

"O que essa maldita coisa disse?", o xerife perguntou para Guinevere, irritado.

"Muito perigoso", disse Guinevere.

As telas na sala do trono ficaram pretas.

"Por que o gato está impedindo o xerife de lutar?", Tedros perguntou, ficando de pé. "Tudo o que sei é que ele não pode me impedir. Anda, vamos!" Ele correu para a cascata e saiu da sala.

Sophie correu atrás dele.

Agatha a segurou com força. "Isso não é suficiente, Sophie, e você sabe disso!", ela falou, segurando a carta de Arthur. "Precisamos que Rhian nos *diga* quem são os seus pais. Precisamos que ele *confesse!*"

Sophie ficou paralisada. "O quê?"

"Japeth está nos atacando, o que significa que ele não está no castelo", disse Agatha. "Precisamos voltar para dentro daquele cristal. Aquele com Rhian ferido no quarto. Ele vai nos ver como da última vez. Vamos mostrar a ele esta carta. Vamos obrigá-lo a nos dizer a verdade! Tudo o que temos que fazer é gravar a confissão e enviá-la a todo o Conselho do Reino!"

"Você ficou louca?", Sophie disse. "Primeiro, Rhian vai nos matar!"

"Ele está mumificado na cama."

"Os guardas dele, então!"

"Não se os amordaçarmos."

"Em segundo lugar, o cristal ainda não recarregou! Você ouviu o que Reaper disse. A ligação vai durar apenas alguns minutos!"

"Vamos ser rápidas."

"E, em terceiro lugar, se Tedros souber, ele mesmo nos matará!"

"Por que acha que esperei ele sair?", retrucou Agatha.

Sophie olhou para ela boquiaberta.

Mas Agatha já estava saindo da sala, arrastando a melhor amiga com ela.

"Se Rhian está preso na cama, por que não podemos simplesmente matá-lo?", Sophie perguntou enquanto seguia Agatha até o banheiro de Reaper.

"Porque matar Rhian não vai colocar Tedros de volta no trono. Precisamos de provas de que Tedros é o verdadeiro rei", declarou Agatha.

"Rhian confessar que Arthur não é seu pai não nos dará essa prova. Nem a resposta para o fato de que Tedros não consegue puxar a Excalibur. Ou o fato de as pessoas o odiarem."

"Mas tira Rhian do trono e dá a Tedros uma oportunidade de se redimir", disse Agatha, encontrando o cristal de Dovey envolto em toalhas perto da banheira, ainda cheirando a lavanda. "Talvez, quando Tedros provar que Rhian é uma fraude, ele será capaz de puxar a Excalibur. Talvez esse seja o verdadeiro teste de coroação."

"São muitos 'talvez' para a gente arriscar a vida", Sophie resmungou.

Agatha virou-se para ela com veemência. "A menos que pense em algo melhor, esse é o melhor plano que temos. A conexão não vai durar muito.

Vou mostrar a carta para Rhian, fazê-lo admitir que Arthur não é seu pai, e pulamos para fora antes de o portal fechar." Ela pegou um dos frascos do armário de Reaper, esvaziou-o, dobrou a carta de Arthur e a colocou lá dentro, depois tampou o frasco e o escondeu no vestido. Escorregou para dentro da banheira, agarrando a bola de cristal contra o peito, o vapor fazendo seu coração bater ainda mais rápido. "Apenas faça o feitiço para gravar todas as coisas que ele diz."

"*Feitiço*? Não sei um feitiço que faça isso!", Sophie rebateu. "Pensei que *você* soubesse um feitiço, já que a ideia veio do seu cérebro de minhoca!"

"Você é uma bruxa!", Agatha retorquiu. "E em tese, uma bruxa muito boa!"

Sophie corou como se Agatha tivesse questionado sua própria essência. Ela entrou na banheira, seu vestido de tapete absorvendo água como uma esponja. "Bem, tem um feitiço que repete qualquer coisa que alguém diga, mas é tão básico que mal consigo me lembrar."

"Repita o que estou prestes a dizer", ordenou Agatha.

"Ah... ok." Sophie mordeu o lábio, antes de unir os polegares, e a ponta do dedo brilhou rosa.

Agatha ditou: "Não vou perder tempo no cristal, vou deixar Agatha falar e vou embora quando Agatha mandar."

Sophie abriu a boca e a voz de Agatha saiu, mais devagar e uma oitava mais aguda: "Não vou perder tempo no cristal, vou deixar Agatha falar e vou embora..." Ela grasnou como um papagaio. "... mandar."

Agatha franziu a sobrancelha.

"Vou resolver os problemas antes de ele confessar", Sophie disse, afundando na banheira.

As duas garotas prenderam a respiração enquanto Agatha colocava a bola no fundo da banheira e olhava para o centro. Agatha se preparou para a pancada.

A luz azul a atingiu, mas com menos força do que da última vez, como se o portal não tivesse o mesmo poder. Mesmo assim, seu peito pesado como concreto, viu Sophie se encolher na água, atingida pelo impacto. Protegendo os olhos da luz, Agatha segurou o pulso da amiga e mergulhou adiante, superando a dor e esticando a mão dela e a de Sophie para a bola. Uma supernova de luz branca explodiu, dilacerando as garotas, fazendo Agatha cair no vazio, sua consciência fraturada.

Aos poucos, sua respiração voltou ao normal, a bolha de vidro voltando a aparecer à sua volta.

Estavam de novo lá dentro, encharcadas.

"A conexão está fraca", Agatha ofegou, apontando para o instável brilho azul-escuro das paredes. Ela tirou o frasco do vestido e desenrolou a carta de Arthur para Lady Gremlaine, limpa e seca. "Temos que ser rápidas."

Uma névoa prateada passou sobre elas e o rosto fantasma pressionou contra o vidro: "*Claro como cristal, duro como osso, minha sabedoria é de Clarissa e apenas ela eu ouço.*

"Depressa, Sophie", disse Agatha, ajoelhada em frente ao fantasma, procurando entre os cristais que compunham a névoa. "Encontre o que tem Rhian. Estava nesse canto da última vez."

Esfregando o peito, Agatha empurrou para o lado cenas familiares: ela e Reaper em Graves Hill, quando um gato era apenas um gato... Sophie tentando matá-la no baile do primeiro ano... Sophie com o vestido branco de renda amarrotado, andando perto do tronco da Terra dos Gnomos e depois entrando em uma carruagem real com aquele garoto sombrio.

Agatha parou, assistindo de novo a última cena que fizera Sophie e Tedros brigar antes. Estava na cara que a cena era falsa. Para começar, Sophie já tinha largado aquele vestido branco e estava usando um novo. Depois, Sophie estava aqui com Agatha, ajudando-a a lutar por Tedros. Ela *nunca* voltaria para Rhian! No entanto, ali estava Sophie indo embora na carruagem do rei, a cena se repetindo em *looping* como se fosse real.

Então Agatha viu no canto do olho. A gotícula de vidro com Rhian dentro.

Ele dormia, envolto em bandagens manchadas de sangue, o céu escuro através dos vidros.

"Sophie, encontrei", exclamou, segurando o cristal.

Mas Sophie estava olhando para outro pequeno cristal, seu corpo tenso, enquanto observava a cena dentro dele se repetir de novo e de novo.

"O que foi?", perguntou Agatha, a bola escurecendo em volta delas.

Sophie saiu do seu transe. "Nada. Cristal inútil. É esse? O cristal com Rhian?"

"Se é inútil, por que você acabou de colocá-lo no bolso?", começou Agatha.

"Para não misturar com os outros! Pare de perder tempo que não temos!", Sophie repreendeu e apontou para o cristal na mão de Agatha. "Anda! Abre!"

Sophie agarrou a mão da amiga enquanto Agatha tentava acalmar a respiração e olhava para dentro do vidro.

A luz azul jorrou e as duas saltaram para dentro.

Seus pés bateram no chão do quarto do rei, úmido e cheirando a flores, mil buquês de outros reinos desejando melhoras amontoados nos cantos. Um facho de luz azul pairava verticalmente atrás das garotas, era o portal para escapar.

Rei Rhian estava imóvel na cama, seu corpo preso em gesso, as pálpebras feridas fechadas e os lábios machucados escorrendo sangue no travesseiro.

Agatha deu um passo na sua direção.

Seus olhos se abriram, as piscinas verde-azuladas encararam as garotas. Antes que ele pudesse gritar, Sophie arrancou a carta das mãos de Agatha e saltou para a cama, cobrindo a boca de Rhian com a mão, prendendo-o sob o peso do seu peito. Ele se contorceu debaixo do vestido azul e vermelho, seu sangue manchando os dedos dela.

"Escute, querido. Me escute", disse ela, segurando de forma desajeitada a carta no colo, perdendo-a algumas vezes antes de colocá-la na frente do rosto de Rhian. "Preciso que leia isto. Está vendo o que diz?"

Agatha viu Rhian ficar em choque, suas bochechas perdendo a cor.

Sophie abaixou a carta. "A situação está clara agora, não está?"

Rhian permaneceu imóvel como um cadáver.

"Bom", disse Sophie. "Agatha parece pensar que o Rei Arthur não é o seu pai. Esta carta é a prova." Ela se inclinou, seu nariz quase encostando no do rei. "Por isso preciso que me diga quem é o seu verdadeiro pai. A verdade, desta vez. Vou tirar a minha mão e você vai me dizer. Entendido?"

Ela está indo rápido demais, pensou Agatha. *Está forçando a barra.*

Sophie olhou nos olhos de Rhian. "3... 2... 1..."

"Sophie, espera!", Agatha arfou.

Sophie levantou a mão.

"SOCORRO! SOCORRO!", gritou Rhian. "SOCORRO!"

Os guardas arrombaram as portas, armaduras brilhando e espadas levantadas, mas Agatha já estava arrancando Sophie da cama e atirando as duas através do portal azul.

Agatha aterrissou com força no vidro da bola de cristal de Dovey, seu corpo irradiando dor. Ela olhou para cima e sacudiu Sophie pelo braço: "Sua idiota! Sua tola! Agiu como amiga dele em vez de ameaçá-lo! Devia ter encostado o brilho do seu dedo na garganta dele ou o sufocado com um travesseiro! Algo que o fizesse dizer a verdade! Eu podia ter arrancado a verdade dele! Foi por isso que te fiz jurar que me deixaria cuidar disso!"

"Você estava demorando muito", Sophie disse, levando a mão ao peito, ainda suja com o sangue de Rhian. "Fiz o que tinha que ser feito. Fiz o que era certo."

"O que era *certo*? Do que está falando! Era a nossa chance!", Agatha gritou. "Nossa única chance de conseguir a verdade."

Ela parou de repente.

Sophie recuou em estado de choque.

Porque as manchas de sangue de Rhian estavam se soltando da mão de Sophie.

As garotas viram as manchas de sangue se soltarem da pele de Sophie e flutuarem para cima, o sangue engrossando e sua cor ficando mais profunda.

Aos poucos, as gotas de sangue foram se juntando em uma esfera minúscula, depois inchando como uma semente, a superfície endureceu, as bordas ficaram afiadas, até finalmente sua forma estar completa.

Um cristal.

Um cristal de *sangue*.

O cristal flutuou mais alto, em direção ao fantasma, e tomou seu lugar no centro da máscara, entre os dois buracos sem olhos.

Agatha esticou a mão para o fantasma e apanhou o cristal.

Ela e Sophie se aproximaram e espiaram dentro do vidro vermelho liso, assistindo o início de uma cena se desenrolar. As duas trocaram olhares tensos.

"Precisamos entrar", disse Agatha.

Sophie não discutiu.

O brilho da bola de Dovey estava desvanecendo, a conexão mal se mantinha.

Mas Agatha já estava segurando a mão de Sophie e olhando para o centro vermelho.

Com outro clarão, elas estavam dentro do cristal de sangue do rei.

A cena tinha uma tonalidade vermelha, como se estivesse acontecendo sob a bruma de um sol de sangue.

Estavam dentro do antigo quarto de Lady Gremlaine na Torre Branca de Camelot, observando a governanta de Tedros andar de um lado para o outro, olhando ansiosamente pela janela.

Agatha quase não a reconheceu. Grisella Gremlaine usava as túnicas cor de lavanda, sua marca registrada, mas estava mais jovem, muito mais jovem, não tinha nem 20 anos, o rosto bronzeado jovem e radiante, as sobrancelhas grossas e os lábios cheios, o cabelo castanho solto nos ombros. Lady Gremlaine parou e encostou o nariz na janela, procurando algo no jardim escuro lá fora... Depois, voltou a andar.

O vidro da janela não refletia as duas intrusas de outra época, nem o tênue portal de luz atrás delas.

A mão de Agatha apertou com mais força a de Sophie. Não só pela sensação sinistra de viajar no tempo, ou de estar diante de uma mulher que tinha visto ser assassinada, mas também por ter provas, ali mesmo, de que Lady Gremlaine estava ligada ao sangue do Rei Rhian. A prova de que Lady Gremlaine era de fato a mãe do Rei Rhian.

E Agatha tinha certeza de que Grisella Gremlaine estava esperando pelo verdadeiro pai do Rei Rhian.

"Tem certeza de que ela não pode nos ver?", Sophie sussurrou.

"Ela está morta", disse Agatha em voz alta.

311

E de fato Lady Gremlaine não parou, andando ainda mais rápido agora, seus olhos voltando para a janela.

Uma pedra bateu no vidro.

Instantaneamente, a governanta avançou e abriu a janela.

Uma figura encapuzada subiu, envolta em um manto preto. Agatha não conseguia ver seu rosto.

Professor Sader?

"Você trouxe?", perguntou Lady Gremlaine, sem fôlego.

A figura encapuzada ergueu um pedaço de corda atada.

Agatha olhou para a corda, suas entranhas se revirando.

Parecia que era feito de carne humana.

"Onde ele está?", veio a voz baixa e suave do desconhecido.

Agatha esticou o braço para levantar o capuz, mas sua mão o atravessou.

"Aqui dentro", disse Lady Gremlaine.

Rapidamente, a governanta passou as mãos ao longo da parede e encontrou a borda do que parecia ser uma passagem secreta. Ela abriu e a figura encapuçada a seguiu para dentro, por um banheiro, e chegaram a uma sala adjacente. Agatha e Sophie também.

Agatha congelou.

Era o estranho quarto de hóspedes em que Agatha já tinha estado uma vez. Naquela época, tinha ficado impressionada com como o quarto parecia deslocado dentro do palácio, longe dos outros quartos de hóspedes e pobremente decorado, com uma pequena cama colocada contra a parede.

Só que agora havia alguém na cama.

Rei Arthur.

Ele estava dormindo, as mãos dobradas sobre o peito.

A barba castanha clara por fazer revestia sua pele dourada, suas bochechas rosadas e lisas. Estava com 18 ou 19 anos, no auge da juventude. Mas havia uma suavidade desengonçada nele, uma delicadeza que Agatha não tinha visto nos seus encontros mágicos com versões mais antigas de Arthur. Sua respiração era serena, sem se perturbar com a presença de Lady Gremlaine e ou do estranho.

"Não entendo", sussurrou Sophie. "O que está acontecendo?"

Agatha estava igualmente confusa.

"Coloquei óleo de cânhamo na bebida dele como me instruiu", disse Lady Gremlaine ao desconhecido. "Pegou no sono imediatamente."

"Temos que agir rápido, então", disse o desconhecido, segurando a corda. "Coloque esta corda em volta do pescoço dele."

Lady Gremlaine engoliu. "E depois terei o filho dele?"

"Esse é o poder da corda", a figura encapuzada sussurrou. "Use-o e ficará grávida do herdeiro do Rei Arthur antes de Guinevere se casar com ele."

O queixo de Agatha caiu como uma pedra.

"Assim ele terá que se casar comigo", Lady Gremlaine afirmou.

"Você será rainha", disse o estranho.

Lady Gremlaine olhou para a figura encapuzada. "Mas ele vai me amar?"

"Não me pagou para ter amor. Me pagou para ajudá-la a se casar com ele, em vez de Guinevere", respondeu o estranho. "E essa corda fará isso."

Lady Gremlaine olhava Rei Arthur dormir, sua garganta se mexendo.

Com a respiração apressada, virou-se para o estranho e pegou a corda nas mãos. Lady Gremlaine deu um passo à frente, segurando a corda, sua sombra estendendo-se sobre o rei que dormia, até que ela se aproximou do jovem Arthur. Ela olhou para ele, tão apaixonada, tão possuída, que todo o seu corpo parecia corar. Com as mãos tremendo, ela posicionou a corda em volta do pescoço dele...

Agatha balançou a cabeça, as lágrimas embaçando seus olhos. Sophie também estava abalada. Foi assim que Rhian e Japeth nasceram. Por meio de feitiçaria fria e calculista. Sem amor.

O que significava que Rhian era filho do Rei Arthur, afinal.

Seu filho mais velho.

Rhian era o verdadeiro herdeiro.

Tudo estava perdido.

Agatha puxou Sophie em direção à porta. Ela já tinha visto o suficiente. Elas não podiam assistir ao que aconteceria em seguida.

"Não consigo", uma voz ofegou.

Agatha e Sophie se viraram.

"Não consigo", Lady Gremlaine soluçou. "Não posso traí-lo assim."

As lágrimas correram pelo seu rosto enquanto ela encarava o estranho. "Eu o amo demais", sussurrou ela.

Ela largou a corda e saiu correndo da sala.

Agatha e Sophie olharam fixamente uma para a outra.

Estavam sozinhas no quarto com a figura encapuzada e o rei adormecido.

O estranho exalou. Recuperando a corda, a figura encapuzada andou na direção da porta, para seguir Lady Gremlaine.

O estranho parou.

O tempo parecia ter parado, o único som na sala eram as respirações profundas do rei.

Devagar, o visitante olhou para trás, para o jovem Arthur.

Mãos suaves se levantaram e afastaram o capuz, revelando o rosto do desconhecido e seus olhos verdes-floresta.

Agatha e Sophie ficaram em choque.

Impossível, pensou Agatha. *Isso é impossível.*

Mas a figura estava voltando para o quarto, um passo após o outro, em direção à cama até se aproximar de Arthur. A figura sorriu para o rei impotente, olhos verdes cintilando como os de uma cobra. Depois, com calma e com vontade, o estranho enganchou a corda em volta do pescoço de Arthur.

Agatha estava prestes a vomitar.

A cena travou. Raios de estática vermelha e azul rasgaram a sala. Arthur e a pessoa que o seduzia brilharam em nuvens desfocadas. O chão debaixo dos pés de Agatha brilhou e rachou, desaparecendo pedaço por pedaço.

A bola de cristal.

Estava se desconectando

Sophie já estava correndo em direção ao quarto de Lady Gremlaine.

"Espera!", Agatha deslizou pelo banheiro escorregadio entre os dois cômodos, mas Sophie começou a correr e mergulhou no portal quando ele começou a fechar. Agatha tropeçou nos próprios pés, o portal obscurecido pela estática. Ela se jogou na direção dele, o portal encolhendo rapidamente, do tamanho de um prato... uma bolinha de gude... uma ervilha... Com um salto, Agatha se lançou para a luz.

A água quente a engoliu, enchendo a boca e o nariz, enquanto afundava na banheira de Reaper. Qualquer alívio de escapar do cristal foi afogado pelo que tinha acabado de ver. O pânico a espetava como flechas, seu coração batendo disparado contra o peito. Agora tudo fazia sentido: a maldade dos gêmeos... a magia da Cobra... o terno de enguias espiãs.

"*Peguei Sader se esgueirando pelo castelo...*"

"Sader."

O Sader errado.

Agatha emergiu da água, sem fôlego. "Ela... Foi... ela..."

Tedros atravessou a porta do banheiro. "O que estão fazendo! Os *scims* vão conseguir entrar a qualquer segundo e você e Sophie estão...". Ele observou a cena. Suas bochechas ficaram vermelhas. "Ficou louca?! Entrou no cristal sem..."

"Evelyn Sader", Agatha arfou. "Evelyn Sader é a mãe de Rhian e Japeth. Ela enfeitiçou o seu pai. Ela teve o filho dele. Rhian é filho do Rei Arthur e de Evelyn Sader. Rhian é o filho mais velho do seu pai. O legítimo herdeiro. Tedros... Rhian é o *rei*."

O príncipe olhou para ela. Por um segundo, ele sorriu de forma estúpida, como se estivesse pensando que era tudo uma piada, um artifício para distraí-lo por estar zangado com ela. Mas depois ele viu nos seus olhos. Na forma como ela tremia, apesar do vapor quente.

Ela estava dizendo a verdade.

Tedros balançou a cabeça. "Não faz sentido. Meu pai nem conhecia Evelyn S-S-Sad..." Ele encostou na parede. "Você não viu direito... Seja o que for, você não entendeu direito..."

"Bem que eu queria que fosse mentira", disse Agatha, angustiada. "Eu vi tudo, Tedros." Ela saiu da banheira para tocá-lo, para abraçá-lo.

"Espera", disse Agatha, congelando. Um novo pânico atravessou seu corpo. "Sophie", ela arfou, procurando ao redor do cômodo. "Ela conseguiu voltar...?"

Sua voz falhou.

Pequenas pegadas molhadas levavam para fora do banheiro, para o corredor. Agatha levantou os olhos para Tedros. "Você viu Sophie?"

Tedros ainda estava chocado. "Está enganada. Tem que estar. Ela não tinha nenhuma ligação com o meu pai! E-E-Evelyn? A Reitora?"

Mas agora ele viu o medo nos olhos de Agatha.

O medo de algo completamente diferente.

"Sophie", Agatha arfou. "Você a viu?"

Tedros olhou para ela, sem nada a dizer.

Depois seu rosto ficou frio.

Ele já estava correndo. Agatha o seguiu, água respingando enquanto ela e seu príncipe se atiravam pelo corredor, verificando cada cômodo, seguindo o rastro de pegadas até chegarem a um último quarto, aquele cujo chão estava coberto de travesseiros brancos, onde ela e Sophie tinham dormido.

Sophie não estava lá.

A janela estava aberta, duas pegadas molhadas brilhando no peitoril.

O grito de Agatha reverberou pelo palácio. Porque não era apenas Sophie que estava desaparecida.

Seu vestido branco também tinha sumido.

22

SOPHIE

O roteiro de um assassinato

Evelyn Sader, pensou Sophie, dirigindo o riquixá, subindo a pista em espiral.

Um nome do passado. Agora uma maldição do presente.

Evelyn Sader: dominadora e suave ao mesmo tempo, com aquele vestido incrível feito de borboletas. Evelyn Sader, Reitora da Escola para Garotas, que tinha trazido o Diretor da Escola de volta à vida para mostrar o seu amor por ele. Mas Rafal nunca amou Evelyn. Ele amava Sophie. Queria que Sophie fosse sua noiva. Então matou Evelyn Sader para tirá-la do seu caminho. Era para esse ser o fim da história de Evelyn. Suas intrigas amorosas, sombrias e desonestas não tinham dado frutos.

Mas em algum lugar no início da história de Evelyn, essas intrigas sombrias *tinham* dado frutos.

Porque Evelyn tinha enfeitiçado o Rei Arthur para ter os seus filhos. Isso era evidente. (A menos que a cena fosse falsa... *Não é possível*, pensou Sophie. Tinha vindo do *sangue* de Rhian, não da sua mente.)

Mas ainda havia tantas perguntas. Como Evelyn Sader tinha conhecido Lady Gremlaine? Será que Gremlaine sabia que Evelyn tinha usado a corda que ela mesma havia rejeitado? Será que Gremlaine sabia que Evelyn tinha dado à luz os filhos de Arthur? Era esse o terrível "segredo" de Lady Gremlaine? E o Diretor da Escola, o verdadeiro amor de Evelyn, sabia disso?

Sophie estava tão distraída que o riquixá estava se desviando para fora da pista e... Ela corrigiu o curso, controlando o pânico.

Tinha roubado o riquixá daquele pajem (Snubby? Smarmy? Sauron?), que estacionara o carrinho perto da janela do quarto onde tinha dormido. Passou pé ante pé por ele, que dormia de roncar, esbarrou contra uma árvore e encontrou a pele de cobra no banco da frente do riquixá. Quando as rodas arranharam contra o chão de pedra, o gnomo acordou e viu seu carro fugindo, sem um condutor à vista. "*Fasma!*", ele gritou. "*Faaaaasma!* Tem um fantasma no meu carrinho! *Faaaaaaasma!*" Sophie imaginou que *fasma* significasse "fantasma" na língua dos gnomos, por isso fez o seu melhor para desempenhar o papel, dirigindo com imprudência enquanto o pajem a perseguia. Logo o riquixá estava longe, subindo em direção às luzes brilhantes da cidade.

Pedalou mais rápido, passando pelo Templo de Teapea e o Musée de Gnome, o estresse pesando no seu corpo. Tedros a odiaria por ter partido. Diria que, com a descoberta de que Evelyn Sader é a mãe de Rhian e Arthur, o pai, Sophie correra de volta para os braços do rei. Porque sabia que Rhian era o verdadeiro herdeiro. Que Rhian era o rei. Que Sophie podia ser rainha de Camelot. A verdadeira rainha. E Tedros sabia que nada poderia ficar entre Sophie e uma coroa.

Agatha tentaria defendê-la, é claro. Tentaria procurar algum sinal de que a sua melhor amiga ainda estava do seu lado.

Mas Aggie não encontraria nada. Não só porque Sophie não tinha tido tempo para deixar um sinal, mas porque se tivesse contado para Agatha sobre seu plano, sua melhor amiga teria vindo atrás dela e cairia direto nas mãos de Rhian.

O que significava que Tedros ganharia, por enquanto. Sophie ficaria marcada como uma delatora sem alma e dissimulada. A garota que os deixara por Rafal e que os tinha feito de bobos mais uma vez. Sophie, a garota sem lealdade. Sophie, a garota que só se preocupava com ela mesma.

Ela não podia culpar Tedros. Em seu lugar, pensaria as mesmas coisas.

Mas perder a confiança dos amigos era o preço que tinha que pagar. Porque isso não tinha nada a ver com Evelyn Sader.

E sim com o que Sophie tinha visto em um cristal. Não no cristal de sangue. Em outro cristal.

Um cristal que tinha encontrado sozinha.

O cristal sobre o qual Agatha perguntara quando Sophie fingiu que era bobagem e o colocara no bolso.

Mas não era bobagem.

Aquele cristal era a razão pela qual ela estava abandonando seus amigos no meio da noite.

E o que tinha visto dentro dele... era ela mesma.

Escondendo-se em um canto do quarto do rei, com a bochecha cortada, o vestido branco desgrenhado encharcado de sangue.

Rhian estava do outro lado da sala, em seu terno de rei azul e dourado.

Japeth também, com o seu terno de suserano dourado e azul.

Eles estavam lutando.

Mais do que lutando.

O Leão e a Cobra estavam se matando.

Mãos agarrando olhos e cabelos. Dentes afundando em pele. Voavam socos pelo ar, sangue pelas bocas, os rostos de ambos cobertos de carmim. Os gêmeos lutaram até na cama, ambos se esforçando para chegar a Excalibur...

Rhian chegou primeiro.

A espada oscilou pelo ar, a lâmina refletindo a luz como um raio de sol... até encontrar o peito de Japeth.

Atravessando direto o coração.

Rhian puxou a espada e seu irmão caiu.

Lentamente, Rhian ajoelhou-se sobre o corpo de Japeth, observando-o dar seu último suspiro. O rei curvou a cabeça, segurando o cadáver do irmão.

A Excalibur estava abandonada atrás dele.

Rhian não vira Sophie do canto do quarto.

O medo tinha desaparecido do rosto dela e dado lugar a propósito.

Ela ergueu a espada acima das costas de Rhian.

O cristal escureceu.

Sophie tinha assistido à cena muda se desenrolar na gotícula de vidro uma vez e de novo e de novo.

Rhian mata Japeth.

Sophie mata Rhian.

Era assim que este conto de fadas terminava.

Ou era assim que *ela* desejava que este conto de fadas terminasse.

Os cristais não eram fidedignos, Reaper tinha avisado.

Especialmente o dela.

Mas isso não importava.

Esse era o seu futuro. Ela faria com que fosse o seu futuro.

Conduziu o riquixá mais depressa, os dentes rangendo com força. Dovey disse a ela uma vez: *"Pense se você é capaz de vencer a Cobra da sua própria história para se transformar no herói da história de outra pessoa."*

No fundo, Sophie nunca pensou que fosse possível.

No seu coração, ela era uma vilã, não uma heroína.

Agatha e Tedros eram os heróis.

O melhor que ela podia fazer era ajudá-los.

A bruxa se tornara uma coadjuvante.

E, mesmo assim, unir forças com o Bem não tinha funcionado.

O filho de Evelyn Sader estava sentado no trono de Camelot.

Evelyn Sader!, pensou Sophie, ainda atordoada.

O filho bastardo de Arthur, nascido de magia negra.

Não importava o que Agatha e Tedros fizessem.

Esse Mal estava sempre um passo à frente.

Esse Mal estava além do alcance do Bem, um dragão de duas cabeças queimando cada escudo.

Esse Mal estava tão enraizado no passado que só o Mal no presente poderia desfazê-lo.

Agatha e Tedros eram os heróis errados para esta guerra.

Mas Sophie?

O Mal era o seu sangue.

Ela era a heroína certa para matar esse dragão.

E Sophie tinha o cristal no seu bolso para provar.

Não que ela pudesse vê-lo novamente, uma vez que só Agatha tinha o poder de fazer um cristal funcionar. Mas tê-lo junto a seu corpo deu a ela determinação e sangue frio. Tudo o que tinha que fazer era seguir o roteiro do que tinha visto. O roteiro de um assassinato. Por isso tinha trocado de roupa e colocado o vestido branco repulsivo. O futuro disse a ela para fazer isso.

Enquanto Sophie subia pela Cidade dos Gnomos, as luzes do reino piscavam e brilhavam, mas tudo estava calmo, nenhum gnomo à vista, exceto por uma senhora desdentada que enchia lanternas de rua com vaga-lumes incandescentes e varria os mortos. A Vovó Gnomo olhou para o riquixá fantasma, deu de ombros e voltou ao trabalho. Sophie ouviu um zumbido crescente enquanto pedalava para cima, em direção ao alto da estrada. Parecia uma abelha fora da colmeia.

Com um empurrão ladeira acima, encontrou o fim da pista, uma planície sob o teto de terra por onde ela, Teddy e Aggie tinham caído para chegar à Terra dos Gnomos. Sophie saiu do riquixá, a pele de cobra apertada em volta dela, e levantou a mão para dentro da terra. Como areia movediça, ela ficou molhada e espessa ao redor dos dedos, sugando sua mão, depois o braço, depois o cabelo, depois o rosto.

Ela se puxou para cima e saiu do outro lado.

O ruído da guerra detonou através do túnel Campo Florido abandonado, gritos e choros e estrondos de trovões reverberando. Iluminado de verde por videiras brilhantes, o bloqueio dos gnomos subia até onde ela conseguia ver dentro buraco, gnomos machos e fêmeas de todas as idades equilibrando-se nos ombros uns dos outros e travando os braços para resistir aos estilhaços esmagadores dos *scims* de Japeth contra o poço.

Mas a defesa dos gnomos estava começando a falhar. Dois *scims* tinham entrado no túnel, voando ao redor da rede de corpos, esfaqueando à vontade, à medida que os gnomos tentavam se defender sem perder o equilíbrio ou derrubar o bloqueio.

Sophie esgueirou o resto do seu corpo através da terra, deslizando entre as pernas de um gnomo grande e musculoso, e quase bateu em Guinevere e no xerife. O gato de Agatha agarrava-se ao saco do xerife, que estava amarrado em volta do braço, o grupo deles escondido nas sombras do bloqueio.

"Vou lutar contra aquelas larvas escamosas e vocês não podem me impedir", o xerife rosnou para Reaper, mas o gato enfiou as garras no ombro do xerife, mostrando os dentes.

"*Miau*", ordenou o Rei dos Gnomos.

O xerife enfiou o seu nariz no do gato. "Seu troll com cara de rato e cheiro de gambá..."

O corpo de Reaper endureceu, seus olhos amarelos reluzindo.

"*Miau!*", ele disparou subitamente. "*Miau, miau!*"

Ele saltou do ombro do xerife em direção ao lugar pelo qual Sophie tinha acabado de atravessar.

"Agatha! Ele disse que ela está em apuros!", Guinevere traduziu, arrastando o xerife atrás de Reaper. "E Tedros está *com* Agatha! Se ela está em apuros, ele também está!"

O gato de Agatha estava prestes a mergulhar através da terra, de volta à Terra dos Gnomos, quando congelou bruscamente. Ele olhou na direção de Sophie, ainda escondida debaixo da pele de cobra, e ela encolheu-se atrás do gnomo corpulento. O gato espreitou com mais afinco...

"Vamos, então", o xerife ladrou, empurrando Reaper para baixo através da terra e ajudando Guinevere também, até ambos terem desaparecido.

Mas o xerife não os seguiu.

No momento que o gato desapareceu, o xerife atirou seu saco encantado sobre o poço de terra, de modo que, se alguém voltasse por ali, entraria direto no saco. Foi até o gnomo atrás do qual Sophie estava escondida e pôs a sua bota suja no ombro dele. O gnomo gritou de surpresa, mas o xerife já tinha começado a subir. Mais gnomos gritavam, alarmados com o humano enorme e peludo que os escalava como a uma montanha, mas não tinham como lutar contra ele a não ser lhe dando bofetadas na cabeça e tapas no nariz. O xerife cerrou os dentes, as botas se afundando nas costas dos gnomos, os gritos e as bofetadas ficando mais altos e mais duros, até que ele estava alto o suficiente para detectar um dos dois *scims* voando, perfurando gnomo após gnomo, prestes a derrubar o centro da pirâmide e enviar metade do reino para a morte. Um *scim* disparou em direção ao gnomo mais forte, que já tinha sido apunhalado duas vezes e estava lutando para manter o bloqueio unido. A ponta afiada do *scim* mirava diretamente o pescoço do gnomo.

O xerife pegou a enguia com a mão, mordeu sua cabeça e a cuspiu, esmagando o resto com o punho, e derrubou a gosma para a escuridão do poço.

Mil gnomos olharam para ele boquiabertos.

Depois explodiram em aplausos, superando o barulho dos *scims* do lado de fora.

Os gnomos viraram os melhores amigos daquele homem, ajudando o xerife a subir mais alto e entoando *"VAI FEDIDO! VAI FEDIDO!"* em coro. Aproveitando a distração, Sophie saltou sobre os gnomos atrás do xerife, as criaturas anãs grunhindo sob seu peso e sem verem nada ali. À medida que subia mais alto, Sophie ouvia mais vivas e vislumbrou o xerife esmagando o segundo *scim*, mandando suas entranhas lá para baixo, manchando a pele de cobra de Sophie. O gnomo que ela estava escalando olhou para a gosma que parecia levitar, mas Sophie já tinha passado, seguindo o xerife, que se dirigia para a tampa do tronco da árvore.

Lá fora, os ataques dos *scims* ao tronco cessaram e a vibração das batidas, que soavam como trovões contra o cepo, parou. Os gnomos irromperam em celebração, pensando que tinham vencido a batalha, mas o xerife subiu mais rápido, como se o verdadeiro vilão estivesse prestes a escapar. Sophie lutou para se manter de pé, perdendo apoio. O xerife estava escalando o último grupo de gnomos, estendendo suas palmas carnudas e forçando a abertura do pesado tronco, o frio da floresta inundando o buraco. Com um rosnado, ele empurrou sua grande barriga e o traseiro para fora do buraco, deixando a tampa se fechar. Arfando, Sophie balançou entre os gnomos, seus chinelos macios dançando sobre os ombros deles. Ela mergulhou em direção à luz da lua e...

O ar fresco da noite beijou seu rosto antes de ela puxar a perna e o tronco se fechar.

A Floresta estava silenciosa.

Sophie estava apenas a alguns centímetros do xerife, deitada rígida como pedra, mas ele não conseguia vê-la por causa da pele de cobra que revestia o seu corpo. Ela continuou parada enquanto o xerife se levantava.

"Sei que está aí", ele rosnou, os olhos vagando pela escuridão, fracamente iluminada pelos vaga-lumes do tronco. "Se escondendo como a covarde que é."

Uma folha estalou.

O xerife girou.

Kiko congelou. Seu rosto rosado e o cabelo em um rabo de cavalo apareceram sob a luz da lua. "Beatrix e Reena ouviram um barulho e foram investigar, me deixaram de guarda, mas eu tive que fazer xixi, e fiz lá porque aqueles vaga-lumes no tronco ficam de olho em tudo..." Ela parou.

O xerife fez um sinal. *"Esconda-se"*, sussurrou.

Kiko se abaixou atrás de uma árvore.

O xerife escutava o entorno com atenção, o silêncio alargando-se à sua volta. Ele deu um passo adiante, sua bota prestes a esmagar Sophie.

Depois seus olhos ficaram frios.

Lentamente, ele se virou.

Japeth saiu das sombras, o brilho laranja do tronco se refletindo como fogo no seu terno preto escamoso.

"Esperto, muito esperto. Dar o seu anel a Robin Hood para que ele pudesse entrar escondido na reunião do Conselho sem ser detectado", disse a Cobra, seu rosto sem a máscara. "Mas por quê? O que ele foi fazer lá? Deixar uma mensagem para uma *princesa*, talvez?"

Ele levantou a mão coberta de enguias, os *scims* se afastando sobre a sua pele leitosa como formigas fugindo do formigueiro, revelando um cartão em branco na palma da mão. Japeth mordeu com força o próprio lábio, arrancando sangue. Depois mergulhou a ponta do dedo no sangue e estendeu-o através do pergaminho, o sangue contrapondo a magia, tornando as palavras visíveis.

FAÇA ELE PENSAR QUE ESTÁ DO LADO DELE

O xerife não vacilou.

"Robin precisava usar o seu anel, porque ele mesmo não tem um", Japeth salientou. "A Floresta de Sherwood deixou esses deveres para Nottingham, onde a floresta está. Irônico, não é? Robin Hood, súdito do seu inimigo mortal? O que significa que não é Robin que pode salvar o dia dessa vez. É o querido e incompreendido xerife."

O xerife riu. "Foi por isso que seu irmão enviou aqueles piratas meio burrinhos para me matar em Nottingham? Achou que conseguiriam pegar meu anel. Em vez disso, ganharam alguns ossos esmagados."

O coração de Sophie batia com tanta força debaixo da pele de cobra que ela achou que saltaria pela boca. *Então eu tinha razão, Robin tinha um anel,* pensou ela. *Só que não era dele. Foi por isso que Reaper não deixou o xerife lutar. Ele estava protegendo o xerife, protegendo o anel.*

"Apenas três governantes ainda usam os anéis. Três de cem", disse Japeth, categórico. "E quando os ataques de hoje à noite a dois desses reinos terminarem, esses três serão reduzidos a um. Você, o último sobrevivente."

"E aqui está você, para me matar", sorriu o xerife.

"Não pensei que seria tão simples, para ser honesto", disse a Cobra. "Pensei que teria que matar Agatha, Tedros e todos os rebeldes para chegar até você. Imaginei que assim que soubessem que o meu irmão está atrás de você, seus amigos o esconderiam melhor."

Ele viu o rosto do xerife se contorcer.

"Ah, entendi. Eles não sabem que está aqui. Eles não sabem que saiu do esconderijo para vir lutar comigo", disse Japeth. "O orgulho é o pecado mais mortal."

"Ah, existem outros mais mortíferos", retrucou o xerife. "Matar uma fada madrinha. Roubar os poderes da Dama do Lago. Servir como capanga de um vira-lata mentiroso."

Os olhos de Japeth atravessaram o xerife. "No entanto, a Dama do Lago *me* beijou. A Dama do Lago me desejou. Foi assim que roubei seus poderes. Será que a maior defensora do Bem se apaixonaria por um capanga?"

O xerife não tinha resposta. Nem Sophie, presa no chão.

"Vejamos, então", ordenou Japeth. "Mostre o seu anel"

"Ainda está com Robin. Vai ter que lutar com ele para conseguir", respondeu o xerife, com calma. "Boa sorte. Para sobreviver na Floresta de Sherwood, você vai precisar de sorte. Mas aposto as minhas botas que não vai sobreviver."

"Entendo", Japeth murmurou. "Mas... não acredito em você. Aposto as minhas botas, como diz, que não deixaria o anel longe das suas mãos, agora que sabe que meu irmão está atrás dele. Não confiaria em ninguém para protegê-lo, a não ser em si mesmo. Especialmente, não confiaria em Robin Hood."

O xerife encontrou os olhos de Japeth. Sophie esperou que o xerife risse para mostrar que tinha sido mais esperto do que seu adversário, para provar que Robin ainda estava com o anel, como tinha dito.

"Pensam que são muito espertinhos", disse o xerife, ficando vermelho. "Você e o seu irmão. Nunca vão vencer. Me matar não muda nada. Só o líder de Nottingham pode queimar o anel. Se eu morrer, o anel vai para o próximo na linhagem, e Dot não vai queimá-lo, não importa o que você faça. Os amigos dela vão protegê-la."

"Acho que a sua memória está falhando", disse a Cobra. "Se você morrer, o anel é transferido para o seu sucessor, que, segundo a lei de Nottingham, seria a sua filha se você não tivesse mudado a lei para fazer seu sucessor em Bertie, seu assistente na cadeia. De acordo com o *Notícias de Nottingham*, você fez isso durante um acesso de fúria depois de Dot ter libertado Robin da prisão. Presumo que você e a sua filha tenham uma história difícil? Em todo o caso, Bertie tem aproveitado seus dias em uma nova propriedade em Camelot, paga pelo meu irmão. O que significa que Bertie vai, de bom grado, queimar o seu anel antes que o seu corpo seja enterrado." Japeth piscou. "Ao que parece, trair o seu próprio sangue tem consequências."

O xerife rugiu e foi para cima da Cobra como um aríete. Bateu nele com tanta força que Japeth voou para o chão, nocauteado. No instante seguinte, o xerife estava em cima dele, batendo com ambos os punhos, cortando as bochechas fantasmagóricas da Cobra, os socos do xerife alimentados por um fogo tão profundo que Sophie não sabia se ele conseguiria. Mas alguma coisa se movia na coxa de Japeth: um único *scim* lutava para se soltar do terno da Cobra.

Sophie percebeu tarde demais.

A enguia apunhalou o ouvido do xerife.

Ele gritou de dor, contorcendo-se, de costas, tampando o ouvido que esguichava sangue, até que finalmente arrancou o *scim* e o rasgou em pedaços. Rastejou para se levantar, mas Japeth o chutou no peito, depois deu um golpe na cabeça do xerife com ambos os punhos, fazendo-o ficar de joelhos.

Um disparo de luz amarela passou pela cabeça da Cobra.

Japeth se virou para ver Kiko correndo na sua direção.

Os *scims* dispararam do terno, apontando para o rosto de Kiko.

Sophie se ajoelhou e disparou um raio de brilho rosa que bateu no peito de Kiko, atirando-a como uma bola de canhão para a escuridão das árvores.

Era o feitiço de atordoamento mais forte que Sophie conseguiu conjurar, incentivada pela determinação de manter Kiko viva. Onde quer que Kiko estivesse, demoraria a se recuperar, mas Sophie esperava que Beatrix e Reena a encontrassem antes dos homens de Rhian.

A Cobra tinha vislumbrado o feitiço que atingira Kiko e foi na direção de Sophie, mas não conseguia ver ninguém.

O xerife se aproveitou da distração de Japeth e o atingiu no pescoço, estrangulando-o até ao chão. A Cobra se virou e o chutou na virilha, indo para cima do xerife na velocidade da luz e pressionando as mãos em sua garganta.

Envolvida na pele de cobra, Sophie ficou de pé, correndo para Japeth, outro feitiço de atordoamento pronto na ponta dos dedos.

E então parou.

Ou melhor, algo a fez parar.

O seu vestido.

Chicoteava no seu corpo, a renda branca endurecendo como um espartilho, apertando mais e mais contra a sua pele, quente, mais quente, até que por baixo da pele de cobra, seu vestido branco começou a ficar preto.

O que está acontecendo?, ela arfou, sem conseguir se mexer.

Todo o vestido ficou brilhante e escuro como uma obsidiana, abraçando o seu corpo como uma segunda pele, os babados, antes brancos, endureceram e se tornaram finos e afiados até se transformarem em penas espinhosas e pontudas.

O queixo de Sophie caiu.

Esse vestido. Ela já o tinha visto antes.

Em um cristal na primeira vez que ela entrou na bola: uma visão de si mesma em um vestido que mais parecia um porco-espinho enquanto subia em uma árvore.

Naquele momento, tinha zombado da cena, da ideia de que ela usaria uma roupa grotesca como aquela. E não apenas isso, usaria esse vestido de penas espinhosas no meio da Floresta, e depois subiria em árvores.

Os olhos de Sophie tremeram.

Ah, não.

Como ventania, o vestido começou a levar Sophie em direção à árvore mais próxima, uma força invisível tão forte que ela não conseguia combater. O vestido a arrastou para cima do tronco, de modo que ela não estava escalando, mas ascendendo, sendo puxada pelos ramos até ao topo, onde as penas do vestido se enfiavam na casca grossa, firmando Sophie no lugar como uma camisa de força, longe da Cobra e do xerife, ainda em guerra no chão.

Sophie bateu contra a árvore, a pele de cobra a envolvendo. Por que não conseguia tirar o vestido como antes? Japeth nem sabia que ela estava ali. Como um vestido poderia ter vontade própria? Como poderia ganhar vida agora? Ela devia ter desconfiado que havia algo de errado com o vestido, desde quando Japeth insistira para que ela o usasse, o tanto que o vestido coçava seu corpo quando o vestia, como havia reaparecido depois de ela tê-lo queimado até virar cinzas.

Era o vestido da amada mãe deles.

O vestido de Evelyn Sader.

E assim como o vestido de borboletas que Evelyn usava e o terno de enguias do seu filho, este traje também estava vivo.

Deitado no chão, Japeth estava estrangulando o xerife tão forte que o rosto dele tinha ficado vermelho-cereja, as veias da sua garganta evidentes sob a pele.

O xerife levantou a mão, grande e trêmula...

E esbofeteou Japeth com toda a força.

Japeth soltou um grito assustado, que foi encoberto por um grito de guerra primitivo, o xerife se levantando do chão e envolvendo a Cobra como um leão. Um *scim* afiado como lâmina disparou do terno de Japeth, mas o xerife o apanhou no ar e apunhalou Japeth na costela. As enguias no corpo de

Japeth gritaram em um coro terrível, depois todas se desprenderam do terno da Cobra como mil facas pretas e atravessaram os pulsos e os tornozelos do xerife, crucificando-o na terra. O xerife grunhiu em choque, depois olhou para cima, seus olhos negros grandes, seus lábios arfando em pânico.

Presa na árvore, Sophie se debatia para fazer seu dedo brilhar, mas era impedida pelo vestido. Ela nunca se tinha sentido tão derrotada, tão assustada. Aquele era o pai de Dot. Um vilão que tinha se redimido. Um homem do Mal que tinha se colocado ao lado do Bem quando mais precisavam. Ele não merecia morrer. Não agora. E ela não podia ajudá-lo. Não podia fazer nada.

Japeth se levantou, seu rosto todo roxo, rios de sangue escorrendo por ele.

Pegou um galho pesado do chão e o partiu com o joelho, a ponta afiada como uma estaca.

A Cobra se aproximou do xerife e subiu sobre seu corpo desamparado, os olhos do agressor vazios e frios.

"Você... nunca... vai... vencer...", o xerife disse.

"Não foi o que disse antes de começarmos?", Japeth perguntou.

Sophie deixou escapar um grito silencioso.

A estaca rasgou o coração do xerife.

Sophie virou o rosto, lágrimas derramando em suas mãos, folhas e galhos arranhando suas bochechas. Ela podia ouvir Japeth vasculhando o corpo do xerife, procurando o anel. A respiração da Cobra ficou mais ofegante, seus movimentos mais frenéticos. Não estava conseguindo encontrá-lo.

Depois tudo ficou em silêncio.

Sophie olhou para Japeth ajoelhado sobre o corpo do xerife.

Ainda estava parado.

Pensando.

"Aposto as minhas botas...", Japeth murmurou.

Seus olhos se voltaram para os sapatos do xerife.

Ele tirou uma bota de couro suja.

Depois a outra.

Em volta de um dedo escurecido, o anel prateado brilhava quase tanto quanto o sorriso da Cobra.

Japeth se embrenhou pela Floresta Sem Fim, assobiando uma melodia, sua pele branca e nua brilhando na escuridão, antes de olhar de volta para seus lacaios. As enguias se soltaram do corpo do xerife e correram atrás do seu mestre.

Na árvore, o vestido de Sophie derreteu de volta para a renda branca, desprendendo-a gentilmente da casca da árvore como se fosse, de repente, seu amigo. Ela deslizou pelos galhos e caiu no chão, ao lado do xerife.

Os olhos dele ainda estavam abertos, sangue espumando pela boca.

"Diga... a Dot..."

"Shhh! Vou buscar os gnomos! Vou buscar ajuda!", disse Sophie, girando para o tronco.

O xerife agarrou sua mão. "Diga a Dot... eu e a mãe dela..." Ele engasgou com o sangue. "Foi... amor."

O coração dele parou.

Lentamente seus olhos se fecharam.

Sua mão soltou a de Sophie, a pele gelada.

"Não...", Sophie sussurrou. Ela soluçou sobre o xerife, encharcada com o seu sangue. Ela o teria salvado. Teria impedido tudo aquilo. Ela era a Bruxa de Além da Floresta. Teria arrancado o coração de Japeth e dado para as enguias comerem. Teria dado a vida para proteger aquele anel, a Floresta e seus amigos. Se ao menos tivesse tido a chance.

Enraivecida, rasgou o vestido branco, reduzindo-o a frangalhos, e atirou-os ao vento, mas o vestido se restaurou instantaneamente, livre do sangue do xerife, sua magia a cobrindo ainda com mais força, como uma armadura.

Sophie ficou ali, molhada de suor e lágrimas, enquanto o amanhecer ameaçava a escuridão.

Algo cortou sua coxa. Dentro do bolso.

O cristal.

Aquele que fizera Sophie deixar seus amigos e chegar até ali.

Aquele que mostrara a ela uma forma de lutar.

Um estrondo forte ecoou na Floresta.

Sophie se virou.

Luzes flamejantes brilhavam através das árvores, vindo em sua direção.

Os olhos de Sophie eram duas lâminas de vidro verde.

Siga o cristal, pensou. *Siga o roteiro*.

Ela vingaria o xerife.

Era hora de dar o troco.

A Japeth *e* ao irmão dele.

Rapidamente, Sophie puxou o corpo do xerife para dentro das árvores, longe da névoa do nascer do sol, sangrando no chão da Floresta.

Ela passou pelo tronco, os olhos dardejando ao redor da Floresta.

Nenhum sinal de Kiko, Beatrix, Reena.

Nenhum sinal de Reaper ou dos gnomos.

Ela precisava falar com Agatha, fazer uma pergunta que precisava de resposta.

Mas como?

Lembrou-se de algo que Kiko dissera: "*Os vaga-lumes no tronco ficam de olho em tudo*".

Os estrondos pareciam mais próximos... as tochas mais brilhantes...

Uma carruagem azul e dourada se aproximou, esculpida com o brasão de Camelot, banhando Sophie com a luz das chamas enquanto o condutor parava os cavalos.

Pela janela, Sophie avistou um garoto dentro da carruagem, seu rosto sombreado.

A porta se abriu.

Usando o brilho rosa para iluminar seus passos, Sophie subiu ao lado dele e fechou a porta.

Ele se virou para Sophie, seu queixo quadrado e olhos puxados formando uma silhueta.

"Rhian viu sua mensagem", disse Kei.

Ele ergueu um conhecido pedaço de pergaminho.

A carta de Arthur a Lady Gremlaine. *"Querida Grisella, eu sei que foi ficar com sua irmã Gemma..."*

A carta que Sophie tinha colocado na cara de Rhian enquanto lutava com ele em sua cama.

A carta que tinha feito com que o rei arregalasse os olhos, suas mãos sangrentas contra as dela.

Mas não tinha sido a carta que havia feito isso.

Tinham sido as palavras que Sophie tinha pintado sobre a carta, fora da vista de Agatha.

As palavras que tinha rabiscado escondido, com o sangue de Rhian.

Me resgate

Antiga terra dos gnomos

Amanhecer

Tinha mentido para Agatha, fingindo que concordava com o seu plano. Tinha traído seus amigos e as forças do Bem.

Mas apenas Sophie tinha visto o cristal agora escondido no seu bolso.

Só ela havia testemunhado como esse conto realmente terminava.

Em breve, o Leão e a Cobra estariam mortos.

Sophie olhou para Kei. "Ele sabe que estou do lado dele, não sabe? O rei?"

O capitão não respondeu. Ele olhou para a frente enquanto o condutor chicoteava os cavalos e a carruagem se dirigia de volta para Camelot.

23

AGATHA

O gato em um museu

Agatha estava no centro da terra, seu corpo molhado de suor, um poço interminável de lava azul inchando abaixo dela como um mar luminescente.

Lentamente, uma videira verde brilhante baixou o corpo do xerife em direção à lava.

Atrás de Agatha, centenas de gnomos estavam reunidos no Final das Terras, uma laje gramada suspensa por vinhas, dominada por um obelisco dourado, esculpido com os nomes de gnomos que chegaram e se foram. Por baixo do gramado suspenso, um oceano de lava fluorescente, onde os mortos eram cremados. Os gnomos removeram seus chapéus e baixaram a cabeça enquanto a lava recebia seu primeiro humano, as ondas envolvendo o corpo do xerife antes de o devorarem com um silvo de fumaça.

Agatha não derramou nenhuma lágrima. O xerife já estava morto quando ela, Tedros, Reaper e Guinevere conseguiram atravessar o saco encantado que ele tinha deixado como armadilha. Tinham recolhido os vagalumes do tronco para extrair tudo o que tinham visto, mas os *scims* tinham dizimado quase todos, corrompendo as filmagens. Porém, conseguiram ver o suficiente para saber que Japeth tinha matado o xerife a sangue frio e pegado seu anel. O anel que estava impedindo Rhian de conquistar o poder infinito.

A alma de Agatha estava tão enfurecida quanto o inferno abaixo dela.

Japeth matara Chaddick.

Japeth matara Millicent.

Japeth matara Lancelot, Dovey, o xerife.

Agatha estivera obcecada com um rei mentiroso e seu trono, mas durante esse tempo todo o irmão dele estava assassinando os seus amigos sem pena.

Tedros e Guinevere a abraçaram, seus olhos refletindo a lava brilhante e pensamentos sombrios.

"Sua Alteza?", disse uma voz.

Todos se viraram.

Subby, o pajem do rei, deu um passo em frente. "Alguém roubou o meu riquixá", ele disse, os gnomos observando. "Foi lá no palácio!"

"*Miau, miau*", Reaper suspirou, sem paciência para aquilo.

"Achei que tinha sido um *fasma*!", Subby insistiu. "Mas foi um *fasma* humano!"

"*Miau! Miau!*", o gato disse.

"Um humano que estava lá em cima!", Subby disparou. "Lá em cima quando o xerife morreu!"

O rosto de Reaper mudou.

"Encontrei isto perto do corpo", o pajem explicou.

Subby segurava algo sob a luz do cemitério.

Todos os gnomos deixam escapar um *oooooh* assustado.

Tedros se virou para sua princesa, a encarando.

Reaper fez o mesmo.

Agatha cerrou os dentes.

Mesmo de longe, ela conseguia sentir o cheiro.

A pele de cobra nas mãos de Subby.

Com cheiro de terra e folhas úmidas...

E lavanda.

Uma avó gnomo sem dentes sentou-se de pernas cruzadas no chão, batendo com os dedos na barriga de uma centena de vaga-lumes mortos como se fossem teclas de piano.

"Pare", disse Agatha.

Vovó Gnomo parou de bater, pausando as filmagens distorcidas na parede brilhante da sala do trono.

Tedros, Guinevere, Agatha e Reaper se inclinaram, estudando a cena na parede.

"Tem alguma forma de preencher a tela um pouco mais?", perguntou Agatha à velha gnomo.

A vovó desdentada mexeu com os vaga-lumes mortos, reparando carcaças partidas e asas com a ponta dos dedos, o que parecia preencher o quadro corrompido. "*Um cocô de passarinho em você*", Vovó Gnomo cantava enquanto trabalhava. "*Um cocô de passarinho em você... Um cocô de passarinho...*"

"Pode ir um pouco mais depressa?", Tedros perguntou, exasperado.

A velha deu a ele um olhar fétido, enfatizado por um peido. E voltou a mexer e a cantar, exatamente como antes.

Tedros apelou para Reaper.

O gato ronronou como se dissesse: "Tente governar um reino cheio deles".

"Ali! É ela!", Agatha exclamou, estudando a cena que mostrava Kiko irrompendo para a Cobra e sendo impedida por uma explosão de luz cor-de-rosa no peito. Agatha apontou para o brilho. "É um feitiço de Sophie. Ela devia estar escondida ali perto."

"Aqui está a sua prova, então. A sua suposta melhor amiga atacou Kiko para impedi-la de lutar contra a Cobra", disse Tedros. "A sua suposta melhor amiga estava ajudando o assassino de Dovey e do xerife."

"Ou estava tentando salvar Kiko", disse Agatha, reflexiva.

"Ainda a defende! Continua defendendo aquela bruxa!", Tedros disparou, mais zangado do que ela jamais vira. "Nunca pensei que pudesse ser tão burra!"

Agatha e Tedros brigavam com frequência. O seu príncipe sabia muito bem que ela era tão dura quanto ele, e ele a amava por isso. Mas, desta vez, Agatha não tinha argumentos. Sophie tinha abandonado seus amigos e rastejado de volta para o inimigo. Não só isso. Agatha se lembrou da forma como Sophie prendeu Rhian à cama quando entraram no cristal, como tinha se apressado a confrontá-lo, como se estivesse interpretando um roteiro diferente daquele que tinham combinado.

"*Fiz o que tinha que ser feito*", Sophie tinha se defendido depois. "*Fiz o que era certo.*"

Ela sabotou nosso plano de propósito, Agatha se deu conta.

Mas por quê?

Aquele cristal, lembrou.

O que Sophie ficou encarando e depois colocou no bolso.

Sophie tinha visto algo dentro dele. Algo que a fez querer voltar para Camelot.

"Bom, se esse é o feitiço da Sophie, então esta deve ser a Sophie", Guinevere deduziu, apontando para uma ruga de brilho no canto do quadro. "Os vaga-lumes do tronco captaram a presença da pele de cobra. Existe alguma forma de seguir esse ponto de luz pelo resto das filmagens?"

Vovó Gnomo passou mais uma vez os dedos pela barriga dos vagalumes, varrendo as imagens e preenchendo com destreza as cenas, seguindo o brilho enquanto ele escalava uma árvore, onde permaneceu até ao fim da batalha da Cobra e do xerife, quando Sophie tirou a pele de cobra e arrastou o xerife para a escuridão, antes de subir em uma carruagem real com o garoto misterioso. Agatha assistiu Sophie usar o seu brilho cor-de-rosa para iluminar seus passos até a carruagem e fechar a porta, antes de a filmagem congelar em um último quadro: a carruagem partindo, deixando só poeira para trás.

Tedros estava prestes a explodir. "Então Sophie observa toda a luta, a salvo em uma árvore, depois chora sobre o corpo do xerife como uma péssima atriz, e em seguida o larga nos arbustos e volta para o castelo para ficar com aqueles dois monstros. Se eu recuperar o meu trono – *quando* eu recuperar o meu trono –, essa demônia vai perder a cabeça junto com eles."

Ele tem razão, pensou Agatha, ainda perdida. Tudo o que Tedros estava dizendo sobre Sophie era um fato indiscutível.

Mas então por que ela não aceitava aquilo como verdade?

Por que o seu coração ainda estava defendendo a sua melhor amiga?

Pelo canto do olho, ela reparou que Guinevere estava mordendo o lábio, também com ideias conflitantes.

"O que foi?", Tedros rosnou.

"Quando Sophie estava no castelo, ela fingiu estar do lado de Rhian de forma tão convincente que acreditei que tinha te traído", disse Guinevere. "Mas, mesmo sob o domínio de Rhian, ela encontrou uma forma de me mostrar sua lealdade. Ela encontrou uma forma de me dizer a verdade. Talvez a gente esteja deixando algo passar."

"Bem, isso foi quando ela achava que eu era o verdadeiro rei", retorquiu Tedros. "Mas agora que ela acha..." Ele parou de falar.

Guinevere franziu as sobrancelhas. "O que quer dizer com *quando*? O que mudou?"

Reaper também parecia desconfiado.

Agatha e Tedros trocaram um olhar sério. O príncipe ainda parecia estar em negação sobre o que a princesa tinha visto no cristal de sangue. E agora ter que contar para a mãe que talvez não fosse o verdadeiro herdeiro, que o marido dela tinha sido enfeitiçado para ser tornar o pai dos filhos de outra pessoa, que a Excalibur tinha tido razão em desdenhá-lo...

Tedros se voltou para Guinevere. "N-n-nada. Nada mudou."

"Mas por que você disse que Sophie não acha que você é o verdadeiro rei?"

Enquanto Tedros tentava mudar de assunto, Agatha se pegou ponderando sobre algo que Guinevere dissera.

"Ela encontrou uma forma de me mostrar sua lealdade. Ela encontrou uma forma de me dizer a verdade."

Agatha olhou de novo para o último quadro, pausado na parede.

"Você está escondendo alguma coisa, Tedros", Guinevere disse.

"Mãe, eu juro..."

"Não jure se for mentira."

Tedros engoliu em seco.

Sua mãe e Reaper olharam fixamente para ele.

Tedros começou a suar. "Hum... o nome Evelyn Sader não significa nada para você, não é?"

Os olhos de Guinevere tremeluziram. "Evelyn Sader?"

"A irmã de August Sader?", Tedros disse rapidamente. "Assumiu o cargo de Reitora no nosso segundo ano na escola? Acho que você e o meu pai não a conheceram. Só queria ter certeza."

"Espera", disse Agatha, interrompendo mãe e filho.

Ela fez um gesto em direção à tela e à nuvem de poeira deixada pela carruagem. "Podemos dar um *zoom* nisso?"

A velha gnomo passou os dedos pelo monte de vaga-lumes mortos, para trás e para a frente, aumentando a imagem na parede até Agatha levantar a mão.

"Aí mesmo", disse ela.

No meio da poeira, algo não se encaixava.

Uma pequena nuvem. Névoa *cor-de-rosa*.

"Aproxime mais", ordenou Agatha.

A gnomo obedeceu, lapidando a imagem da poeira cor-de-rosa, cada vez mais detalhada, mais nítida.

"Pare", disse Agatha.

Tedros prendeu a respiração, olhando para a parede.

Reaper e Guinevere também tinham se calado.

Agatha passou os dedos sobre o quadro congelado, sobre as palavras cor-de-rosa esfumaçadas que Sophie tinha lançado ao iluminar seus passos para dentro da carruagem. Sem dúvida, uma mensagem que tinha deixado para seus amigos encontrarem:

Por que a dama o beijou?

Atrás das palavras, em *close*, Sophie encarava a tela, encarava Agatha pela janela da carruagem, seus olhos esmeralda brilhando como estrelas no escuro.

"O que isso significa?", perguntou Tedros, mistificado.

Agatha olhou para a mensagem, seus olhos refletindo os de Sophie.

Ela se virou para o príncipe. "Significa que a sua demônia nos deixou um dever de casa."

Agatha ficou de frente para Tedros, Guinevere e o seu gato enquanto estavam sentados no chão de veludo da sala do trono, comendo tigelas de amêndoas cobertas de iogurte, figos caramelados e chips de batata-doce. Ela não fazia a mínima ideia de que horas eram, mas já se passara bastante tempo desde que Sophie fugira.

"Aqui está o que sabemos", começou Agatha. "Sophie ainda está do nosso lado."

"Não sabemos isso", argumentou Tedros, a boca cheia de amêndoas.

"Rei Teapea, tem um estranho tentando entrar no palácio", anunciou um guarda gnomo da porta. "Um estranho muito suspeito."

Reaper lançou um olhar perturbado e seguiu o guarda para fora da sala.

Agatha ainda não tinha se acostumado com o fato de o seu gato ter deveres reais, mas tinha coisas mais importantes com que se preocupar. Ela olhou para Tedros. "Sabemos que Sophie está do nosso lado porque deixou aquela mensagem."

"Agatha tem razão, Tedros", confirmou Guinevere. "Sophie está jogando um jogo perigoso. Como quando me pressionou a impedir que você perdesse a cabeça."

Seu filho fechou a cara. "Então ela voltou para Rhian e para aquele monstro do irmão dele... por *minha causa*? Sophie, a santa? Sophie, a altruísta? Por que será que ela não estava na Escola do Bem? Ah, lembrei. Ela estava ocupada demais tentando matar todos nós."

"Sophie é imprevisível", admitiu Agatha. "E não sabemos por que ela voltou ou o que está tramando. Mas sabemos que ela está tentando nos ajudar. Foi por isso que nos deixou essa pergunta. É nessa missão que ela quer que a gente se concentre, enquanto se concentra na dela."

"Conseguiu descobrir tudo isso com um enigma empoeirado? Gostaria que pudesse ler a minha mente da forma como lê a dela", Tedros disse, pegando um punhado de chips. "Essa mensagem não significa nada. *Por que a Dama o beijou? Quem é a Dama? Beijou quem?*"

"A Dama do Lago e a Cobra", respondeu Agatha, tranquila. "Sophie quer que a gente descubra por que a Dama beijou Japeth."

"O beijo que tirou da ninfa os seus poderes. Merlin contou essa história para mim e para Tedros, quando veio a Camelot", Guinevere lembrou. "Foi depois de a Cobra ter matado Chaddick. A Dama do Lago o beijou, achando que era o verdadeiro rei."

"E achando que a Cobra faria dela a sua rainha", acrescentou Agatha.

"Mas se isso é verdade, por que ela beijaria Japeth em vez de Rhian?", Tedros bufou. "Rhian é o herdeiro. Não seu irmão".

"*Exatamente.* Por isso a pergunta de Sophie", disse Agatha. "E é a mesma pergunta que eu tinha para a Dama quando voltei a Avalon. A Dama tinha dito para Sophie e para mim que Japeth tinha o sangue do Rei Arthur. Mas não apenas isso. Tinha declarado que Japeth tinha o sangue do filho mais velho de Arthur. Mas sabemos que isso não é verdade, porque foi Rhian quem libertou a Excalibur da pedra. O que significa que Rhian é o filho mais velho, não Japeth. Eu disse à Dama que ela havia cometido um erro. Que não tinha beijado o verdadeiro rei. Mas a Dama insistiu, disse que eu estava errada. Que quem tinha beijado possuía o sangue do herdeiro e que quem tinha beijado havia puxado a Excalibur. O que significa que algo ainda está errado. *Magicamente* errado. E agora Sophie está pedindo que a gente descubra o motivo."

"Mas nós já sabemos a resposta. Rhian e Japeth *não têm* o sangue de Arthur!", Guinevere disse, perdendo a paciência. "Nenhum deles. São mentirosos. Fraudes. Encontraram alguma magia negra que ajudou Rhian a puxar a Excalibur e foi essa mesma magia que fez a Dama beijar o irmão dele. Essa é a única explicação. Porque eles não são filhos de Arthur! Portanto, não importa quem a Dama beijou! É tudo um grande blefe! O meu filho é o herdeiro! O meu filho é o rei!"

Agatha e Tedros ficaram calados.

Guinevere olhou para eles, seu rosto se contendo. "O que aconteceu?" Seus olhos ficaram nebulosos. "Isso tem alguma coisa a ver com aquela mulher, Sader?"

"Tem *tudo* a ver com aquela mulher, Sader", disse uma voz lasciva atrás deles.

Eles se viraram para ver dois guardas gnomos e Reaper trazendo um garoto loiro que Agatha a princípio não reconheceu. Mas arregalou os olhos e...

Hort.

Mas essa não era a surpresa.

Ele estava segurando algo na palma da mão aberta.

Uma borboleta.

Uma borboleta azul.

Agatha vislumbrou o rosto de Tedros, a negação dando lugar ao horror.

Naquele momento, Agatha soube que era hora de contar a verdade para a mãe dele.

Quando Agatha terminou de falar, Guinevere estava pálida como um fantasma e Tedros já tinha saído da sala.

Agatha, Hort e a antiga rainha sentaram-se em doloroso silêncio, a ausência do príncipe era palpável.

"A mulher com o vestido de borboleta. Eu a encontrei uma vez, há muito tempo", Guinevere disse, enfim, enxugando as lágrimas. "Eu não a conhecia como Evelyn. Lady Gremlaine a chamava de Elle."

"Elle era o nome que ela usava em Foxwood, quando criou Rhian e Japeth em segredo", disse Hort, olhando as tigelas dos aperitivos, mas dissuadido pelo momento. "Pensei que Elle fosse apelido de Grisella Gremlaine. Pensei que fosse a prova de que Lady Gremlaine era a mãe de Rhian e Japeth. Só que também tem E e L em Evelyn."

Hort parecia inquieto sem a sua namorada por perto, mas Nicola e Reaper e mais dois guardas gnomos tinham ido resgatar Kiko, que Nicola e Hort encontraram gravemente atordoada na Floresta.

Hort olhou para Agatha. "Acha que Tedros vai voltar?"

Agatha não respondeu, perdida nos próprios pensamentos.

Ela contara a Tedros e à mãe dele a verdade sobre o cristal de sangue.

A verdade sobre o herdeiro de Arthur.

No início, mãe e filho pareceram incrédulos. A ideia de que o Rei Arthur pudesse estar ligado à meia-irmã de August Sader, o vidente que pintou o retrato de coroação de Tedros, não era apenas absurda, mas idiota. No entanto, Agatha reviveu cada momento – Lady Gremlaine recrutando Evelyn e sua corda para seduzir Arthur e ter o seu filho; Lady Gremlaine abandonando o plano e fugindo da sala; Evelyn recuperando a corda, seus olhos coloridos de cobra dançando com o Mal. O rosto de Guinevere tinha envelhecido em minutos, sua mão se agarrando à garganta como se estivesse sufocada por dentro. Quando Agatha chegou ao momento da história em que Evelyn enganchou a corda ao redor do pescoço de Arthur adormecido, Tedros levantou a mão, fazendo-a parar, e saiu do quarto sem uma palavra, deixando Agatha sozinha com sua mãe e Hort.

O silêncio ficou mais intenso; o rosto de Guinevere, uma máscara da morte. Hort olhou para Agatha, esperando que ela consolasse a velha rainha. Mas a verdade não deixava espaço para consolo.

"Elle veio jantar em Camelot a convite de Arthur. Foi a única vez que a vi", Guinevere contou, ainda abalada. "O jantar foi uma oferta de paz. Depois de Arthur e eu termos nos formado na Escola do Bem, ele me levou de volta ao castelo para conhecer os funcionários, liderados por Lady Gremlaine. Arthur disse a eles que íamos nos casar". Guinevere fez uma pausa. "Gremlaine foi pega desprevenida. Ela me tratou mal e eu a adverti por isso, na frente de todos. Se eu soubesse que ela estava apaixonada por Arthur, teria lidado melhor com isso, mas o estrago estava feito. Ela foi ficar com a irmã em Foxwood e se recusou a voltar, ignorando os apelos de Arthur. Isto é, até Arthur encontrar uma amiga de Gremlaine que andava rondando o castelo: uma mulher chamada Elle Sader. Ele a convidou para jantar conosco para convencer Gremlaine a regressar com uma aliada a seu lado. Achou que ajudaria a quebrar o gelo."

"O que aconteceu no jantar?", perguntou Hort.

Guinevere não conseguia falar. "Sinto muito. É que... só de pensar!", chorou ela, as mãos no rosto. "Pensar que a governanta de Arthur conspirou com uma bruxa para fazê-lo ter filhos que ele não queria, e depois essa bruxa se aproveita desse pedido, da fraqueza da colega, faz um feitiço e foge com eles." Ela balançou a cabeça. "Será que Arthur sabia? Será que sabia que uma estranha tinha dado à luz seus herdeiros? Ele teria escondido esse segredo de mim? De todo mundo?"

Agatha baixou os olhos. "Não sei. Só sei o que vi."

Guinevere arregalou os olhos. "Deve ter acontecido depois daquela noite. Havia sinais no jantar. Entre Gremlaine e aquela cobra."

"Que sinais?", disse a voz de Tedros.

O príncipe voltou para a sala, os olhos vermelhos, a camisa molhada. Sentou-se ao lado de Guinevere e segurou sua mão. Todo o desdém tinha sumido do seu rosto e fora substituído por vulnerabilidade e medo, como se, ao aceitar que poderia não ser rei, tivesse encontrado permissão para ser um filho.

O toque de Tedros acalmou a antiga rainha. "Que sinais?", repetiu ele.

Sua mãe respirou fundo. "A forma como sussurravam e riam sempre que Arthur falava do nosso casamento iminente. Como se soubessem de algo que nós não sabíamos. E quando Arthur mencionou que queria que um vidente pintasse o retrato de coroação do seu filho um dia, o ânimo de Elle ficou sombrio. Ela disse que o seu irmão August era um vidente, mas que os seus poderes eram inexpressivos se comparados com os dela. Que ele podia ver o futuro, porém ela podia *ouvir* o presente – os desejos das pessoas, os medos, os segredos mais sombrios –, e que o presente tinha muito mais força para mudar vidas do que o futuro ou o passado. Sugeri que ela usasse os seus poderes para ser uma fada madrinha. Ela gargalhou como uma bruxa. Era isso que o seu irmão tinha lhe dito. Use os seus poderes para ajudar as pessoas, ele tinha insistido. Como se ela fosse passar a vida perambulando pela Floresta, fazendo vestidos para garotas simplórias e endireitando príncipes egoístas, Elle zombou. Entretanto, seu irmão tornou-se cada vez mais famoso entre reis e feiticeiros, chegando mesmo a chamar a atenção do próprio Diretor da Escola. Uma mulher não tem as mesmas oportunidades que um homem, Elle disse amargamente. Uma mulher tinha que confiar nas suas artimanhas. Mas era isso que fazia dela amiga de mulheres como Grisella, acrescentou Elle, sorrindo para Lady Gremlaine. Para ajudar outras mulheres a usarem suas artimanhas em seu proveito... Por um preço, é claro."

Guinevere torceu as mãos. "Gargalhou de novo ao dizer isso, e Arthur tomou o que ela disse como uma piada, rindo com ela. Achou Elle inofensiva. Ele gostou que Lady Gremlaine tivesse feito uma nova amiga. Mas eu tinha achado Elle estranha e desajustada. Me lembro de sentir um grande alívio quando o jantar acabou e ela deixou o castelo. Mais tarde, naquela noite, encontrei uma borboleta azul no meu quarto enquanto preparava um banho." Ela olhou nos olhos de Agatha. "Eu a matei assim que a vi."

Guinevere soluçou no ombro do filho. Tedros a abraçou e acariciou, seu cabelo branco como cinzas. Seus olhos encontraram os de Agatha. Qualquer resíduo das suas brigas tinha desaparecido, os dois decididos a lutar, de qualquer jeito, para não deixar esse ser o fim da história.

"O Mal pode ter vencido no passado, mas não vencerá no presente", o príncipe disse, colérico, as veias do seu pescoço pulsavam. "Rhian pode ser o herdeiro do meu pai por nascimento. Mas isso não faz dele Rei de Camelot. Camelot é o grande defensor do Bem. O líder dessa Floresta. E o Mal não se sentará no seu trono. Não enquanto eu estiver vivo. Protegerei o legado do meu pai. Quer eu seja rei, quer não, continuo a ser seu filho. Protegerei o seu direito de descansar em paz."

"Seja o que for que vamos fazer, tem que ser logo", advertiu Hort. "Quando Reaper nos deixou entrar, chegou para ele uma mensagem de Yuba, codificada em língua de Gnomo. Os alunos do primeiro ano e os professores estão a salvo. Mas restam apenas três cisnes no entalhe do Storian. Ou eram quatro. O meu Gnomo é horrível. Apenas alguns anéis ainda não foram queimados. E Japeth está com o do xerife."

Agatha estava perdida em pensamentos, as palavras de Tedros ecoando em sua mente: *"Protegerei o seu direito a descansar em paz"*.

Descansar em paz.

Descanse em paz.

Agatha deu um pulo, como se uma borboleta tivesse levantado voo no seu peito.

"Tedros?"

O príncipe olhou para ela.

"Você mencionou algo há pouco", disse ela. "Quando Reaper passou nossa missão. Algo sobre um enigma da Dama do Lago. Uma charada sobre desenterrar o seu pai. O que quis dizer com isso?"

Guinevere levantou a cabeça, em alerta.

"Depois de ter perdido os seus poderes, a Dama do Lago deixou Merlin fazer uma pergunta a ela", Tedros respondeu, sentindo o peso do olhar da princesa. "Uma pergunta, e então ele nunca mais voltaria para Avalon."

Agatha se lembrou do que a Dama tinha dito sobre o feiticeiro: *"Fizemos um acordo"*. O mesmo acordo que ela tinha feito com Agatha. Uma pergunta e apenas uma pergunta. Mas no calor do momento, Agatha não pensara em perguntar qual tinha sido a pergunta de Merlin.

"Merlin queria saber se a espada do meu pai tinha uma mensagem para mim. A Dama escreveu a resposta à pergunta de Merlin em um pedaço de pergaminho", prosseguiu o príncipe. "'Desenterre-me'. Foi só isso que disse. Só que reconheci essas palavras. Eram as mesmas que o meu pai me dizia em sonho. É a mensagem *dele*." Ele olhou para a mãe. "Mas não entendo. Não pode significar literalmente desenterrá-lo."

"Claro que não", concordou Guinevere. "Mas deve ter algum significado."

Tedros se agitou. "Talvez signifique que meu pai tem segredos. Segredos que agora descobrimos. Ele queria que eu soubesse a verdade sobre o seu verdadeiro herdeiro."

"E então é isso, Fim? Deixamos esse porco no trono?", Hort desdenhou. "Se seu pai te deu essa mensagem, não foi para te impedir de lutar! Foi para obrigá-lo a seguir em frente!"

"Mas *como*?", perguntou Tedros. "O que é que tenho que desenterrar?"

"Talvez ele tenha escondido algo no punho da Excalibur?", arriscou sua mãe.

"Ou na sua estátua na Gruta do Rei?", sugeriu Tedros.

"Ou talvez a mensagem signifique exatamente o que diz", a princesa falou.

Todos se voltaram para ela.

Agatha levantou seu olhar.

"E se ele queria dizer literalmente?", disse ela. "E se *Desenterre-me* significa desenterrar o Rei Arthur do seu túmulo?"

A sala do trono estava tão silenciosa que Agatha podia ouvir as batidas do coração de Tedros.

"Desenterrar o meu pai?", ele arfou.

"Mas Arthur está morto há anos", disse Guinevere, sua voz fria. "Não resta nada a não ser ossos e pó."

"Não. Merlin encantou o túmulo", Tedros respondeu. "Ele está preservado exatamente como era."

Sua mãe ficou tensa, os anos em que esteve ausente da vida de Tedros e Arthur ficaram evidentes.

"Mesmo assim, perturbar o seu túmulo está fora de questão", o príncipe disse, mais convicto agora. "Não vou arrastar o corpo do meu pai para fora da terra."

"Nem que fosse uma vontade do seu pai?", perguntou Agatha. "Nem que fosse uma ordem dele?"

Hort pigarreou. "Olha, não que eu tenha medo de desenterrar um morto, já que Nuncas fazem esse tipo de coisas às sextas-feiras à noite, mas, depois de ter esperado toda a minha vida para que o meu pai tivesse uma sepultura adequada, desenterrar o pai de Tedros não me parece correto. Além disso, não temos como chegar a Avalon para desenterrá-lo. A Floresta toda está atrás da gente e a Cobra está à solta. Nic e eu escapamos vivos de Foxwood por muito pouco."

"E mesmo que a gente chegue a Avalon, não podemos ir até o túmulo de Arthur", Guinevere acrescentou. "A Dama do Lago precisa nos dar permissão para entrar nas suas águas e, pelo que me disse, já não somos bem-vindos."

"Além de tudo isso, o caixão do meu pai é guardado pelo feitiço de Merlin para evitar que pessoas como nós o profanem. Só Merlin pode des-bloqueá-lo", disse Tedros, aliviado por haver todos esses obstáculos. Sua mãe e Hort murmuraram, de acordo.

Agatha não teve coragem de discutir. Eles tinham razão: os riscos eram grandes demais. E mais do que isso, ela estava pedindo ao seu príncipe que invadisse o túmulo do próprio pai. Ela faria isso com o de sua mãe? Sem qualquer garantia do resultado?

Uma sombra voou através da cascata que selava a entrada da Sala do Trono e um corpo saltou, as mãos balançando.

"Venham, depressa!", Nicola arfou para Agatha. "É Reaper!"

"O que aconteceu?", Hort perguntou, mas sua namorada já estava mer-gulhando de volta através da cascata. Hort foi atrás dela e Agatha e Tedros seguiram de perto com Guinevere, todos eles atravessando a cortina mágica até ao *foyer*, onde Subby e o seu riquixá batido os aguardavam, o carrinho agora estampado com dezenas de adesivos do rosto de Sophie marcados com um X, com o aviso: "*FASMA MALVADO!*".

"Rápido!", Subby disse. "O rei está esperando!"

Puf! O pajem se transformou em um gnomo fêmea.

"A versão garota do Subby dirige mais depressa!", ela disse. "Vamos lá! Não temos tempo a perder!"

Agatha e os outros se amontoaram, sentando um no colo do outro, e Subby disparou pela estrada em espiral, girando em torno das vinhas espessas e brilhantes que conectavam os diferentes níveis da Terra dos Gnomos. Ela passou por gnomos que regressavam com rebuliço às suas casas após o blo-queio e o funeral que duraram toda a noite, por lojistas que estavam tirando seus cartazes anti-humanos, por médicos gnomos carregando Kiko em uma maca em direção ao Hospital Geral de Smallview, até pararem na entrada do Musée de Gnome.

"Me sigam!", Nicola ordenou, saltando para fora.

"Por que o gato está em um museu?", Tedros perguntou, mas Agatha já estava correndo ao lado de Nicola, passando pelas portas do museu.

Agatha bateu com a cabeça no friso. "Ai!"

"Abaixe a cabeça!", disse Nicola. "É feito para gnomos!"

Agatha esfregou a cabeça enquanto se agachava no salão diminuto, uma faixa ornamentada com os dizeres "A IDADE DE OURO DE TEAPEA" encostando em sua cabeça, enquanto Tedros e os outros se abaixavam atrás dela. Ela tentou acompanhar Nicola, passando por retratos reais do seu gato juntamente com cenas da história de Reaper, incluindo a expulsão da Terra dos Gnomos por parte de seu pai e irmãos, e a sua espetacular coroação, completa com um desfile cheio de confetes, uma festa real, e uma praça da cidade cheia de gnomos dançando. Agatha atravessava mais exposições: uma crônica da construção subterrânea da Terra dos Gnomos.... a biologia das vinhas luminosas através do reino... uma celebração dos anos sem interferência humana... até que finalmente chegaram a uma escadaria estreita e tortuosa no fundo do museu, com uma placa:

OBSERVATÓRIO DO MUNDO HUMANO

Uma corrente barrava as escadas. *"Permanentemente fechada."*

"Ele está esperando lá em cima", disse Nicola, o rosto tenso.

"O que foi? O que está acontecendo?", Agatha pressionou.

Nicola acenou com a cabeça em direção aos degraus. "Anda."

Agatha saltou por cima da corrente, assim como Tedros e os outros, e subiram as escadas, com Hort tropeçando nas minúsculas tábuas com teias de aranha, quase derrubando o grupo inteiro antes de chegarem ao topo.

Agatha congelou quando chegaram, os outros se amontoando atrás dela.

Estavam em uma plataforma ao ar livre, olhando para os trilhos iluminados da cidade dos gnomos espiralando acima deles como cobras brilhantes. No meio da plataforma de observação, havia um telescópio colossal, do tamanho de um gnomo adulto, com uma grande lente ocular e um longo tubo branco que desaparecia no buraco de uma videira verde brilhante que se estendia em direção ao topo do reino.

Reaper estava preso ao telescópio como um coala a uma árvore, seu corpo um quarto do tamanho da engenhoca, sua cabeça rosada e sem pelos curvada enquanto olhava para dentro da lente.

O gato olhou para o grupo.

Agatha, Tedros, Hort e Guinevere reuniram-se à sua volta, cada um deles olhando por um pedaço da lente.

O telescópio ampliou uma visão longa e profunda: subindo pela cidade dos Gnomos, subindo pelo túnel abandonado do Campo Florido, pelo tronco, subindo pelo topo denso das árvores da Floresta... até ao céu aberto e iluminado de vermelho e uma vista magnífica da Floresta o pôr do sol, a extensão dos reinos estendendo-se em todas as direções.

Por um momento, Agatha ficou hipnotizada com a beleza.

Depois ela viu.

Brilhando em dourado.

O último escrito de Lionsmane, gravado contra o céu ao anoitecer.

O casamento do Rei Rhian e da Princesa Sophie terá lugar como previsto, este sábado, ao pôr do sol, no Castelo de Camelot. Todos os cidadãos da Floresta estão convidados a participar.

Agatha levantou a cabeça.

Reaper olhou para ela. Tedros fez o mesmo. "Ainda acha que ela está do nosso lado?", perguntou ele.

O coração de Agatha virou fumaça.

Estou errada?

Depois de tudo?

Será que me enganei sobre Sophie durante todo esse tempo?

"Mas... a mensagem... a forma como ela olhou diretamente para nós...", disse Agatha. "Não entendo..."

Tedros apenas balançou a cabeça, com menos raiva do que pena, para sua princesa que não conseguia deixar de confiar na única pessoa em quem ela não podia confiar.

"Sábado ao pôr do sol", falou Guinevere. "Isso é daqui a dois dias."

"E agora ele tem o anel de Nottingham", disse Nicola, perto da escadaria. "O que significa que, a menos que os reinos restantes o detenham..."

"... Rhian se tornará o Único e Verdadeiro Rei", completou Hort. "Rhian se tornará o Storian. Sophie disse que isso aconteceria no casamento. O que significa que em dois dias ele terá o poder de escrever e tornar o que quiser em realidade. Em dois dias..."

"... todos nós vamos morrer", disse Agatha.

Todos ficaram em silêncio.

"E tudo o que eu tenho é uma mensagem do meu pai que estou com medo de obedecer", disse uma voz.

Tedros.

"Agatha tem razão", disse o príncipe, olhando para o grupo. "Rhian é filho do meu pai. Ele é o herdeiro do meu pai, eu aceito isso. Mas então por que meu pai está tentando falar comigo do túmulo? Por que a Dama do Lago me deu essa mensagem? Tem que existir uma razão. Deve haver algo que ainda não sabemos. Quando eu era rei, deixei que outros tomassem a liderança vezes demais. Mas ou eu lidero agora, ou a nossa história está no fim. Seremos derrotados por todos os lados e não é hora de recuar. Não contra um inimigo que vai nos matar e apagar tudo o que defendemos. Temos que ir para Avalon e desenterrar meu pai. Temos que desenterrar o Passado se quisermos salvar o Presente. Temos que entrar na barriga do Leão. Não temos escolha. Não importa se as pessoas na Floresta querem nos matar ou se a Dama não está do nosso lado, ou se o caixão está enfeitiçado com mil cadeados. É o que Merlin gostaria que fizéssemos. É o que Dovey e Lesso gostariam que fizéssemos. É o que o *meu pai* gostaria que fizéssemos. Eles agora são os nossos guias, mesmo que não estejam aqui. Eles deixaram um caminho para nós." Lágrimas estavam paradas nos olhos de Tedros, sua mandíbula cerrada. "E assim como a minha princesa, devo ter a coragem de segui-lo."

Ele olhou fixamente para Agatha. "Agora... quem vem com a gente?"

Agatha manteve seu olhar fixo, príncipe e princesa unidos.

"Acho que preciso calçar minhas botas de assaltar túmulos", ela ouviu Hort murmurar.

~ 24 ~

SOPHIE

O jardim das verdades e mentiras

Sophie observou as torres do castelo se aproximarem à medida que a carruagem chegava mais perto da aldeia de Camelot, as ruas pintadas com luz vermelha e dourada. Kei posava como uma estátua no banco ao seu lado, a coluna ereta, a mandíbula cerrada, os olhos frios e fixos à frente.

No Mercado dos Produtores, o vento soprava o pó das pedras de paralelepípedos sobre os padeiros que abriam suas lojas, os açougueiros que descarregavam as carcaças e as crianças pequenas, ainda com sono, iam em direção à escola de Camelot. Todas as lojas pareciam ter um Leão dourado pintado na janela, e as crianças da escola mostravam a lapela com o broche de Leão para dois piratas com armadura de Camelot, encarregados de vistoriar as provas de lealdade ao rei. No meio das bancas de mercado, um vão escuro chamou a atenção de Sophie: uma loja incendiada e um aviso pregado a uma estaca nas cinzas.

CONDENADO

POR SUSPEITA DE SIMPATIA PARA COM OS REBELDES

Não foi mencionado o que aconteceu ao lojista.

A carruagem passou por uma banca de jornais, onde um velho homem corcunda estava dispondo a nova edição do *Podres do Castelo*. Se antes o toldo na banca dizia *CAMELOT COURIER*, agora a marca mal aparecia, soterrada sob um brasão de Leão. Sophie olhou as manchetes da manhã.

TEDROS AINDA À SOLTA!
O rei aumenta a recompensa pela cabeça dos rebeldes!

PRINCESA SOPHIE DESAPARECIDA!
Raptada por Tedros? Ou aliada dos rebeldes?

MAIS ATAQUES NA FLORESTA!
Rebeldes saqueiam Bloodbrook e Ladelflop!

A Cobra tinha dito que só restavam três anéis. Se o de Nottingham era um deles... *Então Bloodbrook e Ladelflop devem ser os outros dois*, pensou Sophie.

Será que esses novos ataques tinham convencido seus governantes de que precisavam da proteção de Camelot, como os outros que tinham destruído seus anéis? Será que esses ataques tinham intimidado os dois que ainda se recusavam a se colocar ao lado do Homem contra a Caneta?

A garganta de Sophie ficou seca.

Será que o anel do xerife é o último que resta?

Sophie imaginou Japeth caminhando na Floresta, os *scims* cobrindo seu corpo enquanto ele girava o anel entalhado no polegar como uma moeda.

Ele o traria de volta para o irmão, comprovando a fé que Rhian tinha nele. Bertie, o antigo guarda prisional do xerife, o queimaria sob o comando do rei. O Homem se tornaria a Caneta, como August Sader avisou.

Nada poderia deter Rhian agora.

Nada poderia impedi-lo de conseguir poder infinito.

Exceto ela.

Pombas voavam em círculos ao redor do castelo de Camelot e se destacavam contra o azul sem nuvens. Nas torres, as manchas e as falhas que existiam sob o reinado de Tedros já tinham sido apagadas e consertadas. Sophie pensou nos castelos de contos de fadas sobre os quais tinha lido em livros de histórias em Gavaldon. Castelos que a fizeram sonhar com um Para Sempre. Castelos que se assemelhavam a esse. Ela suspirou com a ironia do destino. Enquanto sonhava com aqueles castelos de contos de fadas, nunca tinha se dado ao trabalho de perguntar o que acontecia dentro deles.

No alto da Torre Dourada, as janelas para o quarto do rei estavam abertas. Rhian devia estar de pé e caminhando.

Os nervos perfuravam o estômago de Sophie. Se Rhian já conseguia se levantar, ele era perigoso. Se ele se sentia bem o suficiente para andar por aí, também seria capaz de lutar. E se fosse capaz de lutar...

Sophie tocou o cristal que levava no bolso, apertando suas pontas afiadas entre os dedos. *Rhian mata Japeth. Eu mato Rhian.* Foi isso que o cristal prometeu. O que significava que primeiro Sophie tinha que colocar os irmãos um contra o outro. *Mas como?* Ela teria que fazer com que Rhian confiasse nela, o que significava que precisaria de tempo a sós com ele, longe do irmão. Mas e se Japeth já tivesse voltado com o anel?

No reflexo da sua janela, ela viu Kei bocejar.

A estátua vive.

Ao estudar o reflexo do rapaz, Sophie reparou os seus lábios sensuais, as maçãs do rosto altas e a mandíbula estruturada. Até agora, ela nunca tinha pensado em Kei como humano, muito menos como um garoto. Ela se lembrou, de repente, de como ele a olhara naquela primeira noite no jantar, quase babando de desejo.

Afinal de contas, ele era um garoto.

Bem, então. Uma bruxa podia fazer o seu trabalho.

Ela se virou para ele, arrumando seu vestido. "Kei, querido. Ouvi Rhian mencionar algo sobre te aceitar de volta. O que ele quis dizer?"

Kei não olhou para ela.

"Você obedece a mim, sabia?", salientou Sophie.

"Obedeço ao rei", Kei corrigiu.

"Para quem você rastejou de volta como um cachorro", Sophie disparou.

O capitão continuou olhando para a frente.

"Certamente te trata como um", acrescentou ela.

Kei se virou para ela. "Não sabe do que está falando. Ele me aceitou de volta, apesar de eu ter sido um traidor. Apesar de eu ter ido trabalhar para *ele*."

Sophie piscou. "Você quer dizer Tedros?"

Kei a ignorou.

Sophie se aproximou. "Como acha que me sinto? Sou amiga de Tedros, mas no meu coração sei que Rhian é o melhor rei. Como acha que me sinto traindo

Agatha para poder fazer o que acho certo?", perguntou, se mexendo sob a roupa branca, apenas para mostrar mais da sua perna. "Jogar dos dois lados não é fácil."

Kei tentou não olhar para ela. "Talvez ainda esteja jogando dos dois lados."

"Estou do lado de Rhian, como você", prometeu Sophie, se aconchegando, o cheiro de lavanda indo em direção a ele. "Mas Tedros e Agatha não vão desistir. Agora é guerra, entre um rei verdadeiro e um rei falso. Precisamos trabalhar em conjunto, Kei. Para proteger o *nosso* rei. E você o conhece há mais tempo." Sua mão encostou na dele. "O que significa que só posso protegê-lo se eu o entender, como você o entende." Ela tocou sua garganta, mordendo o lábio.

"O que quer saber?", Kei disparou, corando.

"Como conheceu Rhian?", Sophie questionou.

"Éramos amigos na escola. Melhores amigos."

"E depois você o ajudou a se tornar rei", disse Sophie, interessada. "Quando ele te disse que era filho de Arthur?"

"Rhian contou para todo mundo quando estávamos na escola", disse Kei, ainda irritado. "Ninguém acreditou nele. Nem mesmo o próprio irmão. Mas eu acreditei. Mesmo quando Japeth e os outros zombaram de mim, eu o defendi. Não só porque amava Rhian como um irmão, ou porque amava Camelot e fantasiava que meu melhor amigo era rei. Mas porque odiava a ideia de Tedros ser o rei. Todos nós na Casa Arbed. Conhecíamos o seu conto de fadas e sabíamos que Tedros era incapaz de conduzir um cavalo, quanto mais um reino. Mas então começaram os testes para a guarda Sempre..."

"E você escolheu fazer parte da guarda de Tedros", disse Sophie.

"Por mais que amasse Rhian, eu odiava o irmão dele. Queria ficar longe de Japeth", admitiu Kei. "Além disso, havia a atração de servir o reino de Arthur, com o qual sonhava desde criança. Por isso, dei uma chance a Tedros."

"Não há vergonha nisso", comentou Sophie.

"Há sim, quando você trai seu melhor amigo e quando o rei que escolheu se revela mais covarde do que pensava. Tudo o que Tedros tinha que fazer era se levantar e lutar contra os ataques de Japeth. Rhian nunca teria se tornado o Leão."

"Você sabia que o irmão de Rhian estava por trás dos ataques?", perguntou Sophie.

"Tentei dizer a Tedros quando ele era rei", disse Kei, pesaroso. "A única vez que ele e eu nos falamos. Disse que ele precisava lutar contra a Cobra. Matá-lo, como Arthur teria feito, ser um líder. Ele teria se tornado o Leão. Ele teria continuado no trono, mesmo com a Excalibur presa naquela pedra. O povo teria permanecido ao lado dele. *Eu* teria ficado ao lado dele. Ninguém mais teria se ferido. Mas ele não me deu ouvidos." Kei balançou a cabeça. "Foi então que eu soube que tinha escolhido o rei errado."

_347_

Ela esperou que continuasse, mas ele voltou a olhar pela janela.

"E Rhian? Acha que ele é um bom rei?", Sophie insistiu para tentar fazer com que continuasse falando.

"Melhor que Tedros", disse o capitão. "Mas não é isso que o torna Bom."

"O que quer dizer?", perguntou Sophie.

Kei se virou, encontrando os olhos dela. "Ele é leal às pessoas, apesar das falhas delas. Como o irmão dele. Ou eu. Ou você. A lealdade não é uma marca do Bem?"

Por um momento, Sophie realmente acreditou nele.

"Mas agora você não serve apenas a Rhian", ela salientou. "Agora você serve o Leão e a Cobra. A Cobra de quem você queria distância."

"Eu não sirvo a Cobra", disse Kei, frio como gelo.

"Até parece. Você o libertou da prisão de Nottingham."

"Porque Rhian ordenou, e sou leal a Rhian. E porque, como rei, Rhian me assegurou que tem o irmão sob controle. Não devo lealdade a Japeth. Não éramos amigos na escola. Rhian mal era amigo dele na escola. Japeth tinha o seu melhor amigo. Um monstro, se quer saber."

"Aric", disse Sophie, em voz alta.

Kei congelou. "Como é que você..."

Sophie tinha falado demais.

Seus olhos ficaram vidrados e ele endireitou a coluna.

O resto da viagem foi silenciosa.

Enquanto a carruagem atravessava os portões, doze piratas de máscara negra desmontavam dos cavalos em frente aos estábulos e limpavam o sangue dos seus trajes negros, após uma noite inteira de ataques. Uma das Irmãs Mistrais se infiltrou entre eles, distribuindo sacos de ouro. Através das máscaras dos piratas, eles viram a carruagem passar, seus olhos frios e vazios seguindo Sophie como se fossem uma raposa no galinheiro.

Rhian mata Japeth.

Eu mato Rhian.

Os piratas me matam.

Sophie estremeceu.

A carruagem parou em frente às portas do castelo, e ela seguiu o capitão pelas escadas da Torre Azul. O vestido branco de Evelyn Sader formigava sobre a sua pele de novo, como se estivesse consciente de sua conspiração assassina, avisando-a para não seguir em frente com o plano.

Sophie espantou o medo e subiu mais depressa. Desta vez, um vestido não a impediria.

Ela seguiu Kei pela passarela em direção à Sala do Trono, com vista para o salão de jantar da Torre Azul.

Alguém estava à mesa.

Sophie criou coragem, um sorriso forçado no seu rosto, antecipando o inimigo.

Não era Rhian.

Um homem velho e imundo engolia pratos de sopa de mandioquinha, torta de salmão, frango assado com molho de maçã, ovos recheados, inhame cozido e pudim de caramelo.

Outra Irmã Mistral se sentou à mesa. "Agora, Bertie, se algo acontecer com o xerife – bem improvável, é claro –, o anel de Nottingham voltará para você. E você vai queimar esse anel sob o comando do rei, como conversamos."

"Conversamos sobre libertarem meu irmão da cadeia de Bloodbrook", Bertie rosnou, enfiando pudim na boca. "E sobre dar uma casa *pra* minha mãe."

"A sua mãe vai ficar no Pântano Fétido e o seu irmão na prisão até você queimar o anel", disse a Mistral.

Bertie deu a ela um olhar mortal. "É melhor arranjar uma casa grande *pra* minha mãe. Com banheira."

Kei estava bem à frente de Sophie e ela se apressou para acompanhá-lo, o vestido pinicando sua pele de forma ameaçadora.

Passaram pela Sala do Mapa, onde Wesley e um segundo pirata em seus trajes pretos estavam diante de um mapa flutuante da Floresta. Todos os reinos estavam marcados com um X, exceto Bloodbrook, Ladelflop e Nottingham.

"Foi uma boa noite de trabalho", disse o pirata negro.

"Uma ótima noite", sorriu Wesley.

Mergulhou o dedo na tinta preta e riscou Bloodbrook e Ladelflop, deixando apenas Nottingham intocado.

Sophie afastou a onda de náusea.

Japeth está com o último anel.

Um anel que Bertie queimaria assim que Rhian ordenasse.

Tinha que ser rápida.

Kei estava contornando o escritório do Mestre do Tesouro, onde Sophie viu a terceira Irmã Mistral sentada de frente para o homem careca, a cabeça ovalada, nariz achatado e pele rosada, rodeado por pilhas de livros de contabilidade sobre sua mesa. Sophie tentou escutar.

"O *Camelot Courier* tem questionado as nossas contas, Bethna", disse o Mestre do Tesouro. "Enviaram repórteres ao Banco de Putsi."

"Já expedimos mandados para o pessoal do *Courier*", disse Bethna. "Eles não vão conseguir chegar a Putsi."

"Mesmo assim, o gerente do banco tem vontade própria", observou o Mestre do Tesouro. "Se ele começar a investigar as nossas contas, poderá alertar o Conselho do Reino antes que o último anel seja queimado."

Bethna ponderou. "Irei imediatamente a Putsi", disse ela, virando-se para a porta.

Sophie ficou fora de vista, correndo atrás de Kei.

O que tem naquele banco?, ela se perguntou. *O que eles estão escondendo?*

Mas não havia mais tempo para pensar, pois Kei já estava atravessando as portas da Sala do Trono.

Sophie hesitou ao entrar, sombras escuras ziguezagueando pelo longo e vasto salão. Por um momento, ficou tão escuro que ela não enxergava nada, o tapete grosso debaixo dos seus chinelos.

Um raio de luz cortou as sombras.

Sophie olhou para cima.

Um garoto estava à janela, de costas para ela, com uma coroa sobre os cabelos acobreados. O sol formava uma auréola acima dele enquanto duas costureiras apertavam um cinto de cabeças de Leão douradas em volta da sua capa de pele branca e colarinho alto.

Uma capa de casamento.

Como se em resposta, o vestido de Sophie começou a se transformar na sua pele. Ela levantou os braços em choque enquanto o vestido se apertava em volta das suas costelas, o tecido endurecendo da renda ao crepe, envolvendo seu peito com um corpete cor creme. As mangas criaram asas e punhos com babados enquanto a bainha ia até ao chão, juntando-se atrás dela como uma cauda, suntuosa e branca. Ao longo das bordas do corpete, um fio dourado tecia um padrão de cabeças de Leão, combinando com o cinto do garoto. Sophie sentia cócegas na parte de trás do pescoço, o colarinho se estendendo até a nuca, mais e mais, depois puxado para baixo sobre o seu rosto em seda transparente, como um capuz, ou uma máscara, ou um...

Véu.

Sophie começou a tremer.

Um vestido de noiva.

Estava presa em seu próprio vestido de noiva.

O garoto se virou da janela.

Rhian sorriu, o rosto machucado e com hematomas.

"Sim, mãe", disse ele, olhos azuis esverdeados cintilando. "Acho que ficou ótimo."

"A sua mãe está *dentro* do vestido?", perguntou Sophie, o orvalho da manhã pingando de uma roseira sobre a renda branca, o vestido restaurado à sua forma original e amarrotada.

"Um pedaço dela, talvez", disse Rhian, caminhando com Sophie pelos jardins reais. Vestido com o seu terno azul e dourado, ele caminhava mancando, a Excalibur no cinto. À luz do sol, Sophie podia ver vários vergões no rosto e no pescoço bronzeados, ainda se curando. Quando ele se inclinou para inspecionar uma tulipa, ela vislumbrou uma cicatriz na parte superior da cabeça dele, fina e sem cor. Uma cicatriz de muito tempo antes.

"Minha mãe nos deixou esse vestido quando morreu", ele continuou. "Mostrou sinais de vida. Até deu respostas ao meu irmão e a mim. Mas criar um vestido de noiva? Isso foi uma surpresa." Ele olhou para Sophie. "Ele fez mais alguma coisa?"

Sophie ficou tensa. "Não", mentiu. "O que quer dizer com ele deu respostas? Como um vestido pode dar respostas?"

"Como duas garotas podem aparecer do nada no quarto de um rei? Parece que nós dois temos perguntas", disse Rhian secamente. "Quer ver o Laranjal?" Ele seguiu para uma escadaria curta à frente. "Está quase pronto."

Grupos de trabalhadores cuidavam de um jardim de laranjeiras formado por quadrados perfeitos no padrão de um tabuleiro de xadrez gigante. Havia uma fonte de pedra titânica em forma de um Leão no centro, que lançava jatos de garoa aqui e ali sobre o pomar. Rhian desceu os degraus com dificuldade. Sophie segurou seu braço e sentiu seus músculos se retesarem, e depois cederem lentamente. Lá embaixo ela o soltou, e eles caminharam em silêncio entre os quadrados de árvores, a névoa da fonte cobrindo seus rostos.

"O cristal... aquele que permitiu Agatha invadir as masmorras", disse o rei, um galho baixo esbarrando em sua coroa. "Foi assim que invadiram o meu quarto, não foi?"

"Por que não pergunta para o meu vestido?", Sophie murmurou.

Rhian riu. "Não existem garotas como você em Foxwood. Pelo menos não as que conheci quando estava na escola."

"Porque garotas como eu vão para a escola que você quer demolir", comentou Sophie. "Mas de toda forma, tenho certeza de que você tinha suas admiradoras."

"Eu tinha outras prioridades."

"Como tentar convencer seus colegas de turma de que era filho do rei Arthur, quando até seu próprio irmão não acreditava em você."

Rhian olhou de lado para a princesa. "E eu aqui achando que Kei era imune às artimanhas de uma garota. Vou ter uma conversa com ele."

"Faça isso amanhã", sorriu Sophie.

Não haveria amanhã, é claro.

Ela arrancou uma laranja de uma árvore e a abriu, oferecendo um gomo ao rei.

"Está envenenada?", perguntou Rhian.

"Claro", disse Sophie.

Ela deu a fruta na boca do rei e ele mordeu, o sumo escorrendo dos seus lábios machucados. Seus olhos se encontraram. Sophie pensou que, em pouco tempo, o garoto que estava à sua frente cravaria sua espada no coração do próprio irmão. E ela viria por trás, no seu momento de choque e luto, e daria fim àquilo com um único golpe. Ela não sentiria remorso. Matar seria fácil.

"Está sorrindo", disse Rhian. "No que está pensando?"

"Em você", respondeu Sophie.

Ela ficou na ponta dos pés e o beijou, a umidade açucarada que cobria sua língua se misturou ao gosto fresco de hortelã dele. Durante o mais breve dos momentos, ela pensou em Rafal. Seus lábios se separaram, pegajosos e doces. Rhian parecia atordoado, como se ela o tivesse apunhalado, e então olhou para longe e continuou a andar, tentando não mancar.

"Eu sabia que voltaria. Eu *sabia*. Mesmo quando Japeth me disse que eu era um idiota. Eu sabia que estávamos destinados a ficar juntos. Rei e rainha."

"Ah. O garoto que disse que nunca me amaria. Que o amor deixava as pessoas tolas e cegas", Sophie disse, agora totalmente no controle. Seus olhos esmeralda brilhavam de um jeito travesso. "De repente, ele não está enxergando mais tão bem."

"Não, não é isso." Rhian coçou a cabeça. "É que... você podia ter ficado com seus amigos. Mas, em vez disso, foi leal a mim. Quando não precisava ser. E lealdade é algo que eu não tive muito na minha vida."

"Você tem a lealdade dos seus homens e dos governantes que o rodeiam", salientou Sophie. "Tem a lealdade de Kei. E do seu irmão."

"Todos eles querem algo de mim, incluindo meu irmão", disse o rei, olhando para ela. "Talvez você também queira alguma coisa."

Sophie sentiu uma pontada de culpa e quase riu. Sentir culpa por causa de um monstro?!

"Ah, é? O que acha que eu quero?", perguntou ela, brincando com fogo.

Rhian parou no caminho. Ele a estudou cuidadosamente. "Acho que quer fazer a diferença na Floresta. É por isso que estava infeliz como Reitora. Você mesma disse isso quando jantamos juntos: você quer uma vida maior. Foi por isso que se sentiu atraída por mim quando nos conhecemos." Ele arrumou uma mecha solta de cabelo dela. "Pense dessa forma. A Caneta pôs Tedros no trono e ele não conseguiu manter a Floresta segura. Se já não se pode confiar na Caneta para proteger a Floresta, então cabe a um Homem tomar o seu lugar. Não um Homem qualquer. Um Rei. O Único e Verdadeiro Rei. Foi por isso que você voltou para mim. Os seus amigos vão pensar que foi porque você é do Mal, é claro. Que quer ser rainha por causa de uma coroa.

Mas nós sabemos a verdade. Para você, ser rainha não é suficiente. Você quer ser uma boa rainha. E só pode fazer isso comigo."

Sophie franziu a sobrancelha, balançada pela seriedade dele. Ela continuou a andar. "Eu seria uma boa rainha. Isso é verdade. Mas onde está a prova de que você será um bom rei? Não acredita na Caneta e ainda assim a Caneta mantém o equilíbrio entre o Bem e o Mal. É por isso que o Storian tem durado todos esses anos. Se um rei tivesse o poder do Storian, ele destruiria esse equilíbrio. Você destruiria esse equilíbrio. Exterminaria todos aqueles que se rebelassem. Governaria com o Mal de uma forma que a Caneta nunca faria."

"Muito pelo contrário, na verdade", disse o rei, tentando acompanhá-la. "Usaria o poder da Caneta para fazer o Bem. Para derrubar aquela escola inútil e recompensar as pessoas comuns que fazem o certo na Floresta. Como as mensagens de Lionsmane tentaram, antes de você interferir nelas."

"Ah, por favor. Essas mensagens estavam cheias de mentiras", argumentou Sophie.

"A serviço do Bem. Para inspirar as pessoas", disse Rhian. "Mas as mensagens de Lionsmane são apenas o começo. Um Bom Rei protege seu povo. Um Bom Rei protege a Floresta. E a melhor maneira de proteger a Floresta é exterminar completamente o Mal."

"Impossível", Sophie desdenhou, de frente para ele. "O Mal sempre existiu. Você nunca poderia exterminá-lo."

"Eu posso e vou." Rhian olhou fixamente para ela, seus olhos vidrados e quentes. "Tudo o que fiz na minha vida foi para me trazer até aqui. Não fui aceito na sua grandiosa escola. Não fui raptado da realidade e jogado em um castelo mágico como você e os seus amigos egocêntricos. Enquanto você e seus jovens lordes brilhantes da Floresta aproveitavam os privilégios da sua escola, eu estava com pessoas reais. Na verdadeira Floresta. E aqui está o que aprendi. O Storian não é o guardião do equilíbrio. Não é nem um pouco pacificador. O Storian prospera na *guerra* entre os dois lados, ao colocar o Bem e o Mal um contra o outro e deixar essa guerra se arrastar por toda a eternidade. É por isso que a minha caneta fez questão de distorcer os contos do Storian: para provar que todo vilão pode ser um herói, e todo herói, um vilão. E, no entanto, nos agarramos à cada palavra da Caneta, reagindo a cada vitória e a cada derrota como se fossem nossas, o equilíbrio oscilando entre o Bem e o Mal, lá e cá, lá e cá, enquanto o verdadeiro povo da Floresta é esquecido. A vida deles é deixada de fora dos nossos livros de histórias, se perde em meio a uma guerra sem sentido."

A expressão do rei suavizou. "Mas a Caneta tem o poder de acabar com essa guerra, se assim desejar. Ela sabe que cada vilão quer alguma coisa. Algo pelo qual se tornaram maus para conseguir. Dê a eles o que querem e isso pode detê-los. Antes que eles ultrapassem um dado limite e não consigam voltar atrás. O Mal é impedido pela mão do destino. A Caneta nunca faria algo assim, claro; precisa dos dois lados em guerra para preservar seu poder. Por isso, os junta como gêmeos, para que o Bem não possa viver sem o Mal, nem o Mal sem o Bem. Mas sou mais inteligente. Se eu tivesse o poder da Caneta, acabaria com o Mal. Eu o neutralizaria, o cortaria pela raiz. Veja meu irmão, por exemplo. A alma dele se inclina para o pior tipo de maldade. Mas com o poder da Caneta, posso trazer de volta à vida a única pessoa que Japeth amou. Posso dar a ele o único Para Sempre que já desejou. O seu Mal seria curado. Imagine se eu pudesse fazer isso com todas as ameaças, extinguindo cada vilão, cada centelha de escuridão. Se pudesse usar Lionsmane para lhes dar amor ou fortuna, ou mesmo apenas um amigo, o que fosse preciso para devolver suas almas ao Bem. Poderia evitar que ataques como os da Cobra acontecessem de fato. A guerra entre o Bem e o Mal acabaria. Os holofotes seriam retirados de uma caneta e de uma escola e seriam devolvidos ao povo. Paz, a verdadeira paz, para sempre. É por isso que preciso ser rei. O Único e Verdadeiro Rei. Posso fazer o que o Storian nunca conseguiria. Posso apagar o Mal da Floresta para sempre. *Eu* posso ser o equilíbrio."

Um frio mórbido percorreu o corpo de Sophie. O garoto em frente a ela, de repente, parecia o cavaleiro por quem uma vez se apaixonara, seu olhar verde-água era claro, honesto, *verdadeiro*.

"Mas você não pode deter o Mal. Olhe para você! *Você* é o Mal!", Sophie resistiu, saindo do seu transe. "Você ordenou os ataques aos reinos! Soltou a Cobra só para poder ser rei! É responsável pela morte das pessoas! E muito mais. Escravizou Guinevere, uma *rainha*. Chantageou líderes. Torturou Merlin e enviou piratas para atacar crianças da escola, me cortou para dar o meu sangue para o seu irmão. Contou mentiras sobre Tedros para conseguir que os líderes queimassem seus anéis. Mentiras sobre Agatha. Mentiras sobre mim. Mentiras sobre tudo!"

"Sim, eu contei mentiras", respondeu o rei, impassível. "Tenho feito coisas cruéis e vis. Deixei meu irmão atacar a Floresta à vontade. Por vezes, me odiei por isso, mas como um bom rei, sei fazer o que tem de ser feito. Mesmo que isso signifique sujar minhas mãos de sangue. Porque, ao contrário de Tedros, passei minha vida nas sombras, onde o Bem e o Mal nunca são tão simples. Todos os dias, o meu mundo exige sacrifícios. Sacrifícios que podem ser horríveis. Mas quero um futuro melhor para pessoas como eu, um futuro em que até um padeiro ou um pedreiro tenha a oportunidade de contar a sua história. Para saberem que são importantes. Para terem orgulho das próprias vidas. Para que isso aconteça, o Storian deve ser substituído. A Escola tem que cair. E um Rei do Povo tem que se erguer. Qualquer mal que eu tenha feito, qualquer mentira que eu tenha contado, é para tornar possível esse futuro.

Porque só eu posso conduzir a Floresta para a verdadeira paz, um verdadeiro Para Sempre para todos. Para além do legado do meu pai. Para além do Bem e do Mal. Posso salvar a Floresta de todo o Mal, para sempre. Posso ser o Único e Verdadeiro Rei, o Leão imortal, cortando a cabeça de cada Cobra. Qualquer coisa vale isso. Qualquer coisa. Por isso, olhe nos meus olhos e me diga que não sou tão Bom quanto o meu pai. Olhe nos meus olhos e me diga que sou do Mal, quando tudo o que fiz foi para salvar a Floresta dele."

Os pulmões de Sophie viraram do avesso.

Isso era mentira.

Tinha que ser mentira.

Esse era o vilão, o garoto que ela precisava matar!

O garoto que era o Mal puro, só que agora estava dizendo que ele era do Bem, que poderia conter a Cobra, a Cobra que vivia dentro de cada vilão. Que poderia apagar o Mal para sempre.

E se fosse verdade?

E se fosse possível?

Sua cabeça girou, como se tivesse sido esmagada pela luz azul de uma bola de cristal e caído em outra dimensão.

"A sua mãe", ela arfou. "É ela quem você quer trazer de volta à vida?"

Rhian assentiu. "Minha mãe é a única pessoa que Japeth amou. Se ele a tivesse de volta, ficaria feliz e em paz. Seu mal desapareceria. Eu poderia ser o rei que quero ser, o Leão de que o povo precisa, sem uma Cobra sempre em cima de mim."

Sophie estava tão confusa que começou a andar mais rápido, deixando Rhian para trás, mancando. Durante todo esse tempo, ela acreditara que a intenção de Rhian sobre o poder infinito do Storian era cruel, e que seu irmão era o seu leal escudeiro. Mas essa era a *sua* versão da história, aquela com a qual ela e os seus amigos concordaram. Na versão de Rhian, porém, ele queria o poder da caneta por outra razão: para deixar seu irmão feliz. Para matar o monstro dentro dele. Para matar o monstro que há dentro de todos os vilões da Floresta. Para trazer paz ao povo. Para sempre.

Sophie imaginou a caneta coberta de enguias que tinha visto pela primeira vez nas mãos da Cobra, mudando os contos do Storian para fazer dos heróis, vilões, e dos vilões, heróis, transformando histórias conhecidas em algo obscuro e falso. Lionsmane, o mensageiro das mentiras.

Mas... e no conto de Rhian? Teria ela se tornado a mensageira das mentiras? Teria falhado em ver a verdadeira história por trás da versão enviesada?

Impossível, pensou ela.

E, no entanto, a forma como ele a tinha olhado, com olhos tão puros e confiantes...

"Como você escapou?", ele perguntou, aparecendo ao seu lado. Sua testa brilhava de suor. Ela não tinha percebido o quanto tinha se afastado dele.

"Escapei do quê?"

"De Agatha e Tedros. Você fugiu deles e dos outros rebeldes. Onde eles estão? Onde estão todos eles?"

Sophie piscou os olhos. "Em fuga, é claro. Foi assim que escapei. No meio do caos de ir de um esconderijo a outro."

Rhian analisou o rosto dela. Os nós dos seus dedos se torceram perto do punho da Excalibur. O dedo de Sophie brilhava forte às suas costas.

"Não importa", o rei resmungou, avançando para o último canteiro de árvores. "Assim que meu irmão conseguir o anel de Nottingham, seus dias estão contados."

"Pensei que tinha dito que era Bom", Sophie rebateu, indo atrás dele.

"Eu sou Bom", disse Rhian. "A espada do meu pai ter me escolhido é a prova. Os seus amigos é que são do Mal. Eles negam a vontade do povo, que me quer como Rei. Eles impedem, de forma arrogante, uma Floresta melhor. Uma Floresta mais pacífica. Uma Floresta da qual o Rei Arthur teria se orgulhado. Os seus amigos não são apenas rebeldes contra o que é certo. Eles são meus nêmesis. Não vão parar de me atacar até eu estar morto. O que significa que preciso me defender. Primeira regra do Bem."

Sophie abriu a boca para discutir. Nada saiu.

Rhian puxou a camisa para checar uma laceração profunda entre duas costelas, e uma gota de sangue escorreu entre dois pontos. Ele exalou e continuou a andar. "Queria que o seu sangue pudesse me curar."

"E por que não cura?", perguntou Sophie. "É estranho que cure um gêmeo e não o outro."

Ele não respondeu por um momento.

"Rhian?"

"É a profecia da caneta", disse, parando no caminho. "Só quando você for uma rainha casada é que os poderes do Storian podem ser reivindicados. Um irmão se casa com você e se torna o Único e Verdadeiro Rei. O outro é restaurado pelo seu sangue. Rainha Sophie para um, Curandeira Sophie para o outro. Você é o laço entre irmãos, cada um com um motivo particular para te proteger."

Assim como o Storian, Sophie pensou. Guardada por dois irmãos, cada um protegendo-a para o seu lado.

Alguma coisa a tinha deixado cismada. Algo que não fazia sentido.

"*Um* irmão se casa comigo e se torna rei?", repetiu Sophie. "Você quer dizer quando *você* se casar comigo. Você é o mais velho. É o herdeiro."

Rhian pigarreou. "Sim. Claro."

Sophie caminhou à frente. "Mas *qual* caneta? Você falou várias vezes dessa caneta misteriosa. A caneta que teria lhe dito todas essas coisas. Qual caneta? O Storian ou Lionsmane? Qual caneta sabia que eu seria a sua rainha? Qual caneta sabia que eu seria capaz de curar o seu irmão?"

Ela olhou para Rhian e, para sua surpresa, o viu sorrir. "Você encontrou uma maneira de invadir o meu quarto através de magia. Encontrou uma maneira de me passar uma mensagem debaixo do nariz da sua amiga. E mesmo assim ainda não sabe por que está aqui. Talvez não seja tão esperta quanto eu penso."

Se havia uma coisa que Sophie odiava era ser chamada de burra.

"É?", disse ela de forma cortante. "Sei quem é a sua mãe. Sei tudo sobre ela. Sei como você nasceu. Você sabe?"

Rhian riu. "Você não sabe nada sobre a minha mãe."

Sophie lançou para ele um olhar frio. E, de repente, como se os seus pensamentos estivessem fazendo aquilo, o seu vestido mudou de forma de novo. Desta vez, a renda foi ficando cada vez mais apertada, pressionando cada costura, até que a renda começou a tremer em uníssono, como se fossem mil asas. As asas brancas batiam com mais força, uma pequena cabeça espreitando entre cada par, como se estivessem prestes a voar. Uma explosão de cor surgiu no peito de Sophie, como uma facada, cobrindo as pequenas criaturas aladas com um azul forte e brilhante, o vestido no seu corpo agora transformado em outro tão familiar, um vestido usado por sua inimiga, um vestido feito de... *borboletas*. Um exército delas, azuis como safiras, ondulando e balançando enquanto ela inspirava e expirava, as cabecinhas subindo e descendo com seu batimento cardíaco, como se o vestido já não estivesse lutando contra ela ou a segurando, mas sim obedecendo-a.

Os olhos de Rhian se arregalaram, sua pele tão pálida quanto a do irmão.

Depois, em um instante... as borboletas desapareceram.

O vestido voltou a ser o de renda branca.

Sophie levantou uma sobrancelha para o rei.

"Ah, sei mais do que pensa", disse ela.

25

SOPHIE

Rhian e as coisas como são

"Minha mãe era uma mulher reservada", disse Rhian, tirando a camisa. "Sei muito pouco sobre o tempo em que foi sua Reitora."

O céu se cobriu de nuvens e esfriou o clima. Com o rei mancando cada vez mais, eles tinham deixado o jardim e voltado à varanda. As criadas trouxeram novas bandagens e cremes para as feridas de Rhian, que os passava no tronco nu, fazendo careta com a dificuldade para alcançá-las.

Sophie sentou-se ao seu lado.

Devo matá-lo?

Não devo matá-lo?

Depois de tudo o que Rhian tinha acabado de dizer, ela já não sabia se ele era Bom ou Mal. Se estava mentindo ou dizendo a verdade. Se deveria viver ou morrer.

Mas uma coisa ainda era certa.

O irmão dele tinha que morrer.

Mate Japeth, e o pior do Mal desaparece.

Mate Japeth e Rhian talvez deixe Evelyn Sader em sua cova.

Mate Japeth e talvez ela pudesse deixar Rhian viver.

Talvez.

Mas e Tedros?

Rhian tinha que morrer ou Tedros não poderia retomar o trono.

Presumindo que Tedros *devesse* retomar o trono.

Mas e se Rhian estiver certo?

E se Rhian for o melhor rei?

Ele era o verdadeiro herdeiro, afinal.

E só porque Agatha e Tedros eram amigos de Sophie não significava que Tedros devesse governar Camelot. E Tedros nunca tinha

falado do seu povo ou das razões pelas quais deveria ser rei com a mesma paixão que Rhian havia mostrado.

E se ser o Único e Verdadeiro Rei for o destino de Rhian?, pensou Sophie, ficando tensa. E se o fato de ele ter os poderes do Storian pudesse trazer paz duradoura à Floresta? E se ele pudesse deter o Mal para sempre, como prometeu?

Considerando tudo isso, matar Rhian não era uma coisa boa a se fazer.

Matar Rhian seria o Mal.

O coração de Sophie estremeceu.

E eu sou do Mal.

Por que o cristal mostrou Sophie matando Rhian?

Porque a sua alma queria que ela cometesse um ato maligno?

Porque queria que ela fosse uma bruxa?

Rhian brigava de forma desajeitada com um curativo.

"Ah, deixa que eu faço isso", suspirou Sophie.

Rhian a encarou, depois relaxou. Ela se ajoelhou ao seu lado e enrolou o tecido em volta das suas costelas. Ele se encolheu com a frieza do seu toque.

Primeiro, o mais importante, ela disse a si mesma. *Rhian mata Japeth.*

Essa parte do roteiro não tinha mudado.

O que significava que tinha que encontrar o seu ponto fraco.

Aquele fio de desconfiança que ela podia desfiar.

"Me conte sobre ela", pediu Sophie, passando creme em um hematoma preto em seu ombro. "Sobre sua mãe."

"Japeth herdou a magia dela, eu não", disse Rhian, olhos fechados, tentando não demonstrar dor. "Devo ser parecido com meu pai. Sobre quem minha mãe nunca, jamais, falou. A gente sabia que não devia perguntar. Mas eu tinha minhas suspeitas".

"Como assim?"

"Tinha um velho cartão com o selo de Camelot que encontrei no quarto da minha mãe, convidando-a para jantar no castelo. *Espero vê-la em breve*, dizia, na letra do próprio rei. Eu estava obcecado por Camelot, como todos os jovens Sempre, por isso imagine a minha empolgação. Minha mãe conhecia o Rei Arthur? Minha mãe já tinha jantado com o rei? Mas quando perguntei sobre o cartão, ela me castigou por bisbilhotar suas coisas. Depois, ela nos escondeu em Foxwood e não nos deixava sair de casa ou ir à escola, como se tivesse medo de que alguém nos visse. Então, um dia, uma mulher apareceu à nossa porta: uma mulher que reconheci do *Camelot Courier* como a governanta do Rei Arthur. Não consegui ouvir a conversa entre as duas, mas por que a governanta do Rei Arthur tinha vindo ver a nossa mãe? Mas, se eu tentasse fazer perguntas sobre o rei, ela iria me ignorar. E qualquer menção à Rainha Guinevere gerava um olhar sinistro e resmungos sobre *aquela megera arrogante*. Era óbvio que minha mãe e o Rei Arthur tinham uma história. Que algo havia acontecido entre eles. E tanto eu quanto Japeth nos parecíamos com ele; eu, pelo menos. Um pouco de sol e eu lembrava suas feições. Coloque Japeth no sol e ele fica parecendo um camarão."

"Mas isso é um absurdo! Por que sua mãe não contou a vocês quem eram? Por que não dizer para toda a Floresta que tinha dado à luz os filhos de Arthur?", perguntou Sophie. Ela se lembrou dos olhos de Evelyn brilhando em triunfo quando enrolou a corda em volta do pescoço do rei. "Se era esse o *objetivo*! Reivindicar os herdeiros de Arthur."

Rhian abriu os olhos e a encarou.

Ele não sabe, Sophie percebeu. *Ele não sabe como foi concebido.*

"Acho que ela tentou", disse Rhian. "Ouvi-a chorar uma vez, amaldiçoando o meu tio August por estar do lado *dele*. Ela deve ter dito a Arthur que estava grávida, mas Arthur já tinha uma rainha. Ele tinha Guinevere. Talvez tenha ameaçado a minha mãe para mantê-la calada. Talvez o meu tio August o tenha ajudado. É por isso que ela estava nos escondendo."

"Mas e depois da morte de Arthur?", Sophie pressionou. "Ela poderia ter dito às pessoas..."

"Quem teria acreditado nela?", retrucou Rhian. "Que prova ela apresentaria?"

"E o seu irmão? Ele suspeitava que o Rei Arthur era pai de vocês?"

Rhian afastou uma mosca. "Tentei falar com ele sobre isso, mas ele não quis ouvir. Disse que tinha certeza de quem era o nosso pai."

"Quem?", Sophie pressionou.

"*Não o Rei Arthur*", disse Rhian, imitando o tom duro de Japeth. "Ele me considerava um tolo, tão apaixonado pelo rei que tinha me convencido de que era seu filho perdido. Mas que a verdade seja dita, Japeth e eu nunca estivemos realmente de acordo sobre nada. Somos gêmeos, mas somos dois opostos. Duas metades de um todo."

Sophie segurou um sorriso. Rhian e seu irmão não eram tão diferentes dela e de Agatha. Encontrar um entrave entre os irmãos poderia ser mais fácil do que ela pensava

"Então a sua mãe era mais próxima de Japeth?", perguntou ela. "Ele parece bastante apegado a ela."

"*Muito* apegado", afirmou Rhian. "É por isso que minha mãe me amava mais."

Sophie olhou para ele. "Continue."

"Japeth não conseguia dividir minha mãe com ninguém, nem comigo. Se ela me desse um pouco mais de atenção, ele tinha acessos de fúria terríveis. Quando fiz um bolo para o aniversário dela, ele pôs algo nele que a deixou doente. Quando ela demonstrou muito amor pelo nosso gato, ele desapareceu. Depois de cada incidente, ele se arrependia, chorava e jurava que aquilo nunca mais aconteceria. Mas sempre acontecia. E cada vez pior. Minha mãe e eu éramos prisioneiros da sua fúria. Foi o que nos deixou tão próximos."

Sophie ficou tensa, ainda desacostumada a sentir empatia pelo garoto que estava perto de matar. "E não tinha nada que você pudesse fazer? Não podia mandá-lo embora ou..."

"O meu irmão?", disse Rhian, frio como pedra. "O meu *gêmeo*?"

"Mas pelo que você disse..."

"Todas as famílias têm problemas. Todas. Encontra-se uma maneira de corrigir o que está errado. Para cortar o mal pela raiz."

"Você fala sobre família da mesma forma que fala sobre a Floresta", disse Sophie, de forma cínica. "Mas o Mal não pode ser apagado assim."

"Bem, aqui estou eu. Ainda ao lado do meu irmão, a nossa relação mais forte do que nunca. Isso diz muito sobre que tipo de rei eu serei, não é verdade?", Rhian se vangloriou. "Eu nunca desisti dele. Ao contrário da minha mãe."

Sophie levantou as sobrancelhas e Rhian antecipou sua pergunta.

"Os acessos de fúria pioraram", explicou. "Quase matou minha mãe e eu algumas vezes. Ela usou as borboletas para espiá-lo. Para prendê-lo durante os ataques. Felizmente, ela era mais hábil com a magia do que ele. Foi assim que nos mantivemos vivos." Rhian fez uma pausa. "E então ela escreveu para o Diretor da Escola contando sobre ele."

"O Diretor da Escola? Por quê?"

"Minha mãe tinha dado aula lá uma vez. Meu tio August tinha arranjado um emprego para ela, como Professora de História. Ela e o Diretor da Escola ficaram próximos – muito próximos, segundo ouvi dizer, já que ele acabou por expulsá-la da escola. Minha mãe acreditava que as mulheres não tinham as mesmas vantagens que os homens, como o irmão dela. Que sua única chance de glória era ao lado de homens poderosos. Como Arthur, como o Diretor da Escola. Ambas as tentativas saíram pela culatra. Estava claro que Arthur não queria nada com ela. E o Diretor da Escola não só a baniu como cortou por completo o contato com ela. Minha mãe enviou cartas, implorando que ele aceitasse Japeth na Escola do Mal, que o tirasse das suas mãos. Ele devia isso a ela, minha mãe disse. Mas ele nunca respondeu. Japeth também não foi reivindicado pelos *stymphs* quando chegou o momento."

"Seu irmão sabia disso?", perguntou Sophie, cuidando de outro hematoma. "Que a sua mãe estava tentando se livrar dele?"

Rhian se mexeu, incomodado. "Não. Nessa época também já não tínhamos dinheiro, quase não tínhamos nada para comer. Finalmente, minha mãe nos disse que ia ver o nosso pai. Se ela o enfrentasse, tinha esperança de que ele a ajudasse. Ela o obrigaria a ajudá-la. Nesse tempo, meu irmão e eu fomos matriculados na Casa Arbed. Ela conversara com a Reitora Brunhilde, que, depois de conhecer o meu irmão, garantiu à minha mãe que podia lidar com Japeth, ou RJ, como a Reitora o apelidou. Ela parecia gostar de causas perdidas. Mesmo assim, minha mãe insistiu que eu estivesse presente para ajudar a ficar de olho nele. Até que ela voltasse, claro."

Rhian tomou fôlego.

"Nunca mais tive notícias da minha mãe. Meu palpite é que Arthur a rejeitou. Isso foi por volta da mesma época em que o rei morreu. Alguma coisa deve ter mudado dentro dela depois disso. Ela nunca mais voltou. Não enviou uma única carta. O amor que eu e ela partilhávamos, o laço que achei que tínhamos... Nada disso importou. Ela queria fugir de Japeth. Ela queria tanto fugir dele que estava disposta a me abandonar também."

Uma lágrima pairava no canto do seu olho fechado.

"Durante muito tempo, não sabíamos onde ela estava. Ouvimos rumores. Que ela conhecera as Irmãs Mistrais e ficara interessada na teoria do Único e Verdadeiro Rei. Que ela se mudara para uma colônia de mulheres, com a intenção de escravizar os homens. Que ela mesma matara o Rei Arthur. Tudo o que sabíamos ao certo é que ela acabara na Escola do Bem e do Mal, como Reitora e com uma missão de vingança contra o filho de Arthur. Isso só me deu mais provas de que Arthur era o nosso pai. Era óbvio que ela queria se vingar de Tedros pela traição do seu pai. Por ter tomado tudo o que os seus filhos mereciam. Ela até tentou trazer o Diretor da Escola de volta dos mortos para matar Tedros. Mas, no final, foi o Diretor da Escola que a matou." Rhian exalou. "E meu irmão e eu ficamos sozinhos de vez."

Uma rajada quente entrou pela varanda e soprou sobre o casal em silêncio, o coração de Rhian batendo debaixo da palma de Sophie. Para ele, isso era cavar na escuridão do passado; para ela, brilhava uma nova luz sobre o presente. O vestido de Evelyn amoleceu contra o seu corpo, como um abraço amoroso, como se, enfim, Sophie conhecesse todos os seus segredos. Por um momento, qualquer objetivo, qualquer plano que ela tivesse, havia evaporado ao vento.

"Ela te abandonou", disse Sophie com calma. "Ela te abandonou por causa do seu irmão".

Rhian não respondeu.

"Ele sabe?", perguntou Sophie.

Rhian abriu os olhos e a lágrima caiu. "Ele acha que ela foi ver o nosso pai porque ainda o amava e estava orgulhosa de contar a ele sobre seus filhos. Que quando ele a rejeitou, ela morreu de desgosto. Nunca consegui dizer a verdade para Japeth. Que foi ele que a fez fugir. Que foi ele que a decepcionou.

É a maldição de ser do Mal. Faz com que atormentemos aqueles que amamos. E Japeth amava muito a minha mãe."

Sophie ficou calada, pensando em todas as vezes que o amor fez dela um monstro.

"Pouco depois da morte da minha mãe, as Irmãs Mistrais vieram até nós", prosseguiu Rhian. "Confirmaram que o Rei Arthur era o nosso pai, como eu sempre soube. Quando Japeth zombou delas, elas nos deram esse vestido que você está usando agora. O vestido da minha mãe, que ganhou vida diante dos nossos olhos. Ele nos levou até a caneta que nos mostrou nosso futuro. A caneta que te escolheu como minha rainha. A caneta que você acha que é um mistério... mas esse vestido sabia onde a encontrar. A caneta nos transmitiu os desejos da nossa mãe. Que o vestido fosse entregue à futura rainha. Que o seu filho se apoderasse do seu trono legítimo. E que, se seguíssemos suas orientações, haveria uma forma de trazer uma alma de volta dos mortos. De trazê-la de volta. Todos os males do nosso passado seriam apagados. A história teria um novo fim: eu como o Único e Verdadeiro Rei. Japeth, minha mãe e eu, reunidos no controle de Camelot. A nossa família restabelecida, como estava destinada a ser."

Sophie pensou no livro de histórias de Lionsmane na Bênção; aquele que contava o conto de fadas de Rhian. Ele tinha deixado de fora os segredos. As coisas que importavam. Como todos os livros de histórias.

"O que Japeth disse?", perguntou Sophie.

"Bem, ele parou de zombar delas e passou a acreditar que eu era o Único e Verdadeiro Rei. Ele me fez prometer que, se ajudasse a me tornar rei, eu traria de volta à vida quem ele amava. Levamos tempo para elaborar o nosso plano, é claro, mas Japeth nunca desistiu. Estava tão investido quanto eu, agora que tinha minha mãe em jogo. Pude ver a esperança nos olhos dele", Rhian se lembrou.

Sophie imaginou Evelyn Sader, com a sua pele branca e seus lábios grandes, seu jeito manipulador, seu desejo de vingança contra os homens, suas borboletas nefastas e histórias revisionistas dignas da caneta do seu filho.

Mas Evelyn Sader também tinha sido mãe.

Uma mãe que, como a própria mãe de Sophie, tinha cometido erros.

Uma mãe que tinha morrido, desejando outra chance.

Sophie se arrepiou e a renda branca parecia acariciar-lhe como um toque. Ela deixou escapar um sopro de incredulidade.

"O que foi?", perguntou ele.

"O vestido da sua mãe", disse Sophie, passando as mãos pelo espartilho macio. "Sei que parece absurdo, mas, de repente, sinto que ele... gosta de mim."

Ela levantou os olhos. Rhian estava observando-a através de piscinas límpidas, azul-esverdeadas. O olhar profundo de um Leão, avaliando-a.

"Dá para entender por que todo garoto se apaixona por você", disse ele.

"Antes, você só via razão para todo garoto me rejeitar", respondeu Sophie. "Qual é verdade?"

Rhian se inclinou sobre a cadeira e pegou a mão dela. "Pensei que conhecia o seu conto de fadas. Mas nenhuma história pode te fazer justiça. Levei tempo para enxergar mais a fundo. Por baixo da beleza, da sagacidade e dos joguinhos. Agora eu te conheço, Sophie. O seu verdadeiro eu. Pétalas e espinhos. E eu a amo por isso."

Sophie não conseguia respirar, o sangue disparando em suas veias. Nunca tinham falado com ela com tanta paixão. Não desde Rafal.

"Você tem seu irmão", disse ela, muito baixo, tentando manter a razão. "Você tem Japeth. Não pode ter a mim também."

"Depois do que aconteceu com minha mãe, tive medo de amar alguém de novo", disse ele, deslizando da cadeira. "Não podia deixar que Japeth fizesse o mesmo que tinha feito a ela. Tive que o colocar em primeiro lugar. Mas não posso desistir de você, Sophie. Preciso muito de você. Posso ser eu mesmo com você, como nunca fui com mais ninguém, nem mesmo meu próprio gêmeo. Eu te amo de uma forma que nunca poderei amá-lo." Ele colocou os lábios no pescoço dela. "Porque este é o amor que eu *escolhi*."

Ele passou as mãos pelo pescoço de Sophie e levou sua boca até a dela. Suas mãos a acariciaram por cima do vestido e a renda se transformou em borboletas brancas, que ondulavam e batiam as asas em uma sinfonia para o beijo.

Enquanto os seus lábios se encontravam e dançavam, um vento frio varreu a sala.

Com as mãos nos cabelos de Sophie, Rhian não notou, mas Sophie sim, assim como a sombra que rastejava na varanda.

Ela beijou Rhian com mais força. "O que vamos fazer em relação a Japeth?"

"Hum?", disse Rhian, quente como vapor.

"Não quero acabar como a sua mãe", Sophie ofegou. "Quero que a gente seja feliz. Só nós dois. Poderíamos ficar sozinhos. Poderíamos ser livres."

"O que quer dizer?", perguntou Rhian, entre beijos.

Sophie deixou as palavras fluírem. "Se ele... morresse."

Rhian interrompeu o beijo e a soltou, seu rosto sério.

"Eu já disse. Ele é meu irmão. É meu sangue."

Sophie segurou seus ombros. "Você acha que a sua mãe vai ficar feliz em vê-lo, quando a trouxer de volta? Ele vai espantá-la, como fez da primeira vez! *Passado é Presente e Presente é Passado. A história anda em círculos.* São as *suas* palavras. E você disse que ela queria se livrar dele, que ela foi embora por causa dele, que ela te amava mais."

"É verdade?", disse uma voz.

Rhian parou, congelado.

Devagar, ele se virou para ver o seu gêmeo de pé contra a parede do corredor, ensanguentado e machucado no seu esfarrapado traje de *scims*.

"Bem, então. Dê meus cumprimentos à mamãe", disse Japeth, se afastando.

Ele atirou algo aos pés de Rhian.

Um anel de prata, manchado de sangue.

O rei olhou para ele, com os olhos bem abertos e congelados, depois se virou para Sophie.

E então foi atrás do irmão.

Sophie tinha orquestrado tudo, é claro.

No momento em que viu a sombra de Japeth e sentiu aquele frio, tinha escolhido bem o que dizer a Rhian e se certificado de que o irmão dele as ouviria.

Bruxas sabiam como começar guerras.

Se tudo corresse bem, Japeth em breve estaria morto.

Se ela deixaria Rhian viver ou morrer, por outro lado...

Talvez seja por isso que a cena no cristal foi cortada antes de ela o matar. Antes de enfiar a Excalibur nas suas costas. Porque nem mesmo o futuro sabia o que aconteceria com o rei de Camelot.

As nuvens ficavam mais escuras lá em cima. Sophie seguiu as vozes dos garotos até à passarela entre as torres. Espiou atrás de uma coluna de pedra.

"Avisei que ela é perigosa", Japeth fervia, suas bochechas feridas em tons violeta. "Ela é a verdadeira Cobra."

"Eu não quis dizer aquelas coisas. Não da maneira como ela disse", defendeu-se Rhian enquanto vestia uma camisa, os dois garotos separados por um longo caminho de pedra. "A mamãe te amava. Eu te amo."

"Você acha que sou burro. Acha que eu não conhecia a nossa própria mãe? Eu sei que ela te amava mais. Eu sei o que eu sou", disse Japeth. "O que eu não imaginava era que me trocaria, seu próprio sangue, pelos beijos de uma vagabunda."

"Você não conhece Sophie. Não como eu conheço", Rhian brigou. "Eu disse que ela ia voltar. Ela é a minha rainha, como disse a caneta. Foi por isso que ela escapou dos rebeldes. Foi por isso que ela traiu os amigos. Ela acredita em mim. Ela é leal!"

"Perguntou como ela escapou?", Japeth atacou. "Ou onde estão os rebeldes?"

"Ela não sabe", Rhian retrucou com fervor. "Eles estão sempre em movimento."

Japeth sorriu, deixando-o ouvir o eco das próprias palavras. A dúvida encobrindo o rosto de Rhian.

"A sua *rainha* é uma mentirosa", disse a Cobra. "Ela não vai descansar até estarmos os dois mortos."

Um *scim* começou a gritar, contorcendo-se por cima do seu ombro machucado. Japeth o tirou do seu terno como uma borboleta, ouvindo de perto seu sussurrar.

Os olhos da Cobra fitaram Rhian e depois além do ombro do rei.

"Apareça, pequena espiã", disse Japeth.

O coração de Sophie saltou para a garganta.

Ela sabia que não devia desobedecer.

Sem uma palavra, ela pisou na passarela.

"Irmão?", Japeth disse, com calma.

O rei olhou para Sophie, depois para a Cobra.

"Traga-me o seu sangue", disse Japeth.

Rhian devolveu a ele um olhar vazio.

"Fala de lealdade? Olhe para as minhas feridas! Veja o que aguentei para conseguir o último anel! Para você!", Japeth disse. "Essa foi a promessa da caneta. Você ganha uma rainha e eu ganho o sangue dela. *Para sempre.* Agora, traga-a até mim."

Rhian travou o maxilar.

Ele não se mexeu.

Um *scim* se lançou do terno de Japeth, disparou pela passarela e cortou a bochecha de Sophie, derramando sangue no seu vestido branco.

Com o impacto, Sophie foi impelida contra a coluna de pedra e bateu com a cabeça, gritando. Levou a mão à bochecha, a cabeça explodindo de dor, sangue escorrendo pelos dedos.

Através da passarela, a enguia tinha voltado ao seu mestre, pingando o sangue de Sophie nele, curando o rosto da Cobra de volta ao branco suave e impecável, criando novos *scims* para remendar seu terno. Ele deu ao irmão um olhar venenoso.

"Agora, se me dá licença, Sua Alteza. Vou me sentar na sua banheira. Quando eu terminar, ou aquela bruxa estará longe do castelo, ou eu mesmo irei matá-la. Que se dane o sangue mágico."

Ele deu um olhar letal para Sophie e depois esgueirou-se para a Torre Dourada.

Rhian o observou sair.

Lentamente os olhos do rei se voltaram para Sophie, manchada de sangue, contra a coluna de pedra.

"Ele é o diabo", ela ofegou. "Precisa lutar contra ele! Precisa matá-lo!"

Rhian balançou a cabeça. "Eu disse. Ele é a minha família. A minha família", ele frisou. "Eu posso curá-lo. Posso torná-lo bom."

"O Bem é enfrentar o Mal!", Sophie explodiu. "O verdadeiro Mal, mesmo que seja o seu próprio irmão! Ele tirou a sua mãe de você. E agora ele também quer me afastar. O Passado é Presente e o Presente é Passado. A história se repete até que você a mude. É isso que um herói faz. É isso que um rei faz. Você diz que me ama? Diz que é Bom? Bem, até você enfrentá-lo, tudo o que vejo é um covarde. Tudo o que vejo é um *tolo*."

A boca de Rhian tremeu, todo o seu corpo cedendo sob o peso das suas emoções. Por um momento, ele pareceu um garotinho. Um garotinho que já tinha tido que fazer essa escolha muitas vezes.

Ele endureceu, seu rosto era uma máscara oca.

"Pegue a carruagem", disse ele. "Saia daqui e nunca mais volte."

Ele mancou para fora da passarela, a Excalibur torta em sua cintura.

Depois desapareceu.

Sophie ficou ali, sentindo o gosto do próprio sangue.

Ondas de fúria batiam e espumavam dentro dela.

E pensar que ela quase deixou aquele covarde viver.

Não.

Rhian iria morrer.

Os dois iriam.

Mas como?

Japeth estava tomando banho.

Rhian tinha se rendido a ele.

A luta prometida nunca aconteceria.

E ela não tinha nada. Sem armas, sem plano, exceto um cristal no seu bolso.

Ela ficou quieta.

No seu rosto ofegante, surgiu um sorriso malicioso.

Um cristal e um banho.

Eram as armas de que precisava.

Quando Sophie se aproximou do quarto do rei, ouviu a banheira enchendo.

Por trás de uma coluna no corredor escuro, ela espiava dois guardas piratas do lado de fora das portas, com as espadas embainhadas.

Os olhos percorreram todo o salão até darem com um enorme lustre sobre o hall de entrada para a ala do rei.

O dedo de Sophie brilhou cor-de-rosa e ela disparou um raio, estilhaçando o candelabro e espalhando cristais em todas as direções.

"Oquêquefoisso?!", um guarda gritou.

Os dois abandonaram o posto, correndo em direção ao hall.

Rapidamente, Sophie saiu detrás da coluna e se ajoelhou à porta dos aposentos do rei. Sua bochecha latejava de dor, ainda pingando sangue no seu vestido. Através do buraco, viu o quarto vazio, a porta da banheira entreaberta, o som da água enchendo a banheira. Vislumbrou Japeth através da porta do banheiro. Nenhum sinal de Rhian.

Ela entrou nos aposentos do rei.

O céu cinza-pérola brilhava através das janelas, iluminando as paredes de seda dourada e carmim, as cadeiras esculpidas com brasões de Leão, e a cama arrumada com perfeição, as cortinas douradas e vermelhas abertas. Ouviu os passos de Japeth atrás da porta entreaberta, no canto.

Andando com cuidado, Sophie rastejou para debaixo da cama. Tinha que tirar Japeth do banheiro por tempo suficiente para ela se esgueirar para lá.

Ela só teria uma chance.

Levantando o seu dedo aceso, lançou um raio para dentro do *closet*, que detonou como um foguete, derrubando todos os cabides de roupa.

Na hora, Japeth saiu do banheiro, ainda em seu traje de *scims*. Enquanto ele inspecionava o *closet*, Sophie deslizou de bruços pela porta.

O banheiro do rei brilhava como um mausoléu dourado, com espelhos refletindo outros espelhos e brasões de Leão esculpidos em cada azulejo e torneira. Água fumegante caía em uma banheira grande, apoiada sobre garras de leão esculpidas em ouro, quase transbordando. Em um canto escondido, no escuro, ficava o vaso sanitário, separado do resto do banheiro.

Sophie olhou para o quarto enquanto Japeth emergia do *closet*, franzindo a sobrancelha, e abria as portas dos aposentos do rei, apenas para ver que os dois guardas não estavam ali.

"Idiotas", murmurou.

Ele voltou para o banheiro.

Com o coração disparado, Sophie tirou o cristal do bolso, fez uma oração silenciosa e o deixou cair na banheira.

Ela se agachou atrás do vaso sanitário quando Japeth entrou.

Seu terno de *scim* se desfez como mágica, revelando sua pele branca como neve à medida que se aproximava da banheira e desaparecia no vapor espesso.

Sem as enguias espiãs capazes de detectá-la, Sophie respirava com mais facilidade, escondida em segurança. O vestido de Evelyn Sader apertava com mais força, a aconchegando e tranquilizando. Quando Japeth entrou no banho, Sophie se surpreendeu com o quanto ele parecia vulnerável. O selvagem que assassinara seus amigos não era nada mais do que um adolescente magricela.

Pouco a pouco, a Cobra submergiu na água escaldante, deixando escapar um suspiro de prazer e dor.

Do seu esconderijo, Sophie espreitou Japeth, esperando que tudo acontecesse.

Porque se o cristal podia reconhecer as almas de Rhian e Japeth, então eles tinham os mesmos poderes que Dovey ou o seu Segundo. Ou seja, no momento em que Japeth se afundasse na banheira, pescasse o cristal de debaixo dele e olhasse para o seu centro... E isso estava acontecendo agora mesmo... Sophie observava, o seu estômago se contorcendo... e em 3... 2... 1...

A luz azul irradiou pela banheira e Japeth deu um pulo, surpreso, jogando água por todo lado.

Com cuidado, Japeth apanhou o cristal brilhante na água e o inspecionou. Então reparou que havia algo no interior, uma cena se desenrolando dentro das suas paredes de vidro... Olhou mais de perto e Sophie prendeu a respiração.

"Japeth?", uma voz chamou.

Rhian.

Japeth envolveu o cristal com a mão, tampando sua luz.

"Sai daqui", ordenou ele.

"Ela se foi."

A feição de Japeth mudou. "Como assim?"

"Foi embora."

O silêncio atravessou os irmãos.

"Fiz um chá para você", disse a voz de Rhian. "Como você gosta."

Japeth afundou a mão com o cristal embaixo da água. "Entre."

Sophie praguejou.

Rhian empurrou a porta. Vestia seu terno azul e dourado e segurava uma caneca.

"Envenenado, presumo?", disse Japeth.

"Lógico", respondeu o rei, sua coroa refletindo a luz dourada. "Que barulho foi aquele?"

"Avalanche no seu *closet*. Foi mal feito."

"Com certeza. Um lustre acabou de explodir do lado de fora. Deve ter sido o presente de despedida de Sophie. Os guardas estão revistando o castelo para se certificar de que ela foi mesmo embora."

Os gêmeos trocaram olhares.

"Sem casamento, então?", perguntou Japeth.

Rhian sorriu, mancando. "Não tenho certeza do que faremos com todos os presentes. Ao que parece, o Sultão de Shazabah está enviando um camelo mágico."

Japeth exalou. "Não vai sentir falta dela, irmão. Dentro de alguns dias, não vai sequer lembrar seu nome."

O rei alisou o terno azul e dourado, como se o gesto pudesse afastar essa parte da conversa. "Amanhã convocaremos o Conselho do Reino e queimaremos o último anel."

"Então a magia da Caneta será sua", disse seu irmão, ansioso. "Lionsmane, o novo Storian. Você, o Único e Verdadeiro Rei, com poder infinito."

"Com poder infinito, vem o fardo de usá-lo para fazer o bem", disse o rei. "Uma responsabilidade da qual espero ser digno."

"Como se isso estivesse em dúvida", Japeth disse, lisonjeiro. "Você sempre foi o Bom irmão. Aquele que todos amam. É por isso que *você* é o rei."

Rhian pigarreou. "Onde devo colocar o seu chá?"

"O que vai fazer primeiro?", Japeth pressionou. "Qual será a primeira coisa que vai escrever com Lionsmane?"

"Abolir para sempre o Conselho do Reino e aquela escola miserável", respondeu Rhian. "Está na hora de devolver a Floresta ao povo."

"Nunca superei o fato de você não ter sido levado para ser um Sempre. E você?" Japeth jogou a isca. "Ou talvez o fato de *eu* não ter sido levado, deixando você e a mamãe em paz."

Rhian endireitou a postura, rígido. "Japeth."

"O que vai fazer com a escola?", Japeth perguntou docemente.

"Vou queimá-la até o último tijolo", disse o rei, aliviado com a mudança de assunto. "*Uma conflagração tão feroz e altiva que pode ser vista por toda a Floresta.* Algo do gênero. Palavras a serem escritas. Palavras que você e eu vamos ver se tornarem realidade."

"'E Agatha e Tedros e todos os rebeldes?"

"Estarão mortos com um traço de caneta. Sumirão como fumaça."

"Sem harpias para arrancar a carne deles ou trolls para comerem seus cérebros? Nenhum cataclismo de dor?"

"Apenas a dor de uma nota de rodapé", disse Rhian.

Japeth riu. "Sabia que havia uma razão para te ajudar a se tornar rei."

Rhian ficou sério. "Nós dois sabemos a verdadeira razão, Japeth."

De repente, o seu gêmeo parecia inquieto.

"Você me ajudou a realizar o meu desejo, Japeth", disse Rhian. "E, quando queimarmos o último anel, será a minha vez de realizar o seu."

Manchas rosa apareceram nas bochechas de Japeth.

"Um desejo que prometi pela sua lealdade e fé", disse Rhian intensamente. "Você prometeu ajudar a me tornar rei se eu prometesse trazer de volta à vida quem você ama com os poderes da Caneta. Você cumpriu sua palavra. Amanhã cumprirei a minha."

Japeth engasgou de emoção, quase incapaz de falar.

"Obrigado, irmão", sussurrou ele.

Rhian colocou o chá na borda da banheira de azulejos. "Este primeiro fora da cama tem sido mais do que consigo aguentar", suspirou ele. "Não há sangue mágico que me cure, infelizmente."

"Vá se deitar", disse Japeth, com uma ternura que Sophie nunca vira.

Rhian assentiu, afrouxando o cinto e a espada, e se encaminhou para a porta.

"Rhian?", chamou Japeth.

O rei olhou para trás.

"A mamãe ficaria orgulhosa de você", disse a Cobra. "Por colocar a família em primeiro lugar."

Rhian deu um leve sorriso. "Vamos ver, não vamos?"

E fechou a porta.

Japeth se reclinou na banheira. Fechou os olhos, como se tivesse sido drenado pela conversa, mas os abriu quando percebeu que ainda tinha algo na mão.

Ele levantou o cristal azul brilhante fora da água, encarando a cena que se desenrolava em seu interior.

Sophie prendeu a respiração.

Dessa vez não houve interrupções.

A Cobra assistiu a cena se repetir, de novo e de novo.

Seus músculos se contraíram, seu corpo se retesou, os nós dos dedos se fecharam em volta da gotícula de vidro. Veias azuis salientes apareceram em seu pescoço; os dentes cerrados, cheios de saliva; seus olhos se estreitaram como fendas assassinas.

Lentamente, a Cobra olhou para a porta.

Saiu da água e as enguias se materializaram sobre ele, tiras negras escamosas riscando a pele branca e lisa, formando o seu terno. Depois saiu do banho, os pés molhados chiando contra o azulejo.

Ele abriu a porta para o quarto.

"Onde ela está?", perguntou ele.

"O quê?", Rhian respondeu sonolento. Do seu esconderijo, Sophie não conseguia ver o rei.

Japeth entrou no cômodo, fora da vista de Sophie. "A garota. Onde ela está?"

"Já disse. Ela foi embora."

"*Mentiroso*. A pequena megera nunca se foi. Você me fez pensar que tinha desistido dela. Que tinha me escolhido. Ela esteve aqui o tempo todo. Esperando você se livrar de mim."

"Do que você está falando?"

"ONDE ELA ESTÁ?" Sophie ouviu o rugido de Japeth. "Acha que ela vai te amar? Acha que ela será a sua adorada rainha quando eu não estiver aqui? Ela vai te assassinar a sangue frio assim que você me matar."

"Te *matar*? Um *scim* fez um buraco no seu cérebro?"

"Eu sei quem você é. Sempre soube. Eu mesmo vou encontrá-la."

Sophie ouviu o zunido familiar dos *scims* se soltando do terno de Japeth e o som sumindo enquanto se espalhavam pelo castelo, caçando-a.

"Acha mesmo que ela está aqui?", Rhian revidou com raiva. "Que eu estou escondendo Sophie?"

"Eu sei o que vi."

"O que você viu? Viu onde? Procure no castelo o quanto quiser. Ela está em uma carruagem a caminho de Gillikin."

Sophie deslizou do seu esconderijo, rastejou ao longo da banheira e se apertou no pequeno espaço atrás da porta para espiar entre as dobradiças.

"Você sempre escolheu outros em vez de mim. De mim, o seu próprio sangue", disse Japeth ao rei, que estava na cama em seu terno azul e dourado, o cinto com a Excalibur jogado ao seu lado. "E mesmo assim, eu sempre escolho você, de novo e de novo. Eu mato por você. Eu minto por você. Saqueio reinos por você. Faço tudo por você. Rhian, o Bem. E eu, o monstro do Mal. Eu, que nunca posso amar. Mas quando eu tive amor, a única vez na minha vida, você o destruiu."

"Aqui vamos nós", lamentou Rhian.

"Eu tinha um amigo. O único amigo que já tive", disse Japeth, tremendo. "Um amigo que me fez acreditar que eu não era tão ruim assim. E *você* me tirou esse amigo."

Rhian ficou de pé, sua cara fechada. "Isso não é verdade."

"Você votou com os outros para bani-lo! Votou para o largarem na Floresta como um animal!"

"Ele tentou me matar!", Rhian disparou, tocando a cicatriz em seu crânio. "Ele enfiou uma adaga na minha cabeça!"

"Porque você disse coisas sobre ele! Sobre ele e eu! Sobre a nossa amizade!"

"Porque ele era um monstro! Um sádico sem alma! E você estava cego demais para perceber! Grudado nele, seguindo-o como um cachorro. Ficando do lado dele em vez do meu. Como se ele fosse seu irmão. Ou *mais* que um irmão..."

"Ele era meu *amigo*! Meu melhor amigo!", Japeth gritou. "Quando a Reitora colocou a expulsão dele em votação, se tivesse votado para ele ficar, se o tivesse perdoado, todos os outros também teriam feito isso! Teriam te escutado! O Bem perdoa. E eles pensaram que você era bom. Eu pensei que era." Lágrimas encharcaram os olhos de Japeth, sua voz soou como a de uma criança. "Obrigou meu amigo a ir embora. Do mesmo jeito que diz que obriguei mamãe a partir. Mas a mamãe foi por vontade própria. Você fez meu amigo ser banido. Eu nunca mais o vi. Por *sua* causa."

"Acha que ele merecia perdão? O quase assassino do seu irmão?", Rhian explodiu. "Ele não teria descansado até me matar! Vi nos olhos dele. Aqueles olhos violeta cheios de ódio. Ele não queria dividir você com ninguém. Um animal nojento. Mereceu o que aconteceu com ele. E eu nunca disse que você obrigou mamãe a ir embora."

"Mentiras. *Mais* mentiras. Eu sei o que pensa de mim. A mesma coisa que ela. Que não consigo amar. Que *eu* sou um animal nojento", Japeth chorou. "Só estava esperando uma desculpa para se livrar de mim. E agora você encontrou, uma garota. Uma garota que você acha que te ama, mas eu consigo ver a verdade nos olhos dela. A verdade é que ela quer que você morra." Japeth jogou na cara dele. "É o mesmo jeito com que você e a mamãe olhavam para mim."

"Não diga coisas das quais pode se arrepender", Rhian atacou. "Você é meu irmão. Minha família. Eu te amo. E a mamãe também te amava. É por isso que vou trazê-la de volta. Para você. Porque você quer uma segunda chance. Porque *todos nós* queremos uma segunda chance."

"Certo", disse Japeth, calmamente. "Engraçado isso."

As lágrimas pararam.

Ele levantou os olhos, vermelhos e cruéis.

"Você presumiu que seria ela. Todo esse tempo. Mas você nunca me perguntou quem eu traria de volta à vida com o meu desejo. Você apenas presumiu. Que era ela quem eu amava. Que era ela quem eu queria de volta. Mas é *você* que a quer de volta. Não eu."

Rhian ficou frio. "O quê?"

"É óbvio, se você pensar bem", disse Japeth, já recomposto. "Mas você só pensa em mim como uma coisa a ser usada. Um suserano, um capanga, alguém que te arranjaria uma coroa e também traria a sua mãe de volta. Fez o seu desejo se tornar o meu. Mas eu desejo outra pessoa. Sempre desejei outra pessoa."

Atrás da porta, Sophie ficou paralisada. Ela entendeu. Ela sabia quem Japeth desejava.

"A única pessoa que me amou de verdade", disse o gêmeo branco como neve. "A única pessoa disposta a matar por mim. A única pessoa em quem confio mais do que meu próprio irmão. A minha *verdadeira* família."

Rhian deu um passo para trás. "A-A-Aric?"

Sophie não conseguia respirar.

"E agora você vai me ajudar a trazê-lo de volta, irmão. Como prometeu", disse a Cobra para Rhian, seu olhar ardendo. "Certo?"

O rei congelou. Seus olhos se voltaram para a Excalibur sobre a mesa.

"Vou tomar isso como um não", disse a Cobra.

Ele tentou pegar a espada.

Rhian chegou primeiro. Ele agarrou a Excalibur pela lâmina e balançou o punho cravejado de pedras preciosas, atingindo o pescoço do irmão. Japeth caiu sobre a mesa de cabeceira, estilhaçando o tampo de vidro. *Scims* se desprenderam do seu terno preto e prenderem o rei à parede, arrancando a Excalibur da mão de Rhian e jogando-a no chão. Rhian atacou os *scims* com toda força, arrancando seu corpo da parede e socando as enguias, pouco antes de Japeth voltar a atacar. Os dois se lançaram um contra o outro com selvageria, socos e pontapés que terminavam com o som de ossos sendo quebrados e o jorro de sangue pelos ares, até se engalfinharem com fúria se atirarem um sobre o outro, no chão.

"Acha que eu o traria de volta? Para ficar descontrolado no meu castelo? A minha própria sentença de morte?", Rhian rosnou. "Nunca. Nunca!"

Japeth bateu a cabeça do rei contra a parede. Rhian devolveu-lhe uma joelhada na cara.

Sophie observou, o coração em um nó, a cena seguindo o roteiro do cristal. Mas não exatamente.

Porque no cristal ela estava na sala com eles, agachada, mas bem à vista.

Algo bateu em seu ombro. Sophie girou. Três enguias gritaram quando a viram e a prenderam em uma coleira apertada. Arrastaram-na do banheiro para o quarto e jogaram-na em um canto.

Japeth se agitou ao vê-la, e seu rosto ensanguentado contorceu-se de raiva, antes de se virar contra o irmão. "A caminho de Gillikin, você disse."

Rhian olhou boquiaberto para Sophie. "Mas eu... Eu não..."

Japeth esmurrou Rhian, arrancando seu sangue e sujando o próprio rosto. "Achou que podia me matar! Seu próprio irmão! Achou que podia me substituir por *ela*!"

Asfixiando, cuspindo, o rei se virou para Sophie. "Chame os guardas! Agora!"

Sophie avançou para a porta, mas os *scims* que a prendiam foram mais rápidos e se transformaram em uma lança grossa, que então travou as portas do quarto por dentro. Sophie se agachou contra a parede, encurralada. *Confie no cristal*, disse para si mesma. No final, Rhian venceria. Agora, no entanto, ele estava perdendo. Será que deveria ajudar? Deveria ficar quieta? Tinha perdido alguma coisa na cena do cristal? Ela já não tinha o cristal para conferir. Se ao menos o vestido de Evelyn interferisse, mas continuava adormecido, como se nunca estivesse estado vivo.

Japeth aproveitou a vantagem, enquanto o rei estava fraco demais para se defender da agressão. A Cobra desferiu-lhe um murro no olho que arrancou sua coroa e fez o rosto de Rhian inchar até ficar irreconhecível, mandando o rei para o chão, encolhido.

Japeth se levantou, respirando com dificuldade, coberto de sangue.

E então seus olhos se fixaram em Sophie.

Caminhou na direção dela. Sophie ficou pálida. Isso não estava no cristal! Isso não estava no roteiro.

Rhian agarrou seu gêmeo pelo tornozelo e o puxou-o para o chão. O rei ficou de pé e chutou o irmão no rosto, com mais e mais força, até a Cobra parar de se mexer.

Rhian foi até Sophie, coberto de sangue. "Eu disse para você ir embora. Eu disse...", ele arfou, cambaleando na direção dela. Ele levantou a mão machucada e tocou o sangue molhado na bochecha dela, seu sangue se misturando com o dele. "Agora olha o que você fez."

Ele parou, seu braço ainda no ar.

Porque sua mão estava a se curando diante dos seus olhos e dos olhos de Sophie.

O sangue de Sophie serpenteava ao longo das linhas da palma de Rhian, selando com mágica os cortes abertos e restaurando sua perfeita pele bronzeada.

O sangue dela estava curando Rhian.

Do mesmo jeito que havia curado Japeth.

Rhian e Sophie se olharam, ambos em choque.

"Ora, ora", disse uma voz glacial atrás deles.

Sophie e Rhian se viraram enquanto Japeth se levantava, seu rosto tão ensanguentado quanto o do irmão, o cabelo grudado contra o crânio. A Cobra tinha a Excalibur em uma mão. Com a outra, ele ajeitava a coroa de Camelot na cabeça.

"A caneta disse que um de nós seria rei e o outro seria curado pelo sangue dela", falou a Cobra, olhando para o irmão. "Ela nunca disse qual de nós usaria a coroa. Nunca disse que seria o mais velho. Dois irmãos. Dois possíveis reis. No entanto, deixei que você fosse o rei. Não porque achasse que merecia a coroa, mas porque me prometeu um desejo. Prometeu trazer de volta a única pessoa que eu amei. Um amor que vale mais para mim do que uma coroa. Irônico, não é? O irmão bom deseja o poder. O irmão mau deseja o amor. Mas foi esse o acordo que fizemos, unidos por uma promessa. Uma promessa que você já não está disposto a cumprir. Por isso, proponho um novo acordo. Você pode ser curado pelo sangue do seu novo amor. E eu serei o rei. Um rei com o poder de cumprir ele mesmo a sua promessa."

O terno preto de Japeth se transformou no terno azul e dourado de Rhian. O terno do rei. Um dos novos *scims* dourados voou e, como um pincel, passou por Rhian e transformou seu terno em dourado e azul. O antigo terno de Japeth.

A Cobra sorriu. "Eu gosto mais assim."

Rhian o atacou, enfiando a cabeça no peito de Japeth, jogando a coroa do rei contra a parede e a Excalibur na cama. Os gêmeos se engalfinharam pela espada, com o sangue cobrindo seus rostos, enquanto a Cobra transformava os ternos de azul para dourado, de dourado para azul, indo e voltando, até que Sophie já não conseguia mais dizer quem era quem.

"Quem é o rei, quem é o rei", cantava Japeth, seus ternos mudando mais depressa, as mãos cobertas de sangue lutando pela Excalibur, mais perto, mais perto...

De repente, Sophie questionou o que tinha visto no cristal. Dois irmãos mortos. Ela, ainda de pé. Seria verdade? O *verdadeiro* futuro? Ou seria um cristal da mente? Um roteiro que distorcia a realidade?

Ela não podia deixar nas mãos do acaso. Bruxas ganham guerras sozinhas.

Saindo do canto, ela correu para a espada.

O rei a tirou do caminho, seu terno azul e dourado salpicado de vermelho. Sophie se recuperou, mas era tarde demais. Rhian pegou o punho da espada com uma mão, socando com a outra. A lâmina balançou pelo ar, a ponta refletindo a luz como um raio de sol.

A espada empalou o peito de Japeth.

Direto através do coração.

Japeth fechou os olhos em choque, cambaleando para trás, seu rosto coberto de sangue.

Rhian desembainhou a espada e seu irmão caiu.

Sophie levou a mão à boca, vendo a cena acontecer como no cristal. Só que desta vez era real, o cheiro de sangue e suor a sufocava.

Rhian se ajoelhou sobre o corpo de Japeth, vendo seu gêmeo dar o último suspiro.

O rei curvou a cabeça, segurando o cadáver da Cobra.

A Excalibur estava abandonada atrás dele.

Rhian não viu Sophie se mover do canto do quarto.

O medo tinha desaparecido do rosto dela.

Substituído por propósito.

Ela pegou a espada, seus pés escorregadios deslizando ao longo do tapete.

Sem emitir um som, Sophie levantou a espada por trás de Rhian.

Depois congelou.

Rhian estava chorando.

Soluçando.

Como um garotinho.

Chorando pelo irmão morto.

Chorando pela sua metade.

Algo aconteceu no coração de Sophie.

Um laço de sangue que ela compreendeu.

"Rhian?", sussurrou ela.

Ele não olhou para ela.

"Você pode trazê-lo de volta", Sophie sussurrou. "Pode usar a caneta. Pode trazê-lo de volta à vida."

Seus soluços ficaram mais brandos.

"Rhian?"

Então o choro mudou. Mais alto, mais selvagem, preenchendo o silêncio da sala. Até que Sophie percebeu que não era choro.

Era riso.

Ele se virou, e seus olhos azuis como gelo cortavam através dela. Enquanto se levantava, limpou o sangue do rosto, revelando a sua pele branca como leite.

Um grito ficou preso na garganta de Sophie.

"Você não é Rhian", ela engasgou.

Não é Rhian!

Não é Rhian!

"Não?", disse a Cobra.

Um *scim* dourado se desprendeu do seu terno de rei e cortou as mechas molhadas e embaraçadas do seu cabelo em um corte bem curto. Depois acariciou o rosto da Cobra como uma caneta, bronzeando sua pele com mágica.

"Mais parecido com o rei do que o verdadeiro Rhian", sorriu ele.

Ele tocou no *scim* que flutuava, que disparou pela janela como uma flecha e subiu ao céu, onde escreveu uma mensagem dourada contra as nuvens cinzas.

O casamento do Rei Rhian e da Princesa Sophie
acontecerá como previsto.

Sophie correu para a porta, mas ainda estava trancada pelos *scims*. Ela recuou, horrorizada, vendo Japeth se mover na sua direção, com um sorriso sombrio e desconcertante.

Agatha!

Agatha, socorro!

Sophie se encostou contra a parede.

A Cobra aproximou os lábios frios do ouvido dela.

"Pronta para o casamento?"

Ela lhe deu um tapa e tentou agarrar a espada, encontrando o punho...

Mas as enguias estavam na sua cola e a atacaram, lancetando-lhe os ouvidos. Enquanto perdia a consciência, a última coisa em que pensou foi na sua melhor amiga, a outra metade da sua alma, o Leão do seu coração.

26

AGATHA

Um erro sepulcral

Agatha sonhou com o próprio caixão.

Estava presa ali dentro e havia água por todos os lados. Agatha batia e chutava as paredes de aço, esculpidas com símbolos estranhos, mas os gritos eram asfixiados pelo líquido que cobria seu rosto. Pequenos cisnes pretos e brancos, do tamanho de cavalos-marinhos, passaram por ela, alheios ao seu sofrimento. Mais alguns segundos e ela já estava totalmente submersa, prendendo a respiração e batendo com mais força contra o caixão. Ela sentiu uma dor profunda nos ouvidos e então algo quente e espesso manchou a água de vermelho. *Sangue.* Agatha gritou com todo o ar que restava. À sua volta, os cisnes começaram a afundar como pedras. Agatha bateu nas paredes, mas estava perdendo a consciência, as paredes do caixão se fechando. Agatha se agarrou ao próprio túmulo, dando seus últimos suspiros, seu rosto refletido no aço assassino.

Mas não era o seu reflexo.

Era o de Sophie.

Agatha acordou arfando – "Sophie!" – mas ao redor era tudo escuridão.

Ela bateu a cabeça em uma viga de madeira dura e ricocheteou em cima de mais vigas de madeira trançadas à sua volta, como uma gaiola. Uma gaiola de pássaros. Por um momento, achou que ainda estava sonhando. Depois viu mais duas gaiolas, presas a um cobertor grosso sobre a corcova de um camelo: Tedros e Guinevere em uma,

Hort e Nicola em outra. O camelo caminhava colina abaixo à luz da lua, espalhando pó ao redor das lápides.

"O Sultão de Shazabah me dá ouro. Me diz, traz camelo através do Mar Selvagem para Rei Rhian", disse o condutor do camelo enquanto as gaiolas de pássaros balançavam, jogando os prisioneiros de um lado para o outro. "Presente de casamento para o rei."

Ele olhou para trás: um castor careca com dentes manchados de amarelo.

"Mais presentes de casamento agora", disse ele, sorrindo para os seus prisioneiros. "Mais ouro para Ajubaju."

Foi aí que Agatha se lembrou de tudo.

Enquanto sua jaula gingava de um lado para o outro, Agatha mantinha a bolsa de Dovey debaixo do seu braço e observava Tedros inspecionar as barras da jaula com o brilho do seu dedo, mas o feitiço dourado estava falhando. Ou a madeira era densa demais, ou as gaiolas eram feitas de magia.

"Falei que devíamos ter ido pela Floresta de Stymphs", Hort reclamou com Nicola. "Era caminho mais rápido para Avalon. E não teríamos sido apanhados!"

"Contornar a linha costeira era o plano mais seguro", argumentou Nicola, sua voz mascarada pelos grunhidos do camelo enquanto Ajubaju batia nele com um galho. "Estávamos quase chegando na Dama do Lago. Se não tivéssemos passado pelas docas na mesma hora em que o navio de Shazabah chegou..."

"Ou se a mãe de Tedros não tivesse corrido para o Cástor", sussurrou Hort.

"Estava escuro", suspirou Guinevere.

O camelo tropeçou em uma lápide, lançando a velha rainha para o outro lado da gaiola.

Tedros a segurou nos braços. Ele encarou Hort. "Você está procurando alguém para culpar. Eu estou procurando uma saída. Essa é a diferença entre um garoto e um homem."

Hort fez um muxoxo e desviou o olhar.

Tedros agarrou as barras, tentando quebrá-las, seu rosto vermelho, os músculos inchados, lutando com a gaiola como antes tinha lutado com a espada do seu pai, presa à pedra. Falhou da mesma forma. Agatha e seu príncipe se encararam através das barras. O pai de Tedros tinha deixado uma mensagem: *Desenterre-me*. Agora eles precisavam seguir essa ordem e desenterrar o velho rei. *Tem alguma coisa naquela cova*, Agatha tinha certeza. Algo que daria a eles uma chance contra Rhian, mesmo quando tudo parecia perdido. Mas depois de deixarem a Terra dos Gnomos escondidos e levarem um dia inteiro para percorrer apenas alguns quilômetros de costa, foram apanhados de surpresa por Ajubaju, um criminoso de aluguel, que quase matara Agatha em

Avalon uma vez. Enquanto aquele castor os rebocava de volta para Camelot, o caminho passava por um cemitério completamente diferente: o Jardim do Bem e do Mal, onde Sempres e Nuncas da Floresta eram enterrados.

O caixão de vidro com uma bela princesa descansando ao lado do seu príncipe refletia manchas douradas, e Agatha levantou os olhos para ver o anúncio de Lionsmane sobre o casamento de Rhian e Sophie, brilhando contra o céu cheio de estrelas. Resquícios do seu sonho agitaram em seu peito: os cisnes pretos e brancos... o sangue que saía dos ouvidos... o reflexo de Sophie como se fosse o dela... A sua alma estava tentando dizer algo. *Mas o quê?* Estavam na estrada havia mais de um dia desde que a mensagem de Lionsmane tinha sido marcada no céu, e até agora não sofrera qualquer alteração. Nenhum sinal de que não fosse verdade. O que significava que faltava menos de um dia para Rhian e Sophie se casarem. Para Rhian ter os poderes do Storian. Menos de um dia até Agatha, Tedros, e todos os seus amigos estarem mortos. E a única esperança estava no caixão de um rei do qual eles se afastavam cada vez mais.

"É ali que o meu pai está enterrado. Vulture Vale", Agatha ouviu Hort sussurrar para Nicola. "Não foi no Cume Necro ou coisa parecida, mas tudo bem. O Diretor da Escola conseguiu que o meu pai tivesse um enterro decente. A única coisa boa que aquele cretino fez."

"Deve ter te pedido algo em troca", comentou sua namorada.

"Não. Disse que compreendia a ligação entre pai e filho. Que um dia ele teria um filho com o seu verdadeiro amor", respondeu Hort. "Me deu arrepios. O verdadeiro amor dele era Sophie."

Agatha estremeceu.

"Espera. Olha ali", disse Tedros, apontando para a frente. "No Cume Necro."

No topo de uma colina com os mais luxuosos memoriais de vilões – estátuas ameaçadoras, obeliscos de obsidiana, túmulos envoltos em espinhos –, erguia-se uma laje de pedra polida, recém-colocada e maior do que qualquer outra, iluminada por tochas de ambos os lados. Agatha conseguiu lê-la com facilidade.

AQUI JAZ A COBRA
Terror da Floresta
Morta pelo Leão de Camelot
Como testemunhado pelo povo.

Agatha se lembrou dos jornais que Devan e Laralisa mostraram a ela quando regressou à escola pela primeira vez. O *Camelot Courier* tinha questionado a morte da Cobra, alegando que o Guardião da Cripta nunca o enterrara, mas os jornais de outros reinos confirmaram o enterro da Cobra no Cume Necro. Sem dúvida, Rhian lidou pessoalmente com a situação depois que o Guardião da Cripta falou com o *Courier*. Deve ter encomendado este túmulo vistoso para evitar mais perguntas. Uma sepultura que Agatha sabia que estava vazia. Quanto ao Guardião da Cripta, não era visto em lugar nenhum.

Estavam se aproximando do final do cemitério. Em poucas horas, estariam de volta a Camelot.

"Temos que fazer alguma coisa", disse Agatha a Tedros. "*Rápido.*"

"Magia não vai funcionar. Não consigo quebrar a gaiola. Ninguém está vindo nos salvar", o príncipe constatou, protegendo a mãe durante o passeio conturbado. Apontou para a bolsa de Agatha. "E o cristal da Dovey?"

"Quer que eu o atire na cabeça do Cástor?", perguntou Agatha com sarcasmo. "Não é uma arma!"

"Então por que o trouxe?"

"Dovey me disse para não o perder de vista!"

"Bem, ela não ia ficar sabendo, não é?", Tedros disse, frustrado. "Me recuso a morrer em um camelo..."

Uma bola de fogo passou por cima da cabeça de Tedros, chamuscando seu cabelo. Eles se viraram a tempo de ver o camelo cuspir outra bomba de fogo em Agatha, que se agachou bem a tempo.

"Parem de falar", avisou Ajubaju, e se voltou para a frente de novo.

"Não é um camelo qualquer", Guinevere sussurrou para os outros. "É um camelo cuspidor de fogo. Assassinos invencíveis, como as gárgulas. O Sultão de Shazabah tem um exército deles. Arthur estava em alerta; achava que esses camelos davam poder demais a Shazabah. O sultão deve realmente confiar em Rhian para lhe dar um de presente."

A mente de Agatha se agarrou a uma das palavras da velha rainha.

Gárgulas.

"Assassinos invencíveis."

Agatha havia vencido uma gárgula, uma vez. No seu primeiro ano na escola, usara seu talento especial para impedir que ela a comesse. Um talento que ela não tinha certeza se ainda tinha.

Em algum lugar da caverna do seu coração, uma velha centelha se acendeu.

Agatha ficou de joelhos, agarrando a bolsa de Dovey com mais força. Para o seu talento funcionar, ela precisava olhar nos olhos do camelo, mas da sua gaiola, tudo o que ela conseguia ver era o enorme traseiro de Ajubaju tampando a cabeça da criatura.

Ela fechou os olhos.

Está me ouvindo?

Nenhuma resposta.

Talvez os talentos sequem como uma planta sem água. Talvez tivessem uma vida, ou morte, própria.

Agatha se concentrou mais.

Diga se consegue me ouvir. Me dê um sinal.

Uma brisa esfriou seu rosto

Ela abriu os olhos para ver o camelo levantar o rabo e fazer cocô, quase a atingindo.

Agatha sorriu.

Então consegue me ouvir.

Sou sua amiga aqui, não esse castor.

Sei o que deixou para trás.

O camelo parou, mandando os prisioneiros contra as barras. Ajubaju chicoteou o camelo com mais força e o animal gemeu. Agatha ficou de joelhos.

Posso te ajudar.

Desta vez, o camelo olhou para trás, sutilmente.

Você está em uma gaiola, veio a sua voz. A voz de uma fêmea. *Não tem como ajudar ninguém.*

Agatha encontrou seus olhos. Nas piscinas escuras do camelo, ela viu o Presente e o Passado. O coração da Agatha bateu com mais força, como se estivesse bombeando sangue para dois.

Eu ouço desejos. Esse é o meu talento, disse ela à camela. *E sei que o seu desejo é voltar para casa. Para as suas duas filhas. Para o resto do seu rebanho.*

A camela parou, surpresa, depois olhou para a frente, com mais golpes do galho de Ajubaju.

Eu sou uma soldado de Shazabah, o animal falou friamente, movendo-se mais depressa. *Faço o que me é ordenado.*

Ninguém é só um soldado, disse Agatha. *Você é mãe, em primeiro lugar. Irmã. Filha. Uma amiga.*

Você diria qualquer coisa para ser libertada, a camela zombou.

Nós duas podemos ser livres, se me ajudar, respondeu Agatha.

Sou um presente para o Rei Rhian, disse a camela. *Se descumprir o meu dever e regressar a Shazabah, serei morta.*

O reinado do rei Rhian acabará em breve, respondeu Agatha. *O sultão ficará aliviado por você nunca ter chegado a Camelot. Esconda-se na Floresta até que essa hora chegue. Depois estará de volta com sua família.*

A camela marchou em frente, em silêncio.

Por que deveria confiar em você?, enfim perguntou.

Pela mesma razão que eu confio em você, Agatha respondeu. *Porque tenho que confiar.*

A camela a olhou de relance. Depois, se virou para frente.

O que eles dizem sobre você é verdade, Agatha de Além da Floresta.

Quem são "eles"?, perguntou Agatha.

A camela não respondeu.

De repente, começou a virar. *Prepare-se*, disse a camela.

E então começou a correr de volta para o cemitério, em direção à parte mais cheia de túmulos.

"O que está acontecendo!", Ajubaju gritou, espancando a camela.

Agatha se virou para os amigos. "Protejam-se!"

Tedros, Hort, Nicola, e Guinevere olharam para ela boquiabertos. "*Agora!*", Agatha gritou.

A toda a velocidade, a camela se atirou contra o obelisco de um túmulo, estilhaçando a gaiola de Agatha e jogando-a no chão sobre uma pilha de lenha. A camela esmagou a gaiola de Tedros contra uma lápide, depois a gaiola de Hort contra outra, libertando os prisioneiros. Em choque, Ajubaju agarrou a garganta da camela, tentando estrangulá-la.

A camela empinou nas pernas traseiras como um cavalo, derrubando o castor no chao e prendendo-o com seu casco. A camela cuspia bolas de fogo, queimando um círculo na terra em volta do corpo do castor. O chão implodiu. Com um grito, Ajubaju mergulhou no buraco, desaparecendo na escuridão.

A camela sacudiu o pelo, como se mal tivesse suado, e depois observou os prisioneiros atordoados, espalhados entre os túmulos. Encontrou quem procurava. Com cuidado, retirou Agatha dos destroços da jaula e pressionou sua bochecha quente e áspera na dela.

Obrigada, princesa.

A camela fez uma reverência a Tedros e seus amigos e depois trotou para a Floresta.

Deitada de costas, abraçando a bolsa de Dovey, Agatha olhou para o céu, onde as estrelas piscavam para ela. Nenhum dos seus amigos se mexeu. Estava tão silencioso que Agatha podia ouvir a brasa estalando em volta da nova cova de Ajubaju.

"O que aconteceu?", Hort disse, sacudindo a madeira das suas calças.

Tedros puxou Agatha para cima. "O que quer que tenha acontecido, tenho quase a certeza de que sei quem foi o responsável."

Agatha corou, agarrando-se com força à mão do príncipe.

Depois o seu rosto mudou.

"Tem mais alguém aqui", ela arfou

Tedros e os outros seguiram seus olhos para a encosta. No Cume Necro, sombras estavam saindo de uma carruagem.

Agatha reconheceu a carruagem de imediato.

Era a mesma que tinha levado a sua melhor amiga.

Cinco sombras caminharam nas pontas dos pés entre as sepulturas até se aproximarem o suficiente para que ver o que estava acontecendo. Esconderam-se atrás de um túmulo com uma coroa de flores. Agatha espreitou primeiro.

Dois piratas em armaduras de Camelot estavam desenterrando a cova da Cobra, sob o olhar vigilante de Kei, seus braços cruzados, o rosto do capitão uma máscara fria. Logo cavaram o suficiente para que Agatha confirmasse o que já sabia: a sepultura estava vazia.

Kei abriu a carruagem e os piratas apanharam alguém.

Agatha achou que estavam ajudando o rei a sair, mas, em vez disso, os piratas trouxeram outra pessoa.

Um *corpo*.

Muito rápido, baixaram o cadáver para a sepultura da Cobra e começaram a cobri-la de novo.

"Quem é?", perguntou Nicola. "Quem estão enterrando?"

"Não consigo ver", disse Hort, inclinando-se mais sobre o túmulo.

Ele bateu na coroa de flores e ela girou para longe, batendo em uma lápide ao lado.

Kei se virou na sua direção.

Hort se jogou no chão. "Ele me viu", sussurrou. "Com toda certeza."

"Virão atrás de nós, então", disse Guinevere.

"Acendam seus brilhos", ordenou Agatha.

Eles esperaram atrás do túmulo, com as pontas dos dedos acesas, preparados para se defenderem.

Minutos passaram.

Ninguém veio.

Com cuidado, Agatha espiou.

A sepultura da Cobra tinha sido coberta de novo. Ao fundo da colina, os piratas estavam subindo de volta na carruagem.

Agatha saiu de trás do túmulo.

Tedros apertou sua mão. "Espere por mim."

O príncipe a seguiu até à luz da lua...

Os dois congelaram.

Kei os observava.

Ele estava ao lado da sepultura da Cobra, o rosto parcialmente iluminado pelas tochas, os olhos fixos no príncipe e na princesa.

Em pânico, Agatha protegeu Tedros, o dedo apontado para o capitão. Mas Kei não atacou.

Apenas olhou para ela. Não com raiva ou ameaça, mas com um sentimento mais grave. Tristeza. *Luto.*

O capitão se ajoelhou e colocou uma rosa sobre o túmulo da Cobra.

Depois olhou para Agatha e Tedros uma última vez, antes de se apressar e juntar-se aos seus homens. Agatha viu os cavalos puxarem a carruagem real em silêncio noite adentro, as estrelas se movendo contra o horizonte como se abrissem caminho.

Tedros, por sua vez, já estava descendo a colina. Ele se jogou sobre a sepultura da Cobra e começou a cavar a terra com as duas mãos.

"O que ele está fazendo?", Guinevere perguntou à Agatha, enquanto Hort e Nicola se aproximavam. Mas Agatha também já estava correndo, a bolsa de Dovey batendo em sua cintura. Quando chegou ao túmulo da Cobra, Tedros tinha se esquivado, surpreso.

O rosto bronzeado de Rhian estava descoberto. O sangue cobrindo a linha do cabelo do rei. Feridas profundas, semelhantes a agulhas, salpicadas de escamas pretas sobre seu pescoço.

O coração de Agatha parou.

"Ele está m-m-morto", Tedros gaguejou. "Rhian... como ele pode estar morto..."

"E parece que ele está morto há algum tempo. Pelo menos um dia", disse Agatha, estudando o cadáver. Ela se afastou, seu corpo rígido. "Tedros... no pescoço dele... são feridas de *scim*." Ela olhou para o príncipe. "Japeth o matou. O irmão dele o matou."

"Nada disso faz sentido. Sophie vai se casar com Rhian... é o que Lionsmane disse..." Tedros insistiu, lendo de novo o anúncio que ainda brilhava no céu. "Se ele está morto há pelo menos um dia, isso significa que a mensagem subiu por volta do mesmo horário. O que significa que Sophie vai se casar com..."

"... *Japeth*", disse Agatha. "Ela vai se casar com Japeth. Sophie vai se casar com a *Cobra*. Essa é a única razão pela qual estariam enterrando Rhian nesta sepultura, escondido, no meio da noite. Japeth vai fingir ser o irmão. Ele vai usar a coroa."

"A Cobra?", perguntou Tedros, um sussurro sufocante. "A Cobra será... *rei*?"

Sua respiração falhou, os olhos fixos no rosto sem vida do rei. Rhian tinha sido o seu inimigo mortal. Tedros sempre desejara vê-lo morto. Mas esse é o problema dos desejos: eles precisam ser específicos. Agora Tedros enfrentava um inimigo muito mais mortífero e perturbador. Uma Cobra disfarçada de Leão. Uma Cobra no trono do seu pai.

Agatha apertou seu braço. "Seja o que for que Sophie tenha voltado a Camelot para fazer... deu errado. Ela está em apuros, Tedros."

"E Kei queria que soubéssemos", Tedros percebeu. "Foi por isso que ele não nos atacou. Ele era o melhor amigo de Rhian. Kei estava nos dizendo para verificar a sepultura. Ele queria que soubéssemos que a Cobra é rei."

Uma rajada de vento soprou a rosa da sepultura de Rhian. Agatha a colocou de volta onde Kei tinha deixado. Enquanto as pétalas ondulavam ao vento, Agatha se lembrou de ter feito isso antes...

O cristal.

Tinha visto isso em um cristal.

Na hora, achou que era mentira. Mas como todos os outros cristais que tinha tomado como mentiras, aquele também tinha se tornado realidade. Nada no seu conto de fadas era como parecia ser: bem ou mal, verdade ou mentira, passado ou presente. Ela sempre entendia a história errada. Até as estrelas pareciam zombar dela, caindo na sua direção, como se o seu mundo estivesse virando de cabeça para baixo.

Hort, Guinevere e Nicola os alcançaram e se assustaram com a visão de Rhian no túmulo da Cobra.

"Hum, isso não é nada bom", disse Hort.

"Precisamos chegar a Avalon", ordenou Tedros, começando a se mexer. "Antes do casamento. *Tudo* depende disso."

"Não chegaremos lá a tempo", disse sua mãe, parada. "Levamos mais de um dia para vir de Avalon até aqui. De camelo."

"Ela tem razão", disse Nicola. "A pé, não temos chance. Sophie e Japeth vão se casar ao pôr do sol. Não temos como..."

Agatha não estava escutando.

Seus olhos estavam nas estrelas cadentes, despencando ainda mais depressa agora, centenas, milhares, apontando para ela e seus amigos.

"O Bem tem dessas coisas...", Agatha disse, maravilhada. "Sempre encontra um jeito."

Tedros e os outros olharam para o exército de fadas que rasgavam o céu noturno, se aproximando deles. E liderando a brigada da luz: uma fada em forma de pera, com cabelos grisalhos e armados, um vestido verde pequeno demais, e asas douradas esfarrapadas.

Dando um sorriso travesso, Sininho lançou uma nuvem de pó mágico.

Antes que Agatha pudesse se preparar, ela e seus amigos estavam voando alto para o escuro, protegidos por casulos estrelados formados pelas fadas que se aglomeravam em volta de cada um. Em seguida, voaram em direção a Avalon, cinco cometas contra a noite.

27

TEDROS

O rei desenterrado

Na névoa da madrugada, os portões de Avalon, dois montes deformados de terra, lembravam mandíbulas prestes a engoli-los.

Tedros ouviu o grupo atrás dele, os grunhidos de suas respirações congeladas, seus pés afundando na neve fresca recém-caída. As fadas da escola se reuniram em volta de Sininho, sua rainha, a única membra da Liga dos Treze que tinham conseguido encontrar. A ninfa favorita de Peter Pan pousou no ombro de Tedros, esperando por instruções.

"Vigie os portões, Sininho", pediu o príncipe.

Sininho respondeu com tagarelices cintilantes. Ao lado de suas fadas, ela buscou abrigo junto às maçãs verdes brilhantes penduradas nas vinhas, o único sinal de vida no inverno interminável de Avalon. Enquanto isso, Tedros conduziu seu grupo pelos portões, atravessando para os domínios da Dama do Lago. O som do Mar Selvagem contra a rocha ecoou como a batida lenta de um tambor. No alto, a promessa de Lionsmane, do casamento de Sophie, brilhava ao amanhecer, anunciando um homem morto como o suposto noivo. Durante todo esse tempo, ele estivera tão obcecado com Rhian, achando que ele era a verdadeira ameaça, que não prestou atenção no que realmente estava acontecendo. Rhian tinha sido um imbecil. Mas Japeth era um monstro. Um garoto sem

consciência, o assassino dos seus amigos, um buraco negro do Mal. Se Japeth era capaz de matar o próprio irmão, seu próprio sangue, então, com os poderes do Storian, ele destruiria a Floresta sem dó. Traria de volta à vida o pior Mal e apagaria a existência do Bem. Veria o mundo arder com um sorriso no rosto.

O príncipe respirava fundo, tentando se acalmar. O Fim ainda não tinha sido escrito. Tinham chegado ali vivos, o primeiro desafio. Agora tinham que convencer a Dama do Lago a deixá-los atravessar suas águas mágicas e desenterrar o túmulo do Rei Arthur. Tedros sentiu náusea encher seu estômago. Era uma criança quando se inclinara para dar um beijo de adeus em seu pai antes de fecharem o caixão. Abrir aquele caixão de novo como se fosse um ladrão de túmulos, saquear o corpo do seu pai e perturbar sua paz... Colocou a mão na garganta. Ele não podia fazer isso. Não conseguiria. Mas no entanto... ele precisava. Tentou se concentrar no próximo obstáculo, chegar ao túmulo do seu pai. Um passo de cada vez.

Sentiu uma mão acariciá-lo debaixo da manga da sua camisa, o toque perfeito.

"É muito corajoso por fazer isso, Tedros", disse Agatha. "Seu pai teria feito o mesmo para proteger seu povo. É por isso que você é o filho dele. O filho que ele *criou* para ser rei."

Tedros quis abraçá-la e nunca mais largar. Ele sabia que o que Agatha tinha dito era a verdade. Ela nunca mentia. Era por isso que a amava. Porque ela não queria apenas que ele fosse rei. Ela queria que ele fosse um bom rei. E ele queria ser um bom rei para ela. Um dia ele esperava dizer tudo isso a ela, quando aquele momento fosse apenas uma lembrança. Mas agora, ele só conseguia assentir com a cabeça, incapaz de dizer nada em resposta. Ele olhou para a mãe, caminhando com Hort e Nicola. Ela também parecia abatida, mas mais acanhada e quieta, como se questionasse todo esse esforço ou mesmo se deveria estar ali.

Ainda assim, ela seguiu enquanto Tedros caminhava ao redor do castelo de Avalon. Os pináculos brancos como osso foram ligados em um palácio circular, com vista para um labirinto de escadas que conduzia ao lago. A neve caía com mais força, cobrindo as pegadas do príncipe assim que se formavam. Em algum lugar ali, Chaddick tinha morrido, assassinado pelo animal que acabara de tomar o trono. Agora o corpo do seu amigo estava no bosque ao lado do seu pai, um bosque que Tedros estava prestes a profanar. Emoções subiam como a maré, alta demais para o príncipe impedi-las. Ele não podia fazer isso. Nem mesmo com Agatha ao seu lado. Ele precisava de Merlin. Precisava de um pai.

"Já não deveríamos ter notícias das bruxas?", perguntou ele à Agatha. "Já não deveríamos saber se elas encontraram Merlin?"

A princesa entendeu seu desespero, porque segurou gentilmente sua mão. "É difícil chegar até as Cavernas de Contempo. É por isso que Reaper confiou esse trabalho às bruxas", disse ela, guiando-o pelos degraus em direção ao lago. "Elas vão chegar lá. Devem estar se aproximando enquanto falamos."

"Ou mortas", murmurou Hort.

"Improvável", disse Nicola. "Se ainda estamos vivos, então Hester também está, porque ela é mais inteligente e mais durona do que todos nós, incluindo você."

Agatha puxou Tedros mais depressa pelos degraus. "Olha, não sabemos onde ninguém está ou se estão a salvo: as bruxas, Beatrix, Willam, os professores, os outros alunos, nem mesmo os dois ratos de Anadil. Mas isso não importa, a menos que a gente impeça a Cobra de se tornar o Único e Verdadeiro Rei e matar todos nós. É por isso que estamos aqui. Para encontrar uma maneira de colocar Tedros de volta no trono."

"Só que não há maneira", disse a voz de Guinevere. Ela estava no topo das escadas. "Rhian pode estar morto, mas Japeth é tão filho de Arthur quanto Rhian era. Você testemunhou o passado com seus próprios olhos, Agatha. Viu Evelyn Sader enfeitiçar Arthur e dar a ela seus filhos. Seus herdeiros. Japeth é rei. Nada no Passado pode mudar o Presente. Nada no túmulo de Arthur pode fazer Tedros voltar a ser rei."

Todos ficaram em silêncio. Incluindo Agatha.

"Então, por que a espada do meu pai mandou aquela mensagem a Merlin?", Tedros perguntou para sua mãe. "Por que meu pai me enviou até aqui?"

"Enviou mesmo?", disse Guinevere. "Ou será que foi a Dama do Lago que mandou essa mensagem a Merlin? A Dama, que não sabemos a quem é leal."

A respiração de Tedros estava presa em seu peito.

Ele olhou para Agatha, duvidando de si mesmo, duvidando de tudo.

Mas era tarde demais.

Lá embaixo, as águas tinham começado a se agitar.

A Dama surgiu como um dragão, sua cabeça calva refletindo o fogo do amanhecer. Buracos negros sob os seus olhos, o rosto mais enrugado e mortífero do que Tedros tinha imaginado. Já não parecia ser a grande defensora do Bem, mas sim uma Bruxa da Floresta, assombrada, amarga e enfurecida. Ela encarou Agatha, sua voz baixa e profunda assobiando através da água.

"Você *prometeu*. Prometeu me deixar em paz." Ela voou sobre o lago, sua túnica cinzenta e esfarrapada lembrando asas rasgadas, e grudou seu rosto no de Agatha. "É uma mentirosa. Uma mentirosa."

"Não fale assim com ela", revidou Tedros, protegendo sua princesa. "Quem é você para falar de promessas? Quebrou seu próprio juramente. De proteger o Bem. Proteger Camelot. Colocou nosso mundo inteiro em risco ao beijar uma Cobra."

"Ele tinha o sangue do herdeiro. O sangue do *rei*", a Dama cuspiu nele, seu hálito salgado e velho. "E mesmo assim você vem aqui, agindo como se eu servisse a você. Como se você fosse o rei."

"Não estamos aqui por sua causa", disse Tedros com firmeza. "Nós viemos visitar o túmulo do meu pai. Tenho esse direito."

A Dama riu. "Você não é rei. Não tem direitos aqui. Nenhum. Este é o meu domínio. Posso matar todos vocês, se eu assim o desejar. Ainda me restam poderes suficientes para isso."

Tedros sentiu Agatha recuar atrás dele, a bolsa de Dovey no seu peito, como se tivesse levado a ameaça a sério. O príncipe manteve a atitude. "A Excalibur te deu uma mensagem para mim. Uma ordem do meu pai. Do rei a quem você serviu fielmente toda a sua vida. Eu vim para obedecer a essa ordem. E se amava o meu pai, vai me deixar entrar nas suas águas."

"Você é um idiota", a ninfa disse. "Eu amava o seu pai porque ele era um bom rei. Melhor do que qualquer outro que veio antes. Foi por isso que fiz a Excalibur para ele. Uma espada que te rejeitou. Uma espada que seu herdeiro, o verdadeiro rei, tirou da pedra."

"Errado", disse Tedros. "Rhian puxou a espada da pedra e agora está morto. O irmão dele, seu assassino, está sentado ao trono. O garoto que você beijou. A Excalibur achou que um irmão era rei; você achou era o outro. Ambos não podem estar certos. Até um *idiota* sabe disso."

A Dama olhou para ele, todo o seu corpo começou a tremer, seus olhos fervilhando lágrimas furiosas. "Vá. Agora. Antes que eu manche estas águas com o seu sangue."

Tedros podia ver Agatha mexendo na bolsa de Dovey. Por que ela não dizia nada? Ele lançou sua ira contra a Dama. "Você cometeu um erro. Um erro que vai destruir o Storian e acabar com o mundo, a não ser que eu o salve. Me leve até o túmulo do meu pai."

"Você invade o meu domínio e acusa a mim?", perguntou a Dama, fervilhando de raiva.

"Ordeno que me deixe passar", disse o príncipe.

"Este é seu último aviso!"

"E este é o seu. Me deixe passar."

"Vou te destruir!"

"Me deixe passar!"

"Seu mentiroso! Sua cobra!", gritou a Dama.

"ME DEIXE PASSAR!", Tedros berrou.

A Dama apanhou Tedros com suas garras e o jogou em direção à água com tanta força que ele se despedaçaria no instante em que atingisse a água. Tedros se debateu, preparando-se para a morte...

...mas viu sua princesa correndo pela margem, com a bola de cristal nos braços. Com um salto, Agatha bateu com a cabeça no peito da Dama. A ninfa deixou Tedros cair no lago, enquanto ela e Agatha mergulharam debaixo de água, presas uma na outra.

Antes que Tedros pudesse respirar, o lago à sua volta explodiu com uma luz azul.

Guinevere afastou Hort e Nicola da margem; Tedros podia ouvir a mãe gritar seu nome, mas ele lutava para respirar enquanto afundava, vislumbrando Agatha enquanto ela agarrava a mão da Dama do Lago e tocava a bola de cristal brilhante, as duas evaporando dentro do portal. A luz azul brilhante já estava desaparecendo, o portal começando a se fechar. Tedros atirou-se para a frente, nadado como um golfinho, esticando os dedos enquanto o cristal escurecia.

A dor explodiu no seu peito e ele caiu de costas na luz ofuscante, sentindo o vidro frio e a poça que se formava com a água que escorria da sua pele.

No reflexo molhado, ele viu sua princesa se ajoelhar e ajudá-lo a ficar de pé dentro da bola de Dovey. Ela fez uma careta, ainda cambaleante, nenhum dos dois recuperado da força do cristal. Mas os olhos de Agatha não estavam sobre ele. Estavam sobre a Dama do Lago, parada em silêncio do outro lado da bola, suas mãos acariciando as milhares de pequenas gotas de vidro dispostas na máscara do fantasma, como se, por instinto, ela fosse versada na magia do cristal.

Tedros e Agatha se aproximaram, mas a Dama não prestou atenção. A velha bruxa observava as cenas dentro dos cristais, afastando as do príncipe e da princesa e fixando-se, em vez disso, em si mesma. Forjando a Excalibur a partir do seu próprio sangue prateado. Concedendo a espada ao pai de Tedros. Conversando de forma íntima com Arthur nas margens do seu lago. Atravessando um campo de batalha ao lado de Arthur como o seu anjo guerreiro, obliterando os inimigos do rei. Em todas essas cenas ela era bela, poderosa, tão cheia de poderes que Tedros podia ver seus olhos brilharem ao fitar aqueles espelhos mágicos do tempo. Não havia cenas do seu presente ou futuro. Sua alma conhecia apenas o passado.

Então a Dama congelou.

Um cristal perto da borda do fantasma.

Ela se afastou dele, suas mãos começaram a tremer.

"É esse, não é?" Tedros percebeu. "O momento em que perdeu seus poderes."

A Dama do Lago não se mexeu.

"Precisamos entrar", disse Agatha.

A Dama se virou, a fúria substituída por angústia e tristeza. "Não. Por favor."

"É a única maneira de sabermos a verdade", disse Agatha.

A Dama apelou para Tedros. "Não."

Tedros olhou para a bruxa velha e cansada que tentara matá-lo, a bruxa que deixara seu cavaleiro morrer e protegera a Cobra. A bruxa cuja espada o tinha rejeitado. Ele queria sentir raiva. Ele queria sentir ódio. Mas, no fundo dos seus olhos, só conseguia ver alguém tão falho quanto ele. Ambas as histórias tinham desvios para a escuridão. Ambos os futuros não estavam claros. Ele apertou sua mão decrépita.

"Ele é o filho do meu pai. O garoto que você beijou", disse Tedros. "Mas eu também sou filho de Arthur. Portanto, se vir meu pai em mim, mesmo que sei só um vestígio daquele rei a quem serviu tão lealmente, então nos ajude. Precisamos de você, mesmo sem os seus poderes. O *Bem* precisa de você."

A Dama analisou o rosto de Tedros. Lágrimas correram pelas bochechas, os lábios tremiam, mas nenhum som saiu.

Devagar, ela levantou o braço e pegou o cristal. Entregou-o para Agatha, a respiração fraca, os dedos tremendo.

Sem uma palavra, Agatha segurou a gota de vidro em uma mão, e Tedros com a outra.

Levantando o cristal, Agatha olhou calmamente para o centro.

A luz rompeu o centro como uma espada.

A neve dura e úmida atingiu a bochecha de Tedros.

Olhou para baixo e viu suas botas flutuando em cima da água clara, Agatha com ele à beira do lago, sua princesa ainda segurando sua mão. Atrás deles, a luz azul do portal brilhava forte. Estavam dentro do cristal da Dama, dois fantasmas revisitando o passado.

Os sons vinham da costa: metal contra pele... um suspiro... uma espada atingindo a neve.

Tedros e Agatha olharam para a cena.

A Cobra se afastou do cadáver de Chaddick, seu terno preto escamoso e sua máscara verde sujas de sangue. Caminhou em direção à Dama do Lago, que flutuava sobre as margens, os cabelos prateados espessos e fluidos, os olhos escuros fixos no assassino de Chaddick.

"Um rei está diante de mim", disse a Dama. "Sinto o cheiro. O sangue do filho mais velho de Arthur."

"Um filho ainda vivo graças à sua proteção", disse a Cobra. "O cavaleiro do usurpador está morto."

"Um usurpador que o seu pai acreditava ser rei", observou a Dama. "Arthur nunca me falou de você. No entanto, a Excalibur permanece presa em pedra. Uma prova de coroação não cumprida. Esperando por você, ao que parece. Arthur tinha os seus segredos."

A Cobra se aproximou, entrando nas águas da Dama.

"Assim como você", disse ele. "O tipo de segredo que só um rei poderia saber."

"Ah é? Então por que usar uma máscara, Rei dos Segredos?", a Dama perguntou. "Sinto o cheiro do sangue de uma alma boa, o sangue de um Leão. Por que se disfarçar de Cobra e atacar os reinos aliados? Reinos que você deveria governar?"

"Pela mesma razão que você deseja ser rainha em vez de Dama", respondeu a Cobra. "Por *amor*."

"Não sabe nada sobre os meus desejos", a Dama zombou.

A Cobra removeu a máscara, revelando os olhos azuis gelados de Japeth e o rosto liso e bonito. A Dama olhou para ele, fascinada.

Observando da costa, o sangue de Tedros fervia, seu corpo pronto para atacar, incapaz de discernir o Presente do Passado.

"Venha comigo", disse Japeth à Dama. "Venha para Camelot. Deixe esta caverna solitária para trás."

"Meu caro", ela arrulhou. "Muitos reis me lisonjearam com promessas de amor. Inclusive o seu pai. Talvez para me fazer ainda mais dedicada e apaixonada em meu serviço. Mas nenhum deles foi honesto. Como poderiam? Nenhum rei aceitaria os custos. Me amar significa que devo abdicar dos meus poderes. Nenhum rei aceitaria isso. Sou mais valiosa aqui. A maior arma do Bem."

"Consigo me proteger sozinho", disse Japeth.

"É o que diz o garoto que acabou de admitir que está vivo por causa da minha proteção", respondeu a Dama, olhando para o cadáver de Chaddick na costa.

"E ainda assim, aqui estou", disse Japeth. "Por quê? Não preciso de mais nada de você. Posso ir embora agora mesmo. Mas sinto um coração bondoso, aprisionado por magia. Um coração que pode dar a nós dois o que queremos."

Ele caminhou mais a fundo nas águas, sua respiração quase um sopro na direção dela, os dois corpos tão próximos. A Dama se inclinou, inalando-o. "Meu querido, querido sangue de Arthur..." Ela suspirou. "E quanto aos meus deveres com o Bem? O meu dever de defender Camelot para além do seu reinado?"

"O Bem tornou-se arrogante e fraco", respondeu Japeth. "Você o defendeu por tempo suficiente. Às custas da sua alma."

"A minha alma", a Dama divertiu-se, tocando sua bochecha. "Um garoto afirma ver a minha alma."

"Sei que se sente só", disse a Cobra. "Tão só que começou a ressentir o seu lugar aqui. Sente que está mudando. Já não tem a pureza do Bem dentro do coração. Mergulha na escuridão e na desolação, os combustíveis do Mal. Tudo porque não dá a si mesma o que quer. Fique aqui por mais tempo e começará a cometer erros. Em vez de proteger o Bem, vai prejudicá-lo. O Mal vai plantar uma semente no seu coração. Se é que ainda não o fez."

A Dama olhou para ele. Todo o ar maroto tinha desaparecido.

"Você anseia por amor tanto como eu", disse a Cobra. "Mas nenhum de nós pode alcançar esse amor sem a ajuda de outro. De alguém que possa trazer esse amor à vida. Caso contrário, esse amor continuará a ser um fantasma, um espectro, para além das regras dos vivos. Eu faria tudo para encontrar esse amor. *Qualquer coisa*. Assim como você."

A pele da Dama corou. "Como sabe? Como sabe que eu faria qualquer coisa por amor?"

A Cobra encontrou seus olhos. "Porque você já fez."

Ele a beijou, suas mãos puxando-a para baixo. Quando a Dama caiu no abraço da Cobra, as águas do lago se enrolaram em volta deles como as pétalas de uma flor em pleno desabrochar.

Mas depois algo no rosto da Dama mudou. Seu corpo ficou rígido, resistindo ao seu novo amor. Sua boca se afastou, os véus de água caíram. Ela olhou fixamente para o garoto que a tinha beijado, suas pupilas grandes e negras aumentando com o espanto, o pânico... o *medo*.

Japeth sorriu.

Na mesma hora, a Dama começou a encolher, seu corpo a definhar, a ressecar. O cabelo caiu em tufos; sua coluna vertebral se contorceu e estalou...

Enquanto isso, a Cobra se afastava calmamente.

Tedros sentiu as mãos de Agatha sobre ele, puxando-o de volta para o portal.

No instante em que o vidro da bola de Dovey apareceu debaixo de Tedros, ele estava de pé, apontando para a velho bruxa.

"O seu rosto... Eu vi o seu rosto...", ele disse. "Sabia que algo estava errado... Você sabia!"

A Dama estava em um canto, as mãos na cabeça.

"Era o rei... o herdeiro...", ela defendeu. "O sangue de Arthur..."

"Sentiu algo quando o beijou!", Tedros gritou, indo atrás dela. Agatha o impediu. "O que foi?"

"Me deixe sair", implorou a Dama.

"Diga o que sentiu!", Tedros gritou.

A Dama bateu no vidro. "Me deixem sair!"

Ela bateu com os dois punhos no cristal...

"Me diga!", Tedros gritou.

A Dama bateu nas paredes, usando o resto dos seus poderes, seus punhos batendo no cristal de Dovey com mais força, com mais força, até rachar.

"Não!", Agatha gritou, ela e Tedros correram para a Dama tarde demais enquanto levantava os punhos uma última vez.

O vidro explodiu.

Tedros e Agatha foram lançados para trás, o lago invadindo enchendo suas bocas em choque. Asfixiados, buscaram um ao outro, Tedros agarrado ao vestido de Agatha, Agatha segurando sua camisa branca e fina. Depois veio a tempestade: milhares de estilhaços de vidro caíram sobre eles, empurrando-os para o fundo. Lutando em vão, afundaram sob a massa de cristais, gritos inaudíveis. A Dama do Lago os observava, suas vestes flutuando como as de um ceifeiro, suas lágrimas de prata turvando o mar.

"Me perdoem", sussurrou ela, sua voz ressoava. "Me perdoem!"

Ela estendeu a mão.

A água escura rodopiou em volta de Tedros e Agatha, um abismo se abriu no centro do lago como a boca de uma cobra, antes de os engolir.

O orvalho cobria os lábios de Tedros, o cheiro forte e fresco da grama misturada com o perfume do cabelo de Agatha, sua princesa aconchegada em seus braços. Abriu os olhos e viu uma exuberante charneca verde, cintilante sob o amanhecer. Agatha se mexeu, seu príncipe ajudando-a a se levantar.

"Estamos... aqui", ela arfou.

Tedros ainda sentia que estava debaixo da água, as últimas palavras da Dama reverberando... "*Me perdoem!*"

Ela quase os matara.

O cristal de Dovey foi destruído.

E mesmo assim, ela os deixara passar.

Agatha se mantivera fiel ao Bem.

Tedros se lembrou de como ela tinha abraçado a Cobra... como sentira o sangue de Arthur nas veias dele... como seu rosto escurecera quando seus lábios se tocaram...

O que ela sabe? Ele se perguntou. *O que ela sabe que nós não sabemos?*

Do outro lado dos pântanos, a velha casa onde Lancelot e Guinevere viveram estava adormecida e o mato havia crescido em demasia. Ovelhas, vacas e cavalos pastavam sem amarras nas colinas.

"É como se nunca tivéssemos saído", suspirou Agatha.

Por um breve momento, Tedros desejou que ele e Agatha pudessem se esconder ali, como sua mãe e o verdadeiro amor dela fizeram um dia. *Passado é Presente e Presente é Passado*, pensou ele.

"Tedros?"

Ele olhou para sua princesa.

Ela apertava sua a mão.

Hoje eles não se esconderiam.

A sepultura estava na sombra, abrigada por um pequeno carvalho. Uma cruz de vidro brilhante estava presa ao chão entre duas árvores, marcando o túmulo do rei Arthur. Guirlandas de rosas brancas enfeitavam a cruz, e uma brilhante estrela de cinco pontas repousava na base. Havia mais dessas estrelas espalhadas nas proximidades, cinzas e apagadas, como se Merlin voltasse para colocar uma nova sempre que a antiga se apagasse.

Havia uma segunda sepultura, Tedros percebeu, a apenas uma curta distância da do seu pai, mais longe nas sombras. Uma sepultura que ele nunca tinha visto antes, marcada com uma segunda cruz de vidro.

"Chaddick", disse Agatha baixinho. "Foi aqui que a Dama o enterrou."

Tedros assentiu. "Está onde ele pertence."

Seu cavaleiro. Seu amigo, corajoso e verdadeiro. *Ele não devia estar ali*, Tedros queria dizer. Chaddick era muito jovem, muito bom para morrer. Ele nunca deveria ter tentado enfrentar a Cobra. Ele nunca deveria ter tentado fazer o trabalho de um rei.

Tedros engoliu o nó na garganta.

Ainda havia trabalho a fazer.

Seus olhos se voltaram para a sepultura do pai.

"Merlin encantou o túmulo para preservá-lo", disse ele. "Seja lá o que a gente encontre, será preciso enfrentar feitiços e quebrar maldições. Um teste que tenho de passar." Sua voz falhou, as suas palmas das mãos suando. "Mas primeiro, temos que desenterrá-lo."

Ele levantou o brilho do dedo para o túmulo do pai, o coração tremendo, o estômago vacilando. Seu dedo começou a tremer, o brilho dourado instável.

Agatha deu um passo à sua frente, com seu próprio brilho dourado.

"Não olhe", disse ela.

Ela começou a queimar a terra.

Tedros manteve os olhos na ponta da cova, na cruz de vidro que refletia o rosto calmo de Agatha enquanto trabalhava. Na base da cruz, a estrela branca e brilhante de Merlin espelhava a sombra de Tedros, seu queixo quadrado e uma parte dos seus cachos. Estava grato a sua princesa, grato por apenas ele e Agatha terem chegado tão longe. Por mais que amasse a mãe, seu pai não teria querido Guinevere por perto.

Ele acordou dos seus pensamentos.

A estrela branca de Merlin. A sua sombra dentro dela.

Estava se movendo.

Só que ele não estava.

Olhou para Agatha, seu brilho queimando mais e mais terra.

"Devem ter enterrado o caixão bem fundo", Agatha murmurou, tensa de tanta concentração.

Tedros se inclinou para ver a estrela mais de perto. A sombra dentro dela se afastou, como se quisesse levá-lo a algum lugar.

"Isso não faz sentido....", disse Agatha.

O príncipe pegou a estrela. Seus dedos encostaram na superfície branca e quente e afundaram nela.

"Tedros, a sepultura está *vazia*. Não tem nada aqui."

Quando Agatha se voltou para o seu príncipe, ele já estava quase lá dentro.

Ela avançou, horrorizada, estendendo a mão para ele, mas tudo que encontrou foi a estrela fria, sua luz apagada, como um sol caído no mar.

Tedros sentiu o gosto de nuvens na boca, macias como penas, dissolvendo-se como fios de açúcar, com o sabor doce de creme de mirtilo. Ele levantou os olhos e viu uma estrela prateada de cinco pontas cortar o céu noturno arroxeado, iluminado por outras milhares dessas estrelas. O ar estava quente e espesso, o silêncio do Celestium tão vasto que ele podia ouvir as batidas do próprio coração, como se fossem o ritmo do universo.

Um ruído de movimento... depois o som de alguém inspirando.

Tedros ficou muito quieto.

Havia mais alguém sobre a nuvem.

Ele olhou ao redor.

Rei Arthur estava sentado à beira da nuvem com suas vestes reais, o cabelo grosso e dourado, a barba salpicada de cinza, um medalhão de Leão brilhando em volta do pescoço.

"Olá, filho", seu pai o cumprimentou.

Tedros estava branco como um fantasma. "Pai?"

"Merlin manteve este lugar em segredo quando eu era rei," disse seu pai, olhando para o céu. "Agora compreendo por quê."

"Isso... isso é i-i-impossível..." Tedros estendeu uma mão trêmula em direção ao rei. "Isso não é real... não pode ser real..." Tocou o rosto do pai, a mão tremendo contra a barba macia de Arthur. O rei sorriu e apertou a mão do filho.

Tedros ficou rígido. "Mas você... você deveria estar..."

"Aqui. Com você, onde precisa que eu esteja", respondeu seu pai, com uma voz suave e profunda. "Da forma como eu gostaria de ter estado durante todos os dias que tivemos juntos, até o último. A nossa história não teve o final que queríamos." Suavemente, ele afastou o cabelo do rosto de Tedros. "Mas eu sabia que chegaria o tempo em que precisaria de mim. Um tempo para além do Presente e das suas memórias do nosso Passado. No entanto, como pode um pai ver seu filho além das Regras do Tempo? É aí que ajuda ter um feiticeiro como seu mais querido amigo."

"Então você é um... fantasma?", perguntou Tedros.

"Quando a maioria dos reis morre, eles embalsamam o corpo para preservá-lo", respondeu o rei Arthur. "Mas ninguém pode realmente preservar um corpo contra o tempo. No final, todas as sepulturas são invadidas ou negligenciadas ou esquecidas. É a natureza das coisas. E então Merlin sugeriu se livrarem do meu corpo e preservarem a minha alma. Assim, você poderia me encontrar quando a hora chegasse. A magia era limitada, é claro. A minha alma só pode reaparecer aos vivos uma vez, durante o mais breve dos encontros, antes de se dispersar para sempre de volta para sua origem. Até lá, eu viveria entre as estrelas, esperando com paciência que o Presente alcançasse o Passado."

As lágrimas encheram os olhos de Tedros. "Breve como?"

Seu pai sorriu. "Tempo suficiente para saber o quanto te amo."

Tedros entrou em pânico. "Não pode ir! Não depois de eu te ter encontrado! Por favor, pai... Você não sabe as coisas que eu fiz... a bagunça que eu fiz... Uma Cobra está sentada ao trono. Uma Cobra que é seu filho." A sua voz falhou, sua postura despencou como se estivesse segurando uma pedra. "Falhei o seu teste. Nunca me tornei rei. Não o rei que queria que eu fosse." Os soluços o fizeram engasgar. "Só que não falhei apenas no teste. Falhei com Camelot. Falhei com o Bem. Falhei com você."

"E ainda assim, está aqui", disse o rei Arthur. "Tal como pedi que estivesse."

Tedros levantou os olhos molhados.

"Você passou em um teste muito maior do que puxar uma espada", disse seu pai. "Um teste que é apenas o primeiro de muitos outros."

Tedros engoliu, mal conseguindo falar. "Mas o que eu faço? Preciso saber o que fazer. Preciso saber como resolver isso."

O rei Arthur estendeu a mão e a colocou sobre o coração do filho, pressionando firme e forte, seu calor enchendo o peito de Tedros.

"Um Leão ruge aí dentro", disse ele.

Lágrimas escorregaram pelas bochechas de Tedros. "Não me deixe. Eu te imploro. Não consigo fazer isso sozinho. Não consigo."

"Eu te amo, filho", seu pai sussurrou, beijando sua cabeça.

"Não... espera... não vá...", Tedros arfou, tentando alcançá-lo.

Mas o príncipe já estava caindo através das nuvens.

"Tedros?", disse uma voz.

O príncipe despertou para o forte cheiro de terra densa e o conforto de uma cama profunda.

Ele abriu os olhos.

Agatha olhou para baixo, galhos altos de carvalho balançando acima dela, tocados pelo sol.

Então Tedros compreendeu.

Ele estava no túmulo do seu pai.

Ele estava *no* túmulo do seu pai.

No ato, ficou de joelhos e se pôs a escalar o buraco que Agatha tinha cavado. A terra desmoronando sob suas mãos e botas, o fazendo cair de novo, até que enfim conseguiu sair. Deitou-se contra a cruz de vidro do seu pai, a estrela branca e fria contra a sua bochecha enquanto ele respirava com dificuldade.

"O que aconteceu?", Agatha perguntou, se abaixando ao seu lado.

Ele não conseguiu responder. Como poderia responder? Ele tinha visto o pai. Tinha sentido seu cheiro, seu toque e a mão do seu pai sobre o seu coração. Tedros colocou a palma da mão debaixo da camisa, onde seu pai tinha deixado sua marca. Mas agora o momento tinha passado, seu pai estaria longe para sempre. E Tedros ficou apenas com a lembrança...

O príncipe estacou.

Sentiu algo sob a camisa. Algo que não estava lá antes.

"Onde você estava?", perguntou Agatha, o braço dela em volta dele. "Onde você foi?"

O príncipe ficou de joelhos e puxou a camisa. Um medalhão de Leão estava pendurado em volta do seu pescoço, iluminado por um raio de sol.

Agatha o soltou. "Mas isso... é do seu pai..."

Tedros passou os dedos pela cabeça dourada do Leão no fim da corrente, os dois lados fundidos. Todos aqueles anos quando criança, ele tentou abri-lo, dia após dia, testando qualquer truque em que pudesse pensar, falhando sempre, até que um dia... ele não falhou. Seu pai tinha dado a ele o maior dos sorrisos, como se ele soubesse que era apenas uma questão de tempo.

O filho de Arthur colocou a cabeça do Leão na boca, como havia feito um dia, há muito tempo...

"Não entendo", Agatha disse.

Ele sentiu o ouro amolecer por mágica, seus dentes sondando o limite entre os dois lados, no ângulo exato... até o medalhão se abrir. Pouco a pouco, sua língua sentiu o interior do medalhão, procurando por algo do seu pai, um bilhete ou um cartão ou...

Seus olhos congelaram.

Ou isso.

Ele o levantou com a língua, sentindo a superfície fria e dura, saboreando as ranhuras profundas nas laterais, mantendo-o preso enquanto deixava o medalhão escorregar da boca.

"*Só restam três cisnes*", a voz de Hort ecoou. "*Ou eram quatro.*"

"Tedros?", perguntou Agatha, observando o seu rosto. "O que foi?"

Ele a beijou.

Um beijo tão suave, tão delicado, que os olhos dela se arregalaram à medida que ele o movia da sua boca para a dela. Um brilho cintilou como uma chama no seu olhar castanho, os dois silenciosos e, ainda assim, partilhando este momento como um só.

Com cuidado, Tedros afastou seus lábios dos dela. Agatha manteve seu olhar fixo enquanto levava os dedos trêmulos à boca e o tirava.

O anel.

O anel com os símbolos do Storian.

O anel que nunca tinha sido queimado, mas em vez disso enviado através do tempo.

O verdadeiro teste de coroação de um rei para o seu filho.

"Tedros...", sussurrou Agatha, seus olhos arderam. "*Tedros...*"

Sangue borbulhava através das veias do príncipe, desde os cantos mais esquecidos da sua alma, batendo na porta do seu coração, com mais e mais força, exigindo entrar.

Sua princesa estendeu o anel, brilhante como uma espada.

"Agora tudo começa", prometeu Agatha.

Os olhos do príncipe refletiam sua determinação. "Agora começa."

Ele colocou o anel no dedo, a porta do seu coração se escancarando, um Leão desperto, um Leão renascido, antes de Tedros ranger os dentes para o céu e soltar um rugido que balançou o céu e a terra.

Vire a página para encontrar
um capítulo perdido de
O cristal do tempo!

Queridos Nuncas e Sempres,

Os leitores me pedem com frequência para compartilhar "conteúdo apagado" dos livros: cenas, partes do enredo, personagens que nunca chegaram às páginas. É um pedido natural, dado que a maioria dos autores apagam cenas, capítulos, muitas vezes manuscritos inteiros como parte do processo criativo. No entanto, isso raramente faz parte do meu processo. Em geral, o que escrevo nos meus primeiros rascunhos é a história que chega às páginas, sem grandes desvios na sequência dos acontecimentos. Os elfos criativos dentro de mim têm uma visão e faço o meu melhor para não atrapalhar. Não que eu dê a eles total controle, claro; cada capítulo está sujeito a inúmeras revisões, durante as quais eu moldo a matéria-prima e a transformo em aço polido. Mas grandes cortes de texto? Não parecia acontecer na Floresta Sem Fim.

Até o Capítulo 16.

Na minha concepção inicial da história, tínhamos que ver para onde Sophie foi depois de receber o misterioso bilhete de Robin Hood na reunião do Conselho do Reino (um bilhete bem diferente do que está no livro final, como vocês vão ver). Cortar tudo, desde Sophie receber o bilhete de Robin e ir direto para a execução, nunca me ocorrera; queria saber qual seria a resposta dela ao bilhete, seus pensamentos, sentimentos e motivações com relação ao que estava por vir. Tudo isso você vai encontrar na versão antiga do Capítulo 16 (assim como uma visita ao castelo de Rhian, sequestros de piratas, e um novo mundo secreto escondido dentro do... bem, você vai ver).

Mas como minha maravilhosa editora, Toni Markiet, apontou, muito do que acontece no Capítulo 16 preenche lacunas que o leitor imaginativo não precisa preencher. Saber cada movimento de Sophie sugou a magia do que viria a seguir e a tensão sobre de qual lado a nossa bruxa favorita realmente está. Depois que as minhas revisões intensivas não tornaram o capítulo mais convincente, ela por fim sugeriu cortá-lo. No início, fiquei na defensiva.

Como jogar fora tanto trabalho? Todas aquelas semanas e horas de trabalho meticuloso... de repente apagadas? Mas nada é mais importante do que um bom livro, e com certeza não o meu próprio ego. Assim, a varinha mágica foi balançada, o capítulo foi apagado, a história avançou com um ritmo mais rápido e mais forte. Lamentei sua perda, mas foi um sacrifício justo. Por outro lado, talvez eu não tenha perdido nada. Porque o antigo capítulo 16 pode não existir em *Um cristal do tempo*, mas os seus fantasmas parecem assombrar cada canto dele.

Aproveite esta espiada no meu laboratório criativo.

Com amor,

Soman

~ 16 ~

SOPHIE

Amigos e inimigos

Sophie não fazia ideia de onde ficava o quarto de hóspedes da Torre Branca,[1] ou a que quarto de hóspedes a mensagem se referia, já que o castelo tinha vários. Nenhum deles parecia ser um lugar seguro para um encontro, mas isso era um problema para depois. Primeiro, ela precisava chegar até a Torre Branca sem que Rhian ou um dos seus guardas a impedissem.

Com seu vestido branco de babados ainda coçando como lixa, Sophie sabia que chamava tanta atenção quanto um boneco de neve no verão[2] ao caminhar entre os líderes do Conselho enquanto eles deixavam o Salão de Baile Azul. *Por favor*, não reparem em mim, por favor não reparem em mim, ela rezou, olhando para a curva vinte metros à frente, que levava para a Torre Branca. Ainda bem que os líderes à sua volta estavam em um debate intenso, aqueles que tinham destruído seus anéis repreendendo os que não o tinham feito.

"Se a escola está atacando os nossos reinos para nos virar contra o rei

---

[1] O bilhete de Robin para Sophie no final do Capítulo 14 era diferente quando o antigo Capítulo 16 existia. A mensagem original dizia: "Torre Branca. Quarto de hóspedes". É por isso que Sophie começa o Capítulo 16 procurando esse misterioso cômodo.

[2] Ah, sinto falta desta metáfora. Talvez a use nos próximos livros e diga a mim mesmo que você nunca a viu antes.

Rhian, então a escola é nossa inimiga. Eles são a nova Cobra", declarou o Rei de Foxwood. "E o Rei Rhian vai abatê-la como fez com a antiga. Mas só se demonstrarmos a lealdade que ele merece."

"Mahadeva têm enviado seus alunos para a escola há milhares de anos. A própria Lady Lesso deu aula para os meus três filhos", disse a Rainha de Mahadeva, o anel brilhando sob o lampião como os cristais no seu xale azul escuro. "Declarar guerra à escola é destruir nossa própria história. Precisamos de provas de que a escola está por trás desses ataques antes de a abandonarmos."

"Quando o seu reino estiver sitiado e o seu povo clamar pela sua cabeça porque ainda está usando esse anel", disse o Rei de Akgul, o dedo nu, "vamos ver se ainda vai pedir provas."

"Além disso, Sophie nos deu a prova", disse o Grão-Vizir de Kyrgios, também sem anel. "Também tinha as minhas dúvidas, porém ela é reitora daquela escola e confirmou que não só Tedros deveria morrer e que a escola está por trás desses ataques, mas que Agatha é nossa inimiga." Ele olhou para trás, e Sophie se escondeu no meio do cabelo volumoso de uma rainha ninfa. "Para ser honesto, não me surpreende. Desde que Agatha chegou à Floresta, ela virou nosso estilo de vida de cabeça para baixo. Que isso fique entre nós, mas os associados dela visitaram o meu reino há apenas alguns meses, me implorando para ser o novo Diretor da Escola. Parece que a escola está um caos e precisa de liderança, mas não conseguem encontrar ninguém que aceite o cargo. Naturalmente, eu era a primeira escolha deles, mas também recusei. Quem quer gerir uma escola decadente? Sem um líder adequado, já não podemos confiar na escola. Ou na caneta que ela protege."[3]

Sophie sabia que ele estava mentindo; Hester, Anadil e Dot tinham sido designadas pela Professora Dovey para encontrar um novo Diretor da Escola e elas não eram do tipo que implorava, em especial para esse pretensioso idiota. Mas agora não era o momento de fazer valer a verdade. Ela estava se aproximando da curva para a Torre Branca.

Um corvo voou sobre a sua cabeça, como se tivesse se perdido no castelo, e depois passou por Beeba, mais à frente, que estava verificando a mão de cada líder para ver se ainda estavam usando seus anéis e anotando suas descobertas em um pergaminho. O estômago de Sophie se contorceu. A pirata com cara rude iria vê-la a qualquer segundo. Rapidamente, ela olhou para a esquerda, para a passagem para a Torre Branca.

Wesley e Thiago estavam vindo na sua direção.

---

[3] Um momento complicado com o Grão-Vizir de Kyrgios, que aconteceu no Capítulo 4 do Livro 4: *Em busca da glória*, quando as bruxas o entrevistam como potencial Diretor da Escola. É evidente que o ego dele ainda não superou o fato de não ter sido escolhido.

"Essa realeza pomposa acha que é só a cabeça de Tedros que vai rolar. Não sabem que vamos matar aquela reitora imunda e o resto deles também", Sophie ouviu Wesley rosnar para seu companheiro pirata. "Pensam que Agatha virá buscá-los? Imagina se eu a matar. O rei vai me dar o meu peso em ouro."

"A menos que eu a mate primeiro", Thiago disse, ajustando a espada no seu cinto. "Ela vai tentar salvá-los, isso é certo. Que outra razão haveria para o nome dela ter sumido do mapa do rei?"

"Deve ser magia da escola ou algo parecido. Sophie deve saber de alguma coisa", disse Wesley. "Mesmo que a gente tenha que arrancar algumas unhas dos pés para fazê-la ela falar."

Os piratas estavam prestes a ver Sophie na multidão.

Sem pensar, Sophie esticou o pé e fez o Grão-Vizir tropeçar, mandando o homem alto e barbudo em cima dos outros governantes. Seu corpo tombou como uma árvore, derrubando rainhas e príncipes e imperadores à sua volta, antes de todos eles caírem sobre o Rei de Foxwood, que soltou um grito alto. Na confusão que se seguiu, Sophie apanhou o xale da rainha de Mahadeva e se cobriu, camuflando-se em uma parede azul enquanto Wesley e Thiago corriam para ajudar os que haviam caído. Um momento depois, Sophie estava no salão de onde tinham acabado de sair, indo em direção à Torre Branca.[4]

Pelo que ela se lembrava, a Torre Branca era um labirinto empoeirado onde ficavam os aposentos dos empregados do castelo e quartos vazios. Mas quando atravessou para o hall, a rotunda de mármore maciço estava cheia de caixotes com armas novas e brilhantes, centenas delas, e muitas caixas de vidro, onde se empilhavam novas armaduras, as couraças de aço esculpidas com o brasão do Leão de Rhian. Cada caixote tinha um selo dourado:

FÁBRICA DE AÇO DE FOXWOOD
SUAS NECESSIDADES EU SATISFAÇO

Uma criada estava ajoelhada no chão, conferindo o conteúdo de cada caixa com uma lista nas mãos. Ela mal olhou para Sophie, de tão sobrecarregada com a sua tarefa.

Uma semana atrás, Camelot não tinha armas, lembrou Sophie. *E agora tem o suficiente para travar uma guerra contra metade da Floresta?*

---

[4] Esta confusão com os líderes parecia uma previsão da furiosa batalha que acontece no capítulo seguinte. Foi melhor não dar pistas tão cedo do que aconteceria. Cortar este trecho faz a violência entre os líderes e os jovens na execução ser mais inesperada.

Mais uma vez, ela se perguntou como Camelot conseguira pagar por tudo aquilo. E mais, para que finalidade? Havia armaduras para mil homens. Ela se lembrou de Beeba no salão, anotando o nome dos líderes que ainda usavam seus anéis. Quanto tempo levaria para Rhian mandar seu exército contra aqueles que o tinham desafiado?

Uma coisa era certa, pensou Sophie. Se Foxwood estava vendendo todo esse aço para Camelot, não admira que o seu rei tivesse queimado seu anel tão rápido.[5]

Ela estava no Salão dos Reis agora. Já tinha estado ali uma vez, quando ela, Agatha e sua equipe tinham vindo para ajudar Hort a transportar armas para a luta contra a Cobra. Ela se lembrou de ter ficado impressionada com o retrato de Tedros, tão real e confiante, à espera de uma parede cheio de triunfos.

Agora ele tinha desaparecido.

Não só ele. Todos os outros quadros dos reis tinham desaparecido. Inclusive os do rei Arthur.

Em vez disso, havia um retrato colossal de Rhian, rodeado com pinturas das suas vitórias contra a Cobra, a retirada da Excalibur da pedra e cenas arrebatadoras da sua coroação. Como se não tivesse havido outros reis antes dele. Como se ele sozinho fosse Camelot, presente e passado.[6]

Sophie encarou o olhar frio de Rhian, rodeado de pinceladas como sombras negras, como se ele fosse menos um rei e mais um Senhor da Noite. Quem quer que tivesse pintado esses quadros o tinha retratado muito bem.

Sophie cerrou os dentes. Tedros e ela tinham um passado de tensões, mas não desistiria até que o seu retrato tivesse de volta à parede, a cena da morte de Rhian emoldurada ao seu lado.

Ao sair do corredor, ela percebeu que os caminhos bifurcavam em duas direções, leste e oeste, cada um levando a um corredor idêntico.

Torre Branca. Quarto de hóspedes.

Era tudo o que o bilhete dizia.

Ela ouviu vozes vindas do leste.

---

[5] No início, relutei em apagar isso, porque achava importante marcar a dependência de Foxwood com relação a Camelot. Explicaria por que o Rei de Foxwood defende Rhian a todo o custo e foi o primeiro a queimar seu anel. No entanto, quanto mais pensava sobre isso, mais percebia que o Rei de Foxwood é tão medroso que não tinha mais certeza de que era preciso mostrar tanto os seus laços mercenários com o rei de Camelot. As sombras desta cena estão no livro final; sabemos que ele é dedicado a Rhian, quaisquer que sejam as razões.

[6] Este é um momento interessante: A obliteração da história de Camelot por Rhian, substituída por um testamento de si mesmo. O seu ego é realmente a sua falha mais trágica. Mas esta cena também faz Rhian parecer Maligno demais, quase um Darth Vader ou Voldemort, o que não combina com outros traços de sua personalidade.

"Acha que ela escapou no meio do Conselho?", perguntou Wesley.

"Beeba teria visto," disse Thiago. "Com certeza ela não saiu do castelo. Tem que estar nesta torre."

Sophie correu para o oeste, com cuidado para não fazer barulho com seus chinelos, mas no final ela viu o caminho se dividir mais uma vez, conduzindo a dois novos corredores. Seria melhor escolher um quarto para se esconder? Mas mesmo que ela achasse um local perfeito, ela estava ali para encontrar o homem que havia escrito aquele bilhete, e não brincar de esconde-esconde.

Sophie parou.

Havia algo no corredor.

Flutuando no ar.

Um azul iridescente, piscando em silêncio como se tentasse atrair a atenção de Sophie. Ela chegou mais perto, enquanto ouvia os passos de Thiago e Wesley se aproximando. Era esse o seu olhar mágico? Um dos *scims* de Japeth? Se fosse, já os teria alertado, ela pensou, chegando mais perto, vendo a luz azul vibrar no ar, como uma libélula, ou pó mágico ou...

Uma fada.[7]

Os olhos de Sophie arderam.

Uma fada que ela reconheceu.

Batendo suas asas, a pequena ninfa olhou para Sophie com olhos azuis penetrantes.

Depois partiu como um cometa.

Sophie foi atrás dela, arrancando seus sapatos e prendendo a respiração para que os piratas não ouvissem. Através de corredores e escadarias, a fada a guiava como uma estrela, enquanto através das balaustradas ela via Thiago e Wesley abrindo as portas de cada um dos quartos abaixo. A fada tinha parado em frente a uma porta, escondida no fim de um corredor. Sophie estava quase lá.

Ela tropeçou na última escada e caiu como o Grão-Vizir quando tropeçou no seu pé. Não conseguiu se equilibrar e caiu de cara no chão. Um chinelo escorregou da sua mão, rolou pela escadaria como o de Cinderela no baile, bateu contra um dos balaústres e caiu no andar de baixo, acertando a cabeça de Thiago.

---

[7] Antes, a flor de lótus da Floresta de Sherwood, que Hort vê no cabelo de Guinevere quando passa pela velha rainha no Capítulo 8, não era uma flor de lótus – era *esta* fada. Uma vez que o Capítulo 16 foi cortado e a fada saiu de cena, tive de criar um novo "artefato" para Guinevere que Hort – e mais tarde, Dovey – iriam reparar. Por isso, nas revisões, adicionei a flor de lótus roxa que só podia ser encontrada no reino de Robin Hood.

O pirata olhou para cima e viu Sophie, as tatuagens vermelhas em voltas dos seus olhos estavam brilhantes sob a luz do lampião.

"*Ali!*", ele rugiu.

Como um raio, Sophie já estava de pé e correu para a fada, que ainda batia suas asas na porta com fúria, como se não houvesse tempo para incompetência.

Sophie se jogou para dentro da sala, quase matando a fada pelo caminho, depois fechou a porta e a trancou. Os dois piratas chegaram ao andar e começaram a abrir as portas. PAM! PAM! PAM! Eles estariam ali em segundos. Tinha que se esconder. Mas o quarto era ainda menor do que os dormitórios da Escola do Mal, com nada mais do que um tapete estampado marrom e laranja, um sofá de couro afundado e uma cama dura e modesta no canto. Ela observou o quarto com seu brilho rosa: um saco de roupas sujas pendurado na maçaneta da porta... paredes beges com partes mofadas... manchas de sangue no tapete...

PAM! Wesley e Thiago estavam no quarto ao lado. Três segundos e estariam ali.

Ela avistou a luz da fada.

Piscando perto da maçaneta da porta. Vinda de...

Dentro do saco da roupa suja?

Sophie se aproximou enquanto a fada zumbia feito louca, ordenando Sophie a abri-lo.

Não. Não era um saco de roupa suja.

Seus dedos passaram por cima do seu tecido cinzento canelado.

Será que isso é o que estou pensando?

Ela balançou a cabeça. *Impossível.*

PAM! Piratas estavam empurrando a porta. Depois começaram a martelar a fechadura com os punhos das suas espadas. A fechadura quebrou. A maçaneta rodou.

Em pânico, Sophie abriu o saco.

Uma mão peluda a agarrou e a puxou para dentro.[8]

Quem quer que a agarrara já tinha largado, porque agora ela estava caindo no saco sem fundo atrás da fada azul, que ziguezagueava à sua frente, lançando flashes brilhantes na escuridão como migalhas de pão mágicas.

---

[8] No capítulo anterior, quando Agatha encontra o Xerife, ele revela o saco encantado e diz que o usou para capturar os piratas na escola. Antes, no entanto, o Xerife não contava sobre o saco, pois tinha guardado a revelação para este momento, quando Sophie o descobre. Mas o intervalo entre as duas cenas me pareceu opressivo e desnecessário. Há muito mais poder em ver o Xerife apresentar o saco à Agatha e deixar o mistério de como ele o recuperou para mais tarde.

Depois a escuridão dividiu-se em dois silos, um com a palavra "AMIGO" esculpida em luz branca, o outro com "INIMIGO" feito de tentáculos roxos brilhantes. Sophie caiu descontrolada em direção a "INIMIGO", os tentáculos balançando em direção a ela...

A fada azul olhou para trás e soprou uma rajada de vento que puxou Sophie em direção a "AMIGO" na hora certa.

Ela caía mais depressa agora, e, enquanto caía, a escuridão cintilava com pérolas de luz em um arco-íris de tonalidades. De cada pérola florescia uma nova fada de cor diferente, as mesmas criaturas com asas cheias de joias que outrora brincavam entre as árvores da Floresta de Sherwood, rindo e sussurrando ao seu redor como abelhas em torno de uma flor.

"Sophie!"

"Nós amamos Sophie!"

"Oooh, tão bonita!"

"Tão glamorosa!"

"Venha para casa com a gente!"

"Você pode ser nossa mãe!"

"Você pode ser nossa rainha!"

Ela teria ficado ali, escutando as fadas durante horas, mas agora elas a seguravam como um paraquedas e a levaram flutuando até seus pés tocarem o chão.

Ela ainda estava dentro do saco?

Olhou à sua volta, mas para além da luz das fadas tudo o que ela podia ver era escuridão... até que o vazio se separou por mágica, como portas duplas que se abrem, e Sophie se viu de pé no hall do que parecia ser uma pousada de luxo.[9]

As fadas a puxaram para mais dentro dessa sala, decorada com um tapete branco de pelúcia, paredes azul-celeste cravejadas de gotas de prata e um aquário de vidro no teto, que mudava de cor a cada dez segundos e estava cheio de flores de vidro flutuantes. Sophie olhou maravilhada. Parecia exatamente igual aos seus aposentos de Reitora na escola.

"Bem-vinda ao Saco Encantado!", uma torre inclinada de meninos-fadas disse em coro, um em cima do outro em um espectro de cores, atrás de uma mesa de vidro como *concierges*. "Seus anfitriões estão no segundo andar, à espera da sua chegada!"

---

[9] Adorei toda essa parte descritiva do interior do saco e sobre o grupo de fadas responsável por separar Amigo e Inimigo. Minha editora, Toni, também. Porém, ela continuava perguntando: "Vale a pena manter um capítulo do qual não precisa por conta de uma brincadeira com fadas dentro de um saco?" "Sim!", respondi. "Claro que sim. Com certeza. 100%." Seguiu-se um longo silêncio. Depois, suspirei. "Não."

Uma fada de asas pretas se aproximou da equipe de *concierge*: "Crise no INIMIGO, Setor 3!"

As fadas bateram na mesa de vidro e projetaram uma cena do lado INIMIGO do saco, em meio a rodopios de fumaça roxa.

Sophie arregalou os olhos.

Dezenas de piratas de Rhian foram amordaçados e amarrados por tentáculos roxos, suas testas estampadas com a palavra INIMIGO em roxo brilhante. Mas um dos piratas tinha conseguido escapar das amarras e as fadas de asas negras estavam com dificuldade para dominá-lo.

Kei, pensou Sophie, reconhecendo seu casaco dourado. *Como Kei veio parar aqui? Como todos eles vieram parar aqui?*

"Aumentem o quociente de pesadelo para o nível 10", as fadas falaram para a tela, e logo depois a fada que segurava Kei picou-o com sua cauda preta, injetando nele algo que o fez sacudir freneticamente, até que seu corpo se aquietou. Kei tinha agora uma expressão boquiaberta no rosto, como se estivesse sendo assombrado por um fantasma.

A mente de Sophie não conseguia absorver tudo: em um minuto, ela estava sendo perseguida por piratas; no minuto seguinte, observava o capitão de Rhian ser torturado por fadas em uma sala que parecia o seu quarto na escola.

Um menino-fada comemorou. "Agora, onde estávamos? Ah, sim. Anfitriões!"

Uma equipe de fadas voou atrás de Sophie e a puxou em direção ao teto, diretamente para o aquário de vidro.

"Espera!", Sophie disse, mas as fadas voaram ainda mais depressa, diretamente para o aquário de vidro. Ela segurou e fechou os olhos, sua cabeça prestes a bater nele...

Então sentiu uma névoa fresca, como se tivesse passado através do mais leve nevoeiro.

Sophie abriu os olhos e viu que estava de pé sobre uma água límpida dentro do aquário, a água se tornando lavanda, depois rosa, depois azul enquanto flores de vidro flutuavam ao redor.

As fadas tinham desaparecido.

Porém ela não estava sozinha.

Em pé sobre a água, à sua frente, estava Guinevere com o seu uniforme de criada, o Xerife de Nottingham, coberto de cortes e hematomas escuros, e o homem com a capa castanha que tinha visto no Salão Azul... o próprio Rei dos Homens Alegres.

Sophie pulou em cima dele, abraçando-o como uma boia na tempestade.

"Robin", ela arfou, o rosto aninhado em seu casaco.

Robin Hood acariciou seu cabelo. "Robin ao resgate."

"E eu sou o quê, um fígado fatiado?", rosnou o xerife. "Robin só está aqui por minha causa."

"Menos fígado fatiado e mais fígado gorduroso e rançoso", zombou Robin.

O xerife ralhou com seu inimigo. "Quando tudo isso acabar, ainda te vou matar."

"Você, que acabou de ser espancado por crianças da escola? *Outra vez?*", perguntou Robin.

Sophie não fazia ideia do que estavam falando, mas não conseguia largar Robin, não depois de tudo o que tinha passado. Nos seus braços, ela sentia-se como uma criança, segura e protegida, mesmo que só por um momento.

"Vamos em frente?", disse Guinevere com veemência. "Meu filho vai morrer, um rei falso está prestes a destruir o Storian... e nós ainda estamos no fundo de um *saco*."

Sophie tinha tantas perguntas que mal sabia por onde começar.[10]

"Para onde vamos?", perguntou ela enquanto caminhavam no topo do aquário, que parecia estender-se sem fim, em direção a um brilho distante de luz roxa.

"Temos algo para te mostrar", disse Robin. "Quer dizer, antes de você voltar para Rhian, para a execução."

"*O quê?*", Sophie gritou. "Você veio me salvar! Você veio impedir a execução! Por que eu voltaria para o lado daquele imbecil?"

"Você vai ver", disse Robin, seus olhos no brilho roxo à frente.

Sophie apelou para Guinevere e o xerife, mas ambos continuaram a andar, seguindo Robin.

"Voltemos ao assunto", Sophie cortou. Havia outras questões que ela precisava que respondessem. "Me diz como estamos caminhando por um aquário que parece o meu quarto na escola?"

"*Você* está andando em um aquário. O saco encantado assume uma cena diferente para cada pessoa. Um lugar feliz, se for um Amigo", explicou

---

[10] Prestem atenção aqui em como já conhecemos as respostas para muitas perguntas de Sophie, dadas as aventuras da Agatha no capítulo anterior. Quanto mais eu olhava para as cenas seguintes, mais percebi que sabíamos pelo menos 80% do que Guinevere, Robin e o xerife contam a ela, o que significava que eu estava repetindo coisas apenas com o objetivo de colocar Sophie por dentro da situação. É o desafio da alternância de pontos de vista: como assegurar que todas as personagens saibam das mesmas coisas quando estão em lugares diferentes? E a verdadeira resposta é: não dá. O melhor é fazer a ação seguir seu fluxo e deixar que cada um se informe das coisas aos poucos, quando chegar o momento.

o xerife. "Neste momento, estou caminhando pelos Jardins de Nottingham, onde costumava passear com a mãe de Dot."

Robin lançou um olhar para ele. "Estou no Flecha de Marian."

"Estou no antigo esconderijo com Lance", disse Guinevere. "No jardim de madressilvas, onde costumávamos cochilar juntos."

Sophie podia ver as lágrimas cobrindo seus olhos. Ela e Guinevere nunca tinham sido próximas; Sophie magoara o filho de Guinevere muitas vezes no passado para merecer seu respeito. Mas Sophie sabia o quanto a mãe de Tedros tinha aguentado: sacrificar sua coroa, abandonar o filho por um amor verdadeiro, e no final perder esse amor. Elas eram iguais, Guinevere e ela, ambas acreditavam no amor e ambas eram prisioneiras dele.

"O que a pessoa vê se é um inimigo?", perguntou Sophie, pensando em Kei e nos piratas no outro silo.

"Ela vive seu maior medo", disse o xerife. "Quem me dera ver a cara desses bandidos agora. Deve estar pior do que quando os peguei na escola e os atirei dentro do saco. Não consigo imaginar que os medos dos piratas sejam agradáveis."

Sophie se lembrou da cara pálida de Kei quando a fada injetou algo nele.

É, com certeza nada agradável.

"Quando o xerife me trouxe aqui pela primeira vez, vi um mundo sem mulheres ou cerveja", comentou Robin.

Alarmes disparam na cabeça de Sophie. "Espera aí. Pensei que o saco encantado tinha sido destruído", disse Sophie para o xerife. "A Cobra o rasgou em pedaços depois de ter escapado da prisão." Ela se virou para Guinevere. "E não há uma maneira de tirar um *scim* de você sem que Japeth saiba." Ela se virou para Robin. "E você falando de não ajudar outros reinos... Nada disso faz sentido." Ela encarou seus três salvadores ansiosamente, e depois a água que mudava de cor e encostava em seu vestido. "Estou em um sonho? Vocês estão mesmo aqui?"

Robin olhou de relance para o xerife. "Você primeiro."

"O saco encantado é indestrutível. O Diretor da Escola o fez em troca de um favor que fiz a ele", explicou o xerife, passando os dedos pelo cabelo sujo. "A Cobra deve ter uma magia poderosa para vencer a de Rafal. Mas cometeu o erro de deixar todos os pedaços do saco para trás. E a mãe de Dot é a melhor costureira da Floresta."[11]

Sophie arregalou os olhos. "Quem é a mãe de Dot?"

---

[11] No entanto, precisamos saber de coisas assim. Então as coloquei em uma conversa na Terra dos Gnomos, mais para frente no livro.

"Ninguém que você conheça", Robin e o xerife responderam.[12]

Sophie estava prestes a insistir quando Guinevere assumiu.

"Naquela noite, quando jantou com Rhian, você me chutou por debaixo da mesa", disse a velha rainha. "Disse que não iria ajudá-lo. Que não era a mãe de Tedros. Estava me desafiando. Mesmo ali, na frente daquele monstro. Mas eu não tinha como enviar uma mensagem de Camelot, não com aquele *scim* na minha cara. Mesmo assim, conheço o castelo melhor do que ninguém. E sei que do lado de fora do quarto da rainha fica uma árvore com um bando de pássaros canoros que eu alimentava todos os dias. Em troca, esses pássaros cantavam mais alto quando os guardas de Arthur iam embora para me avisar que era seguro sair escondida para me encontrar com Lance na Floresta. Foram meus pequenos espiões até o dia em que deixei o castelo para sempre. Depois que você me desafiou no jantar, voltei para o meu antigo quarto, fingindo que o limpava. Lá estavam eles, meus pássaros canoros, cantando do lado de fora da janela, como sempre. Mas quando me viram com este uniforme, com aquela enguia nojenta no meu rosto, suas canções pararam. Pude ver seus olhos tristes, me perguntando como poderiam ajudar. Assim, enquanto limpava a sala, murmurei uma canção... uma que todos os pássaros conhecem..."

Enquanto Guinevere cantarolava, Robin acompanhou:

"Oh, nos ajude, Robin,
Querido Robin travesso,
Venha nos salvar, Robin Hood!
Escute a nossa canção, filho do Bem,
Por todo o caminho até a Floresta e além!"

"Odeio essa música", o xerife rosnou.

"Isso é porque a única música que cantam sobre você é *Xerife, xerife, xerife peidorreiro*", disse Robin Hood. "Nem preciso dizer, que quando os pássaros cantaram a pedido de Gwen, isso não mudou nada. Os Homens Alegres não queriam ir para Camelot por Agatha e não iriam por Gwen também, mesmo que Arthur e eu fôssemos amigos. Mas então o xerife manda dizer que vai a Camelot salvar a filha das masmorras de Rhian e pergunta se eu e os meus homens gostaríamos de ajudá-lo a salvar Dot."

"Baboseira", o xerife desdenhou. "Não pedi ajuda nenhuma. O que eu disse foi que você era uma galinha de barriga cor-de-rosa por deixar a garota que te salvou da prisão apodrecer em uma cela, e que esperava que

---

[12] (Risos maléficos!)

o Storian reabrisse a nossa história e contasse ao mundo que tipo de homem você realmente é."

"É, foi mais ou menos isso", disse Robin. "Então agora o meu inimigo estava me provocando e Marian começa a me perguntar o que eu faria se Rhian tivesse levado a minha própria filha, e dizer que Dot é o mais próximo que eu tinha de uma filha... Marian sabe como me provocar."

"A nós dois", murmurou o xerife.

"Não podia voltar a beber noite afora. Não depois de tudo isso", suspirou Robin. "Então me juntei ao xerife e enviei uma fada para avisar Guinevere que estávamos a caminho."

"Depois ouvimos falar que Dot e os outros escaparam das masmorras", continuou o xerife. "Mesmo assim, eu não iria deixar aquele imbecil ganhar. Rhian mandou dois dos seus jovens bandidos piratas para me matar, eles andavam por Nottingham perguntando onde eu moro como se alguém não fosse me contar. Dei uma surra de cinto nos dois e os atirei para dentro do saco. Além disso, Robin me contou tudo sobre Rhian usar o irmão como a Cobra. Nossa Floresta tem lei e ordem, e eu não vou descansar até que a cabeça desse porco esteja na ponta de uma lança."

"Estávamos longe demais com os nossos cavalos para voltar atrás, de qualquer maneira, mesmo que Dot já estivesse livre", disse Robin, como se ele tivesse pensado bem na ideia. "Por isso entrei escondido no castelo com o resto dos líderes..."

"... enquanto eu me escondia no saco mágico e era entregue à árvore na porta do quarto da rainha, por um corvo", finalizou o xerife.

Sophie lembrou-se do corvo voando pelo corredor, como se estivesse perdido.

"O último passo foi tirar aquele *scim* de mim", disse Guinevere. "Essa foi a parte mais fácil. Uma fada o picou e o *scim* a perseguiu, foi quando abri o saco e desapareci lá dentro. Depois o corvo entregou o saco para Robin, que o levou para onde você o encontrou."

"E assim estamos todos aqui caminhando por nossos lugares felizes", Robin disse para Sophie. "O tempo para dentro do saco mágico. Ninguém vai saber que você e Guinevere sumiram, quando voltarem ao castelo."

"Mas por que tenho que voltar?", Sophie argumentou, sua voz tensa. "Por que tenho que voltar..."

"Porque a vida de todos nós depende disso", disse o xerife com firmeza.

Sophie esperou por mais, mas mais uma vez seus três guias ficaram calados, conduzindo-a em direção à esfera de luz roxa, vibrando à frente como uma bola de cristal.

"Disse que Rhian quer destruir o Storian", Sophie se lembrou. "Como isso é possível?"

"Quando esteve na reunião do Conselho, reparou nos anéis de prata que os governantes usavam?", perguntou Guinevere.

"Sim! Robin também estava lá. Rhian insistiu que qualquer pessoa que usasse esse anel era seu inimigo. Tentou convencer os líderes a queimá-los..."

"Felizmente, nem todos o fizeram", disse Robin. "Conta pra ela, Gwen."

"As Irmãs Mistral acreditam na teoria de August Sader sobre o Único e Verdadeiro Rei", Guinevere explicou. "A teoria sugere que o entalhe no Storian é uma profecia: o Storian só pode manter seus poderes se os governantes da Floresta usarem os anéis que prometem fidelidade à caneta. Mas se esses anéis forem destruídos e todos os governantes da Floresta se comprometerem a ser leais a um Rei acima da Caneta... esse Rei reivindicará os poderes do Storian para si. Ele será imortal, invencível, capaz de manipular os destinos das pessoas. Imagine um Homem ter a magia da Caneta... mesmo Rafal nunca conseguiu isso, por mais que tentasse. Nosso mundo estará nas mãos de um louco."[13]

Sophie se lembrou dos estranhos símbolos no aço do Storian. A primeira vez que viu a Caneta na torre do Diretor da Escola, sua inscrição brilhava como se tentasse dizer a ela o que aquilo significava. Por que ela não tinha perguntado ao Professor Sader sobre isso quando ele estava vivo?

"A teoria de Sader é verdadeira?", perguntou ela.

"Bem, é o que vamos descobrir se Rhian continuar obrigando os reis a queimarem seus anéis", disse Robin.

"Conheço bem a teoria", acrescentou Guinevere. "Conforme o nosso casamento se deteriorava, Arthur passou a acreditar que ele era o Único e Verdadeiro Rei. Talvez sua impotência diante do amor entre Lance e eu o tenha deixado suscetível a tais fantasias de poder. Foi por isso que ele convocou as Irmãs Mistral como conselheiras depois que fui embora. Mas acho que as Mistrais estavam apenas usando Arthur, de alguma forma. Sempre estiveram de olho em Rhian, seja ele quem for." A velha rainha fez uma pausa. "Também não acredito que Arthur queria destruir o Storian. Ele só estava desconsolado com a minha ausência e a de Merlin, procurando por um novo caminho."

O Único e Verdadeiro Rei, lembrou Sophie. Rhian já tinha dito essas palavras antes. Sim, no jantar, naquela primeira noite no castelo. *Mas chegará o dia em que todos os reinos da Floresta acreditarão em um Rei em vez de em uma Escola, em um Homem em vez de uma Caneta...*". Ele tinha olhado

---

[13] Ok, Soman, já sabemos de tudo isso.

para ela, Lionsmane brilhando no seu bolso. "A *partir desse dia, o Único e Verdadeiro Rei reinará para sempre*."

Sophie tinha dito a ele que esse dia nunca chegaria.

"*Chegará mais cedo do que pensa*", ele tinha zombado. "*Engraçado como um casamento é capaz de reunir todo mundo*."

Sophie engoliu.

O casamento.

O que quer que Rhian estivesse planejando aconteceria no seu casamento.

Um casamento que ela nunca poderia levar adiante.

"Temos que impedi-lo", disse Sophie ansiosamente. "Mas como?"

"Bem, temos uma coisa do nosso lado", respondeu Guinevere. "O entalhe no Storian identifica uma centena de reinos que compreendem a Floresta Sem Fim. Mais reinos foram descobertos desde então, à medida que exploradores se aventuraram para além dos nossos mapas, com outros a serem encontrados, mas são os líderes desses cem reinos originais que usam anéis. Para que Rhian substitua o Storian, cada um desses governantes tem que destruir o anel por vontade própria e jurar fidelidade ao rei."

"E isso nunca vai acontecer", disse Robin.

"Por quê?", perguntou Sophie. "Metade dos governantes já fez isso. E vocês não têm um anel."

"Porque a Floresta de Sherwood faz parte de Nottingham", disse Robin. "O que significa..."

Ele levantou a mão do xerife.

Um anel de prata, esculpido com os símbolos do Storian, brilhava no dedo do seu inimigo.

"Não vou jurar lealdade àquele paspalho, calhorda, mequetrefe de uma figa nem que a vaca tussa!", disse o xerife.[14]

O alívio de Sophie foi fugaz. Rhian já tinha enviado seus capangas atrás do xerife uma vez; se o xerife fosse o último homem contra ele, Rhian encontraria uma forma de obrigá-lo a destruir o anel. Disso Sophie tinha certeza. Ela podia sentir sua mente girando, juntando peças. A teoria de Sader tinha que ser verdadeira. Explicava tudo sobre o comportamento de Rhian quando

---

[14] Arrá! Observem este truque de mágica. Quando este capítulo existia, o xerife contava bem aqui sobre o anel de Nottingham. Direto e reto, sem mistério: ele nos dá essa informação mesmo que a trama não dependa dela. Mas assim que apaguei o Capítulo 16, percebi que era um fato crucial, então não havia mesmo razão para revelá-lo com tanto desapego. Era preciso encontrar outra forma para informar o leitor sobre o anel do xerife. Apagar o Capítulo 16, então, me permitiu entremear o mistério do anel do xerife nos outros enredos, construindo-o, página após página, até o xerife lutar contra a Cobra no Capítulo 22. Muito mais interessante do que só revelar a informação como fizera aqui.

ele repreendeu as Irmãs Mistrais na Sala do Trono por não manterem todos os reinos do seu lado... O inventário de Beeba com o nome dos governantes que tinham queimado os anéis... Os novos ataques de Japeth antes da reunião do Conselho.

Rhian não descansaria até que cada anel tivesse sido destruído, até que cada reino tivesse declarado sua lealdade a ele em vez de ao Storian.

Ele nunca quisera apenas Camelot.

Ele queria o mundo inteiro.

Ainda havia uma forma de detê-lo. Eles tinham que provar que Tedros era o verdadeiro rei. Que o fato de Rhian ter tirado a Excalibur da pedra era um truque. Como provar isso, Sophie não fazia ideia, já que ainda não tinha certeza de que tinha sido um truque.

Mas primeiro o mais importante.

Tinham que manter Tedros vivo.

"Não é só Tedros que ele vai matar", disse Sophie aos seus salvadores. "Ele vai matar todo mundo."

Nenhum deles pareceu surpreso. "O pirata linguarudo nos disse," o xerife explicou. "Pensou que o libertaríamos se nos desse informações."

"Garanti que as fadas o mordessem mais forte", Robin murmurou.

Um nó se formou na garganta de Sophie. Tinha controlado suas emoções nos últimos três dias, sem ceder ao desespero. No entanto, de repente, ela se sentiu sobrecarregada.

"Não podemos deixar que morram", as palavras mal escaparam da garganta.

Guinevere parou de andar. Ela levantou o rosto de Sophie em direção ao dela. "Ele é meu filho, Sophie. Foi por isso que me desafiou a ajudá-lo. É por isso que estamos todos aqui com você."

"Eu sei", disse Sophie, as lágrimas chegando.

"Enfrentou muita coisa nos últimos dias", disse a mãe de Tedros. "Guardou tudo aí dentro. E, pela primeira vez, se sente segura o suficiente para desabafar."

Sophie esfregou os olhos. Fazia muito tempo que ela não sentia o toque de uma mãe. Mesmo que não fosse a dela.

"Nem tudo está perdido. Temos forças do nosso lado, Sophie", disse a rainha. "Forças que está prestes a ver."

"Vamos continuar andando. Estamos quase lá", Robin apressou-se, pouco à vontade com aquelas demonstrações de sentimentos.

Sophie via a esfera à frente ficar cada vez maior, como um sol roxo prestes a engoli-los. Não fazia ideia de para onde estavam indo, assim como não fazia ideia do que aconteceria com Tedros, Dovey e seus amigos.

Ela sabia que devia confiar em Guinevere. A mãe de Tedros tinha mais a perder do que ninguém: seu filho era tudo o que lhe restava. Mas por que Sophie ainda se sentia tão fora de controle? Por que se sentia tão só?

Sophie sabia a resposta, é claro.

Sempre se sentia sozinha sem Agatha.

O aquário desapareceu debaixo dos seus pés.

A luz roxa a inundou, as sombras da esfera fundindo na sua pele.

"A gente se vê do outro lado", sussurrou Robin.

"O quê?", Sophie disparou, se voltando para ele.

O brilho roxo a cegou de todos os lados e ela não via mais Robin, o xerife ou Guinevere. Então o brilho roxo começou a se fechar dos três lados, como se estivesse presa em uma pirâmide, um túmulo feito de luz. Mas à medida que a luz a fechava, começou a se transformar em novas formas, manchas escuras de preto aparecendo no centro e nas bordas, esculpindo as paredes roxas.

Então Sophie viu.

Já não eram paredes.

Eram letras.

Sete letras.

Soletrando uma única palavra.

I-N-I-M-I-G-O.

Tentáculos chicotearam de todos os lados.

E então ela caiu, mais uma vez.

Quando abriu os olhos, estava em uma colina do lado de fora.

O sol piscou por detrás dela.

Sombras se juntaram à sua volta, obscurecendo o seu lado da encosta. Devagar, Sophie se colocou de pé, reconhecendo a grama esmeralda, as torres brancas e douradas no topo. Um pequeno lago negro estava na base da colina, alguns patos sobre a água espumosa.

Era ali que tinha estado antes da reunião do Conselho.

Perto de onde os trabalhadores estavam construindo o palco para a execução.

Ela olhou novamente para o sol.

Os primeiros raios do amanhecer.

O que significava...

Sophie se virou.

Uma centena de líderes do Conselho do Reino reuniam-se em torno da plataforma de madeira no alto da colina, observando silenciosamente enquanto os guardas no palco traziam seis prisioneiros acorrentados: Professora Dovey, Nicola, Willam, Bogden, Aja, Valentina. Na frente deles estava

Tedros ajoelhado no centro do palco, o pescoço esticado sobre um bloco de madeira, seus olhos bem abertos e aterrorizados. Um carrasco usando colete e capuz pretos brandia o machado alto sobre a cabeça do príncipe, a lâmina brilhando ao sol...

Sophie deixou escapar um grito.

Depois o engoliu.

O machado não estava se movendo.

Nem Tedros.

Ninguém estava.

O momento estava congelado, como se o tempo tivesse parado. Como se ela tivesse olhado para uma bola de cristal e pausado a cena.[15]

"Ótimo, ela também está vendo", disse a voz de uma mulher atrás dela.

Ela virou-se para Robin, o xerife, e Guinevere, aparecendo em sopros de névoa roxa.

"Não estou entendendo", Sophie arfou. "O que está acontecendo?"

"Viajamos para o lado Inimigo do saco. O que significa que está experimentando o que os meus inimigos experimentam. Está vendo o seu pior pesadelo", explicou o xerife. "Todos nós partilhamos o mesmo medo: Tedros e os outros morrerem. E é por isso que estamos testemunhando o mesmo que você."

Sophie saiu do seu transe, o calor queimando as bochechas. "Era isso que tinham para me mostrar? Foi por isso que segui vocês até aqui? Me fizeram mentir para os líderes quando podia ter dito a verdade e salvado todos nós. Me fizeram desperdiçar todo esse tempo... e isso é que deve me motivar a voltar para Rhian e ficar ao lado dele enquanto isso acontece? É o que vai me fazer confiar em vocês?"

"Não", disse Robin. "Mas isso sim."

Ele apontou para o céu.

Sophie olhou para cima e, por um momento, tudo o que conseguia ver era o brilho do sol dividindo-se em um prisma de cores: vermelho, dourado, verde, azul...

Só que as cores estavam se mexendo, saindo da ordem, como um arco-íris rebelde, até que Sophie percebeu que não era a luz do sol.

Eram brilhos, brilhos de dedo, cada um com uma tonalidade, atravessando o céu.

À medida que os seus olhos se ajustaram, ela viu de onde vinham.

---

[15] Minha editora, Toni, salientou que se "ensaiássemos" a execução aqui, então arruinaria o impacto da execução real que está para vir, porque o choque, a realidade do ato seria menor. E isso era algo de que eu não precisava.

No alto do céu, uma equipe se reunia em um painel de vidro de grandes dimensões que se estendia sobre o palco da execução como um mirante. Algumas pessoas da equipe estavam ajoelhadas, outros de pé. Todos eles, seus amigos.

Hester. Anadil. Dot.

Hort. Beatrix. Reena.

Kiko. Ravan. Vex.

Enquanto debatiam com vigor, seus rostos sérios e intensos, usavam seus brilhos como tinta, marcando o vidro sob seus pés como uma planta aberta, desenhando setas para várias partes do palco.

"Eles estão vendo o mesmo que nós ", Sophie percebeu.

"E estão montando um plano", disse Guinevere.

"Mas como?", disse Sophie. "Se eles estão aqui, Rhian pode vê-los no seu mapa..."

"Não se eles estiverem usando as insígnias dos alunos do primeiro ano", o xerife explicou.

Sophie vislumbrou as insígnias de cisne prateado brilhando na lapela dos seus amigos, como se as tivessem arrancado do peito dos outros alunos. Ela se lembrou de ter visto o Mapa das Missões de Rhian depois da reunião do Conselho, misteriosamente vazio. Wesley e Thiago tinham confirmado isso quando os escutou conversando no corredor, que o nome de todos os alunos do quarto ano tinha sumido, incluindo o de...

O coração de Sophie parou.

Ela olhou através do mirante de vidro, onde a luz do amanhecer havia eclipsado alguém no palco.

Alguém que liderava a equipe, dirigindo os planos.

Alguém que Sophie não tinha certeza se voltaria a ver.

Seu corpo inteiro amoleceu.

"Agatha?", ela arfou.[16]

"Precisávamos de um lugar para planejar o nosso ataque depois que o xerife resgatou os seus amigos da escola e os trouxe para o saco", disse Guinevere. "Foi Agatha que teve a ideia de usar o lado Inimigo. Ela sabia que todos nós iríamos compartilhar o mesmo pesadelo. Que todos nós veríamos esse mesmo palco, com Tedros prestes a morrer, o momento congelado no tempo. E isso nos deu uma vantagem. Estudando o futuro, poderíamos traçar uma estratégia para evitá-lo."

---

[16] Adoro este momento, mas... por que não deixar o reencontro de Sophie e Agatha para depois da execução? Seria muito mais emocionante e heroico, tendo em conta tudo o que elas passaram.

O xerife acrescentou. "Dot usou o demônio de Hester para a voar para o céu e transformar uma nuvem em doce de pedra de chocolate, que é onde todos eles estão agora. A minha menina é muito inteligente quando precisa ser."

"Juntos, fizemos um plano para impedir a execução", disse Robin. "É isso que Agatha e a equipe estão ensaiando agora..."

"Como?", Sophie ofegou, seus olhos na melhor amiga. "Como vão impedir?"

"Deixe isso com Agatha e a gente", disse Robin. "Você tem um papel diferente a desempenhar. Foi por isso que viemos atrás de você."

Sophie ainda não conseguia acreditar: Agatha estava aqui, sem a Floresta ou magia entre eles, sem Leão ou Cobra as separando... Depois de tudo isso, ela estava tão perto...

Com um sorriso, Sophie correu para a luz do sol, acenando...

O xerife a puxou de volta para as sombras.

"Imprudente", ele murmurou.

"Mas preciso falar com ela!", Sophie lutou.

"Se ela te vir, vai se preocupar com você em vez de Tedros", disse o xerife severamente. "Ela vai temer pela sua vida e o pesadelo dela mudaria. Não temos tempo para erros. Precisamos que Agatha e sua equipe se concentrem em Tedros, assim como precisamos que você se concentre em Rhian. É por isso que estamos aqui."

O coração de Sophie murchou. "Mas... mas..."

"Este não é o momento para finais felizes, Sophie", disse Robin Hood, sem a habitual animação na sua voz. "Em um minuto, você vai voltar para Rhian e fingir que tudo está indo como deveria. Que você respondeu às dúvidas dos líderes na reunião do Conselho da forma como fez porque sabia que era a única forma de se salvar. Que desistiu de salvar os seus amigos. Que se rendeu ao seu rei." Robin se aproximou dela. "Sophie, nada do que fizermos importa se Rhian suspeitar que algo está errado. Nosso plano depende de Tedros estar amarrado àquele bloco de corte, com Rhian acreditando que ele vai morrer. A única forma de isso acontecer é se você fizer Rhian acreditar que Tedros morrerá. Fale o que ele quer ouvir. Faça com que confie em você. E quando a batalha acontecer, você deve permanecer do lado do rei até ao fim. Você é a nossa última esperança, se falharmos. Não pode se entregar. Mesmo que as coisas corram mal. Mesmo que coisas terríveis nos aconteçam. Lute por Rhian até que eu te impeça."

"A vida de todos nós está nas suas mãos, Sophie", disse Guinevere, seu rosto intenso, cheio de propósito. "Seguir essas ordens é a única forma de voltar a ver Agatha. É a única forma de Tedros, ou qualquer um dos outros, não ser decapitado. Me prometa que vai conseguir."

Sophie olhou de relance para Agatha, que espelhava a determinação de Guinevere enquanto desenhava planos com sua equipe, a mandíbula cerrada, os grandes olhos castanhos brilhando.

Ao observar Agatha, algo dentro de Sophie mudou.

Robin estava certo.

A história ainda não tinha acabado.

Não até ela ter feito a sua parte.

Os finais felizes teriam que esperar.

Sophie devolveu o olhar fixo de Guinevere. "Eu prometo."

A sua promessa pareceu ficar no ar, cheia da sua própria magia, porque naquela hora, durante o mais breve dos momentos, a luz do sol passou pelo ombro da Agatha, descendo e iluminando Sophie no chão como uma tocha. O olhar de Agatha se deslocou, seguindo a luz...

O olhar das duas se encontrou como estrelas se chocando.

Sophie sentiu as mãos de Guinevere a puxando para trás e a sombra se transformou em escuridão, engolindo-a como uma cova.

Desta vez, quando abriu os olhos, estava sozinha e curvada no chão do pequeno e mofado quarto de hóspedes, o saco encantado pendurado na porta.

Lá fora, os corredores estavam sossegados, os piratas tinham ido embora havia muito tempo.

Tique-taque, tique-taque, fez o relógio na lareira.

Pouco mais de cinco da manhã.

O sol nasceria dentro de uma hora.

A cena a que tinha acabado de assistir em breve ganharia vida.

Sophie ainda estava prendendo a respiração.

Mas, aos poucos, uma calma se apossou dela, o eco de uma promessa colocou-a de pé.

Todos dependiam dela.

Uma escola.

Uma mãe.

Uma melhor amiga.

Ela jamais os desapontaria.

Como uma atriz prestes a subir ao palco, Sophie colocou o seu melhor sorriso no rosto e abriu a porta, pronta para se juntar ao seu rei para a execução.[17]

---

[17] Imaginem isto. Boa parte da segunda metade deste capítulo, tantas dessas cenas e momentos, tudo o que Guinevere, Robin e o xerife dizem para Sophie, está tudo condensado no bilhete que Robin deixa para ela na versão final do Capítulo 14: *Faça ele pensar que está do lado dele.* Era tudo o que eu precisava para substituir a maior parte deste capítulo. Poucas palavras. Tantos fantasmas espremidos dentro delas!

LEIA TAMBÉM:

A Escola do Bem e do Mal 1
Soman Chainani
Tradução de Alice Klesck

No povoado de Gavaldon, a cada quatro anos, na décima primeira noite do décimo primeiro mês, dois adolescentes somem misteriosamente há mais de dois séculos. Na temida ocasião, os pais trancam e protegem seus filhos, apavorados com o possível sequestro, que acontece segundo uma antiga lenda: os jovens desaparecidos são levados para a Escola do Bem e do Mal, onde estudam para se tornar os heróis e os vilões dos contos de fadas.

A linda e meiga Sophie torce para ser uma das escolhidas e admitida na Escola do Bem. Com seu vestido cor-de-rosa, sapatos de cristal e devoção às boas ações, ela sonha em se tornar uma princesa. Sua melhor amiga, Agatha, porém, não se conforma: como uma cidade inteira pode acreditar em tanta baboseira? Com suas roupas pretas desengonçadas, seu pesado coturno e um mau humor permanente, ela é o oposto da amiga, que, mesmo assim, é a única que a entende. O destino, no entanto, prega uma peça nas duas, que iniciam uma aventura que dará pistas sobre quem elas realmente são.

Este best-seller é o primeiro livro de uma saga que mostra uma jornada épica em um mundo novo e deslumbrante, no qual a única saída para fugir das lendas sobre contos de fadas e histórias encantadas é viver intensamente uma delas.

A Escola do Bem e do Mal 2
Soman Chainani
Tradução de Alice Klesck

Nesta esperada continuação de *A Escola do Bem e do Mal*, as melhores amigas Sophie e Agatha estão de volta ao seu lar, em Gavaldon, para viver seu desejado *final feliz*, certas de que seus problemas terminaram. Mas a vida não é mais o conto de fadas que elas esperavam. Quando Agatha escolhe um fim diferente para sua história, ela acidentalmente reabre os portões da Escola do Bem e do Mal, e as meninas são levadas de volta para um mundo totalmente modificado. Agora, bruxas e princesas moram juntas na Escola para Meninas, na qual são inspiradas a viver uma vida sem príncipes. Tedros e os meninos estão acampados nas antigas Torres do Mal, onde os príncipes se aliaram aos vilões, e uma verdadeira guerra está se armando entre as duas escolas. O único jeito de Agatha e Sophie se salvarem é procurando restaurar a paz. Será que as amigas farão as coisas voltarem ao que eram antes? Sophie conseguirá ficar bem com Tedros nessa caçada? E o coração de Agatha, pertencerá a quem? O *felizes para sempre* nunca pareceu tão distante.

A Escola do Bem e do Mal 3
Soman Chainani
Tradução de Alice Klesck

Sophie e Agatha estão lutando contra o passado para conseguir mudar o futuro, em busca de um final perfeito para seu conto de fadas.

Elas acreditavam que sua história havia chegado ao FIM no minuto em que se separaram, quando Agatha foi levada de volta para Gavaldon com Tedros, e Sophie ficou para trás com o lindo e renascido Diretor da Escola. Mas nada no mundo dos contos de fadas é tão simples.

Agora inimigas, elas tentam se acostumar com suas novas vidas, mas a história das duas pede para ser reescrita... E isso pode afetar quem elas menos imaginam.

Com as garotas separadas, o Mal assume o poder e os vilões do passado ressurgem das trevas em busca de vingança, sedentos por uma segunda chance de transformar o mundo do Bem e do Mal em um reino de escuridão, com Sophie como rainha.

Agora, apenas Agatha e Tedros podem apelar ao poder da amizade e do amor do Bem para impedir a dominação do Mal e evitar que todos sejam infelizes para sempre.

Mas... qual é a linha tênue que separa o Bem e o Mal?

A Escola do Bem e do Mal 4
Soman Chainani
Tradução de Carol Christo

Uma nova era. Um novo vilão. Se o Bem e o Mal não se aliarem, nenhum dos lados sobreviverá.

A cada final vem um novo começo, e no 4º livro da série A Escola do Bem e do Mal, Em busca da glória, não poderia ser diferente. Sophie, Agatha, Tedros e os Sempres e Nuncas começam uma nova era além dos limites da escola para as maiores e mais ousadas aventuras de suas vidas.

Os alunos da Escola do Bem e do Mal pensaram ter chegado ao seu "felizes para sempre" quando derrotaram o malévolo Diretor da Escola. Agora, nas missões do 4º ano, eles enfrentam obstáculos tão perigosos quanto imprevisíveis, e as apostas são altas: o sucesso traz adoração eterna, e o fracasso significa obscuridade para sempre.

Agatha e Tedros estão tentando devolver Camelot ao seu antigo esplendor como rainha e rei. Como Reitora, Sophie buscar moldar o Mal à sua imagem e semelhança. Mas logo todos se sentem cada vez mais isolados e sozinhos e quando tudo mergulha no caos, alguém precisa assumir a liderança.

A Escola do Bem e do Mal 5
Soman Chainani
Tradução de Carol Christo

Um falso rei tomou o trono de Camelot, sentenciando Tedros, o verdadeiro regente do reino, à morte. Enquanto Agatha tenta se salvar do mesmo destino, Sophie cai na armadilha do Rei Rhian. O casamento com o falso líder se aproxima, e ela é forçada a fazer parte de um arriscado jogo, já que a vida de seus amigos está em perigo. Ao mesmo tempo, os planos sombrios do Rei Rhian para Camelot estão tomando forma. Agora, os alunos da Escola do Bem e do Mal devem encontrar uma maneira de ajudar Tedros a reconquistar o trono antes que suas histórias – e o futuro da Floresta Sem Fim – sejam reescritas... para sempre.

A Escola do Bem e do Mal 6
Soman Chainani
Tradução de Ligia Azevedo

Prepare-se para o Fim dos Fins.

Viajando por Borna Coric, Hester, Dot e Anadil estão à procura de Merlin. O coven precisa resgatá-lo, pois o feiticeiro é o único que pode evitar que uma tragédia recaia sobre o reino. E ainda, é preciso impedir o casamento entre Sophie e Rhian.

Enquanto isso, escondidos em Avalon, Agatha e Tedros encontram o lendário anel do Rei Arthur. Com o artefato em mãos, é possível regressar à Camelot e reascender os poderes do Storian. Assim, a Excalibur crava-se novamente em sua pedra, e três provas deverão acontecer para determinar quem é o Único e Verdadeiro Rei.

Quem vencerá a batalha final?

Este livro foi composto com tipografia Electra e impresso
em papel Off-White 70 g/m² na Gráfica Santa Marta.